COLLECTION « BEST-SELLERS »

DU MÊME AUTEUR

Chez le même éditeur

Meurtre au carnaval, 1998

TAMI HOAG

TU REDEVIENDRAS POUSSIÈRE

roman

traduit de l'américain
par Johan-Frédérik Hel Guedj

ROBERT LAFFONT

Titre original : ASHES TO ASHES
© Diva Hoag, Inc., 1999
Traduction française : Éditions Robert Laffont, S.A., Paris, 2001

ISBN : 2-221-08603-1
(édition originale : ISBN 0-553-10633-3 Bantam Books, New York)

1.

Certains êtres sont des tueurs-nés. D'autres le deviennent. Et il arrive parfois que la source du désir homicide aille se perdre dans cet entrelacs de racines que créent une enfance monstrueuse et une jeunesse dangereuse. Si bien que personne, jamais, n'est en mesure de savoir si cette impulsion est le produit de l'inné ou de l'acquis.

Il soulève le corps couché sur la banquette arrière de la Blazer comme un vieux tapis roulé bon à mettre à la décharge. Les semelles de ses bottes raclent le bitume de l'aire de stationnement, avant de redevenir presque silencieuses sur l'herbe jaunie et la terre durcie. Pour un mois de novembre à Minneapolis, la nuit est douce. Un vent tourbillonnant emporte les feuilles mortes par paquets. Les branches nues des arbres s'entrechoquent comme des sacs d'os.

Il a conscience de déchoir à l'échelon le plus bas des catégories de tueurs. Il a passé tant d'heures, de jours, de mois, d'années à étudier la compulsion qui l'anime et son origine. Il sait ce qu'il est, et il accueille pleinement cette vérité. Il n'a jamais connu ni la culpabilité ni le remords. Il estime que la conscience, les règles, les lois, ne servent aucun des objectifs pratiques de l'individu et ne font que limiter les possibilités humaines.

« L'homme accède au monde éthique par la crainte et non par l'amour. » Paul Ricœur, *La Symbolique du mal.*

Son Moi véritable n'adhère qu'à son propre code : la domination, la manipulation, la maîtrise.

Un tesson de lune brisé éclaire la scène, estompé par l'entrelacs des branches. Il dispose le corps selon sa fantasmagorie et, au-dessus de la partie supérieure gauche de la poitrine, trace deux X qui se chevauchent. Avec un certain sens du cérémonial, il verse le mélange accélérateur. L'onction du mort. La symbolique du mal. C'est volontiers que son Moi véritable adhère à cette conception du mal en tant que puissance. Combustible du feu intérieur.

Tu redeviendras poussière.

Les bruits sont ordonnés, précis, amplifiés par son état d'excitation. La griffure de l'allumette contre le grattoir, la menue détonation, quand la flamme éclate à son extrémité, le souffle du feu lorsque celui-ci vient à la vie et se consume. Tandis que brûle ce feu, sa mémoire se repasse les bruits précédents, ceux de la douleur et de la peur. Il se rappelle le tremblement de sa voix quand elle l'a imploré de lui laisser la vie, la tonalité, la tessiture unique de chacun de ses cris, pendant qu'il la torturait. La musique exquise de la vie et de la mort.

Durant quelques minutes délectables, il s'autorise à admirer le tragique de ce tableau. Il s'autorise à sentir la chaleur des flammes lui caresser le visage comme des langues de désir. Il ferme les yeux et écoute les grésillements, les sifflements, respire profondément l'odeur de la chair en train de rôtir.

Transporté, excité, émoustillé, il sort son membre en érection de son pantalon et se caresse avec énergie. Il se mène tout seul presque jusqu'à l'orgasme, mais il veille à ne pas éjaculer. Garder cela pour plus tard, quand il pourra fêter la chose pleinement.

Son objectif est en vue. Il a un plan, méticuleusement conçu, qu'il convient d'exécuter à la perfection. Son nom lui survivra au panthéon de l'infamie, aux côtés de ceux de tous les grands : Bundy, Kemper, l'Étrangleur de Boston, le Tueur de la Rivière verte. Par ici, la presse lui a donné un nom : le Crémateur.

Cela le fait sourire. Cela le rend fier. Il craque une autre allumette et la tient juste devant lui, il en examine la flamme, il aime cette ondulation sinueuse et sensuelle. Il la rapproche de son visage, ouvre la bouche, et l'avale.

Ensuite il se retourne et s'éloigne. En songeant déjà à la prochaine fois.

Meurtre.

Cette vision brûlante s'est imprimée dans le tréfonds de sa mémoire, derrière ses orbites, à tel point qu'elle a pu la revoir quand elle a cligné des paupières pour retenir ses larmes. Ce corps qui se tord dans une lente agonie contre son horrible destin. Une flamme orange en guise d'arrière-plan à cette image de cauchemar.

Brûlante.

Elle a couru, les poumons brûlants, les jambes brûlantes, les yeux brûlants, la gorge brûlante. Dans une région reculée de son esprit, elle était ce corps. Peut-être était-ce à cela que ressemblait la mort. Peut-être était-ce son corps à elle qui rôtissait, et cet état de conscience qu'elle éprouvait, celui de son âme tentant d'échapper aux feux de l'enfer. On lui avait tellement répété que ce serait là-bas qu'elle finirait.

Tout près de là, elle entendait la sirène et apercevait l'éclair surnaturel, bleu et rouge, des gyrophares sur fond de nuit. Elle courait en direction de la rue, en sanglotant, en trébuchant. Son genou droit a buté contre la terre gelée, mais elle s'est forcée à avancer, à mettre un pied devant l'autre.

Cours cours cours cours cours cours...

— Plus un geste ! Police !

La voiture de patrouille tanguait encore sur ses amortisseurs le long du trottoir. La portière était ouverte. Le flic se tenait sur le boulevard, pistolet dégainé et braqué droit sur elle.

— Aidez-moi ! Les mots lui râpaient la gorge. Aidez-moi ! a-t-elle répété, haletante, la vue brouillée de larmes.

Ses jambes se sont dérobées sous le poids de son corps, sous le poids de sa peur et de son cœur qui cognait dans sa poitrine comme une énorme chose enflée.

Un instant plus tard, le flic était derrière elle, rengainant son arme et se jetant à genoux pour lui venir en aide. Doit être un bleu, s'est-elle dit confusément. Elle avait connu des gamins de quatorze ans bien plus affûtés sur les lois instinctives du monde de la rue. Elle aurait pu lui prendre son arme. Si elle avait eu un couteau, elle aurait pu se redresser et le poignarder.

En la tenant par les épaules, il l'a hissée en position assise. Les sirènes hululaient au loin.

— Qu'est-ce qui s'est passé ? Ça va ? a-t-il demandé.

Il avait un visage d'angelot.

— Je l'ai vu, a-t-elle répondu, le souffle coupé, tremblante, de la bile refluant au fond de sa gorge. J'étais là. Oh !... Dieu ! Oh !... merde ! Je l'ai vu !

9

— Vu qui ?

— Le Crémateur.

2.

— Pourquoi faut-il toujours que je me trouve au mauvais endroit au mauvais moment ? marmonna Kate Conlan.

Dès le premier jour de son retour, après ce que l'on pouvait appeler, littéralement parlant, des vacances — un voyage dans le parc d'attractions de l'enfer (Las Vegas), une visite à ses parents imposée par la seule culpabilité —, elle était en retard au bureau, avait la migraine, et l'envie d'étrangler un certain sergent chargé des affaires de crimes sexuels pour avoir fichu la frousse à l'un de ses clients — une bourde qu'elle allait devoir payer, elle, devant l'avocat de l'accusation. En plus de tout cela, il y avait ce talon d'une paire d'escarpins en daim tout neufs, un de ces talons à la mode, assez massifs, qui se décollait — grâce à l'escalier de la rampe d'accès au parking de la 4ᵉ Avenue.

Et maintenant, ceci. Un forcené.

Personne d'autre n'avait l'air de le remarquer, en train de rôder comme un chat aux aguets sur le seuil de la spacieuse cour intérieure du centre administratif du comté de Hennepin. Ce type, Kate lui donnait la trentaine, il ne dépassait son mètre soixante-huit à elle que d'une dizaine de centimètres à peine, il était de constitution moyenne, plutôt mince. Drôlement nerveux, beaucoup trop même. Ces derniers temps, il avait probablement subi un revers d'ordre personnel ou affectif — la perte de son emploi ou de sa fiancée. Il était soit divorcé, soit séparé ; vivait seul, mais n'était pas sans logis. Ses vêtements étaient chiffonnés, sans être pour autant des hardes, et il portait des chaussures de trop bonne qualité pour un sans-abri. Il suait comme un gros type dans un sauna, mais il gardait son manteau, en déambulant autour d'une nouvelle sculpture qui encombrait le hall — une pièce aussi prétentieuse que symbolique façonnée à partir de pistolets fondus. Il marmonnait tout seul, une main pendante devant sa lourde veste de toile, qu'il portait ouverte.

Un manteau de chasse. Sa tension intérieure crispait chaque muscle de son visage.

Kate ôta son soulier au talon décollé et, en gardant l'autre au pied, elle allongea le pas, sans quitter le type des yeux. Elle plongea la main dans son sac et l'en ressortit avec un portable. Au même instant, le forcené éveilla l'intérêt de la réceptionniste assise derrière son comptoir, à vingt mètres de là.

Bon sang.

Kate se redressa légèrement, en appuyant fermement sur la touche d'appel des numéros en mémoire. Elle ne pouvait appeler la sécurité à partir d'un téléphone extérieur. Le gardien le plus proche se trouvait à l'autre bout de cette vaste cour intérieure, occupé à sourire et à rigoler, en grande conversation avec un postier. La réceptionniste s'approcha du forcené, la tête penchée de côté, comme si le cône en forme de barbe à papa de ses cheveux blonds pesait trop lourd.

Bon sang de bonsoir.

Le numéro du bureau sonna une fois... deux fois. Kate commença à avancer lentement, le téléphone dans une main, sa chaussure dans l'autre.

— Je peux vous aider, monsieur ? s'enquit l'hôtesse d'accueil, encore à trois mètres de lui.

Du sang allait entièrement saloper sa blouse en soie ivoire. Le forcené se retourna d'un coup sec.

— Est-ce que je peux vous aider ? redemanda la femme.

... quatrième sonnerie...

Une maman latino-américaine, son bambin sur les talons, traversa les quelques mètres qui séparaient Kate du forcené. Kate crut voir qu'il commençait d'être pris d'un tremblement — le corps d'un homme en train de lutter pour contenir sa rage ou son désespoir, quel que soit le mal qui le poussait ou le dévorait tout vif.

... cinquième sonnerie... «Bureau du procureur du comté de Hennepin... »

— Bon sang de bonsoir !

Le mouvement est reconnaissable entre mille — les pieds bien calés, la main qui plonge dans la veste, les yeux qui s'écarquillent.

— Couchez-vous ! hurla Kate, en jetant son téléphone.

La réceptionniste se figea.

— Faut que quelqu'un paie, bordel ! cria le forcené, en avançant brusquement vers la femme, pour lui attraper le bras de sa main libre.

D'une seule secousse, il la ramena vers lui, en braquant son pistolet devant elle. L'explosion du coup de feu fut amplifiée par le puits de la cour intérieure au-dessus d'eux, à tel point que les oreilles assourdies par la détonation ne captèrent même pas les cris de panique stridents qu'elle venait de provoquer. À présent, tout le monde avait remarqué le forcené.

Kate vint le heurter par-derrière, en lui assenant à la tempe un coup de talon de son soulier, un vrai mouvement de marteau. Il laissa échapper un cri de stupeur, puis revint à la charge avec son coude droit, cueillant Kate à hauteur des côtes.

L'hôtesse d'accueil hurlait à n'en plus finir. Puis elle perdit pied — ou connaissance —, et, dans sa chute, le poids de son corps précipita son assaillant à terre. Il tomba sur un genou, en criant des obscénités et en tirant un autre coup de feu qui, cette fois, ricocha sur le sol dur pour aller se perdre Dieu sait où.

Kate l'accompagna dans sa chute, la main droite agrippée au col de son manteau. Elle ne pouvait pas le perdre. Quelle que fût la bête qu'il gardait piégée au fond de lui-même, cette bête était désormais en liberté. S'il échappait à Kate, on allait avoir du souci à se faire — et cette fois il ne s'agirait plus de quelques balles perdues.

Ses collants en Nylon ne lui donnant aucune prise sur le sol glissant, elle se débattit pour retrouver son assise, tout en s'accrochant à lui pour l'empêcher de se remettre debout. Elle lui balança de nouveau un coup de chaussure, à l'oreille cette fois. Il pivota pour essayer de lui flanquer un revers de sa crosse de pistolet. Kate empoigna l'arme, forçant l'homme à la braquer vers le haut, sans oublier une seule seconde, quand un nouveau coup de feu éclata, qu'il y avait au-dessus d'eux plus de vingt étages de bureaux et de salles d'audience.

Alors qu'ils se battaient pour la maîtrise de l'arme, elle lui fit un croche-pied, se jeta contre lui de tout son poids, et ils se retrouvèrent aussitôt entraînés dans leur chute, culbutant l'un sur l'autre jusqu'au pied de l'escalator, de ces marches métalliques, rainurées, coupantes, jusqu'au niveau de la rue — où les accueillirent une demi-douzaine de hurlements :

— Plus un geste ! Police !

Kate leva les yeux sur ces visages menaçants, le regard embrumé de douleur, et marmonna :

— Eh ben, c'est pas trop tôt.

— Hé ! regarde ! s'écria l'un des procureurs adjoints depuis son bureau. C'est Dirty Harry au féminin !

— Très drôle, Logan, répliqua Kate, qui se dirigeait vers l'extrémité du couloir, direction le bureau du procureur du comté. Cette réplique, ça te vient de tes lectures, hein, c'est ça ?

— Pour jouer ton rôle dans le film, il faut qu'ils prennent Rene Russo.

— Je vais leur transmettre ton avis.

Une douleur cuisante lui brûlait le dos et la hanche. Elle avait refusé qu'on la dépose aux urgences. Elle s'était rendue en claudiquant jusqu'aux toilettes des dames, avait attaché sa masse de cheveux d'or cuivré en queue de cheval, nettoyé les taches de sang, jeté ses collants noirs en lambeaux, puis regagné son bureau. Aucune de ses blessures ne méritait une radio ou des agrafes, et la moitié de la matinée était déjà derrière elle. Le prix à payer pour être une dure : ce soir, au lieu de vrais antalgiques, il lui faudrait se débrouiller avec un comprimé de Tylenol, un gin frappé et un bain chaud. Elle savait déjà qu'elle allait le regretter.

La pensée l'effleura qu'elle était trop vieille pour s'amuser à plaquer au sol des givrés et leur faire dévaler des escalators, assise sur eux à califourchon, mais elle ne supportait pas l'idée qu'à quarante-deux ans on pût être trop vieille pour quoi que ce fût — pour s'amuser à ça ou à autre chose. Sans compter qu'elle n'avait entamé ce qu'elle appelait son « deuxième âge adulte » que depuis cinq ans. Sa seconde carrière, le second coup de canif dans le contrat de la stabilité et de la routine.

Sur le long trajet du retour qui l'avait éloignée de l'atmosphère bizarre de Las Vegas, elle n'avait aspiré qu'au retour à la vie agréable, normale et relativement saine qu'elle s'était fabriquée. Calme et paisible. Ses affaires familiales, son travail d'avocate, de défenseur des témoins et des victimes. Ses cours de cuisine qu'elle était bien décidée à ne plus manquer.

Mais non, ce forcené, il avait fallu que ce soit elle qui le repère. Les forcenés, il fallait toujours que ce soit elle qui les repère.

Dûment prévenu par sa secrétaire, le procureur du comté en personne lui ouvrit la porte de son bureau. Grand, de belle allure, Ted Sabin avait une présence qui en imposait avec sa mèche grise qu'il ramenait en arrière et une ligne d'implantation de cheveux qui lui dessinait sur le front un V très prononcé. Une paire de lunettes rondes cerclées d'acier perchée sur son nez aquilin lui donnait un air studieux et l'aidait à camoufler le seul défaut de ses yeux bleus, enfoncés dans leurs orbites et trop près l'un de l'autre.

Après avoir été jadis un procureur hors pair, il ne se chargeait plus à présent que des affaires de gros calibre. Sa tâche, en qualité de grand manitou, était surtout administrative et politique. Il supervisait un bureau de procureurs des plus actifs, qui faisaient leur possible pour absorber la charge de travail sans cesse croissante de l'appareil judiciaire du comté de Hennepin. Aux heures de déjeuner et en soirée, on le trouvait en train de frayer avec l'élite du pouvoir de Minneapolis, toujours en quête de relations, cherchant à se gagner les faveurs de tel ou tel. Il était de notoriété publique qu'il lorgnait un siège au Sénat.

— Kate, entrez donc, l'invita-t-il, les traits creusés, l'air préoccupé. (Posant une large main sur son épaule, il la guida dans son bureau, vers un siège.) Comment allez-vous ? On m'a mis au courant, en deux mots, de ce qui s'est passé ce matin au rez-de-chaussée du bâtiment. Mon Dieu, vous auriez pu vous faire tuer ! Quel acte de bravoure ! Proprement sidérant !

— Mais non, pas du tout, protesta Kate, en essayant de s'écarter de lui. (Elle s'assit et, lorsqu'elle croisa les jambes, elle sentit aussitôt son regard posé sur ses cuisses nues. Elle descendit discrètement l'ourlet de sa jupe noire en tirant dessus d'un petit coup sec, pestant intérieurement de n'avoir pu remettre la main sur les collants de rechange qu'elle pensait avoir laissés dans le tiroir de son bureau.) J'ai réagi à la situation, c'est tout. Comment va Mme Sabin ?

— Bien. (Il avait répondu sans réfléchir. Sans la quitter des yeux, il releva son pantalon à fines rayures avant de s'asseoir à demi sur le coin de son bureau.) « Réagi », c'est tout ? Comme on vous a appris à le faire au Bureau...

Il était obsédé par le fait qu'au cours de ce qu'elle considérait désormais comme une vie antérieure elle avait été agent du « Bureau » : le FBI. Kate ne s'imaginait que trop les fantasmes lubriques qui rampaient dans la tête de Sabin comme autant de limaces. Jeux de dominatrice, cuir noir, menottes, fessées.

Beuuuurk.

Elle reporta son attention sur son chef immédiat, le directeur de l'unité des services juridiques, qui avait pris place sur le siège voisin du sien. Rob Marshall était l'opposé de Sabin — courtaud, le teint terreux, tout fripé. Il avait la tête aussi ronde qu'une citrouille, couronnée d'un mince duvet capillaire taillé si court qu'il ressemblait plus à une tache de rouille qu'à une coupe de cheveux. Le visage était rougeaud, ravagé par de vieilles cicatrices d'acné, et le nez trop court.

Arrivé à Minneapolis directement après avoir occupé un poste similaire à Madison, dans le Wisconsin, il était son chef de service depuis près de dix-huit mois. Durant cette période, ils avaient tenté sans grand succès de trouver le juste équilibre entre leurs personnalités et leurs méthodes de travail, radicalement différentes. Kate ne l'aimait pas, point. Rob était un lèche-bottes, un invertébré, et sa tendance à vouloir tout diriger dans les moindres détails heurtait le sens de l'autonomie si cher à Kate. Quant à lui, il la trouvait autoritaire, dogmatique et impertinente. Elle prenait ça comme un compliment. Mais elle s'efforçait de considérer que son attention à l'égard des victimes dont ils avaient tous deux la charge compensait les défauts du personnage. En sus de ses responsabilités administratives, il prenait souvent la peine de participer à des réunions avec des victimes, et il consacrait du temps à un groupe de soutien qu'ils avaient créé pour elles.

Et le voilà maintenant qui louchait sur elle derrière sa paire de lunettes, la bouche en cul de poule comme s'il s'était mordu la langue.

— Vous auriez pu vous faire tuer. Pourquoi n'avez-vous pas appelé la sécurité ?

— Je n'avais pas le temps.

— L'instinct, Rob ! intervint Sabin, en découvrant de grandes dents blanches. Vous et moi, j'en suis certain, nous n'avons pas le moindre espoir de saisir quelles sortes d'instinct Kate a su aiguiser, formée comme elle l'a été. C'est une fine lame !

Kate se retint de lui rappeler, une fois de plus, qu'elle avait passé l'essentiel de ces années au sein du FBI derrière un bureau, à l'Unité des sciences du comportement, dans le cadre du Centre national d'analyse des crimes violents. L'époque où elle travaillait sur le terrain remontait trop loin dans le temps pour que cela vaille la peine de s'en souvenir.

— Madame le maire va vouloir vous remettre une décoration, ajouta Sabin, l'air radieux.

Il savait qu'il figurerait sur la photo.

La publicité était bien la dernière chose que Kate voulait. En tant qu'avocate, c'était son boulot de tenir les victimes et les témoins de crimes par la main, de les escorter dans le dédale du système judiciaire, tel un chien de berger, pour les rassurer. L'idée d'une avocate pourchassée par la meute des médias aurait vraisemblablement pour effet d'effrayer certains de ses clients.

— Je préférerais que Mme le maire n'en fasse rien. Je ne pense pas que ce soit une idée très judicieuse, vu le métier qui est le mien. N'est-ce pas, Rob ?

— Kate a raison, monsieur Sabin, approuva Rob Marshall, en affichant son sourire obséquieux (une mimique qui venait souvent se plaquer sur sa figure quand il était inquiet. Kate appelait ça le grand sourire du lèche-bottes. Un sourire qui lui faisait presque disparaître les yeux). Nous ne voulons pas d'une photo de Kate dans le journal... tout bien considéré.

— J'imagine que non, admit Sabin, désappointé. En tout cas, ce qui s'est passé ce matin n'est pas la raison pour laquelle je vous ai convoquée, Kate. Nous vous confions un nouveau témoin.

— Ah ! tiens, et pourquoi tout ce tralala ?

Elle travaillait en relation avec six procureurs et elle s'occupait automatiquement de toutes les inculpations qu'ils prononçaient — à l'exception des homicides. Pour ces crimes, c'était Rob qui se chargeait des attributions, qui ne justifiaient guère plus qu'un coup de téléphone ou une très brève visite au bureau de Kate. En aucun cas Sabin ne s'impliquait dans cette procédure.

— Avez-vous eu connaissance des deux meurtres de prostituées que nous avons eus cet automne ? s'enquit Sabin. Celles dont les corps ont été brûlés ?

— Oui, bien sûr.

— Il vient d'y en avoir un autre. La nuit dernière.

Kate scruta successivement leurs deux visages, aussi lugubres l'un que l'autre. Au-delà de Sabin s'étendait du haut de ce vingt-

deuxième étage une vue panoramique sur le centre de Minneapolis.

— Cette fois-ci, il ne s'agissait pas d'une prostituée, releva-
t-elle.

— Comment le savez-vous ?

*Parce que dans le cas contraire tu ne gaspillerais pas une seule minute
de ta journée.*

— Intuition.

— Vous n'en avez pas entendu parler en ville ?

— En ville ? (Il se croyait dans un film de gangsters.) Non. Je
n'étais pas au courant de ce meurtre.

Sabin repassa derrière son bureau, soudain très agité.

— Il y a de fortes chances pour que la victime soit Jillian
Bondurant. La fille de Peter Bondurant.

— Oh ! fit Kate, d'un ton lourd de sous-entendus.

Ah ! non, là, ce n'était pas la mort d'une putain de plus ! Les
deux premières victimes, elles aussi, avaient eu un père quelque
part, mais cela importait peu. Le père de cette jeune femme
était un homme éminent.

Mal à l'aise, Rob se tortilla sur son siège, sans que l'on sache
bien si c'était à cause de cette affaire, ou parce qu'il insistait
pour porter des pantalons trop étroits à la taille.

— On a laissé son permis de conduire près du corps.

— Et sa disparition a été confirmée ?

— Elle a dîné avec son père, au domicile de ce dernier, vendredi soir. On ne l'a pas revue depuis.

— Cela ne signifie pas que ce soit elle.

— Non, mais c'est ainsi que les choses se sont passées avec
les deux premières, souligna Sabin. La pièce d'identité abandonnée avec le corps de chacune de ces prostituées correspondait bien.

Une vague de questions traversa l'esprit de Kate — à propos
des lieux du crime, des informations que la police avait diffusées
sur les deux premiers meurtres, et de ce qu'on avait tenu confidentiel. C'était la première fois qu'elle entendait parler de ces
pièces d'identité « oubliées » sur les lieux du crime. Qu'est-ce
que cela signifiait ? Pourquoi brûler les corps jusqu'à les rendre
méconnaissables, pour laisser ensuite la marque de l'identité de
la victime ?

— Je présume qu'on est en train de vérifier les dossiers dentaires, reprit-elle.

Les deux hommes échangèrent un regard.

— J'ai bien peur qu'il ne faille renoncer à cette recherche, la prévint Rob avec circonspection. Nous ne disposons que du corps, et rien d'autre.

— Doux Jésus, souffla Kate, en se sentant parcourue d'un frisson. Les autres, il ne les a pas décapitées. Jamais je n'ai entendu dire ça.

— Non, en effet, confirma Rob. (Il se remit à loucher, puis il inclina légèrement la tête sur le côté.) Qu'est-ce que cela vous inspire, Kate ? Vous possédez une certaine expérience de ce genre d'histoires.

— À l'évidence, son degré de violence va croissant. Cela pourrait signifier qu'il passe à la vitesse supérieure avant de frapper un grand coup. Avec les autres, il y a également eu mutilation sexuelle, si je ne me trompe ?

— Chez les deux autres, la cause officielle de la mort était la strangulation en bonne et due forme, au moyen d'un lien, expliqua Sabin. Je n'ai pas besoin de vous préciser, Kate, j'en suis certain, que la strangulation étant déjà en soi, à l'évidence, une méthode de meurtre assez violente, cette fois la nouvelle d'une décapitation va mettre la ville en état de panique. En particulier si la victime était une jeune femme on ne peut plus convenable, qui menait une existence tout à fait respectueuse des lois de ce pays. Mon Dieu, la fille d'un des hommes les plus en vue de cet État. Il faut arrêter ce tueur, et vite. Nous pouvons y arriver. Nous tenons un témoin.

— Et c'est ici que j'entre en piste, fit remarquer Kate. Qu'est-ce que c'est que cette histoire de témoin ?

— Elle s'appelle Angie Di Marco, commença Rob. Elle est sortie du parc en courant juste au moment où la première voiture-radio arrivait sur les lieux.

— Qui l'avait appelée ?

— Un appel anonyme depuis un téléphone portable, à ce qu'on m'a dit, précisa Sabin. (Ses lèvres se contractaient, sa bouche se tordait, comme s'il cherchait à calmer une dent douloureuse.) Peter Bondurant est un ami du maire. Je le connais également. Il est fou de chagrin à l'idée que la victime puisse être Jillian, et il veut que cette affaire soit bouclée aussi vite que possible. À l'heure où je vous parle, on est en train de mettre sur pied une force d'intervention. Vos vieux amis du Bureau ont été contactés. Ils envoient quelqu'un de l'Unité d'enquête et de soutien. Nous avons un tueur en série sur les bras, c'est clair.

Et toi, tu as aux fesses un homme d'affaires en vue.

— Les rumeurs circulent déjà, marmonna Sabin, l'air sombre. Les services de police ont constaté des fuites : et le tuyau par où ça fuit est assez gros pour pomper tout le Mississippi.

Sur son bureau, le téléphone clignotait comme le tableau lumineux du téléthon, sans émettre la moindre sonnerie audible.

— Je me suis entretenu avec le chef Greer et le maire, poursuivit-il. Dans cette affaire, on prend le taureau par les cornes, et tout de suite.

— C'est pour cela que nous vous avons fait venir, Kate, compléta Rob, en changeant encore de position sur son siège. Nous ne pouvons pas attendre qu'intervienne une arrestation pour prendre ce témoin en charge. Elle est le seul chaînon dont nous disposons qui nous relie avec le tueur. Nous voulons affecter immédiatement un membre de cette unité auprès d'elle. Quelqu'un qui assiste avec elle aux interrogatoires de police. Et qui maintienne le contact entre elle et les services du procureur du comté. Quelqu'un qui l'ait à l'œil.

— À vous entendre, c'est une baby-sitter qu'il vous faut. J'ai des affaires en cours.

— Nous vous délesterons d'une partie de votre charge de travail.

— Pas de l'affaire Willis, prévint-elle, puis elle grimaça. Quoique... je ne serais pas fâchée de m'en débarrasser. Et en tout cas pas de Mélanie Hessler.

— Hessler, je pourrais m'en charger, Kate, insista Rob. J'ai assisté à l'entretien initial. Je connais bien l'affaire.

— Non.

— J'ai travaillé avec beaucoup de victimes de viol.

— Non, répéta-t-elle, comme si c'était elle le patron, comme si c'était à elle que revenait la décision.

Sabin eut l'air contrarié.

— De quelle affaire s'agit-il ?

— Mélanie Hessler. Elle a été violée par deux hommes, dans la ruelle derrière la librairie spécialisée où elle travaille, en plein centre-ville, expliqua Kate. Elle est très fragile, et la seule idée du procès à venir la terrorise. Elle ne supporterait pas que je l'abandonne — et surtout pas pour la confier à un homme. Elle a besoin de moi. Je ne la laisserai pas filer.

Rob soupira avec humeur.

— Parfait, déclara Sabin avec impatience. Mais cette affaire dont je viens de vous parler est notre priorité absolue. Peu importent les moyens que cela exigera. Je veux qu'on empêche ce cinglé de nuire. Sur-le-champ.

Sur-le-champ, tout simplement parce que la victime était de celles qui méritent plus d'une minute et demie d'attention au flash de six heures. Kate était bien forcée de se demander combien il aurait fallu de prostituées pour que Ted Sabin ressente un degré d'urgence similaire. Mais elle garda cette question pour elle, acquiesça d'un hochement de tête et essaya d'ignorer la sourde appréhension qui se logea au creux de son estomac comme une masse de plomb.

Un témoin comme un autre, se dit-elle. Une affaire comme une autre. Le retour aux embrouillaminis de son métier, aussi habituels que familiers.

Tu parles.

La mort d'une fille de milliardaire, une affaire pleine de politicards, un tueur en série, et un type qui débarque de Quantico par avion. Un type de l'Unité d'enquête et de soutien. Il ne lui restait plus qu'à espérer qu'il s'agisse de quelqu'un qui n'y était pas cinq ans auparavant — mais elle savait que cet espoir était on ne peut plus mince.

Subitement, Las Vegas ne lui paraissait plus si mal, tout compte fait.

3.

— C'est arrivé la nuit. Il faisait noir. Qu'a-t-elle pu voir ? demanda Kate.

Ils traversaient tous trois le parvis souterrain qui s'ouvrait au-dessous de la 5e Rue et reliait le centre administratif à la monstruosité de pierre, tendance gothique déprimant, qui abritait les bureaux de l'hôtel de ville ainsi que le commissariat central de la ville de Minneapolis. Ce corridor souterrain était noir de monde. Personne n'allait volontiers emprunter la rue. Le temps, en cette sombre matinée, virait au maussade, un ciel plombé descendait très bas sur la ville et dégorgeait une pluie froide et régulière. Novembre : un mois charmant, dans le Minnesota.

— Elle a dit à la police qu'elle l'avait vu, rappela Rob, en marchant à côté d'elle d'un pas bruyant. Par rapport à son corps, il avait des jambes trop courtes, et quand il pressait le pas, cela lui donnait la démarche trottinante d'un nain, quand bien même il était de taille moyenne. Il nous reste à espérer qu'elle l'ait suffisamment bien vu pour l'identifier.

— J'aimerais disposer d'un portrait-robot à temps pour la conférence de presse, annonça Sabin.

Kate grinça des dents. Oh ! ouais, qu'elle allait être belle, cette affaire !

— Un bon portrait-robot, cela prend du temps, Ted. Ça ne sert que s'il en sort quelque chose de correct.

— Oui, bon, plus vite nous sortons un descriptif du personnage, plus vite nous pouvons en sortir une photo, mieux ce sera.

En imagination, elle visualisait déjà Sabin en train d'arracher des informations à leur témoin pour ensuite laisser tomber cette fille comme un vieux chiffon.

— Nous ferons tout notre possible pour activer les choses, monsieur Sabin, promit Rob.

Kate lui lança un regard mauvais.

À une certaine époque de son histoire, l'immeuble de l'hôtel de ville avait été le palais de justice du comté de Hennepin, et, afin d'impressionner les visiteurs, il avait été construit dans un esprit de grandiose sobriété. L'entrée par la 4ᵉ Rue, que Kate avait rarement l'occasion d'emprunter, était aussi renversante que celle d'un palais, avec son grand escalier en marbre à double révolution, d'incroyables vitraux, et cette énorme sculpture, le *Père des Eaux*. Le corps de bâtiment principal, avec son sol carrelé et ses lambris de marbre blanc, lui avait toujours évoqué un ancien hôpital. Kate avait beau savoir l'endroit plein à craquer de flics et de voyous, de fonctionnaires de la ville et de journalistes, ainsi que de citoyens en quête de justice ou d'une faveur, il en émanait une éternelle sensation de vacuité.

La division des enquêtes criminelles du commissariat central s'entassait dans un dédale de pièces lugubres tout au bout d'un hall caverneux, le temps que s'achève la réorganisation des locaux, avec son cortège habituel de travaux d'excavation. L'espace d'accueil était segmenté en compartiments temporaires. Des dossiers et des boîtes s'entassaient un peu partout, on avait poussé les meubles de classement en métal gris zodiac cabossé dans tous les coins disponibles. Placardé au mur à côté de la porte, dans le placard à balais reconverti qui abritait désormais les enquêteurs en charge des crimes sexuels, un écriteau proclamait :

Soirée dinde
27 novembre
Chez Patrick's
16 heures

Sabin adressa à la réceptionniste un geste dédaigneux de la main et prit à droite pour passer dans le service des homicides. La pièce était un labyrinthe de bureaux hideux en acier, couleur mastic sale. Mis à part quelques bureaux occupés, ils étaient presque tous vacants. Il y en avait de bien rangés, mais la plupart étaient jonchés de paperasse. Des notes, des photographies et des caricatures étaient punaisées et scotchées aux murs et aux armoires. Sur un côté d'une porte, une note de service ordonnait :

DIVISION HOMICIDE — METTEZ VOS ARMES SOUS CLEF !

Combiné téléphonique contre l'oreille, Sam Kovac les vit arriver et, le sourcil froncé, leur fit signe d'approcher. Kovac le vétéran, dix-huit années de service, la moustache de rigueur, la coupe de cheveux passe-partout, l'une et l'autre d'un brun sableux et généreusement parsemées de filaments argentés, l'air d'un flic, une gueule universellement connue.

— Ouais, j'ai bien conscience que tu sors en ce moment avec la sœur de ma seconde femme, Sid. (Il tira un paquet neuf de Salems d'une cartouche posée sur son bureau, et se mit à trifouiller l'emballage de Cellophane. Il avait tombé la veste de son costume marron fripé et dénoué un peu sa cravate.) Cela ne te donne pas droit pour autant à des informations maison sur ce meurtre. Ça te donne droit à ma sympathie, un point c'est tout. Ouais ? Ouais ? Elle t'a dit ça ? Ah bon, et pourquoi tu crois que je l'ai quittée ? Hu-hu. Hu-hu. C'est vrai, ça ? (Il mordit la languette du papier et l'arracha d'un coup de dents pour ouvrir le paquet.) Là, tu viens d'entendre ce joli bruit, Sid ? Si tu as le malheur d'imprimer un mot de cette histoire, c'est le bruit que ça va faire quand je vais te forer un deuxième trou de balle. Tu m'as compris ? Tu veux des informations ? Viens à la conférence de presse, comme tout le monde. Ouais ? Eh bien, la même chose pour toi.

Il fit claquer le combiné sur sa base et tourna son sourcil froncé vers le procureur du comté. Ses yeux étaient d'un brun-vert d'écorce humide, injectés de sang, durs et brillants d'intelligence.

— Journaleux à la con. Cette histoire va devenir plus dégueu à voir que ma tante Selma, et elle a une tête à faire gerber un bouledogue.

— Ont-ils le nom de Bondurant ? s'inquiéta Sabin.

— Bien sûr. (Il tira une cigarette du paquet et la laissa pendre à sa lèvre, en retournant en tous sens le bazar qui encombrait son bureau.) Ils sont là à tourner autour comme des mouches au-dessus d'une crotte de chien, lâcha-t-il, en jetant un coup d'œil par-dessus son épaule. Salut, Kate — doux Jésus, qu'est-ce qui t'est arrivé ?

— Une longue histoire. Ne me dis pas que tu n'en as pas entendu parler chez Patrick's hier soir. Où est ton témoin ?

— Au bout du couloir.

— Est-ce qu'elle travaille déjà avec le dessinateur du portrait-robot ? l'interrogea Sabin.

Kovac relâcha un filet d'air entre ses lèvres, en hennissant comme le cheval qui refuse l'obstacle.

— Elle n'a même pas commencé ne serait-ce que l'ombre d'une collaboration avec nous. Notre citoyenne, là, n'est pas précisément ravie de se retrouver au centre de l'attention générale.

Rob Marshall eut un air alarmé.

— Elle ne pose pas de problème, tout de même ? (Il sortit son sourire de lèche-bottes à Sabin.) Elle doit juste être un peu secouée, j'imagine, monsieur Sabin. Kate va la tranquilliser.

— Quel est votre point de vue sur le témoin, inspecteur ? s'enquit Sabin.

Kovac attrapa au passage un briquet Bic et un dossier en désordre, avant de se diriger vers la porte. Blasé, revenu de tout, il était bâti comme ces boîtes aux lettres que l'on voit au coin des rues, solide, carré, plus utilitaire que décoratif. Son pantalon marron, un chouïa trop long, pochait un peu, les revers dégueu-lant sur le cou-de-pied de ses souliers à piqûre, aux talons usés.

— Elle ? Un problème ? Oh ! non, pensez-vous, une vraie perle ! lui répliqua-t-il, sarcastique. En guise de pièce d'identité, elle nous refile un permis de conduire probablement volé dans un autre État. Elle nous raconte qu'elle habite un appartement dans le quartier de Phillips, mais elle n'a pas les clefs de cet appartement, et elle est incapable de nous dire qui les possède. Si elle n'a pas de casier quelque part, je me rase le cul et je me le peins en bleu.

— Alors, tu l'as passée à l'ordinateur et puis quoi ? l'interrogea Kate, en faisant en sorte de lui emboîter le pas, pour que, faute de place, Sabin et Rob n'aient plus qu'à s'aligner derrière eux.

Elle avait appris depuis longtemps à soigner ses amitiés avec les flics qui travaillaient sur ses affaires. Il était tout à son avantage de les avoir comme alliés plutôt que comme adversaires. En outre, elle appréciait les bons flics, comme Sam. Ils exerçaient un métier difficile, n'en retiraient qu'un crédit minime, percevaient un salaire notoirement insuffisant, et tout cela en vertu d'une motivation toute simple et certainement des plus vieux jeu : ils estimaient que leur travail répondait à une nécessité. En cinq ans, Kovac et elle avaient construit une relation assez sympathique.

— Oui. Ce que j'ai essayé de rentrer dans l'ordinateur, c'est le nom qu'elle utilise aujourd'hui, nuança-t-il. Cette putain de machine est en rade. La super journée que ça va être. Aujourd'hui, moi, je suis d'équipe de nuit, comme tu sais. Donc, à l'heure qu'il est, je devrais être chez moi, dans mon lit. Enfin, à vrai dire, c'est mon équipe qui est de nuit. J'ai ce concept d'équipe à la con en horreur. Donnez-moi un équipier et fichez-moi la paix, bon sang ! Tu vois ce que je veux dire ? Parce que, du coup, avec cette organisation foireuse, il faut que je me divise la cervelle en deux pour en affecter la moitié aux crimes sexuels.

— Te donner un équipier ? Pour que tu tournes le dos à la fantastique célébrité, au glamour que va te rapporter une affaire pareille ? le taquina Kate, en le heurtant délicatement du coude.

Il lui répliqua d'un regard, en penchant la tête, l'air conspirateur. Une étincelle d'humour désabusé s'alluma dans ses yeux.

— Merde. J'aime bien les macchabées, pourvu qu'ils soient compliqués, tu le sais bien.

— J'ai entendu dire ça de toi, Sam, plaisanta-t-elle, sachant qu'il était le meilleur enquêteur des services de police de la ville, un type bien, droit dans ses bottes, qui vivait pour son métier et qui détestait que la politique vienne s'en mêler.

Il rit d'un air fâché et ouvrit la porte d'un réduit qui donnait sur une deuxième pièce, visible à travers la vitre sombre d'un miroir sans tain. De l'autre côté de la vitre, l'inspectrice Nikki Liska se tenait debout adossée à un mur, les yeux rivés sur la fille assise à l'opposé de la table en fausses fibres de bois. Mauvais signe. La situation était déjà devenue conflictuelle. La table était encombrée de boîtes de soda, de gobelets de café en carton, de morceaux de beignets et de miettes.

Lorsque Kate regarda fixement à travers la glace, la sensation d'effroi qui lui plombait déjà le ventre pesa cinq cents grammes de plus. Elle donnait à la fille peut-être quinze ou seize ans. Pâle et mince, la gamine avait le nez retroussé, la bouche lascive et charnue d'une call-girl qui devait demander plutôt cher la passe. Son visage dessinait un ovale étroit, avec un menton un peu trop long, ce qui lui donnait une expression naturellement provocante. Une note d'exotisme, quelque chose de slave dans ses yeux en amande, et l'air d'avoir vingt ans de trop.

— C'est une gamine, déclara sèchement Kate, en posant sur Rob un regard accusateur empreint de désarroi. Je ne m'occupe pas des gamines. Vous le savez.

— Nous avons besoin que vous vous occupiez de celle-ci, Kate.

— Pourquoi ? répliqua-t-elle. Pour les mineurs, vous avez toute une division spécialisée à votre disposition. Dieu sait si le meurtre est leur pain quotidien.

— C'est différent. Nous n'avons pas affaire à une banale histoire de bandes rivales, façon film de gangsters, souligna Rob, reléguant apparemment certains des crimes les plus violents du même ordre que la ville ait déjà connus au rang de simples vols à l'étalage et autres accrochages de la circulation. Nous avons affaire à un tueur en série.

Même au sein d'une profession qui côtoyait des meurtriers à longueur de semaine, ces mots « tueur en série » touchaient une corde sensible. Kate se demanda si leur sale type en était conscient, s'il se délectait de cette idée, ou s'il était trop complètement enfermé dans son petit monde à lui, son petit monde de traques et de meurtres. Elle avait connu les deux cas de figure. Quoi qu'il en soit, toutes leurs victimes étaient bel et bien mortes.

Elle se détourna de leur directeur pour observer à nouveau la fille dont le chemin avait croisé celui du dernier prédateur en date. Angie Di Marco lançait des regards furieux vers le miroir, irradiant la rancœur, par vagues d'ondes invisibles. Elle ramassa un gros stylo noir sur la table et, délibérément, en fit aller et venir le capuchon le long de sa lèvre inférieure, qu'elle avait charnue, dans un geste à la fois impatient et sensuel.

Sabin offrait son profil à Kate, comme s'il était en train de poser pour un graveur de monnaie.

— Vous avez déjà eu à traiter ce genre d'affaire, Kate. Vous disposez d'un cadre de référence. Vous savez à quoi vous attendre tant sur le plan de l'enquête que du côté des médias. Il n'est pas du tout impossible que vous connaissiez l'agent qu'on nous envoie de l'Unité d'enquête et de soutien. Cela pourrait se révéler utile. Nous avons besoin de faire feu de tout bois.

— J'ai étudié des victimes. J'ai eu affaire à des gens morts. (Elle n'aimait pas cette anxiété qui se faisait jour en elle. Elle n'aimait pas cette hantise, elle n'avait pas envie d'en examiner la source.) Il y a une grande différence entre travailler avec une personne morte et travailler avec une gamine. Aux dernières nouvelles, les morts se montraient plus coopératifs que les ados.

— Vous êtes avocate au service des témoins, lui rappela Rob, d'une voix légèrement geignarde. Cette jeune fille est un témoin.

Kovac, qui s'était appuyé contre le mur pour assister à cet échange, lui adressa un pâle sourire.

— Tu ne choisis pas tes parents, tu ne choisis pas tes témoins, Red. J'aurais de loin préféré que ce soit mère Teresa qui sorte en courant de ce parc la nuit dernière.

— Mais non, tu n'aurais pas préféré, ni de près, ni de loin, lui répliqua Kate. La défense soutiendrait que mère Teresa souffre de la cataracte et de la maladie d'Alzheimer, et jugerait tout individu susceptible de croire à l'existence d'un homme capable de se relever d'entre les morts, trois jours après les faits, comme un témoin fort peu crédible.

La moustache de Kovac se contracta convulsivement.

— Les avocats, quelle racaille !

Rob eut l'air stupéfait.

— Mère Teresa ? Mais, elle est morte.

À l'unisson, Kate et Kovac levèrent les yeux au ciel.

Sabin s'éclaircit la gorge et regarda sa montre d'un air on ne peut plus explicite.

— Il faut qu'on avance. Je veux entendre ce qu'elle a à dire.

Kate haussa le sourcil.

— Et vous croyez qu'elle va vous le dire comme ça ? Vous ne sortez pas assez de votre bureau, Ted.

— Elle a intérêt à tout nous raconter, bon sang de bonsoir, prévint-il, menaçant, et il se dirigea vers la porte.

Kate regarda fixement à travers la glace un dernier instant, et ses yeux croisèrent ceux de son témoin — bien qu'elle sût que la fille ne pouvait pas la voir. Une adolescente. Doux Jésus, ils auraient tout aussi bien pu lui confier un Martien. Elle n'était la mère de personne. Et elle avait toutes les raisons de se rappeler qu'elle n'en avait ni le besoin ni l'envie.

Elle scruta le visage pâle de la fille et y décela une colère, une méfiance et une expérience de la vie qu'aucune gamine de cet âge n'aurait dû posséder. Elle y vit surtout la peur. Enfouie sous tout le reste, logée en elle, aussi étroitement gardée qu'un secret, il y avait la peur. Kate s'interdit de reconnaître ce qui, au fond de son âme à elle, lui prêtait la faculté d'identifier cette peur.

Dans la salle d'interrogatoire, Angie Di Marco lança un petit coup d'œil à Liska, qui était en train de consulter sa montre. Elle ramena les yeux vers le miroir sans tain et glissa le stylo qu'elle avait chipé dans le col de son sweat.

— Une gamine, marmonna Kate, tandis que Sabin et Rob Marshall passaient dans le couloir devant elle. Moi qui n'ai même pas été fichue d'en être une, en mon temps.

— Au contraire, c'est parfait, commenta Kovac, en lui tenant la porte. Elle non plus.

À leur entrée dans la salle d'interrogatoire, Liska, petite, blonde et athlétique, avec une coupe à la garçonne, s'écarta du mur dans un déhanchement et leur adressa un vague sourire. On aurait dit une Fée Clochette nourrie aux stéroïdes — du moins était-ce ce que Kovac avait déclaré quand il l'avait baptisée de ce sobriquet : Fée Clochette.

— Bienvenue à tous. Plus on est de fous, plus on rit, lança-t-elle. Café ?

— Un déca pour moi et un pour notre amie assise à la table, s'il te plaît, Nikki, répondit Kate à voix basse, sans jamais quitter la jeune fille des yeux, essayant déjà de définir une stratégie.

Kovac s'écroula sur une chaise et s'accouda d'un bras à la table, grattant du bout de ses doigts carrés les miettes de chocolat éparpillées dessus comme des chiures de souris.

— Kate, voici Angie Di Marco, fit-il d'un ton détaché. Angie, voici Kate Conlan, de notre programme d'assistance aux victimes et aux témoins. C'est elle qui est chargée de ton affaire.

— Je ne suis pas une affaire, coupa la jeune fille. Et eux, c'est qui ?

— Le procureur du comté, Ted Sabin, et Rob Marshall, également du programme d'assistance aux victimes et aux témoins.

Kovac désigna l'un puis l'autre, tandis que les deux hommes prenaient place de l'autre côté de la table, en face de leur témoin de choix. Sabin gratifia la jeune fille de sa meilleure mimique à la Ward Cleaver.

— Angie, ce que vous avez à dire nous intéresse au plus haut point. Ce tueur que nous recherchons est un homme dangereux.

— Non, sans déconner ? (La fille se tourna vers Kovac. Elle lui lança un regard furibard, son œil visant la bouche de l'inspecteur.) Je peux avoir une clope ?

Il considéra ladite cigarette après se l'être décollée des lèvres.

— Bon Dieu, même moi, ici, j'ai pas le droit de m'en fumer une, lui avoua-t-il. Parce que ce bâtiment est non-fumeur. Même moi, celle-là, pour me la fumer, j'allais devoir sortir d'ici.

— Ça fait chier à la fin. Je me retrouve coincée dans cette putain de pièce la moitié de la nuit, putain, et je peux même pas avoir une clope, putain !

Elle se cala contre le dossier de sa chaise et croisa les bras. Ses cheveux châtains étaient gras, séparés par une raie au milieu, et lui retombaient sur les épaules. Elle s'était mis trop de mascara, du noir s'était étalé sous les yeux, et elle portait un blouson en jean délavé Calvin Klein qui avait jadis appartenu à un dénommé Rick : ce prénom était imprimé à l'encre indélébile au-dessus de la poche poitrine côté gauche. Elle avait gardé le blouson sur elle, en dépit de la chaleur qui régnait dans la pièce. Besoin de sécurité, ou de dissimuler les marques de seringue, s'imagina Kate.

— Allez, Sam, nom de Dieu, file-lui une cigarette, insista Kate en remontant les manches de son pull. (Elle prit la chaise libre du côté de la table où se trouvait la fille.) Et donne-m'en une à moi aussi, pendant que tu y es. Si les nazis de l'inspection des services nous chopent, on tombera tous ensemble. Qu'est-ce qu'ils nous feront ? Nous demander de quitter ce trou à rats ?

Tandis que Kovac secouait son paquet pour en extraire deux cigarettes de plus, elle observa la fille du coin de l'œil. Les ongles d'Angie étaient rongés jusqu'au sang, et vernis bleu métallisé. Quand elle attrapa le cadeau qu'on lui octroyait, sa main tremblait. Elle portait un assortiment d'anneaux en argent bon marché, et deux petits tatouages grossiers au stylo-bille gâtaient sa peau pâle — une croix près du pouce, et la lettre A chapeautée d'une ligne horizontale. Un autre tatouage à l'encre bleue, du boulot de professionnel cette fois, lui cerclait le poignet : un délicat bracelet d'épines.

— Tu es restée ici toute la nuit, Angie ? lui demanda Kate, en tirant sur sa cigarette — qui avait un goût de merde desséchée.

Pourquoi était-elle allée contracter cette sale manie à l'époque du lycée, voilà qui la dépassait. Le prix à payer pour s'inventer un air naturel, supposa-t-elle. Désormais, c'était devenu le prix de la dépendance.

— Oui. (Angie recracha un jet de fumée vers le plafond.) Et en plus ils ne voulaient pas me trouver d'avocat.

— Tu n'as pas besoin d'avocat, Angie, lui expliqua Kovac sur un ton compréhensif. Tu n'es accusée de rien.

— Alors pourquoi j'peux pas m'tirer de cet endroit de merde ?

— Nous avons tout un tas de complications à régler. Par exemple, la question de ton identité.

— Ma pièce d'identité, je vous l'ai donnée.

Il la tira du dossier et la tendit à Kate avec un haussement de sourcils entendu.

— Tu as vingt et un ans, lut Kate d'une voix neutre, en tapotant sa cendre dans une tasse laissée à l'abandon, remplie d'un café aussi noir que du pétrole.

— C'est ce qui est écrit là.

— Il est écrit que tu es de Milwaukee...

— Non, j'étais. Je suis partie.

— De la famille là-bas ?

— Ils sont morts.

— Je suis désolée.

— Ça m'étonnerait.

— Et par ici, de la famille ? Des tantes, des oncles, je ne sais pas, moi, des cousins, apparentés par la main gauche à des phénomènes de cirque, non, même pas ? Quelqu'un que l'on pourrait appeler pour toi — quelqu'un qui t'aiderait à franchir cette mauvaise passe ?

— Non. Je suis orpheline. Pauvre de moi. (Elle lâcha un rire sarcastique, pour la galerie.) Croyez-moi, je n'ai aucun besoin d'une famille.

— Tu n'as pas d'adresse permanente, Angie, fit observer Kovac. Il faut que tu comprennes ce qui s'est passé, là. Tu es la seule à pouvoir identifier le tueur. Nous avons besoin de savoir ce que tu es venue fabriquer dans tout ça.

Elle leva les yeux au ciel comme seules peuvent le faire les adolescentes, exprimant à la fois l'incrédulité et l'impatience.

— Je vous l'ai donnée, mon adresse, non ?

— Tu m'as donné l'adresse d'un appartement dont tu n'as pas les clefs et tu es incapable de me communiquer le nom de la personne avec qui tu habites.

— Mais si, je vous l'ai dit !

Elle se leva en repoussant sa chaise, se détourna de Kovac, et la cigarette qu'elle tenait à la main laissa pleuvoir des cendres sur le sol. Soit le sweat bleu qu'elle portait sous son blouson était coupé très court, soit il avait rétréci, car il révélait un nombril percé d'un anneau et un autre tatouage — trois gouttes de sang qui tombaient sous la ceinture de son jean sale.

— Elle s'appelle Molly, répondit-elle. Je l'ai rencontrée à une fête et elle m'a dit que je pouvais crécher chez elle en attendant d'avoir un endroit à moi.

Kate perçut un soupçon de tremblement dans la voix de la jeune fille, le langage défensif du corps, alors qu'elle se repliait sur elle-même en leur tournant le dos. À l'autre bout de la pièce, la porte s'ouvrit et Liska entra avec le café.

— Angie, personne ici n'essaie de te compliquer la vie, lui assura Kate. Notre première préoccupation, c'est que tu sois en sécurité.

Brusquement, la fille se retourna vers elle, ses yeux d'un bleu sombre étincelants de colère.

— Votre seule préoccupation, c'est que je témoigne contre ce fumier, ce malade, ce Crémateur. Vous me prenez pour une tarée ? Il va me traquer et il me tuera moi aussi !

30

— Il est impératif que vous coopériez, Angie, affirma Sabin avec autorité. (Du ton de celui qui est aux commandes.) Vous êtes notre seul témoin. Cet homme a tué trois femmes, jusqu'à plus ample informé.

Kate lança au procureur du comté un regard aussi affûté qu'une lame de poignard.

— Cela fait partie de mon travail de veiller à ta sécurité, Angie, lui expliqua-t-elle à son tour, en conservant une voix égale et calme. Si tu as besoin d'un endroit où habiter, on peut arranger ça. Tu as un boulot ?

— Non. (Elle se détourna de nouveau.) J'ai cherché, ajouta-t-elle, presque sur ses gardes.

Elle se dirigeait vers l'angle de la pièce où l'on avait posé un sac à dos sale. Kate aurait volontiers parié que la totalité des possessions de cette gamine se résumait au contenu de ce sac.

— C'est dur d'arriver dans une nouvelle ville, admit Kate tranquillement. Tu sais pas te démerder. Tu n'as pas de contacts. Pas facile de faire son trou, de mener sa barque.

La fille baissa la tête et mordilla l'ongle de son pouce, ses cheveux vinrent lui balayer le visage, l'obscurcir.

— Faire son trou, ça demande de l'argent, poursuivit Kate. De l'argent pour manger. De l'argent pour un loyer. De l'argent pour s'habiller. De l'argent pour tout.

— Je me débrouille.

Comment, Kate ne l'imaginait que trop. Elle savait comment ça se passait, chez les gamins, dans la rue. Ils faisaient le nécessaire pour survivre. Mendier. Voler. Vendre un peu de défonce. Faire une passe, ou deux, ou dix. En ce bas monde, les déchets humains, les dépravés tout disposés à prendre pour proies ces gamines sans foyer et sans perspectives, ça ne manquait pas.

Liska posa les tasses de café fumant sur la table et se pencha pour murmurer à l'oreille de Kovac.

— Elwood a retrouvé le gérant de l'immeuble. D'après ce type, l'appartement est vacant, et cette gamine vit dedans, alors il veut cinq cents dollars de caution, sans quoi il dépose plainte pour violation de propriété.

— Un humaniste, cet homme !

— Alors Elwood lui a dit : « Cinq cents dollars ? Ça revient à quoi, ça ? Un dollar le cafard ? »

Kate intégra ces informations chuchotées, les yeux toujours posés sur Angie.

— Ta vie est déjà suffisamment difficile comme ça sans que tu aies à te transformer en témoin d'un meurtre.

La tête toujours baissée, la jeune fille renifla, avant d'amener la cigarette à ses lèvres.

— Je l'ai pas vu quand il l'a tuée.

— Qu'avez-vous vu, à la fin ? s'impatienta Sabin. Nous avons besoin de savoir, mademoiselle Di Marco. Chaque minute qui passe est cruciale pour l'enquête. Cet homme est un tueur en série.

— À mon humble avis, cela n'a échappé à aucun d'entre nous, Ted, lui fit observer Kate d'une voix tranchante. Ce n'est pas franchement la peine de nous le rappeler toutes les deux minutes.

Rob Marshall en eut un tic convulsif. Sabin croisa son regard, manifestant son impatience. Il voulait des révélations avant de filer à son rendez-vous avec le maire. Il voulait être en mesure de se montrer devant les caméras, lors de la conférence de presse, et de donner à ce monstre en liberté un nom et un visage, pour annoncer son arrestation imminente.

— Angie paraît avoir un peu de mal à se décider à coopérer, constata-t-il. Je pense qu'il est important qu'elle comprenne la gravité de la situation.

— Elle a regardé quelqu'un mettre le feu à un corps humain. Je pense donc qu'elle comprend parfaitement la gravité de la situation.

Du coin de l'œil, Kate remarqua qu'elle avait réussi à éveiller l'attention de la jeune fille. Peut-être deviendraient-elles amies, une fois qu'elles vivraient toutes les deux dans la rue, une fois que Sabin aurait viré Kate pour lui avoir tenu tête devant des tiers. Allons donc, mais qu'est-ce qui lui prenait, de s'imaginer une chose pareille ? La fille ne paraissait avoir aucune envie qu'on lui colle ce sac de nœuds sur le dos.

— Que faisiez-vous dans ce parc à cette heure de la nuit, Angie ? lui demanda Rob, en s'essuyant le front avec un mouchoir.

La fille lui planta son regard en pleine figure.

— J'm'occupais de mes affaires, bordel.

— Vous pouvez retirer votre blouson si vous voulez, lui proposa-t-il avec un sourire crispé.

— J'ai pas envie.

Rob serra la mâchoire et son grand sourire se mua en grimace.

— C'est parfait. Si vous voulez le garder sur vous, c'est parfait. Moi, ce que j'en disais, c'était juste parce qu'il a l'air de faire chaud ici. Pourquoi ne nous expliquez-vous pas, avec vos mots à vous, comment vous vous êtes retrouvée dans ce parc la nuit dernière, Angie ?

Elle le dévisagea, d'un œil venimeux.

— Je vous répondrais bien de venir me lécher le cul, mais vous avez tellement une putain de gueule de mongolien, que je vous demanderais aussi de me payer d'avance.

Rob vira à l'écarlate : son visage n'était plus qu'une vilaine plaque d'urticaire.

Un bip se déclencha et tout le monde dans la pièce, excepté le témoin, mit la main à son Alphapage. L'œil noir, Sabin lut le message affiché sur l'écran du sien. De nouveau, il consulta sa montre.

— Cet homme, Angie, l'avez-vous vu distinctement ? lui demanda Rob d'une voix tendue. Vous pourriez nous apporter une telle aide, sur ce plan. Je sais que vous avez traversé un moment terrible...

— Vous en savez que dalle, le coupa la fille.

Une veine palpita aussitôt sur la tempe gauche de Rob et de la sueur perla sur son front luisant.

— C'est justement pour ça qu'on te le demande, ma grande, reprit Kate avec calme. (Elle relâcha paresseusement un filet de fumée, manifestant par là qu'elle avait tout son temps.) Ce type, est-ce que tu l'as vu distinctement ?

Angie l'étudia un moment, le temps et le silence se dilatèrent, puis elle regarda Sabin, Liska, Kovac, avant de revenir à Rob Marshall. Jaugeant. Évaluant.

— Je l'ai vu au milieu des flammes, dit-elle enfin, en baissant les yeux au sol. Il a mis le feu à ce cadavre et puis il a dit : « Tu redeviendras poussière. »

— Si vous le revoyiez, vous le reconnaîtriez ? lui demanda Sabin.

— Sûr, murmura-t-elle, en portant la cigarette à ses lèvres pour tirer dessus une dernière fois. (Le bout rougeoya comme une braise de l'enfer, en contraste avec la pâle blancheur de son visage. Quand elle parla de nouveau, ce fut dans un souffle de fumée.) C'est le diable.

— Et quel est l'intérêt de tout cela ? lança Kate, passant à l'offensive à la seconde où ils sortaient de la salle d'interrogatoire.

Sabin se retourna vers elle, l'air furieux.

— J'allais vous poser la même question, Kate. Nous avons besoin de la collaboration de cette fille.

— Et vous croyez que vous allez l'obtenir en lui tombant dessus comme vous le faites ? Au cas où vous ne l'auriez pas remarqué, elle n'a rien cédé.

— Comment pourrait-elle céder quoi que ce soit alors que vous êtes venue vous en mêler chaque fois que je commençais à marquer un point ?

— La force rencontre la résistance, Ted. Et c'est mon boulot de m'en mêler... je suis avocate, lui répliqua-t-elle, comprenant aussitôt qu'elle était en train de s'attirer la colère d'un homme très puissant.

Il avait le pouvoir de lui retirer cette affaire. *Ce serait ma chance*, songea-t-elle. Déjà, cette enquête avait toutes les apparences d'une partouze de classe internationale. Quel bénéfice retirerait-elle à se retrouver coincée en plein milieu ?

— C'est vous qui m'avez entraînée là-dedans, lui rappela-t-elle. Vous vouliez que je devienne la copine de cette fille, vous vous souvenez ? Ce sera un boulot suffisamment compliqué comme ça sans que vous nous dressiez tous face à elle comme si nous formions bloc. Il faut que l'envie lui vienne de nous dire ce qu'elle a vu. Il faut qu'elle nous accorde sa confiance, qu'elle pense que nous avons l'intention de veiller sur elle. Honnêtement, d'après vous, est-ce qu'elle se fierait suffisamment à vous pour croire que vous allez lui soutirer les informations qu'elle peut vous livrer, sans la larguer ensuite dans la nature ? Avant toute chose, comment croyez-vous qu'une gamine comme Angie finit par se retrouver en plein dans un pareil foutoir ?

— Vous ne vouliez pas de cette affaire parce qu'il s'agit d'une gamine, fit observer Sabin avec irritation. Et maintenant, subitement, vous voilà experte en la matière.

— Vous vouliez de moi parce que je suis experte en la matière, à cause du bagage que je suis censée posséder, lui rappela-t-elle. Alors il faut me faire confiance. Je sais comment interroger un témoin.

Sabin se désintéressa d'elle pour se tourner vers Kovac.

— Vous disiez que cette fille a été appréhendée alors qu'elle était en train de fuir les lieux du crime ?

— Pas exactement.

— Elle sortait du parc en courant quand la première unité est arrivée, non ? poursuivit Sabin avec impatience. Elle s'éloignait en courant de l'endroit où gisait un corps en train de flamber. Voilà qui la désigne comme suspecte. Secouez-la. Paniquez-la. Menacez-la. Extorquez-lui la vérité en lui faisant peur. Peu m'importe de quelle manière vous vous y prenez. J'ai rendez-vous d'ici deux minutes avec le chef de la police et le maire. La conférence de presse est prévue à cinq heures. Je veux un portrait-robot du tueur pour cette heure-là.

Il s'éloigna d'eux, arrangeant les plis de sa veste, en jouant des épaules comme un boxeur qui vient de combattre cinq rounds. Kate regarda Kovac, qui affichait une mine dépitée.

— Tu vois le genre de merdier que j'ai à me tartiner ? fit-il.

— Comment ça, que tu as à te tartiner ? s'indigna Kate avec un reniflement. Il aurait pu me foutre à la porte. Eh bien, moi, il n'empêche que ça me serait parfaitement égal de savoir qu'il se prépare à rejoindre Mme le ministre fédéral de la Justice en personne, à Washington, pour un rendez-vous galant. Le pouvoir ne lui donne pas le droit de harceler un témoin... ni à toi celui d'agir de même pour son compte. Si tu piétines cette gamine à coups de souliers cloutés, je vais te pourrir l'existence, Sam.

Kovac grimaça.

— Doux Jésus, Kate, le grand manitou me dit de la foutre au trou. Je suis censé faire quoi ? Lui répondre par un pied de nez ? Il va me briser les *cojones* menu-menu dans son casse-noix pour Noël.

— Ça me fera des balles de tennis.

— Désolé, Kate. Objection rejetée. Sabin peut me les couper, et me couper ma pension de retraite par la même occasion. Regarde le bon côté de la médaille : pour cette nana, le panier à salade, ça va être le Club Med.

En quête d'un soutien, Kate se tourna vers son patron. Rob se dandinait.

— Il ne s'agit pas là de circonstances ordinaires, Kate.

— Je m'en rends bien compte. Je me rends également compte que si cette gamine n'avait pas observé notre maniaque en train de mettre le feu à l'une de ces putes, il n'y aurait pas de conférence de presse en suspens et Ted Sabin ne saurait même pas comment elle s'appelle. Mais cela ne change rien à ce qu'elle a vu, Rob. Cela ne change rien à qui elle est ou au fait qu'elle a besoin d'être prise en main. Elle s'attend à se faire maltraiter. Cela lui fournit une excuse pour se montrer peu coopérative.

L'expression de Rob était un croisement entre l'ironie désabusée et le déchirement.

— Je croyais que vous ne vouliez pas de cette affaire.

— Je n'en veux pas, confirma Kate, catégorique. Personnellement, je n'ai aucune envie de me retrouver le cul au milieu des alligators, mais si j'entre dans cette affaire, alors j'y entre jusqu'au bout. Laissez-moi accomplir mon boulot avec elle ou confiez-moi un autre dossier. Je ne serai pas une marionnette et je ne me laisserai pas lier les mains. Pas même par son altesse toute-puissante.

C'était une sorte de bluff. Ce boulot, il se pouvait en effet qu'elle n'en ait pas voulu, mais s'agissant d'une affaire pareille elle était la meilleure des avocates — du moins Ted Sabin le pensait-il. Sabin, qui bandait à l'idée de l'imaginer en agent du FBI. Kate le savait, cette obsession avait beau la dégoûter, cela lui conférait une certaine prise sur lui, et par conséquent sur Rob.

La véritable question était la suivante : qu'est-ce que tout cela allait lui coûter ? Et pourquoi fallait-il qu'elle prenne tout cela à cœur au point d'avoir à en payer personnellement le prix ? Cette affaire sentait mauvais, elle la sentait puer à cent mètres, elle en percevait les ramifications potentielles, elle sentait déjà leur contact, comme les tentacules d'une pieuvre. Elle aurait dû mettre les bouts. S'il lui restait un gramme de bon sens. Si elle n'avait pas su percer au-delà des défenses d'Angie Di Marco, pour entrevoir la peur de la jeune fille.

— Qu'est-ce que va faire Sabin, Rob ? le questionna-t-elle. Nous couper la tête et nous passer au barbecue ?

— Ce n'est franchement pas drôle du tout.

— Je n'avais pas l'intention d'être drôle. Ayez un peu de cran et tenez-lui tête, bon Dieu.

Rob soupira et passa discrètement un pouce dans la ceinture de son pantalon.

— Je vais lui parler et voir ce que je peux faire. Sait-on jamais, d'ici cinq heures, peut-être qu'en feuilletant le classeur des photos de l'identité judiciaire, cette fille va nous sortir celle de ce type, hasarda-t-il sans trop d'espoir.

— Vous avez sûrement conservé des contacts dans le Wisconsin, lui suggéra Kate. Peut-être pourriez-vous obtenir un tuyau sur elle, découvrir qui elle est réellement.

— Je vais passer quelques coups de fil. Ce sera tout ? demanda-t-il, sur un ton des plus explicites.

Kate feignit l'innocence. Elle était bien consciente de sa tendance à mener le bal, et, dès lors que cela concernait son patron, elle estimait parfaitement inutile de s'en excuser. S'il ne lui inspirait jamais l'envie de suivre ses propres directives, qu'y pouvait-elle ?

Rob s'éloigna, l'air déconfit.

— Toujours homme d'action, ton patron, releva Kovac, pince-sans-rire.

— Ses *cojones*, je pense que Sabin les conserve déjà en bocal dans son armoire à pharmacie.

— Ouais, bon, et moi, j'ai aucune envie d'ajouter les miennes à sa collection. Vois si tu peux tirer quelque chose de cette gamine d'ici cinq heures, à part des mensonges et des sarcasmes. (D'une main, il pressa l'épaule de Kate, en signe d'encouragement et de compassion.) T'as du pain sur la planche, Red. L'affaire est entre tes mains.

Kate se renfrogna, en le regardant se retirer aux toilettes, côté messieurs.

— Et quand même, je repose la question, une fois encore : pourquoi faut-il toujours que je me trouve au mauvais endroit au mauvais moment ?

4.

L'agent spécial chef d'opération John Quinn sortit de la passerelle qui menait de l'avion à l'aérogare pour pénétrer dans l'aéroport de Minneapolis-Saint-Paul. Cet aéroport ressemblait à tous ceux qu'il avait déjà connus : gris et morne. Le seul signe d'émotion visible, parmi tous ces gens ternes et fatigués de leur voyage, était la fête de bienvenue qu'une famille faisait à un jeune homme arborant une coupe en brosse et l'uniforme bleu de l'armée de l'air.

Il ressentit un léger tiraillement d'envie, une sensation qui lui paraissait aussi vieille que son âge — quarante-quatre ans. Dans sa propre famille, on nourrissait un penchant plus marqué pour la dispute que pour la fête. Il ne les avait pas revus depuis des années. Trop occupé, trop distant, trop détaché. Trop honte d'eux, aurait dit son vieux... et il aurait eu raison.

Il repéra l'agent de terrain qui l'attendait sur le seuil de la zone des portes d'accès aux avions. Vince Walsh. Au vu de son dossier, il était âgé de cinquante-deux ans et doté de solides états de service. Il partirait à la retraite en juin. Il donnait l'impression d'en avoir soixante-deux, et d'être en mauvaise santé. Sa peau était couleur d'argile à poterie, et le poids des soucis avait tiré la chair de son visage vers le bas, lui laissant de profondes crevasses qui lui creusaient les joues et lui barraient le front. Il avait l'air d'un homme qui menait une vie soumise à trop de tensions — sans autre issue que la crise cardiaque. Il avait l'air d'un homme qui aurait préféré qu'on lui désigne n'importe quelle mission plutôt que celle de venir chercher ce cerveau, ce chasseur de première main débarqué de Quantico.

Quinn se força à rassembler son énergie, relevant du même coup les commissures des lèvres. Adapter sa réaction : avoir l'air de s'excuser, sans être ni agressif ni menaçant ; juste un soupçon de bienveillance, mais sans excès de familiarité. Il se tenait les épaules un peu voûtées, c'était naturel, la fatigue. Il ne se donna guère la peine de les redresser.

— Vous êtes Walsh ?

— Vous êtes Quinn, rétorqua Walsh aussi sec, tandis que Quinn commençait d'extraire sa plaque d'immatriculation de la poche intérieure de son manteau. Vous avez des bagages ?

— Voyez, tout est là. (Un sac de voyage plutôt rebondi, rempli de vêtements, qui dépassait les dimensions réglementaires des bagages autorisés en cabine, et un sac de transport renfermant un ordinateur portable et une rame de papier. Walsh ne lui offrit pas de le débarrasser.) Merci d'être venu me chercher, ajouta Quinn alors qu'ils se dirigeaient vers le parvis central situé en contrebas. Pour moi, c'est encore le moyen le plus rapide de me mettre dans le coup. Ça élimine le risque que je perde une heure à chercher mon chemin en voiture.

— Parfait.

Parfait. Pas fameux comme début, mais le premier cap était franchi. Ce type, il allait mettre le trajet à profit pour le travailler. En l'occurrence, l'important, c'était de toucher terre sans se désunir, et de trouver tout de suite la bonne foulée. Sa priorité, c'était l'affaire. L'affaire, comme toujours. Une affaire après l'autre, un empilement d'affaires, et une autre, et une autre encore qui l'attendait au tournant... Un frisson de fatigue le parcourut des pieds à la tête, lui décochant au passage un coup à l'estomac.

Ils marchèrent en silence en direction du terminal principal, montèrent au premier étage par l'ascenseur, et traversèrent la rue vers la rampe d'accès au parking, où Walsh avait laissé sa Taurus garée sur une place interdite, réservée aux handicapés. Quinn fourra ses bagages dans le coffre et s'installa côté passager. La fumée de cigarette avait imprégné l'habitacle du véhicule et donnait aux sièges couleur beige la même teinte grise que la mine du conducteur.

Lorsqu'ils s'engagèrent sur l'autoroute 5, Walsh attrapa un paquet de Chesterfield. Il pinça la cigarette entre ses lèvres et la tira hors du paquet.

— Ça vous gêne ?

Il alluma un briquet sans attendre la réponse.

Quinn entrouvrit la fenêtre.

— Nous sommes dans votre voiture.

— Plus que pour sept mois. (Il alluma, s'emplit les poumons de goudron et de nicotine, et réprima une toux.) Doux Jésus, j'arrive pas à me débarrasser de ce foutu rhume.

— Sale temps, suggéra Quinn. À moins que ce ne soit un cancer du poumon.

Le ciel paraissait écraser Minneapolis comme une enclume. Pluie et treize degrés centigrades. Toute la végétation était en sommeil, ou morte, et le resterait jusqu'au printemps — qui, en ces lieux, soupçonnait-il, était encore lointain. Réflexion des plus déprimantes. Au moins, en Virginie, la nature manifestait des signes de vie dès le mois de mars.

— Ça pourrait être pire, observa Walsh. On pourrait se taper un putain de blizzard. On s'en est farci un par ici, à Halloween, il y a de ça quelques années. Quel foutoir. Devait être tombé trois mètres de neige cet hiver-là, qui a tenu jusqu'en mai. J'ai cette région en horreur.

Quinn ne lui demanda pas pourquoi il restait. Il n'avait aucune envie d'entendre la litanie habituelle des récriminations contre le Bureau, ni la complainte tout aussi habituelle du type mal marié, avec de la belle-famille dans la région, ni l'exposé des motifs qui pouvaient amener un homme comme Walsh à détester sa propre existence. Quinn avait ses problèmes, lui aussi — dont Vince Walsh n'avait aucune envie d'entendre parler non plus.

— L'Utopie, c'est un endroit qui n'existe pas, Vince.

— Ouais, enfin, Scottsdale me suffirait parfaitement, c'est encore pas trop loin. Je ne veux plus avoir froid, plus jamais, pas tant que je serai en vie. Dès juin, je dégage d'ici. Je dégage de cette région. Je dégage de ce boulot ingrat.

Il lança un coup d'œil soupçonneux à Quinn. Il devait se représenter le personnage comme un mouchard du Bureau qui, à la seconde où il se retrouverait seul, n'aurait rien de plus pressé que de décrocher son téléphone pour rapporter ce propos à l'agent spécial en poste dans la région.

— C'est un boulot qui a de quoi user un homme, admit Quinn avec commisération. La politique, c'est ça qui me tape sur les nerfs, ajouta-t-il, sachant qu'il touchait là une corde sensible avec une précision infaillible. C'est vrai qu'à force de travailler sur le terrain, la politique, on se la paie aux deux bouts de la chaîne... avec les autorités locales, et en plus avec le Bureau.

— Je ne vous le fais pas dire. J'aurais donné cher pour avoir dégagé depuis hier. Dans cette affaire, c'est des coups de pied au cul qu'on va se prendre en série.

— C'est déjà le cas ?

— Ben, la preuve, vous êtes ici, non ?

Walsh attrapa une chemise posée sur le siège entre eux et la lui tendit.

— Les photos des lieux du crime. Je savais que vous les voudriez tout de suite. Payez-vous-en une tranche.

Quinn prit la chemise sans détacher ses yeux sombres de Walsh.

— Ma présence ici vous pose un problème, Vince ? lui demanda-t-il sans détour, mais il arrondit les angles de sa question en affichant moitié un sourire façon je-suis-ton-copain, moitié un air confus — confusion qu'en réalité il n'éprouvait pas le moins du monde. Il s'était trouvé dans cette situation à maintes et maintes reprises, il connaissait toutes les manières possibles et imaginables que l'on avait de réagir à son arrivée sur le théâtre des opérations : accueil sincère, accueil hypocrite, contrariété voilée, franche hostilité. Walsh se rangeait dans la troisième catégorie, mais si on lui en avait fait la remarque, il aurait juré ses grands dieux qu'il s'exprimait sans fard.

— Bon sang, ah ! ça non ! admit-il enfin. Si on ne pince pas cette ordure dès que possible, on va pouvoir cavaler dans tous les sens chacun avec sa cible placardée au cul. Que la vôtre soit d'un format plus grand que la mienne, franchement, non, ça ne me pose aucun problème.

— À ceci près que cette affaire est encore la vôtre. Moi, je ne suis ici que pour vous apporter mon soutien.

— C'est marrant. J'ai sorti le même discours au lieutenant de la division des homicides de Minneapolis.

Déjà occupé à concevoir mentalement une stratégie d'équipe, Quinn ne répondit rien. Selon toute apparence, vis-à-vis de ce Walsh, il allait lui falloir faire preuve de doigté, même s'il paraissait peu probable que l'agent spécial adjoint en poste qui dirigeait ici le bureau régional du FBI ait désigné, pour traiter cette affaire, un second couteau. Si Peter Bondurant possédait de quoi faire aboyer les gros bonnets de Washington, ce n'étaient pas les locaux qui disposeraient des moyens de contrer le personnage. À en juger par ses télécopies, Walsh avait derrière lui une solide réputation, et qui courait sur un bon paquet d'années. Peut-être même un peu trop d'années, un peu trop d'affaires, un peu trop de jeux politiques.

Quinn fondait ses déductions sur un solide tableau de la situation politique locale. Le compte des cadavres s'élevait à trois — tout juste le chiffre correspondant à la définition officielle des meurtres en série. D'ordinaire, à ce stade, on se contentait de le consulter par téléphone — quand on le consultait. Au vu de sa propre expérience, les locaux tâchaient en général de prendre eux-mêmes en main ce genre de chose, jusqu'à ce que les cadavres commencent à s'amonceler. Et avec quatre-vingt-cinq affaires en cours, il fallait bien que Quinn accorde la priorité aux plus terribles d'entre elles. Il était rare qu'une affaire limitée à trois meurtres l'amène à programmer un déplacement. Sa présence physique ici ne lui semblait guère nécessaire — ce qui ne faisait qu'accentuer son agacement et son épuisement. L'espace de deux secondes, il ferma les yeux, histoire de rattraper ses états d'âme par la bride et de les ramener dans leur enclos.

— Votre M. Bondurant a des amis très haut placés, remarqua-t-il. Quel est son parcours ?

— Le gorille poids lourd standard, pas loin de la demi-tonne. Il possède une entreprise d'ordinateurs qui signe un paquet de contrats avec le ministère de la Défense : Paragon. Le jour où il a laissé courir le bruit qu'il allait déménager et quitter le Minnesota, le gouverneur et tous les politiciens de l'État, jusqu'au dernier, ont aussitôt pris la file d'attente pour venir lui lécher le cul. On dit qu'il vaut un milliard de dollars, voire plus.

— Vous l'avez rencontré ?

— Non. Il ne s'est pas donné la peine de passer par notre bureau pour arriver jusqu'à vous. J'ai entendu dire qu'il s'est adressé directement au sommet.

Et, en l'espace de quelques heures, le FBI avait expédié Quinn par le premier avion pour Minneapolis. En faisant fi du mode normal d'attribution des affaires par région. Sans considération aucune pour celles qu'il avait en cours. Et pas question de s'encombrer avec les complications bureaucratiques d'usage concernant les procédures d'autorisations de déplacement.

Il se demanda non sans aigreur si Bondurant l'avait fait demander nommément. Au cours de l'année écoulée, il s'était retrouvé sous les projecteurs un bon paquet de fois. Non que ce fût de son propre gré. La presse appréciait son image. Il cadrait avec le profil que cette dernière s'était forgé de l'agent spécial de l'Unité d'enquête et de soutien : athlétique, la mâchoire carrée, ténébreux, dégageant une intense énergie. Il était photogénique, passait bien à la télévision, et, au cinéma, on aurait sans doute confié son rôle à un George Clooney. Certains jours, cette image lui était utile. Certains jours, il trouvait cela amusant. Mais cela lui tapait de plus en plus sur le système, point à la ligne.

— Il n'a pas perdu de temps, poursuivit Walsh. La fille n'est pas encore refroidie. Les flics ne disposent encore d'aucune assurance qu'il s'agisse de sa gamine — avec la tête en moins et tout le reste, comment voulez-vous. Mais vous savez, les gens qui ont de l'argent ne se compliquent pas l'existence. Ils n'en ont pas besoin.

— Où en sommes-nous concernant l'identité de la victime ?

— Ils ont son dossier dentaire. Ils vont essayer de prendre ses empreintes digitales, mais les mains ont été salement brûlées, à ce qu'on m'a dit. Le médecin légiste a demandé tous les antécédents médicaux de Jillian Bondurant concernant d'éventuelles marques distinctives ou autres fractures, histoire de vérifier si quelque chose coïncide. Nous savons que le corps est d'une taille et d'une corpulence qui pourraient correspondre. Nous savons que Jillian Bondurant a dîné avec son père vendredi soir. Elle a quitté la maison paternelle vers minuit et on ne l'a pas revue depuis.

— Et sa voiture ?

— Personne ne l'a encore retrouvée. L'autopsie est prévue pour ce soir. Avec de la chance, peut-être pourront-ils rapprocher le contenu de l'estomac de la victime du repas que Bondurant et son père ont pris ce soir-là, mais j'en doute. Il aurait fallu qu'elle se fasse tuer presque tout de suite après dîner. C'est pas comme ça qu'ils opèrent, ces malades. La conférence de presse est à cinq heures mais on ne peut pas dire que la presse attende spécialement après. Les journalistes ont colporté cette histoire sur toutes les ondes. Ils ont déjà donné un surnom à cette ordure. Ils l'appellent le Crémateur. Facile à retenir, hein ?

— On m'a rapporté qu'ils établissent des corrélations avec une série de meurtres survenus voici deux ans. Il y a un lien ?

— Les meurtres de Wirth Park. Aucun rapport, mais deux ou trois similitudes. Les victimes de ces meurtres étaient des Noires — et un travesti asiatique que le tueur avait chopé par erreur. Des prostituées ou supposées telles... et les deux premières victimes de notre bonhomme d'aujourd'hui étaient des prostituées elles aussi. Mais il y a toujours un candidat pour tuer des prostituées : elles offrent des cibles faciles. Les victimes d'il y a deux ans étaient des femmes noires, et cette fois-ci ce sont des Blanches. Cet élément-là désigne bien un autre tueur... non ?

— En général, les criminels sexuels s'en tiennent à leur propre groupe ethnique, oui.

— En tout cas, pour un de ces meurtres de Wirth Park, ils tiennent un inculpé, et, en ce qui concerne les autres, l'affaire est classée. Ils ont leur tueur, d'accord, seulement on manquait de preuves matérielles pour lui imputer la totalité de ces meurtres devant un tribunal. Qui plus est, combien de fois un type peut-il purger perpète ? Ce matin, je me suis entretenu avec l'un des inspecteurs de la section homicides, termina Walsh, en

43

écrasant son mégot dans le cendrier crasseux. Il estime sans aucun doute que ce n'est absolument pas du même salopard qu'il s'agit. Mais, pour vous dire la vérité, je n'en sais pas beaucoup plus que vous sur ces meurtres. Jusqu'à ce matin, tout ce qu'ils avaient, c'était deux putains mortes. J'ai lu leur histoire dans le journal comme tout le monde. Je suis sûr à deux cents pour cent que l'autre type, celui de Wirth Park, n'a jamais coupé le cou à personne. Pour ce qui vient de se passer dans notre coin, c'est une autre paire de manches, j'en mettrais ma main au feu.

Ce jeu de mots sinistre le frappa avec un temps de retard, et il inspira brièvement avec humeur, avant de ponctuer cette mauvaise plaisanterie d'un mouvement de tête.

Quinn regarda par la fenêtre la grisaille et la pluie ambiantes, les arbres morts de l'hiver aussi noirs, aussi lugubres que s'ils avaient été carbonisés, et il respecta un temps de silence, par compassion pour ces victimes sans nom et sans visage, tout juste assez importantes pour mériter qu'on les étiquette, point final. Au cours de leur existence, elles avaient connu la peine et la joie. Devant la mort, elles avaient probablement connu la terreur et la douleur. Elles avaient une famille et des amis qui les pleureraient et à qui elles manqueraient. Mais la presse et la société au sens large réduiraient leur existence et leur mort au plus vil, au plus petit des communs dénominateurs : deux prostituées mortes. Quinn, lui, en avait vu une bonne centaine... et il conservait le souvenir de chacune d'entre elles.

Avec un soupir, il se massa à hauteur des lobes frontaux, là où une sourde migraine avait élu domicile de façon quasi permanente. Il était trop épuisé pour déployer auprès d'un Walsh toute la diplomatie normalement requise au début d'une affaire. C'était le genre de fatigue qui le gagnait jusque dans la moelle des os et qui lui pesait comme du plomb. Trop de cadavres s'étaient accumulés au cours de ces dernières années. Le soir, quand il essayait de s'endormir, leurs noms lui défilaient dans la tête. Il appelait cela compter les cadavres. Pas le genre de rituel qui inspire de doux rêves.

— Vous désirez passer d'abord à votre hôtel ou on va directement au bureau ? s'enquit Walsh.

Comme si ses désirs devaient entrer en ligne de compte. Ce qu'il désirait avait disparu de sa vie depuis bien longtemps.

— Il faut que je me rende sur les lieux du crime, répondit-il, la chemise aux clichés restée fermée sur ses genoux, aussi pesante qu'une plaque en acier. J'ai besoin de voir à quel endroit il l'a abandonnée.

Le parc était à peu près dans l'état d'un camp de louveteaux au lendemain d'un jamboree scout. Le sol carbonisé à l'emplacement du brasier, le bandeau jaune tendu d'arbre en arbre par la police pour clore le périmètre, l'herbe jaunie et piétinée, les feuilles mortes écrasées dans la terre tels des découpages mouillés. De la poubelle installée à flanc de colline, juste en bordure de la piste asphaltée, des gobelets de café en carton froissé avaient débordé pour aller rebondir un peu partout sur le sol.

Walsh gara la voiture, ils en descendirent et demeurèrent debout sur le bitume, Quinn balayant du regard l'ensemble du périmètre, le passant au crible, du nord au sud. Les lieux du crime étaient situés en léger contrebas, dans une cuvette de terrain peu profonde, qui avait servi de four idéal. Le parc était semé à parts égales d'arbres à feuilles caduques et à feuilles persistantes. Au cœur de la nuit, tout cela devait composer un univers à part. Les habitations les plus proches — de proprets pavillons habités par des familles de la classe moyenne — étaient à bonne distance des lieux du crime, et les gratte-ciel du centre de Minneapolis à plusieurs kilomètres au nord. Même le petit parking de service où ils s'étaient garés était caché à la vue par les arbres et un taillis qui, au printemps, devait donner une magnifique haie de lilas — camouflant un petit appentis fermé à clef et les véhicules d'entretien du parc, qui allaient et venaient en fonction des besoins.

C'était vraisemblablement là que leur Indinc (Individu inconnu) s'était garé avant de porter le corps jusqu'en bas de ce promontoire pour se livrer à sa petite cérémonie. Quinn leva le nez vers la balise lumineuse à vapeur de sodium qui surmontait un poteau en bois sombre près de l'appentis. Le verre avait été fracassé, mais il n'y avait pas de fragments visibles par terre.

— Nous savons depuis combien de temps cette balise est hors d'usage ?

Walsh leva les yeux, battit des paupières et grimaça sous la pluie qui lui fouettait la figure.

— Faudra que vous demandiez aux flics.

Plusieurs jours, paria Quinn. Pas assez longtemps pour que les services du parc soient passés par là pour la réparer. Si les dégâts étaient le fait de leur homme, en vue de sa visite nocturne... S'il était venu ici à l'avance, s'il avait dégommé la balise, nettoyé l'herbe pour éviter que l'on détecte son acte de vandalisme, accroissant ainsi ses chances en évitant que cette lampe ne soit trop rapidement remplacée... si tout cela était exact, ils avaient affaire à un fort degré d'organisation et de préméditation. Et d'expérience. Le *modus operandi* était le produit d'une attitude acquise. À travers ses tâtonnements et ses erreurs, un criminel apprenait ce qu'il convenait de faire et ne pas faire lors de la perpétration de ses crimes. Avec le temps et la réitération de ses actes, il améliorait son *modus operandi*.

Ignorant la pluie qui lui criblait la tête, Quinn rentra les épaules dans son imper et entama sa descente du promontoire, bien conscient que le tueur, lui, avait emprunté ce chemin avec un corps dans les bras. Cela représentait une bonne distance — quinze ou vingt mètres. L'unité chargée de relever les lieux du crime aurait mesuré la longueur exacte de ce trajet. Pour porter un corps sur une telle distance, il fallait de la force. L'heure de la mort devrait déterminer de quelle manière il s'y était pris pour le porter. Sur les épaules, cela aurait été le plus facile — si le cadavre n'était pas déjà raide, ou si la rigidité cadavérique, après être intervenue, avait déjà disparu. S'il avait été capable de la porter sur ses épaules, alors cela n'en rendrait la taille de cet individu que plus incertaine : un homme petit était tout à fait capable d'accomplir pareille tâche. En revanche, s'il avait été contraint de la porter dans ses bras, il faudrait qu'il ait été plus grand. Quinn espérait qu'on en saurait plus après l'autopsie.

— Quel périmètre l'unité de relèvement des lieux du crime a-t-elle couvert ? demanda-t-il, les mots lui sortant de la bouche dans une volute de buée.

Walsh pressait le pas trois enjambées derrière lui, en toussant.

— Tout. Toute cette partie du parc, y compris le parking et l'appentis. Les types de la division des homicides ont fait venir du bureau d'enquête leurs propres spécialistes du relèvement et aussi le laboratoire mobile du BAC, le Bureau des arrestations criminelles. Ils ont été très minutieux.

— Quand s'est-il mis à pleuvoir ?

46

— Ce matin.

— Merde, maugréa Quinn. La nuit dernière, la terre aurait été plutôt dure ou molle ?

— Comme du roc. Ils n'ont pas relevé la moindre empreinte de soulier. Ils ont ramassé quelques détritus... des bouts de papier, des mégots, ce genre de choses. Mais bon, c'est un jardin public. Ces trucs-là auraient pu provenir de n'importe qui.

— Rien de particulier sur les lieux des deux premiers crimes ?

— Les permis de conduire des victimes. À part ça, à ma connaissance, rien.

— Qui exécute le travail de labo ?

— Le BAC de Minneapolis. Ils sont parfaitement équipés.

— Je l'ai entendu dire.

— Ils savent qu'ils peuvent contacter le labo du FBI s'ils ont besoin d'aide ou de clarifier quoi que ce soit.

Quinn s'arrêta en bordure du carré de terrain carbonisé où le corps avait été abandonné, une sensation pesante, oppressante, obscure, lui enserrant la poitrine, comme chaque fois sur les lieux d'un crime. Il n'avait jamais essayé de cerner si cette sensation renfermait une quelconque composante mystique ou romantique, comme par exemple une idée approximative du mal, ou quoi que ce soit d'aussi profond, psychologiquement parlant, qu'une forme de culpabilité déplacée. Cette émotion faisait tout simplement partie de lui. Il aurait dû l'accueillir comme une preuve de sa propre humanité, du moins le supposait-il. Après tous les cadavres qu'il avait vus, il n'était toujours pas complètement endurci.

En l'occurrence, si tel avait été le cas, il s'en serait peut-être trouvé mieux.

Pour la première fois, il ouvrit la chemise que Walsh lui avait remise afin d'examiner les photographies que quelqu'un avait eu la prévoyance de glisser dans des pochettes de protection en plastique. Chez l'individu moyen, le tableau aurait eu de quoi susciter un mouvement de recul. Des projecteurs halogènes portables avaient été disposés près du corps pour illuminer à la fois la nuit et le cadavre, conférant à cette photo une touche artistique insolite. Il en était de même pour la chair carbonisée, ainsi que pour l'étoffe fondue des vêtements de la victime. De la couleur sur fond d'absence de couleur ; l'éclat extravagant d'un triangle de jupe rouge intacte sur fond de réalité macabre, celle de la mort violente de la femme qui l'avait portée.

— Est-ce que les autres étaient vêtues ?

— Je ne sais pas.

— Je veux voir leurs photos également. Je veux voir tout ce dont ils disposent. Vous avez ma liste ?

— J'en ai télécopié un exemplaire aux inspecteurs des homicides. Ils vont essayer de tout regrouper pour la réunion de la force d'intervention. Sacré spectacle, n'est-ce pas ? (Walsh hocha la tête vers la photographie.) De quoi vous dégoûter du barbecue.

Quinn n'émit aucun commentaire. Il étudia la photo un peu plus en détail. Sous l'effet de la chaleur, les muscles et les tendons des membres s'étaient contractés, plaçant les bras et les jambes de la victime dans ce qu'on appelait, en termes techniques, l'attitude du lutteur — une position qui suggérait un être encore capable de s'animer. Une suggestion rendue macabre par l'absence de la tête.

Surréel, songea-t-il. Son cerveau voulait croire qu'il examinait l'image d'un mannequin mis au rebut, un objet que l'on aurait sorti, mais trop tard, de l'incinérateur des grands magasins Macy's. Mais il savait que celle qu'il était en train de regarder avait été faite de chair et d'os, pas de plastique, et qu'elle avait vécu, et que trois jours auparavant elle se promenait. Elle avait goûté à certains plats, écouté de la musique, parlé à des amis, s'était occupée des menus détails fastidieux de la vie quotidienne, sans s'imaginer une seconde que la sienne était sur le point de toucher à sa fin.

Le corps avait été positionné les pieds tournés vers le centreville, ce qui, se dit Quinn, aurait eu plus de sens si la tête avait été également posée là ou enterrée à proximité. L'une des affaires les plus infâmes qu'il avait étudiées, des années auparavant, avait comporté la décapitation de deux victimes. Le tueur, Ed Kemper, avait enterré leurs têtes dans le jardin de la maison familiale, juste sous la fenêtre de la chambre de sa mère. Une plaisanterie de malade, pour les intimes, avait reconnu Kemper par la suite. En effet, sa mère, qui lui avait infligé des sévices d'ordre affectif depuis l'enfance, avait « toujours voulu que les gens la regardent d'en bas », avec respect.

Ici, la tête de la victime n'avait pas été retrouvée et le sol était trop dur pour que le tueur l'ait enterrée sur place.

— Sur les raisons qu'il aurait de les incinérer, ce ne sont pas les théories qui manquent, expliqua Walsh. (Il oscillait un peu, le poids du corps sur la pointe des pieds, essayant, mais sans succès, d'empêcher le froid de lui poignarder les os.) Certains considèrent qu'il s'agit simplement d'une copie conforme des meurtres de Wirth Park. Certains estiment qu'il faut y déchiffrer une symbolique : les putains de ce bas monde brûlées en enfer... ce genre de truc. D'autres croient qu'il tente simultanément de masquer les indices médico-légaux et l'identité de la victime.

— Pourquoi nous laisser leur permis de conduire s'il ne veut pas qu'on les identifie ? objecta Quinn. Et maintenant, celle-ci, voilà qu'il lui emporte la tête. Ce qui la rend sacrément difficile à identifier... il n'avait aucun besoin de la carboniser. Et pourtant il laisse ce permis de conduire.

— Alors vous pensez qu'il essaie de se débarrasser de certains indices qui pourraient mener à une piste ?

— Peut-être. Qu'est-ce qu'il utilise comme combustible ?

— De l'alcool. Une sorte de vodka à haut indice d'alcool, quelque chose dans ce goût-là.

— Ensuite, le feu fait plus probablement partie de sa signature que de son *modus operandi*, observa Quinn. Il se peut qu'il se débarrasse ainsi des indices qui pourraient mener à une piste mais, si vraiment il ne voulait que ça et rien d'autre, pourquoi ne pas utiliser tout simplement de l'essence ? Ça ne coûte pas cher. Ça peut se trouver facilement, ça n'implique pas de devoir entrer en relation avec qui que ce soit. S'il choisit l'alcool, c'est plus pour une raison émotionnelle que pour une raison pratique. Du coup, cela s'inscrit dans son rituel, dans son fantasme.

— Ou alors c'est peut-être un buveur.

— Non. Un buveur ne gâche pas la bonne gnôle. Et c'est exactement ainsi qu'il appellerait ça : du gâchis de bon alcool. Il se peut qu'il boive avant de partir en chasse. Il se peut qu'il boive pendant la phase de la torture et du meurtre. Mais il n'agit pas en état d'ivresse. Un homme ivre commettrait des erreurs. Jusqu'ici, on a l'impression que ce type n'en a commis aucune.

Personne n'en avait repéré, en tout cas. Il songea encore aux deux putains dont la mort avait précédé celle de cette femme et se demanda à qui ces affaires avaient été confiées : à un bon ou à un mauvais flic. Chaque service recevait sa part de compétents et d'incompétents. Il avait vu des flics hausser les épaules et traverser une enquête en véritables somnambules, estimant que la victime ne valait pas la peine qu'ils y consacrent leur temps. Et il avait vu des vétérans craquer et pleurer sur la mort violente d'un individu à côté duquel pour ainsi dire aucun bon contribuable n'aurait accepté de s'asseoir dans un bus.

Il referma la chemise de clichés. La pluie lui coulait sur le front et lui dégoulinait au bout du nez.

— Les autres, ce n'est pas ici qu'il les a laissées, si je ne me trompe ?

— Non. On en a retrouvé une à Minnehaha Park et l'autre à Powderhorn Park. Dans des quartiers différents.

Il aurait besoin d'étudier des plans de la ville, de repérer ce qui, le cas échéant, reliait chacun des sites où ce type avait bazardé les corps, où chaque enlèvement avait eu lieu — afin d'essayer de circonscrire à la fois un territoire de chasse, le territoire des meurtres et celui de l'abandon des corps. La force d'intervention, dans les locaux de son centre de commandement, disposerait de tels plans, affichés et piquetés d'épingles aux minuscules têtes rouges. Opération standard. Il n'avait pas besoin d'en formuler la demande. De ces plans hérissés de ces mêmes épingles, il avait déjà la tête pleine. Des chasses à l'homme qui se déroulaient toutes simultanément, semblables à des kermesses de vente d'insignes au bénéfice des bonnes œuvres, et des centres de commandement et des salles d'état-major d'allure identique, aux odeurs identiques, et des flics qui avaient tous tendance à avoir des allures identiques et des voix identiques, et qui sentaient la cigarette et l'eau de Cologne bon marché. Il n'était plus capable de distinguer les villes, mais il pouvait se rappeler jusqu'à la plus ancienne de ces victimes.

De nouveau, l'épuisement l'envahit, et il n'eut plus qu'une envie : se coucher, là, par terre.

D'un coup d'œil, il avisa Walsh. L'agent fut pris d'une nouvelle quinte de toux, caverneuse et chargée de mucosités.

— Allons-y, proposa Quinn. J'en ai assez vu pour l'instant.

Il en avait assez vu, point à la ligne. Et pourtant il lui fallut encore un moment pour remettre ses jambes en mouvement et suivre Vince Walsh jusqu'à la voiture.

5.

Dans la salle de conférences du maire, la tension était tangible, électrique. Excitation macabre, attente, angoisse, le pouvoir à l'état latent. Il y avait toujours ceux qui percevaient le meurtre comme une tragédie et ceux qui le retenaient comme une opportunité de carrière. L'heure à venir allait distinguer la première espèce de la seconde, et ranger les personnalités concernées par ordre de puissance. À ce moment-là, Quinn aurait à lire en eux, à les manier, à décider comment jouer avec eux, et à les insérer chacun à leur place au sein de sa propre grille d'analyse.

Il redressa le dos, carra ses épaules douloureuses, releva le menton et fit son entrée. L'heure du spectacle. Immédiatement, dès qu'il franchit la porte, les têtes se tournèrent. Dans l'avion, il avait mémorisé les noms de quelques-uns des principaux acteurs présents, parcourant les télécopies qui lui étaient parvenues au bureau, avant son départ de Virginie. À présent, il tâchait de se les rappeler, s'efforçant de les distinguer des centaines de personnes qu'il avait connues dans des centaines d'autres salles de conférences de presse, un peu partout à travers le pays.

Dès qu'elle eut remarqué sa présence, Mme le maire de Minneapolis se détacha de la foule et vint à lui d'un pas décidé, entraînant dans son sillage des politiciens de moindre calibre. Grace Noble ressemblait à s'y méprendre à une Walkyrie wagnérienne. Elle avait cinquante et quelques années, grande, bâtie comme un tronc d'arbre, coiffée d'un casque de cheveux blonds et empesés. Impossible de décrire sa lèvre supérieure : elle n'en avait pas. Toutefois, elle avait pris soin de s'en dessiner une et l'avait remplie d'un rouge à lèvres assorti à son tailleur.

— Agent spécial Quinn, lança-t-elle, en lui tendant une large main ridée aux ongles vernis rouge. J'ai lu tout ce qu'on a écrit à votre sujet. Dès que le directeur du FBI nous a parlé de vous, j'ai envoyé Cynthia chercher à la bibliothèque tous les articles qu'elle pourrait y trouver.

Il afficha ce que l'on avait baptisé son sourire à la Top Gun — un sourire confiant, vainqueur, charmeur, mais avec, en filigrane, cet inimitable reflet d'acier.

— Madame le maire, sans doute devrais-je vous demander de ne pas croire tout ce que vous avez lu sur mon compte, mais si les gens me jugent capable de percer leurs pensées, je vous avouerai que j'en retire tout de même un certain avantage.

— Je suis absolument convaincue que vous n'avez nullement besoin de savoir lire dans les pensées pour deviner à quel point je vous suis reconnaissante de votre présence ici.

— Je ferai mon possible pour vous aider. Vous disiez que vous vous étiez entretenue avec le directeur ?

Grace Noble lui tapota le bras. Maternelle.

— Non, mon cher. C'est Peter qui s'est entretenu avec lui. Peter Bondurant. Il se trouve que tous deux sont de vieux amis.

— M. Bondurant est-il ici ?

— Non, il n'a pu se résoudre à se présenter devant la presse. Pas encore. Pas en sachant que... (Ses épaules se voûtèrent : subitement, tout cela lui pesait.) Mon Dieu, comment va-t-il réagir s'il s'agit de Jillie...

Un petit Afro-Américain, à la carrure d'haltérophile, vêtu d'un costume gris, s'avança derrière elle, les yeux posés sur Quinn.

— Dick Greer, chef de la police, annonça-t-il, d'une voix coupante, en dégainant sa main. Heureux de vous avoir à bord, John. Nous sommes prêts à choper ce salopard.

Comme si ce personnage avait quoi que ce soit à voir là-dedans. Dans un commissariat de police urbaine, le chef était un administratif et un politicien, un porte-parole, un homme d'idées. Les hommes du rang, dans leurs tranchées, disaient probablement du chef Greer qu'il aurait été incapable de retrouver sa propre queue dans le noir.

Quinn écouta la liste des noms et des titres, au fur et à mesure des présentations. Un chef adjoint, un maire adjoint, un adjoint du procureur du comté, le directeur de la Sûreté publique de l'État, un procureur de la ville, et un duo d'attachés de presse — avec ces foutus politiciens, c'était déjà le trop-plein. Étaient également présents le shérif du comté de Hennepin, un inspecteur de son service, un agent spécial du Bureau des arrestations criminelles du Minnesota, en charge de l'affaire, accompagné d'un de ses seconds, et le lieutenant de la section des homicides du commissariat central — en somme, des représentants des trois administrations qui composeraient la force d'intervention.

52

Il salua chacun d'eux d'une ferme poignée de main et adopta un profil bas. Les gens du Middle West avaient tendance à se montrer réservés et ne se fiaient jamais tout à fait à ceux qui n'étaient pas eux-mêmes originaires du pays. Dans le Nord-Est, en revanche, Quinn se serait montré plus tranchant. Sur la côte Ouest, il aurait fait davantage étalage de son charme : il aurait joué les M. Affable, les M. Esprit de Coopération. À chaque course son cheval, avait coutume de dire son père. Et lequel était le vrai John Quinn — il ne le savait plus lui-même.

— ... et voici mon époux, Edwyn Noble, lui annonça le maire pour achever les présentations.

— Je suis ici à titre professionnel, agent Quinn, précisa Edwyn Noble. Peter Bondurant est un client autant qu'un ami.

Quinn concentra son attention sur l'homme qu'il avait devant lui, le scrutant avec acuité. Avec son mètre quatre-vingt-dix ou quatre-vingt-quinze, Noble était tout en nerfs, un squelette fait homme, avec un sourire trop parfait pour être honnête et trop large pour son visage. Il paraissait légèrement plus jeune que sa femme. Ses cheveux gris se limitaient à quelques mèches aux tempes.

— M. Bondurant nous a donc envoyé son avocat ? observa Quinn.

— Je suis le conseil personnel de Peter, oui. Je suis ici en son nom.

— Pourquoi cela ?

— Le choc a été terrible.

— J'en suis bien convaincu. M. Bondurant a-t-il déjà effectué sa déposition à la police ?

Noble eut un mouvement de recul, physiquement dérouté par la question.

— Une déposition à quel propos ?

Quinn haussa les épaules avec nonchalance.

— Simple routine. Quand il a vu sa fille pour la dernière fois. Son état d'esprit à ce moment-là. L'état de leurs relations.

Les pommettes saillantes de l'avocat s'empourprèrent.

— Êtes-vous en train de suggérer que M. Bondurant serait suspecté de la mort de sa propre fille ? lâcha-t-il d'une voix âpre, dans un souffle, quadrillant la pièce du regard, afin de se garder des oreilles indiscrètes.

— Pas du tout, répliqua Quinn, le plus innocemment du monde. Je suis désolé que vous m'ayez mal compris. Nous avons besoin de réunir le plus de pièces du puzzle possibles afin d'obtenir une image claire des choses, c'est tout. Vous comprenez.

Noble afficha un air mécontent.

Quinn en avait déjà fait l'expérience, les parents des victimes de meurtre avaient tendance à assiéger les services de police, à exiger des réponses, à se fourrer sans arrêt dans les pattes des inspecteurs. D'après la description que Walsh lui avait livrée de Bondurant, Quinn s'était attendu à voir le personnage se ruer à l'hôtel de ville, en pesant de tout son poids, comme un taureau furieux. Mais non, Peter Bondurant avait tendu le bras, qu'il avait long, pour atteindre le directeur du FBI, il avait dépêché son avocat personnel, sans sortir de chez lui.

— Peter Bondurant est l'un des hommes les plus merveilleux que je connaisse, déclara Noble.

— Je suis certaine que l'agent Quinn n'avait aucune intention d'insinuer autre chose, Edwyn, intervint le maire, en tapotant le bras de son mari.

L'attention de l'avocat demeura sur Quinn.

— Peter a reçu l'assurance que, pour ce genre de boulot, c'était vous le meilleur.

— Ce que je fais, monsieur Noble, je le fais très bien, confirma Quinn. Et l'une des raisons pour lesquelles je suis bon dans mon boulot, voyez-vous, c'est que je n'ai pas peur de le faire à fond. Je suis certain que M. Bondurant sera heureux de l'apprendre.

Il en resta là. Il n'avait pas envie de se créer des ennemis dans l'entourage de Bondurant. Qu'il offense un homme de ce calibre et il se retrouverait sur la sellette, convoqué devant l'Inspection générale du FBI — à tout le moins. D'un autre côté, Peter Bondurant s'étant arrangé pour qu'on le balance au milieu de tout ce petit monde comme un chien au bout d'une laisse, il voulait clairement montrer qu'il ne se laisserait pas manipuler.

— Nous n'avons guère de temps, chers amis. Prenons place et commençons, annonça Mme le maire, en guidant ces messieurs vers la table de la conférence — une institutrice du primaire avec un groupe de petits garçons.

Elle se tint debout à l'extrémité de la table réservée aux politiques, pendant que chacun prenait place selon son rang ; elle prit sa respiration, elle allait parler, mais à cet instant la porte se rouvrit et quatre personnes supplémentaires firent leur entrée.

— Ted, nous étions sur le point de commencer sans vous.

Le visage empâté de Mme le maire se creusa de rides désapprobatrices devant ce manque de ponctualité.

— Nous avons rencontré quelques complications.

Le procureur traversa la salle à grandes enjambées en direction de Quinn.

— Agent spécial Quinn. Ted Sabin, procureur du comté de Hennepin. Je suis heureux de faire votre connaissance.

Quinn se leva, pas très assuré sur ses jambes. D'un coup d'œil par-dessus l'épaule de l'homme, il avait aperçu la femme qui était entrée à sa suite, visiblement contrariée. Il marmonna une réponse appropriée à Sabin, en serrant la main du procureur du comté. Un flic moustachu s'avança et se présenta. Kovac. Le nom lui évoquait vaguement quelque chose. Le type rondouillard qui les accompagnait se présenta et prononça une phrase pour lui signifier en substance qu'un jour il avait entendu Quinn prendre la parole en public, quelque part.

— ... et voici Kate Conlan, membre de notre programme d'assistance aux victimes et aux témoins, conclut Sabin. Vous pouvez...

— Nous nous connaissons, le coupèrent-ils tous deux à l'unisson.

Kate regarda Quinn dans les yeux, juste un instant, parce qu'il lui semblait important d'agir de la sorte, de le reconnaître, d'enregistrer sa présence, mais sans réagir. Ensuite elle regarda ailleurs, réprimant son besoin pressant de pousser un soupir ou un juron, ou encore de quitter la salle.

Elle ne pouvait prétendre que le voir fût une surprise. Il n'y avait que dix-huit agents affectés à l'Unité d'enquête et de soutien / Rapts d'enfants — tueurs en série, le RETS. À l'heure actuelle, Quinn était la tête d'affiche du RETS, et l'homicide à connotation sexuelle sa spécialité. Donc, d'entrée de jeu, la balance ne penchait pas en faveur de Kate, et qui plus est, aujourd'hui, c'était vraiment son jour de poisse. Bon sang, elle aurait dû s'attendre à le trouver là debout dans la salle de conférences de presse du maire. Mais non, elle ne s'y était pas attendue.

— Vous avez travaillé ensemble ? s'enquit Sabin, ne sachant pas trop s'il devait en concevoir un motif de contentement ou de désappointement.

Un silence gêné se prolongea deux ou trois secondes. Kate se laissa tomber sur une chaise.

— Euh... oui, confirma-t-elle. Cela fait longtemps.

Quinn la dévisageait. Personne, jamais, ne le prenait par surprise. Jamais. Il avait consacré une éternité à se forger ce niveau de maîtrise. Qu'il suffise à Kate Conlan de franchir cette porte pour que la terre se dérobe sous ses pieds, et après tout ce temps, voilà qui tombait mal. Il pencha vivement la tête en avant et s'éclaircit la gorge.

— Oh ! oui. On vous regrette, Kate.

Qui ça « on » ? eut-elle envie de lui demander, mais à la place elle lui répondit :

— J'en doute. Le FBI, c'est l'armée chinoise : le personnel pourrait partir un an traverser la mer à pied, il y aurait encore une masse humaine toute chaude disposée à occuper les postes vacants.

Ignorant tout du malaise qui régnait à l'autre extrémité de la table, le maire énonça l'ordre du jour de la réunion. On était à une heure de la conférence de presse. Les politiciens avaient besoin d'organiser les préséances. Qui parlerait le premier. Qui occuperait quelle position. Qui dirait quoi. Les flics, qui s'impatientaient de toutes ces formalités, se lissaient la moustache et tambourinaient des doigts sur la table.

— Nous avons besoin d'une déclaration publique qui soit une manifestation de force, commença le chef Greer, pour chauffer sa voix d'orateur. Que ce salopard sache bien que nous ne relâcherons pas la pression tant que nous ne le tiendrons pas. Qu'il sache d'entrée de jeu que nous avons ici avec nous le spécialiste numéro un du FBI, le meilleur connaisseur de ce genre de profil, que nous disposons des ressources combinées de quatre administrations qui travaillent sur cette affaire jour et nuit.

Edwyn Noble approuva d'un hochement de tête.

— M. Bondurant offre une récompense de cent cinquante mille dollars pour toute information débouchant sur une arrestation.

Quinn détacha son attention de Kate et se leva.

— À vrai dire, chef, au stade où nous en sommes, je déconseillerais toute initiative de ce genre.

Le visage de Greer se fripa. Edwyn Noble lui lança un regard courroucé. Du côté des politiques, ce ne fut qu'un froncement de sourcils collectif.

— Je n'ai pas encore eu l'occasion d'examiner l'affaire en détail, commença Quinn, ce qui, en soi, constitue une raison suffisante pour patienter. Nous avons besoin de nous faire grosso modo une idée de qui peut bien être ce tueur, comment fonctionne son cerveau. À ce stade, procéder à une démonstration de force à l'aveuglette, cela pourrait équivaloir à un pas dans la mauvaise direction.

— Et sur quoi fondez-vous cette opinion ? questionna Greer, bandant ses épaules massives sous la charge du fardeau qui pesait sur lui. Vous l'avez dit vous-même, vous n'avez pas examiné l'affaire.

— Nous avons là un tueur qui nous organise sa petite mise en scène. J'ai vu les photos des lieux de ce dernier crime. Il a amené le corps dans un lieu public, avec l'intention de provoquer un choc. Il a attiré l'attention sur les lieux du crime en allumant un feu. Cela signifie probablement qu'il désire toucher un public et, si c'est ce qu'il veut, il nous incombe simplement de veiller à la manière dont nous entendons lui accorder cette audience. Pour l'heure, je conseillerais la patience. Minimisez la portée de cette conférence de presse. Assurez l'opinion publique que vous mettez tout en œuvre afin d'identifier et d'arrêter le tueur, mais n'entrez pas dans les détails. Réduisez le nombre des personnes qui vont venir s'asseoir tout à l'heure à cette tribune : le chef Greer, Mme le maire, M. Sabin, un point c'est tout. Ne vous étendez pas sur les caractéristiques de la force d'intervention. N'évoquez pas M. Bondurant. Ne citez pas le FBI. Ne mentionnez pas mon nom du tout. Et n'acceptez de répondre à aucune question.

Comme il était à prévoir, tout autour de la table, le froncement de sourcils se généralisa. Par expérience, il le savait, certains d'entre eux s'étaient attendus à ce qu'il vienne lui-même occuper le devant de la scène : le FBI déboulant bille en tête pour s'emparer des gros titres. Et, sans aucun doute, certains d'entre eux auraient voulu l'exhiber lors de cette conférence de presse comme un trophée — *Regardez un peu qui nous avons avec nous : c'est Super-Quinn !* Personne ne s'était attendu une seule seconde à ce qu'il tienne son rôle, certes, mais sur un mode mineur.

— À ce stade de la partie, notre intention n'est pas d'instaurer une situation conflictuelle dans laquelle il pourrait me percevoir comme un défi qui lui serait directement lancé, exposat-il, les mains à la taille, en position pour prendre acte des objections inévitables. Autant que faire se peut, je me tiens en retrait. Je conserverai un profil bas avec les médias aussi longtemps que je le pourrai, ou jusqu'à ce que je juge plus avantageux de procéder autrement.

Les politiciens affichaient une mine déconfite. Ils n'aimaient rien tant que le débat public, l'attention sans partage des médias et, par voie de conséquence, celle des masses. À l'évidence, Greer s'irritait de se voir couper l'herbe sous le pied. Les muscles de sa mâchoire se contractaient imperceptiblement.

— Les gens de cette ville sont sur le point de céder à la panique, plaida le chef. Nous avons trois femmes mortes, l'une d'entre elles carrément décapitée. Les téléphones de mon service sonnent sans discontinuer. Il est absolument nécessaire que nous prenions publiquement position. Les gens ont envie de savoir que nous traquons cet animal avec tous les moyens dont nous disposons.

Le maire approuva d'un hochement de tête.

— J'aurais tendance à tomber d'accord avec Dick. En ce moment, en ville, nous avons des congrès professionnels, des touristes venus chez nous pour se rendre au théâtre, au concert, qui profitent de leurs congés pour faire des courses...

— Sans parler de l'inquiétude qui se généralise au sein de la population devant la hausse du taux de criminalité, renchérit le maire adjoint.

— Les choses allaient déjà suffisamment mal comme ça après ces deux meurtres de prostituées, ajouta un attaché de presse. Maintenant, nous avons la mort de la fille d'un éminent citoyen de cette cité. Les gens commencent à se dire que si cela peut lui arriver à elle, alors cela peut arriver à n'importe qui. Des nouvelles comme celle-ci créent un climat de peur.

— Donnez à ce type l'impression qu'il a de l'importance et du pouvoir et cette ville pourrait bien avoir de vraies bonnes raisons de paniquer, rétorqua Quinn sans prendre de gants.

— Et minimiser l'affaire auprès des médias, n'est-il pas tout aussi vraisemblable que cela puisse le faire enrager ? Que ça le pousse à commettre d'autres crimes afin d'attirer encore plus l'attention sur lui ? demanda Greer. Comment savez-vous si, avant toute chose, débuter par une offensive publique forte ne va pas l'effrayer et le dégonfler ?

— Je n'en sais rien. Je ne sais pas ce dont ce type est capable... pas plus que vous. Il faut essayer de s'en faire une idée, et cela demande du temps. À votre connaissance, il a assassiné trois femmes, en agissant chaque fois avec plus d'audace et d'ostentation. Il ne sera pas facile à effrayer, ça, je peux vous le garantir. Il se peut, ultérieurement dans le cours de cette enquête, que nous trouvions les moyens de l'attirer dans nos filets... on peut être sûr et certain qu'il nous observe... mais il nous faut garder une étroite maîtrise des événements et conserver sous le coude toutes les alternatives à notre portée. (Quinn se tourna vers Edwyn Noble.) Et puis, le montant de cette récompense est trop élevé. Je vous conseillerais de la réduire à un montant minimum de cinquante mille dollars, en guise de début.

— Avec tout le respect que je vous dois, agent Quinn, répliqua sévèrement l'avocat, ce choix est celui de M. Bondurant.

— Oui, c'est son choix, en effet, et je suis certain qu'il juge que toute information sur le meurtre de sa fille vaut un prix illimité. Mon raisonnement est le suivant, monsieur Noble : d'ordinaire, les gens se présentent très volontiers pour bien moins de cent cinquante mille dollars. Une somme aussi exceptionnelle va déclencher un raz de marée de cinglés et de rapaces opportunistes qui vendraient père et mère. Débutez à cinquante mille. Plus tard, dans le cadre d'une avancée stratégique, nous aurons peut-être envie d'augmenter la mise.

Noble lâcha un soupir contenu et recula sa chaise de la table.

— Il va me falloir en parler à Peter.

Il déploya son grand corps et traversa la salle en direction d'une table à l'écart, où était posé un téléphone.

— L'ensemble des journalistes des deux villes jumelles de Minneapolis et Saint Paul campent sur les marches de l'hôtel de ville, releva le maire. Ils attendent quelque chose de plus qu'une simple déclaration.

— C'est leur problème, objecta Quinn. Il faut que vous les considériez comme des outils, pas comme des invités. Ils n'ont aucun droit de connaître les détails d'une enquête en cours. Vous convoquez une conférence de presse, vous ne leur avez rien promis.

L'expression du maire suggérait l'inverse. Se sentant à bout de patience, Quinn fit en sorte de se dominer. *Jouer la diplomatie. Y aller doucement. Ne pas perdre son sang-froid.* Seigneur Dieu, il en avait assez de tout ce cirque.

— Je me trompe ?

Grace Noble regarda Sabin.

— Nous espérions disposer d'un portrait-robot...

Sabin regarda Kate de travers, l'œil mauvais.

— Notre témoin ne se montre guère coopérative.

— Notre témoin est une gamine apeurée qui a vu un psychopathe mettre le feu à un cadavre privé de tête, rétorqua Kate avec brusquerie. Se plier aux exigences de votre agenda, c'est bien le cadet de ses soucis... monsieur.

— Ce type, elle l'a vu distinctement ? demanda Quinn.

Kate l'arrêta, les mains grandes ouvertes, en signe de dénégation.

— Elle dit l'avoir vu. Elle est fatiguée, elle a peur, elle est furieuse... et à juste titre... du traitement qui lui a été infligé. Tous ces facteurs ne contribuent pas à créer un climat de coopération.

Sabin commença de se mettre en position pour réfuter cette argumentation. Quinn opposa un contre-feu à la controverse.

— Information de base : nous n'avons pas de portrait-robot.

— Nous n'avons pas de portrait-robot, confirma Kate.

— Alors n'y faites aucune allusion, conseilla Quinn, en se retournant vers le maire. Détournez leur attention vers autre chose. Fournissez-leur une photographie de Jillian Bondurant et une autre de sa voiture, et lancez un appel à la population pour que les gens téléphonent sur une ligne ouverte en permanence, s'ils ont vu l'une ou l'autre depuis vendredi soir. Ne parlez pas du témoin. Votre première préoccupation, en l'occurrence, doit concerner la manière dont le tueur perçoit vos actions et vos réactions, et pas la manière dont les médias vont les percevoir.

Grace Noble prit une profonde inspiration.

— Agent Quinn...

— En temps normal, je n'interviens pas si tôt dans une affaire, l'interrompit-il, perdant encore un peu plus sa maîtrise de soi. Mais puisque je suis ici, je veux faire tout mon possible pour contribuer à désamorcer cette situation et pour apporter une conclusion rapide et satisfaisante à cette enquête. Autrement dit, pour vous conseiller tous sur les stratégies d'investigation les plus interventionnistes et sur le traitement qu'il convient d'apporter à cette affaire dans la presse. Vous n'êtes pas forcés de m'écouter, mais je me fonde sur la somme de mon expérience passée. Le directeur du FBI en personne m'a choisi pour cette affaire. Avant de négliger mes suggestions, peut-être voudrez-vous bien vous interroger sur la raison de ce choix.

Kate l'observait. Il recula de deux pas, à la fois pour s'éloigner de la table et prendre ses distances vis-à-vis de cette discussion, et vint lui présenter son profil — sous prétexte de regarder par la fenêtre. La menace était subtile. Il avait démontré toute son importance et, à présent, il les mettait au défi de la battre en brèche. Il n'avait invoqué le directeur du FBI que pour renforcer sa propre position et ainsi, indirectement, c'était le directeur en personne qu'il les mettait au défi de braver.

Ce bon vieux Quinn. En son temps, elle l'avait connu aussi bien que l'on pouvait connaître John Quinn. C'était un maître manipulateur. Il savait déchiffrer les gens en l'espace d'un battement de cœur et changer de couleur comme un caméléon. Il se jouait autant de ses adversaires que de ses collègues, avec tout le brio d'un Mozart au clavier, en se les gagnant dans la controverse à grand renfort de charme, d'intimidation, de fourberie, ou grâce à la force brute de son intelligence. Il était malin, il était sournois, et impitoyable s'il était besoin. Et l'homme qu'il était vraiment se tenait en retrait derrière tous ces habiles déguisements et ces stratégies affûtées au rasoir — d'ailleurs, Kate se demandait s'il le connaissait lui-même, cet homme. Quant à elle, elle avait cru le savoir, jadis.

Physiquement, il avait quelque peu changé, en cinq ans. La chevelure épaisse et noire avait légèrement viré au poivre et sel, coupée court, presque à la militaire. Il avait l'air plus élancé, aminci par le boulot. Toujours coquet, il portait un costume aussi coûteux qu'italien. Mais la veste flottait sur ses larges épaules, et le pantalon pochait un tantinet. Toutefois, l'effet produit, loin d'amoindrir sa présence physique, dégageait plutôt une certaine élégance. Les angles et les méplats du visage étaient taillés à la serpe. Ses yeux marron étaient cernés. Son impatience était palpable au point que l'atmosphère autour de lui en tremblait, et elle se demandait s'il s'agissait là d'une impatience réelle ou fabriquée pour la circonstance.

Subitement, Sabin se tourna vers elle.

— Bien, Kate, qu'en pensez-vous ?

— Moi ?

— Vous avez travaillé au sein de la même unité que l'agent spécial Quinn. Qu'en pensez-vous ?

61

Elle sentit les yeux de Quinn se poser sur elle, de même que les regards figés de toutes les autres personnes présentes dans la pièce.

— Non. Je ne suis ici qu'en qualité d'avocate. Je ne sais même pas pourquoi je participe à cette réunion. C'est John l'expert...

— Non, il a raison, Kate, insista Quinn. (Il plaqua ses mains sur le dessus de la table et se pencha vers elle, les yeux noirs comme du charbon — elle crut sentir leur chaleur sur son visage.) Vous faisiez partie de l'ancienne Unité des sciences du comportement. Mis à part moi, vous avez plus l'expérience de ce genre d'affaire que quiconque autour de cette table. Quel est votre point de vue ?

Kate le dévisagea, sachant que son irritation devait clairement se lire dans ses yeux. Il était déjà assez pénible que Sabin la mette sur le gril, mais que Quinn en fasse autant, elle prit cela comme une trahison. Mais aussi, pourquoi fallait-il que cela la surprenne ? Voilà qui dépassait l'entendement.

— Concernant cette affaire, je ne dispose d'aucune base pour me former une opinion autorisée, commença-t-elle, impassible. En revanche, j'ai bien conscience des qualifications et de la compétence de l'agent spécial Quinn. Personnellement, je pense que vous commettriez une erreur en ne suivant pas son conseil.

Quinn regarda le maire et le chef de la police.

— Une fois que sonne la cloche, on ne peut plus la retenir de sonner, ajouta-t-il tranquillement. Livrez trop d'informations, là, dès à présent, et il n'y aura plus moyen de faire machine arrière. Vous pouvez convoquer une autre conférence de presse pour demain si vous en éprouvez le besoin. Au moins, laissez une chance à cette force d'intervention de réunir toutes ses ressources et de réussir ce que j'appellerais un départ lancé.

Edwyn Noble revint de son coup de téléphone, le visage grave.

— M. Bondurant accepte de faire tout ce que suggère l'agent Quinn. Nous fixerons la récompense à cinquante mille.

La séance fut levée à seize heures quarante-huit. Les politicards se replièrent dans le bureau du maire pour des préparatifs de dernière minute avant d'affronter la presse. Les flics se rassemblèrent en grappe au fond de la salle de conférences afin d'évoquer la mise en place de la force d'intervention.

— Sabin est mécontent de vous, Kate, lui annonça Rob sur le ton de la confidence, comme si cela avait pu éveiller l'intérêt de qui que ce soit d'autre dans la pièce.

— Je vous répondrai que Sabin peut toujours essayer de me lécher le cul, mais il va se retrouver sur les genoux en deux temps trois mouvements.

Rob s'empourpra et fronça le sourcil.

— Kate...

— C'est lui qui m'a entraînée dans tout ça, il peut bien en supporter les conséquences, continua-t-elle, en se dirigeant vers la porte. Je vais vérifier où en est Angie. Voir si elle n'a pas reconnu quelqu'un dans le dossier photo de l'identité judiciaire qu'on lui a laissé à feuilleter. Vous allez à la conférence de presse ?

— Oui.

Bonne chose. Elle avait un témoin à faire libérer pendant que tout le monde regardait ailleurs. Où emmener cette fille, c'était un autre problème. Sa place était dans un établissement pour jeunes mineurs, mais on avait été incapable, jusqu'ici, de seulement prouver qu'elle était bien mineure.

— Alors comme ça vous avez travaillé avec Quinn ? fit Rob, toujours sur le ton du secret, en la suivant vers la porte. Je l'ai entendu prendre la parole une fois lors d'une conférence. Il est très impressionnant. Je trouve que sa conception en matière d'étude du profil des victimes met en plein dans le mille.

— Ça c'est tout John, en effet. « Impressionnant », c'est son deuxième prénom.

De l'autre côté de la salle, Quinn abandonna sa conversation avec le lieutenant en charge des homicides et son regard s'attacha à elle, comme s'il venait de capter son commentaire au moyen de son radar intégré. Au même instant, l'Alphapage de Rob Marshall sonna et il pria qu'on veuille bien l'excuser, mais il allait devoir se servir du téléphone, l'air désappointé, toutefois, devant cette occasion manquée de reparler avec Quinn.

Kate n'avait aucune envie de profiter d'une occasion de ce genre. Quinn venait vers elle, mais elle se détourna et continua à marcher vers la porte.

— Kate.

Elle lui jeta un regard furieux et, lorsqu'il esquissa un geste pour la retenir par le bras, elle se dégagea d'un coup sec.

— Merci de ton aide, lui dit-il à voix basse, en penchant un peu la tête en avant, d'une manière qui n'appartenait qu'à lui, et qui lui donnait un air de garçonnet penaud, lui qui n'était ni l'un ni l'autre.

— Ouais, d'accord. Est-ce que demain j'aurai encore droit à cette petite torsion des cervicales quand tu entreras ici au pas de charge pour leur annoncer que, si l'on veut se donner les moyens de coincer ce fils de pute, il faut lui lancer un défi ?

Il cligna des yeux innocemment.

— Je ne vois pas ce que tu veux dire, Kate. Tu sais aussi bien que moi combien il est important, dans une situation pareille, de prendre les devants... mais seulement quand c'est le moment.

Elle avait envie de lui demander s'il parlait du tueur ou des politiciens, mais elle se réfréna. Les théories de Quinn — savoir prendre les devants — s'appliquaient en effet à tous les domaines de son existence.

— Ne joue pas à tes petits jeux d'esprit avec moi, John, lui chuchota-t-elle avec acidité. Je n'avais aucune intention de te venir en aide. Je ne t'ai rien proposé. Tu t'es servi, et je n'apprécie pas vraiment. Tu crois simplement pouvoir manipuler les gens comme des pions sur un échiquier.

— La fin justifie les moyens.

— Et c'est vrai dans tous les cas, hein, c'est ça ?

— Tu sais que j'avais raison.

— C'est drôle, mais pour moi, ça ne change rien : je te vois toujours comme un branleur. (Elle recula d'un pas vers la porte.) Excuse-moi. J'ai du boulot. Si tu veux jouer à tes jeux de pouvoir, tu me laisses en dehors de la partie, merci beaucoup.

— Ça me fait du bien de te voir, à moi aussi, Kate, murmura-t-il tandis qu'elle s'éloignait, son épaisse chevelure cuivrée lui flottant dans le dos avec légèreté.

Ce n'est qu'avec un temps de retard que Quinn fut frappé par le méchant hématome qu'elle avait à la joue et par sa lèvre éclatée. Il l'avait vue telle qu'il se la rappelait : comme l'épouse d'un ex-ami... comme la seule femme qu'il ait jamais vraiment aimée.

6.

Il y a foule. Les cités jumelles — Minneapolis et Saint Paul — regorgent de journalistes. Deux grands quotidiens, une demi-douzaine de chaînes de télévision, des stations de radio trop nombreuses pour être dénombrées. Et cette histoire a rameuté encore plus de journalistes venus d'ailleurs.

Il a capté leur attention. Il se délecte de la sensation de pouvoir que cela lui procure. Surtout, ce sont tous ces bruits qui l'excitent — ces voix pressantes, ces voix en colère, le frottement des pas, les moteurs de caméras qui tournent.

Il aurait préféré devoir attendre moins longtemps avant d'accéder à la renommée. Ses premiers meurtres étaient d'ordre privé, cachés, très distants les uns des autres, à la fois dans l'espace et dans le temps, et les corps abandonnés, ensevelis dans de profondes sépultures. Alors que ce qui se passe là, c'est tellement mieux.

Les journalistes manœuvrent pour venir occuper la meilleure position possible. Cameramen et photographes balisent le périmètre de la réunion. Des éclairages artificiels aveuglants nimbent la scène d'un halo blanchâtre, une lumière d'un autre monde. Il se tient debout, juste en bordure de la troupe des médias, avec les autres spectateurs, presque pris dans les feux de l'actualité, en lisière.

Mme le maire investit la tribune. En tant que porte-parole de la collectivité, elle exprime l'indignation morale de tous devant ces actes d'une violence insensée. Le procureur du comté réitère les remarques et les promesses de châtiment du maire, comme un perroquet. La déclaration du chef de la police concerne la formation d'une force d'intervention.

Ils n'acceptent de répondre à aucune question, en dépit des journalistes qui réclament à grands cris d'obtenir confirmation de l'identité de la victime et qu'on leur révèle tout de ces crimes, jusque dans leurs plus horribles détails : ce sont des charognards en train de baver devant l'occasion qui leur est offerte de venir picorer la carcasse après le festin du prédateur. Ils aboient leurs questions, hurlent le mot décapitation. Des rumeurs circulent : il y aurait un témoin.

L'idée de quelqu'un en train de le surveiller dans l'intimité de l'action, cela l'excite. Il estime que n'importe quel témoin serait excité par ses actes, tout comme il l'est lui-même. Excité au-delà du compréhensible, comme il l'a été, enfant, enfermé à clef dans le placard, à écouter sa mère quand elle avait des rapports sexuels avec un homme qu'il ne connaissait pas. Une excitation dont il savait, d'instinct, qu'elle était interdite, mais pas moins irrépressible pour autant.

Des questions et encore des questions des médias.

Pas de réponses. Pas de commentaires.

Il aperçoit John Quinn debout sur le côté, à l'écart, au milieu d'un groupe de flics, et il en éprouve une bouffée de fierté. Il connaît bien la réputation de Quinn, ses théories. Pour le Crémateur, le FBI a envoyé son meilleur élément.

Il veut que l'agent du FBI investisse la tribune, il veut entendre sa voix et ses pensées, mais Quinn ne fait pas un geste. Il est là, debout, hors du champ des projecteurs, et les journalistes ne semblent pas le reconnaître. Ensuite les personnages principaux s'éloignent de la tribune, entourés de leurs officiers de police en tenue. La conférence de presse est terminée.

La déception le mine. Il avait attendu, désiré quelque chose de plus. Besoin de plus. Et il avait prédit que ce seraient eux qui auraient besoin de plus.

Dans un sursaut, il se rend compte qu'il est resté en position d'attente avant de réagir, que l'espace d'un instant il a laissé ses sentiments dépendre des décisions des autres. Attitude inacceptable. Il est actif, pas réactif.

Les journalistes renoncent et se ruent vers les portes. Des articles à écrire, des sources où puiser. La petite foule au milieu de laquelle il se tient commence à se désagréger et à bouger. Il bouge avec eux, un visage parmi tant d'autres.

— Allons-y, ma grande. On se barre d'ici.

Angie leva les yeux du dossier des photos de criminels posé sur la table, ses cheveux filasse lui cachant à moitié le visage. Elle quitta sa chaise, d'un trait son regard passa de Kate à Liska, comme si elle s'attendait à ce que l'inspectrice dégaine un pistolet pour empêcher sa fuite. L'attention de Liska était tournée vers Kate.

— Vous avez le feu vert pour y aller ? Où est Kovac ?

Kate la regarda dans les yeux.

— Ouais... euh, Kovac est retenu avec le lieutenant à la conférence de presse. Ils discutent de la force d'intervention.

— Je veux en être, affirma Liska avec détermination.

— Vous devriez. Une affaire comme celle-ci, ça peut faire une carrière.

Et la défaire, songea Kate, en se demandant à quels ennuis elle s'exposait en se risquant à sortir Angie Di Marco d'ici — et à quels ennuis elle exposait Liska.

La fin justifie les moyens. Elle pensa à Quinn. Au moins, son but à elle était-il noble, au lieu de servir égoïstement des manipulations à usage personnel.

Rationalisation : la clef de la claire conscience.

— Est-ce que les caméras tournent ? demanda Liska.

— À l'instant même où nous parlons. Du coin de l'œil, Kate surveillait sa cliente qui escamotait le briquet Bic oublié sur la table par quelqu'un et qui le glissait dans la poche de son blouson. Doux Jésus. Une gamine, et cleptomane avec ça. Bon, il me semble que c'est le moment propice pour dégager.

— Filez tant que ça vous est possible, lui conseilla Liska. Aujourd'hui, pour vous, c'est double bonus. J'ai entendu votre nom associé à un geste de folie, un geste héroïque, ce matin, au centre administratif du comté. Les journaleux finiront par vous mettre le grappin dessus, pour ce motif-là ou pour un autre.

— J'ai vraiment une vie trop excitante, moi.

— Où est-ce que vous m'emmenez ? questionna Angie qui se rapprochait de la porte tout en réglant les lanières de son sac en bandoulière.

— Dîner. Je meurs de faim, et vous, vous m'avez tout l'air d'être déjà morte de faim depuis un petit moment.

— Mais votre patron a raconté que...

— Qu'il aille se faire foutre. Je voudrais voir quelqu'un enfermer Ted Sabin à clef dans une pièce un jour ou deux. Peut-être que cela l'aiderait à développer le sens de la compassion. En route.

Angie décocha un dernier regard à Liska et franchit la porte sans demander son reste, en calant son sac à dos tout en pressant le pas derrière Kate.

— Vous allez avoir des ennuis.

— Ça te préoccupe ?

— Si vous vous faites lourder, c'est pas mon problème.

— Ah ! mais, tu ne saurais mieux dire ! Écoute, il faut que nous montions à mon bureau. Alors justement, si quelqu'un m'arrête en chemin, tu nous rends service à toutes les deux et tu fais comme si nous n'étions pas ensemble. Je ne veux pas que les médias établissent le rapport, et tu ne veux pas qu'ils sachent qui tu es. Au moins là-dessus, tu peux me faire confiance.

Angie lui lâcha un regard malin.

— Est-ce que j'aurai ma photo dans *Hard Copy* ? J'ai entendu dire qu'ils paient.

— Tu fous Sabin dans la merde sur ce coup-là et il t'aura ta photo dans la brochure des *Délinquants les plus recherchés d'Amérique.* C'est-à-dire, si notre sympathique tueur de quartier en série ne te colle pas d'abord au fichier des *Mystères non-résolus.* Si tu ne veux rien écouter de ce qu'on te dit, ma grande, écoute au moins ceci. Tu ne veux pas, mais pas du tout, passer à la télévision, et tu ne veux pas, mais pas du tout, de ta photo dans le journal.

— Vous essayez de me faire peur ?

— Je suis juste en train de t'expliquer le dessous des cartes, rectifia Kate, tandis qu'elles débouchaient sur le parvis souterrain qui menait au centre administratif.

L'avocate afficha sa mimique « ne déconne pas avec moi » et traversa aussi vite qu'elle put, étant donné les douleurs et les courbatures qui l'élançaient, suite à son match de lutte gréco-romaine de la matinée. Il ne fallait pas perdre de temps. Si les politiciens tenaient compte de l'avis de John et, dans une certaine mesure, parvenaient à se contenir, la conférence de presse devrait bientôt toucher à son terme. Certains journalistes allaient filer le train au chef Greer, mais pour la plupart ils se partageraient entre le maire et Ted Sabin, car ils préféraient miser sur les fonctionnaires élus plutôt que sur un flic. D'une minute à l'autre, le parvis pouvait grouiller de tout ce petit monde.

Et si ce petit monde, en suivant Sabin sur le parvis, l'apercevait, elle, et si quelqu'un l'appelait par son nom ou simplement la remarquait, et qu'elle se trouve à portée de voix de la troupe des rapaces, elle était bonne pour essuyer un feu roulant de questions au sujet du tireur qu'elle avait arrêté ce matin au centre administratif. Ensuite quelqu'un pourrait fort bien accomplir l'effort mental de la relier à ces rumeurs qui faisaient état d'un témoin dans le dernier homicide, et alors, à partir de là, en effet, ces dernières heures qu'elle venait de vivre mériteraient vraiment de figurer dans les annales mondiales de la jour-

68

née la plus merdique de tous les temps. Mais uniquement, s'imaginait-elle, quelque part dans le tiers inférieur du tableau, de manière à laisser une large place à la kyrielle des journées nettement plus pourries qu'elle avait encore devant elle.

Mais, pour la première fois de la journée, la chance fut avec elle. Sur leur trajet en direction du vingt-deuxième étage, seules trois personnes tentèrent de l'intercepter. Toutes y allèrent de leurs commentaires pleins d'intelligence sur sa conduite le matin même. Elle les écarta d'un revers de main, assorti d'un regard désabusé et d'une remarque astucieuse, sans jamais ralentir le pas.

— C'est quoi tout ça ? lui demanda Angie quand elles sortirent de l'ascenseur, sa curiosité l'emportant finalement sur l'attitude d'indifférence qu'elle affectait de prendre.

— Rien.

— Il vous a appelée Terminator. Qu'est-ce que vous avez fait ? Vous avez tué quelqu'un ?

La question était assortie d'un regard où se mêlaient l'incrédulité et la perplexité, avec — malgré elle — une petite étincelle d'admiration.

— Rien de si tragique. Oh ! cela dit, ce n'est pas la tentation qui m'a manquée, aujourd'hui.

Kate tapa sur le clavier de sécurité commandant le code d'accès aux services juridiques du département. Elle déverrouilla la porte de son propre bureau et, d'un geste, invita Angie à entrer.

— Vous savez, ce n'est pas la peine de m'emmener quelque part, la rassura la jeune fille en s'affalant sur la chaise restée libre. Je suis assez grande pour prendre soin de moi toute seule. Nous sommes dans un pays libre et je ne suis pas une criminelle... ni une gamine, ajouta-t-elle avec un temps de retard.

— Si tu veux bien, nous éviterons ne serait-ce que d'effleurer le sujet pour le moment, suggéra Kate, en jetant un coup d'œil à son courrier qu'elle n'avait pas ouvert. Tu connais la situation, Angie. Il te faut un endroit où tu sois en sécurité.

— Je peux rester chez ma copine Michèle...

— Je croyais qu'elle s'appelait Molly.

Angie se pinça les lèvres, qui ne formèrent plus qu'une ligne, et plissa les paupières.

— N'essaie pas trop de te payer ma tête, l'avertit Kate — sans guère se faire d'illusions. Il n'y a pas de copine qui tienne, et tu n'as aucun endroit où crécher dans le quartier de Phillips. Cela étant, c'était pas mal vu, de mentir en choisissant un quartier pourri. Qui irait prétendre habiter un endroit pareil si ça n'était pas vrai ?

— Vous me traitez de menteuse ?

— Je pense que, dans tout ça, tu suis ton petit programme personnel, lui répondit Kate avec calme, toute son attention retenue par une note qui disait : *Parlé avec Sabin. Emmenez le témoin au Phœnix House — R.M.*

Autorisation de libérer le témoin. Ce drôle d'oiseau de Rob n'y avait fait aucune allusion dans le bureau du maire. La note était rédigée de la main de la réceptionniste. Aucune indication de l'heure. La décision était probablement tombée juste avant la conférence de presse. Tout ce subterfuge qu'elle venait d'échafauder pour rien. Oh ! et puis après !

— Un programme personnel probablement centré sur une seule et unique préoccupation : éviter de te retrouver en prison ou dans un établissement pour mineurs, poursuivit-elle.

— Je ne suis pas une...

— Épargne-moi ça.

Elle enfonça la touche de la messagerie de son téléphone et écouta les voix des impatients et des délaissés qui avaient tenté de la joindre au cours de l'après-midi. Des journalistes lancés sur la piste de l'héroïne mêlée à ce fait divers, la fusillade du centre administratif. Elle enfonça la touche d'avance rapide pour accélérer le défilement de tous ces messages. Au milieu des chiens de meute de la presse, il y avait là l'assortiment habituel. David Willis, un de ses clients actuels, le raseur du moment. Un coordonnateur du groupe de défense des droits des victimes. Le mari d'une femme qui prétendait s'être fait agresser, alors que Kate avait le sentiment viscéral qu'il s'agissait d'une arnaque — tout ce que le couple cherchait à obtenir, c'était des indemnités. Le mari avait à son actif un dossier comprenant une ribambelle d'arrestations mineures pour consommation de drogues.

— Kate. (La voix mâle et bourrue, tout droit sortie de l'appareil, la fit tressaillir.) C'est Quinn... hum... John. Je, euh, je suis à l'hôtel Radisson.

Comme s'il s'attendait à ce qu'elle le rappelle. Aussi simplement que ça.

— Qui est-ce ? s'enquit Angie. Un jules ?

— Non... hum... non, assura Kate, tâchant tant bien que mal de reprendre contenance. Allons-nous-en d'ici. Je meurs de faim.

Elle inspira longuement et vida ses poumons en se relevant. Elle se sentait prise au dépourvu, ce qu'elle s'était toujours efforcée d'éviter, en y travaillant soigneusement. Un délit d'un autre ordre, à ajouter sur la liste, à retenir contre Quinn. Elle ne pouvait lui laisser la latitude de l'atteindre. Il allait séjourner ici un temps, et puis il s'en irait. Deux ou trois jours tout au plus, s'imaginait-elle. Le FBI — le Bureau — l'avait dépêché sur place parce que Peter Bondurant possédait des amis haut placés. C'était une démarche de confiance, ou de léchage de cul, selon le point de vue.

Il n'avait aucun besoin de rester ici. Et il ne resterait pas long-temps. Elle n'était nullement tenue d'entretenir le moindre contact avec lui durant le temps de sa présence ici. Elle ne dépendait plus du Bureau. Elle ne faisait pas partie de cette force d'intervention. Il n'avait aucun pouvoir sur elle.

Dieu, Kate, tu parles comme s'il te faisait peur, songea-t-elle avec dégoût en engageant sa Toyota 4 × 4 Runner dans la rampe du parking qui donnait sur la 4e Avenue. Quinn, c'était de l'histoire ancienne et elle, elle était une adulte, pas une adolescente qui aurait rompu avec un type chic et sympa, et qui ne supporterait plus de le regarder en face dans une salle de classe.

— Où est-ce qu'on va ? demanda Angie, en réglant l'autora-dio sur une station de rock alternatif. Alanis Morissette se lamentait de la perte d'un ex-boy friend sur accompagnement de bongos.

— Dans un quartier agréable. Qu'est-ce que tu as envie de manger ? Apparemment, tu peux ingurgiter un peu de graisse et de cholestérol sans problème, tu as de la marge. Des côtelettes ? Une pizza ? Un hamburger ? Des pâtes ?

La fille eut ce haussement d'épaules de morveuse qui, depuis Mathusalem, poussait les parents des adolescents à se poser la question : faut-il abattre sa progéniture ? — et à sérieusement peser le pour et le contre.

— Ce que vous voulez. Pourvu qu'il y ait un bar. J'ai besoin d'un verre.

— Ne pousse pas trop, la gamine.

— Quoi ? J'ai un permis de conduire en cours de validité. (Elle s'affala dans son siège et cala les pieds contre le tableau de bord.) Je peux m'en griller une ?

— Je n'en ai pas. J'ai arrêté.

— Depuis quand ?

— Depuis 1981. De temps en temps, je m'y remets. Retire tes pieds de mon tableau de bord.

Tournée à demi sur le côté, elle se réinstalla avec un gros soupir dans le siège baquet.

— Pourquoi vous m'emmenez dîner ? Vous ne m'aimez pas. Vous n'avez pas plutôt envie de rejoindre votre mari à la maison ?

— Je suis divorcée.

— Du type sur le répondeur ? Quinn ?

— Non. Et ça ne te regarde pas, que je sache.

— Des mômes ?

Un battement de silence avant de répondre. Kate se demanda si elle se déferait jamais de cette hésitation, ou de la culpabilité qui l'inspirait.

— J'ai un chat.

— Alors vous habitez dans les beaux quartiers ?

Kate la regarda de travers, quittant brièvement des yeux le flot dense de la circulation des heures de pointe.

— Parlons de toi. Qui est Rick ?

— Qui ça ?

— Rick... le nom inscrit sur ton blouson.

— Le blouson, je l'ai eu comme ça.

Traduction : c'est le nom du type à qui je l'ai volé.

— Depuis combien de temps vis-tu à Minneapolis ?

— Un bout de temps.

— Quel âge avais-tu quand tes parents sont morts ?

— Treize.

— Alors ça fait combien de temps que tu es seule dans la vie ?

La fille lui jeta un regard furieux, le temps d'un battement de cils.

— Huit ans. C'était nul.

Kate haussa les épaules.

— Parfois, être seule, ça peut valoir le coup. Alors qu'est-ce qui leur est arrivé ? Un accident ?

— Ouais, fit Angie à voix basse, en regardant droit devant elle. Un accident.

Il y a une histoire derrière tout ça, se dit Kate en négociant l'embranchement tortueux de la 94e Rue sur Hennepin Avenue.

Elle pouvait assurément deviner sans trop de mal certains des éléments clefs de l'intrigue — l'alcool, les mauvais traitements, un enchaînement de circonstances malheureuses, une famille à problèmes. Pratiquement tous les gamins de la rue avaient vécu une variante de cette histoire. De même que tous les hommes qui se trouvaient en prison. Pour les bactéries d'ordre psychologique qui corrompaient les esprits et dévoraient l'espoir, la famille offrait un terrain de culture fertile. Inversement, elle savait que bien des gens, parmi les personnels de police et de justice ou parmi les travailleurs sociaux, s'étaient retrouvés, sur leur propre route, devant ce même embranchement, avant de s'engager dans une direction au lieu de l'autre.

Elle repensa à Quinn, c'était plus fort qu'elle.

La pluie plus dense s'était muée en un brouillard nébuleux et maussade. Les trottoirs étaient déserts. Les beaux quartiers, contrairement à ceux de la plupart des villes américaines, étaient situés à l'écart, au sud de Minneapolis. Une zone embourgeoisée de boutiques, de restaurants, de bars, de cinémas d'art et d'essai, qui avait pour épicentre le carrefour de Lake Street et Hennepin Avenue. À un jet de pierre — un monde — à l'ouest du quartier chaud de Whittier, qui, ces dernières années, était devenu le territoire privilégié des gangs noirs, des coups de feu tirés voiture en marche, et des saisies de drogue.

Ces quartiers résidentiels étaient bordés à l'ouest par le lac Calhoun et le lac des Îles, et, en règle générale, étaient habités par les yuppies et les gens les plus branchés qui soient. La maison où Kate avait grandi et dont elle était désormais propriétaire se trouvait à seulement deux blocs du lac Calhoun, ses parents ayant acquis cette demeure style cottage de prairie plusieurs décennies avant que le quartier ne devienne à la mode.

Kate choisit de se rendre chez *La Loon*, un pub à l'écart de la zone animée de Calhoun Square, en se garant sur le parking presque vide le long du bâtiment. Elle n'était pas d'humeur à supporter le bruit et la foule, et elle savait que l'une et l'autre pouvaient aisément servir de bouclier à celle qui allait lui tenir compagnie pour ce dîner. D'avoir à surmonter la barrière de l'adolescence, c'était déjà bien suffisant à son goût.

À l'intérieur de *La Loon*, il faisait sombre et chaud, tout n'était que bois et cuivres avec un bar à l'ancienne disposé dans la longueur et quelques clients. Kate évita un box pour préférer une table dans un coin, où elle prit la chaise d'angle, ce qui lui donnait vue sur toute la salle. La chaise de la paranoïaque. Une habitude que, pour sa part, Angie Di Marco avait déjà contractée. Elle ne s'assit pas en face de Kate, dos à la salle : elle prit un siège de côté, dos au mur, afin de pouvoir repérer toute personne approchant de leur table.

La serveuse leur apporta les menus et prit commande des boissons. Kate mourait d'envie d'un vigoureux verre de gin, mais se décida pour un cépage chardonnay. Angie commanda un rhum-Coca.

La serveuse regarda Kate, qui haussa les épaules.

— Elle est majeure.

Tandis que la serveuse s'éloignait, une expression narquoise de triomphe se dessina sur le visage d'Angie.

— Je croyais que vous ne vouliez pas que je boive.

— Oh ! qu'est-ce que ça peut faire ! laissa tomber Kate, en plongeant la main dans son sac à la recherche d'un comprimé de Tylenol, contre ses douleurs. Ce n'est pas ça qui va te dépraver.

La jeune fille s'était clairement attendue à une confrontation. Elle se redressa contre le dossier de son siège, un peu interdite, légèrement désappointée.

— Vous ne ressemblez à aucun des travailleurs sociaux que j'ai connus.

— Combien en as-tu connu ?

— Quelques-uns. Soit c'était des pouffiasses, soit elles étaient tellement saintes nitouches que ça me donnait envie de gerber.

— Ouais, bon, un tas de gens te diront quand même que je rentre dans l'une ou l'autre catégorie.

— Mais vous êtes différente. Je ne sais pas, hésita-t-elle, en s'efforçant de trouver la définition qu'elle cherchait. C'est comme si vous en aviez vu de toutes les couleurs ou quelque chose dans le genre.

— Disons que je ne suis pas arrivée dans ce métier par la voie habituelle.

— Qu'est-ce que ça veut dire ?

— Ça veut dire que je ne me fatigue pas pour le menu fretin et que je refuse les affaires merdiques.

— Si vous refusez les affaires merdiques, alors qui vous a cognée ?

— C'était au-delà de mes attributions et en dehors du service. (Kate avala le Tylenol d'un coup, en faisant passer le comprimé avec de l'eau.) Tu devrais voir dans quel état j'ai mis l'autre type. Alors, dans ce dossier photo de l'identité judiciaire, aujourd'hui, tu as retrouvé des visages familiers ?

Ce changement de sujet modifia aussi l'humeur d'Angie : les commissures de la bouche boudeuse descendirent d'un cran, et le regard retomba sur la table.

— Non. Je l'aurais dit.

— Vraiment ? marmonna Kate, s'attirant un coup d'œil renfrogné. Demain matin, ils vont vouloir que tu travailles avec le dessinateur du portrait-robot. À ton avis, comment ça va se passer ? Ce type, tu l'as suffisamment bien vu pour le décrire ?

— Je l'ai vu à la lumière du feu, murmura-t-elle.

— À quelle distance ?

Elle traça un sillon dans la nappe avec son ongle rongé.

— Je sais pas. Pas loin. Je coupais à travers le parc et il fallait que je m'arrête pisser, alors je me suis baissée derrière des fourrés. Et là il a descendu cette petite colline... et il portait cette...

Son visage se contracta et elle se mordit la lèvre, la tête un peu baissée, dans l'espoir évident que ses cheveux allaient cacher l'émotion qui lui montait au visage. Kate attendit patiemment, tout à fait consciente de la tension croissante qui s'emparait de la jeune fille. Même pour une fille aussi avertie qu'Angie des dangers de la rue, voir ce qu'elle avait vu devait représenter un choc inimaginable. Cette tension-là et la tension de ce qu'elle avait subi au poste de police combinées à l'épuisement, pour tout cela, tôt ou tard, il lui faudrait bien payer la note.

Et je veux être là quand cette pauvre gamine va craquer, songea-t-elle, jamais très ravie de cet aspect de son boulot. Le système était supposé prendre fait et cause pour la victime, mais bien souvent, au cours du processus, il ne faisait que la « victimiser » encore plus. Et l'avocat se trouvait pris entre deux feux — à la fois employé du système, et censé protéger le citoyen entraîné dans l'engrenage de la machine judiciaire.

La serveuse revint avec les boissons. Kate commanda des cheeseburgers avec des frites pour toutes les deux et rendit les menus.

— Ce... ce qu'il portait, je... je savais pas ce que c'était, chuchota Angie quand la serveuse fut hors de portée de voix. Tout ce que je savais, c'était que quelqu'un venait et qu'il fallait que je me cache.

Comme un animal qui savait trop bien que la nuit était le règne de toutes sortes de prédateurs.

— Un parc tard le soir, c'est un endroit effrayant, j'imagine, fit Kate à voix basse, en faisant tourner le pied de son verre. Tout le monde apprécie de s'y promener en plein jour. On trouve l'endroit si joli, si agréable pour s'échapper de la ville. Là-dessus la nuit tombe, et tout d'un coup c'est comme la méchante forêt du *Magicien d'Oz*. Au cœur de la nuit, personne n'a plus envie de s'y retrouver. Alors toi, Angie, qu'est-ce que tu fabriquais là-bas ?

— Je vous l'ai dit, je prenais un raccourci.

— Un raccourci pour venir d'où et pour aller où, à une heure pareille ?

Kate conservait un ton dégagé. Angie se recroquevilla sur son rhum-Coca, et prit une longue gorgée avec sa paille. Tendue. Forçant la colère à revenir supplanter la peur.

— Angie, j'en ai vu de toutes les couleurs. J'ai vu des choses que même toi tu ne croirais pas, lui assura Kate. Rien de ce que tu me diras ne pourrait me choquer.

La fille rit jaune et regarda en direction de la télévision suspendue au-dessus de l'extrémité du bar. Le présentateur du journal local, Paul Magers, affichait un air grave et bien comme il faut en relatant l'histoire d'un forcené pris d'une crise de folie meurtrière au centre administratif du comté. On présenta une photo de l'individu, provenant de l'identité judiciaire, et on mentionna la récente rupture du mariage de cet homme, son épouse ayant emmené les enfants avec elle pour aller se cacher dans un foyer, une semaine auparavant.

Précipitant ainsi les facteurs de stress, songea Kate, sans surprise.

— Que tu aies enfreint la loi, tout le monde s'en moque, Angie. Le meurtre prime sur tout : cambriolage, prostitution, même le braconnage d'écureuils..., ce que personnellement je considère comme un service rendu à la communauté, commenta-t-elle. J'ai eu un écureuil dans mon grenier le mois dernier. Dangereuse vermine. Un écureuil, ce n'est qu'un rat avec une queue en fourrure.

Pas de réaction. Pas de sourire. Pas même cette réaction typique, exagérée, de l'adolescente indignée par cette manifestation de mépris cynique à l'égard de la vie animale.

— Je ne suis pas en train d'essayer de m'appuyer sur toi, Angie. Je suis en train de te dire, moi, ton avocate : plus vite tu révèles ce qui s'est passé la nuit dernière, mieux ce sera pour toutes les parties concernées... toi comprise. Dans cette affaire, le procureur du comté est en train de perdre les pédales. Il a essayé de convaincre le sergent Kovac de te traiter en suspecte.

Effarouchée, la jeune fille ouvrit de grands yeux.

— L'enfoiré ! Je n'ai rien fait !

— Kovac te croit, raison pour laquelle tu n'es pas dans une cellule à l'heure qu'il est. Premièrement à cause de ça, et deuxièmement parce que je ne l'aurais pas permis. Mais c'est un sacré merdier, Angie. Ce tueur est l'ennemi public numéro un, et tu es la seule personne qui l'ait vu et qui soit encore en vie pour le raconter. Tu es en première ligne.

Les coudes sur la table, la jeune fille s'enfouit la tête dans les mains et grommela entre ses doigts.

— Vacherie, c'est nul !

— C'est pas faux, ma louloute, lui souffla Kate. Mais voilà le marché, simple comme bonjour. Ce givré va continuer de tuer jusqu'à ce que quelqu'un l'arrête. Et toi, peut-être que tu peux aider à ce qu'on l'arrête.

Elle attendit. Retint son souffle. Voulait pousser la fille au-delà du point limite. À travers les barreaux que formaient les doigts d'Angie, elle vit le visage de la jeune fille devenir écarlate, sous la pression des émotions qu'elle réprimait. Elle vit la tension dans ses épaules menues et perçut la nappe d'appréhension qui épaississait l'atmosphère autour d'elle.

Mais rien dans cette situation n'allait être simple comme bonjour, se dit Kate, tandis que son Alphapage sonnait dans son sac à main. Et voilà, le moment, l'occasion, venaient de s'enfuir. Elle poussa un juron silencieux tout en plongeant la main dans son sac, maudissant l'inconfort du confort moderne.

— Réfléchis, Angie, ajouta-t-elle en se levant de sa chaise. Dans le jeu, c'est toi la souris, mais je suis ici pour t'aider.

Ce qui fait de moi la souris par association, songea-t-elle en se dirigeant vers le téléphone à pièces situé dans un renfoncement à côté des lavabos.

Non. Dans tout ça, rien n'allait être simple comme bonjour.

7

— Bon sang, qu'est-ce que tu es allée fabriquer avec mon témoin, Red ?

Kovac s'appuya contre le mur du service des autopsies, le combiné du téléphone calé entre l'épaule et l'oreille. Il glissa une main à l'intérieur de la blouse chirurgicale qu'il portait par-dessus ses vêtements, sortit un petit flacon de Mentholatum de la poche de sa veste, et s'en étala la valeur d'une noisette autour de chaque narine.

— Je pensais que ce serait sympa de la traiter en être humain et de lui offrir un vrai repas au lieu de la merde que vous servez aux gens à la maison Poulaga, rétorqua Kate.

— Quoi, tu n'aimes pas les beignets ? Enfin, quel genre d'Américaine es-tu ?

— Le genre qui possède au moins une notion partielle du concept de libertés civiques.

— Ouais, parfait, très bien, j'ai pigé. (Il planta un doigt dans son oreille restée libre, tandis qu'en fond sonore la lame d'une scie osseuse gémissait contre une pierre à aiguiser.) Si Sabin me demande, je vais lui répondre que tu te l'es accaparée avant que je puisse la coffrer... ce qui est la vérité. Je préfère que ce soient tes jolis tétons qui passent à l'essoreuse plutôt que mon vile-brequin.

— T'en fais pas pour Sabin. J'ai son accord sur un mémo.

— Et tu as une photo de lui en train de le signer ? C'est certifié conforme ?

— Bon sang, tu es en plein délire paranoïaque.

— Comment tu crois que j'ai survécu aussi longtemps dans ce métier ?

— C'était pas en léchant le cul et en suivant les ordres. Ça, ça ne fait pas un pli.

Il lui fallut bien rire. Kate appelait un chat un chat. Et elle avait raison. Il maniait ses affaires en veillant à agir au mieux, et non pas avec un œil fixé sur sa publicité personnelle ou sa prochaine promotion.

— Alors où est-ce que tu l'emmènes, ce petit ange, après ce grand festin ?

— Au Phœnix House, m'a-t-on dit. Elle serait plutôt du res-sort d'un établissement pour mineurs, mais ça c'est tant pis. Il faut bien que je la mette quelque part, or sa carte d'identité indique qu'elle est majeure. Tu as pris un Polaroid d'elle ?

— Ouais. Je vais aller le montrer à la section des mineurs. Voir si quelqu'un la connaît. Je vais aussi en transmettre un tirage à la brigade des mineurs.

— Si tu m'en confies un tirage, à moi aussi, j'en ferai autant de mon côté.

— Ça peut se faire. Tiens-moi au courant. Je veux la tenir en laisse, cette greluche. (Il haussa brièvement la voix quand de l'eau se déversa dans un évier en métal.) Faut que j'y aille. Le Dr Macchabée est sur le point d'ouvrir une fente dans notre bestiole bien croquante.

— Doux Jésus, Sam, quelle âme sensible tu as.

— Hé ! je m'arrange pour tenir le coup comme je peux ! Tu vois ce que je veux dire.

— Ouais, je vois. Simplement, fais attention : les murs ont des oreilles. Est-ce que la force d'intervention est en place ?

— Ouais. Dès qu'on arrêtera de nous chercher des poux dans la tête, on sera bons. (Il regarda vers l'autre bout de la salle, là où Quinn était en grande discussion avec le médecin légiste et Hamill, l'agent du BAC, le Bureau des arrestations criminelles, tous en blouse et bottines chirurgicales.) Alors, c'est quoi cette histoire entre toi et la grosse tête de Quantico ?

À l'autre bout de la ligne, il y eut un infime temps d'hésitation.

— Qu'est-ce que tu veux dire ?

— Comment ça, qu'est-ce que je veux dire ? C'est quoi cette affaire ? C'est quoi cette histoire ? C'est quoi, la grande histoire ?

Encore un temps de silence, juste l'espace d'un battement de cœur.

— Je le connaissais, c'est tout. Je travaillais du côté de la recherche, aux sciences du comportement. Les gens de l'Unité des sciences du comportement et de l'Unité d'enquête et de soutien se croisaient régulièrement. Et puis il était ami avec Steven... mon ex.

Ce dernier point balancé tout à la fin, comme s'il pouvait croire que ça ne lui était revenu à l'esprit qu'après coup. Kovac classa tout cela pour rumination ultérieure. *Il était ami avec Steven.* Dans cette histoire, il n'y avait pas que ça, nota-t-il, tandis que Liska s'écartait du petit groupe massé autour du corps et venait dans sa direction, l'air à bout de patience et nauséeuse. Kovac indiqua à Kate son numéro d'Alphapage et la marche à suivre pour appeler, et il raccrocha.

— Ils sont parés pour la séance rock and roll, l'avertit Liska, en sortant de la poche de son blazer mal coupé un flacon de Vicks VapoRub de voyage. (Elle se l'enfonça dans le nez et inspira profondément.) Bon Dieu, quelle odeur ! chuchota-t-elle en se retournant et en lui emboîtant le pas, pour se diriger vers la table où se déroulait l'autopsie. Je me suis coltiné des noyés. Je me suis coltiné des soûlards dans des poubelles. Une fois, je me suis coltiné un type enfermé dans le coffre d'une Chrysler pendant tout le week-end de la fête du 4-Juillet. Mais je n'ai jamais rien senti de pareil.

La puanteur était une véritable entité autonome. Comme un poing invisible qui pénétrait de force dans la bouche de toutes les personnes présentes, leur coulait sur la langue et s'engouffrait dans leur gorge. La pièce était réfrigérée, mais ni le courant d'air froid permanent du système de ventilation ni le parfum entêtant des désodorisants chimiques ne parvenaient à dominer cette odeur de chair et d'organes humains rôtis.

— Rien à voir avec ces croque-monsieur que nos parents nous expédiaient par la poste en colo, hein, plaisanta Kovac.

Liska pointa le doigt sur lui et plissa les paupières.

— Pas de mauvaises plaisanteries avec les viscères ou je gerbe sur tes chaussures.

— Mauviette.

— Et je te botterai le cul, mais plus tard, pour m'avoir traitée de mauviette.

Dans la pièce, il y avait trois tables, celles qui se trouvaient à chaque extrémité étant occupées. Ils passèrent devant un assistant qui renfilait un sac en plastique plein d'organes à l'intérieur de la cavité corporelle d'un homme aux ongles d'orteils épais et jaunis. Une balance était suspendue au-dessus de chaque table, comme celles qui servent à peser le raisin et les poivrons au supermarché. Celles-ci servaient à peser les cerveaux et les cœurs.

— Vous vouliez que je commence la fête sans vous ? s'enquit le médecin légiste, en arquant le sourcil.

Concernant Maggie Stone, l'équipe du centre médical du comté de Hennepin considérait généralement qu'il manquait quelques cases à l'intérieur de sa mécanique mentale. Elle soupçonnait tout le monde de tout, chevauchait une Harley gros cube (par beau temps), et était connue pour porter une arme. Mais sur le plan du boulot, la meilleure, c'était elle.

Les gens qui l'avaient connue en un temps où elle avait été un peu plus apprivoisée prétendaient que sa couleur de cheveux caca d'oie était naturelle. Sam n'avait jamais été très fort pour conserver en mémoire bien longtemps ce genre de détails, et c'était l'une des nombreuses raisons pour lesquelles il totalisait deux ex-femmes à son passif. Certes, il avait remarqué que le Dr Stone, qui allait sur la fin de la quarantaine, était récemment passée du rouge feu au platine. Ses cheveux étaient taillés court, une coupe qui lui donnait l'air d'être à peine tombée du lit et de s'être fait une mauvaise frayeur.

Elle le dévisagea tout en ajustant le minuscule micro-cravate au col de sa combinaison de bloc opératoire. Ses yeux étaient d'un vert translucide à vous donner la chair de poule.

— Amenez-moi ce salopard, ordonna-t-elle, en pointant le scalpel sur son assistant, et le ton de sa voix impliquait que, s'il ne le faisait pas, c'était elle qui s'en chargerait.

Là-dessus, elle tourna son attention vers le corps carbonisé qui gisait sur la table en acier, recroquevillé comme une mante religieuse. Un calme profond s'instaura en elle.

— O.K. ! Lars, voyons voir si on peut la redresser un peu.

En allant se placer à un bout de la table, elle saisit fermement le corps, mais avec délicatesse, tandis que son assistant, un Suédois costaud, l'empoignait par les chevilles : ils commencèrent de tirer lentement. Cela produisit un son proche de celui des ailes de poulet grillées que l'on croque.

Liska se détourna, une main sur la bouche. Kovac tint bon. De l'autre côté de la table, Quinn affichait une expression granitique, les yeux posés sur ce corps qui devait encore livrer ses secrets. Hamill, l'un des deux agents du BAC affectés à la force d'intervention, posa son regard au plafond. C'était un petit homme soigné, un corps de coureur, mince comme un fil, avec une implantation de cheveux qui partait rapidement en arrière à partir d'un front très haut.

Stone se redressa de la table et attrapa un dossier.

— Docteur Maggie Stone, commença-t-elle, pour l'enregistrement, et pourtant elle paraissait s'adresser au défunt. Affaire numéro 11-7820, Jane l'Inconnue. Femme de type européen.

La tête a été séparée du corps, elle est actuellement manquante. Le corps mesure 1 mètre 65 et pèse 61 kilos.

La taille et le poids avaient été calculés au préalable. On avait minutieusement pris tout un ensemble de radios et de photographies, et Stone avait soigneusement parcouru le cadavre au moyen d'un rayon laser pour l'éclairer et recueillir des traces de pièces à conviction. À présent, elle inspectait le moindre centimètre de cette enveloppe charnelle à l'œil nu, décrivant en détail tout ce qu'elle voyait, chaque blessure, chaque marque.

Les vêtements calcinés étaient restés sur le corps. Fondus avec ce dernier par la chaleur du feu. Édifiante leçon, en vérité : de quoi vous dissuader de porter des tissus synthétiques.

Stone prit note du « sévère traumatisme » au cou de la victime, en spéculant sur le fait que ces dégâts avaient été causés par une lame à dents de scie.

— *Post mortem* ? demanda Quinn.

Stone fixa la blessure béante comme si elle essayait de lire jusqu'au tréfonds du cœur de la jeune femme.

— Oui, prononça-t-elle enfin.

Plus bas sur la gorge, il y avait plusieurs marques de ligatures assez éloquentes — pas un simple sillon rouge, mais des bandes entrecroisées, qui indiquaient que l'on avait desserré et resserré le cordon au cours du supplice de la victime. C'était vraisemblablement la cause du décès — l'asphyxie, due à une strangulation par ligature —, quoique la chose soit difficile à prouver, du fait de la décapitation. L'indicateur le plus compatible avec une mort par strangulation, c'était l'os hyoïde écrasé à la base de la langue, dans la partie supérieure de la trachée — au-dessus du point de décapitation. Il n'était pas non plus possible de vérifier une éventuelle pétéchie hémorragique, autre signe avéré de strangulation.

— Avec les autres, il l'a joué comme ça ? interrogea Quinn, en se référant aux multiples marques de ligature sur la gorge.

Stone approuva de la tête et descendit le long du corps.

— Ce sont à peu près les mêmes dégâts par le feu que sur les autres corps ?

— Oui.

— Et les autres étaient vêtues.

— Oui. Il les rhabillait après les avoir tuées, croyons-nous. Les corps présentaient des blessures sans que l'on ait constaté de dégâts correspondants sur les vêtements... enfin, sur la partie des vêtements qui n'avait pas été détruite par le feu.

— Et ce n'était pas leurs vêtements à elles, souligna Kovac. Des trucs que le tueur leur avait trouvés exprès pour elles. Toujours des tissus synthétiques. Le feu fait fondre l'étoffe. Ça fiche en l'air les traces de pièces à conviction sur le corps.

Sans aucun doute, cela signifiait encore autre chose dans l'esprit du tueur, songea-t-il avec un tiraillement d'impatience. Aussi précieux que puisse être l'établissement du profil de la personnalité des tueurs — ce qu'il ne contestait nullement —, en son for intérieur le flic brut de décoffrage émettait une réserve : quelquefois, les crânes d'œuf prêtaient à ces monstres un peu trop de crédit. Il arrivait parfois aux tueurs de commettre certains gestes juste histoire de s'en payer une tranche. Parfois ils commettaient certaines choses par simple curiosité ou par envie pure de faire du mal, ou encore parce qu'ils savaient que cela allait mettre des bâtons dans les roues des enquêteurs.

— Est-ce que nous allons obtenir des empreintes digitales ? demanda-t-il.

— Ah ! ça non ! l'informa Stone en examinant le dos de la main gauche. (La couche supérieure de l'épiderme avait viré à l'ivoire sale et pelait. La couche inférieure était rouge. Les os des phalanges luisaient de blancheur là où la peau avait été entièrement flétrie par les flammes.) En tout cas, pas des empreintes qui nous soient utiles, compléta-t-elle. Je dirais qu'il a positionné le corps mains croisées sur la poitrine ou sur le ventre. Le feu a instantanément fait fondre le chemisier et la matière gluante qui en est résultée a fondu à son tour dans le bout des doigts avant que les tendons des bras n'aient commencé de se contracter et de tirer les mains à l'écart du corps.

— Subsiste-t-il la moindre chance de pouvoir séparer les résidus de tissu du bout des doigts ? demanda Quinn. Le tissu lui-même pourrait conserver une trace imprimée des sillons d'empreintes.

— Nous ne disposons pas de cette capacité dans ces locaux, admit-elle. Vos gens de Washington pourraient avoir envie d'essayer. Nous pouvons détacher les mains, les ensacher et les leur envoyer.

— Je vais demander à Walsh de les appeler avant.

Toussant comme s'il avait la tuberculose, Walsh avait prié qu'on l'excuse pour l'autopsie. Il n'était aucunement nécessaire que toute la force d'intervention y assiste. Ils seraient tous tenus informés dans la matinée et ils auraient tous accès aux rapports et aux photographies.

Stone descendait méthodiquement tout le long du corps. Les jambes de la victime étaient nues, la peau durcie et couverte de cloques, suivant un dessin irrégulier, aux endroits où le combustible avait flambé en un éclair.

— Marques de ligature aux chevilles droite et gauche, poursuivit-elle, ses petites mains gantées se déplaçant avec tendresse, presque amoureusement, sur le dessus des pieds de la victime — elle ne manifesterait guère plus d'émotion durant tout ce processus.

Sam observa l'aspect des blessures que les liens avaient causées autour des chevilles de la victime, en essayant de toutes ses forces de ne pas se représenter cette jeune femme ligotée à un lit dans la chambre des horreurs d'un maniaque, se débattant si frénétiquement pour se libérer des cordes qui avaient entaillé ses chairs en de profonds sillons.

— Les fibres sont déjà parties pour le labo du BAC, leur indiqua Stone. Elles semblent de la même consistance que les autres : du fil blanc de polypropylène, spécifia-t-elle à l'attention de Quinn et Hamill. Sacrément costaud. On achète ça dans n'importe quel magasin de fournitures de bureau. Le comté en achète assez tous les mois pour emballer la lune. Impossible de remonter cette piste. (Elle continua son examen.) Profondes lacérations en forme de double X sur la plante des deux pieds.

Elle mesura et catalogua chaque coupure, puis elle décrivit ce qui ressemblait à des brûlures de cigarette sous la pulpe de chaque orteil.

— Torture ou mutilation pour dissimuler l'identité ? demanda Hamill.

— Ou les deux, renchérit Liska.

— Il semble que tout cela ait été pratiqué alors qu'elle était en vie, précisa Stone.

— Salopard de malade, marmonna Kovac.

— Si elle s'était libérée, cela l'aurait empêchée de courir, expliqua Quinn. Voici quelques années, on a enregistré une affaire au Canada, où les tendons d'Achille de la victime avaient été sectionnés dans le même but. Est-ce que les autres victimes présentaient des blessures similaires ?

— Chacune d'entre elles avait été torturée de diverses manières, répondit Stone. Aucune exactement de la même façon. Je peux vous procurer des copies des rapports.

— On s'en est déjà chargé, merci.

Il n'y avait aucun espoir de parvenir à retirer les vêtements de la victime sans emporter de la peau avec. Stone et son assistant découpèrent et épluchèrent petit bout par petit bout, retirant délicatement les fibres fondues avec un grand luxe de précautions, Stone poussant un juron à mi-voix toutes les deux ou trois minutes.

L'appréhension tenaillait les entrailles de Kovac à mesure que l'on travaillait à écarter le chemisier détruit et les couches de chair du côté gauche de la poitrine.

Debout de l'autre côté du corps, Stone le regarda.

— C'est là.

— Quoi ? demanda Quinn, en se portant à la tête de la table. Sam se rapprocha d'un pas et scruta l'ouvrage du tueur.

— Le détail que nous sommes arrivés à protéger de ces journalistes puants. Ce dessin de blessures à coups de lame... vous voyez ?

Un chapelet serré de huit marques, longues de deux à trois centimètres, perforait la poitrine de la morte à peu près dans la région du cœur.

— Les deux premières présentaient ces blessures elles aussi, expliqua Kovac, en jetant un coup d'œil vers Quinn. Toutes deux avaient été étranglées, mais les coups de poignard étaient postérieurs.

— Exactement suivant ce dessin ?

— Ouais. Ce motif en forme d'étoile. Vous voyez ? (Tout en maintenant la main à dix centimètres au-dessus du cadavre, il traça la forme en l'air, de son index.) Les marques les plus longues forment un X. Les marques les plus courtes en forment un autre. Joe l'Enfumeur a encore frappé.

— D'autres similitudes également, ajouta Stone. Voyez ici : amputation des tétons et de l'aréole.

— *Post mortem* ? l'interrogea Quinn.

— Non.

Stone regarda son assistant.

— Lars, retournons-la. Voyons ce que l'on trouve de l'autre côté.

Le corps avait été positionné sur le dos avant que l'on y mette le feu. Par conséquent, les dégâts causés par l'incinération étaient limités à la partie frontale. Stone retira les morceaux de vêtements intacts et les ensacha à l'intention du labo. Un morceau de jupe en fibre synthétique élastique rouge. Un fragment de chemisier couleur chartreuse. Pas de sous-vêtements.

— Hum-hum, murmura Stone pour elle-même, puis elle leva les yeux sur Sam. Un morceau de chair manque à la fesse gauche.

— Il a fait cela aux autres également ? l'interrogea Quinn.

— Oui. Avec sa première victime, il a prélevé un bout du sein droit. Avec la deuxième, c'était aussi la fesse droite.

— Pour éliminer une marque de morsure ?

C'était Hamill qui venait d'émettre cette spéculation à voix haute.

— Ça se pourrait, approuva Quinn. La morsure n'est assurément pas chose inhabituelle chez ce genre de tueur. Aucune indication d'hématome à l'intérieur des tissus ? Quand ces types plantent leurs dents, ce n'est pas pour un petit pinçon d'amour.

Stone prit sa petite règle pour mesurer précisément les blessures.

— S'il y avait le moindre hématome, il l'a découpé. Il manque une quantité considérable de muscle.

— Doux Jésus, grommela Kovac de dégoût, en fixant du regard un carré sombre, rouge et luisant sur le corps de la victime, des chairs découpées avec précision au moyen d'un petit couteau tranchant. Pour qui se prend-il, ce type ? Pour le licteur d'Hannibal, armé de sa hache, putain ?

Quinn lui lâcha un regard depuis l'extrémité sans tête du corps.

— À chacun son héros.

Affaire numéro 11-7820, Jane l'Inconnue, femme de type européen, n'avait aucune raison organique de mourir. Elle était en bonne santé, à tous égards. Bien nourrie, avec cinq ou sept kilos de trop, comme la plupart des gens. Même si le Dr Stone s'était révélée dans l'incapacité de déterminer de quoi s'était composé son dernier repas. Si c'était Jillian, elle avait fini de digérer son dîner avec son père avant de mourir. Son corps était exempt de toute maladie et de tout défaut naturel. Stone estimait son âge entre vingt et vingt-cinq ans. Une jeune femme avec l'essentiel de sa vie devant elle — jusqu'à ce qu'elle croise la route de l'homme qu'il ne fallait pas.

Ce type de tueur choisit rarement une victime déjà prête à mourir.

Quinn réexaminait mentalement cette donnée, debout sur l'aire trempée du quai de déchargement de la morgue. Le froid humide de la nuit s'infiltrait dans ses vêtements, dans ses muscles. Le brouillard nappait la ville d'un mince suaire blanc.

Trop de victimes étaient de très jeunes femmes : de jolies jeunes femmes, des jeunes femmes ordinaires, des femmes avec tout pour elles, et puis des femmes qui n'avaient rien d'autre dans la vie qu'un espoir d'une vie meilleure. Toutes, brisées, supprimées comme de vulgaires poupées, violées, jetées comme si leur vie n'avait eu aucun sens.

— J'espère que vous ne tenez pas à ce costume, lui lança Kovac qui s'approcha en pêchant une cigarette dans son paquet de Salems mentholées.

Quinn s'inspecta, les yeux baissés, sachant que la puanteur de la mort violente avait imprégné chaque fibre de ses vêtements. Les risques du métier.

— Je n'avais pas le temps de me changer.

— Moi non plus. D'ordinaire, ça mettait mes épouses en rage.

— Mes épouses... au pluriel ?

— Consécutives, pas simultanées. Deux. Vous savez ce que c'est... le boulot et tout... En tout cas, ma deuxième femme avait pris l'habitude d'appeler ça mes vêtements de cadavre... que je les aie portés sur les lieux d'un crime vraiment dégueulasse ou pour une autopsie ou je ne sais quoi encore. Elle me forçait à me déshabiller dans le garage, et ensuite vous auriez imaginé qu'elle les aurait brûlés ou fichus à la poubelle ou je ne sais quoi encore. Mais non. Elle fourrait tout ça dans une boîte et elle les portait à une œuvre de bienfaisance... sous prétexte qu'ils étaient encore mettables, prétendait-elle. (Il secoua la tête, éberlué.) Grâce à elle, les défavorisés de Minneapolis se baladaient en sentant le cadavre. Vous êtes marié ?

Quinn secoua la tête.

— Divorcé ?

— Une fois. Il y a longtemps.

Si longtemps que cette brève tentative de mariage lui apparaissait plus comme un mauvais rêve aux contours flous que comme un véritable souvenir. L'évoquer, cela revenait à donner un coup de pied dans un tas de cendres, à remuer en lui d'anciennes particules d'un lien affectif réduit à l'état de débris — des sentiments de frustration, d'échec et de regret depuis longtemps refroidis. Des sentiments qui se renforçaient quand il songeait à Kate.

— On a tous eu notre divorce, fit Kovac. C'est le boulot qui veut ça.

Il lui tendit son paquet de cigarettes, Quinn refusa.

— Bon Dieu, il faut que je m'efface cette odeur de la bouche. (Kovac s'emplit les poumons et absorba la quantité maximum de goudron et de nicotine avant d'exhaler, laissant la fumée lui rouler sur la langue. Le nuage dériva au loin pour se fondre dans le brouillard.) Alors, vous croyez que c'est Jillian Bondurant qu'on vient de voir là-dedans ?

— Ça se pourrait, mais je persiste à penser qu'il subsiste une chance du contraire. Notre Individu inconnu s'est donné sacrément de mal pour s'assurer que nous ne puissions relever aucune empreinte digitale.

— Mais il sème le permis de conduire de Bondurant sur les lieux du crime. Alors peut-être qu'il s'est chopé Bondurant, et puis qu'il s'est aperçu de qui elle était, et alors il a décidé de se cramponner à elle, de la retenir pour en retirer une rançon, hasarda Kovac. Entre-temps, il ramasse une autre femme et la dessoude, en laissant le permis de Bondurant avec le corps pour montrer ce qui pourrait arriver si Papa ne crache pas.

Kovac plissa les paupières comme s'il cherchait à approfondir cette théorie.

— Aucune demande de rançon, en tout cas pas à notre connaissance, et elle est portée disparue depuis vendredi. Pourtant, peut-être que... Mais ce n'est pas votre avis.

— C'est que je n'ai jamais vu les choses se passer de cette façon, voilà tout, objecta Quinn. C'est une règle, avec ce type de meurtre, vous avez affaire à un tueur qui n'a qu'une seule chose en tête : s'adonner à son fantasme. Ça n'a rien à voir avec l'argent... en général.

Quinn se tourna un peu plus vers Kovac, sachant qu'il s'agissait là du membre de la force d'intervention qu'il avait le plus besoin de gagner à ses vues. Kovac était à la pointe de l'enquête. Sa connaissance de ces affaires, de cette ville, et du genre de criminels qui vivaient dans ses bas-fonds seraient pour lui d'une valeur inestimable. L'ennui, c'était, Quinn devait l'admettre, qu'il n'avait plus d'énergie en réserve pour lui sortir son bon vieux numéro : Je-ne-suis-qu'un-flic-comme-vous. Il se décida donc à jouer la carte de la sincérité.

— L'inconvénient, quand on veut dresser un profil, c'est qu'il s'agit d'un outil interventionniste fondé sur l'utilisation réactive de la connaissance acquise à partir d'événements passés. Et non d'une science exacte. Potentiellement, chaque affaire pourrait présenter chaque fois des caractéristiques inédites.

— J'ai entendu dire que vous étiez tout de même assez bon, concéda l'inspecteur. Vous avez épinglé cet infanticide dans le Colorado en partant juste de son bégaiement.

Quinn haussa les épaules.

— Parfois, les pièces s'emboîtent. Combien de temps faudra-t-il avant que vous puissiez mettre la main sur le dossier médical de Bondurant pour une comparaison avec le corps ?

Kovac leva les yeux au ciel.

— Faudrait que je change mon nom en Murphy. La loi de Murphy, autrement dit : rien n'est jamais facile. Par malheur, il se trouve que la plupart de ses dossiers médicaux sont en France, s'exclama-t-il, comme si la France était une obscure planète située dans une autre galaxie. Sa mère a divorcé de Peter Bondurant il y a onze ans, et elle s'est remariée avec un type qui dirige une entreprise internationale dans le bâtiment. Ils vivaient en France. La mère est morte, le beau-père vit là-bas. Jillian est revenue ici depuis deux ans. Elle s'est inscrite à l'U... l'université du Minnesota.

— Le Bureau peut nous aider à obtenir ces dossiers par l'intermédiaire des services de notre attaché juridique à Paris.

— Je sais. Walsh est déjà sur le coup. Entre-temps, nous allons essayer de nous adresser à tous les proches de Jillian. De découvrir si elle avait des grains de beauté, des cicatrices, des taches de naissance, des tatouages. Nous réunirons des photos. Nous n'avons encore dégotté aucun ami proche. Pas de petit ami non plus, que l'on sache. J'en déduis qu'elle n'était pas exactement le genre à papillonner en société.

— Et sur son père ?

— Il est trop effondré pour nous parler. (La bouche de Kovac se tordit.) « Trop effondré... » c'est ce que raconte son avocat. Si je pensais que quelqu'un avait dérouillé mon gosse, je serais putain d'effondré, ça oui. Je monterais à l'assaut des flics. Je serais sans arrêt sur leur dos, à faire tout mon possible pour alpaguer ce fils de pute. (Il haussa un sourcil en accent circonflexe, à l'attention de Quinn.) Pas vous ?

— Je mettrais le monde sens dessus dessous et je secouerais la planète en la tenant par les pieds.

— Très juste, Auguste. Alors justement : quand je me suis présenté chez Bondurant pour lui apprendre que la victime pourrait être Jillian, il a pris un de ces airs, comme si je venais de lui flanquer un coup de batte de base-ball. « Oh ! mon Dieu, oh ! mon Dieu », il a bredouillé, et j'ai cru qu'il allait gerber. Alors quand il s'est excusé un instant, je ne m'en suis pas plus fait que ça. Et ce fils de pute est allé appeler son avocat, et il n'est plus ressorti de son bureau, terminé. J'ai passé l'heure suivante à parler avec Bondurant par l'intermédiaire d'Edwyn Noble.

— Et que vous a-t-il dit ?

— Que Jillian était chez lui vendredi soir pour dîner, et qu'il ne l'avait pas revue depuis. Elle est repartie vers minuit. Un voisin a confirmé. Le couple qui habite de l'autre côté de la rue rentrait justement d'une soirée. La Saab de Jillian s'est engagée dans la rue à l'instant où ils tournaient au coin du pâté de maisons, à onze heures cinquante. Peter Bondurant, cet enfoiré de riche puant, grogna-t-il. C'est bien ma chance. Le temps que cette affaire soit bouclée, je serai muté contractuel, à coller des contredanses.

Il finit sa cigarette, la lança sur le quai, et en écrasa le mégot du bout de son soulier.

— Dommage que les tests ADN prennent tant de temps, ajouta-t-il, cette sorte de coq-à-l'âne lui permettant de revenir au sujet de l'identification du corps. Six semaines, huit semaines. Vachement trop long.

— Vous avez vérifié les rapports sur les personnes portées disparues ?

— Minnesota, Wisconsin, Iowa, les deux Dakotas, du Nord et du Sud. Nous avons même appelé le Canada. Pour l'instant, rien qui corresponde. Peut-être que la tête va resurgir, ajouta-t-il avec optimisme, comme il aurait espéré le retour d'une paire de lunettes ou d'un portefeuille.

— Peut-être.

— Bon, assez de ce merdier pour ce soir. Je meurs de faim, déclara-t-il brusquement, en tirant sur les pans de son manteau pour bien le fermer, comme s'il venait de confondre la faim et le froid. Je connais un endroit qui cuisine des plats mexicains à emporter formidables. Tellement épicés que ça vous brûle toutes les odeurs de cadavre qui vous remplissent la bouche. On y fait un saut en allant à votre hôtel.

Ils s'éloignèrent à pied du quai de déchargement à l'instant où une ambulance arrivait. Pas de gyrophare, pas de sirène. Un client de plus. Kovac extirpa ses clefs de sa poche, en regardant Quinn du coin de l'œil.

— Alors, comme ça, vous la connaissiez, Kate ?

— Ouais. (Quinn fixait le brouillard, en se demandant où elle était, ce soir. Et si elle pensait à lui.) Dans une vie antérieure.

8.

Kate glissa son corps endolori dans sa vieille baignoire à pieds de lion et essaya de dissiper la tension emmagasinée au cours de la journée. À partir d'un noyau, au tréfonds d'elle-même, cette tension irradiait dans tous ses muscles, sous forme de douleur. Elle se l'imaginait se dissipant au-dessus de l'eau, avec la vapeur et la senteur de lavande. Sur le plateau en fil de cuivre posé à cheval devant elle, en travers de la baignoire, l'attendait son verre format spécial lundi noir, un Bombay Sapphire tonic. Elle en but une longue gorgée, s'allongea, et ferma les yeux.

En fait de solution au stress, les spécialistes de la question considéraient plutôt l'alcool d'un mauvais œil, prédisant volontiers que sa consommation engageait l'individu sur la pente de l'alcoolisme et du désastre. La pente du désastre, Kate l'avait parcourue dans les deux sens. Elle estimait que si elle avait dû devenir alcoolique, cela se serait produit des années auparavant. Cinq années auparavant. Il n'en avait rien été, et donc ce soir

91

elle se buvait un gin, dans l'attente de l'agréable torpeur que cela allait lui procurer.

L'espace d'un très bref instant, les visages de cette période sinistre de son existence défilèrent en un kaléidoscope sur son écran intérieur : le visage changeant de Steven tout au long de cette année terrible — distant, froid, en colère, amer ; les regrets du médecin, usé de fatigue, le regard terni par trop de tragédies ; l'adorable visage de sa fille, présent et aussitôt enfui, le temps d'un unique et douloureux battement de cœur. Le visage de Quinn — intense, passionné, passionné... colérique, dépassionné, indifférent... un souvenir.

La soudaine acuité de cette douleur qui la tenaillait, traversant toute cette bourre cotonneuse du temps, ne manquait jamais de la sidérer. Une part d'elle-même désirait ardemment que la douleur s'émousse, quand une autre part espérait le contraire, à tout jamais. Le cycle sans fin de la culpabilité : le besoin d'y échapper et le besoin tout aussi désespéré de s'y raccrocher.

Elle ouvrit les yeux et fixa la fenêtre au pied de la baignoire. Au-delà de la vitre embuée, un rectangle nocturne pointait au-dessus du rideau, accroché à mi-hauteur.

En surface au moins, elle avait guéri les vieilles blessures et avançait dans sa vie : autrement dit, ce que chacun d'entre nous pouvait honnêtement espérer. Mais avec quelle facilité s'était déchiré tout à l'heure ce vieux tissu cicatriciel... Comme cette réalité était humiliante : n'avoir pas assez mûri pour vraiment pouvoir dépasser la douleur attachée au souvenir de John Quinn. Elle se sentait comme une idiote et comme une enfant, et en attribua la faute à un élément : la surprise.

Demain, elle s'y prendrait mieux. Elle aurait l'esprit clair et garderait sa concentration. Elle ne se laisserait pas surprendre. Cela n'avait aucun sens de remuer le passé quand le présent requérait toute son attention. Et Kate Conlan ne s'était jamais conduite de façon déraisonnable... à l'exception de ces quelques mois fort brefs, durant la pire année de son existence.

Elle et Steven étaient devenus des étrangers l'un pour l'autre. Une situation tolérable, si toutes choses étaient restées égales par ailleurs. Là-dessus, Emily avait contracté une grippe foudroyante, et en l'espace de quelques jours leur adorable, leur lumineuse enfant était partie. Steven en avait fait porter la faute sur Kate, estimant qu'elle aurait dû s'aviser plus tôt de la gravité de la maladie. Kate en avait endossé la responsabilité, malgré les médecins qui lui avaient assuré qu'elle n'y était pour rien, qu'elle n'aurait pas pu savoir. Elle avait eu alors tellement besoin de quelqu'un qui la tienne dans ses bras, quelqu'un qui lui offre réconfort, soutien et absolution...

Par-dessus son épaule, elle tira sur le bout du drap de bain pendu au porte-serviettes derrière elle, s'en tamponna les yeux, s'essuya le nez, puis avala une autre gorgée de gin. Le passé échappait à son contrôle. Au moins pouvait-elle s'illusionner en croyant posséder un semblant de maîtrise sur le présent.

Elle orienta le cours de ses pensées vers sa cliente. Quel mot idiot : *cliente*. Le terme impliquait que la personne l'avait choisie, l'avait engagée. Angie Di Marco n'avait eu aucune de ces deux latitudes. Quel sacré numéro, cette gamine. Et Kate possédait bien trop l'expérience du monde réel pour se laisser aller à croire qu'il subsistait un cœur d'or au-dessous de tout ça. Plus vraisemblablement, ce qu'il y avait là-dessous, c'était une matière mutante, corrompue par une vie moins clémente que celle du dernier chat de gouttière venu. Comment les gens pouvaient-ils mettre une enfant au monde et l'abandonner de la sorte... Cette idée suscita en elle l'indignation, et un tiraillement de jalousie pour le moins importune.

Franchement, il n'entrait pas dans ses fonctions de découvrir qui était Angie Di Marco ou ce qui avait fait d'elle un personnage si tristement névrosé. Mais plus elle en saurait sur sa cliente, plus elle serait capable de la comprendre, d'agir et de réagir de façon adéquate. De manipuler. D'obtenir ce que Sabin voulait obtenir de ce témoin.

Vidant la baignoire, elle se sécha, s'enveloppa dans un épais peignoir en éponge, et emporta son verre jusqu'au petit secrétaire d'époque dans sa chambre à coucher. Son sanctuaire féminin. Des tons pêche et d'un vert capiteux prêtaient à cette pièce une note chaleureuse et accueillante. La voix douce et primesautière de Nancy Griffith sortait des haut-parleurs de la mini-chaîne stéréo posée sur l'étagère. Thor, son chat, un norvégien qui régnait en maître sur la maison, s'était approprié le lit de Kate comme son trône légitime, où il était allongé dans la splendeur royale de ses longs poils, en plein milieu du couvre-lit. Il la dévisageait avec l'air de supériorité blasé d'un prince consort.

Kate s'assit dans le fauteuil, une jambe repliée sous elle, sortit une feuille d'un tiroir du bureau, et commença à prendre des notes.

Angie Di Marco
Nom ? Probablement faux. Appartient à une femme dans le Wiscon-
sin. Trouver quelqu'un qui le vérifie au fichier des cartes grises du
Wisconsin.

Famille décédée — au sens figuré ou au sens propre ?
Mauvais traitements ? Probable. Sexuels ? Forte probabilité.

Tatouages : multiples — professionnels et amateurs.
Signification ?
Signification de chaque dessin séparément ?
Piercing : effet de mode ou quelque chose de plus ?

Comportements compulsifs : se ronge les ongles ; fume.
Boisson : quantité ? souvent ?
Drogues. Possible. Mince, pâle, mal soignée. Mais a l'air trop nette
dans ses attitudes.

De la personnalité d'Angie, elle ne pouvait se faire qu'un
rapide aperçu, pris sur le vif. Le temps qu'elles avaient passé
ensemble avait été trop bref et trop fortement influencé par la
tension inhérente à la situation. Le simple fait d'envisager les
conclusions que n'importe quel étranger pourrait tirer sur son
compte si elle-même se retrouvait impliquée dans une situation
similaire la mettait en rage. Chez tout le monde, la tension
déclenchait les mêmes éternelles réactions instinctives : fuir ou
faire face. Mais on avait beau se montrer compréhensif, cela ne
rendait pas cette gamine d'un commerce plus agréable pour
autant.

Par chance, la femme qui tenait Phœnix House en avait vu
de toutes les couleurs, côté mauvais comportements. Les pensionnaires de cette maison étaient des femmes qui avaient choisi
(ou avaient été contraintes) d'emprunter certains des chemins
les plus rudes de l'existence et qui, à présent, souhaitaient en
sortir.

Angie s'était montrée on ne peut moins enchantée par le toit
qu'elle avait découvert au-dessus de sa tête. Elle s'était emportée
contre Kate, qui était restée frappée par le caractère largement
disproportionné de cette crise.

— Et alors, et si je n'ai pas envie de rester ici ?
— Angie, tu n'as nulle part ailleurs où aller.

— Vous n'en savez rien.

— Ne me refais pas ce numéro, la pria Kate avec un soupir d'impatience.

Toni Urskine, la directrice de Phœnix House, s'attarda sur le seuil à écouter cette partie de leur dialogue, en les observant avec un froncement de sourcils. Puis elle les laissa vider leur querelle dans ce repaire par ailleurs désert, une petite pièce aux boiseries bon marché et meublée de rebuts. Des « œuvres d'art » disparates accrochées aux murs, tout droit sorties de ventes de charité, conféraient à l'endroit une ambiance d'hôtel miteux.

— Tu n'as aucune adresse permanente, récapitula Kate. Tu me racontes que ta famille est décédée. Tu n'es même pas arrivée à mentionner le nom d'une seule personne susceptible de t'héberger. Tu as besoin d'un endroit où rester. Ici, c'est un endroit où tu peux rester. Trois vrais repas par jour, un lit, un bain. Où est le problème ?

Angie frappa du plat de la main un oreiller taché jeté sur une causeuse écossaise râpée.

— C'est une porcherie de merde, voilà le problème.

— Oh ! excuse-moi ! Jusqu'ici, tu habitais au Hilton ? À ta fausse adresse, l'immeuble était meilleur ?

— Si ça vous plaît tant que ça, restez-y, vous, ici.

— Je n'ai aucun besoin de rester ici, moi. Je ne suis pas une sans-abri témoin d'un meurtre.

— Mais enfin, je veux pas être témoin, merde ! cria la jeune fille, les yeux scintillant comme du cristal, et soudain des larmes lui perlèrent au coin des yeux et lui coulèrent sur les joues.

Elle se détourna de Kate et se plaqua les paumes sur les paupières. Son corps mince se recroquevilla sur lui-même comme une virgule.

— Non, non, non, miaula-t-elle doucement. Pas maintenant...

Ce rapide effondrement prit Kate à contre-pied. C'était ce qu'elle avait voulu, non ? Que la carapace se fende. Maintenant que c'était fait, elle n'était plus trop sûre de ce qu'il fallait en tirer. Elle ne s'était pas attendue à ce qu'elle craque aussi vite, pour ce motif précis.

Hésitante, elle avança vers la jeune fille, se sentant maladroite et fautive.

— Angie...

— Non, chuchota la jeune fille, plus pour elle-même qu'à Kate. Pas maintenant. Je vous en prie, je vous en prie...

— Il ne faut pas te sentir gênée, Angie, fit Kate à voix basse, en se tenant près d'elle, sans esquisser le moindre geste pour la toucher. Tu as eu une journée d'enfer. Moi aussi, à ta place, je pleurerais. Moi, c'est plus tard que je vais pleurer. Pleurer, ça ne me réussit pas du tout — j'ai le nez qui coule, c'est dégueulasse.

— Pourquoi est-c... ce... qu... que j... je peux pas rester avec vous ?

La question claqua comme une volée de revers, frappa Kate en pleine tempe, et la laissa KO debout. Comme s'il n'était jamais arrivé à cette fille de se retrouver loin de chez elle. Comme si elle n'était jamais restée en compagnie d'étrangers. Il était probable qu'elle vivait dans la rue depuis Dieu sait combien de temps, à faire Dieu sait quoi pour survivre, et là, tout d'un coup, cet accès de dépendance. Ça n'avait pas de sens.

Avant que Kate ait pu réagir, Angie secoua un peu la tête, essuya ses larmes avec la manche de son blouson, et respira un grand coup, par saccades. Elle s'était à nouveau complètement refermée et le masque d'acier s'était remis en place.

— Laissez tomber. Comme si vous en aviez quoi que ce soit à foutre de ce qui m'arrive.

— Angie, je ne me fiche pas de ce qui t'arrive, sans quoi je n'aurais pas choisi ce boulot.

— Ouais, d'accord. Votre boulot.

— Écoute, reprit Kate, qui n'avait pas l'énergie de batailler, ça vaut toujours mieux que de coucher en taule. Laisse passer deux ou trois jours. Si vraiment tu ne supportes pas cet endroit, je verrai quelles autres dispositions prendre. Tu as mon numéro de portable : appelle-moi si tu as besoin de moi ou simplement si tu as besoin de parler. N'importe quand. Ce que je t'ai dit, je le pensais : je suis de ton côté. Je passe te prendre dans la matinée.

Angie ne répondit rien, elle demeura simplement là, debout, l'air renfrogné et toute petite dans sa veste en jean trop grande pour elle et qui avait appartenu à quelqu'un d'autre.

— Essaie de dormir un peu, ma grande, ajouta Kate avec douceur.

En partant, elle avait laissé la jeune fille debout dans sa tanière, en train de fixer par la fenêtre les lumières de la maison voisine. Cette image poignante inspira à Kate une sensation de

96

sympathie. La symbolique d'une gamine placée à l'extérieur d'une famille, et qui regarde à l'intérieur. Une enfant sans personne.

— C'est pour ça que je ne travaille pas avec les gamins, confiait-elle à présent à son chat. Tout simplement parce qu'ils gâcheraient ma réputation de dure à cuire.

Thor se mit à ronronner et roula sur le dos, offrant le pelage de son ventre à la caresse. Kate se plia à ce rituel, goûtant le contact avec un autre être vivant, qui l'appréciait et qui l'aimait, à sa manière. Et elle pensa à Angie Di Marco, allongée les yeux ouverts, dans la nuit, dans une maison remplie d'étrangers, la seule relation qui eût un sens dans son existence étant sa relation avec un tueur.

Lorsque Quinn s'introduisit dans sa chambre de l'hôtel Radisson Plaza, il y fut accueilli par un signal de message qui clignotait. Il balança son sac de plats mexicains à emporter dans la corbeille à papier sous le secrétaire, appela la réception, et commanda un potage au riz complet et un sandwich à la dinde, qu'il ne mangerait probablement pas. Son estomac ne pouvait plus rien supporter de mexicain.

Il se défit de ses vêtements, fourra le tout, sauf ses souliers, dans un sac à linge sale en plastique, noua le sac, et le déposa à côté de la porte. Quelqu'un, au pressing, allait connaître une désagréable surprise.

L'eau jaillit de la pomme de douche comme une grêle de balles, aussi brûlante que possible, à la limite du supportable. Il se frotta les cheveux et le corps et laissa l'eau lui dénouer les épaules, puis il se tourna pour que le jet vienne lui cribler le visage et la poitrine. Des images de cette journée lui tournaient dans la tête, en désordre : la réunion, l'avocat de Bondurant, la course à l'aéroport, les bandeaux de plastique délimitant les lieux du crime flottant autour du tronc massif des érables, Kate.

Kate. C'était long, cinq ans. En cinq ans, elle s'était installée dans une nouvelle carrière, elle avait une nouvelle vie — bien méritée, après tout ce qu'elle avait pu subir en Virginie, quand ça avait mal tourné.

Et lui, qu'avait-il édifié, en cinq ans, à part sa réputation et une masse de jours de congé qu'il n'avait jamais pris ?

Rien. Il possédait une maison en ville, une Porsche et une penderie remplie de costumes de créateurs. Il mettait le reste de son argent dans un bas de laine en vue d'une retraite qui s'achèverait probablement en attaque coronarienne foudroyante deux mois après son départ du Bureau, parce qu'il n'avait rien d'autre dans sa vie. Si le boulot ne le tuait pas avant.

Il coupa l'eau, sortit de la douche, et se sécha. Il avait un corps d'athlète, solide, une torsade de muscles, plus mince que jamais — à l'inverse de la plupart des hommes au milieu de la quarantaine. Il était incapable de se rappeler à quelle période le plaisir qu'il trouvait dans la nourriture s'était mué en indifférence. Jadis, il s'était considéré comme un fin cuisinier. Désormais, il mangeait par nécessité. L'exercice, auquel il avait recours pour consumer la tension accumulée en lui, consumait aussi ses calories.

L'odeur grasse et épicée du plat mexicain qu'il avait jeté était en train d'imprégner la pièce. Une odeur préférable à celle d'un corps calciné, même si, d'expérience, il savait qu'elle n'aurait rien de si plaisant une fois que le plat défraîchi sentirait le rance et que ça le réveillerait à trois heures du matin.

Cette pensée déversa un tombereau de souvenirs déplaisants, souvenirs d'autres chambres d'hôtel dans d'autres villes, et d'autres dîners du même genre, achetés uniquement pour lutter contre l'odeur et l'arrière-goût de la mort. Souvenirs d'être couché les yeux ouverts, seul dans un lit étranger au milieu de la nuit, à suer comme une bête à force de cauchemars, le cœur battant.

La panique le frappa aux tripes comme un marteau de forgeron, et il s'assit sur le bord du lit en pantalon de survêtement et T-shirt gris de l'Académie du FBI. Il se prit la tête dans les mains un moment, redoutant la crise — la sensation de vide intérieur, de vertige ; ces tremblements qui naissaient dans le tréfonds de lui-même et le secouaient jusqu'à le saisir tout entier, jusque dans les bras et les jambes ; la sensation qu'il ne restait rien de celui qu'il était vraiment, et la peur de ne même pas s'en apercevoir, de ne plus savoir faire la différence.

Il se maudit lui-même et alla puiser au plus profond de lui la force de résister à cette crise, ainsi qu'il l'avait fait plus d'une fois, sans relâche, au cours de l'année écoulée. Ou bien cela faisait-il deux ans, maintenant ? Il mesurait le temps en fonction des affaires, il mesurait les affaires en fonction des cadavres. Il répétait régulièrement un rêve dans lequel il se trouvait relégué, enfermé dans une pièce immaculée, s'arrachant les cheveux de la tête un par un, en leur donnant à chacun le nom d'une victime, avant de les coller aux murs au moyen de sa propre salive.

Il appuya sur le bouton de la télévision pour que du bruit vienne noyer la voix de la peur dans sa tête, puis il composa le numéro de téléphone de sa boîte vocale. Sept appels concernant d'autres affaires qu'il avait traînées derrière lui jusqu'ici : à Miami, une série de cambriolages et de meurtres de gays, aggravés de tortures ; à Charlotte, en Caroline du Nord, la mort par empoisonnement de cinq femmes âgées ; une affaire d'enlèvement d'enfant à Blacksburg, en Virginie — qui, aujourd'hui même, à 20 h 19 (heure de la côte Est), s'était transformée en meurtre avec la découverte du corps de la fillette au fond d'un ravin, dans un bois.

Bordel de Dieu, il aurait dû intervenir sur place. Ou alors peut-être aurait-il dû se trouver quelque part en Géorgie, dans la campagne profonde, où la mère de quatre enfants avait été battue à mort à coups de marteau de mécanicien, d'une manière qui évoquait trois autres meurtres commis au cours des cinq dernières années. Ou peut-être sa présence aurait-elle été requise en Angleterre, à conseiller Scotland Yard sur une affaire où l'on avait découvert neuf corps mutilés dans la cour d'un abattoir désaffecté, les yeux énucléés, la bouche cousue avec du fil poissé.

— Agent spécial Quinn, c'est Edwyn Noble...

— Comment avez-vous eu ce numéro ? demanda Quinn à voix haute, en s'adressant à l'appareil pendant le défilement du message.

Il n'était pas transporté de joie à l'idée que Noble se mêle de cette enquête. Sa situation de mari de Mme le maire lui permettait d'entrebâiller la porte, ce qu'aucun avocat de la ville n'aurait pu se permettre. Et sa position d'avocat de Peter Bondurant l'autorisait à l'entrebâiller encore un peu plus.

— Je vous appelle à la demande de M. Bondurant. Peter aimerait beaucoup vous rencontrer, demain matin si possible. Rappelez-moi ce soir, je vous prie.

Noble laissait son numéro, et puis une charmante voix enregistrée informait Quinn qu'il n'avait pas d'autres messages. Il reposa le combiné sur sa base sans la moindre intention de le décrocher à nouveau pour rappeler Noble. Qu'il marine un peu. Si son appel avait trait à l'affaire, il n'avait qu'à joindre Kovac ou Fowler, le lieutenant chargé des homicides. Quinn ne rappellerait personne, préférant attendre d'avoir fini de dîner — un dîner qu'il n'avalerait pas.

Le journal de dix heures s'ouvrit sur le dernier meurtre, avec diffusion d'un reportage sur l'unité chargée de relever les lieux du crime, en train de passer au peigne fin le site où le corps avait été abandonné, pour enchaîner ensuite sur les images en différé de la conférence de presse. Une photo de Jillian Bondurant, suivie d'une autre de sa Saab rouge. Au total, une couverture de trois minutes et demie bien sonnées. D'ordinaire, le reportage d'actualité durait en moyenne moins de la moitié.

Quinn sortit les dossiers des deux premiers meurtres de sa serviette et les empila sur le secrétaire. Copies des rapports d'enquête et photos des lieux du crime. Rapports d'autopsie, de labo, rapports d'enquêtes préliminaires et complémentaires. Coupures du *Minneapolis Star Tribune* et du *Saint Paul Pioneer Press*. Description, photos des lieux du crime.

Il avait très clairement déclaré qu'il ne voulait pas la moindre information sur des suspects possibles — s'il en existait —, et on ne lui en avait transmis aucune. Il ne pouvait laisser aucune spéculation, quelle que soit sa provenance, lui obscurcir le jugement ou orienter son analyse dans une quelconque direction. C'était d'ailleurs une raison supplémentaire pour laquelle il aurait préféré élaborer le profil du meurtrier depuis son bureau de Quantico. Ici, il était trop à proximité : l'affaire le cernait. Les personnalités impliquées pouvaient susciter en lui des réactions qu'il n'aurait pas eues s'il s'était borné à examiner un ensemble de procédures et de faits. Tout cela recelait trop d'informations sans valeur, trop de motifs de distraction.

Trop de motifs de distraction — comme Kate. Qui n'avait pas appelé et qui n'avait en réalité aucune raison de le faire. À ceci près qu'ils avaient partagé quelque chose de très singulier, jadis... pour s'en écarter... et laisser la chose en question mourir...

Rien, dans la vie d'un homme, n'a autant la faculté de le distraire de ses objectifs qu'un passé irréparable. Contre le passé, le seul remède que Quinn avait découvert, c'était la tentative de maîtriser le présent, ce qui signifiait s'immerger dans l'affaire en cours. Se concentrer avec la dernière intensité pour garder la maîtrise du présent. Et celle de sa santé mentale. Mais quand les nuits s'étiraient en longueur — comme c'était toujours le cas — et quand son esprit fourmillait des détails de mille et un meurtres, il sentait bien qu'il perdait toute prise sur l'un et l'autre.

Angie était assise à la tête du petit lit jumeau bien dur, adossée dans le coin. Elle sentait le mur crépi mordre à travers la chemise en flanelle trop grande qu'elle avait choisie pour dormir. Elle était assise, les genoux calés sous le menton, les jambes étroitement serrées entre les bras. La porte était fermée, elle était seule. La seule lumière provenait de la fenêtre, d'un réverbère dans la rue.

« Relevez-vous et prenez avec nous un nouveau départ », proclamait l'enseigne du foyer pour femmes Phœnix sur la pelouse de l'entrée. C'était une grande et vieille demeure sans chichis, pleine de coins et de recoins, avec des parquets qui grinçaient. Kate l'avait amenée là et l'avait larguée au milieu d'ex-prostituées, d'ex-camées et de femmes qui essayaient d'échapper à des hommes qui les battaient à mort.

Angie avait jeté un œil sur certaines d'entre elles, qui regardaient la télévision dans un grand salon plein de meubles moches, et elle s'était dit : ce qu'elles doivent être idiotes. S'il y avait une chose qu'elle avait apprise dans la vie, c'était qu'on pouvait toujours échapper aux circonstances, mais qu'on ne pouvait fuir l'individu qu'on était. Votre vérité personnelle vous suivait comme votre ombre : il n'y avait pas moyen de la renier, de la transformer, ou de s'en débarrasser.

À présent, elle sentait l'ombre la recouvrir, froide et noire. Son corps tremblait et des larmes lui montaient aux yeux. Elle lui avait résisté toute la journée, toute la soirée. Elle avait cru que cette ombre allait l'avaler tout entière devant Kate — et cette pensée n'avait fait qu'ajouter à sa panique. Elle ne pouvait pas se permettre de perdre le contrôle d'elle-même, devant personne. Car alors ils s'apercevraient qu'elle était folle, qu'elle était mentalement déficiente. Ils l'expédieraient dans un asile de dingues. Et là, oui, elle serait seule pour de bon.

Oh ! seule, elle l'était déjà, là, maintenant !

Le tremblement naquit tout au fond d'elle-même, puis il enfla, il enfla, pour se muer en une étrange sensation de vide intérieur. Simultanément, elle sentit sa conscience rétrécir,

rétrécir jusqu'à percevoir son corps comme s'il n'était plus qu'une coquille et elle, un être minuscule enfermé à l'intérieur, en danger, sur le point de franchir une limite, de sombrer dans un gouffre intérieur sans plus jamais avoir la capacité d'en ressortir.

Elle appelait cette sensation la Zone. La Zone était un vieil ennemi. Mais elle avait beau très bien le connaître, il ne manquait jamais de la terrifier. Elle savait, si elle ne lui résistait pas, qu'elle pourrait finir par perdre toute maîtrise, or tout était dans la maîtrise. Si elle n'y résistait pas, elle pouvait perdre des blocs entiers de temps. Elle pouvait se perdre, elle, et alors qu'arriverait-il ?

Toutes ces pensées la faisaient trembler, et elle se mit à pleurer. En silence. Toujours en silence. Elle ne pouvait pas se permettre qu'on l'entende, elle ne pouvait pas se permettre qu'ils sachent à quel point elle avait peur. Sa bouche se tordit convulsivement, mais elle étrangla ses sanglots à en rendre sa gorge douloureuse. Elle se blottit le visage contre les genoux, en fermant les yeux très fort. Les larmes la brûlaient, roulaient, glissaient le long de sa cuisse nue.

Dans sa tête, elle revoyait le corps en train de flamber. Elle courait loin. Elle courait, courait, mais cela ne la menait nulle part. Dans cette vision, elle était le cadavre, bien qu'elle ne pût sentir les flammes. Elle aurait volontiers accueilli la douleur, mais elle n'avait pas la capacité de la faire apparaître au moyen de sa seule force mentale. Elle se sentait rapetisser, rapetisser à l'intérieur de la coquille de son corps.

Arrêtez ça ! Arrêtez ça ! Arrêtez ça ! Elle se pinça violemment la cuisse, enfonça ses ongles rongés dans la peau. Et pourtant elle se sentait toujours happée, de plus en plus profond, dans la Zone.

Tu sais ce que tu as à faire. La voix se déploya dans sa tête comme un ruban noir. En réaction à cette voix, elle frissonna. La voix serpenta dans ses parties vitales, étrange matrice de la peur et du dénuement.

Tu sais ce que tu as à faire.

Frénétiquement, elle tira vers elle son sac à dos, se débattit fébrilement avec la fermeture Éclair, et fouilla dans une poche intérieure pour en sortir l'objet dont elle avait besoin. Ses doigts se refermèrent sur le cutter déguisé en petite clef de plastique.

102

Tremblante, étouffant ses sanglots, elle rampa jusqu'à un triangle de lumière qui éclairait le lit et remonta la manche gauche de sa chemise de flanelle, dénudant un bras mince et blanc hachuré de cicatrices étroites, les unes à côté des autres, alignées sur la peau comme des barreaux sur une grille en fer. La lame de rasoir surgit de l'extrémité du cutter comme la langue d'un serpent et elle l'amena jusqu'à un carré de peau bien tendre, près du coude.

La douleur fut aiguë et douce, et parut court-circuiter la panique qui lui avait électrisé le cerveau. Le sang fleurit sur la coupure, une perle luisante et noire au clair de lune. Elle la regarda fixement, hypnotisée, tandis que le calme s'écoulait en elle.

Maîtrise. La vie était affaire de maîtrise. Douleur et maîtrise. Cette leçon, elle l'avait apprise depuis longtemps.

— Je songe à changer de nom, dit-il. Qu'est-ce que tu penses de Fernand ? Fernand Nagel.

Son partenaire se tient coi. Il attrape une paire de collants sur la pile dans la boîte et se les plaque sur la figure, enfouissant son nez dans l'entrejambe et reniflant profondément l'odeur de chatte. Délicieux. Chez lui, l'odeur n'est pas un aussi bon stimulant que le bruit, mais enfin...

— Tu piges ? dit-il encore. C'est une anagramme. Fernand Nagel... l'Ange de l'Enfer.

À l'arrière-plan, des enregistrements vidéo des journaux locaux de six heures défilent sur trois écrans de télévision. Les voix se mélangent en une cacophonie discordante qu'il trouve stimulante. Le fil rouge qu'elles ont en commun, c'est l'urgence. L'urgence engendre la peur. La peur l'excite. Ce qui lui plaît tout particulièrement, c'est le bruit de la peur. La tension intense, frémissante qui sous-tend une voix maîtrisée. Ces changements capricieux de timbre et de ton dans la voix de celui qui a manifestement peur.

Le maire apparaît sur deux écrans. Cette grosse vache immonde. Il la regarde parler, en se demandant quel effet ça ferait de lui trancher les lèvres, à un moment bien choisi, où elle serait encore en vie. Et peut-être de les lui faire manger. Ce fantasme l'excite, comme toujours ses fantasmes.

Il monte le volume des postes de télévision, puis il traverse la pièce pour se rendre à la chaîne stéréo dans la bibliothèque, choisit une cassette dans le casier de rangement et l'introduit dans le lecteur. Il se tient debout au centre de cette pièce située en sous-sol, fixant les télévisions du regard, les sourcils broussailleux des présentateurs et les visages des gens à la conférence de presse, pris sous trois angles différents, et il laisse le son le submerger — les voix des journalistes, l'écho dans le hall caverneux en arrière-fond, l'urgence. Simultanément, des haut-parleurs sort en stéréo la voix de la peur crue, sans fard. Suppliante. Pleurant après Dieu. Implorant la mort.

Son triomphe.

Il se tient au centre de tout cela. Chef d'orchestre de cet opéra macabre. L'excitation monte en lui, une excitation sexuelle qui enfle, énorme, brûlante, qui monte crescendo, qui requiert un exutoire. Il regarde son compagnon de cette soirée, réfléchit, mais il maîtrise son besoin.

La maîtrise, tout est là. La maîtrise, c'est le pouvoir. Lui, il est l'action. Eux, ils sont la réaction. Sur leurs visages à tous, il veut lire la peur, l'entendre dans leurs voix — la police, la force d'intervention, John Quinn. En particulier Quinn, qui ne s'est même pas donné la peine de prendre la parole lors de la conférence de presse, comme s'il cherchait à ce que le Crémateur se figure ne pas mériter son attention personnelle.

L'attention de Quinn, il l'obtiendra. Leur respect à tous, il l'obtiendra. Tout ce qu'il veut, il l'obtiendra, parce qu'il possède la maîtrise.

Il baisse le volume des télévisions, réduit à un marmonnement sourd, mais il les laisse allumées pour ne pas retourner au silence. Le silence est une chose qu'il abhorre. Il éteint la chaîne stéréo mais il empoche un lecteur de microcassettes chargé.

— Je sors, fait-il. J'en ai assez de toi. Tu m'ennuies.

Il va jusqu'au mannequin, avec lequel il jouait à essayer différentes combinaisons de vêtements pour ses victimes.

— Ce n'est pas que je ne t'apprécie pas, ajoute-t-il tranquillement.

Il se penche en avant et l'embrasse, en lui fourrant la langue dans la bouche. Puis il enlève du mannequin la tête de sa dernière victime et la range dans son sac en plastique, se rend dans la buanderie, et la repose soigneusement sur l'un des étages, à l'intérieur du réfrigérateur.

La nuit est épaissie par le brouillard et la bruine, les rues sont noires et luisent d'humidité à la lueur des réverbères. Une réminiscence nocturne de l'Éventreur de Londres. Une nuit pour la chasse.

Il sourit à cette pensée en roulant en direction du lac. Il sourit encore plus quand il appuie sur la touche « play » du microcassette, et quand il tient l'appareil tout contre son oreille, avec ces cris, métamorphose distordue des mots qu'une amante aurait chuchotés. L'affection et le désir pervertis en haine et en peur. Les deux faces opposées des mêmes émotions. La maîtrise, toute la différence est là.

9.

— Si les journaleux nous trouvent ici, j'avale mon slip, déclara Kovac, en tournant en rond au centre du parquet.

Sur un mur était placardé un montage photo de femmes nues occupées à divers passe-temps érotiques, et les trois autres étaient tapissés d'un papier rouge satiné bon marché qui ressemblait au mieux à du velours mangé aux mites.

— Quelque chose me dit qu'ici vous auriez même pu vous trouver quelqu'un qui l'avale à votre place, remarqua Quinn sèchement. (Il huma l'air, identifiant les odeurs de souris, de parfum bon marché, et de sous-vêtements humides.) Et encore, à prix négocié.

— Si les journaleux viennent nous débusquer jusqu'ici, nos carrières sont grillées, ajouta Elwood Knutson.

Le grand sergent de la section des homicides sortit un pénis géant en céramique d'un tiroir derrière le comptoir, et le leva en l'air pour que tout le monde le contemple.

Liska fit grise mine.

— Doux Jésus, Sam. C'est sûr que tu as le chic pour dégotter ce genre d'endroit.

— Ne me regarde pas comme ça ! Tu t'imagines que je traîne dans les salons de massage ?

— Ouais.

— Très drôle. Ces ravissants locaux, nous les devons à l'inspecteur Adler, du bureau du shérif du comté de Hennepin. Salue la compagnie, mon gros.

Adler, une boule de muscles à la peau d'ébène, coiffé d'une casquette ajustée sur ses boucles gris acier, arbora un grand sourire penaud et salua de la main le reste de la force d'intervention.

— Ma sœur travaille pour Norwest Banks. Ils ont saisi l'immeuble quand le local a fermé à cause des crimes sexuels de l'été dernier. L'endroit est parfait, le prix est correct... autrement dit c'est gratuit... et une fois que les putes ont déménagé, la presse s'est complètement désintéressée des lieux. Personne ne soupçonnera que c'est ici qu'on se réunit.

Et c'est là le point essentiel, souligna mentalement Quinn en suivant Kovac dans l'étroit couloir, tandis que l'inspecteur allumait la lumière dans la succession des quatre autres pièces plus petites — deux de chaque côté. Il était crucial de laisser la force d'intervention faire son travail sans qu'elle soit ni interrompue ni distraite, sans qu'elle ait à essuyer le feu des critiques de la presse. Un endroit où l'on pourrait isoler cette affaire et réduire les fuites au minimum.

Et si les fuites continuaient, Elwood avait raison. La presse enverrait griller leurs carrières sur un bûcher en place publique.

— J'adore cet endroit ! déclara Kovac qui regagnait la pièce principale en remontant le couloir à grandes enjambées. Allez, on s'installe.

Liska plissa le nez.

— Est-ce qu'on peut d'abord tout désinfecter au Lysol ?

— Bien sûr, Fée Clochette. Tu peux même redécorer pendant que nous autres on va élucider ces meurtres.

— Oh ! va te faire foutre, Kojak ! J'espère bien que tu seras le premier à te choper des morpions sur le siège des toilettes.

— Nan, dès que notre Gros Nounours va asseoir son gros cul de flic là-dedans, pour aller se lire le *Reader's Digest* peinard, les morbaques vont admirer son derrière tout poilu et ils accourront. Il entretient sûrement déjà toute une colonie de bestioles à demeure dans sa toison.

Elwood, qui avait la taille et la carrure d'un petit grizzly, releva la tête avec dignité.

— Au nom de toutes les personnes dotées d'un fort système pileux, je prends ombrage de ces propos.

— Ah ouais ? s'exclama Sam. Eh ben ton ombrage, tu te le prends, tu l'emmènes dehors et tu vas nous chercher un peu de matos. Parce que, pour l'instant, ici, on ne s'éclaire qu'à la lumière du jour.

Deux vans utilitaires banalisés appartenant à la flotte du commissariat central étaient garés dans la ruelle, chargés de tout le mobilier et de tous les équipements de bureau nécessaires. Le tout fut installé dans l'ancien salon de massage de *La Main Tendre*, de même que des caisses de fournitures de bureau, une machine à café et, le plus important, les cartons contenant les dossiers des trois meurtres attribués au tueur, celui qu'entre eux les inspecteurs appelaient Joe l'Enfumeur.

Quinn travaillait main dans la main avec les autres. Un homme du rang, comme eux. Tâchant de se mêler à cette équipe nouvelle pour lui comme un électron libre, comme un batteur de base-ball qui chaque fois, tout en passant d'un stade à un autre, taperait quand même la balle dans le mille. Amené là sur une initiative de la direction du club, afin de frapper un grand coup, de sortir le grand jeu, avant de prendre le large et d'être envoyé ailleurs, prêt à intervenir, une fois encore, au moment crucial. Les plaisanteries ne respiraient pas la spontanéité, les tentatives de nouer des relations de camaraderie sonnaient faux. Certains, parmi ces gens, auraient l'impression de n'avoir commencé à le connaître qu'une fois que tout serait fini. Alors qu'en réalité ils ne le connaîtraient pas plus qu'avant.

Quoi qu'il en soit, c'était machinalement qu'il se pliait à ce rituel, comme il l'avait toujours fait, sachant qu'aucun des individus qui l'entouraient ne verrait la différence — de même, les gens qui côtoyaient journellement ce tueur en série ne devineraient ou ne soupçonneraient rien de sa vie véritable. En général, les gens portaient sur leur petit monde une vision de myopes. Ils se concentraient sur ce qui présentait une importance à leurs yeux. Pour eux, l'âme en train de pourrir du type dans le box d'à côté comptait pour rien — jusqu'à ce que le mal gagne leur propre existence.

Sans délai, l'ex-bordel de *La Main Tendre* s'était transformé en salle d'état-major de crise. À neuf heures, la totalité de la force d'intervention était rassemblée : six inspecteurs du commissariat central de Minneapolis, trois du bureau du shérif, deux du Bureau des arrestations criminelles, Quinn et Walsh.

Walsh donnait l'impression d'avoir contracté la malaria.

Kovac leur transmit toutes les informations sur les trois meurtres, en terminant par l'autopsie de Jane l'Inconnue, la victime, exposé complété par les photographies que le labo avait développées et agrandies en urgence.

— Nous recevrons quelques résultats préliminaires du labo dès aujourd'hui, annonça-t-il en faisant tourner ces clichés épouvantables autour de la table. Nous disposons d'un groupe sanguin, O négatif, qui se trouve être celui de Jillian Bondurant... et d'un trilliard d'autres personnes. J'attire également votre attention sur les photographies des blessures aux endroits où des portions de chair ont été découpées du corps. Nous avions constaté des blessures similaires sur les deux autres victimes. D'après nous, ce que le tueur découpe, ce sont peut-être des marques de morsure, mais avec la dernière, il se peut qu'il ait découpé toute marque distinctive susceptible de confirmer ou d'infirmer l'identité de la victime : cicatrices, grains de beauté, etc.

— Tatouages, compléta quelqu'un.

— Bondurant père ne sait pas si sa fille en portait. Selon son avocat, il ne pouvait fournir aucune information sur ces marques distinctives. Jillian ayant passé à peu près la moitié de son existence totalement en dehors de la vie de son père, j'imagine que ça n'a rien de surprenant. Nous nous sommes efforcés de réunir des photos d'elle en maillot de bain ou quelque chose dans ce genre, sans succès jusqu'ici. Nous partons de l'hypothèse que Jillian Bondurant est la victime, rappela-t-il, tout en restant ouverts aux autres possibilités. Il y a eu quelques appels sur la ligne mise à la disposition du public, des gens qui prétendaient l'avoir vue depuis vendredi, mais pour l'instant aucune de ces informations ne coïncide.

— Allez-vous envisager l'hypothèse de l'enlèvement ? interrogea Mary Moss, du BAC.

Avec son blazer en tweed et son col roulé, elle avait l'allure d'une animatrice de club de foot de banlieue. Ses lunettes surdimensionnées mangeaient son visage ovale. Ses épais cheveux gris-blond coupés au bol auraient eu besoin d'être sérieusement désépaissis.

— À notre connaissance, il n'y a pas eu de demande de rançon, répondit Sam, mais ce n'est pas du domaine de l'impossible.

— Ce qui est sûr, c'est que Gros Papa Bondurant ne s'est franchement pas précipité pour conclure à un enlèvement, remarqua Adler. Personne ne trouve ça curieux, à part moi ?

— Il a entendu parler du permis de conduire retrouvé avec le corps, et il a accepté la probabilité que ce cadavre soit celui de sa fille, expliqua Hamill.

Adler accueillit cet argument de ses deux mains grandes ouvertes, larges comme des gants de base-ball.

— Je me répète : personne ne trouve ça curieux, à part moi ? Qui a envie de croire que son enfant est la victime décapitée d'un maniaque homicide ? Un homme aussi riche que Bondurant, avant de penser meurtre, est-ce qu'il ne va pas d'abord penser enlèvement ?

— Est-ce qu'il s'est déjà exprimé ? s'enquit Elwood, qui examinait attentivement les photos de l'autopsie en engouffrant un muffin au blé complet.

— Pas avec moi, répondit Sam.

— Je trouve que ça aussi, ça sent mauvais.

— Son avocat m'a appelé hier soir et m'a laissé un message, leur fit savoir Quinn. Bondurant veut me recevoir ce matin.

Kovac eut un mouvement de recul, déconcerté.

— Sans déconner ? Que lui avez-vous dit ?

— Rien. Je l'ai laissé mariner toute la nuit. Je n'ai pas particulièrement envie de le rencontrer à ce stade de la partie, mais si cela peut vous aider à entrebâiller la porte...

Kovac eut un sourire carnassier.

— Vous avez besoin qu'on vous emmène chez lui en voiture, non, John ?

Quinn inclina la tête, grimaça.

— J'ai le temps d'appeler mon courtier et d'augmenter ma prime d'assurance vie ?

Grands éclats de rire autour de la table. Kovac fit grise mine.

— Hier soir, le sergent Kovac m'a ramené de la morgue, expliqua Quinn. J'ai cru que j'allais revenir dans un de ces sacs où ces messieurs de la police emballent les cadavres.

— Hé ! aboya Kovac, l'air faussement contrarié. Je vous ai ramené en un seul morceau.

— En réalité, j'ai l'impression que ma rate est restée quelque part vers Marquette. Peut-être que l'on pourrait en profiter pour la ramasser sur le chemin.

— Il est là depuis vingt-quatre heures et il t'a déjà à l'œil, Sam, plaisanta Liska.

— Ouais, ça te va bien à toi de me sortir ça, Fée Clochette, riposta quelqu'un d'autre.

— Je conduis comme Kovac seulement quand j'ai mes douleurs post-menstruelles.

Kovac leva la main.

— O.K. ! O.K. ! revenons à nos moutons. Reprenons au sujet des marques de morsure. Dès nos recherches sur le premier meurtre, nous avons rentré cette configuration dans la base de données pour retrouver tous les criminels connus dans la métropole... meurtriers ou délinquants sexuels... qui avaient mordu ou cannibalisé leurs victimes, et nous en avons sorti une liste. Nous avons également rentré l'information dans le fichier informatique central des véhicules en circulation et ça nous a fourni une autre liste.

Il présenta une liasse de sorties d'imprimante.

— Combien de temps avant de pouvoir confirmer ou démentir que ce corps est bien celui de Mlle Bondurant ?

Gary Yurek, surnommé « Monsieur Séduction », affecté au commissariat central, avait été désigné comme porte-parole de la force d'intervention auprès des médias, chargé de livrer quotidiennement un communiqué de conneries officielles en pâture à la presse. Il arborait un visage digne d'une star de sitcom. Les gens avaient tendance à se laisser distraire par la totale perfection de son sourire, au point de ne pas réaliser qu'en fait il ne leur apprenait strictement rien.

À présent, Kovac se tournait vers Walsh.

— Vince, un mot sur les dossiers médicaux de la jeune fille ?

Walsh partit d'une quinte de toux bien grasse, en hochant la tête.

— Le bureau de Paris est en train de remonter la piste. Ils ont essayé de contacter le beau-père, mais il est en vadrouille quelque part sur des chantiers, entre la Hongrie et la Slovaquie.

— Apparemment, depuis son retour aux États-Unis, elle respirait la santé, constata Liska. Elle n'avait ni blessures ni maladies graves, rien qui mérite une radio... à part ses dents.

110

— Il nous a bien enfumés en emportant sa tête, se plaignit Elwood.

— Ce point vous inspire quelques réflexions, John ? demanda Kovac.

— Son intention était peut-être d'égarer l'enquête. Il se peut que le corps ne soit pas celui de Jillian Bondurant et qu'il envoie un certain message ou qu'il joue un jeu, suggéra Quinn. Peut-être connaissait-il la victime... quelle qu'elle soit... et l'aurait-il décapitée pour la dépersonnaliser. À moins que la décapitation ne marque une nouvelle étape dans l'escalade de ses fantasmes violents et dans sa manière de les mettre en scène. Il se peut qu'il conserve cette tête comme un trophée. Il se peut qu'il s'en serve pour assouvir sur elle d'autres fantasmes sexuels.

— Le Judas, marmonna Gros Lard.

Tippen, un autre inspecteur du bureau du shérif, eut une grimace de mauvaise humeur.

— Tout ce que vous exposez là ne nous aide pas précisément à resserrer notre champ d'investigation.

— Je n'en sais pas encore assez sur lui, répliqua Quinn d'un ton égal.

— Qu'est-ce que vous savez au juste ?

— Des choses élémentaires.

— Comme ?

Il regarda Kovac, qui lui fit signe de venir se placer en tête de table.

— Il ne s'agit en aucun cas d'une analyse complète. Je veux que cela soit bien clair. J'ai rapidement parcouru les rapports hier soir, mais se forger un profil solide et exact du tueur demande plus de deux ou trois heures.

— O.K. ! c'est bon, vous vous êtes couvert, reprit Tippen avec impatience. Alors d'après vous, qui recherchons-nous ?

Quinn ne se départit pas de son sang-froid. Qu'il y ait un sceptique dans le groupe ne l'étonnait guère. Il avait appris depuis longtemps à manier ce genre de personnalité, à les circonscrire petit à petit à force de logique et de bon sens. Il posa fixement le regard sur Tippen, un homme mince et peu engageant, avec un visage de lévrier entièrement mangé par le nez et la moustache, et des sourcils broussailleux surmontant des yeux noirs et perçants.

— Votre Individu inconnu est un homme, un Blanc. Il a probablement entre trente et trente-cinq ans. Il est de règle que les tueurs en série sadiques sexuels chassent au sein de leur propre groupe humain.

En désignant les gros plans des blessures sur les photos des lieux du crime, il ajouta :

— Vous avez là un schéma de blessures très spécifique, scrupuleusement reproduit sur chacune des victimes. Il a consacré beaucoup de temps à peaufiner le mode d'expression de son fantasme. Quand vous saurez qui il est, vous découvrirez chez lui une collection d'objets pornographiques sadomasochistes. Il marine là-dedans depuis un bon moment. La sophistication des crimes, le soin qu'il met à ne laisser derrière lui aucune pièce à conviction matériellement utilisable, tout cela suggère expérience et maturité. Il se peut qu'il ait un casier de délinquant sexuel, et de longue date. Mais casier ou non, il est sur cette trajectoire depuis la fin de l'adolescence ou le début de l'âge adulte. Il a vraisemblablement commencé par mater derrière les fenêtres ou par des cambriolages fétichistes... à voler des sous-vêtements féminins et ainsi de suite. Il se peut que ces premières manies fassent encore partie de ses fantasmes. Nous ignorons quel sort il réserve aux vêtements de ses victimes. Les vêtements qu'il leur enfile après les avoir tuées sont des vêtements qu'il leur a choisis en se les procurant personnellement.

— Tu l'imagines en train de jouer à la poupée Barbie quand il était gamin ? lança Tippen à Adler.

— Si c'était le cas, vous pouvez parier qu'elles finissaient avec des membres en moins, affirma Quinn.

— Seigneur, je blaguais.

— Je ne plaisante pas, inspecteur. Les aberrations fantasmatiques peuvent débuter dès cinq ou six ans. En particulier dans le cadre d'un foyer où les mauvais traitements sexuels, voire la promiscuité sexuelle déclarée, étaient monnaie courante... et dans cette affaire on peut miser sur cet aspect à coup sûr. Il est probable qu'il a commis des meurtres bien avant votre première victime et que, jusqu'ici, il s'en est tiré, ni vu ni connu. À force de passer inaperçu, il va gagner en assurance, se sentir invulnérable. Sa manière d'exposer les corps dans des lieux publics, où il aurait pu être vu, où il possède l'absolue certitude qu'ils finiront par être retrouvés, cela constitue une prise de risque et suggère l'arrogance. Cela nous oriente aussi vers un type de tueur qui cherche à provoquer l'enquête. Il veut attirer l'attention, il regarde les infos télévisées, il découpe des coupures de presse.

— Alors hier le chef Greer avait raison de souligner qu'on aurait dû adresser une mise en garde publique à ce salopard, fit Kovac.

— Et il n'aura pas moins raison d'y pourvoir aujourd'hui ou demain, quand nous serons prêts à agir.

— Et ainsi on vous en attribuera la paternité, grommela Tippen.

— Je serai ravi de vous laisser émettre cette suggestion vous-même auprès des grands patrons, inspecteur, lui rétorqua Quinn. Je n'en ai rien à foutre de savoir qui s'en attribuera le bénéfice. Je ne souhaite pas particulièrement lire mon nom imprimé dans le journal. Je ne meurs pas d'envie de me voir à la télévision. Bon sang, ce boulot, j'aimerais autant m'en charger à vingt mètres sous terre dans mon bureau de Quantico. Ici, je poursuis un objectif et un seul : vous aider à alpaguer ce fils de pute et à lui faire quitter la société des hommes pour toujours, amen. Voilà tout ce qui m'importe.

Tippen baissa les yeux sur son bloc-notes, guère convaincu.

Kovac lâcha un petit soupir agacé.

— Vous savez, nous n'avons pas de temps à perdre à marquer chacun notre territoire. Je suis sûr que personne, dans l'opinion, ne parierait un kopeck pour savoir lequel d'entre nous cache la plus grosse queue.

— C'est moi, gloussa Liska, en arrachant à Elwood le pénis géant en céramique qu'il avait posé au milieu de la table, où il trônait.

Elle brandit l'objet pour étayer ses prétentions. Un éclat de rire rompit la tension.

— En tout cas, poursuivit Quinn, en glissant les mains dans ses poches et en croisant les jambes — histoire de calmer le jeu, de subtilement faire savoir à Tippen que tout cela ne le mène-rait à rien et qu'il se souciait de ses avis comme d'une guigne —, il faut veiller attentivement à la manière dont nous l'attirons dans nos filets. Je suggérerais de commencer par une réunion publique entourée d'une forte publicité, qui se tiendrait dans un lieu équidistant des trois sites où il a abandonné les corps. À cette occasion, vous demanderez de l'aide, la participation de la collectivité. Cela ne comportera rien d'agressif, rien de menaçant. Dans ce scénario, se sentant anonyme, en sécurité, il peut fort bien se présenter sur les lieux. Il ne sera pas facile de le rouler dans la farine, à moins qu'il ne se laisse déborder par sa propre arrogance. Il est organisé. Il est d'une intelligence supérieure à la moyenne. Il a un boulot, mais peut-être en deçà de ses capacités. Il connaît la régie des parcs de la ville, alors, si vous ne l'avez pas déjà fait, vous allez vous procurer une liste des employés affectés aux services des parcs et jardins, voir si personne n'a de casier judiciaire.

— C'est en cours, confirma Kovac.

— Comment savez-vous s'il a un boulot ou non ? contesta Tippen. Comment savez-vous si ce n'est pas un type à la dérive, qui connaît bien ces parcs parce que c'est là qu'il traîne ?

— Ce n'est pas un type à la dérive, affirma Quinn, catégorique. Il a un domicile. Les lieux des crimes ne sont pas les lieux des décès. Ces femmes ont été enlevées, emmenées quelque part et détenues sur place. Il a besoin d'intimité, d'un endroit où il peut torturer ses victimes sans avoir à se soucier d'être entendu. De même, il se peut qu'il ne possède pas qu'un seul véhicule. Il a probablement à sa disposition un break ou un pick-up. Un modèle de base, ancien, de couleur sombre, assez bien entretenu. Un véhicule dans lequel transporter ses victimes, un véhicule qui ne paraîtrait pas incongru s'il le garait sur le parking de service d'un parc de la ville. Mais il se peut que ce ne soit pas à bord de ce véhicule-là qu'il lève ses victimes, parce qu'un gros véhicule serait trop voyant et susceptible de laisser des traces dans la mémoire des témoins.

— Comment savez-vous qu'il obtient des résultats professionnels au-dessous de sa valeur réelle ?

— Parce que c'est la norme chez ce type de tueur. Il a un boulot parce que c'est une nécessité. Mais son énergie, ses *talents*, il les applique à son hobby. Il passe beaucoup de temps à fantasmer. Il ne vit que pour son prochain meurtre. Un cadre dirigeant de société ne disposerait pas d'un tel temps libre.

— Même si la plupart d'entre eux sont des psychopathes, plaisanta quelqu'un.

Quinn afficha un sourire carnassier.

— Estimez-vous heureux que bon nombre d'entre eux se plaisent dans le métier qui occupe leurs journées.

— Quoi d'autre ? demanda Liska. Des hypothèses sur son apparence physique ?

114

— Là-dessus, j'ai des sentiments mitigés, en raison des caractéristiques contradictoires du profil des victimes.

— Les putes, elles ne flashent pas sur le look, elles flashent sur le cash, souligna Elwood.

— Et si les victimes étaient toutes les trois des prostituées, je dirais que nous recherchons un type pas séduisant, peut-être affligé d'un défaut, bégaiement ou cicatrice, quelque chose qui ne lui faciliterait pas les travaux d'approche avec les femmes. Mais si notre troisième victime est la fille d'un milliardaire ?

Quinn arqua le sourcil.

— Qui sait à quoi elle a pu se trouver mêlée.

— Y a-t-il une quelconque raison de croire qu'elle ait pu être mêlée à de la prostitution ? demanda Quinn. À première vue, elle ne semblerait pas avoir grand-chose en commun avec les deux premières victimes.

— Elle n'a pas de casier, indiqua Liska. Mais son père s'appelle Peter Bondurant.

— J'ai besoin d'informations pour compléter le profil de victime de ces trois femmes, insista Quinn. S'il en ressort un quelconque lien entre elles, ce sera l'élément primordial à partir duquel vous allez pouvoir commencer à cerner un suspect.

— Deux prostituées et la fille d'un milliardaire... que pourraient-elles bien avoir en commun ? demanda Yurek.

— La drogue, hasarda Liska.

— Un homme, suggéra Mary Moss.

Kovac approuva de la tête.

— Vous voulez travailler sous cet angle, vous deux ?

Les deux femmes acquiescèrent d'un hochement de tête.

— Mais peut-être que ce type a coincé ces deux femmes par-derrière, avança Tippen. Peut-être n'a-t-il eu aucun besoin de finasser avec elles. Peut-être les a-t-il cueillies parce qu'elles se trouvaient au mauvais endroit au mauvais moment.

— C'est possible. Simplement ce n'est pas l'impression que ça me donne, objecta Quinn. Il agit avec trop de facilité. Ces femmes se sont tout simplement évanouies dans la nature. Personne n'a vu de lutte. Personne n'a entendu un cri. La logique me souffle qu'elles sont parties avec lui de leur plein gré.

— Au fait, où est la voiture de Bondurant ? questionna Adler.

Ils n'avaient toujours pas localisé la Saab rouge de Jillian.

— Peut-être que c'est elle qui l'a cueilli, rectifia Liska. On est dans les années quatre-vingt-dix, après tout. Peut-être a-t-il encore la voiture de Jillian Bondurant en sa possession.

— Autrement dit, nous cherchons un tueur qui possède un garage à trois places ? s'exclama Adler. Bon sang, j'ai vraiment pas choisi la bonne carrière, moi !

— Si tu te mets à dérouiller des ex-épouses pour gagner ta vie, ton foutu garage, tu vas pouvoir le remplir de Porsche, plaisanta Kovac.

Liska lui flanqua un coup de poing dans le bras.

— Hé ! j'en suis une, d'ex-épouse !

— Exceptons l'aimable compagnie ici présente.

Laissant les plaisanteries fuser autour de lui, Quinn but une longue gorgée de café. Chez les flics, l'humour tenait lieu de soupape de sécurité, permettant de décharger régulièrement la tension que le métier accumulait en eux. Les membres de cette équipe se tenaient au point de départ de ce qui allait sans aucun doute constituer un long et peu plaisant défi. Ils auraient besoin de placer un bon mot chaque fois que cela leur serait possible. Meilleure serait l'harmonie entre eux au sein de l'unité, mieux s'en porterait l'enquête. D'ordinaire, Quinn balançait lui-même quelques plaisanteries afin d'arrondir son image d'agent du FBI très collet monté.

— Du côté des mensurations, poursuivit-il, il est probable qu'il sera de taille moyenne, de constitution moyenne... assez fort pour transbahuter un corps à droite à gauche, mais pas suffisamment corpulent pour que cela puisse apparaître comme une menace physique lorsqu'il approche ses victimes. C'est à peu près tout ce que je peux vous livrer pour le moment.

— Quoi ? Vous n'êtes pas capable, juste en fermant les yeux, de faire surgir un cliché du bonhomme par télépathie ou un truc dans ce genre ? s'étonna Adler, plaisantant à moitié.

— Navré, inspecteur, admit Quinn avec un grand sourire et un haussement d'épaules. Si j'étais télépathe, je gagnerais ma vie en jouant aux courses. Je n'ai pas une seule cellule de télépathe dans tout l'organisme.

— Vous en auriez si vous passiez à la télévision.

— Si nous passions à la télévision, nous aurions résolu ces crimes dans l'heure, grinça Elwood. Dès qu'une enquête dure plus de deux jours, c'est la télévision qui rend le public impatient. Tout ce pays à la con vit à l'heure de la télé.

— En parlant de télévision, intervint Hamill, une cassette vidéo à la main, j'apporte avec moi la bande de la conférence de presse.

116

Un téléviseur avec magnétoscope incorporé était installé sur un meuble en métal à roulettes placé au bout de la table. Hamill chargea la cassette et ils se calèrent dans leur siège pour regarder. À la demande de Quinn, un opérateur vidéo de l'unité des opérations spéciales du BAC s'était discrètement posté parmi les cameramen des chaînes locales, avec pour instruction non pas de filmer l'événement, mais les gens qui s'étaient retrouvés là histoire de venir prendre la température.

Les voix du maire, du chef Greer et du procureur du comté ronronnaient à l'arrière-plan, tandis que la caméra scrutait les visages des journalistes, des flics et des photographes de presse. Quinn fixa l'écran des yeux, à l'affût, afin de capter les moindres nuances d'expression, une lueur de malignité dans un regard, un soupçon de satisfaction au coin d'une bouche, fût-il imperceptible. Il concentra toute son attention sur les personnes situées à la périphérie de la foule, ces gens qui paraissaient se trouver là par accident, ou par pure coïncidence.

Il recherchait le détail intangible, presque ineffable, qui mettait en alerte l'instinct du détective. Avoir conscience que leur tueur aurait pu se tenir là, debout parmi ces gens, à leur insu — conscience d'être en train de regarder un meurtrier en face, mais sans rien en savoir — voilà qui suscitait en lui une profonde sensation de frustration. Ce tueur-là ne se ferait pas remarquer. Il n'aurait pas l'air anxieux. Il n'aurait pas cette nervosité, ces yeux hagards, susceptibles de le trahir, comme c'était souvent le cas chez les délinquants de seconde catégorie. Celui-ci avait tué trois femmes — au moins — et s'en était tiré ni vu ni connu. La police ne possédait aucune piste viable. Ce type n'avait aucune raison de se faire du souci. Et il le savait.

— Bien, observa sèchement Tippen. Je ne vois personne dans cette foule en train de se promener avec une tête de monstre.

— Nous pourrions tomber pile sur lui, là, à l'instant même, et ne pas nous en apercevoir, corrigea Kovac, en appuyant sur le bouton de la télécommande pour éteindre. Si nous dégottons un suspect possible, cela vaudra la peine de jeter à nouveau un coup d'œil sur cette bande.

— Ce portrait-robot à partir des indications du témoin, c'est pour aujourd'hui, Sam ? interrogea Adler.

La bouche de Kovac se crispa légèrement.

— Je l'espère pour aujourd'hui, et pas qu'un peu. J'ai déjà reçu des coups de fil du chef et de Sabin à ce propos. (Et ces deux-là ne lâcheraient pas Kovac tant qu'ils n'auraient pas le portrait-robot. Kovac était en première ligne. Il dirigeait cette enquête et c'était lui que l'on avait mis sous pression.) Entretemps, reprit-il, procédons aux attributions des rôles et levons l'ancre avant que Joe l'Enfumeur ne décide d'en griller une de plus.

Le domicile de Peter Bondurant était une vaste et vieille demeure de style Tudor. Au-delà du haut portail à barreaux en fer forgé, la vue sur le lac des Îles valait de l'or. La pelouse était plantée çà et là de grands arbres aux branches dénudées. Un large mur en stuc était étoilé d'un maillage de vigne vierge, desséchée et brunâtre à cette époque de l'année. On était à quelques kilomètres à peine du cœur de Minneapolis, et, sur toute la longueur de la clôture ainsi que sur le portail clos de l'allée d'accès des voitures, s'affichaient discrètement les signes de la paranoïa citadine, sous la forme des écussons bleu et blanc d'une société de surveillance.

Quinn tâcha de visualiser l'ensemble tout en prêtant attention à l'appel sur son portable. Un suspect venait d'être appréhendé dans l'affaire d'enlèvement d'enfant à Blacksburg, en Virginie. L'agent du RETS dépêché sur le site voulait recevoir confirmation d'une stratégie d'interrogatoire. Quinn s'adressait à lui sur un ton qui tenait à la fois de la réunion de conseil d'administration et de la consultation d'un gourou. Il écouta, acquiesça, émit une suggestion et mit un point final aussi vite qu'il le put, désireux de se concentrer sur l'affaire en cours.

— Un homme très demandé, remarqua Kovac en virant pour engager sa voiture dans l'allée, mais trop sec et trop vite, l'obligeant à freiner brusquement.

La voiture tangua avant de piler à hauteur du tableau de l'Interphone. Son regard alla se porter, au-delà de Quinn, sur les vans des journaux télévisés garés de chaque côté de la rue. Les occupants de ces vans le dévisagèrent à leur tour.

— Sales charognards.

Une voix crépita dans le haut-parleur de l'Interphone.

— Oui ?

— John Quinn, FBI, annonça Kovac d'un ton mélodramatique, en lançant à Quinn un regard comique.

118

Le portail s'ouvrit en coulissant, puis se referma derrière eux. Les journalistes n'esquissèrent pas un geste pour se précipiter à l'intérieur. Les manières du Middle West, se dit Quinn, en sachant très bien qu'il existait dans ce pays bon nombre d'endroits où la presse aurait investi les lieux en trombe, et exigé des réponses, s'arrogeant le droit d'arracher à la famille de la victime un chagrin qui n'appartenait qu'à elle. Il avait déjà assisté à ça. Il avait déjà vu des journalistes avides de scoop fouiller dans les poubelles des gens pour y puiser des bribes d'informations susceptibles d'être transformées en gros titres — sous forme de conjectures. Il les avait déjà vus s'introduire à des enterrements.

Une Lincoln Continental noire impeccablement briquée était stationnée dans l'allée près de la maison. Kovac rangea sa Caprice brun sale le long du luxueux véhicule et coupa le contact. Le moteur continua de brouter pathétiquement une demi-minute.

— Pauvre tas de merde, marmonna-t-il. Dix-huit ans dans le métier et je me paie la pire des bagnoles de la flotte. Vous savez pourquoi ?

— Parce que vous ne léchez pas le cul qu'il faut ? hasarda Quinn.

Kovac lâcha un rire agacé.

— Moi, je ne lèche pas un cul côté pile quand il y a une queue côté face.

Il gloussa tout seul en tournant et retournant le fouillis qui encombrait le siège, avant de finalement en sortir une minicassette, qu'il proposa à Quinn.

— Au cas où il ne voudrait toujours pas me parler... En vertu de la loi du Minnesota, seule l'une des deux parties en présence dans la conversation a besoin d'une autorisation d'enregistrer ladite conversation.

— Une jolie loi pour un État rempli de démocrates.

— Nous sommes des gens pragmatiques. Nous avons un tueur à pincer. Peut-être que Bondurant sait quelque chose et qu'il ne s'en rend pas compte. Ou peut-être qu'il dira quelque chose qui ne vous mettra pas la puce à l'oreille parce que vous n'êtes pas du coin.

Quinn glissa le magnétophone à l'intérieur de la poche poitrine de sa veste.

— La fin justifie les moyens.

— Ça ne vous a pas échappé.

— Moins qu'à bien des gens.

— Ça ne vous tape jamais sur le système ? lui demanda Kovac alors qu'ils sortaient de la voiture. De travailler sur des meurtres en série et des rapts d'enfants vingt-quatre heures sur vingt-quatre et sept jours sur sept. Je dois dire que moi, si, ça me taperait sur le système. Au moins, certains des macchabées que j'ai dégottés méritaient de se faire dessouder. Vous, comment vous tenez le coup ?

Je ne tiens pas le coup. La réponse fut automatique — et demeura tout aussi automatiquement inexprimée. Il ne tenait pas le coup. Il n'avait jamais tenu le coup. Seulement, il pelletait le tout dans le grand puits noir qu'il avait creusé en lui, et il espérait que ce puits d'enfer ne déborderait pas.

— Je me concentre sur la colonne côté succès, répondit-il.

Le vent balayait le lac, culbutait à la surface de l'eau des moutons qui filaient comme des gouttes de mercure, et chassait des feuilles mortes sur la pelouse jaunie. Le vent flirtait avec les pans des impers de Quinn et Kovac. Le ciel ressemblait à de la bourre de coton sale s'abattant sur la ville.

— Moi, je bois, confessa Kovac aimablement. Je fume et je bois.

Un large sourire fendit d'un coup la bouche de Quinn.

— Et vous pourchassez les femmes ?

— Nan, ça, j'ai laissé tomber. C'est une trop sale manie.

Ce fut Edwyn Noble qui leur ouvrit la porte. Le type même du filou titulaire d'une licence en droit. À la vue de Kovac, son visage se figea.

— Agent spécial Quinn, commença-t-il tandis qu'ils passaient tous deux devant lui pour pénétrer dans un vestibule lambrissé d'acajou sculpté.

Un lustre massif en fer forgé était suspendu au plafond du second étage.

— Je ne me souviens pas de vous avoir entendu mentionner le sergent Kovac quand vous avez appelé.

Quinn afficha l'innocence.

— Ah non ? Eh bien, Sam m'a proposé de me conduire, et je ne sais pas trop me repérer dans cette ville, alors...

— De toute façon, je souhaitais moi-même parler à M. Bondurant, avoua Kovac avec détachement, en parcourant du regard les œuvres d'art exposées dans le vestibule, les mains fourrées dans les poches comme s'il avait peur de casser quelque chose.

Les lobes d'oreilles de l'avocat virèrent à l'écarlate.

— Sergent, Peter vient de perdre son seul enfant. Il aimerait disposer d'un peu de temps pour se reprendre avant de devoir se soumettre à quelque séance de questions que ce soit.

— De questions ? (Sam arqua les sourcils en relevant brièvement les yeux d'une sculpture de cheval de course. Il échangea un regard avec Quinn.) Comme un suspect ? M. Bondurant pense-t-il que nous le considérons comme suspect ? Parce que moi, je ne vois pas où il serait allé chercher cette idée. Et vous, monsieur Noble ?

Les pommettes de Noble s'empourprèrent.

— Entretien. Déposition. Quel que soit le nom que vous voudrez lui donner.

— J'aimerais appeler cela une conversation, mais, hein, c'est comme vous voulez.

— Ce que je veux, intervint une voix, qui s'éleva d'un seuil de porte en arcade, c'est que l'on me rende ma fille.

À l'homme qui émergea du corridor faiblement éclairé, il manquait une demi-tête pour atteindre le mètre quatre-vingts, avec une constitution fluette et une allure précise et soignée, même en tenue décontractée, mocassins et sweater. Ses cheveux noirs étaient coupés si ras, si près du crâne, qu'ils donnaient l'impression d'une fine couche de copeaux de métal. Il dévisagea Quinn, l'œil grave, à travers les verres ovales de ses lunettes à fines montures métalliques.

— C'est en effet ce que nous voulons, monsieur Bondurant, confirma Quinn. Il se peut qu'il subsiste une chance d'y parvenir, mais nous aurons besoin de toute l'aide possible.

Les sourcils rectilignes ne dessinèrent plus qu'une seule ligne, en signe de perplexité.

— Vous pensez que Jillian peut être encore en vie ?

— Nous n'avons pas encore été en mesure de déterminer le contraire de façon concluante, intervint Kovac. Jusqu'à ce que nous puissions identifier la victime avec certitude, il demeure une chance que ce ne soit pas votre fille. Nous avons enregistré les témoignages non confirmés de personnes qui auraient vu...

Bondurant secoua la tête.

— Non, je ne le crois pas, rectifia-t-il à voix basse. Jillian est morte.

— Comment le savez-vous ? demanda Quinn. Bondurant avait le visage sombre, tourmenté, défait. Son regard glissa quelque part sur la gauche de Quinn.

— Parce qu'elle était mon enfant, laissa-t-il enfin tomber. Je ne peux pas l'expliquer mieux que cela. J'ai le sentiment... comme une pierre dans le ventre, comme si une part de moi-même était morte avec elle. Elle est partie. Avez-vous des enfants, agent Quinn ? demanda-t-il.

— Non. Mais j'ai connu trop de parents qui avaient perdu un enfant. C'est une situation terrible. Si j'étais vous, je ne serais pas du tout pressé de me retrouver dans cette position.

Bondurant baissa les yeux sur les souliers de Quinn et lâcha un soupir.

— Venez dans mon bureau, agent Quinn, proposa-t-il, et puis il se tourna vers Kovac, sa bouche se contractant imperceptiblement. Edwyn, pourquoi ne nous attendez-vous pas dans le salon, le sergent Kovac et vous ?

Kovac émit un borborygme de mécontentement. L'inquiétude crispa les traits de l'avocat.

— Peter, peut-être devrais-je assister à votre...

— Non. Demandez à Helen de vous servir le café.

Visiblement assez mécontent, telle une marionnette qui tire sur ses propres ficelles, Noble s'inclina vers son client situé à l'autre bout du vestibule. Bondurant se retourna et s'éloigna.

Quinn le suivit. Le bruit de leurs pas était amorti par la laine épaisse d'un beau tapis de galerie oriental. Il s'interrogea sur la stratégie de Bondurant. Il refusait de parler à la police, mais il tenait son avocat à l'écart d'une conversation avec un agent du FBI. S'il s'agissait d'une tentative pour se protéger, cela n'avait aucun sens. Cela étant, cassette enregistrée ou pas, tout ce qu'il pourrait déclarer de compromettant en l'absence de son avocat serait sans valeur devant un tribunal.

— Je crois comprendre que vous disposez d'un témoin. Peut-elle identifier l'homme qui a commis cela ?

— Je n'ai pas la latitude d'en discuter, répliqua Quinn. J'aimerais parler de vous et de votre fille, de votre relation. Pardonnez-moi ma franchise, mais jusqu'ici votre attitude peu coopérative avec la police a, au mieux, de quoi dérouter.

— Vous estimez que je ne réagis pas de la manière propre à un père dont l'enfant a été assassinée ? Une telle réaction typique existe-t-elle seulement ?

122

— Typique n'est peut-être pas le mot. Disons que certaines réactions sont plus courantes que d'autres.

— Je ne sais rien qui soit susceptible d'avoir un rapport avec cette affaire. C'est pourquoi je n'ai rien de plus à déclarer à la police. Un inconnu a enlevé et assassiné ma fille. Comment pourrait-on attendre de moi que je détienne quelque information que ce soit relative à un acte aussi insensé ?

Bondurant entra le premier dans un vaste bureau et ferma la porte. La pièce était dominée par une immense table de travail en acajou, en forme de U, dont une aile était consacrée à l'équipement informatique, et l'autre aux dossiers. La partie centrale était méticuleusement rangée, le sous-main sans une seule tache, chaque stylo et chaque trombone à sa place.

— Retirez votre manteau, agent Quinn. Prenez un siège.

D'un geste de sa main fine, il désigna deux fauteuils en cuir rouge sang, tout en contournant son bureau pour s'attribuer sa propre place, un trône directorial à haut dossier.

Instaurant entre nous la distance de l'autorité, remarqua Quinn, tout en ôtant son pardessus d'un mouvement d'épaules. *Il me remet à ma place.* Il s'installa dans le fauteuil, se rendant immédiatement compte que le siège était un peu trop tassé, un peu trop à ras du sol, juste assez pour que son occupant se sente vaguement diminué.

— Un maniaque a assassiné ma fille, commença calmement Bondurant. Face à cela, je ne suis pas franchement en position de tenir compte de ce qu'on va penser de mon comportement. Qui plus est, je suis bel et bien en train d'aider l'enquête : c'est moi qui vous ai fait venir.

Un autre rappel de l'équilibre des pouvoirs, en des termes choisis.

— Et à moi, vous acceptez de me parler ?

— Bob Brewster dit que vous êtes le meilleur.

— Remerciez le directeur la prochaine fois que vous vous entretiendrez avec lui. Nos chemins ne se croisent pas si souvent, répliqua Quinn, se montrant volontairement peu impressionné par cette relation d'intime familiarité avec le directeur du FBI que laissait supposer son interlocuteur.

— Il m'a expliqué que ce type de meurtre était votre spécialité.

— Oui, mais je ne suis pas un détective privé, monsieur Bondurant. Je veux être très clair là-dessus, précisa-t-il, renvoyant à

Bondurant une impression similaire de calme. Je ferai ce que je peux pour bâtir un profil du criminel et apporter mes conseils techniques à l'enquête. Si un suspect se présente, je proposerai une stratégie d'interrogatoire. Dans l'éventualité d'un procès, je déposerai sous serment en qualité d'expert et je proposerai mes compétences à l'accusation en ce qui concerne les questions à poser aux témoins. Je ferai mon métier, et je le ferai bien, mais je ne travaille pas pour vous, monsieur Bondurant.

Bondurant intégra cette information, le visage inexpressif, aussi anguleux et sévère que celui de son avocat, sans même la souplesse du trop large sourire de ce dernier. Un masque dur, impossible à percer.

— Je veux que l'on capture le tueur de Jillian. C'est avec vous que je gérerai cette affaire parce que vous êtes le meilleur et parce que l'on m'a dit que je pouvais vous faire confiance. Vous ne me vendrez pas.

— Vous vendre ? En quel sens ?

— Aux médias. Je suis un homme très secret, dans une position très publique. L'idée que des millions d'étrangers vont connaître les détails intimes de la mort de ma fille me fait horreur. Il me semble que cela devrait rester une chose absolument privée, personnelle : le dénouement d'une vie.

— Cela devrait. C'est le prélèvement d'une vie qui ne peut être maintenu sous le boisseau... par égard pour chacun d'entre nous, en ce monde.

— En réalité, ce que je redoute, j'imagine, ce n'est pas tant que les gens soient au courant de la mort de Jillian, c'est plutôt leur désir vorace de dépecer son existence. Et la mienne... je l'admets.

Quinn changea de position, croisa les jambes avec détachement, et offrit à son interlocuteur l'esquisse infime d'un sourire de sympathie. Calmer le jeu. Sur le mode : Je-pourrais-être-votre-ami.

— C'est compréhensible. La presse vous a-t-elle pourchassé ? Apparemment, ils ont établi leur camp de base en face de chez vous.

— Je refuse d'avoir affaire à eux. J'ai confié cela à mon attaché de presse, celui de Paragon. Ce qui me met le plus en colère, c'est qu'ils estiment détenir tous les droits. Parce que je suis fortuné, parce que je suis quelqu'un d'important, ils croient détenir le droit d'empiéter sur mon chagrin. Croyez-vous qu'ils soient allés garer leurs vans devant les foyers des parents des deux prostituées que ce maniaque a tuées ? Je puis vous assurer que non.

— Nous vivons dans une société accrochée au sensationnel, reconnut Quinn. Certaines personnes sont jugées dignes des médias et d'autres sont considérées comme bonnes à jeter après usage. Je ne suis pas certain de savoir quelle est la meilleure face de la médaille. Simplement, je peux à peu près vous garantir que les parents de ces deux premières victimes sont assis chez eux à se demander pourquoi les vans du journal télévisé ne sont pas garés devant leur domicile.

— Vous pensez qu'ils apprécieraient que les gens sachent en quoi ils ont failli dans leur rôle de parents ? s'enquit Bondurant, un mince voile de colère assombrissant le ton de sa voix. Vous croyez qu'ils apprécieraient que les gens sachent pourquoi leurs filles sont devenues des putains et des droguées ?

La culpabilité et la responsabilité. Dans quelle mesure ne projetait-il pas là sa propre douleur ? Quinn s'interrogeait, perplexe.

— D'ailleurs, à propos de ce témoin... répéta-t-il, apparemment un peu secoué par la demi-révélation qu'il venait de laisser passer. (Il déplaça d'un centimètre un carnet de notes posé sur son bureau.) Croyez-vous qu'elle sera capable d'identifier le tueur ? Elle n'a pas l'air très fiable.

— Je n'en sais rien, admit Quinn, sachant très exactement où Bondurant avait obtenu cette information.

Kovac allait devoir agir de son mieux pour colmater cette fuite, ce qui revenait à dire qu'il allait devoir marcher sur des orteils très sensibles et très influents. La famille de la victime avait droit à certaines politesses, mais cette enquête exigeait un cadrage aussi restreint que possible. Peter Bondurant ne pouvait s'y voir autoriser un complet accès. Car, en fait, il n'avait pas encore été formellement écarté de la liste des suspects possibles.

— Bon... nous ne pouvons que l'espérer..., murmura Bondurant.

Son regard alla errer sur le mur où était accroché tout un assortiment de photos encadrées, beaucoup de Bondurant luimême avec des hommes qui devaient être, Quinn le présumait, des associés, des rivaux ou des personnalités officielles. Dans cette foule, il repéra Bob Brewster, et puis il découvrit vers quoi

Bondurant s'était retourné : une petite grappe de photos dans le coin inférieur, à main gauche.

Quinn se leva de son fauteuil et s'approcha du mur pour l'examiner de plus près. Jillian à diverses étapes de son existence. Il la reconnut d'après un instantané vu dans son dossier. Une photo en particulier attira son œil : une jeune femme qui n'avait pas du tout l'air à sa place, dans une robe noire comme il faut, avec un col Claudine et des manchettes. Les cheveux étaient coupés court, comme ceux d'un garçon, et décolorés, presque blancs. En un saisissant contraste avec des racines et des sourcils très noirs. Une demi-douzaine de boucles d'oreilles, sur un seul lobe. Un rubis minuscule, serti dans une narine. Elle ne ressemblait à son père en rien. De son corps, de son visage, il émanait plus de douceur, plus de rondeur. Ses yeux étaient immenses et tristes. L'objectif avait saisi la vulnérabilité qu'elle ressentait à ne pas être la créature féminine bien élevée qui saurait répondre aux attentes d'une âme sœur.

— Jolie fille, murmura Quinn, comme mû par un automatisme. (Peu importait que cela ne fût pas précisément vrai. Cette déclaration avait été faite dans un autre but que la flatterie.) Elle devait s'être sentie très proche de vous, à son retour d'Europe, pour entrer à l'université.

— Notre relation était compliquée. (Bondurant se leva de son fauteuil et rôda autour, tendu, indécis, comme si une part de lui-même avait voulu s'approcher de ces photographies, tandis qu'une part plus forte le retenait de céder à ce mouvement.) Quand elle était jeune, nous étions proches. Ensuite sa mère et moi avons divorcé, quand Jillian était à un âge vulnérable. Pour elle ce fut difficile... l'antagonisme entre Sophie et moi. Puis il y a eu l'arrivée de Serge, le dernier mari de Sophie. Et la maladie de Sophie... elle retournait régulièrement se faire traiter dans des établissements, à cause de sa dépression.

Il garda le silence pendant un bon moment, et Quinn perçut tout le poids de ce que Bondurant omettait dans son récit. Qu'est-ce qui avait précipité le divorce ? Qu'est-ce qui avait fait sombrer Sophie dans les troubles mentaux ? Bondurant avait eu cette répugnance dans la voix quand il avait parlé de son successeur auprès de son ex-épouse. Était-ce de l'amertume envers un rival ou cela trahissait-il quelque chose de plus ?

— Qu'étudiait-elle, à l'université ? l'interrogea-t-il, se gardant bien d'en venir directement aux autres réponses qu'il voulait obtenir.

126

Peter Bondurant ne livrerait pas ses secrets si aisément, s'il les livrait jamais.

— La psychologie, répondit-il avec une touche d'ironie des plus mordantes, le regard fixé sur la photo, sur cette robe noire, ces cheveux décolorés, cette coupe de garçon, les boucles d'oreilles, le nez percé, et ces yeux malheureux.

— Vous la voyiez souvent ?

— Tous les vendredis. Elle venait dîner.

— Combien de personnes étaient-elles au courant ?

— Je l'ignore. Mon employée de maison, mon secrétaire particulier, quelques amis proches. Certains des amis de Jillian, j'imagine.

— Avez-vous du personnel supplémentaire à domicile, en dehors de l'employée de maison ?

— Helen est ici à plein temps. Une fois par semaine, une jeune fille vient l'aider à faire le ménage. Le personnel d'entretien du parc, soit trois personnes, vient toutes les semaines. C'est tout. Je préfère avoir ma vie privée plutôt que du personnel. Je n'ai pas de besoins extravagants.

— En général, pour les gamins de la faculté, en ville, le vendredi est une nuit chaude. Jillian ne sortait pas en boîte ?

— Non. Elle avait passé l'âge.

— Avait-elle beaucoup d'amies intimes ?

— Aucune dont elle m'ait parlé. Elle était très secrète. La seule qu'elle ait évoquée avec une certaine régularité, c'était une serveuse dans un café. Une Michèle quelque chose. Je ne l'ai jamais rencontrée.

— Avait-elle un fiancé ?

— Non, affirma-t-il, en se détournant. (Derrière son bureau, des portes-fenêtres ouvraient sur une cour dallée, où les bancs étaient inoccupés et les pots vides de plantes. Il observait fixement par la vitre, comme s'il était en train de regarder un autre temps, par un portail.) Les garçons ne l'intéressaient pas. Elle n'avait pas envie de relations passagères. Elle avait tant vécu de...

Sa bouche mince trembla légèrement, et une douleur profonde lui passa dans les yeux. Le signe d'émotion intérieure le plus fort qu'il ait exprimé.

— Elle avait toute la vie devant elle, murmura-t-il. J'aurais aimé que rien de tout cela n'arrive.

Quinn vint silencieusement se placer à sa hauteur. Il lui parla à voix basse et feutrée, la voix de qui a vécu de tristes expériences, la voix de la compréhension.

— C'est la chose la plus dure à supporter, la mort d'une jeune personne. En particulier quand elle a été assassinée. Les rêves inassouvis, le potentiel non réalisé. Ceux qui étaient ses proches... la famille, les amis... croyaient disposer de tellement de temps devant eux pour réparer les erreurs, tellement de temps avant le bout de la route, pour témoigner leur amour à cette personne. Subitement, ce temps s'est enfui.

Quinn vit les muscles du visage de Bondurant se contracter contre la douleur. Il lisait la souffrance dans ses yeux, l'ombre du désespoir, cette conscience que la vague émotionnelle était en train de monter, et cette peur de ne pas disposer d'assez de forces pour la contenir.

— Au moins avez-vous eu cette dernière soirée ensemble, murmura Quinn. Cela devrait vous apporter un certain réconfort.

Ou cela pouvait constituer le rappel amer, durable, de toutes les questions irrésolues laissées en suspens entre un père et sa fille. La blessure à vie des occasions perdues. Quinn pouvait presque percevoir ce goût de regret qui flottait dans l'air.

— Comment était-elle ce soir-là ? demanda-t-il calmement. Elle avait le moral en hausse ou en baisse ?

— Elle était... (Bondurant déglutit avec difficulté et chercha le mot approprié)... elle-même. Jillie pouvait être en pleine forme et avoir le cafard la minute suivante. Versatile.

La fille d'une femme qui retournait régulièrement se faire traiter dans des établissements psychiatriques.

— Elle n'a laissé paraître aucun signe de préoccupation, d'inquiétude ?

— Non.

— Avez-vous discuté de quelque chose en particulier, vous êtes-vous disputés au sujet...

L'explosion de Bondurant fut soudaine, brutale, surprenante.

— Mon Dieu, si j'avais pensé que quelque chose n'allait pas, si je m'étais dit qu'il allait arriver quelque chose, ne croyez-vous pas que je l'aurais empêchée de partir ? Ne croyez-vous pas que je l'aurais gardée ici ?

— J'en suis sûr, acquiesça Quinn avec douceur, la voix de la compassion et du réconfort, des sentiments qu'il avait cessé depuis longtemps de manifester, car cela exigeait trop de lui, et parce qu'il n'avait personne, dans son entourage, qui soit susceptible de l'aider à recharger le réservoir aux émotions.

Il s'efforçait de rester concentré sur sa motivation sous-jacente : capter des informations. Manipuler, caresser dans le sens du poil, s'introduire par le défaut de la cuirasse, soutirer la vérité, bribe par bribe. Aller chercher l'info pour aller chercher le tueur. Se souvenir que la première personne à laquelle il devait allégeance, c'était la victime.

— De quoi avez-vous parlé ce soir-là ? le questionna-t-il avec aménité, tandis que Bondurant s'employait visiblement à reprendre une contenance.

— Les sujets habituels, répondit-il avec impatience, en regardant à nouveau par la fenêtre. Ses cours. Mon métier. Rien.

— Sa psychothérapie ?

— Non, elle...

Il se raidit, puis il se retourna pour fusiller Quinn du regard.

— Nous avons besoin de connaître ces choses-là, monsieur Bondurant, souligna Quinn sans s'excuser le moins du monde. Chez chaque victime, nous devons envisager l'éventualité qu'une partie de son existence puisse avoir un rapport avec sa mort. Ce peut être un simple fil qui relie deux choses entre elles, un fil extrêmement ténu. Mais il ne faut parfois rien de plus, et nous ne disposons parfois de rien de plus. Comprenez-vous ce que je suis en train de vous expliquer ? Nous allons faire tout notre possible afin que tous ces détails restent confidentiels, mais si vous voulez que ce tueur soit appréhendé, il faut coopérer avec nous.

Cette explication ne radoucit en rien la colère de Bondurant. Il se retourna brutalement vers le bureau et tira une carte du Rolodex.

— Dr Lucas Brandt. Pour le bénéfice que vous en tirerez... Inutile de vous préciser, j'en suis certain, que tout ce que Jillian a pu relater à Lucas en sa qualité de patiente est confidentiel.

— Et qu'en est-il de ce qu'elle vous a relaté à vous, en votre qualité de père ?

Bondurant eut à nouveau un vif mouvement d'humeur, un bref instant d'ébullition qui déborda la maîtrise de soi et la raideur du personnage.

— Si je savais quoi que ce soit, n'importe quoi, vous m'entendez, qui puisse conduire au meurtrier de ma fille, ne croyez-vous pas que je vous le dirais ?

Quinn garda le silence, le regard posé sans ciller, avec fermeté, sur la veine oblique qui barrait le front de Peter Bondurant comme un éclair. Il lui retira la carte de visite de la main.

— Je l'espère, monsieur Bondurant, dit-il enfin. Il se peut que la vie d'une autre jeune femme en dépende.

— Vous en avez tiré quelque chose ? lui demanda Kovac tandis qu'ils s'éloignaient de la maison à pied.

Il alluma une cigarette et se fit un devoir d'avaler le plus de fumée possible avant qu'ils n'aient atteint sa voiture.

Quinn observa le bout de l'allée, au-delà du portail, là où deux cameramen se tenaient postés debout, l'œil collé au viseur. Il n'y avait pas d'équipement d'enregistrement audio à longue portée en vue, mais les objectifs des appareils photo étaient aussi gros que longs. Côté période d'anonymat, pour Quinn, le compte à rebours avait commencé.

— Ouais, lâcha-t-il. Une mauvaise impression.

— Dieu de Dieu, j'ai la même depuis le début de cette salade. Vous savez ce qu'un homme comme Bondurant peut infliger à une carrière ?

— Ma question est : qu'est-ce qui lui en donnerait l'envie ?

— La richesse et la douleur. Il est comme ce type, hier, qui a dégainé au centre administratif. Il veut quelqu'un à qui faire du mal. Il veut que quelqu'un paie. Peut-être que s'il peut rendre quelqu'un d'autre misérable, il souffrira moins de sa propre douleur. Vous savez, ajouta Kovac avec la brusquerie qui était la sienne, les gens sont cinglés. Alors, qu'est-ce qu'il vous a raconté ? Pourquoi il ne parle pas aux locaux ?

— Il ne vous accorde aucune confiance.

Sous l'affront, Kovac se redressa et balança sa cigarette dans l'allée.

— Ah bon... Eh bien, qu'il aille se faire foutre !

— Il est habité de la crainte paranoïaque que certains renseignements puissent faire l'objet de fuites dans les médias.

— Quels renseignements ? Qu'est-ce qu'il a à cacher ?

Quinn eut un haussement d'épaules.

— C'est votre boulot, Sherlock. Mais je vous ai trouvé un point de départ.

Ils montèrent dans la Caprice. Quinn tira le magnétophone de la poche de son manteau et le coucha sur le siège entre eux, avec la carte du Rolodex de Bondurant posée dessus.

Kovac ramassa la carte et se rembrunit.

— Un psy. Qu'est-ce que je vous avais dit ? Les gens sont cinglés. Surtout les riches... ce sont les seuls qui peuvent se permettre de tenter d'agir contre ça. Chez eux, ça tient du passe-temps.

Quinn leva fixement les yeux sur la demeure, s'attendant à moitié à apercevoir un visage à l'une des fenêtres, mais il n'y avait personne. En cette morne matinée, toutes les fenêtres étaient vides et noires.

— La moindre mention est-elle parue dans la presse indiquant que l'une des deux victimes était consommatrice de drogues ? questionna-t-il.

— Non, répondit Kovac. Pour l'une d'elles, c'était effectivement le cas, mais nous avons tenu la chose cachée. Lila White. « Lily » White. La première victime. Elle s'était défoncée un temps, avant de se remettre d'elle-même dans le droit chemin. Elle a suivi un programme de désintoxication dans le cadre des services du comté, elle a vécu un moment dans un de ces centres de réinsertion pour prostituées... sauf que de ce côté-là, apparemment, ça n'a pas trop marché, j'imagine. En tout cas, l'axe drogue n'a pas été spécialement monté en épingle. Pourquoi ?

— Bondurant y a fait référence. De sa part, c'était peut-être une simple hypothèse, mais ce n'est pas mon avis. Je pense que soit il savait quelque chose sur les autres victimes, soit il savait quelque chose sur Jillian.

— Si elle était camée à quoi que ce soit à l'heure de sa mort, ça apparaîtra au dépistage toxicologique. J'ai passé sa maison en ville au peigne fin. Je n'y ai rien trouvé de plus violent que du paracétamol.

— Si elle était camée, cela pourrait vous fournir un trait d'union avec les autres victimes.

Et du coup un possible rapport avec un dealer ou un autre camé qu'ils pourraient transformer en suspect.

Le sourire féroce du chasseur qui a levé une piste toute fraîche fit rebiquer les pointes de la moustache de Kovac.

— Du travail de maillage de réseaux. J'adore ça. Ces types qui font l'Amérique des affaires, ils s'imaginent avoir tout inventé. Mais les escrocs, le maillage de réseaux, ça les connaît depuis que Judas a trahi Jésus-Christ dans les grandes largeurs. Je vais appeler Liska, qu'elle et Moss aillent fouiner un peu. Ensuite on va voir ce que ce Sigmund Fraude, là, peut avoir à nous dire sur le prix que ça coûte d'avoir des araignées au plafond. (Il tapota le volant avec la carte Rolodex.) Son bureau, c'est de l'autre côté de ce lac.

10.

— Alors, qu'est-ce que tu penses de Quinn ? demanda Liska.

Côté passager, Mary Moss regardait le Mississippi par la fenêtre. Cette année, on avait renoncé à y faire circuler des péniches. Le long de ce bras, le fleuve était une bande déserte de couleur brune entre des bâtiments industriels mal entretenus à moitié abandonnés et des blocs d'entrepôts.

— On dit qu'il est du tonnerre. Une légende en marche.

— Tu n'as jamais travaillé avec lui ?

— Non. D'ordinaire, c'est Roger Emerson qui s'occupe de ce territoire en dehors de Quantico. Mais d'habitude, la victime n'est pas la fille d'un capitaine d'industrie, d'un milliardaire qui a ses entrées à Washington. J'ai bien aimé la façon dont il a manié Tippen, poursuivit Moss. Pas du tout fier-à-bras, pas du tout Moi-je-suis-un-fédéral-et-toi-t'es-qu'un-abruti-de-péquenot. Je pense qu'il a vite fait d'étudier les gens. Probablement d'une intelligence effrayante. Qu'en penses-tu ?

Liska lui lâcha son grand sourire lascif.

— Joli pantalon.

— Mon Dieu ! En l'occurrence, je parlais sérieusement, sur le plan professionnel, et toi tu regardais son cul !

— Enfin, bon, pas pendant qu'il parlait. Mais, allez, arrête, Mary, ce type est complètement craquant. Tu voudrais pas en croquer un morceau si tu pouvais ?

Moss eut l'air troublé.

— Ne me demande pas des choses pareilles. Je suis une femme mariée depuis belle lurette ! Je suis une femme mariée depuis belle lurette, et catholique par-dessus le marché !

— Et alors, tant que le mot morte ne figure pas dans ton pedigree, tu as encore la permission de regarder, non ?

— Joli pantalon, marmonna Moss, en résistant pour ne pas glousser.

— Ces grands yeux marron, cette mâchoire de granit, cette bouche sexy. Je crois que je pourrais avoir un orgasme rien qu'à le regarder parler stratégies interventionnistes.

— Nikki !

— Ah ! oui, c'est juste, tu es une femme mariée ! la taquina Liska. Tu n'es pas autorisée à avoir des orgasmes.

— Est-ce que tu t'exprimes comme ça quand tu tournes en voiture avec Kovac ?

— Seulement si je veux le rendre dingue. Il gigote comme une grenouille qu'on asticote. Il me répète qu'il ne veut rien savoir de mes orgasmes, que la zone G d'une femme, ça devrait rester un mystère, un point c'est tout. Je lui soutiens que c'est pour ça qu'il a divorcé deux fois. Tu devrais voir comme ça le fait rougir. J'adore Kovac... quel type.

Moss pointa le doigt à travers le pare-brise.

— On y est : Edgewater.

La résidence Edgewater était une suite de constructions impeccables, stylisées, conçues pour rappeler un village de pêcheurs bien propret de la Nouvelle-Angleterre : planches à clin grises bordées de blanc, toits à bardeaux de cèdre, fenêtres à petits carreaux de quinze centimètres de côté. Les unités d'habitation étaient disposées comme une récolte de champignons sauvages, reliées entre elles par de sinueux chemins paysagers. Toutes faisaient face à la rivière.

— J'ai la clef du logement de Bondurant, annonça Liska, manœuvrant la voiture dans l'entrée du complexe de villas, mais j'ai quand même appelé le gérant. Il dit avoir vu Jillian partir vendredi après-midi. Je suppose que cela ne fera pas de mal de lui reparler un peu.

Elle se gara près de la première habitation, puis Moss et elle montrèrent leurs insignes à l'homme qui les attendait sur le perron. À vue de nez, Liska lui aurait donné le milieu de la trentaine. Gil Vanlees était blond, avec une fine moustache mal taillée, un mètre quatre-vingts, l'air mou. Son blouson Timberwolves pendait ouvert sur son uniforme bleu de vigile. Il avait cette allure du sportif, du marginal qui, au collège, se serait laissé aller. Trop d'heures passées à regarder le sport professionnel avec une boîte de bière à la main et un sachet de chips posé à côté de lui.

— Alors, vous êtes inspecteur de police ?

De ses petits yeux, il regardait Liska avec une lueur d'excitation presque sexuelle. L'un était bleu et l'autre était d'une couleur étrange et glauque de topaze fumée.

Liska lui sourit.

— C'est exact.

— Je trouve ça génial de voir des femmes dans ce métier. Je m'occupe de la sécurité au Target Center, la salle de sports, vous savez, se rengorgea-t-il, prenant un air important. Timberwolves, mise en forme, tir à la corde et tout. Y a plusieurs nanas, là-bas, vous savez. Je trouve que c'est super, voilà. Que vous ayez plus d'influence.

Elle aurait parié gros que, lorsqu'il s'asseyait à boire des coups avec ses potes, il traitait toutes ces femmes de noms que même elle n'oserait pas employer. Les types à la Vanlees, elle avait appris à les connaître très directement.

— Alors vous êtes chargé de la sécurité là-bas et vous surveillez aussi ce complexe résidentiel ?

— Ouais, enfin, bon, vous savez, ma femme... on est séparés... elle travaille pour la société de gérance, et c'est comme ça qu'on a eu ce logement ici, parce que je vais vous dire, avec le loyer qu'ils demandent pour ces logements... C'est pas croyable. Alors je suis un genre de gardien, vous voyez, même si je vis pas ici pour l'instant. Les propriétaires, ici, ils comptent sur moi, alors je me cramponne jusqu'à ce que ma femme décide quoi faire. Les gens ont des problèmes... plomberie, électricité, tout ce qui s'ensuit... je m'organise pour qu'on s'en occupe. J'ai le serrurier qui vient changer les serrures chez Mlle Bondurant cet après-midi. Et j'ouvre l'œil, vous savez. Je fais office de vigile, même si c'est pas officiel. Les habitants de cette résidence apprécient. Ils savent que je suis dans la partie, que j'ai la formation.

— Le logement de Mlle Bondurant, c'est par là ? s'enquit Moss, en désignant la rivière d'un geste, tout en inclinant la tête pour en indiquer la direction.

Vanlees fronça les sourcils, ses petits yeux se plissant encore un peu plus.

— J'ai déjà parlé à des inspecteurs hier.

Comme s'il la prenait pour un imposteur, avec ses airs de mamie effacée, pas une vraie de vraie comme Liska.

— Ouais, bon, on assure le suivi, expliqua Liska d'un ton détaché. Vous savez ce que c'est.

134

Même s'il était évident que Vanlees ne savait rien de rien, mis à part ce qu'il avait pu piquer au passage en regardant *New York Police Department* à la télé et en dévorant des revues policières à la noix. Certaines personnes étaient mieux disposées à coopérer quand elles ne se sentaient pas exclues. D'autres, au contraire, voulaient recevoir toutes sortes d'assurances, afin de se persuader que ni le crime ni l'enquête ne viendraient entacher leur existence.

Vanlees exhiba un anneau plein de clefs tiré de la poche de son blouson et les conduisit au bout du trottoir.

— Une fois, j'ai déposé ma candidature au commissariat, leur confia-t-il. Il y avait un gel des embauches. Vous savez, des histoires de budget et tout ça.

— Ah ! ça, Dieu de Dieu, c'est très dur ! se lamenta Liska, jouant de son mieux les Frances McDormand dans une imitation de *Fargo*. Vous savez, apparemment, c'est pas les besoins en personnels efficaces qui manquent, mais cette obsession du budget, c'est ça le hic...

Vanlees approuva de la tête, l'air de l'homme au courant.

— Des histoires de politique, mais j'ai pas besoin de vous faire un dessin, pas vrai ?

— Vous l'avez dit. Qui sait combien il y en a, des grands flics en puissance comme vous, et qui travaillent dans d'autres genres de boulots. C'est une honte.

— J'aurais pu faire ce boulot. Son ton de voix se teinta d'une amertume recuite depuis plusieurs années, comme une vieille tache qui ne veut pas partir.

— Alors, Gil, vous la connaissiez cette fille, Bondurant ?

— Oh ! sûr que je l'ai vue, dans les parages ! Elle n'avait jamais grand-chose à dire. Pas du genre liante. Elle est morte, hein ? Ils veulent pas l'annoncer franchement, aux nouvelles, mais c'est elle, pas vrai ?

— Il nous reste quelques questions sans réponses.

— J'ai entendu dire qu'il y avait un témoin. Témoin de quoi... je me le demande. Je veux dire, est-ce qu'on l'a vu la tuer ou quoi ? Ça serait quelque chose, hein ? Terrible.

— Je ne peux pas vraiment rentrer dans le vif du sujet, vous comprenez ? s'excusa Liska. J'aimerais bien... vu que vous êtes dans un domaine en rapport et tout ça... mais vous savez ce que c'est.

Vanlees hocha la tête, faussement prudent.

— Vous l'avez vue vendredi ? l'interrogea Moss. Jillian Bondurant ?

— Ouais. Vers trois heures. J'étais ici en train de réparer mon broyeur à ordures. Ma femme, elle avait essayé d'y enfiler des branches de céleri. Quel foutoir ! Mademoiselle la Petite Diplômée. On aurait pu croire qu'elle avait plus de jugeote que ça...

— Jillian Bondurant... lui souffla Moss, histoire de le ramener dans le vif du sujet.

Il ferma une fois encore à demi ses yeux dépareillés.

— Je regardais dehors par la fenêtre de la cuisine. Je l'ai vue sortir en voiture.

— Seule ?

— Oui.

— Et c'est la dernière fois que vous l'avez vue ?

— Ouais. (Il se tourna de nouveau vers Liska.) Ce barjot l'a cramée, c'est ça, non ? Le Crémateur. Dieu de Dieu, c'est dégueu, fit-il, le visage pourtant pétillant de fascination morbide. Où va, mais où va cette ville ?

— Vous le savez aussi bien que moi.

— Je pense que c'est le passage du millénaire. Voilà ce que je pense, philosopha-t-il. C'est bien simple, le monde est en train de devenir de plus en plus dingue. La fin du millénaire et tout le tremblement.

— *Le millénaire*, répéta Moss en maugréant, non sans loucher sur le pot en terre cuite, des chrysanthèmes morts, sur le rebord du petit perron de Jillian Bondurant.

— Ça se pourrait bien, prophétisa Liska. Dieu nous vienne en aide, hein ?

— Dieu nous vienne en aide, acquiesça Moss en écho, sarcastique.

— Trop tard pour Mlle Bondurant, observa sobrement Vanlees, en tournant la clef dans la serrure de laiton. Vous avez besoin d'un coup de main, inspecteur ?

— Non, merci, Gil. Le règlement et tout ça... (Liska se tourna pour lui faire face, lui interdisant d'entrer dans la maison.) Avez-vous vu Mlle Bondurant en compagnie de quelqu'un en particulier ? Des amis ? Un petit ami ?

— J'ai vu son père, quelquefois. En fait, c'est lui le propriétaire du logement. Mais pas de petit ami. Une petite amie une fois de temps en temps. Une amie, je veux dire. Enfin, non, je veux dire, pas une petite amie... en tout cas, pas que je sache.

136

— Une fille qui ressort du lot ? Vous connaissez son nom ?

— Non. Elle n'était pas très liante non plus. Elle avait un air méchant. Presque comme une motarde, mais sans la moto. Enfin, je n'ai jamais rien eu à voir avec elle. En général, elle... Mlle Bondurant... elle était seule, ne disait jamais grand-chose. Elle ne correspondait pas vraiment avec le genre de cette résidence. Pas tellement d'étudiants par ici, et puis elle s'habillait dans un style bizarre. Des bottes de l'armée, des vêtements noirs et tout ça.

— Est-ce qu'il vous est arrivé de la trouver un peu... partie ?

— À cause de la drogue, vous voulez dire ? Non. Elle se droguait ?

— Je me couvre sur toutes les questions de base, vous savez, sans quoi, mon lieutenant...

Elle laissa cette allusion en suspens, donnant ainsi l'impression à Vanlees qu'il pourrait compatir, en frère de sang qu'il était. Elle le remercia de son aide et lui remit sa carte de visite, avec pour instruction de l'appeler s'il pensait à quoi que ce soit d'utile à l'enquête. Il recula sur le seuil, à contrecœur, en tendant le cou pour voir ce que fabriquait Moss dans le fond de l'appartement en duplex. Liska prit congé d'un signe de la main et ferma la porte.

— Ouf ! mon Dieu, tu ne veux pas au moins me laisser prendre une douche, je t'en supplie, chuchota-t-elle, en frissonnant à son entrée dans le salon.

— Dieu de Dieu, ah ben alors, vrai, tu ne l'aimais pas celui-là, hein, Margie ? plaisanta Moss en exagérant un accent campagnard du Nord.

Liska lui répliqua d'une moue, à elle et à la bizarre combinaison d'odeurs en suspension dans la pièce — désodorisant d'intérieur sucré sur fumée froide de cigarette.

— Hé ! je l'ai fait parler, non ?

— Tu es sans vergogne.

— Dans le droit fil du devoir.

— Je suis contente d'être ménopausée.

Liska retrouva son sérieux, le regard sur la porte.

— Sérieusement, ces flics qui se la jouent me débecquettent. Ils ont toujours cette manie de l'autorité. Un besoin de pouvoir et de contrôle sur les choses, et, en fait, profondément ancrée, une pitoyable image d'eux-mêmes. La plupart du temps, ils ont quelque chose contre les femmes. Hé ! (Subitement, elle s'anima de nouveau.) Il faut que j'attire l'attention de l'agent spécial très-bien-de-sa-personne sur cette théorie.

— Garce.

— *Opportuniste.* Je préfère.

Le salon de Jillian Bondurant donnait sur la rivière. Le mobilier paraissait neuf. Un canapé et des fauteuils beiges trop rembourrés, au tissu tendu de bourrelets. Une table basse en rotin à plateau en verre et deux dessertes salies par une mince pellicule de suie, l'aérosol à empreintes digitales, que l'équipe du bureau d'enquête avait laissé derrière elle. Un coin loisir avec une grande télévision et une chaîne stéréo haut de gamme. Dans un angle, un bureau et des rayonnages assortis, sur lesquels étaient alignés des manuels, des carnets de notes, tout ce qui avait trait aux études universitaires de Jillian, tout cela si bien rangé que c'en était dérisoire. Le long d'un autre mur était disposé un piano électronique dernier modèle, laqué noir. La cuisine, bien visible depuis le salon, était immaculée.

— Elle avait une bonne à son service ou quoi ? Il va falloir que l'on se renseigne.

— Pas vraiment la piaule de l'étudiante fauchée moyenne, remarqua Liska. D'ailleurs, faut bien se dire que rien chez cette gamine n'était moyen. Elle a eu une enfance plutôt atypique, à trotter un peu partout en Europe.

— Et pourtant elle est revenue ici pour ses études. Ça veut dire quoi ? Elle aurait pu s'inscrire n'importe où... à la Sorbonne, à Oxford, à Harvard, en Californie du Sud. Elle aurait pu partir s'installer au chaud et au soleil. Dans un endroit exotique. Pourquoi venir ici ?

— Pour être près de Papa.

Moss arpenta la pièce, à l'affût de tout ce qui pourrait représenter un indice ayant trait à leur victime.

— J'imagine que ce n'est pas faux. Mais quand même... Ma fille Beth et moi, nous avons une relation géniale mais, à la seconde où la jeune demoiselle a eu son diplôme, elle n'a eu qu'une envie, sortir du nid !

— Où est-elle allée ?

— À l'université du Wisconsin, à Madison. Mon mari n'est pas Peter Bondurant. Il fallait qu'elle file dans une fac où ils exonèrent les enfants d'enseignants des droits de scolarité, lui expliqua Moss, en vérifiant le contenu des revues. *Psychology Today* et *Rolling Stones.*

138

— Si mon vieux avait un million de dollars et me payait un endroit pareil, moi aussi j'aurais envie de passer du temps avec lui. Peut-être que je vais pouvoir me faire adopter par Bondurant.

— Qui est venu ici, hier ?

— Après la découverte du corps avec le permis de conduire de Bondurant, ils ont envoyé deux ou trois types en tenue... juste pour s'assurer qu'elle n'était pas ici, en vie, dans l'ignorance la plus complète de ce qui se passait. Ensuite Sam est venu avec Elwood pour jeter un coup d'œil aux alentours. Ils ont sondé les voisins. Personne ne savait rien. Il a ramassé son carnet d'adresses, ses reçus de carte de crédit, ses notes de téléphone, et un certain nombre d'autres choses, mais il n'est ressorti avec aucune grosse prise. Faut dire que, si elle était droguée, les types du bureau auraient déniché quelque chose.

— Peut-être qu'elle emportait tout le nécessaire avec elle dans son sac à main.

— Pour risquer de se faire chiper la drogue qu'elle planquait par n'importe quel voleur à la tire ? Je ne pense pas. En plus, cet endroit est trop propre pour une droguée.

Deux chambres à coucher avec deux salles de bains entièrement équipées au second niveau. Dans sa petite maison de Saint Paul, Liska avait le plaisir très intime de partager une petite salle d'eau miteuse avec ses fils, âgés de onze et neuf ans. En tant qu'inspecteur, elle gagnait bien sa vie, mais tous les trucs du genre championnat de hockey et orthodontistes coûtaient un paquet, et la pension alimentaire que les tribunaux avaient imposée à son ex était d'un montant ridicule. Souvent, elle regrettait de n'avoir pas eu la jugeote de se faire culbuter par un type riche, au lieu simplement d'un type qui, oui, certes, s'appelait Rich.

La chambre de Jillian était tout aussi ordonnée que le reste de la maison : c'en était inquiétant. Le lit format grand siècle avait été lacéré par l'équipe du bureau, les draps emportés au labo pour examen de la moindre trace de sang ou de liquide séminal. Pas un seul vêtement ne traînait sur un dossier de chaise ou par terre, pas un tiroir de penderie n'était à moitié ouvert, débordant de lingerie, pas la moindre pile de chaussures au rebut — rien de toutes ces affaires que Liska, dans sa chambre encombrée, n'avait ni le temps ni l'envie de ranger.

Qui voyait jamais son foutoir, à part elle et ses garçons ? Qui voyait jamais la chambre de Jillian Bondurant ?

Pas d'instantanés de petits amis coincés dans le cadre du miroir, au-dessus de la coiffeuse en chêne. Pas de photos de membres de la famille. Elle ouvrit les tiroirs de la table de chevet, à la tête du lit. Pas de préservatifs, pas de diaphragme. Un cendrier propre et une petite boîte d'allumettes du *Wonderbra Coffee House*.

Rien dans cette chambre ne livrait la moindre information personnelle sur son occupante. Ce qui suggéra deux hypothèses à Liska : soit Jillian Bondurant était la princesse du refoulement, soit quelqu'un s'était introduit dans la maison après sa disparition et avait nettoyé les lieux.

Des allumettes, et une odeur de cigarette, mais tous les cendriers de l'endroit étaient propres.

Vanlees conservait une clef. Qui d'autre pourraient-ils ajouter sur cette liste ? Peter Bondurant, la prétendue petite amie de Jillian Bondurant ? Le tueur. Désormais, le tueur possédait les clefs de Jillian, son adresse, sa voiture, ses cartes de crédit. Kovac avait immédiatement remonté la piste du côté des cartes pour repérer la moindre transaction effectuée après la disparition de la jeune fille, vendredi soir. Jusque-là, rien. Tous les flics de l'aire métropolitaine avaient la description et le numéro d'immatriculation de la Saab rouge. Rien non plus de ce côté-là pour l'instant.

La salle de bains principale était propre. Mauve et vert de jade, avec des savons décoratifs dont en réalité personne n'était censé se servir. Le flacon de shampooing posé sur le pont de baignoire — du Paul Mitchell — portait l'étiquette du salon de coiffure de la galerie marchande de Dinkydale. Une source possible d'information, si par chance Jillian avait été du genre à tout confesser à son coiffeur. Dans l'armoire à pharmacie et sous le lavabo, il n'y avait rien d'intéressant.

La seconde chambre était plus petite, avec un matelas également lacéré. Des vêtements d'été étaient accrochés dans le placard, refoulés de la salle de bains principale par l'arrivée rapide de l'hiver sans merci du Minnesota. Les tiroirs de la coiffeuse étaient remplis de choses diverses : quelques culottes (noires, soyeuses, taille 2 ; un soutien-gorge en dentelle noire de chez *Frederick's of Hollywood* (un peu juste, usé par les lavages, taille 90 B) ; un cycliste noir bon marché avec un trou à un genou, taille S. Les vêtements n'étaient pas pliés, et Liska eut l'impression qu'ils n'appartenaient pas à Bondurant.

À cette amie ? Il n'y avait pas là suffisamment d'effets pour indiquer la présence d'une occupante à plein temps. Le fait même que cette seconde chambre ait été utilisée écartait l'idée d'une amante. Liska repassa dans l'appartement principal et vérifia de nouveau le contenu des tiroirs de la coiffeuse.

— Tu en as ressorti quelque chose ? l'interrogea Moss en franchissant le seuil de la chambre, et elle veilla bien à ne pas s'appuyer contre le chambranle, encrassé de poudre à empreintes.

— La chair de poule. Soit cette nana était incroyablement anale, soit il y a une fée dans cette maison hantée, qui a effectué une descente ici avant tout le monde. Jillian Bondurant a disparu vendredi. Ce qui a laissé au tueur deux bonnes journées avec ses clefs.

— Mais on n'a pas reçu la moindre information sur un inconnu ou un suspect qui se serait ramené par ici.

— Alors peut-être que le tueur n'était ni inconnu ni suspect. Je me demande si nous ne pourrions pas avoir une équipe de permanence pour surveiller l'endroit quelques jours, avança Liska, en réfléchissant à haute voix. Peut-être que le type se montrera.

— Il y a plutôt de fortes chances pour qu'il soit déjà venu et déjà reparti. En se repointant après la découverte du corps, il aurait couru un gros risque.

Liska sortit son cellulaire de la poche de son manteau et composa le numéro de Kovac, puis elle écouta sonner dans le vide, et s'impatienta. En fin de compte, elle renonça et fourra de nouveau le téléphone dans sa poche.

— Sam doit encore avoir laissé son manteau dans sa voiture. Ce téléphone, il devrait le porter au bout d'une chaîne comme un portefeuille de camionneur. Bon, enfin, tu as probablement raison. Si Joe l'Enfumeur voulait revenir ici, il l'aurait fait après l'avoir tuée mais avant la découverte de son corps. Et s'il est déjà venu ici, pendant qu'on se parle, ils sont peut-être en train de passer ses empreintes au fichier.

— Faudrait qu'on ait cette chance.

Liska soupira.

— Dans la seconde salle de bains, j'ai trouvé des vêtements qui appartiennent probablement à une amie à elle, j'ai aussi trouvé le nom du salon de coiffure de Jillian et une boîte d'allumettes au nom d'un café.

— Le *Wonderbra*? compléta Moss. J'en ai trouvé une moi aussi. On se les essaie, pour comparer la taille des bonnets ?

Liska ironisa avec un petit sourire narquois.

— *Wonderbra* ? Dans les rêves de mon ex-mari. Tu sais ce que j'ai trouvé dans son tiroir à chaussettes, une fois ? lui racontat-elle tandis qu'elles redescendaient dans le salon. Une de ces revues pleines de femmes avec d'énormes, de gigantesques loches gargantuesques. Je te parle de roberts qui te descendraient jusqu'aux genoux. Des pages et des pages, rien que de ça. Des loches, des loches, des loches de la taille du zeppelin *Hindenburg*. Et les hommes qui nous prennent pour des vicieuses parce qu'on veut que dix-huit centimètres fassent vraiment dix-huit centimètres, et pas un de moins.

Moss émit un borborygme à mi-chemin entre le gémissement et le gloussement.

— Nikki, au bout d'une journée avec toi, il va falloir que je me rende à confesse.

— Tiens, pendant que tu y es, demande donc au prêtre ce qu'il en est des jules qui aiment les roberts.

Elles quittèrent l'appartement et le fermèrent à clef derrière elles. Le vent soufflait en direction de la rivière, emportant avec lui des senteurs de boue et de feuilles pourrissantes, ainsi que cette nuance métallique de la ville et des machines qui y avaient élu domicile. Moss s'emmitoufla étroitement dans sa veste. Liska plongea les mains tout au fond de ses poches et rentra les épaules. Elles rejoignirent leur voiture en se plaignant à l'avance du long hiver qui s'annonçait. Dans le Minnesota, l'hiver était toujours trop long.

Lorsqu'elles sortirent du parking en marche arrière, elles virent Gil Vanlees debout devant la porte de cette maison où il n'habitait plus, en train de les regarder avec une expression vide, jusqu'à ce que Liska lève la main pour lui adresser un au revoir.

— Et si on essayait encore, Angie ? proposa gentiment le dessinateur du service d'expertise anthropométrique.

Il s'appelait Oscar et sa voix avait la consistance du caramel chaud. Kate l'avait vu bercer des gens au point de les endormir, rien qu'avec cette voix : Angie Di Marco, elle, n'allait pas se laisser bercer.

Kate était debout, derrière la jeune fille, et à deux bons mètres, près de la porte. Elle n'avait pas envie que sa propre impatience vienne se combiner à la nervosité d'Angie. La jeune fille était assise sur une chaise, gigotant comme un mouflet dans la salle d'attente d'un pédiatre, mécontente, mal à l'aise, peu disposée à coopérer. Apparemment, elle avait mal dormi, même si elle avait profité des installations sanitaires du Phœnix pour prendre une douche. Ses cheveux châtains étaient encore raides et informes, mais elle était propre. Elle portait la même veste en jean, sur un autre sweater, et le même jean sale.

— Je voudrais que tu fermes les yeux, conseilla l'artiste expert. Inspire lentement, profondément et respire...

Un soupir d'impatience souleva la poitrine d'Angie.

— ... leeentement...

Kate devait reconnaître à cet homme le mérite d'une grande tolérance. Pour sa part, elle était pour ainsi dire au bord de gifler la première personne qui lui tomberait sous la main. Mais aussi, Oscar n'avait pas connu le plaisir d'aller chercher Angie au Phœnix House, où Toni Urskine, devant Kate, avait encore une fois laissé libre cours à son exaspération à propos des affaires du Crémateur.

« Deux femmes, assassinées dans les pires brutalités, mais comme ce sont des prostituées, on ne fait rien. Mon Dieu, la police est même allée jusqu'à déclarer que cela ne présentait pas de menace pour le public... comme si ces femmes ne comptaient pas en qualité de citoyennes de cette ville ! C'est indigne ! »

Kate avait réfréné son envie de lui expliquer le concept des groupes de victimes à fort et faible risque. Elle ne savait que trop bien quelle serait sa réaction : émotionnelle, viscérale, dépourvue de toute logique.

« La police ne pourrait pas se désintéresser plus de ces femmes, que le désespoir précipite dans la prostitution et la drogue. Pour eux, une prostituée morte de plus, qu'est-ce que c'est ? Un problème en moins dans la rue. La fille d'un milliardaire se fait assassiner et, tout d'un coup, c'est la crise ! Ah ! oui, mon Dieu, voilà qu'une personne humaine, une vraie, a été prise pour victime ! » avait fulminé Toni Urskine, sarcastique.

En ce moment même, Kate s'efforçait encore de relâcher les muscles contractés de sa mâchoire. Elle n'avait jamais apprécié Toni Urskine. Urskine travaillait vingt-quatre heures sur vingt-quatre à recuire son indignation à petit feu. Si l'offense faite à elle-même, à ses idéaux ou à « ses victimes » — comme elle appelait les femmes hébergées à Phœnix —, n'avait pas été aussi complète, elle aurait de toute façon trouvé le moyen de se sentir insultée, de s'installer une caisse quelque part en guise de tribune, et de grimper dessus pour se défouler de sa voix perçante sur quiconque passerait à portée de voix. Les meurtres du Crémateur lui fourniraient le combustible de son feu intérieur pour un bon bout de temps.

L'indignation de Toni Urskine n'était pas dépourvue de fondement, Kate devait l'admettre. Des pensées cyniques similaires lui avaient traversé l'esprit, à elle aussi. Mais elle savait que les flics avaient travaillé sur ces deux premiers meurtres de leur mieux, au vu des effectifs et du budget limités que les grands patrons leur allouaient pour le traitement des décès par mort violente les plus courants. Le problème ne provenait pas des flics. Le problème provenait des priorités des politiciens et des médias.

Pourtant, la seule chose qu'elle avait eu envie de dire à Toni Urskine ce matin, c'était : « La vie est une garce. Surmonte. » Pour se retenir, elle s'était mordu la langue, et cela lui faisait encore mal. Au lieu de quoi, elle lui avait servi cette autre formule :

« Je ne suis pas flic, je suis avocate. Je suis de votre côté. »

Pour bien des gens, ce genre d'argument n'était guère plus recevable. Elle travaillait avec la police, et cela suffisait pour qu'on la considère comme coupable par association. Et, plus d'une fois, les flics l'avaient vue comme une ennemie parce qu'elle œuvrait avec tout un tas de militants de gauche au grand cœur qui passaient un peu trop de temps à déblatérer sur la police. Coincée entre deux feux.

Encore heureux que j'aime ce boulot, sans quoi ça serait insupportable.

— Tu es dans le parc, mais tu es saine et sauve, poursuivait Oscar avec tact. Le danger est passé, Angie. Maintenant il ne peut plus te faire de mal. Ouvre ton esprit et regarde son visage. Regarde-le bien, et longuement.

144

Kate se dirigea lentement vers une chaise à quelques dizaines de centimètres de son témoin et s'y posa avec précaution. Angie capta le regard ferme de Kate et changea de position pour découvrir qu'Oscar aussi la regardait, ses yeux empreints de bienveillance scintillant comme de l'onyx poli dans un visage noyé par un système pileux très fourni : un collier de barbe, une moustache et une crinière de lion qui lui retombait en broussaille sur des épaules lourdes.

— Tu ne peux pas voir si tu ne veux pas regarder, Angie, raisonna-t-il sagement.

— Peut-être que je ne veux pas voir, lui lança Angie, en guise de défi.

Oscar en eut l'air attristé pour elle.

— Ici, Angie, il ne peut te faire aucun mal. Et tout ce qu'il faut que tu regardes, c'est son visage. Tu n'as pas besoin de regarder l'intérieur de son esprit ou de son cœur. Tout ce que tu dois voir, c'est son visage.

Oscar s'était assis en face de quantité de témoins au cours de son existence, tous terrorisés par les deux mêmes choses : les représailles du criminel, un jour, dans un avenir vague, et la peur plus immédiate d'avoir à revivre le crime, encore et encore. Kate savait qu'un souvenir ou un cauchemar pouvaient causer autant de tension psychologique qu'un événement survenant en temps réel. Si évoluée que fût l'espèce humaine — ainsi que les gens se plaisaient à le croire —, l'esprit humain rencontrait encore quelque difficulté pour différencier la réalité véritable de la réalité perçue.

Le silence se prolongea. Oscar tourna le regard vers Kate.

— Angie, tu m'avais promis que tu accepterais de nous aider, intervint-elle.

La jeune fille se renfrogna encore un peu plus.

— Ouais, bon, peut-être que j'ai changé d'avis. Je veux dire, qu'est-ce que ça va me rapporter, à moi ?

— Te mettre en sécurité et retirer un tueur de la circulation.

— Non, je veux dire, réellement, précisa-t-elle, subitement très femme d'affaires. Qu'est-ce que ça va me rapporter ? J'ai entendu raconter qu'il y avait une récompense. Vous ne m'en avez jamais rien dit, de cette récompense.

— Je n'ai eu le temps d'en parler à personne.

— Ben, tant mieux. Parce que si j'accepte de faire votre truc, là, alors je veux qu'on me donne quelque chose en échange, ça, c'est vachement sûr et certain. Je le mérite.

— Ça reste à prouver, rétorqua Kate. Jusqu'ici, tu ne nous as pas filé grand-chose. Pour cette histoire de récompense, je vais vérifier. En attendant, tu es un témoin. Tu peux nous aider et nous pouvons t'aider. Peut-être que tu ne te sens pas prête. Peut-être que tu ne crois pas que ton souvenir soit assez net. Si c'est vraiment de ça qu'il s'agit, alors parfait. Les flics ont des classeurs entiers de photos de criminels empilés jusqu'au grenier. Peut-être que tu vas tomber pile dessus.

— Et peut-être que je peux tout aussi simplement me casser d'ici, bordel !

Elle poussa sur les accoudoirs de la chaise pour se lever, d'un mouvement si brusque que ses pieds raclèrent le sol.

Kate aurait voulu l'étrangler. C'est pour ça qu'elle ne travaillait pas avec les mineurs : face à la comédie et aux déconnades, elle avait un seuil de tolérance trop bas.

Elle étudia Angie, essayant de mettre au point une tactique. Si cette gamine avait vraiment envie de s'en aller, elle s'en irait. Personne ne lui barrait la porte. Ce qu'Angie voulait, c'était exécuter son petit numéro, que tout le monde soit aux petits soins avec elle et qu'on la supplie de revenir. Pour ce qui concernait Kate, la supplier était hors de question. Elle ne jouerait pas à un jeu qu'elle n'avait aucun espoir de maîtriser.

Si elle cédait au bluff de la jeune fille et si Angie sortait d'ici, Kate ferait aussi bien de la suivre et de prendre la porte aussitôt, dans la foulée. Si elle lui perdait son unique témoin, sa vedette, Sabin passerait sa carrière à la broyeuse. Or elle en était déjà à sa deuxième carrière. Combien en avait-elle de reste ?

Elle se leva lentement et alla s'appuyer contre le chambranle de la porte, bras croisés.

— Tu sais, Angie, je suis bien forcée de me dire qu'au départ tu avais une raison de nous seriner que tu avais vu ce type. Rien ne te forçait à nous le déclarer. Tu n'étais au courant d'aucune rançon. Tu aurais pu mentir et nous raconter que, lorsque tu es tombée sur le corps, le Crémateur était déjà parti. Qu'est-ce qu'on en aurait su ? Pour ce qui est de ce que tu as vu ou pas, il faut bien qu'on te croie sur parole. Alors arrête de faire chier, d'accord ? J'apprécie modérément que tu me fasses tourner en bourrique alors que je suis de ton côté. C'est moi qui me trouve entre toi et le procureur du comté, et c'est lui qui veut te foutre le derrière en taule et te déclarer suspecte.

Angie se cala le maxillaire en position tête de mule.

— Ne me menacez pas.

— Ce n'est pas une menace. Je suis directe avec toi parce que je pense que c'est ça que tu veux. Tu ne veux pas qu'on te mente et qu'on te raconte des salades, pas plus que moi. Ça, je respecte. Bon, d'accord, et le retour d'ascenseur, alors ?

La jeune fille mordilla son ongle de pouce déjà ravagé, sa chevelure vint lui balayer le visage, l'obscurcir, mais Kate se rendait bien compte que ça clignait ferme du côté des paupières, et elle se sentit envahie d'un vif regain de sympathie. Les revirements d'humeur que cette fille lui inspirait allaient conduire Kate tout droit vers l'ordonnance de Prozac.

— Vous devez vraiment me prendre pour une chieuse, lâcha enfin Angie, en tordant un coin de sa bouche pulpeuse, presque dans une expression de dépit.

— Ouais, mais je ne considère pas que ce soit une tare fatale ou irréversible. Et je n'ignore pas que tu as tes raisons. Mais si tu ne nous aides pas à l'identifier, là, tu auras de quoi te faire vraiment peur, ajouta Kate. Désormais, tu es la seule à savoir à quoi il ressemble. Alors il vaudrait mieux que deux cents flics le sachent eux aussi.

— Qu'est-ce qui se passe si je marche pas ?

— Pas de récompense. Pour le reste, je n'en sais rien. Pour l'instant, tu es un témoin en puissance. Si tu décides que tu n'es pas un témoin, alors ça ne dépend plus de moi. Le procureur du comté pourrait la jouer méchant ou juste se contenter de te larguer dans la nature. En tout cas, moi, il me sortira du film.

— Ça vous ferait sûrement plaisir.

— Je n'ai pas accepté ce boulot en croyant que tout serait simple et agréable. Je ne veux pas te voir seule, larguée au beau milieu de tout ça, Angie. Et je ne pense pas que ce soit ce que tu veux, toi non plus.

Seule. La chair de poule parcourut les bras et les jambes d'Angie au grand galop. Ce mot comportait en son noyau un vide permanent. Elle se souvenait de la nuit dernière, de cette impression de vide croissant en elle et refoulant sa conscience dans un coin sans cesse plus infime de son esprit. C'était la chose qu'elle craignait le plus au monde — voire au-delà. Plus que la douleur physique. Plus qu'un tueur.

« On va te laisser seule. Qu'en penses-tu, sale môme ? Tu vas pouvoir rester seule, pour toujours. Tu restes assise là-dedans et tu réfléchis. Peut-être qu'on va jamais revenir. »

Elle tressaillit en se remémorant le bruit de la porte qui se ferme, l'obscurité absolue du placard, le sentiment d'isolement l'avalant tout entière. À présent, elle le sentait monter en elle, ce fantôme noir. Il se referma autour de sa gorge telle une main invisible, et elle eut envie de crier, mais elle savait qu'elle ne pouvait pas. Pas là. Pas maintenant. Son cœur se mit à battre plus fort, plus vite.

— Allons, jeune fille, conclut Kate avec douceur, en adressant un hochement de tête à Oscar. Joue le coup. Ce n'est pas comme si tu avais une meilleure solution. Pour l'argent de la récompense, je vais passer un coup de fil.

L'histoire de ma vie, songea Angie. *Fais ce que je veux ou je te quitte. Fais ce que je veux ou je te fais mal.* Des choix qui n'en étaient pas.

— D'accord, murmura-t-elle, et elle regagna son siège pour guider la main qui allait dresser le portrait du mal.

11.

L'immeuble qui abritait les cabinets du Dr Lucas Brandt, de deux autres psychothérapeutes et deux autres psychiatres était une maison en brique de style géorgien et de proportions élégantes. Les patients qui se rendaient ici en quête d'un traitement devaient certainement avoir l'impression de répondre à une invitation à un thé dans la haute société, plutôt que d'être venus y déverser leurs secrets les plus enfouis et laver leur linge sale psychologique.

Le cabinet de Lucas Brandt était au deuxième étage. Quinn et Kovac durent poireauter dans l'entrée pendant une dizaine de minutes, le temps que ce dernier termine avec un patient. Le *3ᵉ Concerto brandebourgeois* de Bach flottait dans l'air, aussi suave qu'un chuchotis. Quinn regardait fixement par les fenêtres palladiennes qui offraient une vue sur le lac des Îles et sur une partie de l'autre lac, plus vaste, le lac Calhoun, tous deux aussi gris que de vieilles pièces de monnaie, en ce jour sinistre.

Kovac rôdait dans le hall, en passant en revue le mobilier.

— De vraies antiquités. La classe. Comment ça se fait que les givrés friqués aient la classe et que ceux que je dois me traîner en taule n'aient qu'une envie, me pisser sur les pompes ?

— Refoulement.

— Quoi ?

— Les talents sociaux trouvent leur fondement et leur expression dans le refoulement. Les cinglés friqués meurent d'envie de pisser sur vos pompes, eux aussi, lui affirma Quinn avec un sourire, mais leurs bonnes manières les en empêchent.

Kovac gloussa.

— Je vous aime bien, Quinn. Il va falloir que je vous trouve un surnom. (Il étudia Quinn, considérant son costume très classe, médita un moment, avant de hocher la tête.) FQ. Ouais, ça me plaît. F comme FBI. Q comme Quinn. (Kovac avait l'air immensément content de lui.) Ouais, j'aime bien.

Il ne consulta pas l'heureux élu pour savoir si sa trouvaille lui plaisait.

La porte du cabinet de Brandt s'ouvrit, et sa secrétaire, une femme menue aux cheveux roux et sans menton, les invita à entrer, d'une voix semblable à un chuchotement de bibliothécaire.

Le patient, s'il y en avait eu un, devait s'être échappé par la porte de la seconde pièce. À leur entrée dans le cabinet, Lucas Brandt se leva de son bureau et, en un éclair, Kovac eut la désagréable surprise de reconnaître Brandt. *Brandt.* Le nom lui avait dit quelque chose, mais il aurait été incapable d'assimiler le Brandt de son vague souvenir à celui de cet ouvrage intitulé *Les Névroses des gens riches et célèbres.*

On sacrifia aux présentations d'usage, Kovac attendant que ce même éclair de réminiscence se déclenche aussi chez le psychiatre, mais il n'en fut rien — ce qui ne contribua qu'à assombrir un peu plus l'humeur de Sam. Brandt conserva l'expression de circonstance, empreinte de sérieux. Blond, d'une séduction toute germanique, avec son nez droit et ses yeux bleus, il était de constitution moyenne, doté d'une allure et d'une présence qui lui donnaient l'air d'être plus grand qu'il n'était en réalité. *Solide*, voilà le mot qui venait à l'esprit. Il portait une cravate en soie et une chemise de soirée bleue très tendance, apparemment repassée par une main de professionnelle. Un costume gris acier était suspendu dans le coin à un valet en bois vernis, signe de reconnaissance du type chicos.

Très emprunté, Sam lissa sa cravate J.C. Penney.

— Docteur Brandt, je vous ai rencontré au tribunal.

— Oui, c'est probable. Expertise psychologique médico-légale... une spécialité secondaire qui m'a absorbé à mes débuts, expliqua-t-il à l'intention de Quinn. À l'époque, j'avais besoin d'argent, avoua-t-il avec un petit sourire de conspirateur qui leur laissait entendre, par manière de plaisanterie, que tel n'était plus le cas à présent. J'ai découvert que ce travail me plaisait, alors j'ai gardé un pied dedans. Cela me distrait de ce que je vois tous les jours.

Sam haussa les sourcils.

— Se changer des jeunes filles riches anorexiques en allant témoigner pour le bénéfice d'un salopard. Ah ! ouais, ça, c'est un passe-temps !

— Je travaille pour ceux qui ont besoin de moi, inspecteur. Pour la défense comme pour l'accusation.

Tu travailles pour celui qui sort son portefeuille le premier. Ce que Kovac se garda bien de lui dire.

— D'ailleurs, il se trouve que l'on m'attend au tribunal cet après-midi, leur annonça Brandt. Et avant cela j'ai rendez-vous pour un déjeuner. Par conséquent, messieurs, bien que j'aie horreur de me montrer grossier, pourrions-nous aller droit au but ?

— Simplement quelques brèves questions, reprit Kovac, en prenant dans sa main le râteau jouet qui allait de pair avec le jardin japonais sur la crédence à côté de la fenêtre.

Son regard passa du râteau à la caisse, comme s'il s'imaginait que l'instrument servait à récupérer les crottes de chat.

— Vous savez que je ne puis vous être d'un grand secours dans votre enquête. Jillian était ma patiente. J'ai les mains liées par le secret médical.

— Votre patiente est morte, répliqua Sam sans détour. (Il ramassa un caillou noir et lisse dans le sable et se retourna pour s'appuyer contre la crédence, en faisant rouler le caillou entre ses doigts. L'image même de l'homme qui s'installe, qui prend ses aises.) Je ne pense pas que les aspirations de Jillian à protéger sa vie privée soient tout à fait aussi vives que ce qu'elles ont pu être.

Brandt en eut presque l'air amusé.

— Vous ne semblez pas sûr de votre fait, inspecteur. Jillian est-elle morte ou non ? Vous avez laissé entendre à Peter qu'elle

150

pourrait être encore en vie. Si Jillian est en vie, alors elle aspire encore à protéger sa vie privée.

— Il existe une forte probabilité pour que le corps que nous avons découvert soit celui de Jillian Bondurant, mais ce n'est pas une certitude, intervint Quinn, revenant à la conversation, reprenant les rênes à Kovac avec diplomatie. Quoi qu'il en soit, nous travaillons contre la montre, docteur Brandt. Ce tueur tuera encore. C'est indiscutable. Et, à mon avis, il ne tardera pas. Plus nous en saurons sur ses victimes, plus nous serons près de l'arrêter.

— Je connais bien vos théories, agent Quinn. J'ai lu certains de vos articles. En fait, je crois avoir quelque part sur ces rayonnages le manuel que vous avez cosigné. Très pénétrant. Apprenez à connaître les victimes, apprenez à connaître leur tueur.

— C'est un aspect, en effet. Les deux premières victimes de ce tueur faisaient partie d'un groupe à haut risque. Jillian ne semble pas coïncider avec ce modèle.

Brandt se redressa contre le rebord de son bureau, tapota de l'index sur ses lèvres, et hocha lentement la tête.

— Une déviation par rapport au modèle. Je vois. Ce qui logiquement fait d'elle la pièce centrale du puzzle. Selon vous, il en révèle plus sur lui-même en tuant Jillian qu'avec les deux autres. Et si elle s'était simplement trouvée au mauvais moment au mauvais endroit ? Et s'il n'avait pas choisi les deux premières parce qu'elles étaient des prostituées ? Peut-être toutes les victimes étaient-elles simplement en situation.

— Non, objecta Quinn, en étudiant cette curieuse étincelle de défi, à peine perceptible, dans les yeux de Brandt. Notre lascar a plus d'un tour dans son sac, et il ne laisse rien au hasard. Il a levé chacune de ces femmes pour une raison bien précise. Chez Jillian, cette raison devait être plus apparente. Depuis combien de temps vous voyait-elle ?

— Deux ans.

— Comment était-elle arrivée chez vous ? Sur recommandation ?

— Par le golf. Peter et moi sommes membres du club Minikahda. Un endroit excellent pour se faire des relations, avoua-t-il dans un sourire, visiblement enchanté de ses propres talents d'habile homme d'affaires.

— Vous gagneriez plus d'argent si vous viviez en Floride, plaisanta Quinn. *Nous sommes entre camarades, n'est-ce pas... si malins, si pleins de ressources.* Ici, la saison de golf dure, quoi, deux mois en tout et pour tout ?

— Trois si nous avons un printemps, répliqua Brandt du tac au tac, se prenant au jeu des reparties. Ça fait beaucoup de temps passé au club-house. La salle à manger est fort belle. Vous jouez ?

— À l'occasion.

Jamais pour son plaisir. Toujours comme une opportunité de contact, une chance de confronter ses idées avec celles de l'agent spécial en poste dans la région, avec son chef d'unité, ou encore avec les fonctionnaires de police ou de justice, quand ses déplacements à travers le pays étaient censés lui octroyer quelques heures à tuer. Pas si différent que ça de Lucas Brandt, après tout.

— Dommage que la saison soit terminée, déplora Brandt.

— Ouais, renchérit Kovac d'une voix traînante et, si on raisonne en ce sens, quel manque d'éducation, de la part de ce tueur, de continuer à bosser en plein novembre.

Brandt lui adressa un bref coup d'œil.

— Là n'était pas mon propos, inspecteur. Cela étant, puisque vous évoquez le sujet, quel dommage que vous ne l'ayez pas attrapé dès cet été. Cette conversation serait sans objet. Quoi qu'il en soit, précisa-t-il, en se tournant vers Quinn, je connais Peter depuis des années.

— Il ne me fait pas l'effet d'être un homme très sociable.

— Non. Chez Peter, le golf est une affaire sérieuse. Peter prend tout au sérieux. Il est très volontaire.

— Quelle influence ce trait de caractère exerçait-il sur sa relation avec Jillian ?

— Ah ! (Il leva le doigt en signe d'avertissement et secoua la tête, sans cesser de sourire.) Vous passez les bornes, agent Quinn.

Quinn admit cette remarque en inclinant brièvement la tête.

— Quand vous êtes-vous entretenu avec Jillian pour la dernière fois ? demanda Kovac.

— Nous avions eu une séance vendredi. Tous les vendredis, à seize heures.

— Et ensuite elle se rendait chez son père pour le dîner ?

— Oui. Peter et Jillian travaillaient très dur sur leur relation. Ils étaient restés longtemps séparés. Un paquet de vieux affects à traiter.

— Comme ?

Brandt accueillit la question d'un clignement d'yeux à son adresse.

— D'accord, d'accord. Et si vous nous faisiez, disons, un exposé d'ordre général sur la source des problèmes de Jillian ? Donnez-nous un aperçu.

— Désolé. C'est non.

Kovac lâcha un petit soupir.

— Écoutez, vous pourriez répondre à quelques questions simples sans trahir la confiance de personne. Par exemple, si elle prenait ou non un médicament. Nous avons besoin de le savoir pour le dépistage toxicologique.

— Prozac. Pour tâcher de lisser ses sautes d'humeur.

— Maniaco-dépressive ? demanda Quinn.

Le docteur lui lâcha un regard.

— À votre connaissance, souffrait-elle d'un quelconque problème de drogue ? tenta Kovac.

— Sans commentaire.

— Des ennuis avec un petit ami ?

Rien.

— Vous a-t-elle jamais parlé de quelqu'un qui l'aurait maltraitée ?

Silence.

Sam se passa la main sur la bouche, se titilla la moustache. Il sentait son moral s'effriter comme un vieux bouchon.

— Vous avez connu cette fille pendant deux ans. Vous connaissez son père. Il vous considère comme un ami. Pour ce qui est du meurtre de cette fille, vous pourriez peut-être nous fournir une indication. Et à jouer à ce jeu à la con, vous nous faites perdre notre temps : on fait le difficile, on prend son temps, vous brûlez, vous refroidissez.

Quinn s'éclaircit discrètement la gorge.

— Vous connaissez les lois, Sam.

— Ouais, eh ben, merde avec les lois ! aboya Kovac, en faisant tomber un livre de photographies de Robert Mapplethorpe de la table basse. Si j'étais un avocat de la défense, en train d'agiter une liasse de biftons, vous pouvez parier qu'il trouverait une échappatoire par où se faufiler.

— Je proteste, inspecteur.

— Oh ! bon, ouais, je suis désolé de vous avoir froissé ! Docteur, cette fille, quelqu'un l'a torturée. (Dans un sursaut, il s'écarta de la crédence, le visage aussi dur que le caillou qu'il venait de décocher dans la corbeille, et qui heurta le fond avec un bruit semblable à la détonation d'un 22.) Quelqu'un lui a coupé la tête et l'a gardée en souvenir. Si j'avais connu cette fille, je pense que je me préoccuperais de savoir qui lui a fait ça. Et si je pouvais aider à ce qu'on attrape ce malade, ce salopard, je ne m'en priverais pas. Mais vous, ce qui vous préoccupe, c'est plus votre position sociale que Jillian Bondurant. Je me demande si son père s'en rend compte.

Il lâcha un rire âpre, tandis que son Alphapage se déclenchait.

— Mais qu'est-ce que je raconte, bon sang ? Que sa fille puisse être en vie, Peter Bondurant n'a même pas envie d'y croire. Vous faites probablement assez bien la paire, vous deux.

L'Alphapage trilla de nouveau. Il vérifia l'écran, étouffa un juron et sortit du bureau. Pour les séquelles de cette séance, il laissait à Quinn le soin de s'en charger.

Brandt parvint à trouver de quoi s'amuser dans l'éclat de Kovac.

— Bien. Ce fut bref. En général, avec moi, le flic moyen met un peu plus longtemps à perdre son calme.

— Du fait de ces meurtres, le sergent Kovac est soumis à une très forte tension, plaida Quinn, en s'approchant de la crédence et du jardin japonais. Je vous prie de l'excuser.

Les cailloux dans la caisse avaient été disposés de manière à former un X, le sable ratissé tout autour décrivant un motif tout en tracés sinueux. Dans sa tête, en un éclair, s'inscrivirent les lacérations sur les pieds de la victime — un motif en double X —, ainsi que les coups de couteau à la poitrine — deux X entrecroisés.

— Ce motif a-t-il une signification ?

— Pas pour moi, fit Brandt. Mes patients jouent avec ça plus souvent que moi. J'ai découvert que cela calme certaines personnes, que cela encourage le flux de la pensée et de la communication.

Quinn connaissait plusieurs agents au Centre national d'analyse des crimes violents qui entretenaient des jardins japonais. Leur bureau se trouvait à vingt mètres sous terre — dix fois plus profond que les morts, plaisantaient-ils. Pas de fenêtres, pas d'air frais, et la conscience que le poids de la terre qui s'exerçait sur les murs autour d'eux était suffisamment symbolique pour provoquer une érection chez Freud soi-même. Chacun a besoin de quelque chose pour relâcher sa tension. À titre personnel, il préférait frapper des objets — fort. Il passait des heures au gymnase à punir un sac de frappe de tous les péchés du monde.

— Inutile de vous excuser au nom de Kovac. (Brandt se courba pour ramasser le livre de Mapplethorpe.) Dans mes relations avec la police, je suis un vieux routier. Pour eux, tout est simple. Soit vous êtes un bon type, soit vous êtes un sale type. Ils n'ont pas l'air de comprendre qu'il m'arrive, à moi aussi, de trouver frustrantes les limites que m'impose mon éthique professionnelle, mais elles sont ce qu'elles sont. Vous comprenez.

Il mit le livre de côté et se rassit contre son bureau, repoussant juste un peu de la hanche une petite pile de dossiers. Sur l'étiquette, il était écrit BONDURANT, JILLIAN. Un microcassette était posé sur le dossier, comme s'il venait d'y travailler, ou comme s'il allait une fois encore se pencher sur les notes de sa dernière séance avec elle.

— Je comprends votre position. J'espère que vous comprenez la mienne, souligna Quinn avec prudence. En l'occurrence, je ne suis pas un flic. Même si notre but ultime est identique, le sergent Kovac et moi, nous respectons des impératifs différents. Le profil que je me construis de ce criminel ne requiert pas le type de preuves qui sont recevables devant un tribunal. Je suis à la recherche d'impressions, de sensations, de perceptions instinctives, viscérales, de détails que certains jugeraient insignifiants. Sam, lui, ce qu'il cherche, c'est un couteau ensanglanté avec des empreintes. Vous comprenez ce que je veux dire ?

Brandt hocha lentement la tête, sans quitter une seconde Quinn du regard.

— Oui, je crois. Il faudra que j'y réfléchisse. Mais, en même temps, vous devriez songer que les problèmes que Jillian me soumettait pouvaient être sans rapport aucun avec sa mort. Il se peut fort bien que son tueur n'ait rien su d'elle.

— Et là encore, il se peut qu'il ait justement su la seule et unique chose qui, chez lui, a tout déclenché, objecta Quinn. (Il sortit une carte de visite d'un mince étui glissé dans sa poche poitrine et la tendit à Brandt.) Ceci est ma ligne directe au bureau du FBI, en centre-ville. J'espère recevoir de vos nouvelles.

Brandt posa la carte et secoua la tête.

— Vu les circonstances, c'était un plaisir de vous rencontrer. Je dois l'avouer, c'est moi qui ai suggéré votre nom à Peter quand il m'a dit qu'il voulait appeler votre directeur.

La bouche de Quinn se contracta, tandis qu'il se dirigeait vers la porte.

— Je ne suis pas si sûr de devoir vous remercier de cette initiative, docteur Brandt.

Il quitta le cabinet en passant par l'accueil, jeta un coup d'œil à une femme qui attendait, assise sur une méridienne (une antiquité véritable), les pieds parfaitement joints, son sac Coach rouge posé en équilibre sur les genoux, un écran soigneusement inexpressif posé sur le visage, masquant sa contrariété et sa gêne. Elle n'avait pas envie d'être vue ici.

Il se demanda ce qu'avait éprouvé Jillian en venant se confier à l'un des courtisans de son père. Cela avait-il été un choix ou une condition du soutien financier de Peter ? Pendant deux ans, elle s'était présentée ici toutes les semaines, et seuls Dieu et Lucas Brandt savaient pourquoi. Ainsi que Bondurant, très certainement. Brandt pouvait toujours parader devant eux et mettre en avant son éthique, tel un paon qui fait la roue, mais Quinn soupçonnait que Kovac avait vu juste : en fait d'obligations, Brandt se sentait surtout l'obligé de lui-même. Et veiller à satisfaire Peter Bondurant n'était pour Lucas Brandt qu'une façon détournée de veiller à sa propre satisfaction.

Kovac attendait dans le vestibule du premier étage, fixant d'un regard interdit la peinture abstraite d'une femme avec trois yeux et trois seins qui lui poussaient de part et d'autre de la tête.

— Doux Jésus, c'est encore plus monstrueux que la mère de ma première épouse... et elle a déjà de quoi faire voler en éclats un miroir à quinze mètres. Vous pensez qu'on a accroché ce machin à cet emplacement exprès pour filer aux cinglés une petite pichenette supplémentaire, à l'aller et au retour ?

— C'est un test de Rorschach, affirma Quinn. Leur but, c'est d'éliminer les types qui s'imaginent voir là une femme avec trois yeux et trois seins de part et d'autre de la tête.

Kovac fronça les sourcils et, avant qu'ils ne sortent, lança un dernier regard à la dérobée vers l'objet en question.

— Un coup de fil de Brandt et je me retrouve le derrière en capilotade et proprement emmailloté, rouspéta-t-il en descendant l'escalier. J'entends d'ici mon lieutenant : « Kovac, nom de

Dieu, qu'est-ce qui vous a pris ? » Doux Jésus, Brandt va sûrement rencarder le chef à mon sujet. Ils doivent être inscrits au même championnat de backgammon. Ils se croisent probablement chez la même manucure. Greer va grimper sur une échelle, m'arracher la tête et, après décapitation, me crier par le trou béant : « Kovac, nom de Dieu, qu'est-ce qui vous a pris ? Trente jours de suspension de salaire ! » (Sam secoua la tête.) Qu'est-ce qui m'a pris, bon Dieu ?

— Je ne sais pas. Qu'est-ce qui vous a pris, bon Dieu ?

— Je le hais, ce type, voilà, c'est tout.

— Vraiment ? Je croyais qu'on jouait le coup du tandem, le bon flic et le mauvais.

Kovac le regarda par-dessus le toit de la Caprice.

— Je ne suis pas si bon acteur. Je ressemble à Harrison Ford ?

Quinn le regarda de travers.

— Peut-être, si vous perdiez cette moustache...

Ils se glissèrent à l'intérieur de la voiture, chacun de son côté, Kovac finissant de rire en secouant la tête.

— Je ne sais pas pourquoi je rigole. Normalement, je me garde bien de me mettre en pétard comme ça. Brandt m'a cherché des poux dans la tête, c'est tout. Si rétrospectivement je me flanque des coups de pied au derrière, c'est parce que je ne l'avais pas resitué avant de le voir. Tout simplement je ne m'attendais pas...

Il n'avait aucune bonne excuse. Il souffla, regarda fixement par le pare-brise, et son regard transperça les branches dénudées, comme des arêtes de friture, d'un buisson dormant là-bas au bord du lac.

— Vous avez eu l'occasion de le rencontrer dans le cadre d'une affaire ? lui demanda Quinn.

— Ouais. Il y a de ça huit ou neuf ans, il a témoigné pour la défense dans une histoire de meurtre sur laquelle je travaillais. Carl Borchard, dix-neuf ans, avait tué sa petite amie parce qu'elle avait essayé de rompre. L'avait étouffée. Brandt débarque avec une histoire mélodramatique : et que la mère de Borchard l'avait abandonné, et que cette tension avec sa petite amie l'avait poussé à dépasser les bornes. Et que je te raconte au jury qu'il faut avoir pitié de Carl, et qu'il ne l'a pas fait exprès, et qu'il avait tellement de remords. Et qu'il n'était pas vraiment un tueur. Et que c'était un crime passionnel. Et qu'il n'était pas un danger pour la société. Et bla-bla-bla. Et snif-snif-et-re-snif.

— Et vous étiez d'un avis différent ?

— Carl Borchard était une petite merde, un pleurnichard, un inadapté social, avec un casier judiciaire depuis sa minorité, plein de trucs que l'accusation n'a pas réussi à faire prendre en considération. Il avait tout un passé d'agressions sexuelles contre des femmes. Brandt le savait tout autant que nous, mais voilà, c'était pas chez nous que Brandt émargeait.

— Borchard s'en est tiré.

— Homicide involontaire. Premier délit commis après sa majorité, sentence allégée, période de détention provisoire décomptée, etc., etc. Ce petit salopard a eu à peine le temps de couler un bronze en taule. Là-dessus, ils l'ont envoyé dans un centre de réinsertion. Pendant la période où il habite dans ce centre, il viole une femme du voisinage et lui défonce la tête à coups de marteau de charpentier. Merci, Dr Brandt. Et vous savez ce que notre docteur a trouvé le moyen de soutenir ? poursuivit Kovac, sidéré. Il est intervenu dans le *Star Tribune*, a expliqué qu'il avait cru que Carl avait « épuisé son quota de victimes » avec le premier meurtre, mais, hein, parfois il y a une couille. Il a continué en déclarant qu'il ne pouvait pas vraiment être tenu pour responsable de ce petit impair, parce que en fait il n'avait pas eu la possibilité de passer plus de temps que ça avec Borchard. Putain, je rêve.

Quinn absorba l'information en silence. L'impression de trop s'approcher de cette affaire l'assaillit de nouveau. Il sentait les protagonistes se masser tout autour de lui, le serrer de trop près pour qu'il puisse réellement les voir. Il aurait voulu les faire reculer, les éloigner. Il aurait préféré ne rien savoir de Lucas Brandt, il n'avait aucune envie de se forger une impression personnelle de cet homme. Ce que Brandt pouvait lui donner, il voulait l'obtenir en prenant ses distances. Il avait envie d'aller s'enfermer à clef dans le bureau bien net, lambrissé, que l'agent en charge du bureau régional du FBI lui avait affecté en centre-ville, dans cet immeuble sur Washington Avenue. Mais ici, les choses n'allaient pas se dérouler ainsi.

— Il y a une chose que je sais sur votre Dr Brandt, lâcha-t-il tandis que Kovac démarrait la voiture et se mettait en prise.

— Comment ça ?

— Il était debout dans le fond, hier, à la conférence de presse.

— Le voilà.

Kovac appuya sur la touche « pause » de la télécommande. Le magnétoscope immobilisa la bande, l'image sautait, bougeait par saccades. Sur le côté de la foule des journalistes, debout avec un groupe de types en costume, il y avait Brandt. Un muscle à la base du diaphragme de Kovac se serra comme un poing. Il tapa sur la touche « play » et regarda le psychothérapeute incliner la tête et chuchoter quelque chose à l'homme à côté de lui. Il remit sur « pause ».

— À qui est-ce qu'il parle ?

— Euh... (Yurek pencha la tête pour voir sous un meilleur angle.) C'est Kellerman, l'avocat commis d'office.

— Oh ! ouais ! Le ver de terre. Appelle-le. Vois si Brandt et lui sont arrivés là-bas ensemble, ordonna Sam. Trouve si Brandt avait une raison légitime d'assister à cette conférence.

Adler haussa les sourcils.

— Vous le considérez comme suspect ?

— Je pense que c'est un enfoiré.

— Si c'était contraire à la loi, les prisons seraient remplies d'avocats.

— Il m'a envoyé péter ce matin, se plaignit Sam. Bondurant et lui sont un peu trop cul et chemise, et Bondurant nous envoie péter lui aussi.

— C'est le père de la victime, fit observer Adler.

— C'est le père de la victime, et il est riche, ajouta Tippen.

— C'est le père de la victime, et il est riche et puissant, leur rappela Yurek, M. Relations publiques, en s'adressant à tous.

Sam lui lança un regard.

— Il est partie prenante d'une enquête pour meurtre. J'ai à mener cette enquête d'aussi près que n'importe quelle autre enquête. Cela signifie que nous prenons tout le monde en compte. Dans ce genre de cas, on passe toujours la famille au microscope. J'ai envie de m'essuyer un peu les pieds sur Brandt, de l'amener à comprendre que nous ne sommes pas qu'une meute de chiens bien dressés auxquels Peter Bondurant a toute latitude de distribuer ses ordres. S'il peut nous livrer quelque chose au sujet de Jillian Bondurant, je veux ce quelque chose. Et je veux aussi m'essuyer les pieds sur lui parce que c'est un enfoiré et un casse-pieds.

— Ça sent les emmerdes, Kojak, fredonna Yurek.

— C'est une enquête pour meurtre, monsieur Séduction. Tu veux consulter Emily Post, l'arbitre suprême de l'Amérique bien-pensante en matière de bienséance ?

— Je veux sortir de là avec ma carrière intacte.

— Ta carrière, c'est d'enquêter, lui répliqua Sam. Brandt avait un lien avec Jillian Bondurant.

— À part que tu ne l'aimes pas, tu as une raison quelconque de penser que ce couillon de psy aurait dessoudé deux putes et décapité l'une de ses patientes ? le questionna Tippen.

— Je ne suis pas en train de prétendre qu'il est suspect, rétorqua Kovac, cassant. Il a reçu Jillian Bondurant vendredi. Il la recevait tous les vendredis. Il sait quelque chose sur cette victime, quelque chose que nous avons besoin de savoir. S'il fait de la rétention d'information, nous avons le droit de le mettre un peu sous pression.

— Et lui de brailler qu'il y a secret professionnel.

— Cette chanson, il nous l'a déjà chantée. Contourne-le, Yurek. Reste sur les marges. Si nous arrivons ne serait-ce qu'à obtenir qu'il mentionne le nom du petit ami de Jillian, ce serait toujours ça qu'on ne possédait pas auparavant. Aussitôt que nous aurons confirmation que ce corps est bien celui de Jillian, alors il n'y aura plus d'histoire de vie privée à préserver et nous pourrons nous pencher sur Brandt pour obtenir des précisions. Et puis il y a autre chose que je n'aime pas chez ce connard, ajouta Sam, en faisant les cent pas le long de la table, tous les rouages de son cerveau en action. Je n'apprécie pas qu'il ait eu à faire avec je ne sais combien de criminels. Je veux une liste de tous les délinquants violents pour lesquels il a fait une déposition, à charge ou à décharge.

— Je m'en occupe, proposa Tippen. Mon ex travaille au service des rapports pour les juridictions criminelles. Elle ne peut pas me blairer, mais elle pourra encore moins blairer ce tueur. Par comparaison, ça me donnera l'air d'un bon garçon.

— Mec, ça, c'est triste, Tip. (Adler secoua la tête.) Alors comme ça, tu te situes à peine au-dessus des voyous.

— Hé ! c'est au moins une marche plus haut qu'à l'époque où ma chère épouse a monté le dossier de divorce.

— Et une marche plus haut que Bondurant, renchérit Sam, en soulevant à nouveau un chœur de grognements désapprobateurs. Bondurant refuse de nous parler, et je n'apprécie guère. Il a déclaré à Quinn qu'il se souciait de protéger sa vie privée.

160

J'arrive pas à m'imaginer pourquoi, ajouta-t-il avec un grand sourire narquois, tout en tirant le minicassette de la poche de son manteau.

Les cinq membres présents de la force d'intervention fermèrent le cercle pour écouter la bande. Liska et Moss étaient encore à l'extérieur, en train de reconstituer tout l'environnement de la victime. Les fédéraux avaient regagné leur bureau au FBI. Walsh travaillait sur la liste fournie par le fichier central répertoriant tous les cadavres non identifiés, tous les crimes non résolus commis dans d'autres régions des États-Unis. Il allait joindre des agents dans d'autres bureaux locaux du FBI, et il pourrait également appeler les contacts dont il disposait dans diverses administrations judiciaires ou para-judiciaires, grâce à son affiliation au programme de l'Académie nationale du FBI, qui offrait des sessions de formation, en dehors du cadre du Bureau, aux fonctionnaires de justice et de police. Pour ce qui était de Quinn, il s'était isolé pour travailler sur le profil de Joe l'Enfumeur.

La bande de la conversation de Bondurant avec Quinn défilait. Les inspecteurs écoutaient, retenant leur souffle. Sam essayait de se représenter Bondurant : il avait besoin de voir le visage de cet homme, il avait besoin des expressions qui accompagnaient cette voix presque inexpressive. Il s'était déjà repassé la conversation avec Quinn, dont il avait recueilli les propres impressions. Mais interroger un individu de la sorte, à travers une tierce personne, cela revenait à peu près à coucher avec quelqu'un qui se trouverait dans une autre chambre — beaucoup de frustration et fort peu de satisfaction.

La bande arriva en bout de course. La machine s'arrêta d'elle-même avec un claquement sec. Le regard de Sam passa d'un membre de l'équipe à l'autre. Des visages de flics : sévères, d'un scepticisme aussi têtu que circonspect.

— Ce petit Blanc maigrichon cache quelque chose, trancha finalement Adler, en se redressant sur son siège.

— Je ne sais pas si ce qu'il cache a le moindre rapport avec le meurtre, reconnut Sam. Mais je dirais qu'il nous dissimule quelque chose sur cette soirée de vendredi, ça, c'est clair et net. Je veux encore une fois sonder les voisins et parler à l'employée de maison.

— Elle était partie ce soir-là, rappela Elwood.

— Ça m'est égal. Elle connaissait la fille. Elle connaît son patron.

Yurek poussa un geignement et se prit la tête à deux mains.

— C'est quoi ton problème, monsieur Séduction ? l'interrogea Tippen. Tout ce dont tu dois te préoccuper, c'est de raconter aux journaleux que nous n'avons aucun commentaire à faire pour le moment.

— Ah ! ouais, sur les chaînes nationales, ça, c'est commode ! se plaignit Yurek. Les grosses pointures ont reniflé ce merdier et rappliqué ventre à terre. Les gens des chaînes d'information n'arrêtent pas de me sonner. Bondurant, c'est de l'info à lui tout seul. Bondurant plus un cadavre décapité, et brûlé, qui pourrait être ou ne pas être sa fille, c'est le genre de truc qui met notre immense présentateur Tom Brokaw en transe, qui fait les gros titres de *Dateline*, et qui permet de vendre du tabloïd par camions entiers. Allez renifler un peu trop fort en direction de Peter Bondurant, poussez la presse à se pencher de ce côté-là et, moi je vous le dis, il démarre au quart de tour. On se retrouve jusqu'à la ceinture dans les poursuites judiciaires et les mises à pied.

— Je vais travailler sur Bondurant et Brandt, insista Sam, sachant qu'il avait intérêt à s'y prendre infiniment mieux que ce matin. C'est moi qui prendrai les retours de flamme, mais j'ai besoin de gens qui les travaillent en périphérie, qui bavardent avec les amis, les connaissances et ainsi de suite. Gros Lard, toi et Hamill vous vérifiez du côté de Paragon ? Vous travaillez l'angle de l'employé rancunier ?

— J'ai un rendez-vous là-bas dans une demi-heure.

— Peut-être qu'on pourra papoter avec quelqu'un qui connaissait cette fille en France, espéra Tippen. Peut-être que les fédés peuvent dégotter quelqu'un là-bas. Qu'on se concocte un aperçu de leur histoire passée. La gamine était bien paumée pour une raison. Peut-être qu'un ami là-bas, en France, sait si cette raison porte un nom.

— Appelez Walsh et voyez ce qu'il est en mesure d'organiser. Demandez-lui si on a déjà reçu un retour sur ses dossiers médicaux. Elwood, tu as reçu une réponse du Wisconsin concernant le permis de conduire avec lequel notre témoin se balade ?

— Pas de réclamations, pas de mandat d'arrêt. J'ai appelé les renseignements pour obtenir un numéro de téléphone à son nom... elle n'en a pas. J'ai contacté la poste... ils m'ont répondu qu'elle a déménagé sans faire suivre son courrier. Rideau.

— Elle nous a fourni un portrait-robot ? demanda Yurek.

— Kate Conlan l'a emmenée ce matin travailler avec Oscar, les informa Sam, en se levant. Je vais tout de suite vérifier où ils en sont. On aurait intérêt à prier le Seigneur que cette fille ait une mémoire façon Polaroid. Un pas en avant dans cette histoire, là tout de suite, ça pourrait nous sauver les fesses à tous.

— Je vais avoir besoin de copies du portrait dès que possible, pour la presse, souligna Yurek.

— Je t'en obtiendrai. À quelle heure dois-tu intervenir à l'antenne dans *Les Délinquants les plus recherchés d'Amérique* ?

— À cinq heures.

Kovac consulta sa montre. La journée filait deux fois plus vite que d'habitude et, à l'heure qu'il était, dans cette émission, ils n'avaient pas grand-chose à montrer. Faire décoller une enquête de cette dimension, c'était l'enfer. Le temps, c'était la denrée vitale. N'importe quel flic savait fort bien que, passé les premières quarante-huit heures d'enquête, les chances de pouvoir résoudre un meurtre chutaient sec. Mais, au point de départ d'une enquête sur trois meurtres, la somme d'informations qu'il fallait réunir, collationner, interpréter et à partir desquelles il fallait agir était proprement hallucinante. Et le moindre élément laissé de côté pouvait être justement le détail qui aurait renversé le cours des choses.

Son Alphapage sonna. L'écran affichait le numéro de son lieutenant.

— Tous ceux qui le peuvent se retrouvent ici à quatre heures, lança-t-il, en empoignant son manteau sur le dossier de sa chaise. Si vous êtes à l'extérieur, vous venez au rapport sur mon portable. Je me barre.

— Elle n'avait pas l'air très sûre d'elle, Sam, annonça Oscar, en le conduisant à une table à dessin à plateau inclinable dans un bureau déjà petit, encore rapetissé par un fouillis démentiel. (Articles, livres, revues remplissaient tout l'espace disponible, formant des tours et des piles en équilibre instable.) Je l'ai soumise à cette épreuve aussi gentiment que possible, mais au fond d'elle-même elle n'a pas cessé de résister.

— De résister comme quand on ment ou de résister comme quand on est terrorisée ?

— La peur. Et, comme tu le sais, la peur peut précipiter dans les faux-fuyants.

— Tu t'es encore plongé dans ton thesaurus encyclopédique, hein, Oscar ?

Un sourire béat pointa au milieu du système pileux facial abondant de son interlocuteur.

— L'éducation est la source même de l'esprit.

— Ouais, bon, mais toi, Oscar, tu vas finir par t'y noyer, l'avertit Kovac avec impatience, en fouillant dans la poche de son pantalon pour en sortir un comprimé de Mylanta tout recouvert de peluches. Alors, voyons voir ce chef-d'œuvre.

— Je considère ça comme un travail en cours.

Il releva la feuille protectrice opaque, révélant le croquis au crayon que leurs principaux élus et leurs fonctionnaires stipendiés avaient promis aux habitants des cités jumelles. Le suspect portait un blouson de couleur sombre, bouffant — qui dissimulait sa carrure — par-dessus un sweat-shirt à capuche rabattue, dissimulant ainsi la couleur de ses cheveux. Des lunettes type Ray Ban masquaient la forme des yeux. Le nez était indéfinissable, le visage d'une largeur moyenne. La bouche était partiellement occultée par une moustache.

L'estomac de Kovac lâcha un lent gargouillis.

— Putain, c'est Unabomber ! explosa-t-il brusquement, en pivotant d'un coup vers Oscar. Qu'est-ce que je suis censé faire de ça, nom de Dieu ?

— Allons, Sam, je t'ai dit que c'était un travail en cours, lui rappela son interlocuteur d'une voix lente et feutrée.

— Mais enfin, il porte des lunettes de soleil ! Il était minuit, bordel, et elle lui colle des lunettes de soleil ! tempêta Sam. Putain de Judas ! Ça pourrait être n'importe qui. Ça pourrait être personne. Ça pourrait être moi, nom de Dieu !

— J'espère retravailler encore un peu avec Angie, plaida l'artiste, sans se laisser démonter par la colère de Sam. Elle ne pense pas avoir d'autres détails en mémoire, mais moi je crois que si. Il faut simplement qu'elle se libère de sa peur et la clarté viendra. Plus tard.

— Pour moi, il n'y a pas de plus tard qui tienne, Oscar ! J'ai une bon Dieu de conférence de presse à cinq heures !

Il lâcha un soupir et exécuta un tour de piste dans le petit espace de travail de l'artiste, au milieu de ce désordre impraticable, en regardant autour de lui comme s'il n'avait qu'une envie : trouver quelque chose à fiche en l'air. Doux Jésus, songea-t-il, voilà qu'il se mettait à parler comme Sabin, à vouloir des preuves sur commande. Toute la journée, il s'était rabâché qu'il ne fallait pas compter sur cette menteuse, cette voleuse, cette minette qu'il était obligé d'appeler son témoin, mais par-delà le cynisme, il avait prié pour avoir un portrait-robot qui mette dans le mille, dans le genre maintenant-salopard-je-te-tiens-par-les-couilles. Dix-huit années de métier, et l'optimiste en lui était toujours bien vivace. Incroyable.

— Je suis en train de travailler sur une version sans moustache, l'informa Oscar. Parce que, pour la moustache, elle n'avait pas l'air trop sûre.

— Comment peut-elle ne pas être trop sûre d'une moustache ! Soit il en a une, soit il n'en a pas ! Merde ! Merde, merde et merde ! Je ne vais pas diffuser ça aujourd'hui, c'est tout, poursuivit-il, surtout pour lui-même. On va garder ce machin sous le coude, faire revenir la fille ici demain, et tâcher d'obtenir des renseignements un peu meilleurs.

Du coin de l'œil, il vit Oscar laisser un peu retomber la tête. Il lui donna l'impression de se retirer dans sa barbe. Sam cessa de faire les cent pas et le regarda droit dans les yeux.

— C'est possible de procéder comme ça, non, Oscar ?

— Je serais ravi de retravailler avec Angie demain. Rien ne me ferait plus plaisir que de l'aider à débloquer le flux de ses souvenirs. Se confronter à ses souvenirs, c'est le premier pas vers la neutralisation de leurs pouvoirs négatifs. Pour ce qui est du premier portrait, il faudra que tu en parles avec le chef Greer. Il était ici il y a une heure pour en emporter une copie.

— Elle a vu son visage deux minutes à la lumière d'un corps en flammes, Sam, lui rappela Kate, en le conduisant à son bureau, sans être certaine que ce petit espace suffirait à le contenir.

Quand il était remonté, Kovac était une colonne d'énergie à peine contenue qui éprouvait le besoin d'être perpétuellement en mouvement.

— Elle a regardé un meurtrier en face en pleine lumière. Allons, Red. Tu ne crois pas qu'elle conserve les détails en mémoire, marqués au fer rouge, si j'ose dire ?

Kate s'assit contre son bureau, chevilles croisées, veillant à garer ses orteils du chemin de Kovac.

— Ce que je crois, c'est que sa mémoire peut radicalement s'améliorer moyennant un peu de liquide, l'informa-t-elle sèchement.

— Quoi !

— Elle a eu vent de la récompense de Bondurant et elle en veut un bout. Tu peux lui en vouloir, Sam ? Cette gamine n'a rien à elle. Elle n'a personne. Elle a vécu dans la rue, à faire Dieu sait quoi pour survivre.

— Tu lui as expliqué que la récompense fonctionne avec une inculpation en bonne et due forme ? On ne peut pas inculper quelqu'un qu'on n'a pas chopé. On ne peut pas choper quelqu'un quand on n'a pas le moindre indice de ce à quoi il ressemble.

— Je sais. Hé ! c'est pas la peine de me faire la leçon ! Et puis... un mot en guise d'avertissement... ne fais pas la leçon à Angie non plus, le prévint Kate. Elle est au bord de la limite, Sam. On pourrait la perdre. Au propre comme au figuré. Tu trouves déjà que la vie est une saloperie, alors imagine ce que ce sera si ton seul témoin te filait entre les doigts.

— Qu'est-ce que tu es en train de me dire ? Est-ce que tu es en train de me dire qu'on devrait lui faire filer le train par quelqu'un ?

— Ni vu ni connu, profil bas, et loin derrière. Si tu colles un uniforme le long du trottoir devant le Phœnix, ça n'aura pour résultat que d'aggraver les choses. Elle pense déjà qu'on la traite comme une criminelle.

— Charmant, constata Sam d'une voix traînante. Et qu'est-ce que son altesse exige d'autre ?

— Ne me cours pas sur le haricot, lui ordonna Kate. Je suis de ton côté. Et arrête de tourner en rond, tu vas te donner le vertige. Tu me donnes déjà le vertige.

Kovac inspira profondément et s'adossa au mur, juste en face de Kate.

— Tu savais à quoi t'attendre avec cette fille, Sam. Pourquoi est-ce que ça te surprend ? Ou alors tu voulais que ce portrait-robot soit le portrait tout craché d'une de tes ex ?

166

Sa bouche se tordit de dépit. Il se passa la main sur la figure, il avait envie d'une cigarette.

— J'avais un sale pressentiment sur cette histoire, Kate, admit-il. J'imagine que j'espérais que la bonne fée protectrice des témoins allait toucher notre petite pimbêche de sa baguette magique. Ou l'asticoter un peu avec. Ou la lui braquer sur la tête comme un pistolet. J'espérais que la gamine aurait peut-être suffisamment la trouille pour dire la vérité. D'après Oscar, la peur incite à recourir aux faux-fuyants.

— Il a encore lu un de ces bouquins de vulgarisation psychologique, hein ?

— Ou un truc dans ce goût-là. (Un soupir souleva la poitrine de Kovac.) Postulat de base : j'ai besoin de quelque chose, d'un coup de fouet pour donner le départ à cette enquête, sans quoi il va falloir que j'aille creuser là où c'est dégueu et plein de merde. Le coup de fouet, j'imagine, j'espérais que ce serait qu'elle lui tire le portrait.

— Garde le croquis sous le coude une journée. Je te la ramène demain. Histoire de voir si Oscar peut exercer ses pouvoirs mystiques et lui tirer quelque chose... sans mauvais jeu de mots.

— Je ne crois pas pouvoir le garder sous le coude. Le Grand Chef à Petite Queue a mis la main dessus avant moi. Avec ça dans son escarcelle, il va se précipiter. Il va vouloir le présenter lui-même à la conférence de presse. Ces foutues grosses légumes, grommela-t-il. Avec une affaire de ce genre, ils sont pires que des gosses. Tout le monde veut en retirer un bénéfice. Tout le monde veut voir sa binette aux infos. Ils éprouvent tous le besoin de se donner l'air important, comme s'ils avaient quoi que ce soit à voir avec l'enquête, à part se foutre en travers du chemin des vrais flics.

— En réalité, c'est ça qui t'agace, Sam, releva Kate. Ce n'est pas cette histoire de portrait, c'est ta résistance naturelle à travailler sous la direction de quelqu'un.

Il la gratifia d'une expression maussade.

— Tu as lu les bouquins d'Oscar, toi aussi ?

— Je suis titulaire d'un diplôme universitaire en déchiffrage de neurones, lui rappela-t-elle. Au pire, qu'est-ce qui se passe si le portrait sort sans être totalement fidèle ?

— Je n'en sais rien, Kate. Cet exterminateur passe les femmes au barbecue et leur coupe la tête. Qu'est-ce qu'il peut arriver de pire ?

— Il ne va pas se fâcher pour un portrait infidèle, raisonna Kate. Il est plus probable que ça va l'amuser de penser qu'il a encore su jouer au plus fin avec toi.

— Aah ! alors du coup il va se croire encore plus invincible, et se sentir investi de tous les pouvoirs pour sortir en dégommer une autre. Super !

— Ne sois pas si fataliste. Tu peux retourner ça à ton avantage. Demande à Quinn. Qui plus est, si le portrait était ne serait-ce que partiellement conforme, ça pourrait te rapporter quelque chose. Peut-être que quelqu'un va se souvenir d'avoir vu un individu identique à proximité d'une camionnette. Peut-être qu'on se souviendra d'une partie de plaque d'immatriculation, d'une bosse sur une aile, d'un type qui boite. Tu sais aussi bien que moi que, dans une enquête comme celle-ci, la chance joue un grand rôle.

— Ouais, bon, admit Sam, en s'écartant du mur à contre-cœur. Il nous en faudrait un camion entier, de chance. Et vite fait. Alors où est maintenant cette fille, ce rayon de soleil ?

— Je l'ai fait ramener au Phœnix. Elle n'est pas trop ravie de crécher là-bas.

— Coriace.

— Entre guillemets, nuança Kate. Elle, ce qu'elle veut, tu vois, c'est une chambre d'hôtel, un appartement, quelque chose comme ça. Moi, je préfère qu'elle ait de la compagnie. L'isolement ne va pas l'ouvrir. En outre, cela me rassure que quelqu'un garde un œil sur elle. Tu as été fouiner dans le sac à dos qu'elle se trimbale ?

— Liska a vérifié. Angie était fumasse, mais, hé ! elle nous est quand même tombée dessus en fuyant un cadavre sans tête. Nous n'allions pas risquer qu'elle perde la boule et qu'elle nous sorte un couteau. Le type en uniforme qui l'a ramassée aurait dû procéder à cette vérification sur les lieux, mais il était tout secoué, il ne pensait qu'à Joe l'Enfumeur. Crétin de débutant. S'il se fout dedans comme ça le jour où il tombe sur le mauvais clébard, il se fera dérouiller.

— Est-ce que Nikki a dégotté quelque chose ?

Il fit la moue et secoua la tête.

— Tu penses à quoi ? De la drogue ?

— Je n'en sais rien. Peut-être. Elle a un comportement totalement azimuté. Elle est gonflée à bloc, et puis elle a le moral par terre, elle joue les dures, et puis elle est au bord des larmes. Je

168

commence par me dire qu'il lui manque une case, ensuite je m'arrête et je révise mon jugement : mon Dieu, regarde par quoi elle est passée. Peut-être qu'elle est remarquablement stable et saine d'esprit, tout bien considéré.

— Ou peut-être qu'elle a besoin de sa dose, hasarda Sam, en se rendant à la porte. Peut-être que c'était ça qu'elle fabriquait dans ce parc à minuit. Je connais des types aux stups. Je vais aller y faire un tour, voir s'ils connaissent cette gamine. Sur son compte, pour le moment, nous n'avons rien d'autre. Le Wisconsin n'a rien.

— J'ai parlé à Susan Frye, dans notre service des mineurs, l'informa Kate. Les mineures, elle n'a pratiqué que ça toute sa vie. Elle s'est constitué un super réseau. De son côté, Rob est en train de vérifier ses contacts dans le Wisconsin. Dans l'intervalle, j'ai besoin de trouver à Angie un petit à-côté, une forme de prime, Sam. Une marque de considération. On peut lui allouer une petite somme en liquide, en tant qu'informatrice ?

— Je vais voir ce que je peux faire.

Encore une tâche à rajouter sur sa liste déjà longue. Pauvre garçon ! songea Kate. Aujourd'hui, son visage lui paraissait plus creusé. Il portait tout le poids de la ville sur ses robustes épaules. Sa veste de costume tombait mollement sur son torse, comme si, en un sens, il en avait drainé tout l'amidon pour refaire le plein de son énergie qui se vidait.

— Écoute, ne te fais pas de souci, se ravisa-t-elle en ouvrant la porte. Pour la petite somme, je peux aller déblayer le terrain toute seule auprès de ton lieutenant. Tu as mieux à faire.

À mi-chemin de la sortie, il se retourna et lui lâcha un sourire de travers.

— Ah ! oui, qu'est-ce qui te fait dire ça ?

— Juste une intuition.

— Merci. Et toi, tu es sûre que tu n'es pas trop occupée à plaquer des types armés de pistolet ?

— Tu as entendu parler de cette histoire, hein ?

Kate se rembrunit, pas trop à l'aise avec l'attention que l'incident de la veille avait attirée sur elle. Elle avait décliné une demi-douzaine de demandes d'interview et un peu trop multiplié les allers et retours aux toilettes pour dames, histoire de maquiller ses bleus.

— Le mauvais endroit à la mauvaise heure, c'est tout. L'histoire de ma vie, résuma-t-elle, pince-sans-rire.

Kovac eut l'air pensif, comme s'il réfléchissait à quoi lui répondre de profond, et puis il secoua doucement la tête.

— Tu es une merveille, Red.

— Loin de là. J'ai juste un ange gardien doté d'un sens de l'humour un rien tordu. Monte au front, sergent. Je vais prendre soin du témoin.

12.

Cette circulation, ça le contrarie. Il prend la 35ᵉ Ouest, pour sortir du centre-ville, s'éviter les feux et les détours fastidieux de l'autre route. Quand ça roule ainsi au pas, l'envie lui vient d'abandonner sa voiture et de descendre sur l'accotement, de tirer les gens de leur véhicule au hasard et de leur défoncer la tête à coups de cric. Ça l'amuse que d'autres automobilistes nourrissent le même fantasme. Aucun d'eux ne s'imagine une seconde que l'homme assis dans la berline quatre portes noire derrière eux, à côté d'eux, devant eux, pourrait, lui, passer à l'acte et assouvir ce fantasme sans broncher.

Il avise la femme dans la Ford Saturn rouge à côté de lui. Elle est jolie, les traits nordiques et les cheveux blond platine coiffés avec du volume, une coiffure aérienne, savamment désordonnée, laquée pour que ça tienne. Elle surprend son regard, il sourit et lui adresse un signe de la main. Elle lui sourit en retour, et puis elle ébauche un geste et la vision de cet embouteillage lui inspire une drôle de mimique. Il hausse les épaules et lui sort son grand sourire, articulant sans bruit les mots : « Qu'est-ce qu'on y peut ? »

Il imagine son visage tiré, pâle de terreur, quand il se penche sur elle armé d'un couteau. Il peut voir sa poitrine nue se soulever et retomber en cadence, sa respiration entrecoupée. Il peut entendre le tremblement de sa voix quand elle le supplie de lui laisser la vie. Il peut entendre ses cris quand il lui découpe les seins.

Dans son entrejambe, le désir s'attise.

« Dans la formation du caractère d'un violeur ou d'un tueur en série, le facteur le plus essentiel, c'est probablement le fantasme. » John Douglas, *Mindhunter.*

Ses fantasmes ne l'ont jamais choqué. Ni dans son enfance, quand il lui arrivait d'imaginer l'effet que ça ferait de regarder un être vivant mourir, de refermer les mains autour de la gorge d'un chat, ou d'un gosse au coin du pâté de maisons, et, littéralement, de détenir un pouvoir de vie et de mort sur tout ce qui lui passerait à portée de la main. Ni à l'adolescence, quand l'envie lui venait de trancher les tétons de sa mère, ou de lui découper le larynx et de le lui écrabouiller à coups de marteau, ou encore de lui taillader l'utérus et de le balancer dans la chaudière.

Il n'ignore pas que, comme chez tous les tueurs de son acabit, ces pensées font partie intégrante de son fonctionnement intérieur et de ses processus cognitifs. En fait, chez lui, ces pensées sont naturelles. Naturelles, et, partant de là, nullement déviantes.

Il sort par la 36e Rue et roule vers l'ouest en longeant des rues de traverse bordées d'arbres, en direction du lac Calhoun. La blonde est partie, et, avec elle, son fantasme. Il repense à cet après-midi, au point de presse, et cette pensée le laisse à la fois amusé et frustré. La police possédait un portrait-robot — ça, c'était la partie amusante. Il se trouvait là, debout dans la foule, quand le chef Greer avait levé ce dessin, une représentation censément si exacte qu'avec ça les gens allaient le reconnaître dans la rue au premier coup d'œil. Et, quand le point presse s'était achevé, tous ces journalistes lui étaient passés juste devant le nez.

La source de frustration, c'était John Quinn. Quinn n'avait fait aucune apparition au point presse, et il n'avait prononcé aucune déclaration officielle, ce qui lui apparaissait comme un affront délibéré. Quinn est trop absorbé par son travail de déductions et de spéculations. Il est probablement en train de concentrer toute son attention sur les victimes. Qui étaient-elles et ce qu'elles étaient, en train de se demander pourquoi le meurtrier — lui-même — les avait choisies.

« *En un sens, la victime forme et modèle le criminel... Pour connaître ce dernier, nous devons faire la connaissance de la victime, à la fois partenaire et complémentaire...* » — Hans von Hentig.

Quinn adhère à cela, lui aussi. Le manuel de Quinn traitant de l'homicide à caractère sexuel se trouve dans sa bibliothèque, parmi tant d'autres. *Les Attraits du crime*, de Katz ; *À l'intérieur de la pensée criminelle*, de Samenow ; *Sans conscience*, de Harte ; *Homi-*

cide à caractère sexuel : schémas et motifs, de Ressler, Burgess et Douglas. Tous, il les a étudiés, jusqu'à plus soif. Un voyage d'exploration de soi.

Il tourne à hauteur de son bloc d'immeubles. En raison de la configuration des deux lacs dans ce quartier de la ville, les rues immédiatement adjacentes suivent souvent des tracés assez irréguliers. Cette rue-ci décrit une courbe qui, de ce fait, a permis d'attribuer à chaque maison un terrain plus vaste qu'à l'ordinaire. C'est plus intime. Il gare la voiture sur l'aire bétonnée devant le garage et en descend.

La nuit a noirci de son encre la maigre lumière du jour qui subsistait précédemment. Le vent souffle de l'ouest et apporte avec lui des odeurs de crotte de chien toute fraîche. L'odeur lui assaille les narines une fraction de seconde avant la salve d'aboiements d'un chien miniature.

Depuis le jardin de la voisine plongé dans l'obscurité, fonce le bichon à poil frisé de Mme Vetter, une créature qui ressemble à une collection de pompons blancs vaguement cousus ensemble. Le chien court jusqu'à un mètre cinquante de lui, puis il s'arrête et tient son territoire, en aboyant, en grondant comme un écureuil enragé.

Le bruit le met instantanément hors de lui. Il hait ce chien. Il hait ce chien tout spécialement maintenant, parce que l'animal vient de réveiller la méchante humeur de tout à l'heure, dans l'embouteillage. Il a envie de lui donner un coup de pied, aussi violemment que possible. Il peut imaginer le glapissement suraigu, le corps tout mou de l'animal quand il l'attrape par la gorge et lui écrase la trachée.

— Bitsy ! crie Mme Vetter de sa voix perçante, depuis son perron. Bitsy, viens ici !

Yvonne Vetter a la soixantaine, c'est une veuve, une femme désagréable au visage rond et plein d'aigreur, avec une voix de crécelle. Il nourrit envers elle une haine profonde et viscérale, et chaque fois qu'il la voit il songe à la tuer, mais quelque chose de tout aussi profond, de tout aussi fondamental le retient. Il refuse d'examiner plus avant à quoi correspond ce sentiment de retenue, et cela le met en colère rien que d'imaginer ce qu'en retirerait un John Quinn.

— Bitsy ! Viens ici !

Le chien gronde après lui, puis il se retourne, court le long du garage, plusieurs allers et retours, et s'arrête pour pisser au coin du bâtiment.

172

— Bit-sy !

Une pulsation commence de lui palpiter dans la tête, une vague de chaleur lui envahit la cervelle et lui parcourt tout le corps. Si Yvonne Vetter vient à traverser la pelouse, là, tout de suite, il va la tuer. Il l'empoigne, il étouffe ses cris avec le journal qu'il tient à la main. Il la tire en vitesse dans le garage, lui éclate la tête contre le mur pour l'assommer, puis il tue le chien en premier, pour que cessent ses aboiements infernaux. Ensuite il laisse libre cours à sa mauvaise humeur et il tue Yvonne Vetter, selon une méthode qui assouvira une de ces fringales criminelles dont il a le secret, ensevelies tout au fond de lui.

Elle commence à descendre l'escalier de sa maison.

Il sent les muscles de son dos et de ses épaules se bander. Son pouls s'accélérer.

— Bit-sy ! Viens ici tout de suite !

Ses poumons s'emplissent d'air. Ses doigts se resserrent sur le rebord du journal plié en deux.

Le chien lui aboie dessus une dernière fois, puis l'animal fonce en sens inverse, vers sa maîtresse. À cinq mètres de là, Mme Vetter se penche en avant et le prend dans ses bras comme s'il s'agissait d'un enfant.

Une occasion manquée, comme une chanson jamais chantée.

— Elle est énervée, ce soir, s'amuse-t-il, tout sourire.

— Elle est comme ça chaque fois qu'elle reste enfermée trop longtemps. Et puis c'est aussi qu'elle ne vous apprécie pas trop, ajoute Mme Vetter, sur la défensive, et elle rentre avec le chien chez elle.

— Enfoirée de salope, chuchote-t-il.

La colère va résonner en lui un long moment, comme le diapason qui tremble encore longtemps après que l'on a frappé la tige. Son fantasme de tuer Yvonne Vetter, il se le repassera dans sa tête, encore et encore.

Il se rend dans le garage, où sont garées la Blazer et une Saab rouge, puis il pénètre dans la maison par une porte latérale, impatient de lire ce qu'on a écrit sur le Crémateur dans les deux quotidiens régionaux. Toutes les histoires ayant trait à l'enquête, il va les découper et en tirer des photocopies, parce que le papier journal, c'est du papier de mauvaise qualité, du papier qui ne dure pas. Et, en plus, il s'est enregistré les deux journaux du soir, celui de la chaîne nationale et celui de la chaîne locale, et il va surveiller la moindre allusion au Crémateur.

Le Crémateur. Le nom l'amuse. Ça lui fait penser à une créature de bande dessinée. Un nom qui évoque des images de criminels de guerre nazis ou de monstres de série B. L'étoffe des cauchemars.

L'étoffe des cauchemars, c'est lui.

Et comme les créatures dans les cauchemars enfantins, il descend au sous-sol. Le sous-sol, son espace personnel, son sanctuaire idéal. La pièce principale est équipée d'un studio de prise de son amateur. Les murs et le plafond revêtus de panneaux isolants, pour l'insonorisation. Une moquette gris ardoise. Il aime ce plafond bas, l'absence de lumière naturelle, la sensation d'être enfoui dans la terre, avec d'épais murs de béton autour de lui. Son monde à lui, en sûreté. Exactement comme quand il était enfant.

Il gagne le fond du couloir et pénètre dans la salle de jeux, il tient les journaux grands ouverts devant lui pour admirer les gros titres.

— Eh oui, je suis célèbre, proclame-t-il, tout sourire. Mais ne t'en fais pas. Toi aussi tu seras célèbre, bientôt. Franchement, la célébrité, il n'y a rien de tel.

Il se tourne vers la table de billard, tient les journaux selon un angle qui permette à la femme nue ligotée dessus, les membres écartés, de jeter un œil aux manchettes si jamais elle en avait envie. Au lieu de quoi, c'est lui qu'elle dévisage, les yeux vitreux à force de terreur et de larmes. Les bruits qu'elle émet ne sont pas des mots, mais les vocalises les plus élémentaires de l'émotion la plus élémentaire — la peur.

Sur lui, ces bruits exercent l'effet d'un courant électrique, le rechargent en énergie. La peur qu'elle manifeste lui permet de maîtriser cette femme. La maîtrise, c'est le pouvoir. Le pouvoir, c'est l'aphrodisiaque suprême.

— Bientôt tu figureras en gros titres, lui annonce-t-il, en soulignant d'un geste du doigt les caractères gras à la une du *Star Tribune*.

« *Tu redeviendras poussière.* »

La journée se fondit dans le soir, dans la nuit. Le seul indicateur de temps dont disposait Quinn, c'était sa montre, qu'il consultait rarement. Dans le bureau qu'on lui avait prêté, il n'y avait pas de fenêtre, rien que des murs, qu'il avait passé la journée à tapisser de notes, souvent avec le combiné du téléphone calé en sandwich entre son oreille et son épaule, à jouer les consultants à propos de l'affaire de Blacksburg, où le suspect était apparemment au bord des aveux. Il aurait dû se trouver là-bas. Son besoin de tout maîtriser l'encourageait dans sa prétention : être en mesure d'éviter toutes les erreurs. Même s'il n'ignorait pas que la vérité était tout autre.

Kovac lui avait d'abord proposé de lui installer un espace à lui dans les bureaux que la force d'intervention avait officieusement surnommés *La Main Tendre* de la Mort. Il avait refusé. Il avait besoin d'un lieu à part, d'isolement. Il n'était pas question pour lui de se retrouver là-bas pendant qu'une dizaine de flics balançaient des hypothèses et des noms de suspects comme on émince de la salade. D'ailleurs, en l'état actuel des choses, il se sentait déjà pollué.

Désormais, le bruit circulait que l'on avait embarqué John Quinn dans l'affaire du Crémateur. Kovac lui avait communiqué cette nouvelle réjouissante après le point presse. D'ici à ce qu'il ait à affronter les médias lui-même, ce n'était plus qu'une question d'heures.

Bon sang, il aurait voulu disposer de plus de temps. Il aurait dû s'installer et s'absorber, mais apparemment il n'y parvenait pas. L'épuisement lui pesait. Son ulcère le brûlait. Il avait faim et il savait que, s'il voulait pouvoir continuer de faire tourner son cerveau, il allait lui falloir du carburant, mais il se refusait à perdre du temps à sortir. Dans sa tête, il y avait un trop-plein d'informations, et, à cause de l'excès de caféine, ça bourdonnait, un véritable fourmillement. Et puis il avait cette perception familière, cette vibrante agitation au tréfonds de lui-même — la sensation d'urgence qui allait de pair avec toutes les affaires qu'il traitait sur site, cependant combinée cette fois-ci à des circonstances atténuantes et à l'intrusion de souvenirs fragmentaires du passé. Combinée aussi à une sensation qui, ces derniers temps, était venue de plus en plus souvent le prendre par surprise — la peur. La peur, dans une affaire, de ne pas être en mesure de faire assez vite la différence. La peur de louper son coup. La peur que la fatigue qui l'écrasait ne dépasse subitement les bornes. La peur de n'avoir en réalité plus envie que d'une seule chose : prendre ses distances avec tout cela.

Éprouvant le besoin d'échapper à ses propres émotions, il se mit à faire les cent pas devant le mur de notes, en cueillant des bribes d'informations d'un coup d'œil, au passage. Les visages de Bondurant et de Brandt tourbillonnaient dans sa tête comme des feuilles mortes.

Peter Bondurant gardait pour lui beaucoup plus de choses qu'il ne voulait bien leur en confier.

Pour ce qui était de conserver des secrets, Lucas Brandt possédait un permis en bonne et due forme.

Quinn aurait préféré ne les avoir jamais rencontrés, ni l'un ni l'autre. Il aurait dû se défendre avec plus d'opiniâtreté contre l'idée de venir ici, surtout à un stade aussi précoce de l'enquête, se dit-il tout en massant le nœud qu'il avait à l'épaule droite. Tout cela était affaire de maîtrise. S'il entrait en scène avec une stratégie toute tracée, il avait la main.

Cette méthodologie s'appliquait au-delà de cette seule affaire. C'était ainsi qu'il menait toute son existence — dans ses rapports avec l'administration bureaucratique à laquelle il avait affaire au boulot, dans ses rapports avec les Chinois qui tenaient le service de poste restante où il conservait une boîte postale, jusque dans sa façon de s'organiser pour ses ravitaillements en épicerie. En toute situation, dans toutes ses relations, la maîtrise était la clef.

Kate vint s'immiscer dans ses pensées, comme pour le narguer. Combien de fois, au cours de toutes ces années, avait-il mentalement revisité ce qui s'était déroulé entre eux, en réadaptant ses actions et ses réactions, afin de donner à ces événements un dénouement différent, après coup ? Plus souvent qu'il ne voulait bien l'admettre. La maîtrise et la stratégie, tels étaient ses mots d'ordre. Mais dès lors qu'il s'agissait de Kate, il était privé de l'une et de l'autre. En l'espace d'une minute, ils avaient fait connaissance, étaient devenus amis, puis s'étaient retrouvés plongés dans leur histoire jusqu'au cou. Pas le temps de réfléchir, trop inextricablement liés à l'instant présent pour prendre le moindre recul, entraînés l'un comme l'autre par un besoin et une passion qui dépassaient leurs forces à l'un et à l'autre. Et puis ça s'était terminé, et elle était partie, et... rien. Rien que des regrets, qu'il avait laissés en l'état, persuadé que tous deux finiraient par s'apercevoir, avec le temps, que cela valait mieux ainsi.

En effet, cela valait mieux. Pour Kate, en tout cas. Sa vie était ici. Elle avait une nouvelle carrière, des amis, une maison. Il aurait dû faire preuve d'assez de bon sens pour s'éloigner de tout ça, le mieux étant largement l'ennemi du bien, mais la tentation que représentait cette opportunité l'attirait trompeusement comme un index qui vous fait signe d'approcher, comme un sourire séducteur. Et tous ces regrets avaient assez de force pour venir le pousser par-derrière.

Cinq années, c'était long, supposait-il, pour entretenir des regrets, mais il en connaissait d'autres qu'il avait entretenus plus longtemps encore. Des affaires non résolues, des procès perdus, un tueur d'enfants qui lui avait échappé. Son mariage, la mort de sa mère, l'alcoolisme de son père. Peut-être ne laissait-il jamais rien filer. Peut-être était-ce pour cela qu'il se sentait si vide, à l'intérieur : il ne restait plus de place pour rien, hormis les détritus desséchés de son passé.

Il étouffa un juron, dégoûté de lui-même. Ce qu'il était supposé creuser, c'était le mental d'un criminel, pas le sien.

Il ne se souvenait pas s'être assis contre le bureau, n'avait aucune idée du nombre de minutes qu'il avait perdues. Il se passa les mains sur le visage, s'humecta les lèvres, perçut le fantôme d'un arrière-goût de whisky. Une excentricité, une bizarrerie de sa psychologie, et, en l'espèce, un besoin qui demeurerait inassouvi. Il s'interdisait de boire. Il s'interdisait de fumer. Il ne s'autorisait pas grand-chose. Et si, à cette liste, il ajoutait le regret, que lui resterait-il ?

Il s'approcha de la portion de mur où il avait scotché de brefs mémos sur les victimes du Crémateur, griffonnés de sa main au feutre de couleur. Tout en lettres capitales. Une écriture serrée, fortement inclinée sur la droite. Le genre d'écriture qui faisait hausser le sourcil aux graphologues et qui faisait de lui le type qu'il fallait éviter à tout prix.

Des photographies des trois femmes étaient scotchées au-dessus de ses mémos. Un classeur à trois anneaux était posé, ouvert, sur le bureau, rempli de pages de rapports soigneusement tapés, de cartes, de dessins à l'échelle des lieux des crimes, de photographies de ces mêmes sites, de rapports d'autopsie, bref, sa bible portable de toute l'affaire. Mais il jugeait utile de coucher certaines informations de base d'une manière plus linéaire, d'où ces mémos sur le mur, et les photographies des trois jeunes femmes, souriantes — à présent loin de ce monde, leurs vies soufflées comme des chandelles, violemment dépouillées de leur dignité.

Trois femmes blanches. Toutes trois entre vingt et un et vingt-trois ans. D'une taille qui variait entre un mètre soixante-cinq et un mètre soixante-douze. Des typologies physiques qui allaient d'une Lila White, fortement charpentée, à Fawn Pierce, plutôt menue, ou à Jane l'Inconnue / Jillian Bondurant, de constitution moyenne.

Deux prostituées et une étudiante. Elles vivaient dans des quartiers différents de la ville. Les deux prostituées travaillaient en règle générale dans deux quartiers distincts, aucun des deux n'étant fréquenté par Jillian Bondurant. Lila et Fawn avaient pu se croiser occasionnellement, mais il était hautement improbable que Jillian ait fréquenté l'un ou l'autre des bars, des restaurants ou des boutiques où les deux autres avaient eu leurs habitudes.

Il avait envisagé la piste de la drogue, mais on n'avait recueilli jusqu'à présent aucun élément qui vienne l'étayer. Après avoir suivi un programme de désintoxication du comté, voici plus d'un an, Lila White s'était rangée. Fawn Pierce n'avait jamais été connue comme consommatrice de drogue, même si elle avait la réputation de s'être cuitée de temps à autre des journées entières à la vodka bon marché. Et Jillian ? On n'avait pas retrouvé de drogue chez elle, et à l'intérieur de son organisme non plus. Elle n'avait aucun dossier criminel attestant la moindre consommation de stupéfiants, et, jusqu'à présent, pas la moindre anecdote à ce sujet.

« Vous croyez qu'ils apprécieraient que les gens sachent pourquoi leurs filles sont devenues des putains et des droguées ? »

Il entendait encore la profonde amertume dans la voix de Peter Bondurant. Quelle en était la source ?

Dans le puzzle de ces crimes, Jillian constituait une pièce qui n'avait pas sa place. Elle était celle qui déviait du profil. Il existait un certain type de tueur très courant, qui prenait les prostituées pour proies. Les prostituées étaient des victimes à haut risque, faciles à lever. Leurs tueurs avaient tendance à être des inadaptés sociaux, des hommes, blancs, sous-employés dans leur profession, ayant accumulé avec les femmes tout un passé d'expériences humiliantes, et qui cherchaient à se retourner contre le beau sexe en punissant celles qu'ils considéraient comme les pires spécimens du lot.

À moins que Jillian n'ait mené une vie secrète de prostituée... Pas impensable, supposa-t-il, mais à l'heure qu'il était, on n'avait relevé aucune indication concernant un seul petit ami qu'aurait eu Jillian, et encore moins une liste de michetons.

« Les garçons ne l'intéressaient pas. Elle n'avait pas envie de relations passagères. Elle avait tant vécu de... »

Qu'avait-elle vécu ? Le divorce de ses parents. La maladie de sa mère. Un beau-père dans un pays nouveau pour elle. Quoi d'autre ? Quelque chose de plus enfoui ? De plus sombre. Quelque chose qui l'avait poussée à entamer une psychothérapie avec le Dr Brandt.

« ... Vous devriez songer que les problèmes que Jillian me soumettait pouvaient être sans rapport aucun avec sa mort. Il se peut fort bien que son tueur n'ait rien su d'elle. »

— Mais moi, docteur Brandt, je vous parie un dollar que si, soutint-il à voix basse, en fixant du regard l'instantané de la jeune fille. D'instinct, il le sentait. La clef, c'était Jillian. Quelque chose dans son existence l'avait placée dans la ligne de mire de ce tueur. Et s'ils étaient capables de découvrir ce qu'était ce quelque chose, alors il se pourrait qu'ils saisissent un mince espoir d'attraper ce fils de pute.

Il retourna à son bureau et feuilleta les pages du classeur jusqu'à la section des photographies : tirages couleur au format dix-huit/vingt-quatre, soigneusement étiquetés par sujet. Les lieux des crimes : prises de vue d'ensemble, clichés de relèvement topographique, position du corps sous divers angles, gros plans de ces femmes incinérées et souillées. Et d'autres clichés, émanant du médecin légiste : plans généraux et gros plans des victimes avant et après le nettoyage du corps à la morgue, photos des autopsies, gros plans des blessures. Des blessures infligées avant le décès — signalant le sadique sexuel. Des blessures infligées après la mort — plus fétichistes que sadiques, partie prenante des fantasmes du tueur.

Des fantasmes sophistiqués. Des fantasmes qu'il avait développés depuis très, très longtemps.

Il feuilleta page après page, lentement, ces gros plans des blessures, examinant chacune des marques que le tueur avait laissées, s'attardant à ces coups de couteau, sur la poitrine des victimes. Huit coups de couteau groupés, certaines blessures plus en longueur alternant avec d'autres plus courtes, suivant un motif bien précis.

De tous les aspects macabres de ces meurtres, c'était celui qui le préoccupait le plus. Plus que l'incinération. L'incinération semblait plutôt participer d'un spectacle, d'une forme d'expression publique. *Tu redeviendras poussière.* Des funérailles symboliques, l'achèvement de sa relation avec la victime. Ces coups de couteau, eux, signifiaient quelque chose de plus personnel, de plus intime. Quoi ?

Une cacophonie de voix envahit la tête de Quinn : celles de Bondurant, de Brandt, du médecin qui avait procédé à l'examen médical, de Kovac, des flics et des médecins légistes et des experts et des agents issus de centaines d'affaires passées. Tous avec une opinion ou une question, tous défendant une paroisse pour laquelle ils prêchaient. Tous parlaient si fort qu'il ne pouvait plus s'entendre penser. Et la fatigue ne paraissait qu'amplifier ce bruit, au point qu'il eut envie de supplier quelqu'un de venir l'éteindre.

Le Grand Quinn. C'était comme cela qu'on l'appelait à Quantico. S'ils avaient pu le voir, à cet instant... Avec l'impression d'étouffer, par crainte de louper quelque chose ou d'orienter l'enquête dans la mauvaise direction.

Le système, le sien, était en surcharge, et il était le seul à commander l'interrupteur — et puis aussi il y avait cette idée, la plus effrayante de toutes : il était également le seul à pouvoir influencer le cours des événements, et ce cours des événements, il ne le modifierait pas, car, si terrible que fût tout cela, la situation alternative l'effrayait encore plus. Sans le boulot, il n'existait pas de John Quinn.

Un tremblement infime s'amorça tout au fond de lui et se fraya un chemin jusque dans ses bras, insidieusement. Il le combattit, de toute sa haine, contractant les biceps et les triceps, essayant de forcer cette faiblesse à rentrer en lui-même. Les paupières serrées, il se laissa tomber à terre et entama une série de pompes. Dix, vingt, trente, plus, jusqu'à ce que la peau de ses bras, incapable de contenir la masse musculaire sous tension, lui donne l'impression d'être sur le point d'éclater, jusqu'à ce que la douleur consume le bruit, le lui expulse du crâne, et qu'il n'entende plus qu'une chose, le cognement de son pouls. Et alors seulement il fit l'effort de se redresser, le souffle court, tout chaud et tout humide de sueur.

Il se concentra sur la photographie devant lui, sans voir les chairs déchiquetées ou le sang ou le cadavre ; n'y lisant plus que le dessin de la blessure. X sur X.

— Croix de bois, croix de fer, murmura-t-il, en repassant ces lignes du bout du doigt. Si je mens, je vais en enfer.

— Un tueur en série rôde dans les rues de Minneapolis. Aujourd'hui, la police de la ville a rendu public un portrait-robot de l'homme qui pourrait avoir sauvagement assassiné trois femmes, et ce sera notre reportage principal pour l'édition du soir de ce journal...

Il n'y avait là que des femmes, assises dans, sur et autour d'un assortiment dépareillé de fauteuils et de canapés qui meublaient le salon du Phœnix House, toute leur attention tournée vers le présentateur aux épaules larges, à la mâchoire carrée, du journal de Canal Onze. Ce dernier laissa place à un reportage sur le point presse de l'après-midi, montrant le chef de la police en train de lever son portrait-robot du Crémateur, et ensuite le croquis remplit l'écran à lui tout seul.

Angie regardait depuis l'entrée, toute son attention tournée vers ces femmes. Deux d'entre elles étaient beaucoup plus âgées qu'elle. Quatre avaient entre vingt et trente ans. L'une d'elles était plus vieille, grosse et vilaine au possible. Cette grosse portait un haut sans manches parce que la chaudière était détraquée et qu'il faisait aussi chaud et sec dans cette maison qu'en plein désert. Elle avait le haut des bras tout mou et blanc, comme la panse d'un poisson. Penchée en avant, le ventre lui retombait sur les cuisses.

Angie savait que cette femme avait été une pute, mais elle ne pouvait imaginer qu'un homme soit fauché au point, faute de mieux, de payer pour baiser avec elle. Les hommes aimaient les jolies filles, les filles jeunes. Peu importait qu'ils soient âgés ou pas beaux à voir, ce qu'ils voulaient, tous, c'étaient des jolies filles. Angie en avait l'expérience. Peut-être était-ce pour cela que la Grosse Arlène était là. Peut-être qu'elle n'arrivait pas à se trouver un homme prêt à la payer, et le Phœnix lui tenait lieu de maison de retraite.

Une rouquine à l'air fluet, pâlichonne et pleine de bleus, en bonne accro de la seringue qu'elle était, éclata en sanglots quand les photos des trois victimes de ces meurtres apparurent à l'écran. Les autres femmes firent comme si de rien n'était. Perchée sur le bras du fauteuil de la rouquine, Toni Urskine, qui dirigeait le Phœnix, se pencha et lui posa la main sur l'épaule.

— Tu peux, l'encouragea-t-elle doucement. Tu peux pleurer. Fawn était ton amie, Rita.

La rouquine cala son pied nu et osseux sur le siège du fauteuil et s'enfouit la tête dans les genoux, en sanglots.

— Pourquoi fallait-il qu'il la tue de cette manière ? Elle n'avait fait de mal à personne !

— Inutile de chercher à comprendre, estima une autre. La même chose aurait pu arriver à n'importe laquelle d'entre nous.

Ce fait était clair pour elles toutes, même pour celles qui s'efforçaient de le nier.

La Grosse Arlène les avertit :

— Il faut faire gaffe à ceux avec qui vous allez. Pour ça, faut avoir de la jugeote.

Une Noire coiffée de dreadlocks plutôt tartes lui lança un regard furieux et mauvais.

— Ça te va bien de faire la difficile. Qui aura envie de te le ligoter, ton gros cul ? Et de mater toute cette cellulite qui va pendouiller comme de la gelée pendant qu'il te découpe en morceaux.

La figure d'Arlène vira à l'écarlate et se ratatina, les yeux disparaissant entre les rotondités des joues et la bouffissure des sourcils. Elle ressemblait à un chow-chow qu'Angie avait vu, une fois.

— Tu peux pas fermer ta grande gueule, espèce de pétasse, espèce de sac d'os !

L'air en colère, Toni Urskine abandonna la rouquine en larmes et vint se placer au milieu de la pièce, en levant les mains, à la manière d'un arbitre.

— Hé ! Je ne veux pas de ça ici ! Nous devons apprendre à nous respecter et à être attentives les unes aux autres. Souvenez-vous : estime du groupe, estime du sexe faible, et surtout estime de soi.

Pour elle, c'est facile à dire, songea Angie, en s'éloignant de la porte en silence. Toni Urskine n'avait jamais eu à se coucher à plat ventre sur un vieux pervers pour avoir de quoi se payer un plat. Elle, c'était la petite demoiselle bien sous tout rapport, une grande âme, dans sa tenue chic décontractée de chez Dayton et sa coupe de cheveux Horst à cent dollars. Pour se rendre jusqu'à ce Phœnix House de merde, elle roulait en Ford Explo-

rer depuis sa belle baraque, quelque part vers les banlieues rési-
dentielles d'Edina ou de Minnetonka. Elle ne savait pas quel
effet ça faisait, à l'intérieur de soi, de découvrir qu'on ne valait
pas plus de vingt-cinq dollars.

— Nous sommes toutes très concernées par les victimes de
ces meurtres, fit Urskine avec passion, les yeux noirs et brillants,
le visage anguleux, écarlate. Nous sommes toutes en colère
contre la police qui jusqu'à maintenant est pratiquement restée
inactive. C'est une honte. Cela équivaut à une claque en pleine
figure. D'une certaine manière, la ville de Minneapolis est en
train de nous faire comprendre que la vie d'une femme qui se
trouve dans une situation désespérée ne vaut rien. C'est contre
cela que nous devons nous mettre en colère, et pas les unes
contre les autres.

Ces femmes l'écoutèrent, certaines attentivement, d'autres
avec tiédeur, d'autres encore sans rien laisser transparaître.

— Je pense que ce dont nous avons besoin, c'est de nous
impliquer. Nous avons besoin de nous montrer interventionnistes, martela Urskine. Dès demain nous allons descendre à
l'hôtel de ville. La presse est en mesure d'entendre notre point
de vue. Nous nous procurerons des copies de ce portrait-robot
et nous allons faire campagne...

Angie s'éloigna de la porte à reculons et se rendit à pas
feutrés au bout du couloir. Cela lui déplaisait que les gens se
mettent à parler des meurtres du Crémateur. Les femmes du
Phœnix n'étaient pas censées savoir qui elle était, ni même
qu'elle était impliquée dans cette affaire, mais Angie avait toujours la sensation crispante que chacune d'entre elles, rien
qu'en la regardant, allait se figurer, elle ne savait trop comment,
que c'était bien elle le témoin mystère. Elle voulait que personne ne le sache.

Elle ne voulait pas que ce soit réel.

Subitement, des larmes lui remplirent les yeux et elle les
essuya des deux mains. Non, aucune manifestation d'émotion.
Si elle montrait ce qu'elle ressentait, alors quelqu'un décèlerait
en elle une faiblesse, ou un besoin, ou la folie qui l'aspirait
vers la Zone et la poussait à s'ouvrir les veines. Personne ne
comprendrait que ce que tranchait cette lame, c'était son lien
avec la démence.

— Est-ce que tout va bien ?

Prise au dépourvu, Angie se retourna d'un coup sec et dévisagea l'homme debout dans l'encadrement de la porte ouverte qui donnait vers le sous-sol. Deuxième moitié de la trentaine, belle allure, vêtu d'un pantalon de serge ocre et d'une chemise Polo Ralph Lauren, pour travailler à la chaudière : il devait avoir un lien avec Toni Urskine. Le visage zébré de sueur et de saleté. Avec un chiffon gris, il s'essuyait les mains noires de crasse et de quelque chose qui avait la couleur du sang.

Il baissa brièvement les yeux en même temps qu'Angie puis les releva, avec un sourire en coin.

— La vieille chaudière de cette baraque, expliqua-t-il en guise de commentaire. J'arrive à la faire tourner, à force de volonté et d'élastiques. Greggory Urskine, ajouta-t-il, en tendant la main.

— Vous vous êtes coupé, remarqua Angie, sans répondre à son geste, le regard toujours posé sur la tache de sang qu'il avait en travers de la paume.

Urskine regarda et passa le chiffon dessus, avec ce petit rire nerveux qu'ont parfois les gens quand ils essaient de faire bonne impression. Angie, elle, se bornait à le fixer du regard. Il ressemblait un peu à Kurt Russell, se dit-elle : une large mâchoire et un petit nez, des cheveux en désordre couleur sable. Il portait des lunettes à fine monture, un fil de métal argenté. Il s'était coupé ce matin en se rasant la lèvre supérieure.

— Vous n'avez pas chaud, avec cette veste ? lui demanda-t-il.

Angie ne répondit rien. Elle suait comme un cheval, mais les manches de son sweater étaient trop courtes et ne couvraient pas les cicatrices qui la marquaient aux bras. La veste était donc une nécessité. Si elle obtenait un peu d'argent de Kate, elle irait s'acheter des vêtements. Peut-être quelque chose de tout neuf, et pas un truc en provenance de l'Armée du Salut ou d'un dépôt-vente bon marché.

— Je suis le mari de Toni... et son homme à tout faire, expliqua Urskine. Il plissa les paupières. Vous êtes Angie, j'imagine.

Angie se contenta de le dévisager.

— Je ne le répéterai à personne, assura Urskine sur le ton de la confidence. Avec moi, votre secret est bien gardé.

En un sens, on aurait juré qu'il se moquait d'elle. Beau garçon ou pas, Angie décida qu'elle ne l'aimait guère. Derrière les coûteuses lunettes de designer, il avait quelque chose dans les yeux qui la dérangeait. Comme s'il la regardait de haut, comme si elle était un insecte ou un microbe de ce genre. Elle se demanda vaguement s'il avait déjà payé une femme pour coucher avec elle. Son épouse paraissait être du genre à considérer le sexe comme une chose dégoûtante. Épargner à ces femmes la contrainte d'avoir des rapports sexuels, c'était la mission de Toni Urskine dans l'existence.

— Nous sommes tous très préoccupés par cette affaire, poursuivit-il, l'air grave. La première victime... Lila White... elle a été pensionnaire ici pendant un bout de temps. Toni en a été très affectée. Elle adore cet endroit. Elle adore ces femmes. Elle travaille comme un forçat au service de cette cause.

Angie croisa les bras.

— Et vous, qu'est-ce que vous fabriquez ?

Là encore, le sourire éclatant, le petit rire nerveux.

— Je suis ingénieur chez Honeywell. Actuellement je suis sur le départ, alors je peux donner un coup de main ici pour les petites réparations avant l'hiver... et enfin terminer ma thèse de doctorat.

Il rit comme si c'était là une sorte de bonne grosse plaisanterie. Il ne se donna pas la peine de demander à Angie ce qu'elle faisait dans la vie, même si toutes les femmes de cet endroit n'étaient pas des prostituées. À l'instant où son sweater déjà trop petit lui remonta sur le ventre, il révéla l'anneau qu'elle portait au nombril ainsi que ses tatouages, et Urskine posa les yeux dessus. Elle se déhancha, laissant apparaître un peu plus de peau, et se demanda si, dans sa tête, il pouvait avoir envie d'elle.

Il releva prestement les yeux sur elle.

— Alors, ils ont une bonne chance d'attraper ce type, grâce à vous, reprit-il, moitié comme une affirmation, moitié comme une question. En fait, vous l'avez bel et bien vu.

— Personne n'est censé le savoir, rétorqua Angie sans détour. Et je ne suis pas censée vous en parler.

Fin de la conversation. Elle préféra ignorer les amabilités finales, s'écarta de lui à reculons, puis se dirigea vers l'escalier. Elle sentit les yeux de Greggory Urskine posés sur elle.

— Euh, bonne nuit, alors, lança-t-il tandis qu'elle disparaissait dans la pénombre du deuxième étage.

Elle gagna la chambre qu'elle partageait avec une femme à qui son ex-petit ami avait coupé tous les cheveux au couteau de chasse, en la maintenant plaquée au sol, tout ça parce qu'elle refusait de lui donner son chèque des allocations familiales pour qu'il puisse aller s'acheter du crack. Maintenant, les gosses de cette femme étaient en placement familial. Le petit ami avait filé dans le Wisconsin. La femme était passée par une cure de désintoxication et elle en était sortie avec un besoin de se confesser. Les thérapies de désintox faisaient cet effet à certaines personnes. Angie était bien trop futée pour laisser une chose pareille lui arriver.

Ne raconte pas tes secrets, Angie. Ce sont eux qui te rendent unique.

Unique. Elle avait envie d'être unique. Elle n'avait pas envie d'être seule. Qu'il y ait d'autres personnes dans cette maison, cela revenait au même. En réalité, aucune des personnes ici présentes n'était avec elle. Elle n'avait pas sa place dans cet endroit. On l'avait laissée tomber là comme un jeune chiot indésirable. Putain de flics. Ils voulaient lui soutirer des choses, mais ils ne voulaient rien lui donner en retour. Ils n'en avaient rien à foutre d'elle. Et ce qu'elle aurait pu leur vouloir, ils se moquaient bien de le savoir.

Au moins, Kate, elle, était à moitié honnête, reconnut Angie en déambulant dans la chambre. Mais elle n'arrivait pas à oublier que Kate Conlan était quand même l'une des leurs. Cela faisait partie du boulot de Kate Conlan d'essayer d'enfoncer un coin dans ses défenses pour que les flics et le procureur du comté puissent obtenir d'elle ce qu'ils voulaient. Et après ça, terminé. Kate Conlan n'était donc pas vraiment une amie. Les vrais amis qu'elle ait jamais eus, Angie pouvait les compter sur les doigts d'une seule main, et encore, pas sur tous les doigts.

Ce soir, elle avait envie d'avoir un ami. Elle n'avait pas envie de rester coincée dans cette baraque. Elle avait envie d'avoir sa place quelque part.

Elle repensa à cette femme en flammes dans le parc, elle pensa à la place de cette femme, et alla jusqu'à se demander ce qui se passerait si elle prenait sa place. Elle serait la fille d'un homme riche. Elle aurait un père, un foyer et de l'argent.

Elle avait eu un père, à une époque : il lui en restait des cicatrices pour le prouver. Elle avait eu un foyer : elle pouvait encore respirer l'odeur de graillon dans la cuisine, elle pouvait encore se souvenir des grands placards tout noirs avec des portes qui se fermaient à clef de l'extérieur. Elle n'avait jamais eu d'argent.

Elle se mit au lit tout habillée et attendit jusqu'à ce que la maison soit silencieuse et que sa compagne de chambrée ronfle. Alors elle se glissa hors de ses couvertures et hors de la pièce, en bas de l'escalier, et, par la porte de derrière, hors de la maison.

La nuit était venteuse. Les nuages défilaient si vite dans le ciel qu'ils avaient presque l'air d'images en accéléré. Les rues étaient vides, excepté une voiture de temps à autre, qui empruntait l'une des grandes artères de traverse en direction du nord ou du sud. Angie, elle, prit vers l'ouest, le visage fermé, ce qui lui donnait un air ombrageux, et pas trop rassuré. Le sentiment d'être surveillée en permanence lui picotait la nuque, mais quand elle regardait par-dessus son épaule, il n'y avait personne.

La Zone la pourchassait comme une ombre. Si elle continuait de marcher, si elle s'assignait un but, si elle se concentrait sur un objectif, peut-être la Zone ne la rattraperait-elle pas.

Le long de la route, les maisons étaient plongées dans l'obscurité. Les branches des arbres s'entrechoquaient dans le vent. Quand elle arriva au lac, il était aussi noir et brillant qu'une tache d'huile. Elle resta du côté de la rue qui était dans le noir et marcha vers le nord. Si les gens du quartier voyaient quelqu'un en train de marcher dehors à cette heure de la nuit, ils appelleraient les flics.

Elle reconnut la maison d'après les reportages : une baraque qu'on aurait rapportée pièce par pièce d'Angleterre, entourée d'une grande clôture en fer forgé. Elle tourna et grimpa la colline sur l'arrière de la propriété, sous le couvert des grands arbres. De mars à novembre, des haies barraient la vue sur la maison mais à présent leurs feuilles étaient tombées, et elle voyait à travers l'entrelacs de leurs branches fines.

Il y avait une lumière allumée à l'intérieur de la maison, dans une pièce avec portes vitrées, très chic, qui donnaient sur une cour intérieure. Debout contre la clôture, prenant surtout garde de ne pas la toucher, Angie observa le jardin derrière la maison de Peter Bondurant. Son regard passa de la piscine et des bancs de pierre aux tables et aux chaises en fer forgé que l'on n'avait pas encore rangées pour l'hiver. Elle scruta cette lueur d'ambre à la fenêtre et la silhouette d'un homme assis à un bureau, et elle se demanda s'il se sentait aussi seul qu'elle. Elle se demanda si son argent lui était d'un quelconque réconfort, à l'heure qu'il était.

Peter se leva de son bureau et fit le tour de la pièce. Il était agité, tendu. Il n'arrivait pas à dormir, il refusait de prendre les comprimés que le médecin lui avait prescrits et livrés à domicile. Dans son esprit, le cauchemar prenait vie : l'éclat orangé des flammes, l'odeur. Quand il fermait les yeux, il était à même de voir, d'en capter la chaleur. Il voyait le visage de Jillian : le choc, la honte, le chagrin. Il voyait son visage flotter librement, la base de la gorge déchiquetée, sanglante. Si son esprit était rempli d'images comme celles-ci quand il était réveillé, alors que verrait-il s'il s'endormait ?

Il alla aux portes-fenêtres, fixa la nuit au-dehors, noire et froide, et s'imagina sentir des yeux le surveiller. *Jillian.* Il crut sentir sa présence. Le poids de sa présence contre sa poitrine, comme si elle l'avait entouré de ses bras. Même dans la mort, elle avait envie de le toucher, de se raccrocher à lui ; un besoin désespéré d'amour, un amour qui chez elle était biaisé, perverti.

Une étrange et sombre excitation dansa tout au fond de lui, suivie par le dégoût, la honte et la culpabilité. Il se détourna de la fenêtre avec un rugissement animal et se précipita à son bureau, balayant tout sur cette surface bien rangée. Stylos, Rolodex, presse-papiers, dossiers, agenda. Le téléphone tinta en signe de protestation. La lampe heurta le sol, l'ampoule éclata avec un *pop !* explosif, plongeant la pièce dans l'obscurité.

L'ultime éclair de lumière éblouissante persista sur la rétine de Peter, deux flamboiements orange qui se déplaçaient en même temps qu'il se déplaçait. Des flammes auxquelles il ne pouvait échapper. L'émotion formait une pierre dans sa bouche, y logeait à demeure, dure et pleine d'aspérités. Il sentit la pression s'exercer à l'intérieur de ses orbites, comme si elles avaient pu éclater, et il se demanda, affolé, s'il n'allait pas continuer de voir ces flammes, quoi qu'il arrive.

Un son âpre, sec et rauque s'échappa de lui lorsqu'il tituba dans le noir jusqu'à un halogène, trébuchant sur les objets qu'il venait de jeter du bureau. Le retour de la lumière le calma, il entreprit de ramasser tout ce désordre, remettant les choses à leur place, une par une, les alignant avec précision. C'était exactement cela qu'il lui fallait faire : reconstituer son existence, avec la précision d'un tissu sans couture, essuyer les larmes, au moins superficiellement, et aller de l'avant, exactement comme il l'avait fait lorsque Sophie l'avait quitté et avait emmené Jillian, des années auparavant.

Il ramassa l'agenda en dernier et le trouva ouvert à la page de vendredi. *Jillian : dîner*, noté à la main, de sa propre écriture, si précise. Cela produisait une telle impression d'innocence et de simplicité. Mais avec Jillie, rien n'était jamais ni simple ni innocent. Quels que soient les efforts qu'elle déployait.

Le téléphone sonna, le tirant en sursaut de ses sombres souvenirs.

— Peter Bondurant, fit-il comme si l'on était aux heures normales de bureau. Il tâcha de se rappeler s'il attendait un appel international.

— Très cher papa, chantonna la voix avec douceur et séduction, je connais tous tes secrets.

13.

— Si nous nous retrouvons dans l'obligation de publier un autre portrait-robot, nous allons passer pour des cons, se plaignit Sabin, en déambulant derrière son bureau. Sa lèvre inférieure saillait comme celle d'un bambin boudeur à peine âgé de plus de deux ans, en contraste étrange avec la sophistication aiguë de son apparence. Prêt à affronter la presse sur-le-champ, il s'était mis sur son trente et un, en costume gris étain, avec une cravate plus foncée et une chemise bleu roi. Très fringant.

— Je ne vois pas en quoi cela rejaillirait négativement sur votre administration, Ted, plaida Kate. C'est le chef Greer qui a voulu aller plus vite que la musique.

Il se renfrogna plus encore et lui lâcha un regard entendu.

— Je n'ignore pas à qui incombe la faute.

— Vous ne pouvez pas la faire porter au témoin, argumenta Kate, sachant fort bien que c'était elle qui était visée.

— À ce qu'on m'a dit, elle ne se montre pas très coopérative, intervint Edwyn Noble, s'immisçant dans la discussion sans dissimuler sa préoccupation.

Il était assis sur la chaise réservée au visiteur, le corps trop long pour ce siège, les jambes de son pantalon de couleur sombre remontées sur des chevilles osseuses et des chaussettes en Nylon.

Kate le dévisagea, une demi-douzaine de remarques mordantes sur le bout de la langue, dont la moindre n'était pas : « *Qu'est-ce que vous fichez ici ?* » Bien sûr, elle le savait, ce qu'il fichait ici. Sa présence était à la limite de la bienséance, mais elle avait déjà retourné cet argument dans sa tête, et elle savait à quoi s'en tenir. Le bureau du procureur du comté dirigeait les services du programme d'assistance aux victimes et aux témoins. Peter Bondurant était le parent direct d'une des victimes — ce qui lui donnait le droit d'être tenu informé de l'état d'avancement de l'affaire. Edwyn Noble était l'émissaire de Bondurant. Etc., etc.

Elle regarda Noble comme si elle avait pu s'en débarrasser rien qu'en raclant ses semelles.

— Oui, enfin, ça, c'est toujours plus ou moins le cas. Quel que soit le témoin.

Cette insinuation fit mouche. Noble se redressa sur la chaise trop petite pour son grand corps, l'œil un peu plus glacial.

En bon artisan de la paix qu'il était, Rob Marshall s'interposa, son grand sourire de lèche-bottes s'élargissant sur sa face lunaire.

— Ce que Kate veut dire, c'est qu'il n'est pas inhabituel, pour le témoin d'un crime aussi violent, de se montrer quelque peu réticent.

Sabin souffla, excédé.

— Pour ce qui est de l'argent de la récompense, elle est moins réticente.

— La récompense ne tombera qu'en cas de condamnation, leur rappela Noble, comme s'il allait falloir tout ce temps pour que son client racle ses fonds de tiroir en vue de réunir la somme. Comme si Bondurant espérait à moitié y couper.

— Ce bureau n'achète pas les témoins, proclama Sabin. Je vous ai dit que je voulais qu'on s'occupe d'elle, Kate.

En usant de ce langage, il la poussait à s'exprimer comme un tueur à gages.

— Mais je suis en train de m'occuper d'elle.

— Alors pourquoi n'a-t-elle pas passé la nuit de lundi en prison ? J'avais demandé à Kovac de la traiter comme une suspecte. De l'effrayer un peu.

— Mais vous..., commença Kate, troublée.

Rob lui lança un regard en guise d'avertissement.

— Nous gardons encore ce choix sous le coude, Ted. Essayer d'abord la solution Phœnix House, cela pouvait la radoucir, donner à cette fille l'impression que Kate était de son côté. Je suis certain que c'était ce que vous aviez en tête, n'est-ce pas, Kate ?

Bouche bée, elle répondit à son patron d'un regard ulcéré.

Sabin fit la moue.

— Et maintenant ce fiasco du portrait-robot.

— Ce n'est pas un fiasco. Personne n'aurait dû voir ce portrait dès hier, argumenta Kate, en se détournant de Rob avant que l'envie ne la prenne de le saisir à la gorge.

— Ted, si vous exercez des pressions sur cette gamine, elle nous filera entre les pattes. Jouez les durs avec elle, et elle vous développera un cas d'amnésie vraiment méchant. Je vous le garantis. Nous savons tous les deux que vous ne disposez d'aucun élément pour la retenir, rien en tout cas qui soit en rapport avec ce meurtre. Vous ne pourriez même pas la traduire en justice. Un juge vous la renverrait en dehors du tribunal comme une super-balle, et vous vous retrouveriez avec un œuf pourri en pleine figure, et plus de témoin du tout.

Il se frotta le menton, comme s'il y palpait déjà le jaune d'œuf en train de sécher.

— C'est une vagabonde. C'est contraire à la loi.

— Oh ! ouais, dans les journaux, ça fera bien ! *Une Adolescente Témoin d'un Meurtre Inculpée pour Vagabondage*. La prochaine fois que vous briguerez votre réélection au poste que vous occupez, vous pourrez vous afficher sous les traits de Simon Legree, vous savez, le méchant dans *la Case de l'oncle Tom*.

— En l'occurrence, ce n'est pas de ma vie politique qu'il est question ici, mademoiselle Conlan, la coupa-t-il, se raidissant subitement, avec un regard d'acier. C'est votre façon de manier ce témoin qui est en question.

Rob observa Kate. Il avait l'air de s'interroger sur sa santé mentale. Kate observa Edwyn Noble. *Pas question de sa vie politique. Mon œil !*

À ce stade, elle aurait pu pousser le bouchon un peu plus loin avec Sabin, et obtenir d'être réaffectée. Elle aurait pu avouer une totale inaptitude à s'occuper de ce témoin et se décharger du fardeau que représentait Angie Di Marco. Mais il y avait en elle une seconde Kate, qui réfléchit à la chose, qui se vit laissant cette fille à la merci des loups en meute, et ne put s'y résoudre.

Le souvenir d'Angie debout dans sa piaule miteuse du Phœnix était trop frais, le souvenir de ces larmes subites, lorsqu'elle avait demandé à Kate pourquoi elle ne pouvait pas habiter chez elle.

Elle se leva, lissa discrètement les plis sur le devant de sa jupe.

— J'agis de mon mieux pour obtenir de cette fille qu'elle me révèle la vérité. Je n'ignore pas que c'est l'objectif de chacun. Accordez-moi une chance de la travailler à ma manière, Ted. Je vous en prie.

Elle ne dédaigna pas de lui adresser son regard plein d'espoir, les yeux grands ouverts — si cela permettait de le fléchir. Tant pis pour lui, il n'avait qu'à pas s'y laisser prendre, s'il n'en avait pas envie. Le mot *mercenaire* s'insinua dans son esprit, en y traçant un petit sillage de bave.

— Ce n'est pas une gamine comme il faut, continua-t-elle. Elle a connu une vie difficile, ce qui a fait d'elle une personne difficile, mais en l'occurrence, mon opinion, c'est que dans cette histoire elle veut agir comme il faut. À ce stade de la partie, cela ne servirait à rien de s'impatienter. Si vous voulez confirmation de mon opinion, questionnez Quinn. Dans cette affaire, il en sait autant que moi sur la manière d'aborder ce genre de témoin, acheva Kate, estimant qu'un renvoi d'ascenseur ne manquait pas de fair-play.

John lui en devait bien un. Au moins. Noble s'éclaircit poliment la gorge.

— Et l'hypnose ? Vous allez essayer ?

Kate secoua la tête.

— Cela ne marchera jamais. L'hypnose requiert de la confiance. Cette gamine n'en a aucune. En matière d'ésotérisme, Oscar représente le maximum qu'elle puisse tolérer.

— J'ai horreur de jouer à l'avocat du diable, reprit le procureur, en se dépliant pour se lever de son fauteuil, mais comment saurons-nous si cette fille a vu quoi que ce soit ? Elle me fait l'effet d'être du genre à tenter n'importe quoi pour de l'argent. Peut-être la récompense est-elle son seul et unique objectif.

— Et elle vise cet objectif avant même de savoir qu'il existe ? objecta Kate. Si c'est le cas, alors dans cette affaire elle a encore plus de valeur qu'elle n'en a jamais eu, parce qu'il faudrait qu'elle soit voyante extralucide. Aucune récompense n'a été offerte après les deux premiers meurtres. (Kate jeta un coup d'œil à sa montre et étouffa un juron.) Messieurs, j'ai bien peur qu'il ne vous faille m'excuser. Je dois assister à une audience dans quelques minutes, et ma victime est probablement déjà en train de paniquer parce que je ne suis pas là.

Sabin avait contourné son bureau pour s'y appuyer, les bras croisés, le visage sévère. Kate reconnut la pose d'après le cliché de profil que le *Minnesota Monthly* avait publié de lui un an plus tôt. Loin d'elle l'idée de minimiser son pouvoir ou sa volonté d'en user. Ted Sabin ne serait pas parvenu là s'il était né de la dernière pluie ou s'il n'était qu'un beau gosse.

— Concernant cette fille, Kate, je suis d'accord pour vous accorder encore un peu de temps. (Il laissait clairement entendre que c'était à contrecœur — quand bien même toute cette organisation avec Kate avait été son idée à lui.) Mais nous avons besoin de résultats, et vite. Je pensais que, parmi tous les avocats de votre service, vous seriez la mieux à même de le comprendre.

— Notre témoin retourne travailler avec Oscar cet après-midi, annonça-t-elle, en se rendant vers la porte.

Sabin s'écarta de son bureau et la raccompagna, en lui posant une main entre les omoplates.

— Vous aurez fini à temps au tribunal pour assister à la séance avec elle ?

— Oui.

— Parce que je suis sûr que Rob est capable de jongler un peu avec les emplois du temps et de faire en sorte que quelqu'un d'autre se charge de cette audience.

— Non, monsieur. L'audience ne sera pas longue, promit-elle avec un sourire peiné. En plus, je ne voudrais refiler ce client-là à aucun de mes collègues. Ils connaissent mon adresse, mes collègues.

— Peut-être devrions-nous nous arranger pour que l'agent Quinn assiste à cette séance avec Oscar et la fille, suggéra-t-il.

Soudain, cette main posée entre ses omoplates renfermait une lame.

— Je ne vois pas en quoi cela pourrait être utile.

— Non, mais vous aviez raison, Kate, argumenta-t-il. Ce témoin n'a rien d'ordinaire. Et comme vous le disiez, Quinn a beaucoup d'expérience. Il pourrait être en mesure de capter quelque chose, de suggérer une stratégie. Je vais l'appeler.

Kate franchit le seuil et resta là tandis que la porte se refermait derrière elle.

— Moi et ma grande gueule.

— Kate... commença Rob Marshall à voix basse.

Kate fit volte-face vers lui, tandis qu'il sortait à son tour en se faufilant.

— Espèce de fouine, l'accusa-t-elle dans un chuchotement âpre. (Ce fut tout ce qu'elle trouva à lui dire, pour réprimer son envie de l'empoigner par les oreilles et de le secouer comme un prunier.) C'est vous qui m'avez donné votre feu vert pour emmener Angie au Phœnix. Et maintenant vous restez planté là, chez Sabin, à lui laisser entendre que c'était de mon seul fait ! Je pensais que vous aviez réglé ça avec lui. C'est ce que j'ai annoncé à Kovac. Et j'ai accusé Kovac d'être paranoïaque parce qu'il n'avait pas confiance.

— J'ai abordé le sujet du Phœnix avec lui...

— Mais il n'a pas marché.

— Il n'a pas dit non.

— Oui, enfin, il est bien évident qu'il n'a pas dit oui.

— Il avait l'esprit occupé à autre chose. Je savais que l'emmener là-bas, c'était comme ça que vous aviez envie de jouer le coup, Kate.

— N'essayez pas de me coller ça sur le dos. Vous avez pris une initiative, pour changer. Vous ne pourriez pas l'admettre, au moins ?

Il respirait bruyamment par son nez trop court, et son visage vira au rouge terne.

— Kate, vous a-t-il jamais traversé l'esprit que j'étais votre supérieur ?

Elle ferma la bouche afin de garder pour elle la repartie qui lui venait à l'esprit, et rassembla le reste de respect qu'elle éprouvait encore.

— Je suis désolée. Je suis en colère.

— Et je suis votre chef. Le responsable, c'est moi, lui rappela-t-il.

Elle pouvait percevoir toute l'exaspération qui perçait dans sa voix.

— Pour ce boulot-là, je ne vous envie pas, rétorqua-t-elle, pince-sans-rire. Il fallait vraiment que je mette les choses au clair, que j'aie cette confrontation avec vous. Vous auriez pu me tirer de cette poudrière. Mais je n'en ai même pas envie, admit-elle. Ça doit être mon masochisme suédois.

— Vous êtes exactement celle qu'il me faut pour s'occuper de ce témoin, Kate, lui assura-t-il. (Il remonta ses lunettes sur

194

son nez et sourit comme un homme affligé d'une rage de dents.) Alors maintenant, de nous deux, qui est le masochiste ?

— Je suis désolée. Je n'aime pas qu'on me mette en position de me faire sentir comme un pion, c'est tout.

— Concentrez-vous sur le résultat. Après tout, nous avons obtenu ce que nous voulions.

Les rapports de Marshall avec Sabin demeuraient intacts. L'apparent franchissement des limites dont elle s'était rendue coupable serait mis sur le compte de son arrogance bien connue, Sabin la pardonnerait parce qu'elle le faisait bander, et Rob s'en sortait en passant pour un vrai diplomate, voire pour un meneur d'hommes. Une fois de plus, la fin justifiait les moyens. Il n'y avait pas de mal — sauf pour son amour-propre.

— Je ne suis pas opposée à l'idée de comploter, vous savez, reprit-elle, toujours fâchée.

Elle avait la ferme intention de soustraire Angie aux griffes de Sabin, et jamais, pas même une fois en un million d'années, elle n'aurait tenu Rob Marshall au courant de son plan. C'était cela qui lui tapait sur les nerfs : que Rob ait pu marquer un point contre elle. Elle n'avait aucune envie d'admettre qu'il serait capable de se montrer plus malin qu'elle, ou plus habile, ou qu'il était son supérieur, jamais, en aucun cas. Une sacrée position à tenir vis-à-vis de son patron.

— Vous avez eu des nouvelles de vos amis dans le Wisconsin ? l'interrogea-t-elle.

— Rien pour l'instant.

— Je trouverais assez sympa de savoir qui est cette fille, à la fin. J'ai l'impression de travailler les yeux bandés.

— J'ai un enregistrement vidéo des entretiens avec Angie, lui répondit-il, en se calant les deux mains à la ceinture. J'ai pensé qu'il pourrait être utile de prendre le temps de se les repasser, tous les deux ensemble. Peut-être pourrions-nous enrôler Quinn. J'aimerais bien entendre son avis.

— Ouais, pourquoi pas ? acquiesça Kate, résignée. Faites-moi savoir pour quand vous organisez ça. On m'attend au tribunal.

Certains jours, le mieux semblait encore de rester chez soi et de se flanquer des coups de marteau sur le pouce. Au moins, ça, c'était une douleur dont elle pourrait facilement guérir. John Quinn, c'était une tout autre affaire.

— J'ai eu peur que vous ne veniez pas, lui confia David Willis non sans un soupçon de reproche, se précipitant vers elle alors qu'elle se frayait un chemin en contournant les groupes d'avocats agglutinés dans le corridor à l'entrée des chambres criminelles.

— Je suis désolée de ce retard, monsieur Willis. J'étais en réunion avec le procureur du comté.

— Au sujet de mon affaire à moi ?

— Non. Pour votre affaire, tout est prêt.

— Je ne vais pas être contraint d'effectuer une déposition sous serment, nous sommes d'accord ?

— Pas aujourd'hui, monsieur Willis. (Kate guida son client en direction de la salle d'audience.) Ce n'est qu'une audition de témoins. Le ministère public, M. Merced, va simplement présenter les preuves suffisantes nécessaires pour que le tribunal place M. Zubek en liberté conditionnelle, en vue du procès.

— Mais il ne va pas m'appeler à la barre en qualité de témoin surprise ou je ne sais quoi encore ?

Il avait l'air de redouter cette perspective autant que de l'espérer. Sans trop comprendre pourquoi, Kate savait que c'était exactement l'allure qu'avait dû avoir David Willis sur la photo de l'annuaire universitaire, à la faculté, dans les années soixante-dix : une coupe en brosse et des lunettes démodées, un pantalon d'une bizarre couleur verte, la taille trop haute de trois centimètres. Toute sa vie, des gens avaient dû régulièrement l'agresser physiquement.

Pour la circonstance, il portait les lunettes en corne noire qui avaient été cassées lors de son agression. Elles ne tenaient plus que grâce à deux bouts de Scotch collés en deux endroits. Il avait le poignet gauche enchâssé dans un plâtre moulé en plastique, et il portait une minerve, comme un épais col roulé.

— Les témoins surprises, ça n'arrive que dans les feuilletons du genre *Matlock,* lui assura Kate.

— Parce que je ne suis tout bonnement pas prêt à ça. Il va falloir que je m'y prépare, vous savez.

— Oui, je pense que nous en avons tous conscience, monsieur Willis.

La semaine passée, il n'avait pas cessé de leur téléphoner, tous les jours, pour le leur rappeler : à Kate, à Ken Merced, à la secrétaire de Ken, à la réceptionniste du service juridique.

— Je ne vais courir aucun danger physique, n'est-ce pas ? Il sera menotté, avec des fers aux pieds, exact ?

— Vous serez en parfaite sécurité.

— Parce que, vous savez, la tension de certaines situations peut pousser les gens à franchir leur propre limite. J'ai lu des articles là-dessus. J'ai suivi religieusement les réunions du groupe de victimes dans lequel vous m'avez inscrit, mademoiselle Conlan, et j'ai lu tous les textes sur lesquels j'ai pu mettre la main au sujet de l'esprit criminel, et de la psychologie des victimes, et des tensions posttraumatiques... exactement comme vous me l'avez conseillé.

Kate recommandait souvent à ses clients de se livrer à une sorte de rééducation, pour apprendre à connaître les réactions et les sentiments auxquels s'attendre, consécutivement à une agression. Cela leur donnait l'impression de comprendre et, dans une mesure certes limitée, le sentiment de maîtriser la situation. Mais elle ne le recommandait sûrement pas comme un de ces hobbies qui finissent par vous dévorer tout entier.

Sachant que Willis voudrait suivre l'action de près, elle choisit le premier rang du public, derrière la table de l'accusation, là où Ken Merced était en train de parcourir ses notes. Quand elle s'arrêta pour lui indiquer la rangée, Willis lui rentra dedans, puis il se marcha sur les pieds en essayant de s'effacer pour prier Kate, d'un geste, de passer devant lui.

Déjà excédée, Kate s'engagea dans la rangée en secouant la tête et prit un siège. Willis farfouilla dans l'attaché-case miteux qu'il avait apporté avec lui. Rempli de coupures de presse sur son affaire, de Polaroid de sa propre personne pris aux urgences, après l'agression, de brochures sur les groupes de victimes et leurs thérapeutes, et un exemplaire relié de *Victime d'un crime : Comment s'en sortir*. Il sortit un bloc jaune officiel et se prépara à prendre note des débats — comme il l'avait fait à chacune des réunions que Kate avait eues avec lui.

Merced se tourna vers eux, impassible. Plaisant visage.

— Nous sommes tous fin prêts, monsieur Willis. Ce ne sera pas long.

— Vous êtes certain que vous n'aurez pas besoin de ma déposition ?

— Pas aujourd'hui.

Il lâcha un soupir parcouru d'un frisson.

— Parce que je n'y suis pas prêt.

— Non. (Merced se retourna vers la table.) D'ailleurs, aucun d'entre nous n'y est prêt.

Kate se redressa et tenta de dominer la tension dans sa mâchoire, tandis que Willis s'absorbait dans la rédaction de ses notes préliminaires.

— Tu as toujours eu ce sens du contact si délicat, si secret.

Le chuchotement feutré résonna sourdement au-dessus de son épaule droite, le souffle caressa la peau délicate de sa nuque. Kate se retourna d'un coup sec, l'air sévère. Quinn se pencha sur son siège, les coudes calés sur les genoux, les yeux sombres et luisants, avec ce sourire fermement en place, à dessein, du petit-garçon-pris-la-main-dans-le-bocal-aux-bonbons.

— J'ai besoin de te parler, murmura-t-il.

— Tu as mon numéro au bureau.

— Exact. Cela étant, tu n'avais pas l'air de mourir d'envie de répondre à mes messages.

— Je suis très occupée.

— Je vois ça.

— Ne te moque pas de moi, rétorqua-t-elle, cassante.

David Willis lui saisit l'avant-bras et elle se retourna de nouveau. La porte latérale s'était ouverte, et O.T. Zubek pénétra dans la salle du tribunal avec son avocat, un adjoint du shérif sur ses pas. Zubek était une véritable bouche d'incendie à forme humaine, trapu, des membres épais, un ventre proéminent. Il portait un costume bon marché bleu marine — les épaules saupoudrées de pellicules —, sur une chemise de tricot bleu layette, sortie du pantalon et trop ajustée à mi-torse. Il planta le regard droit sur Willis et se renfrogna. Son visage pâteux offrait une caricature de petit dur de dessin animé, avec une mâchoire ombrée de bleu.

Willis le dévisagea, les yeux exorbités le temps d'une seconde, puis il se contorsionna vers Kate.

— Vous avez vu ça ? Il m'a menacé ! C'était un échange visuel menaçant. J'ai perçu ça comme une menace. Pourquoi n'est-il pas menotté ?

— Tâchez de garder votre calme, monsieur Willis, ou le juge va vous faire expulser du prétoire.

— Ce n'est pas moi le criminel, ici !

— Tout le monde est au courant.

Le juge entra par la porte de son cabinet et tout le monde se leva, puis se rassit. On donna lecture du numéro de registre et des charges retenues, l'accusation et la défense firent état de leurs noms pour le compte rendu d'audience, et l'audience proprement dite de ce procès probable, de ce procès à venir s'ouvrit.

Merced appela son premier témoin, un homme en forme de poire qui assurait l'entretien des distributeurs de boissons aux magasins 7-Eleven, dans toute l'aire métropolitaine des cités jumelles. Il certifia avoir entendu Willis se disputer avec Zubek sur les conditions de livraison, au magasin que dirigeait Willis, de paquets d'Hostess Twinkies et autres assortiments de petits gâteaux apéritifs, et qu'il les avait vus tous les deux trébucher par terre au rayon chips, Zubek frappant Willis à plusieurs reprises.

— Et avez-vous entendu qui avait commencé cette prétendue dispute ? demanda l'avocat de la défense lors du contre-interrogatoire.

— Non.

— Alors, pour autant que vous sachiez, c'est M. Willis qui aurait fort bien pu provoquer cette dispute ?

— Objection. Prête à conjectures.

— Question retirée. Et avez-vous vu qui a donné le premier coup de poing lors de cette prétendue agression ?

— Non.

— Cela aurait-il pu être M. Willis ?

À côté de Kate, Willis tremblait et s'agitait.

— Je n'ai rien fait !

— Chut !

Merced poussa un soupir.

— Votre Honneur...

Le juge considéra avec sévérité l'avocat de la défense, qui était venu costumé en méchant vendeur de voitures d'occasion. Il avait l'air si mal fagoté qu'il aurait tout aussi bien pu être le cousin de Zubek.

— Monsieur Krupke, ceci est une audition de témoins, pas un procès. La cour se préoccupe plus de ce que les témoins ont vu que de ce qu'ils n'ont pas vu.

— C'est pas exactement l'affaire de l'Éventreur de Richmond, hein ? murmura Quinn à l'oreille de Kate.

Elle lui lança un regard mauvais par-dessus son épaule. La raideur qui la gênait dans la mâchoire commençait de la lancer le long du cou.

Le deuxième témoin de Merced corrobora le témoignage du technicien des distributeurs. Krupke se livra au même contre-interrogatoire, permettant à Merced de soulever les mêmes objections, pendant que le juge devenait de plus en plus grincheux. Willis gigotait et couchait des notes copieuses de son écriture en minuscules caractères gras, qui trahissait des vérités proprement effrayantes sur les mécanismes mentaux les plus intimes du personnage. Merced inscrivit au registre des pièces à conviction les bandes vidéo de la surveillance du magasin, qui montraient la plus grande partie de la bagarre, puis il s'en remit à la cour.

Krupke n'avait pas de témoins à appeler à la barre et ne déploya aucun système de défense.

— Nous ne contestons pas qu'une altercation ait eu lieu, Votre Honneur.

— Alors pourquoi me faites-vous perdre du temps avec cette audition, monsieur Krupke ?

— Nous voulions établir que les événements pouvaient ne pas s'être déroulés exactement comme M. Willis le prétend.

— C'est un mensonge ! hurla Willis.

Le juge abattit son maillet. L'huissier menaça Willis du regard, mais ne bougea pas de son poste. Kate agrippa le bras de son client pour l'assagir et chuchota, hors d'elle :

— Monsieur Willis, taisez-vous !

— Je suggère que vous écoutiez votre avocat, monsieur Willis, l'avisa le juge. Votre tour de parler viendra.

— Aujourd'hui ?

— Non ! renifla le juge, en braquant son regard furieux sur Merced, qui se défendit de ses deux mains grandes ouvertes et haussa les épaules. Le juge se retourna de nouveau vers la défense.

— Monsieur Krupke, remplissez-moi un chèque de deux cents dollars pour m'avoir fait perdre mon temps. Si vous n'aviez aucune intention de contester les charges retenues, vous auriez dû renoncer à vos droits à audition et demander une date de procès au moment de la lecture de l'acte d'accusation.

La date du procès fut fixée et les débats furent clos. Kate soupira de soulagement. Merced se leva de la table et rassembla ses papiers. Kate se pencha par-dessus la barre et chuchota :

— Vous ne pourriez pas vous organiser pour que ce type se débrouille tout seul, Ken ? Je préférerais me faire arracher les yeux plutôt que de siéger dans un procès avec ce monsieur.

— Seigneur Dieu, ce Zubek, j'irais le payer pour qu'il accepte de plaider coupable, si je ne risquais pas d'être radié du barreau.

Krupke demanda à quelqu'un de lui prêter un stylo afin de pouvoir remplir son chèque pour offense à la cour. Willis regardait autour de lui comme s'il venait à peine de se réveiller d'une sieste sans avoir aucune idée de l'endroit où il se trouvait.

— C'est tout ?

— C'est tout, monsieur Willis, confirma Kate, en se levant. Je vous avais prévenu que ce ne serait pas long.

— Mais... mais... Il balaya l'air de son bras moulé de bleu, dans la direction de Zubek. Ils m'ont traité de menteur ! Est-ce que je ne devrais pas me défendre tout seul ?

Zubek se pencha par-dessus la rambarde, en ricanant.

— Tout le monde a pu constater que vous vous y preniez de façon plutôt merdique, Willis.

— Nous devrions nous en aller, maintenant, proposa Kate, en tendant son attaché-case à Willis.

L'objet pesait une tonne. Il s'empêtra avec l'attaché-case, son carnet de notes et un stylo tandis qu'elle le guidait vers l'allée centrale. Kate, pour sa part, était plus préoccupée par la manière dont elle allait pouvoir se débarrasser de Quinn. Ce dernier avait déjà gagné l'allée et avançait vers la porte à reculons, les yeux posés sur elle, s'efforçant de capter son regard. Sabin avait dû l'appeler à la seconde où elle était sortie de son bureau.

— Mais je ne comprends pas, geignait Willis. Il aurait fallu aller plus loin. Il m'a blessé ! Il m'a blessé et il m'a traité de menteur !

Zubek remuait les épaules comme un boxeur et faisait une tête de Gontran, le vieil ennemi intime de Popeye.

— Lavette à sa maman.

Kate vit la réaction de Quinn à la seconde où le cri de guerre s'échappa de la gorge de Willis pour se figer dans l'air. Lorsque Willis se propulsa vers Zubek en armant son bras, elle pivota. L'attaché-case frappa Zubek à la tête comme une poêle à frire et le renversa en arrière, en travers de la table de la défense. Les serrures sautèrent et tout le contenu de l'attaché-case jaillit d'un coup.

Quand Willis arma son bras pour l'abattre à nouveau, Kate se jeta vers lui. Elle l'agrippa par les deux épaules, et tous deux trébuchèrent tête la première par-dessus la barre, dans une mer de pieds de tables, de chaises et de gens qui se bousculaient. Zubek glapissait comme un cochon embourbé. Le juge vociférait après l'huissier, l'huissier hurlait après Krupke, qui criait après Willis en essayant de lui flanquer des coups de pied. Le bout de son soulier rencontra la cuisse de Kate, qui poussa un juron et lui rendit son coup de pied, cueillant Willis.

Il fallut ce qui parut une éternité avant de restaurer l'ordre et de relever Willis afin de dégager Kate. Elle se redressa lentement, en proférant un torrent d'obscénités à mi-voix.

Quinn s'accroupit devant elle, lui tendit la main, et lui ramena une mèche de cheveux cuivrés derrière l'oreille.

— Tu devrais franchement revenir au FBI, Kate. Ce boulot finira par avoir ta peau.

— Avise-toi de te moquer de moi, lui rétorqua-t-elle d'un ton sec, en inventoriant les dégâts, tant sur elle-même que sur ses vêtements. Quinn s'appuya contre le bureau de Kate, en la regardant passer le doigt par un trou dans ses bas, suffisamment gros pour qu'elle y introduise le poing. C'est ma deuxième paire de jolis collants de la semaine. J'ai compris : je laisse tomber les jupes.

— Les hommes de ce bâtiment vont devoir enfiler des brassards noirs pour porter le deuil, commenta Quinn. (Comme elle lui décochait un nouveau regard assassin, il leva les mains en signe de reddition). Hé ! Kate, tu as toujours eu une jolie paire de cannes ! Tu ne peux pas soutenir le contraire.

— Le sujet est déplacé et hors de propos.

Il joua les innocents.

— Le politiquement correct interdit à un vieil ami de complimenter une vieille amie ?

Elle se redressa lentement sur son siège, oubliant ses collants fichus.

— C'est nous, ça ? lui demanda-t-elle tranquillement. De vieux amis ?

La question le dégrisa. Il ne pouvait pas la regarder dans les yeux, tout en évoquant avec légèreté le passé qui subsistait derrière eux, entre eux. Leur gêne était une entité palpable.

— Ce n'est pas exactement ce que nous étions quand nous avons pris nos distances, lui rappela-t-elle.

— Non. Il s'éloigna du bureau, fourrant les mains dans les poches de son pantalon, faisant mine de s'intéresser aux notes et aux dessins qu'elle avait punaisés sur son tableau d'affichage. Mais c'était il y a longtemps.

Ce qui signifiait quoi ? se demanda-t-elle. Que beaucoup d'eau avait coulé sous les ponts ? Alors qu'une partie d'elle-même avait envie d'acquiescer, une autre partie d'elle-même retenait ces souvenirs amers emprisonnés à l'intérieur d'un poing fermé. Pour elle, rien n'était oublié. L'idée que ce puisse être le cas pour lui la bouleversa, à son grand dam. Elle se sentait faible, un mot qu'elle n'avait jamais envie d'associer à sa propre personne.

Quinn l'observait du coin de l'œil.

— Cinq ans, c'est long, pour rester en colère.

— Je ne suis pas en colère contre toi.

Il rit.

— Une paille. Tu ne réponds pas à mes coups de fil. Tu refuses d'avoir une conversation avec moi. Chaque fois que tu me vois, tu te braques.

— Je t'ai vu, quoi ? deux fois depuis que tu es arrivé. La première, tu t'es servi de moi pour arriver à tes fins, et la deuxième, tu te moques de mon boulot...

— Je ne me suis pas moqué de ton boulot, protesta-t-il. Je me suis moqué de ton client.

— Oh ! ça fait une sacrée différence ! commenta-t-elle, sarcastique, oubliant un peu trop commodément que David Willis était la risée de tout le monde, elle comprise. (Elle se leva, ne voulant pas lui offrir la latitude de la regarder de haut, en tout cas pas de plus haut que ne l'autorisait leur différence de taille.) Ce qui m'accapare, en l'occurrence, compte énormément, John. Peut-être pas de la même façon que ce qui t'accapare, toi, mais ça compte quand même énormément.

— Je ne suis pas en désaccord avec toi, Kate.

— Non ? Autant que je m'en souvienne, quand j'ai décidé de quitter le Bureau, tu m'as dit que je fichais ma vie en l'air.

Ce rappel déclencha une étincelle, et une vieille frustration se ranima dans ses yeux sombres.

— Tu as fichu en l'air une carrière en béton. Tu avais quoi ? Quatorze, quinze années de boutique ? Tu représentais un atout formidable pour l'Unité des sciences du comportement. Tu étais un bon agent, Kate, et...

— Et je suis une avocate meilleure encore. Ça me permet de m'occuper des gens quand ils sont encore vivants. Ça me permet

de leur apporter quelque chose de différent, à chacun indivi-
duellement, de les aider à traverser une période difficile, de les
aider à reprendre des forces, à accomplir la démarche de changer quelque chose à leur existence. Ça n'a pas de valeur, ça ?

— Je n'ai rien contre le fait que tu sois avocate, répliqua
Quinn. J'étais contre le fait que tu quittes le Bureau. Ce sont
deux questions distinctes. Tu as laissé Steven te pousser dehors...

— Ce n'est pas vrai !

— Et comment ! Il voulait te punir...

— Et je ne l'ai pas laissé faire.

— Tu as tout largué. Tu l'as laissé gagner.

— Il n'a pas gagné, lui rétorqua Kate. Sa victoire, cela aurait
été qu'il vide ma carrière de sa substance, une goutte de sang
après l'autre. J'étais censée rester plantée là à supporter ça rien
que pour lui montrer à quel point j'étais solide ? Qu'est-ce que
j'étais censée faire ? Transférer, transférer, jusqu'à ce qu'il soit
à court de copines dans son réseau de vieux garçon ? Jusqu'à ce
que j'échoue à demeure dans l'agence locale de Gallup, Mexico,
avec rien d'autre à faire que de compter les serpents et les taren-
tules qui traversent la route ?

— Tu aurais pu lutter contre lui, Kate, insista-t-il. Je t'aurais
soutenue.

Elle croisa les bras et haussa les sourcils.

— Oh ! vraiment ? Autant que je m'en souvienne, après ta
petite engueulade avec l'Inspection générale des services, tu ne
mourais pas d'envie d'avoir affaire à moi.

— Cela n'avait rien à voir avec ça, riposta-t-il avec colère.
L'Inspection générale ne m'a jamais fait peur. Steven, avec ses
minables petits jeux bureaucratiques à la con, ne m'intimidait
pas. J'étais pieds et poings liés. Je jonglais avec peut-être
soixante-cinq affaires, y compris le Cannibale de Cleveland...

— Oh ! je sais tout ça, John ! l'interrompit-elle, caustique. Le
Grand Quinn, qui porte le poids du monde criminel sur ses
épaules.

— Qu'est-ce que tu entends signifier par là ? interrogea-t-il.
J'ai un métier et je le fais.

Et au diable le reste du monde, compléta Kate, *moi comprise*. Mais
elle garda cette dernière réflexion pour elle. Quel avantage en
retirerait-elle à présent ? Cela ne changerait rien au souvenir
qu'elle conservait de cette histoire. Et cela ne servirait à rien de
se disputer sur le fait qu'à l'évidence il se souciait, et pas qu'un

peu, de ce que l'Inspection générale versait à son dossier. Et cela n'avait aucun sens non plus d'argumenter sur le fait que, pour Quinn, son métier représentait tout.

Une longue histoire que l'on avait résumée de la manière suivante : elle avait entretenu une liaison qui avait donné le coup de grâce à un mariage déjà ravagé, défiguré, méconnaissable. Les représailles de son mari l'avaient contrainte à changer de carrière. Et Quinn s'était écarté du naufrage, avait pris le large et s'était jeté à corps perdu dans son premier amour : son travail. Et lorsque les choses avaient tourné au vinaigre, il avait reculé et l'avait laissée tomber. Quand elle-même avait fini par lui tourner le dos à son tour, il n'avait pas esquissé un geste pour la retenir.

En cinq ans, il ne l'avait pas appelée une seule fois.

Non qu'elle en ait eu envie.

Cette dispute était en train de les rapprocher l'un de l'autre, petit à petit, un pas après l'autre. Désormais, il était suffisamment près d'elle pour qu'elle puisse sentir un léger soupçon de parfum, un après-rasage discret. Elle pouvait capter la tension qui habitait son corps. Et des fragments de souvenirs par milliers qu'elle avait enfermés sous clef refirent surface en trombe. La force de ses bras, la chaleur de son corps, le réconfort qu'il lui avait offert et dont elle s'était imprégnée, comme une éponge sèche.

Toute son erreur avait justement résidé là, dans ce besoin. Or, à présent, elle n'avait plus besoin de Quinn.

Elle se détourna de lui et alla se rasseoir à son bureau, en essayant de se convaincre qu'être arrivés, si spontanément, à se disputer comme ils venaient de le faire n'était aucunement le signe de rien.

— Moi aussi, j'ai mon boulot, conclut-elle, en consultant ostensiblement sa montre. Je suppose que c'est pour cela que tu es venu. Sabin t'a appelé ?

Quinn libéra l'air qu'il avait retenu dans ses poumons. Ses épaules retombèrent de dix centimètres. Il ne s'était pas attendu à ce que ses émotions fassent irruption avec une telle facilité. Se laisser aller de la sorte, cela ne lui ressemblait pas. Pas plus que d'abandonner un combat tant qu'il ne l'avait pas emporté. Et pourtant, le soulagement qu'il éprouva d'avoir bel et bien cédé à cette facilité, à l'instant même, fut assez prononcé pour susciter en lui un malaise.

Il battit en retraite d'un pas.

— Il veut que j'assiste à la séance avec toi quand ton témoin va revenir travailler sur ce portrait-robot.

— Je me fiche de ce qu'il veut, s'obstina Kate avec entêtement. Je ne veux pas t'avoir là-bas. Cette fille s'accroche à moi par un fil. Que quelqu'un lui chuchote les lettres *FBI*, et elle se sauve en courant.

— Eh bien nous ne mentionnerons pas ces lettres.

— Elle sait renifler un mensonge à plus d'un kilomètre.

— Elle n'aura pas à être tenue au courant de ma présence. Je vais me faire tout petit, une souris dans son petit coin.

Kate en rit presque. Ouais, qui donc irait remarquer Quinn ? Un mètre quatre-vingts de masculinité, un beau ténébreux en costume italien. Nan, une fille comme Angie ne remarquerait sûrement rien du tout.

— J'aimerais me forger ma propre impression sur cette fille, poursuivit-il. Quel est ton avis sur elle ? Est-elle un témoin crédible ?

— C'est une petite peste, une menteuse, une intrigante, et mal élevée avec ça, lui exposa Kate sans détour. C'est probablement une fugueuse. Il se peut qu'elle ait seize ans, mais dans ce cas elle va directement sur ses quarante-deux. Elle a pris quelques coups sur la tête, et elle a une peur bleue.

— En somme, la jeune enfant américaine dans toute sa splendeur, s'extasia Quinn, pince-sans-rire. Alors, est-ce qu'elle a vu Joe l'Enfumeur ?

Kate médita un instant, pesant et soupesant tout ce qu'était Angie et tout ce qu'elle n'était pas. Tout ce que cette fille espérait gagner au chapitre d'une récompense, tout ce qu'elle avait pu débiter comme mensonges, après s'être aperçue que le mal portait un visage on ne peut plus réel. Kate sentait bien qu'il y avait du vrai dans tout ça. La tension qu'elle percevait chez cette fille, chaque fois qu'il lui fallait réitérer le récit de l'incident, était une chose pratiquement impossible à contrefaire de manière convaincante.

— Oui. Je crois qu'elle l'a vu.

Quinn hocha la tête.

— Mais elle dissimule ?

— Elle a peur des représailles du tueur... et peut-être aussi de celles des flics. Elle refuse de nous dire ce qu'elle fabriquait dans ce parc à minuit.

— Des suppositions ?

— Peut-être cherchait-elle sa dose de drogue. Ou alors elle venait de faire une passe quelque part à proximité et coupait à travers le parc pour rentrer dormir dans je ne sais quelle ruelle.

— Mais elle n'a pas de casier ?

— Rien, en tout cas personne n'a rien pu trouver. On fait circuler sa photo dans tous les services : crimes sexuels, stupéfiants, mineurs. Pas une seule piste pour l'instant.

— Une femme bien mystérieuse.

— Ce n'est pas non plus Mata Hari.

— Dommage que tu ne puisses pas relever ses empreintes digitales.

Kate se renfrogna.

— À l'heure qu'il est, on les aurait si j'avais laissé Sabin agir à sa guise. Lundi, il voulait que Kovac l'arrête et lui fasse passer la nuit en prison pour lui inspirer la peur du Seigneur tout-puissant.

— Ça aurait pu marcher.

— Faudra me passer sur le corps.

Quinn ne put s'empêcher de sourire à l'acier de la voix de Kate, au feu de ses yeux. Il était clair que, menteuse, intrigante, petite peste ou pas, Kate se sentait la protectrice de sa cliente. Kovac en avait fait la remarque à Quinn : elle avait beau être une professionnelle chevronnée, elle protégeait ses victimes et ses témoins comme s'ils faisaient partie de sa propre famille. En l'espèce, le choix des termes ne laissait pas d'être intéressant.

En cinq ans, elle ne s'était pas remariée. Sur les rayonnages au-dessus de son bureau ne figurait pas un seul cliché de chevalier servant. Mais à l'intérieur d'un cadre délicat en filigrane d'argent, il y avait la minuscule photo de la petite fille qu'elle avait perdue. Casée dans un coin, loin de la paperasse, à l'abri des coups d'œil fortuits des visiteurs, voire presque dérobée à son regard à elle, cette figure de chérubin, l'enfant dont le poids de la mort lui pesait sur la conscience, comme une pierre.

La douleur de la mort d'Emily l'avait presque broyée. Kate Conlan, si carrée, si imperturbable. Le chagrin et la culpabilité l'avaient frappée avec la violence d'un semi-remorque, la faisant voler en éclats, la paralysant. Elle n'avait eu aucune idée de comment s'en sortir. Se tourner vers son mari ? Ce choix-là avait été exclu d'emblée, car Steven Waterston avait spontanément déversé son propre sentiment de responsabilité et de culpabilité sur Kate. Et c'est ainsi qu'elle s'était tournée vers... un ami...

— Et si tu souffles à Sabin que ça aurait pu porter ses fruits, continua-t-elle, le corps en question, sur lequel on passera, ce sera le tien. Je lui ai soutenu que tu abonderais dans mon sens sur ce point, John, et tu as intérêt à le faire, c'est moi qui te le dis. Tu me dois bien ça.

— Ouais, reconnut-il à voix basse, les vieux souvenirs encore trop proches de la surface. Au moins ça.

14.

Située dans le quartier de Lowry Hill, juste au sud du nœud autoroutier inter-États qui délimitait le centre de Minneapolis, le *Wonderbra* était le genre de café-bar suffisamment branché pour la faune des artistes et juste assez propre pour la clientèle du Guthrie Theater et du Walker Art Center. Liska entra et huma l'arôme capiteux des haricots d'importation exotique.

Devant la nécessité de couvrir le plus de terrain possible, elle et Moss s'étaient partagé les tâches de la journée. Avec ses quelque vingt années d'expérience maternelle, Mère Mary s'était chargée de la mission peu enviable d'aller parler avec les familles des deux premières victimes. Elle allait rouvrir les vieilles blessures avec autant de délicatesse que possible. Liska avait accepté de bon cœur d'aller rencontrer l'une des seules amies que l'on ait connues à Jillian Bondurant : Michèle Fine.

Fine travaillait au *Wonderbra* comme serveuse et il lui arrivait parfois de chanter et de jouer de la guitare sur la scène étroite calée dans un renfoncement, près de la vitrine. Les trois clients présents étaient assis à de petites tables près de la fenêtre, en train de prendre le pâle soleil qui filtrait après trois journées de grisaille de novembre. Deux hommes plus âgés — l'un grand et mince, avec un bouc argenté, l'autre plus petit et plus carré, coiffé d'un béret noir — sirotaient leur expresso et discutaient des mérites de la Fondation nationale pour les arts. Un homme blond, plus jeune, avec des lunettes de soleil qui lui donnaient l'air d'une gargouille énucléée moulé dans un col roulé noir, tétait un verre géant d'on-ne-sait-quoi et travaillait dur sur les mots croisés d'un quotidien. Une cigarette se consumait dans un cendrier posé à côté de son verre. Il avait l'allure mince, vaguement patraque, d'un acteur qui tire le diable par la queue.

Liska se rendit au bar, où un gars bien foutu, de type méditerranéen, la chevelure noire ondulée attachée en catogan, était occupé à moudre du café dans le réceptacle conique de la machine à expressos. Il leva brièvement les yeux, qu'il avait couleur chocolat noir Godiva. Elle résista à son désir ardent de tomber en pâmoison. À peine. Ce fut avec moins de succès que Liska résista à son envie automatique d'effectuer le décompte des semaines écoulées depuis son dernier rapport sexuel. Moss se serait fait un devoir de lui rappeler que les mères de deux petits garçons de neuf et sept ans ne sont pas censées avoir des rapports sexuels.

— Je cherche Michèle.

Il hocha la tête, remit le réceptacle en place sur la machine, et arma la poignée.

— Chell !

Fine franchit le pas de porte voûté qui ouvrait sur une arrière-salle, les bras chargés d'un plateau de tasses à café Fiestaware grandes comme des bols de soupe. Elle était grande et mince, avec un visage étroit, osseux, marqué de plusieurs cicatrices déjà anciennes : Liska supposa qu'elle avait dû être victime d'un accident de voiture, il y a longtemps de ça. L'une de ces cicatrices décrivait une courbe à la commissure de sa large bouche. Une autre courait sur la crête d'une pommette haut placée, comme un petit ver tout plat. Ses cheveux foncés jetaient des reflets bruns qui n'étaient pas naturels, et elle les avait plaqués en arrière et attachés dans la nuque. Aux extrémités, ils s'ébouriffaient en une masse frisée plus fournie qu'une queue de renard.

Liska produisit discrètement sa carte de police.

— Merci d'avoir accepté de me rencontrer, Michèle. Nous pouvons nous asseoir ?

Fine posa son plateau et tira son sac à main de sous le comptoir.

— Ça vous dérange si je fume ?

— Non.

— Apparemment, je dois avoir du mal à m'arrêter, confessa-t-elle, d'une voix aussi rouillée qu'un gond de vieux portail.

(Elle la conduisit à une table en zone fumeurs, aussi loin que possible de l'homme blond.) Toute cette histoire avec Jillie... ça me met les nerfs en pelote.

Sa main trembla légèrement quand elle sortit une cigarette longue et fine d'un étui bon marché en vinyle vert. Des chairs froncées, décolorées lui abîmaient le dos de la main droite. Tatoué tout autour de la cicatrice, un élégant serpent, étiré en arabesques compliquées, s'enroulait au poignet de Michèle Fine, la tête du reptile reposant sur le dos de la main, une petite pomme rouge dans la gueule.

— Ça m'a tout l'air d'une vilaine blessure, observa Liska, en pointant son stylo sur la cicatrice tout en ouvrant son carnet de notes de poche.

Fine présenta sa main, comme pour l'admirer.

— Huile bouillante, expliqua-t-elle d'un ton dépassionné. Quand j'étais gosse.

Elle alluma son briquet et fixa la flamme, se rembrunit l'espace d'une seconde.

— Ça fait un mal de chien.

— Je veux bien le croire.

— Bon, se reprit-elle, coupant court à ses vieux souvenirs. C'est quoi cette histoire ? Personne ne veut prendre le risque de certifier que Jillie est morte, mais elle est bel et bien morte, non ? Tous les reportages parlent de « spéculations » et de « probabilités », mais Peter Bondurant est directement concerné et il offre une récompense. Pourquoi prendrait-il cette peine si ce n'était pas Jillie ? Pourquoi personne ne veut admettre que c'est elle, une bonne fois pour toutes ?

— J'ai bien peur de ne pas avoir liberté pour commenter. Depuis combien de temps connaissiez-vous Jillian ?

— À peu près un an. Elle vient ici tous les vendredis, soit avant, soit après sa séance avec son psy. On a fini par faire connaissance.

Elle tira longuement sur sa cigarette et recracha la fumée entre ses dents très écartées. Ses yeux étaient noisette, trop rapprochés et trop lourdement soulignés de noir, les cils épaissis et tout collés de mascara. L'air mauvais, c'était comme ça que Vanlees l'avait décrite. Nikki rectifia : « dur » était un adjectif plus approprié.

— Et quand avez-vous revu Jillian pour la dernière fois ?

— Vendredi. Elle s'est arrêtée en route, elle allait voir son vampire télépathe.

— Vous n'avez pas bonne opinion du Dr Brandt ? Vous le connaissez ?

Elle grimaça à travers le voile de fumée.

— Je sais que c'est une sangsue pompeuse de fric qui n'en a rien à foutre d'aider qui que ce soit, à part lui-même. Je n'ai pas arrêté de lui conseiller de le larguer et de se trouver une femme psychothérapeute. Celui-là, c'était bien la dernière chose qu'il lui fallait. Tout ce qui l'intéressait, c'était de continuer à fourrer la main dans la poche de Papa.

— Savez-vous pourquoi elle le voyait ?

Michèle regarda juste au-dessus de l'épaule de Liska, par la fenêtre.

— Dépression. Des trucs pas résolus avec le divorce de ses parents et sa maman et son beau-père. Le merdier familial habituel, non ?

— Je suis assez contente de pouvoir affirmer que je n'ai rien connu de tel. Est-ce qu'elle vous a raconté ça en détail ?

— Non.

Mensonge, releva Nikki.

— À votre connaissance, est-ce qu'elle se droguait ?

— Rien de sérieux.

— Ce qui veut dire ?

— Un peu d'herbe une fois de temps en temps quand elle était à cran.

— Qu'elle achetait à qui ?

Les traits de Fine se tendirent, les cicatrices du visage parurent plus sombres, plus luisantes.

— Une amie.

Autrement dit, elle-même, en déduisit Liska. Elle protesta de sa bonne foi, les mains grandes ouvertes.

— Hé ! je ne cherche à faire tomber personne pour un peu d'herbe ! Je veux juste savoir si Jillian pouvait avoir un ennemi dans ce registre-là.

— Non. De toute façon, elle fumait presque jamais. Pas comme quand elle vivait en Europe. Là-bas, elle avait tout essayé : sexe, drogues, alcool. Mais en arrivant ici, elle a tout envoyé balader.

— Aussi simplement que ça ? Elle arrive par ici et elle se met à vivre comme une nonne ?

211

Fine haussa les épaules, tapotant la cendre de sa cigarette.

— Elle avait essayé de se tuer. Je pense que ça vous change quelqu'un.

— En France ? Elle avait essayé de se tuer ?

— C'est ce qu'elle m'a raconté. Son beau-père l'a fait interner dans un hôpital psychiatrique un petit moment. Quelle ironie, vu que si elle devenait folle, c'était à cause de lui.

— Comment ça ?

— Il la baisait. En fait, pendant un petit moment, elle a cru qu'il était amoureux d'elle. Elle voulait qu'il divorce de sa mère et qu'il l'épouse. (Michèle Fine relatait cette information presque avec désinvolture, comme si, dans son monde, ce genre de comportement participait de la norme.) Elle a fini par avaler une poignée de cachets. Beau-papa l'a fait enfermer. Dès qu'elle est ressortie, elle est revenue ici.

Liska griffonnait ces informations dans une écriture abrégée de son cru que personne, sauf elle, ne pouvait lire, l'excitation rendant sa graphie encore plus illisible. Elle avait tapé en plein dans l'ordure, une mine, en plein dans la veine principale. Kovac allait adorer.

— Est-ce que son beau-père est venu lui rendre visite jusqu'ici ?

— Non. Cette histoire de suicide lui a foutu les boules, j'imagine. Jillie m'a raconté qu'il n'était jamais venu la voir une seule fois chez les timbrés. Dans un soupir, Michèle relâcha un nuage de fumée et laissa courir son regard au-delà du type blond. C'est triste, tout ce qui peut arriver à se faire passer pour de l'amour, non ?

— Dans quel état d'esprit était-elle, vendredi ?

Les épaules osseuses se soulevèrent et retombèrent.

— Je ne sais pas. Un peu à cran, j'imagine. Ici, c'était le coup de feu. On n'a pas eu le temps de se parler. Je lui ai promis que je l'appellerais dans la journée de samedi.

— Et vous l'avez appelée ?

— Ouais. Je suis tombée sur le répondeur. J'ai laissé un message, mais elle ne m'a jamais rappelée.

Elle fixa la fenêtre de nouveau, mais dans la rue elle ne voyait rien. Ce qu'elle revoyait, c'était ce week-end. Se demandant si, en agissant différemment, elle aurait pu éviter une tragédie. Nikki avait vu cette expression bien des fois. Des larmes mouillè-

212

rent les yeux mauvais de Michèle Fine et sa large bouche bala-frée se pinça, se réduisant à une ligne.

— Je me suis simplement imaginé qu'elle était restée chez son père pour la nuit, argumenta-t-elle, sa gorge se serrant sur ces mots. Je pensais essayer de la joindre dimanche, et puis... je ne l'ai pas fait, c'est tout...

— Et à quoi l'avez-vous passé, votre dimanche ?

Elle remua un peu la tête.

— Rien. Dormi tard. Marché autour des lacs. Rien.

Elle appuya de sa main libre contre sa bouche et serra fort les paupières, luttant pour reprendre une contenance. Son visage pâle s'empourpra tandis qu'elle retenait son souffle contre le besoin de pleurer. Liska attendit un moment.

Les types âgés assis à la table discutaient maintenant *performance* en art contemporain.

— Pisser dans une bouteille pleine de crucifix, c'est de l'art, ça ? questionna l'homme au béret.

Le type au bouc ouvrit grand les mains.

— Ça te donne une espèce de manifeste ! L'art, c'est fait pour ça, te donner une espèce de manifeste !

Le type blond tourna les pages de son journal jusqu'à celles des petites annonces et glissa un coup d'œil en douce vers Michèle. Liska lui lâcha le regard du flic en pétard, ce qui l'incita à se replonger dans sa lecture.

— Et le reste du week-end ? poursuivit-elle, revenant à Fine. Qu'avez-vous fait vendredi soir après le travail ?

— Pourquoi ?

Sa suspicion fut instantanée, nuancée d'un sentiment d'offense et d'un peu de panique.

— Tout ça, c'est pure routine. Nous avons besoin d'établir où se trouvaient les amis et la famille de Jillian, au cas où elle aurait essayé de les contacter.

— Elle n'a pas essayé.

— Vous étiez chez vous, alors ?

— Je suis allée au cinéma, à la dernière séance, mais j'ai un répondeur. Elle m'aurait laissé un message.

— Avez-vous habité chez Jillian, dans son appartement ?

Fine renifla, s'essuya les yeux et le nez du dos de la main, et tira une autre bouffée de cigarette, à s'en étouffer. La main tremblait.

— Ouais, quelquefois. On écrivait de la musique ensemble. Jillie ne montera jamais sur scène, mais elle est bonne.

Sans cesse, elle se livrait à des allers et retours vers le présent, quand elle parlait de son amie. Pour les gens, après un décès, la transition était toujours difficile.

— Nous avons trouvé des vêtements dans le dressing de la deuxième salle de bains qui n'avaient pas l'air d'être les siens.

— C'est mes trucs. Elle habite au diable, le long de la rivière. Parfois on veillait tard, à travailler sur une chanson, alors je restais pour la nuit.

— Vous avez une clef de chez elle ?

— Non. Pourquoi j'en aurais une ? Je ne vivais pas là-bas.

— Comme femme d'intérieur, c'était quel genre ?

— Quelle différence ça peut faire ?

— Ordonnée ? Fouillis ?

Fine s'agita, s'impatientant devant ces questions dont elle ne comprenait pas le but.

— Fouillis. Elle laissait traîner des trucs partout... les fringues, les assiettes, les cendriers. Quelle différence ça peut faire ? Elle est morte.

Alors elle rentra la tête dans les épaules, rougit, lutta contre la nouvelle vague d'émotion qui l'envahissait dans la foulée de cette dernière déclaration.

— Elle est morte. Il l'a incinérée. Oh ! mon Dieu !

Deux larmes perlèrent à travers les cils et firent deux éclaboussures sur le set de table en papier.

— Nous ne possédons pas la certitude qu'il lui soit arrivé quelque chose, Michèle.

Fine abandonna sa cigarette dans le cendrier et posa la tête dans ses mains. Elle ne sanglotait pas, mais continuait de combattre ses émotions.

— Peut-être a-t-elle quitté la ville pour quelques jours, observa Liska. Nous n'en savons rien. Et vous ?

— Non.

— Connaissez-vous quelqu'un qui aurait voulu faire du mal à Jillian ?

Elle secoua la tête.

— Elle a un petit ami ? Un ex-petit ami ? Un type qui s'intéressait à elle ?

— Non.

— Et vous ? Vous avez un petit ami ?

214

— Non, répondit-elle, en baissant les yeux sur son mégot qui se consumait dans le cendrier. Pourquoi est-ce que j'aurais envie d'avoir un petit ami ?

— Jillian a-t-elle jamais parlé d'un homme qui l'aurait embêtée ? Qui l'aurait surveillée, peut-être ? Qui l'aurait frappée ?

Cette fois, son rire fut amer.

— Vous savez comment sont les hommes. Ils regardent tous. Ils s'imaginent tous avoir une touche. Qui fait attention aux paumés ?

Elle renifla et inspira profondément, puis elle expira lentement et tendit la main pour prendre une autre cigarette. Ses ongles étaient rongés jusqu'au sang.

— Et sa relation avec son père ? Ils s'entendaient ?

La bouche de Fine se tordit.

— Elle l'adore. Je ne sais pas pourquoi.

— Vous ne l'aimez pas ?

— Jamais rencontré. Mais il la tient, non ? Il est propriétaire de son pavillon, paie sa scolarité, lui trouve le psychothérapeute, paie le psychothérapeute. Dîner tous les vendredis. Une voiture.

Aux yeux de Liska, tout cela offrait plutôt l'apparence d'un marché assez agréable. Peut-être qu'elle pourrait convaincre Bondurant de l'adopter, elle. Elle laissa tomber le sujet. C'est vrai, avec toutes ces questions qu'elle posait, elle se faisait l'effet d'être un mec jaloux en train de jouer les machos, ça commençait à craindre, et d'ailleurs Michèle n'appréciait guère.

— Michèle, savez-vous si Jillian portait sur le corps des signes distinctifs : grains de beauté, cicatrices, tatouages ?

Fine lui lança un regard de mauvaise humeur.

— Comment est-ce que je le saurais ? Nous n'étions pas amantes.

— Rien d'évident, alors. Pas de cicatrice sur le bras. Pas de serpent tatoué autour du poignet.

— Pas que j'aie remarqué.

— Si vous faisiez un petit tour dans l'appartement de Jillian, et s'il manquait des choses, est-ce que vous vous en rendriez compte ? Par exemple si elle avait mis quelques vêtements dans un sac pour partir quelque part.

Elle haussa les épaules.

— Je suppose.

— Bon. Alors, voyons si on peut aller le faire, ce petit tour.

Pendant que Michèle Fine se mettait d'accord avec son patron, l'étalon italien, sur une absence d'une heure, Liska sortit du café-bar, tira son cellulaire de sa poche, et composa le numéro de Kovac.

L'air était vif, une brise froide soufflait, normal pour un mois de novembre. Pas une si mauvaise journée. Une pâle imitation du temps merveilleux de la fin septembre et du début octobre, qui permettait au Minnesota de rivaliser en perfection avec n'importe quel État de l'Union. Ses garçons iraient se balader en vélo après l'école, histoire d'en profiter à fond, jusqu'au dernier tour de roue, avant que la neige ne se mette à tomber dru — et avant de sortir les luges. Ils pouvaient s'estimer heureux que ce ne soit pas déjà le cas.

— Abri de l'Élan, aboya la voix bourrue à son oreille.

— Puis-je parler à Queue de Taureau ? J'ai entendu dire qu'il avait un dard aussi long que mon bras.

— Doux Jésus, Liska. Tu penses vraiment qu'à ça ?

— À ça et à mon compte en banque. J'en ai jamais assez, ni de l'un ni de l'autre.

— Tu prêches un converti. Qu'est-ce que t'as pour moi ?

— À part du désir ? Une question. Quand tu as fouillé la maison de Jillian lundi, est-ce que tu as emporté la cassette du répondeur ?

— C'était un répondeur digital. Pas de messages.

— Son amie vient de m'expliquer qu'elle l'a appelée samedi et qu'elle lui a laissé un message. Alors qui l'a effacé, ce message ?

— Oooh ! un mystère ! Je hais les mystères. T'as autre chose ?

— Ah ! ouais ! (Elle regarda de nouveau par la vitrine du café.) Une histoire qui vaut du Shakespeare.

— Elle était en train de remettre sa vie d'aplomb, insista la mère de Lila White.

Son visage avait l'expression recuite de celle qui a fini par s'enferrer dans le récit d'un mensonge ressassé, rabâché. Un mensonge auquel elle avait trop cruellement envie de croire, sans y parvenir, tout au fond de son âme.

Mary Moss se sentait profondément attristée pour cette femme.

La famille White vivait dans la petite commune rurale de Glencoe, le genre d'endroit où les ragots tenaient couramment lieu de passe-temps, où les rumeurs étaient aussi acérées que du verre brisé. M. White était mécanicien chez un concessionnaire de matériel agricole. Ils vivaient en bordure du bourg, dans un pavillon propret à un étage, avec une famille de daims en béton dans le jardin devant la maison et un portique de balançoires sur l'arrière. Le portique était là pour leur petite-fille, qu'ils élevaient : la fille de Lila, Kylie, une fillette de quatre ans, aux cheveux comme de l'étoupe, à l'abri des réalités de la mort de sa mère, par bonheur. Pour l'instant.

— Ce jeudi soir-là, elle nous a appelés. La drogue, vous savez, elle avait envoyé promener. C'est la drogue qui l'avait entraînée si bas. (Les traits du visage grumeleux de Mme White se plissèrent, comme si l'aigreur de ses sentiments lui laissait un goût dans la bouche.) Tout ça c'est la faute de ce garçon, cet Ostertag. C'est lui qui l'a entraînée dans la drogue.

— Allons, Jeannie, intervint M. White avec la lassitude de qui répète ses injonctions, mais en vain.

L'homme était grand, la peau sur les os, les yeux couleur de jean délavé. Le visage était marqué des crevasses du fermier, à force d'avoir grimacé de trop nombreuses années en plein soleil.

— Ne m'appelle pas Jeannie, lui rétorqua sa femme, cassante. Tout le monde en ville sait qu'il trafique de la drogue, et ses parents se baladent en faisant comme s'ils ne puaient pas la merde, tous autant qu'ils sont. Ça me rend malade.

— Allan Ostertag ? s'enquit Moss, se reportant à ses notes. Votre fille a fréquenté la faculté avec lui ?

M. White soupira et approuva de la tête, se pliant à tout ce processus qu'il endurait, dans l'attente que cela se termine, avant de pouvoir recommencer à cicatriser et dans l'espoir que ce serait la dernière fois qu'on leur imposerait de rouvrir leurs blessures. Son épouse continua ses récriminations contre les Ostertag. Moss attendit patiemment, sachant qu'Allan Ostertag n'était pas et n'avait jamais été un suspect viable dans le meurtre de Lila White, et que, partant de là, pour elle, il n'offrait aucun intérêt. Mais il n'était pas sans présenter un intérêt certain pour les White.

— Avait-elle mentionné quelqu'un en particulier, qu'elle aurait rencontré au cours de l'été dernier ? demanda-t-elle quand la litanie fut terminée. Un petit ami régulier ? Quelqu'un qui aurait pu lui causer des problèmes ?

— Nous avons déjà répondu à toutes ces questions, s'impatienta Jeannie White. On dirait que vous ne prenez pas la peine d'écrire les choses, vous autres. Bien sûr, tant que c'était seulement notre fille qui était morte, ça ne comptait pas, poursuivit-elle, dans un sarcasme pointu comme une aiguille. Tant que c'était seulement notre Lila qui se faisait assassiner, nous n'avons pas vu de force d'intervention. La police s'en est toujours moquée...

— Ce n'est pas vrai, madame White.

— Ils s'en sont toujours moqués, même quand ce dealer l'a dérouillée l'automne dernier. Ils ne se sont jamais préoccupés de déclencher la moindre procédure judiciaire. C'est comme si *notre fille* ne comptait pas. (Les yeux et la gorge de Mme White se remplirent de larmes.) Elle n'était pas assez importante, pour personne, sauf pour nous.

Moss leur présenta des excuses, sachant pertinemment qu'ils ne les accepteraient pas. Aucune explication au monde ne pourrait pénétrer jusqu'à la profondeur de la blessure et de l'insulte faites à leur fille, jusqu'au fin fond de la colère, de la douleur. Peu importait aux White qu'un meurtre isolé reçoive, par nécessité, un traitement différent de celui réservé à une série de meurtres liés entre eux. Non, ce qui leur importait, c'était que leur enfant bien-aimée avait emprunté, dans sa chute, l'un des chemins les plus noirs de l'existence. Ce qui importait, c'était qu'elle était morte en prostituée. C'était ainsi que le monde se souviendrait d'elle — s'il s'en souvenait. Victime numéro un, condamnée pour prostitution et usage de stupéfiants.

Ces gros titres, les White les voyaient probablement jusque dans leur sommeil. L'espoir qu'ils avaient nourri pour leur fille, qu'elle parvienne à renverser le cours de son existence, cet espoir était resté lettre morte, et personne d'autre au monde ne se souciait plus de ce que Lila ait voulu devenir conseillère familiale ou qu'elle ait été étudiante, à la faculté, avec mention bien, ou qu'elle ait souvent pleuré toutes les larmes de son corps de n'être pas capable d'élever elle-même son propre enfant.

Dans la chemise, sur le siège côté passager de la voiture de Moss, il y avait des instantanés de Lila, Kylie et les parents White dans leur jardin derrière leur maison. Ils souriaient, ils riaient, ils étaient coiffés de chapeaux de fête à l'occasion du quatrième anniversaire de Kylie. Des photos de la mère et de la fille pataugeant dans une petite piscine en plastique verte. Trois semaines plus tard, quelqu'un avait torturé Lila White à mort, profané son corps pour y mettre le feu comme à un tas d'ordures.

Victime numéro un, condamnée pour prostitution et usage de stupéfiants.

Moss se repassait la litanie des formules réconfortantes. La police ne pouvait pas constituer une force d'intervention pour tous les homicides qui se commettaient dans la ville. Sur le meurtre de Lila White, on avait enquêté à fond. Sam Kovac avait pris l'affaire en main, et Kovac avait la réputation d'agir de son mieux, pour chaque victime, sans se préoccuper de qui elle était ou de ce qu'elle avait été dans la vie.

Et pourtant, elle ne pouvait pas s'empêcher de se demander — comme Jeannie White se l'était demandé à haute voix — dans quelle mesure les choses auraient pu se dérouler différemment si Jillian Bondurant avait été la victime numéro un.

Les serrures de l'appartement de Jillian Bondurant à Edgewater avaient été changées, et on avait remis la nouvelle clef au commissariat central. Liska introduisit cette clef flambant neuve dans le verrou et ouvrit la porte. Elle accompagna Michèle Fine dans les deux salles de bains et observa cette dernière tandis qu'elle inspectait les placards, en marquant un temps d'arrêt, pour s'attarder brièvement, çà et là, sur ce qui lui évoquait un souvenir.

— Seigneur, ça vous file la chair de poule, se lamenta-t-elle. De voir cet endroit si propre.

— Jillian n'avait pas de service de ménage ?

— Non. Son vieux a bien essayé de lui faire cadeau de sa bonne, une fois. C'est l'homme le plus anal de cette planète. Jillie a refusé. Elle ne voulait pas que les gens farfouillent dans ses affaires. Bon, je ne vois rien qui manque, décréta-t-elle enfin.

Elle se tenait debout dans le dressing de Jillian, et son regard dériva sur les quelques objets réunis là : une boîte à bijoux en acajou, des bougies parfumées dans des chandeliers dépareillés, une petite figurine en porcelaine représentant une femme élégante en robe bleue vaporeuse. Elle toucha la figurine avec précaution, une expression mélancolique sur le visage.

Pendant que Fine réunissait les quelques vêtements restés dans la chambre d'amis, Liska descendit l'escalier et, d'un coup d'œil, embrassa les pièces principales du regard, voyant l'endroit différemment maintenant qu'elle avait rencontré l'amie de Jillian. Tout aurait dû être en désordre, mais non. Liska n'avait jamais connu de tueur qui offre ses services de femme de chambre dans le contrat, et pourtant ici quelqu'un avait remis l'endroit en ordre. Pas seulement donné un coup de chiffon pour se débarrasser des empreintes. Nettoyé, plié et rangé les vêtements, lavé les assiettes.

Ses pensées revinrent à Michèle Fine et à Jillian, les deux amies. Elles devaient avoir fait figure de fort improbable tandem : une fille de milliardaire et une serveuse de café. Si l'on avait adressé une demande de rançon à Peter Bondurant, cette relation aurait immédiatement été l'objet d'un examen minutieux. Même sans cela, les soupçons clignotaient dans la tête de Liska : la force de l'habitude.

Hypothèse envisagée, puis rejetée. Michèle Fine coopérait pleinement. Aucun de ses dires, aucun de ses actes, ne semblait incongru. Son chagrin paraissait sincère, et teinté des nuances de colère, de soulagement et de culpabilité que Liska avait rencontrées maintes et maintes fois chez les personnes qu'une victime de meurtre laissait derrière elle.

Et pourtant, elle rentrerait le nom de Michèle Fine dans l'ordinateur pour voir s'il en ressortait quelque chose.

Elle traversa le salon jusqu'au piano électronique. Jillian Bondurant avait écrit de la musique, mais elle était trop timide pour se produire sur scène. C'était le genre de détail qui faisait d'elle une vraie personne, un simple détail, mais plus éclairant que le fait de savoir qu'elle était la fille de Peter Bondurant. Sur le pupitre étaient soigneusement calées des partitions de musique classique. Une autre contradiction dans l'image de Jillian. Liska rehaussa le siège réglable rembourré et jeta un coup d'œil à la collection de partitions empilées là : du folk, du rock, de la musique alternative, du new age...

— Plus un geste !

Son premier mouvement fut de se saisir de son pistolet, mais elle se retint, resta penchée en avant au-dessus du tabouret de piano, respirant par la bouche. Lentement, elle tourna la tête et ce qu'elle découvrit la soulagea. Mais la colère affleurait, toute proche.

— C'est moi, monsieur Vanlees. L'inspecteur Liska, annonça-t-elle, en se redressant. Baissez ce pistolet, je vous en prie.

Vanlees se tenait juste à l'entrée, dans son uniforme de vigile de la sécurité, un Colt Python empoigné à deux mains. Liska avait envie de lui retirer son arme et de lui défoncer la tête avec.

En la voyant, il cligna des yeux et abaissa son arme, un grand sourire penaud — à peine — se dessinant sur ses lèvres.

— Oh ! bon Dieu, inspecteur, je suis désolé ! Je ne savais pas que vous veniez en visite. Quand j'ai vu qu'il y avait quelqu'un qui tournait par ici, j'ai cru au pire. Vous savez, ces journalistes des quotidiens à sensation, ils ont traîné autour de l'appartement. Ceux-là, je me suis laissé dire qu'ils viendraient voler tout ce qui ne serait pas cloué par terre.

— Vous n'avez pas reconnu ma voiture, alors ? le questionna Liska, avec un agacement à peine voilé.

— Euh, j'imagine que non. Désolé.

Tu parles ! songea-t-elle. Chaque fois qu'ils les rencontrent pour de bon et pas à la télé, les types qui se la jouent — comme Vanlees — remarquent tout ce qui concerne les flics. Elle aurait parié qu'il était allé jusqu'à noter son numéro de plaque d'immatriculation. Il avait reconnu la marque et le modèle, c'était sûr et certain. Le but de cette petite démonstration, c'était de l'impressionner. Gil Vanlees : l'Homme d'Action. En alerte. En vrai pro. Toujours diligent. *Dieu nous vienne en aide à tous.*

Liska secoua la tête.

— C'est un sacré calibre que vous avez là, Gil, remarqua-t-elle en s'avançant vers lui. D'après vous, dites-moi, je ne devrais pas vous demander si vous êtes titulaire d'un permis ?

Le regard se refroidit un peu et le sourire s'affaissa jusqu'à s'effacer. Il n'appréciait pas de se faire réprimander par elle. Il n'avait pas envie de s'entendre rappeler que son uniforme n'avait aucune légitimité. Il cala le canon de son Python sous son ceinturon et remit l'arme en place, à hauteur de son ventre.

— Ouais, j'ai un permis.

Liska se força à sourire.

— C'est un drôle d'outil. Pas vraiment une bonne idée de débarquer dans le dos des gens avec ça, Gil. On ne sait jamais ce qui pourrait arriver. Des réflexes un peu trop vifs ce jour-là et vous dégommez quelqu'un. Ça serait pas du tout une bonne affaire, ça, vous savez.

À présent il refusait de croiser son regard, comme un gamin que l'on gronde pour avoir fourré son nez dans les outils de son père.

— Vous dites que des journalistes sont venus fouiner par ici ? Personne n'est entré dans la maison, quand même, non ?

Son attention se déplaça sur autre chose — ou sur quelqu'un d'autre —, et, du coup, il se renfrogna encore un peu plus. Liska jeta un coup d'œil par-dessus son épaule. Michèle Fine se tenait debout au pied de l'escalier, sa pile de vêtements noirs en désordre calée contre la poitrine. Elle paraissait choquée par la présence de Vanlees.

— Monsieur Vanlees ? lui souffla Liska, en se retournant vers lui pendant que Michèle se rendait dans la cuisine. À votre connaissance, personne n'est entré dans cette maison. Vu ?

— Vu. (Il recula d'un pas vers la porte, la main posée sur la crosse du Python. Le regard fixé sur Michèle, il la surveillait tandis qu'elle balançait les vêtements sur le comptoir qui séparait la cuisine de la salle à manger.) Faut que j'y aille, s'excusa-t-il d'une voix morne. Je faisais juste une ronde, histoire d'ouvrir un peu l'œil, c'est tout.

Liska le suivit dehors sur le perron.

— Hé ! Gil, je suis désolée de vous avoir répondu si sèchement, là, tout à l'heure ! Vous avez dégainé plus vite que moi. Ça m'a fichu un coup, vous savez.

Cette fois-là, il ne mordit pas à l'hameçon. Elle avait mis en cause son honneur, contesté son statut de pair, meurtri son ego. La relation qu'elle avait bâtie deux jours plus tôt vacillait sur ses fondations. Elle s'était attendue à plus solide, et trouva cette fragilité édifiante. Un autre point à porter à l'attention de Quinn : l'amour-propre de Vanlees.

Il la regardait à peine, l'air boudeur.

— Sûr. Sans problème.

— Je me félicite vraiment que vous soyez là pour ouvrir l'œil, ajouta-t-elle. Vous avez entendu parler de la réunion organisée par la municipalité ce soir, non ? Si vous avez envie de passer, à l'occasion.

Liska le regarda s'éloigner, perplexe. À cette distance, dans son uniforme bleu sur fond noir, Vanlees avait l'allure d'un flic municipal. Il était facile, à un type ainsi vêtu d'un uniforme, de s'arranger pour qu'une femme s'arrête et lui adresse la parole. Les trois victimes de Joe l'Enfumeur avaient disparu sans que l'on ait rapporté le moindre cri, la moindre activité suspecte dans les environs. D'un autre côté, personne n'avait non plus mentionné d'uniforme dans le voisinage.

— Je suis prête.

À ces mots de Michèle Fine, Liska tressaillit légèrement, et se retourna pour la découvrir debout sur le seuil, ses vêtements entassés dans un sac plastique de chez Rainbow Foods.

— D'accord. Parfait. Je vous ramène.

Elle ferma la maison à clef, pendant que Fine l'attendait en bas des marches. Vanlees avait disparu au bout du chemin sinueux — mais pas de la tête de Liska.

— Ce type, vous le connaissez ? demanda-t-elle alors à Fine, tandis qu'elles s'installaient dans la voiture.

— Pas personnellement, répondit cette dernière, serrant son sac Rainbow dans ses bras comme s'il se fût agi d'un enfant. Comme je disais, qui fait attention aux paumés ?

Personne, songea Liska en démarrant. Dans cette indifférence, les paumés avaient tout loisir de broyer du noir et de fantasmer et de s'imaginer se venger de toutes les femmes qui ne voulaient pas d'eux et qui ne les aimeraient jamais.

15.

— Alors, qu'en pensez-vous, John ? interrogea Sabin. Est-ce que cette fille nous cache quelque chose ?

Ils s'étaient installés en salle de réunion, dans les bureaux du procureur du comté : Quinn, Sabin, Kate et Marshall. Quinn regarda Kate, assise en face de lui, la mâchoire contractée, du feu dans les yeux, sa manière de lui signifier avec la dernière violence ce qu'il encourait si, dans cette discussion, il avait le malheur de se ranger du mauvais côté de la barrière. Ce n'était jamais qu'un champ de mines supplémentaire à traverser. Il soutint son regard.

— Oui. (Le feu s'embrasa avec plus d'éclat.) Parce qu'elle a peur. Elle a probablement le sentiment que le tueur, en un sens, suit le moindre de ses faits et gestes, comme s'il la surveillait quand elle parle avec la police ou quand elle le décrit à l'intention de votre dessinateur de portraits-robots. C'est là un phéno-mène courant. N'est-ce pas exact, Kate ?

— Oui.

À présent, dans les yeux, le feu se tenait en attente. Se réser-vant toujours le droit de le calciner, mais plus tard. Il aimait trop ça, qu'elle puisse encore éprouver ce genre de sentiment à son égard. L'émotion négative, c'est encore de l'émotion. L'indifférence, c'était le seul état d'esprit à redouter.

— La sensation d'un mal omniscient, commenta le patron de Kate, en hochant doctement la tête. J'ai vu ça maintes et maintes fois. C'est fascinant. Même les victimes les plus logiques, les plus rationnelles éprouvent ça.

Il jouait avec la télécommande du magnétoscope, recalant la vidéo au début du premier entretien avec Angie Di Marco, qui s'était déroulé dans l'heure suivant son ramassage par la voiture de patrouille. Ils se l'étaient déjà passé entièrement, arrêtant le défilement de la bande sur les passages significatifs, Marshall et Sabin se tournant alors vers Quinn en le dévisageant, dans l'at-tente d'une révélation, tels les disciples assis aux pieds du Christ.

— Ici, c'est clair, elle est terrorisée, trancha Marshall, répé-tant avec autorité ce que Quinn avait décrypté la première fois qu'ils s'étaient passé la bande. On peut la voir trembler d'ici. Ça s'entend à sa voix. Vous avez absolument raison, John.

John. Mon copain, mon pote, mon collègue. Cette familiarité pre-nait Quinn à rebrousse-poil, même s'il la cultivait lui-même à dessein. Il était fatigué de ces gens qui prétendaient le connaître, et plus fatigué encore des gens qu'il impressionnait à l'excès. Il se demandait si cela impressionnerait aussi Rob Mar-shall de savoir qu'il se réveillait presque toutes les nuits, frisson-nant et malade parce qu'il ne parvenait plus à tenir le coup.

Marshall monta le volume sur un passage où la jeune fille perdait son sang-froid et hurlait, la voix tremblotante :

— Je le connais pas ! Il a foutu le feu à un cadavre, bordel ! C'est une espèce de putain de givré !

— Là, elle ne truque pas, affirma-t-il calmement, en clignant fortement des yeux en direction de l'écran de télévision, comme s'il voulait aiguiser sa vue de myope pour parvenir à lire dans les pensées de la fille.

Sabin avait l'air contrarié, comme s'il avait espéré s'entendre fournir un prétexte pour coller la fille au trou.

— Peut-être se sentirait-elle vraiment plus en sûreté derrière les barreaux.

— Angie n'a rien fait de mal, intervint Kate, coupant court. Rien ne la forçait à admettre qu'elle avait vu ce saligaud. Elle a besoin de votre aide, pas de vos menaces.

Une rougeur apparut dans le cou du procureur du comté.

— Nous ne souhaitons pas provoquer de situations d'affrontement, Ted, ajouta Quinn posément.

M. Relax. M. La Tête Froide.

— Cette fille s'est placée d'elle-même dans cette position, argumenta Sabin. À la minute où j'ai posé les yeux sur elle, j'ai eu un mauvais pressentiment. Nous aurions dû la mettre au pied du mur d'emblée. Faisons-lui savoir qu'ici on ne nous mène pas en bateau.

— Je pense que vous l'avez manœuvrée à la perfection, assura Quinn. Une gamine comme Angie ne place aucune confiance dans le système. Vous aviez besoin de lui amener une amie, et Kate constituait le choix idéal. Elle est sincère, elle est carrée, elle ne déblatère pas de conneries, et elle ne lui joue pas le baratin de la sympathie. Laissez Kate la manœuvrer. Vous n'obtiendrez rien d'elle par des menaces. Les menaces, elle s'y attend. Elles feront ricochet sur elle, et c'est tout.

— Si elle ne nous fournit rien d'utile, il n'y a rien à manœuvrer, reprit Sabin. Si elle ne peut rien nous apporter, alors il n'y a aucun intérêt à gâcher les ressources du comté pour elle.

— Ce n'est pas du gâchis, insista Kate.

— Qu'en pensez-vous, John ? demanda Marshall, en désignant l'écran avec la télécommande. (Il avait à nouveau rembobiné la bande.) Son usage des pronoms personnels : *Je le connais pas. C'est... une espèce de givré.* Croyez-vous que cela soit significatif ?

Gagné par l'impatience, Quinn inspira fortement.

— Comment voulez-vous qu'elle appelle ce type : « la chose » ?

La commissure de la lèvre de Kate se retroussa.

Marshall devint boudeur.

— J'ai pris des cours de psycholinguistique. L'usage du langage peut être très signifiant.

— Je suis d'accord, admit Quinn, se ressaisissant pour faire preuve de diplomatie. Mais il existe un travers qui s'appelle l'excès d'analyse. J'estime que le mieux que vous puissiez faire avec cette fille, c'est de prendre du recul et de laisser Kate s'occuper d'elle.

— Bon sang, nous avons besoin d'une avancée décisive ! s'exclama Sabin, presque pour lui-même. Aujourd'hui, c'est à peine si elle a ajouté quelque chose à son portrait-robot. Elle est restée là debout, elle a regardé le type, et l'image qu'elle nous a fournie pourrait être celle de n'importe qui.

— Il se peut que ce soit tout ce que son inconscient lui permette de visualiser, exposa Kate. Que voulez-vous qu'elle fasse, Ted ? Inventer quelque chose de toutes pièces pour vous faire croire qu'elle a essayé d'accomplir des efforts ?

— Je suis certain que ce n'est pas ce que suggérait M. Sabin, Kate, la tempéra Marshall d'un ton désapprobateur.

— Je n'ai émis cette remarque plaisante que pour les besoins de la démonstration, Rob.

— Quoi qu'il en soit, elle est précieuse pour l'enquête, conclut Quinn. Nous pouvons nous servir de la menace qu'elle représente. Nous pouvons organiser des fuites dans la presse. Laisser entendre qu'elle nous en a révélé plus qu'elle ne l'a fait en réalité. Nous pouvons nous servir d'elle de quantité de façons. À ce stade, elle n'a pas besoin d'être une scout-girl et elle n'a pas besoin non plus de nous livrer des souvenirs exhaustifs.

— Ma crainte, en l'occurrence, c'est qu'elle ne mente sur toute la ligne, avoua Sabin, le scepticisme d'Edwyn Noble ayant manifestement essaimé.

Kate se retint de lever les yeux au ciel.

— Nous avons déjà abordé le sujet de long en large. Cela n'a pas de sens. Si tout ce qu'elle voulait, c'était de l'argent, elle l'aurait annoncé dès dimanche soir en sortant de ce parc, et elle n'aurait plus varié d'un iota jusqu'à l'offre de ladite récompense.

— Et si l'argent était la seule chose qu'elle voulait, ajouta Quinn, alors elle aurait dévié de sa ligne de conduite pour nous livrer des détails. Au vu de mon expérience, la convoitise dépasse la peur.

— Et si elle était impliquée, d'une manière ou d'une autre ? suggéra Marshall. Pour essayer de nous mettre sur une fausse piste ou d'obtenir des infos de l'intérieur...

Kate lui lança un regard ulcéré.

— Ne soyez pas ridicule. Si elle était impliquée avec ce saligaud, alors elle nous fournirait un portrait détaillé pour nous envoyer à la chasse d'un fantôme. Elle n'est au courant d'aucune information que le Crémateur ne puisse lire dans le journal.

Marshall baissa les yeux sur la table. Les lobes de ses oreilles virèrent au rose vif.

— C'est une gamine terrorisée, traumatisée, acheva Kate en se levant. Et il faut que je retourne la voir avant qu'elle ne mette le feu à mon bureau.

— Nous en avons terminé ? demanda Marshall, sur un ton plein de sous-entendus. Je suppose que oui, puisque Kate s'est prononcée.

Elle le dévisagea avec une animosité non déguisée et sortit.

Sabin la regarda s'en aller — les yeux posés sur son cul, songea Quinn — et, quand elle eut passé la porte, il s'inquiéta :

— Était-elle forte tête à ce point, au Bureau ?

— Au moins, confirma Quinn, et il la suivit dehors.

— Toi aussi, tu te défiles ? remarqua-t-elle lorsqu'il la rattrapa. Tu ne voulais pas rester et laisser Rob te lécher les bottes ? C'est là qu'il est à son meilleur.

Il lui renvoya un grand sourire.

— Tu n'as pas grande opinion de ton patron. Rien de nouveau sous le soleil, d'ailleurs.

— Tu n'as pas grande opinion de lui non plus. (Par précaution, Kate jeta un coup d'œil par-dessus son épaule.) Rob Marshall est un petit crapaud tatillon, un lèche-cul obséquieux. Mais, en toute équité, il faut reconnaître qu'il s'intéresse sincèrement au métier que nous exerçons et qu'il essaie d'y faire honneur.

— Oui, bon, il est en effet formé à la psycholinguistique.

— Il a lu ton livre.

Quinn haussa les sourcils.

— Il y a des gens qui ne l'ont pas lu ?

À l'extérieur du périmètre protégé des services centraux du procureur, l'aire d'accueil était déserte. La réceptionniste s'était éclipsée de son poste, derrière un écran de verre à l'épreuve des balles. Des piles du nouvel annuaire des Pages Jaunes avaient été stockées à même le sol. Le dernier numéro de la revue *Vérité &* *Justice* était posé sur la table avec une demi-douzaine de magazines périmés.

Kate respira profondément et se retourna face à lui.

— Merci de m'avoir soutenue.

Quinn grimaça.

— Ça t'a fait si mal que ça ? Bon Dieu, Kate.

— Je suis désolée. Je ne suis pas comme toi, John. Je déteste le petit jeu auquel tout le monde se livre dans une affaire de ce genre. Je ne voulais pas être amenée à devoir quémander auprès de toi quelque aide que ce soit. Mais je suppose que le moins que je pouvais faire, c'était de te témoigner un peu de ma sincère gratitude.

— Pas nécessaire. Tout ce qui m'incombait, c'était d'exprimer la vérité. Sabin voulait un deuxième avis et il l'a eu. Car tu as raison. Cela devrait te réjouir, ironisa-t-il, pince-sans-rire.

— Je n'ai pas besoin que tu me dises que j'ai raison. Et quant à ce qui devrait me réjouir, ça n'a pas grand rapport avec cette affaire.

— Y compris ma présence ici.

— Ce n'est pas de cela que je te parle, lui répliqua-t-elle tout net.

Elle franchit la porte qui donnait sur le couloir et tourna vers la gauche, en direction de la galerie de la cour intérieure. Au rez-de-chaussée, ils ne croisèrent pas âme qui vive. Plus de vingt étages remplis de monde, et, dans tout ce monde, pas une seule personne n'aurait eu les talents nécessaires pour se dévouer et faire convenablement office de tampon entre eux deux. Elle savait que Quinn se trouvait juste derrière elle. L'instant d'après, il était à côté d'elle, la main posée sur son bras, comme s'il détenait encore le droit de la toucher.

— Kate, je suis navré, s'excusa-t-il à voix basse. Je ne suis pas en train de chercher la bagarre. Vraiment.

Il était trop près, ses yeux sombres trop grands, les cils épais, longs, ravissants — un trait presque féminin dans un visage qui offrait la quintessence du mâle. Le genre de visage qui faisait battre le cœur de n'importe quelle femme. Lorsqu'elle inspira, Kate sentit un tiraillement dans la poitrine. La phalange de son pouce appuyait contre le renflement extérieur de son sein. Ils se rendirent compte de ce contact tous deux au même instant.

— Kate, je...

Son Alphapage se déclencha, il étouffa un juron et la lâcha. Kate s'écarta et appuya une hanche contre la rambarde de la galerie, les bras croisés, tâchant d'ignorer les sensations qu'avait éveillées ce contact. Elle l'observa en train de vérifier son écran, avant de pousser à nouveau un juron, pour échanger son Alpha-page contre un cellulaire ultraplat sorti de sa poche de veston.

La lumière naturelle qui baignait l'extrémité sud de la cour intérieure faisait ressortir les touffes grises de sa coupe très courte. Elle se demanda malgré elle s'il y avait une femme, là-bas, en Virginie, pour se soucier de sa santé et du degré de stress qu'il endossait de jour en jour.

— Bon sang de bonsoir, McCleary, il ne peut pas se passer deux heures dans cette histoire sans une putain de crise ? aboya-t-il dans le téléphone, puis il écouta pendant une minute. Il y a un avocat dans le coup. Merde... Pour l'instant vous ne pouvez plus rien faire par rapport à ça. L'interrogatoire est foutu... Pre-nez du recul et revenez sur les pièces à conviction. Voyez s'il n'y a pas quelque chose que vous seriez susceptible de monter en épingle. Et les examens sur ce bloc-notes ?... Bon, il ne sait pas que vous l'avez. Servez-vous-en, nom de Dieu !... Non, je ne des-cends pas. Je suis pieds et poings liés ici. Débrouillez-vous.

Coupant sèchement la communication, il poussa un profond soupir et se massa distraitement le ventre.

— J'aurais cru que tu aurais été promu chef d'unité, à pré-sent, remarqua-t-elle.

— On me l'a proposé. J'ai refusé. Je ne suis pas un adminis-tratif.

Mais il n'en était pas moins le chef naturel du RETS. Il était l'expert attitré vers lequel le reste de l'équipe se tournait. Il était ce monstre de maîtrise qui croyait qu'aucun boulot ne saurait être efficacement traité s'il n'en était pas effectivement chargé. Non, Quinn ne renoncerait pas à ses missions sur le terrain pour les troquer contre un poste de chef d'unité. Au lieu de quoi, au fond, il menait les deux métiers de front. La réponse parfaite pour un homme obsédé par son métier et par son besoin de sauver l'humanité de sa part d'ombre.

— Quelle est ta charge de travail en ce moment ? le ques-tionna Kate.

Il préféra dédaigner la question.

— Normale.

C'est-à-dire beaucoup plus que quiconque au sein de l'unité. Plus qu'un individu n'en pouvait humainement supporter, à moins de ne mener aucune vie en dehors. À une certaine époque, elle avait pu cataloguer cette obsession comme une ambition, et d'autres fois il lui était arrivé de porter le regard au-delà de cet aspect le plus évident pour fugitivement l'apercevoir, debout au bord d'un abîme intérieur, sombre et profond. Pensée dangereuse, parce que sa réaction instinctive avait été de vouloir le tirer en arrière, à l'écart de ce rebord. Or sa vie lui appartenait. Et sa présence ici, elle n'en avait même pas envie.

— Il faut que je retourne voir Angie, le prévint-elle. Elle ne va pas être contente que je l'aie abandonnée. Je ne sais pas pourquoi je me fais tant de souci pour elle, grommela-t-elle.

— Tu as toujours aimé les défis, lui rappela-t-il, en la gratifiant d'un soupçon de sourire.

— Je devrais me faire analyser le cerveau.

— Pour ça je ne peux rien, mais que dirais-tu d'un dîner ?

Kate en rit presque, d'incrédulité plus que de gaieté. Comme ça, tout simplement : *que dirais-tu d'un dîner ?* Deux minutes auparavant, ils étaient en train de se chamailler. Cinq ans, toute cette charge émotionnelle entre eux deux, et... *et quoi ? Il s'en est remis et moi pas ?*

— Non, je ne crois pas. Merci quand même.

— Nous parlerons de l'affaire, se justifia-t-il, faisant machine arrière. J'ai quelques idées sur lesquelles j'aimerais bien t'entendre réagir.

— Ce n'est pas mon boulot. Je ne travaille plus au sein de l'Unité des sciences du comportement, souligna-t-elle, en se dirigeant vers la porte des services d'assistance aux victimes et aux témoins. (Son besoin de s'enfuir était si fort que c'en était gênant.) Le BAC a un agent qui a suivi des cours d'analyse du comportement et...

— ... il séjourne actuellement à Quantico pour huit semaines à l'Académie nationale.

— Tu peux convoquer un autre agent si tu le désires. Tu as tout le RETS à ta disposition pour te soutenir, sans parler de tous les experts et de tous les agents sur le terrain. Tu n'as pas besoin de moi.

D'un geste rapide, les doigts de Kate composèrent le code sur le clavier situé à côté de la porte.

— Toi, oui, tu étais une experte de terrain, insista-t-il en lui rafraîchissant la mémoire. C'est de l'analyse de victime...

— Merci de m'avoir aidée avec Sabin, conclut-elle tandis que le verrou s'ouvrait et qu'elle tournait la poignée. Il faut que je retourne à mon bureau avant que mon témoin ne me vole tous mes bons stylos.

Angie déambulait dans le bureau de Kate, agitée, curieuse, nerveuse. Kate était en rogne à cause du portrait-robot. Sur tout le chemin du retour vers le commissariat central, elle n'avait pas desserré les dents.

La culpabilité démangeait Angie comme autant de minuscules aiguilles. Kate s'efforçait de lui venir en aide, mais il lui fallait d'abord se surveiller, faire attention à elle. Les deux n'allaient pas nécessairement de pair. Par quel moyen se décider sur la conduite à adopter ? Comment savoir quelle attitude serait la meilleure ?

Tu n'es qu'une merdeuse ! Tu ne fais jamais rien de bon !

— Mais j'essaie, chuchota-t-elle.

Petite garce stupide. Tu n'écoutes jamais.

— Mais si, j'essaie.

Terrorisée, voilà ce qu'elle était, mais jamais elle ne prononcerait le mot, même pas mentalement. La Voix alimenterait sa peur. La peur se nourrirait de la Voix. Elle sentait bien ces deux forces gagner en puissance à l'intérieur d'elle-même.

Je vais te donner des raisons d'être terrorisée.

Elle se boucha les oreilles, comme si elle avait pu forcer à se taire la voix qui résonnait en écho à l'intérieur de son crâne, et seulement là. Elle se balança pendant une minute, les yeux grands ouverts, parce que si elle les fermait elle verrait des choses qu'elle ne voulait plus revoir. Son passé était comme un mauvais film qui repassait encore et encore dans sa tête, toujours présent, là, prêt à ramener en surface des émotions qu'il aurait mieux valu laisser profondément enfouies. La haine et l'amour, la colère violente, le désir violent. La haine et l'amour, la haine et l'amour, la *hainamour* — tout en un seul mot, chez elle. Des sentiments si entremêlés qu'ils étaient inséparables, comme les membres enchevêtrés de deux bêtes qui s'attaquent.

La peur enfla encore un peu plus. La Zone se rapprochait, comme dans un zoom.

Tu as peur de tout, hein, espèce de petite cinglée, de petite salope ?

Tremblante, elle fixa du regard les prospectus punaisés au tableau d'affichage de Kate. Elle lut les titres, tâchant de se concentrer sur quelque chose, n'importe quoi, avant que la Zone ne la submerge et ne l'étouffe. *Les Ressources de la collectivité pour les victimes de crimes, Centre de crise sur le viol, Le Phœnix : des femmes prennent un nouveau départ.* Et puis ces titres se brouillèrent et elle se rassit, respirant un tout petit peu trop fort.

Nom de Dieu, qu'est-ce qui retenait Kate si longtemps ? Elle était partie sans explication, n'avait rien dit, sinon qu'elle serait de retour dans quelques minutes, à savoir... depuis combien de minutes ? Angie chercha une pendule du regard, la trouva, puis fut incapable de se rappeler à quelle heure Kate l'avait quittée. Quoi, elle n'avait pas regardé la pendule, à ce moment-là ? Pourquoi n'arrivait-elle pas à s'en souvenir ?

Parce que tu es stupide, voilà pourquoi. Stupide et cinglée.

Elle se mit à frissonner. Comme si sa gorge se fermait. Il n'y avait pas d'air dans cette petite pièce idiote. Les murs se refermaient sur elle. Elle essaya de ravaler les larmes qui coulaient à torrents. La Zone se rapprochait, comme un zoom. Elle la sentait venir, elle sentait la pression de l'air ambiant se modifier. Elle avait envie de courir, mais elle ne pouvait pas courir plus vite que la Zone ou que la Voix.

Alors fais quelque chose. Débrouille-toi pour arrêter ça, Angel. Tu sais comment t'y prendre.

Hors d'elle, elle remonta les manches de son blouson et de son sweater et se griffa de son ongle de pouce rongé, tout le long des fines lignes blanches de ses cicatrices, ce qui les fit rosir. Elle voulait atteindre la coupure qu'elle avait rouverte la veille, la faire saigner de nouveau, mais elle n'arrivait pas à remonter sa manche aussi haut et elle n'osait pas retirer son manteau de crainte que quelqu'un n'entre et ne l'attrape. Kate lui avait dit de l'attendre ici, qu'elle serait de retour dans quelques minutes. Les minutes s'écoulaient.

Alors elle va savoir à quel point tu es cinglée, Angel.

La Zone se rapprochait, zoomait sur elle...

Tu sais quoi faire.

Mais Kate revenait.

Fais-le.

Le tremblement commença.

Fais-le.

La Zone se rapprochait, zoomait sur elle...

Fais-le !

Elle n'osait pas prendre le cutter dans son sac à dos. Comment allait-elle expliquer ça ? Elle pouvait le fourrer dans sa poche...

La panique s'installait. Elle sentit son esprit se fracturer, juste au moment où son regard éperdu tomba sur un récipient empli de trombones sur le bureau de Kate.

Sans hésitation, elle en attrapa un et le redressa, en tâta l'extrémité du bout du doigt. Ce n'était pas aussi affûté qu'un rasoir. Cela ferait plus mal.

Lâche. Fais-le !

— Je te hais, marmonna-t-elle, en refoulant ses larmes. Je te hais. Je te hais.

Fais-le ! Fais-le !

— Ta gueule ! Ta gueule ! Ta gueule ! chuchota-t-elle, la pression augmentant dans sa tête à un point tel qu'elle se crut sur le point d'éclater.

Elle amena le morceau de fer-blanc recourbé en travers d'une vieille cicatrice qu'elle avait au poignet, là où la peau était aussi fine et blanche que du papier. Elle coupa parallèlement à l'étroite veine bleue et attendit que sa vue brouillée de larmes s'emplisse de sang. Riche et rouge, un mince filet de liquide.

La douleur fut forte et douce. Le soulagement, immédiat. La pression, supprimée. Elle put respirer de nouveau. Elle put réfléchir.

Elle fixa un instant du regard le ruban écarlate. Une part perdue tout au fond d'elle-même avait envie de pleurer. Mais la sensation dominante, c'était le soulagement. Elle posa le trombone et essuya le sang avec le bas de son sweater. La ligne s'épanouit encore, lui procurant une vague supplémentaire de sérénité.

Elle passa son pouce le long de la coupure, puis elle regarda le sang s'étaler dans les spirales et entre les lignes du bloc-notes. Ses empreintes digitales, son sang, son crime. Elle les contempla un long moment, puis elle porta le pouce à sa bouche et le lécha lentement. Elle éprouvait une sorte de libération, presque sexuelle. Elle avait défait le démon, elle l'avait réduit à néant. Elle lécha la coupure avec sa langue, prélevant les dernières perles de rouge.

Toujours les genoux flageolants, avec la tête qui tournait un peu, elle tira sur sa manche pour la remettre en place et se leva de la chaise pour faire le tour de la pièce. Elle en observa chaque détail et le consigna dans sa mémoire.

L'épais manteau de laine de Kate était suspendu à la patère avec un chapeau noir à la mode, en velours frappé. En matière de vêtements, Kate avait des goûts super, pour une femme de son âge. Angie avait envie d'essayer le chapeau, mais il n'y avait pas de miroir pour se regarder.

Un petit dessin sur le tableau d'affichage croquait un avocat passant un témoin sur le gril : une marmotte. « *Alors, M. Marmotte, vous prétendez avoir vu votre ombre ce jour-là. Mais on dit que vous êtes porté sur la boisson, pas vrai ?* »

Les tiroirs du bureau étaient fermés à clef. Il n'y avait pas de sac à main en vue. Elle essaya le meuble de classement, espérant pouvoir y trouver son propre dossier, mais il était fermé à clef lui aussi.

Tandis qu'elle fouillait dans les papiers sur le bureau, elle fut gagnée par cet état de panique qu'elle avait traversé à peine quelques minutes auparavant, à cette différence près qu'à présent elle se sentait forte et maîtresse d'elle-même, exactement comme lorsqu'elle avait quitté et regagné le Phœnix en catimini. Elle avait en horreur cette partie d'elle-même qui permettait à la Zone de prendre le dessus. Elle tenait la faiblesse de cette partie d'elle-même en horreur. Elle se savait capable d'être forte.

Je vais te rendre forte, Angel. Tu as besoin de moi. Tu m'aimes. Tu me hais.

Sa force toute neuve lui permit d'ignorer la Voix.

Elle fit défiler les fiches du Rolodex et s'arrêta sur le nom : *Conlan.* Frank et Ingrid, à Las Vegas. Les parents de Kate, supposa-t-elle. Kate avait donc des parents normaux. Un père qui allait travailler habillé en costume. Une mère qui faisait rôtir la viande dans un faitout et qui préparait des gâteaux. Pas le genre de mère à se droguer et à coucher à droite à gauche. Pas le genre de père à n'en avoir rien à foutre de ses enfants, à partir en les livrant à la merci des tarés que sa mère ramenait à la maison. Les parents de Kate Conlan aimaient Kate comme des parents normaux aiment leurs enfants. Kate Conlan ne s'était jamais retrouvée enfermée dans un placard ou fouettée avec un cintre en métal ou forcée de tailler une pipe à son beau-père.

Angie tira la carte du Rolodex, la déchira en morceaux minuscules, qu'elle fourra dans la poche de son blouson.

Un tas de courrier pas encore ouvert était empilé dans la corbeille des arrivées. Un autre tas était empilé dans la corbeille des départs. Angie attrapa les enveloppes et les passa en revue. Trois correspondances officielles dans des enveloppes du centre administratif du comté de Hennepin. Une enveloppe jaune vif, rédigée à la main, adressée à une certaine Maggie Hartman, l'adresse de l'expéditrice sur une étiquette dorée à la feuille dans le coin gauche : Kate Conlan.

Elle mémorisa l'adresse et rangea les enveloppes à leur place, puis son attention se porta sur la collection de minuscules statuettes d'angelots qu'elle avait remarquées la première fois qu'elle était entrée dans ce bureau. Elles s'échelonnaient en ordre dispersé sur le dernier des rayonnages installés au-dessus du bureau. Chacune d'elles était différente : en verre, en cuivre, en argent, en étain, peintes. Aucune ne mesurait plus de trois centimètres de hauteur. Angie porta son choix sur l'une d'entre elles, en céramique peinte. Elle avait des cheveux noirs et une robe turquoise à pois. De l'or sur le pourtour des ailes, et de l'or aussi cerclant sa tête comme un halo.

Angie tint cette statue tout près d'elle et contempla son visage rond, avec deux points noirs pour les yeux et un petit sourire en coin. Elle avait l'air heureuse, innocente, simple et douce.

Tout ce que tu n'es pas, Angie.

Se gardant bien de prêter attention à la profonde tristesse qui s'ouvrait au fond de son cœur, Angie se détourna du bureau, glissa l'ange dans la poche de son manteau au moment même où la poignée de la porte tournait dans un cliquetis métallique. Une seconde plus tard, Kate entrait dans la pièce.

— La vache, où est-ce que vous étiez ? demanda Angie.

Kate la regarda, maîtrisant sa repartie instantanée avant qu'elle ne lui vienne sur la langue.

— Je limitais la casse, telle fut la formule la plus diplomatique qu'elle put trouver. Désolée que cela m'ait pris tant de temps.

Aussitôt, l'humeur bravache d'Angie s'estompa.

— Oh ! je me suis très bien débrouillée toute seule !

Kate doutait que ce fût la vérité, mais elle n'avait rien à gagner à le lui dire. Ce dont elle avait besoin, c'était d'inventer un moyen de soutirer toute l'histoire à cette gamine. Elle se laissa tomber dans son fauteuil, déverrouilla le tiroir de son bureau, et prit un flacon d'Aleve. Elle le secoua pour en faire tomber deux comprimés, les avala avec du café froid et une grimace, puis marqua un temps d'arrêt, envisageant la possibilité que les pouvoirs d'ensorceleuse de la jeune fille soient assez puissants pour lui instiller leur poison.

— Ne te fais pas de souci pour le portrait-robot, la rassura-t-elle, en se massant la nuque pour en dissiper la tension. Ses tendons saillaient comme des baguettes d'acier. Discrètement, elle balaya son bureau du regard. Une vérification automatique, qui était devenue une seconde nature chaque fois qu'elle avait laissé un client seul dans son bureau. L'un des petits anges manquait.

L'air mal à l'aise, Angie prit place sur la chaise réservée aux visiteurs, posant le bras sur le bureau.

— Qu'est-ce qui va se passer ?

— Rien. Sabin est exaspéré. Il a besoin de frapper un grand coup et il espérait que ce serait toi, son grand coup. Il a évoqué l'idée de te laisser tomber, mais je l'ai convaincu de n'en rien faire. Pour l'instant. S'il décide que tu es une artiste en matière d'arnaque, qui essaie simplement de ramasser l'argent de la rançon, alors là, oui, il te laissera choir et je ne serai plus en mesure de t'aider. Si tu franchis la porte d'une rédaction de quotidien et que tu essaies de leur fournir quelque chose de plus que ce que tu as livré aux flics, Sabin te foutra en taule, et personne ne pourra plus te venir en aide. Cette fois, Angie, tu es entre l'enclume et le marteau. Et je sais que d'instinct, ton premier mouvement est de te replier sur toi-même et de te couper du reste du monde, mais tu dois te rappeler une chose : ce secret que tu gardes pour toi, tu le partages avec un autre individu... et qui, pour ce motif, te tuera.

— C'est pas la peine de me faire peur.

— Mon Dieu, j'espère bien que non. L'homme que tu as vu torture des femmes, les tue, et met le feu à leur corps. J'espère que ça te fait plus peur que tout ce que je pourrais dire.

— Vous ne savez pas ce que c'est, d'avoir peur, l'accusa Angie, la voix pleine d'amertume, sous le coup des souvenirs. Elle se leva d'un bond et se mit à faire les cent pas, en se mordillant méchamment l'ongle du pouce.

— Alors raconte-moi. Raconte-moi quelque chose, Angie. N'importe quoi que je puisse balancer à Sabin et à ses flics pour les faire reculer. Qu'est-ce que tu fabriquais dans ce parc cette nuit-là ?

— Je vous l'ai dit.

— Tu coupais par là. En venant d'où ? Tu avais fait quoi ? Si tu y avais été accompagnée de quelqu'un, tu comprends qu'il aurait vu ce type aussi, non ? Il aurait pu apercevoir une voiture. Il aurait pu, au pire, confirmer ta version des choses, et au mieux il aurait pu nous aider à mettre la main sur ce monstre.

— Qu'est-ce que vous croyez ? lui demanda Angie, allant puiser son indignation elle ne savait où. Vous croyez que je suis une putain ? Vous croyez que j'étais là-bas à baiser un micheton pour me faire de l'argent de poche ? Je vous l'ai dit, ce que je fabriquais là-bas. Alors ça signifie que vous me prenez pour une pute et pour une menteuse. Allez vous faire foutre.

En un clin d'œil, elle avait passé la porte, avec Kate juste dans son dos.

— Hé ! Ne me déballe pas ce genre de conneries, pas à moi, lui ordonna Kate, en saisissant le bras de la fille, dont la minceur la déconcerta presque.

Le visage d'Angie trahissait autant la surprise que la peur. Cela ne se passait pas comme elle l'aurait cru. Cette fois, cette réaction ne ressemblait pas à celle des innombrables travailleurs sociaux qu'elle avait connus dans sa courte existence.

— Quoi ? lui demanda encore Kate. Tu crois que j'allais me sentir penaude et m'excuser ? (Oh ! zut, j'ai froissé Angie ! Elle n'a sûrement jamais rien fait de mal pour vivre dans la rue ! Kate feignit la stupéfaction, les yeux grands ouverts, une main sur la joue, et puis, en un battement de cœur, elle cessa de jouer la comédie.) Tu crois que j'ai passé mon temps à circuler en calèche, Angie ? Je sais ce qui se passe dans le monde, le vrai, le dur, Angie. Je sais ce que les femmes qui n'ont pas d'argent, pas de maison, sont obligées de faire pour survivre. Oui, pour être franche, je pense que tu étais dans ce putain de parc à baiser un micheton pour te gagner ton argent de poche. Et je sais parfaitement que tu es une menteuse. Et une voleuse, par-dessus le marché. Ce que je suis en train de te dire, c'est ceci : *ça m'est égal.* Je ne suis pas en train de te juger. Je ne peux rien changer concernant ce qui s'est passé dans ta vie avant que tu entres dans la mienne, Angie. Tout ce que je peux faire, c'est t'aider face à ce qui t'arrive là, maintenant, et face à ce qui va t'arriver. Tu te noies dans cette histoire et moi je veux t'aider, *t'ai-der.* Est-ce que tu peux te fourrer ça dans ta tête de pioche et arrêter de te bagarrer avec moi ?

L'espace d'une seconde, il y eut un silence absolu. Elles étaient là, debout dans le couloir du service juridique, se dévisageant — l'une en colère, l'autre perplexe. Et puis un téléphone sonna dans un bureau, et Kate se rendit compte que Rob Marshall les observait sur le pas de sa porte, au bout du couloir. Elle ne détacha pas son attention d'Angie, et pria Dieu pour que

Rob ne vienne pas fourrer son nez là-dedans. Cette lueur de désolation dans les yeux de la fille, cela suffisait à briser le cœur de Kate.

— Et pourquoi ça vous intéresse, ce qui m'arrive ? lui demanda Angie, calmement. La façade de dureté s'était enfuie, révélant exactement ce qu'elle était : une gamine terrorisée, vulnérable.

— Parce que personne d'autre ne s'y intéresse, lui répondit simplement Kate.

Des larmes perlèrent dans les yeux bleu foncé de la jeune fille. Toute la vérité des propos que Kate venait de tenir était là, bien visible. Personne n'en avait jamais eu rien à foutre d'Angie Di Marco, et la jeune fille n'osait pas se fier au fait que quelqu'un allait commencer d'en avoir quelque chose à foutre, là, tout de suite.

— Tout ce que j'ai à y gagner, c'est une petite tape sur le derrière, en guise de félicitations, de la part de Ted Sabin, ajouta Kate, histoire de laisser percer une pointe d'humour au milieu de sentiments plus pesants. Crois-moi, ce n'est pas ça, ma motivation.

Angie la regarda fixement, encore un moment, soupesant les alternatives, des alternatives dont le poids l'écrasait. Une larme solitaire roula sur sa joue. Elle prit une profonde inspiration, agitée de soubresauts.

— J'aime pas faire ça, chuchota-t-elle d'une voix enfantine, la lèvre inférieure prise de tremblements.

Lentement, avec précaution, Kate passa un bras autour des épaules d'Angie et amena la jeune fille contre elle. Son besoin de la réconforter était si puissant que cela l'effraya. Des gens avaient mis cette enfant au monde, sans la désirer, sans autre raison que de la punir pour leurs erreurs à eux. Cette injustice brûlait la poitrine de Kate. *C'est pour ça que je ne m'occupe pas de gamins*, songea-t-elle. *Ils m'émeuvent trop.*

Le corps de la jeune fille frissonna quand elle libéra un peu de l'émotion qui menaçait de l'écraser.

— Je suis désolée, chuchota-t-elle. Je suis désolée.

— Je sais, fillette, murmura Kate, la voix enrouée, sa main tapotant doucement le dos d'Angie. Moi aussi, je suis désolée. Allons nous asseoir et parler de tout ça. Ces foutus talons. Mes pieds me font un mal de chien.

238

16.

— Il y a des appels, sur cette ligne ouverte en permanence, vous n'y croirez pas, s'écria Gary Yurek, emportant un épais dossier et un bloc de papier vers la table de la salle d'état-major, à La Tendre Main de la Mort. Ils ont reçu, je vous jure, un appel d'une femme qui pense que son voisin est le Crémateur parce que son chien ne l'aime pas !

— Quelle race de chien ? lança Tippen.

— Une saleté d'épagneul, lui répondit Elwood, en tirant sa chaise. Une espèce des plus chaleureuses et des plus joyeuses, réputée pour déterrer les corps et pour adorer se livrer à des cabrioles avec les morceaux de cadavres.

— Ton portrait craché, Elwood, le taquina Liska, en lui flanquant un coup de poing dans le bras au passage.

— Hé ! mes passe-temps, ça ne regarde que moi !

— D'autres personnes ont déclaré avoir vu Jillian Bondurant ? interrogea Hamill.

Yurek prit un air dégoûté.

— Ouais, un mécanicien chez Vidange Minute à Brooklyn Park. Tous les trois mots il répétait *récompense.*

Quinn s'installa sur un siège autour de la table, des élancements dans la tête, son esprit l'entraînant dans trop de directions à la fois. Kate, le témoin de Kate. Bondurant. Le profil du tueur, avec lequel il se débattait. L'affaire d'Atlanta. L'affaire de Blacksburg. Les appels qui lui parvenaient sur sa boîte vocale, concernant à peu près une dizaine d'autres affaires. Kate. Kate...

Son cerveau réclamait une tasse de café, mais son estomac la refusait, dans un langage brutal et douloureux. Il tira une tablette de Tagamet de sa poche et l'avala avec un Coca light. Mary Moss lui tendit un paquet de photographies.

— Ce sont les parents de Lila White qui me les ont données. Je ne vois pas en quoi elles peuvent aider, mais pour eux c'était important. Ces images ont été prises quelques jours avant le meurtre.

— Compte rendu d'activité ! lança Kovac, en se débarrassant de son pardessus et en jonglant avec trois dossiers tout en s'approchant du bout de la table. Rien sur les employés des parcs ?

— Découvert un pédophile condamné pour attentats à la pudeur sur des enfants, qui a menti au sujet de son casier judiciaire dans son dossier de candidature pour le poste, exposa Tippen. À part ça, R.A.S. sur l'équipe permanente. Cela étant, le service des parcs a aussi recours à des équipes composées de gens condamnés qui effectuent des travaux d'intérêt général. On est en train de s'en procurer la liste.

— Les listes des coups de fil passés sur la ligne de Jillian ne montrent rien qui sorte de l'ordinaire, rapporta Elwood. Des appels à son père, à son psy, à sa copine, celle que Fée Clochette est allée voir. Rien d'inhabituel au cours des deux dernières semaines. J'ai exigé les mêmes éléments auprès de l'opérateur de sa ligne de portable, mais leurs ordinateurs étaient en rade, alors je n'ai encore rien.

— Nous avons une liste des personnes employées chez Paragon au cours des dix-huit derniers mois, mentionna Adler. Aucune d'elles n'est apparue comme particulièrement vindicative à l'égard de Peter Bondurant. Nous avons rentré leurs noms dans l'informatique et il n'en est ressorti que des conneries sans intérêt.

— Un type condamné pour avoir racolé une prostituée, compléta Hamill. Mais c'était en une occasion unique, une soirée de célibataires. À présent, il est marié. Le week-end dernier, il l'a passé chez ses beaux-parents.

— Ça, moi, ça pourrait me conduire au meurtre, se moqua Tippen.

— Un type avec une accusation de coups et blessures. Il a agressé son directeur quand il a su que Paragon allait le virer, exposa Adler. C'était il y a neuf mois. Il a quitté la ville. Il habite maintenant à Cannon Falls et travaille à Rochester.

— C'est loin ? demanda Quinn.

— Cannon Falls ? Une demi-heure, trois quarts d'heure.

— Facile, en voiture. Il n'est pas hors de cause.

— Notre agent de terrain à Rochester jette un œil sur son cas.

— En général, poursuivit Adler, ceux qui travaillent pour Bondurant ne le portent pas particulièrement dans leur cœur, mais personne n'avait rien de méchant à dire sur son compte non plus... à une exception notable. Bondurant a mis Paragon sur pied dans les années soixante-dix, avec un associé, Donald Thornton. Il a racheté les parts de Thornton en 1986.

— À peu près à l'époque du divorce, commenta Kovac.

— Exactement à l'époque du divorce. Il a payé Thornton au prix fort... et plus encore, selon quelqu'un. Thornton a connu de graves problèmes : l'alcool, le jeu, et il a plongé avec sa voiture dans le lac Minnetonka, en 1989. La patrouille du lac l'a repêché avant qu'il ne se noie, mais pas avant qu'il n'ait subi de sévères lésions au cerveau et une blessure à la colonne vertébrale. Sa femme en reporte la faute sur Bondurant.

— Comment ça ?

— Elle refusait d'en dire plus au téléphone. Elle veut un entretien en tête à tête.

— Je m'en charge, intervint Kovac. Toute personne ayant du mal à dire de M. Milliardaire peut prétendre à mon amitié.

Walsh leva la main, tout en plaçant l'autre devant la bouche, car il essayait de tousser pour recracher un morceau de poumon. Quand finalement il s'emplit les poumons pour parler, il avait la figure écarlate.

— J'ai eu au téléphone le bureau de notre attaché judiciaire à Paris, les informa-t-il d'une voix fluette et forcée. Ils sont en train de vérifier du côté du beau-père... Serge Leblanc... auprès d'Interpol et des autorités françaises. Mais je dirais que c'est une impasse. Faire tout ce chemin jusqu'ici pour dessouder deux putains et ensuite sa belle-fille ? Je n'y crois pas.

— Il aurait pu engager quelqu'un pour s'en charger, suggéra Tippen.

— Non, objecta Quinn. Il s'agit d'un homicide classique de sadique sexuel. Le tueur suit son propre programme personnel. Il ne commet pas ces actes pour de l'argent. Il les commet parce que ça le fait jouir.

Walsh tira de sa poche un mouchoir d'aspect répugnant et le fixa du regard, contemplant un crachat.

— Leblanc est très en pétard à cause de ces investigations, et ne se montre pas des plus coopératifs. Il assure qu'il nous fera parvenir les dossiers dentaires de Jillian... qui ne nous serviront à rien. Il nous fera parvenir toutes les radios qu'elle a pu passer, mais c'est tout. Il ne se séparera pas du dossier médical de sa belle-fille.

Le visage de Kovac s'enflamma.

— Pourquoi ça ? Qu'est-ce qu'il essaie de cacher ?

— Peut-être le fait qu'il avait eu des rapports sexuels avec elle, qu'il l'avait poussée à une tentative de suicide, et puis qu'il l'avait fait interner, suggéra Liska, l'air ravi d'avoir devancé ces messieurs.

Elle les tint au courant de ce qu'elle avait appris de la bouche de Michèle Fine.

— Le microcassette du répondeur de chez Jillian part au labo du BAC, histoire de voir si un de leurs crânes d'œuf de la technique peut en extraire quelque chose. J'ai aussi demandé à Fine de passer chez nous le temps d'un arrêt-buffet pour qu'on relève ses empreintes digitales, de manière à ce qu'on puisse les éliminer de celles qu'on a trouvées chez Jillian. Et, au fait, ce qui est sûr et certain, c'est que quelqu'un a remis l'endroit en ordre pendant le week-end. Fine affirme que Jillian était une bordélique. L'endroit est bien trop propre et son amie m'a indiqué que la fille de Bondurant n'employait pas de femme de ménage.

— Peut-être le tueur était-il chez elle ce soir-là, hasarda Adler. Il ne voulait pas laisser de traces.

— Je comprends bien pourquoi il aurait essuyé les moindres recoins pour effacer ses empreintes, nota Elwood. Mais se lancer dans un ménage à fond ? Ça n'a pas de sens.

Quinn secoua la tête.

— Non. S'il était repassé là-bas, il n'aurait pas tout nettoyé. Quitte à faire quelque chose, il aurait mis l'endroit dans un état encore plus lamentable en signe de mépris à l'égard de sa victime. Il aurait souillé les lieux, peut-être aurait-il uriné ou déféqué quelque part, à un endroit évident.

— Donc, nous voilà avec un mystère de plus, conclut Kovac. Il se retourna une fois encore vers Liska. Tu as rentré Fine dans l'informatique ?

— Pas d'avis de recherche, pas de mandat d'arrêt, pas de casier. Pas de petit ami, précisa-t-elle, et j'aurais tendance à la croire. Elle dit qu'elle et Jillian n'étaient pas amantes. Il y a un contact avec la défonce quelque part. À la petite semaine, je dirais.

— Mais ça pourrait valoir le coup de creuser, souligna Moss. Lila White avait des contacts du côté de la drogue elle aussi. L'un d'eux lui a démonté la tête l'automne dernier.

— Willy Parrish, compléta Kovac. Il a été l'hôte des services du comté à l'époque du meurtre de White. Il n'avait aucun lien avec Fawn Pierce.

242

— J'ai aussi vérifié du côté du type que les parents de White accusent d'avoir accroché leur fille à la drogue en premier, continua Moss. Originaire de Glencoe, un dénommé Allan Ostertag. Pas de condamnations. Rien que des affaires à la petite semaine. Travaille comme vendeur dans la concession auto de son père. Il peut répondre de son emploi du temps pour tout le week-end dernier.

— Jillian et Fine écrivaient de la musique ensemble, reprit Quinn, en griffonnant une note. Quel genre de musique ?

— Des trucs folk alternatifs, répondit Liska. Des conneries d'angoissées qui ont les hommes en horreur, voilà ce que je dirais vu l'impression que m'a faite Fine. Elle, c'est tout un programme. Alanis Morissette avec des douleurs postmenstruelles.

— Alors où est-elle, cette musique ? demanda Quinn. J'aimerais la voir.

— Super agent et détecteur de talents à ses heures perdues, remarqua Tippen, sarcastique.

Quinn lui lâcha un regard en coin.

— La musique est une affaire personnelle, intime. Elle révèle beaucoup de choses sur la personne qui l'a écrite.

Liska réfléchit, et ses deux sourcils n'en dessinèrent plus qu'un seul.

— J'ai vu des partitions déjà imprimées, comme celles qu'on achète chez les marchands de musique. Je n'ai rien repéré d'écrit à la main.

— Voyez si la copine en a des duplicatas, suggéra Kovac.

— D'accord, mais d'après moi, c'est Vanlees la piste que nous devrions aller flairer. Ce type-là, il lui manque une case, et il correspond assez bien au profil préliminaire de John.

— Passé criminel ? demanda Quinn.

— Rien de sérieux. Un paquet de contraventions impayées et deux ou trois délits il y a trois ou quatre ans. Des inculpations pour violation de propriété privée et conduite en état d'ivresse... tout cela sur une période d'environ dix-huit mois.

— Violation de propriété privée ? (Le mot mit la puce à l'oreille de Quinn.) C'était l'inculpation initiale ou bien a-t-il choisi de plaider ça plutôt qu'autre chose ?

— C'était le résultat des courses.

— Creusez plus profond. Un tas de voyeurs s'arrangent pour négocier à la baisse leurs deux ou trois premiers délits. Ils ont l'air trop pathétiques pour valoir la peine d'une inculpation surtout sur la base de délits sexuels mineurs. Vérifiez aussi cette histoire de contraventions. Vérifiez les lieux de délivrance de ces contraventions, et rapprochez-les des adresses de ces violations de propriété privée.

Tippen se pencha vers Adler.

— Ah ! ouais, il se pourrait qu'on ait un pisseur au lit en série sur les bras.

— Ils commencent tous quelque part, Tippen, le reprit Quinn. L'Étrangleur de Boston a débuté en regardant aux fenêtres, en se branlant, et un abruti de flic a négligé la chose.

L'inspecteur fit mine de se lever de sa chaise.

— Hé ! bordel...

— Rangez vos outils dans votre froc, les mecs, ordonna Kovac. On n'a pas le temps de sortir le double décimètre. Fée Clochette, vois si ce corniaud a effectué ses travaux d'intérêt général dans les services du parc.

— Et trouvez quel genre de voiture il conduit, ajouta Quinn.

— Je m'en occupe. Je me suis fait un devoir de lui parler de la réunion publique de ce soir. Je parierais qu'il va se montrer.

— En parlant de ça, avertit Kovac, je veux tout le monde sur place à sept heures et demie. Nous aurons des équipes de surveillance du BAC et des stups qui relèveront les numéros des plaques sur le parking. Yurek sera notre maître de cérémonie. Je veux tous les autres dans la foule, et pour l'amour de Dieu, essayez de ne pas trop avoir l'air de flics.

— Mis à part notre mannequin vedette, persifla Tippen, en brandissant un exemplaire du *Star Tribune* avec ce gros titre : « Le profileur vedette du FBI sur l'affaire. » Comme ça, vous pourriez vous payer deux gros titres d'affilée, Rusé Renard.

Quinn se renfrogna, dominant sa mauvaise humeur, combattant son vif désir de coller son poing sur la gueule de Tippen. Dieu, il était trop avisé pour laisser des crétins comme ce type venir le narguer. Il avait eu affaire à une centaine d'entre eux au cours de la seule année écoulée.

— Je ne recherche pas les gros titres. Je prononcerai quelques mots, mais je serai bref et je resterai dans le vague.

— Exactement comme avec nous autres ?

— Que voulez-vous que je vous dise, Tippen ? Que le tueur portera une chaussure rouge ?

— Ce serait déjà quelque chose. Bon sang, qu'est-ce que vous nous avez rapporté jusqu'à maintenant, à nous qui payons nos

244

impôts en dollars sonnants et trébuchants ? Une tranche d'âge, la description plausible des deux véhicules au volant desquels éventuellement ce type pourrait ou non circuler. Qu'il aurait couché avec sa mère et se serait branlé sur des magazines pornos ? Quel carton.

— Ça fera un carton si vous chopez un suspect. Et je ne crois pas avoir jamais rien dit de ses coucheries avec sa mère.

— Tip revit son enfance.

— Je te pisse à la raie, Gros Lard.

— C'est du domaine du possible, reprit Quinn, en observant cet inspecteur adjoint du shérif si peu engageant, juste pour le voir s'énerver un peu. Je parle de l'Individu inconnu. Il est probable qu'il y a eu des comportements sexuels déplacés, tant au domicile familial en général qu'à l'égard de cet homme en particulier, dans son enfance. Sa mère était probablement de mœurs faciles, voire une prostituée. Son père était une figure faible ou absente. La discipline familiale était instable, allant de l'inexistence à l'extrême rigueur. Enfant, il était intelligent, mais très perturbé à l'école. Il était incapable de se lier avec les autres élèves. Il avait la tête remplie de pensées de domination et de maîtrise sur ses camarades. Il se montrait cruel envers les animaux et avec les autres enfants. Il a commencé par mettre le feu, par voler. C'était un menteur pathologique, et ce dès son plus jeune âge. Au lycée, il avait du mal à se concentrer en raison de sa dépendance vis-à-vis de ses fantasmes sexuels, qui avaient déjà revêtu un tour violent. Il rencontrait des difficultés avec les figures représentant l'autorité, peut-être s'est-il trouvé mêlé à des affrontements avec la police. Sa mère minimisait les problèmes, raisonnait à sa place, le tirait d'affaire, renforçant ainsi un schéma à l'intérieur duquel il n'était jamais redevable de ses actions destructrices envers les autres. Cela a renforcé son impression d'impunité et l'a encouragé dans ses tentatives de comportements encore plus extrêmes. Cela a aussi renforcé son manque de respect envers sa mère.

Tippen leva les mains pour interrompre ce flot d'informations.

— Et à moins que le type assis à côté de moi ne se retourne vers moi et ne me déclare : « Salut, je m'appelle Harry. Ma mère avait des rapports sexuels avec moi quand j'étais môme », tout ça, c'est que des conneries.

— Je pense que c'est toi qui ne débites que des conneries, Tippen, lâcha Liska. Quand je dégotte des infos sur Vanlees, si je relève chez lui un de ces points de repère, je peux m'en servir.

— L'analyse est un outil, souligna Quinn. Vous pouvez vous en servir ou le laisser dans la boîte à outils. Quand vous vous fondrez dans la foule ce soir, surveillez toute personne qui vous paraîtra trop exaltée : excitée, ou tendue, ou trop à l'affût des gens autour d'elle. Écoutez toute personne qui vous semblera trop au fait des éléments de l'affaire, quiconque vous paraîtra inhabituellement familier avec les méthodes de travail de la police. Ou alors vous pouvez préférer adopter la démarche de l'inspecteur Tippen et attendre que quelqu'un vous raconte qu'il baisait sa mère.

— Vous savez ce que vous pouvez faire avec cette bouche si futée que vous avez là, monsieur l'agent du FBI ? s'écria Tippen, en se levant de nouveau.

Kovac s'interposa.

— La tienne, tu l'emmènes chez Patrick's et tu y fourres un sandwich, Tippen. Allez, file, avant que j'en aie vraiment ma claque de toi et que je t'ordonne de ne plus remettre les pieds ici.

Une expression d'aigreur tordit la figure de Tippen.

— Oh ! de la merde ! grommela-t-il, en attrapant son manteau pour sortir.

Kovac regarda Quinn de travers. Un téléphone sonnait dans l'une des pièces au bout du couloir. Le reste de la force d'intervention se dispersa, tout le monde ayant envie d'avaler un morceau ou de boire un verre avant le grand événement.

— Être un bon flic et un trou du cul, ce n'est pas contradictoire, raisonna Liska, en enfilant son manteau.

— Vous parlez de lui ou de moi ? s'interrogea Quinn, contrarié.

— Hé ! Sam ! s'écria Elwood. Viens voir ça.

— Tippen est un abruti, mais c'est un bon inspecteur, plaida Liska.

— Tout va bien. (Quinn laissa échapper un sourire absent en s'enveloppant dans son imper.) Le scepticisme, la marque du bon enquêteur.

— Vous croyez ? (Elle ferma les yeux à demi et le regarda de travers, puis elle rit et lui fila un petit coup sur le bras.) Juste un zeste d'humour flic. Alors, on a rassemblé un peu plus d'éléments de fond sur Jillian et les deux putes. Vous voulez qu'on s'assoie devant un plat et qu'on revoie tout ça ? Ou peut-être après la réunion de ce soir, on pourrait aller boire un verre quelque part...

— Hé ! Fée Clochette ! aboya Kovac en revenant dans la pièce à grandes enjambées, avec une liasse de télécopies. On ne drague pas le fédéral.

Liska rougit.

— Va te la mordre, Kojak.

— Tu paierais pour voir ça.

— Ton vilain dard, je lui jetterais pas trois sous.

Goguenard, il la désigna d'un geste du pouce tandis qu'elle s'éloignait, et lâcha un regard désabusé à Quinn.

— Elle est folle de moi.

Liska lui rétorqua d'un geste, d'une chiquenaude, le dos tourné.

Kovac haussa les épaules et revint à ses moutons.

— Je vous ramène, FQ ? J'aurais besoin que vous me fournissiez un marteau supplémentaire pour ma boîte à outils.

— En quel honneur ?

Quand il brandit la télécopie, il avait les yeux brillants d'un zélote.

— Les relevés du portable de Jillian Bondurant. Elle a passé deux coups de fil après minuit samedi matin... après avoir quitté la vénérable demeure de son père. Un au psy en chef et un à son Cher Papa.

Il les vit arriver. Debout dans le salon de musique immaculé, à côté du piano demi-queue qui accueillait une galerie de portraits encadrés de Jillian petite fille, il vit la voiture s'arrêter au portail. Une espèce de tas de ferraille familial, marron sale. Kovac.

L'Interphone sonna. Helen n'était pas encore partie. Elle s'affairait dans la cuisine, à lui préparer son dîner. Elle irait chercher la télécommande du portail et laisserait entrer Kovac, parce qu'il était de la police, et, comme toute bonne petite-bourgeoise américaine qui se respecte dans ce pays, elle ne braverait pas la police.

Ce n'était pas la première fois qu'il regrettait de ne pas avoir amené ici son secrétaire personnel de chez Paragon pour lui garder sa porte, au propre et au figuré, mais il est vrai qu'à présent il ne voulait plus de la présence d'une autre personne dans une pareille proximité. Il était déjà assez pénible d'avoir Edwyn Noble sur les talons chaque fois qu'il se retournait. C'est à dessein qu'il avait éloigné de lui son attaché de presse pour l'envoyer traiter avec les chasseurs d'informations et de nouvelles à sensation, qui persistaient tout de même à se masser devant son portail.

Des portières de voiture. Quinn contourna le véhicule par le côté passager, la silhouette élégante, la tête haute, les épaules carrées. Kovac, débraillé, les cheveux plaqués en arrière, finissait une cigarette qu'il lança dans l'allée. Les pans de son imper claquaient au vent.

Peter dévisagea les photographies une minute encore. Jillian, trop sérieuse au piano. Toujours quelque chose de sombre, de perturbé et de triste dans les yeux. Son premier récital. Et le deuxième, et le troisième. Vêtue, sur son trente et un, d'une robe à fanfreluches qui ne lui avait jamais été — trop innocente et trop convenable, évoquant cette espèce d'insouciance de fillette dont sa fille n'avait pas eu le bonheur de jouir.

Lorsque le carillon de l'entrée retentit, il quitta la pièce, refermant aussitôt la porte derrière lui sur ce fragment de regret qui était revenu le hanter brièvement, alors que des voix s'élevaient dans le vestibule.

— Est-il là ? (Quinn)

— Je vais voir s'il est disponible. Avez-vous des éléments nouveaux à lui communiquer à propos de l'affaire ? (Helen)

— Nous travaillons sur certains points. (Kovac)

— Connaissiez-vous très bien Jillian ? (Quinn)

— Oh ! eh bien...

— On vous a donné pour instructions de me joindre par l'intermédiaire de mon avocat, leur rappela Peter en guise de salutation.

— Navré, monsieur Bondurant, s'excusa Kovac, sans véritablement manifester le moindre repentir. John et moi, nous étions simplement en route pour cette réunion municipale que nous avons organisée afin d'accélérer la capture de l'assassin de votre fille, et nous avons décidé de faire un crochet, sur une sorte de coup de tête, histoire, dirais-je, de vous soumettre un certain nombre d'éléments. J'espère que l'heure n'est pas trop mal choisie.

Bondurant lui adressa un regard lourd de sens, puis il se tourna vers son employée de maison.

— Ce sera tout, Helen. Si vous avez terminé en cuisine, pourquoi ne rentrez-vous pas chez vous ?

L'employée de maison avait l'air embêté de celle qui a commis une bourde. Tandis que la femme se dirigeait vers la cuisine, Quinn observa Bondurant. Manifestement, il accusait la tension de ces derniers jours. Il donnait l'impression de n'avoir pas mangé, ou pas dormi. Il n'était que cernes et joues creuses, et d'une pâleur qui signalait à coup sûr l'individu soumis à une tension écrasante.

— Je n'ai rien d'utile à vous déclarer, prévint-il avec impatience. Ma fille est morte. Je ne peux rien y changer. Je n'ai même pas la possibilité de l'enterrer. Je n'ai même pas la latitude de prendre des dispositions pour les obsèques. Le bureau du médecin légiste refuse de se dessaisir du corps.

— Il leur est impossible de se dessaisir du corps sans une identification certaine, monsieur Bondurant, expliqua Quinn. Vous ne voudriez pas enterrer une étrangère par erreur, n'est-ce pas ?

— Pour moi, ma fille était une étrangère, répliqua-t-il, énigmatique, avec lassitude.

— Vraiment ? s'étonna Kovac, en tournant lentement dans le vestibule, tel un requin décrivant des cercles. Là, je me suis fait la réflexion qu'elle aurait pu vous confier tout ce qu'elle était véritablement quand elle vous a rappelé, ce soir-là... en fait, si je ne me trompe, après être partie d'ici. Alors que vous nous avez déclaré ne plus jamais avoir eu de ses nouvelles.

Bondurant le fixa du regard. Aucun démenti. Aucune excuse.

— Qu'est-ce que vous avez cru ? l'interrogea Kovac. Que je n'allais pas découvrir ce détail ? Vous me prenez pour un débile ? Vous croyez qu'il faut que j'aie un putain d'insigne du FBI pour avoir une cervelle ?

— Je ne croyais pas que cela avait un rapport.

Kovac eut l'air abasourdi.

— Pas de rapport ? Quand elle a passé ce coup de fil, elle a peut-être laissé derrière elle un indice à propos de l'endroit où elle se trouvait. Cela nous désignerait le cas échéant une aire géographique à passer au crible pour y retrouver des témoins. Peut-être y avait-il une voix en arrière-plan, ou un bruit caractéristique. Peut-être que l'appel a été interrompu.

— Non, sur tous ces points.

— Pourquoi vous a-t-elle appelé ?

— Pour me souhaiter une bonne nuit.

— Et c'est pour la même raison qu'elle a appelé son psy au milieu de la nuit ?

Pas de réaction. Ni de surprise ni de colère.

— Je n'ai aucune idée de la raison pour laquelle elle a appelé Lucas. Leur relation de médecin à patient ne me regardait pas.

— Elle était votre fille, reprit Kovac, qui arpentait maintenant la pièce d'un pas rapide, en proie à une exaspération croissante. Vous pensiez que cela ne vous regardait pas quand son beau-père la baisait ?

Coup direct. Enfin, observa Quinn, en regardant la colère envahir le visage émacié de Bondurant.

— Je n'ai plus rien à voir avec vous, sergent.

— Ah ! ouais ? Selon vous, est-ce la même phrase que Leblanc a sortie à Jillian, et qui l'a poussée à tenter de se suicider, quand elle vivait en France ? persifla imprudemment Kovac, en s'avançant sur le fil du rasoir.

— Espèce de salaud !

Bondurant n'esquissa pas un geste vers Kovac, mais il se retint, se raidit. Quinn pouvait le voir trembler.

— Moi, je suis un salaud ? s'exclama Kovac en riant. Votre fille est peut-être morte, vous ne prenez pas la peine de nous dire que dalle sur elle, et c'est moi le salaud ? Ça c'est fort. John, vous y croyez, à ce que nous sort ce type, bordel ?

Quinn lâcha un profond soupir de désappointement.

— Nous ne posons pas ces questions à la légère, monsieur Bondurant. Nous ne les posons pas pour vous blesser ou pour attenter à la mémoire de votre fille. Nous les posons parce que nous avons besoin de dresser un tableau d'ensemble.

— Je vous l'ai indiqué, répéta Bondurant d'une voix feutrée, tendue, avec une colère froide et dure dans les yeux. Le passé de Jillian n'a rien à voir avec ça.

— J'ai bien peur que si. D'une manière ou d'une autre. Le passé de votre fille faisait partie intégrante de ce qu'elle était... ou de ce qu'elle est.

— Lucas m'a rapporté que vous aviez insisté là-dessus. Il est ridicule de croire que Jillian aurait en quelque sorte pu s'attirer la tragédie qui lui est arrivée. Elle allait si bien...

— Ce n'est pas votre boulot d'essayer de disséquer cet aspect-là, poursuivit Quinn, en déplaçant la conversation sur un terrain plus personnel.

Je suis votre ami. Vous pouvez vous confier à moi. Fournir à Bondurant la permission de relâcher la maîtrise qu'il exerçait sur lui-même, la relâcher lentement, et de son plein gré. Quinn percevait la part logique de l'esprit de Bondurant en train de se débattre avec les émotions qu'il maintenait si fermement enfermées dans leur boîte. Il était tellement remonté que si Kovac le poussait trop loin et qu'il rompait, ce serait comme de lâcher soudainement un câble à haute tension — plus aucune maîtrise.

Bondurant était assez astucieux pour se rendre compte de cela et suffisamment anal pour en redouter l'éventualité.

— Nous ne sommes pas en train d'en attribuer la faute à Jillian, Peter. Elle n'a absolument pas souhaité qu'il lui arrive ce qui lui est arrivé. Elle ne le méritait pas.

Un voile de larmes miroitait dans les yeux de Bondurant.

— Je comprends que ce soit difficile pour vous, poursuivit Quinn à voix basse. Quand votre femme est partie, elle a emmené votre fille chez un homme qui a abusé d'elle. Je puis imaginer le genre de colère que vous avez dû éprouver quand vous avez découvert ça.

— Non, vous ne pouvez pas.

Bondurant se détourna, cherchant en quelque sorte une échappatoire, mais se refusant à quitter le hall d'entrée.

— Entre vous et Jillian, il y avait un océan, et elle vivait dans les problèmes, dans la souffrance. Mais le temps que vous découvriez la chose, tout était terminé, alors que pouviez-vous faire ? Rien. Je peux imaginer la frustration, la colère, le sentiment d'impuissance.

— Je ne pouvais rien faire, murmura-t-il. (Il se tenait debout à côté d'une table à plateau de marbre, fixant une sculpture du regard, des lis de bronze déchiquetés, revoyant un passé qu'il aurait préféré maintenir sous le boisseau.) Je ne savais pas. Jusqu'à son retour ici, elle ne m'a parlé de rien. Je n'ai rien su, jusqu'à ce qu'il soit trop tard.

D'une main tremblante, il toucha l'un de ces lis et ferma les yeux.

Quinn se tenait debout derrière lui, empiétant, mais à peine, sur l'espace personnel de Bondurant. Assez proche pour inviter à la confidence, pour inspirer le soutien plutôt que l'intimidation.

— Il n'est pas trop tard, Peter. Vous pouvez encore l'aider. Nous partageons le même objectif... trouver et arrêter le tueur de Jillian. Que s'est-il passé cette nuit ?

Il secoua la tête. Pour nier quoi ? Il émanait de lui une sensation de culpabilité ? honte ? aussi prégnante qu'une odeur.

— Rien, dit-il. Rien.

— Vous avez dîné ensemble. Elle est restée jusqu'à minuit. Que s'est-il passé qui l'ait amenée à appeler Brandt ? Elle devait bien être bouleversée par quelque chose.

Réaction identique. Que cherchait-il à nier ? L'état émotionnel de sa fille ? Ou se refusait-il simplement à répondre ? Repoussant les questions parce qu'elles étaient inacceptables, parce que les réponses ouvriraient une porte qu'il ne voulait pas franchir ? La fille qui était revenue à lui après toutes ces années n'était pas réapparue comme l'enfant innocente qu'elle avait été. Elle était revenue différente, abîmée. Comment se sentirait un père ? Blessé, déçu, honteux. Coupable de n'avoir pas été là pour empêcher ce qui avait incité sa fille à tenter de mettre fin à ses jours. Coupable à cause de la honte qu'il éprouvait en pensant à elle, abîmée, à sa perfection entamée. Des émotions entremêlées, sombres, nouées en un nœud qui requerrait tout le talent d'un chirurgien pour être démêlé. Quinn songea à la photographie dans le bureau de Bondurant : Jillian, si malheureuse, dans une robe destinée à un autre genre de jeune femme qu'elle.

Kovac vint à la hauteur de Bondurant, sur sa droite.

— Nous ne cherchons pas à blesser Jillian. Ni vous, monsieur Bondurant. Nous voulons seulement la vérité.

Quinn retint son souffle, sans quitter Bondurant des yeux. Un moment passa. Une décision se prenait. La balance ne penchait pas de leur côté. Il put le voir au visage de Bondurant, quand la main de ce dernier glissa du lis en bronze déchiqueté, et quand l'homme se referma à double tour, pour clore cette porte intérieure qui s'était entrouverte par inadvertance.

— Non, laissa tomber Bondurant, et quand il tendit la main vers le combiné noir et lisse du téléphone qui se trouvait à côté de la sculpture, son visage formait un masque dur et anguleux. Vous n'en aurez pas l'occasion. Je ne permettrai pas qu'on traîne la mémoire de ma fille dans la boue. Si je lis un mot dans un journal au sujet de ce qui est arrivé à Jillian en France, je vous détruirai tous les deux.

Kovac respira un grand coup et s'écarta de la table.

— Je suis simplement en train d'essayer de résoudre ces meurtres, monsieur Bondurant. En l'occurrence, c'est mon seul programme. Je suis un type simple et j'ai des besoins simples... par exemple la vérité. Vous pourriez me détruire en l'espace d'un battement de cœur. Bon sang, tout ce que j'ai pu posséder qui ait eu la moindre valeur est allé à l'une ou à l'autre de mes ex-épouses. Vous pouvez m'écraser comme un insecte. Et vous savez quoi ? J'aurai toujours envie d'obtenir cette vérité, parce que c'est ainsi que je suis fabriqué. Tout sera plus facile pour nous tous si vous me la révélez, cette vérité, et mieux vaudrait que ce soit plus tôt que plus tard.

Bondurant se contenta de le dévisager, le visage pétrifié, et Sam se contenta de secouer la tête et de s'éloigner.

Pendant un instant, Quinn ne bougea pas, jaugeant Bondurant, essayant de prendre sa mesure, tâchant de le déchiffrer. Ils avaient été si près de le faire sortir de sa coquille...

— Vous m'avez amené ici pour une raison ou une autre, lui rappela-t-il à voix basse, tête-à-tête d'homme à homme. Quand vous serez prêt, appelez-moi.

Bondurant enfonça une touche de numérotation abrégée et attendit.

— Une dernière question, Peter. Jillian aimait bien écrire de la musique. Est-ce que vous l'avez entendue jouer ? Est-ce que vous avez vu ses compositions ?

— Non. Elle ne partageait pas cela avec moi.

Quand quelqu'un répondit à l'autre bout du fil, il détourna le regard.

— C'est Peter Bondurant. Passez-moi Edwyn Noble.

Il se tenait debout dans le hall et attendit un long moment après que le gros grondement de la voiture de Kovac se fut éteint au loin. Simplement là, debout, dans le silence, dans l'obscurité. Les minutes s'écoulèrent. Il n'aurait pas su dire combien de temps. Et puis il se rendit au fond du couloir, dans son bureau, son corps et son esprit fonctionnant en apparence indépendamment l'un de l'autre.

Un lampadaire dispensait une lumière tamisée dans un coin de la pièce. Il n'alluma rien d'autre. La nuit s'était introduite dans cette fin d'après-midi pour dérober la claire lumière oblique qui, plus tôt dans la journée, était entrée par les portes-fenêtres.

Il ouvrit la serrure de son bureau, en sortit une feuille de partition, et s'approcha de la fenêtre pour lire, comme si éloigner le plus possible les mots avait une chance d'adoucir leur réalité.

Enfant de l'Amour

Je suis ton enfant de l'amour
Petite fille
Je te veux plus que tout au monde
Emmène-moi dans cet endroit que je connais
Emmène-moi où tu veux
Faut que tu m'aimes faut que j'y arrive
Qu'un seul moyen
Papa, tu ne veux pas m'aimer ?
Aime-moi tout de suite
Papa, je suis ton enfant de l'amour
Prends-moi tout de suite
— JB

17.

Cette réunion se tient en son honneur, pour ainsi dire. Il est assis dans la foule, à regarder, à écouter, fasciné et amusé. Les gens autour de lui — cent cinquante personnes au jugé, beaucoup de représentants des médias — sont venus ici soit parce qu'ils ont peur de lui, soit parce qu'ils sont fascinés par lui. Ils n'ont pas conscience que le monstre est assis à côté d'eux, derrière eux, à secouer la tête tandis qu'ils y vont de leurs commentaires sur la situation effrayante du monde et la mentalité cruelle du Crémateur.

À vrai dire, il estime certains d'entre eux qui envient au Crémateur sa hardiesse, même s'ils ne l'admettront jamais. Aucun d'eux ne possède le cran, la clarté de vue nécessaire pour agir suivant ses fantasmes et libérer les sombres pouvoirs qui logent à l'intérieur de son âme.

La réunion débute, le porte-parole de la force d'intervention en annonce le but prétendu, ce qui constitue un premier mensonge. Cette réunion n'est pas destinée à informer, ni même à offrir à la collectivité une démonstration de force. Le but de la réunion, c'est celui que poursuit Quinn.

« Le plus important, dans la série de meurtres en cours, leur ai-je dit, c'était de commencer par se montrer interventionniste, d'orienter les efforts de la police et d'utiliser les médias pour tenter d'attirer ce type dans un piège. Par exemple, j'ai proposé que la police puisse organiser une série de réunions publiques pour y "débattre de ces crimes". J'avais raisonnablement la certitude que le tueur tiendrait à se montrer à une ou plusieurs de ces réunions. » —John Douglas, *Mindhunter.*

Le but de cette réunion, c'est de le piéger, et pourtant il se tient assis là, calme et serein. Un citoyen concerné parmi d'autres. Quinn observe la foule, il le cherche, il cherche ce que la plupart des gens ne sauront pas reconnaître : le visage du mal.

« Les gens s'attendent à ce que le mal ait un visage monstrueux, une paire de cornes. Le mal peut être beau. Le mal peut être ordinaire. La monstruosité est intérieure, c'est une pourriture noire, cancéreuse, qui consume la conscience et la fibre morale, ainsi que les règles qui définissent le comportement civilisé, pour laisser place, dissimulé derrière la façade de normalité, à un animal. » —John Quinn, dans une interview au magazine *People,* janvier 1997.

Dans son costume gris impeccablement coupé, Quinn, à l'évidence, tranche sur les balourds du cru. Il a l'expression blasée, supérieure, d'un mannequin de magazine. Cela excite sa colère

— que finalement Quinn ait daigné le reconnaître publiquement, tout en prenant un air aussi peu intéressé que possible.

Parce que tu crois me connaître, Quinn. Tu me prends pour une affaire de plus. Rien de particulier. Mais tu ne connais pas le Crémateur. L'Ange de l'Enfer. Alors que moi je te connais si bien.

Il connaît le dossier professionnel de Quinn, sa réputation, ses théories, ses méthodes. Au bout du compte, il se gagnera le respect de Quinn, ce qui signifiera plus de choses pour Quinn que pour lui-même. Son Moi sombre, son vrai Moi est au-dessus du besoin d'approbation. Rechercher l'approbation, c'est être faible, réactif, cela suscite la vulnérabilité, cela induit le ridicule et la déception. Pas acceptable. Pas autorisé, du côté de la face cachée.

Il se récite mentalement son credo : *Domination. Manipulation. Maîtrise.*

Quinn monte à la tribune : éclairs des projecteurs et bourdonnement des moteurs de caméra. La femme assise à côté de lui se met à tousser. Il lui propose une sucette à la menthe en forme de bouée de sauvetage et songe à lui couper la gorge pour avoir perturbé sa concentration.

Il s'imagine la lui trancher ici même, là, tout de suite — empoigner une mèche de cheveux blonds, lui tirer la tête en arrière, et d'un geste rapide lui sectionner le larynx, la veine jugulaire et la carotide — jusqu'à la colonne vertébrale. Le sang s'écoulera d'elle à flots, une vague jaillissante, et il retournera se fondre dans la foule hystérique et s'éclipsera. Il sourit à cette idée et se casse un morceau de bonbon. À la cerise — son préféré.

Quinn assure la population de l'engagement total des services du Bureau mis à la disposition de la force d'intervention. Il parle des ordinateurs du FCVC, du CNRCD, du CNACV et du RETS. Rassurer en semant la confusion. L'individu moyen est incapable de déchiffrer la soupe de sigles des administrations et des services modernes chargés d'appliquer la loi. La plupart des gens ne font guère de différence entre le commissariat de police et le bureau du shérif. Tout ce qu'ils savent, c'est que ces acronymes donnent une impression d'importance et d'officialité. Les gens réunis ici écoutent avec une attention pénétrée, puis ils jettent des coups d'œil en douce à la personne assise à côté d'eux.

Quinn se borne à communiquer le strict minimum de détails sur le profil du criminel qu'il est en train de se construire, l'expérience lui permettant de présenter une information mineure comme un véritable filon. Il parle du tueur de prostituées ordinaire : un perdant, un inadapté qui hait les femmes et choisit celles qu'il juge comme étant les pires du lot, afin de se venger sur elles des péchés de sa mère. Quinn laisse entendre que, dans le cas précis du Crémateur, il ne s'agit pas là d'un profil tout à fait exact, que ce tueur est unique — d'une grande intelligence, très bien organisé, habile — et que sa capture va requérir toute la diligence de la communauté policière et judiciaire, mais également celle de la collectivité en elle-même.

Quinn a raison sur un point — le Crémateur n'a rien d'ordinaire. Plus qu'un être inadapté, c'est un être supérieur. Il se soucie comme d'une guigne de la femme qui l'a engendré, et donc jamais il ne lui viendrait à l'idée de vouloir se venger de sa mémoire.

Et pourtant, au fond de sa tête, il entend la voix de cette femme, sans cesse en train de le réprimander, de le critiquer, de le railler. Et la colère, toujours en réserve, commence de le chauffer. Ce foutu Quinn avec ses conneries freudiennes. Il ne sait rien du pouvoir et de l'euphorie que l'on éprouve à ôter la vie. Il n'a jamais réfléchi à la musique exquise de la douleur et de la peur, ou à la manière qu'a cette musique de transporter son musicien. Tuer n'a aucun rapport avec la sensation d'inadaptation de son Moi ordinaire, et tout à voir avec le pouvoir.

Tout au fond de la pièce, sur le côté, le contingent des filles du Phœnix House entonnent leur slogan : « Nos vies comptent aussi ! »

Toni Urskine se présente et prend la parole.

— Lila White et Fawn Pierce ont été forcées à la prostitution par les circonstances de l'existence. Êtes-vous en train d'insinuer qu'elles méritaient ce qui leur est arrivé ?

— Jamais je ne laisserai supposer une chose pareille, répond Quinn. Simplement, c'est un fait que la prostitution est une profession à haut risque, comparée à celle d'avocat ou d'instituteur.

— Et donc on considère qu'on peut les sacrifier ? Le meurtre de Lila White ne valait pas une force d'intervention. À une époque, Lila White a résidé au Phœnix House. Au commissariat central de Minneapolis, personne n'est revenu enquêter sur sa mort. Pour Fawn Pierce, le FBI n'a envoyé personne à Minneapolis. L'une de nos pensionnaires actuelles était une amie intime de Mlle Pierce. Personne, au commissariat central de Minneapolis, n'est jamais venu l'interroger, elle. Mais la fille de Peter Bondurant disparaît et subitement nous avons une couverture des chaînes nationales et des réunions publiques d'action. Chef Greer, au vu de ces faits, pouvez-vous dire, honnêtement, que la ville de Minneapolis ne se contrefiche pas complètement des femmes qui vivent des conditions d'existence difficiles ?

Greer monte à la tribune, l'air sévère, et solide.

— Madame Urskine, je vous assure que toutes les mesures possibles et imaginables ont été prises afin de résoudre les meurtres des deux premières victimes. Nous sommes bel et bien en train de redoubler d'efforts pour rechercher et découvrir ce monstre. Et nous ne connaîtrons pas de repos tant que ce monstre n'aura pas été capturé !

— Je veux souligner que le chef Greer n'emploie pas ce terme de monstre dans son sens littéral, précisa Quinn. Nous ne sommes pas à la recherche d'un fou délirant, la bave aux lèvres. Pour ce qui est de son apparence, il s'agit d'un homme ordinaire. Le monstre est dans sa tête.

Monstre. Un mot que les gens ordinaires appliquaient à tort à des créatures qu'ils ne comprenaient pas. Le requin est étiqueté comme un monstre alors qu'en fait il est simplement efficace et déterminé, pur dans ses pensées comme dans son pouvoir. Même chose pour le Crémateur. Il est efficace et déterminé, pureté de ses pensées et pureté de son pouvoir. Dans l'action, il ne flanche pas. Il ne met pas sa pulsion en question. Il se livre tout entier aux besoins de son Moi obscur, et, par cette reddition totale, il s'élève au-dessus du Moi ordinaire.

« À cet instant, quand les victimes sont en train de mourir de leurs mains, beaucoup de tueurs en série font état d'une force de pénétration si intense qu'elle s'apparente à un quasar émotionnel, aveuglant dans sa révélation même de la vérité. » — Joel Norris, *Serial Killers.*

— Agent spécial Quinn, quelles sont vos théories concernant la crémation des corps ?

Cette question émanait d'un journaliste. Le danger, avec ces réunions publiques ouvertes à tous, c'était de les voir tourner à la conférence de presse. Or une conférence de presse était bien la dernière chose que souhaitait Quinn. Il avait besoin d'une situation maîtrisée — dans la perspective de l'affaire, et pour lui-même. Il avait besoin de livrer le minimum d'informations nécessaires, pas trop. Un peu de spéculations, mais rien que le tueur puisse interpréter comme de l'arrogance. Il avait besoin de condamner le tueur, mais en étant bien certain d'incorporer dans cette condamnation une certaine forme de respect.

Un défi direct pourrait avoir un surcroît de cadavres pour conséquence. Qu'il joue le coup trop en sourdine et Joe l'Enfumeur pourrait éprouver le besoin de se manifester. Surcroît de cadavres. Un mot déplacé, une inflexion imprudente — une mort de plus. Le poids de cette responsabilité lui écrasait la poitrine comme une pierre gigantesque.

— Agent Quinn ?

La voix l'atteignit à nouveau, comme un aiguillon, l'ébranla, le ramena à l'instant présent.

— La crémation, c'est la signature de ce tueur, répondit-il enfin, tout en se passant la main sur le front. (Il avait chaud, la pièce était mal aérée. Sa tête cognait comme un marteau contre une enclume. Le trou qui le faisait souffrir, sur la paroi de l'estomac, le brûlait plus fort encore.) Cette crémation, c'est un acte qu'il se sent poussé à accomplir pour satisfaire un besoin intérieur. À quoi pourrait correspondre ce besoin, il est le seul à le savoir.

Saisir un visage, n'importe quel visage, songeait-il en scrutant la foule. Après toutes ces années, toutes ces affaires et tous ces tueurs, il lui arrivait de se dire qu'il aurait dû être capable de reconnaître la pulsion de meurtre, de la détecter comme une aura impie, mais cela ne fonctionnait pas ainsi. Les gens faisaient grand cas des yeux des tueurs en série — cette vacuité éteinte, absolue, qui donnait l'impression, à l'endroit où aurait dû se trouver une âme, de plonger le regard dans un long tunnel noir. Mais un tueur comme celui-là était habile et adaptable, et personne, excepté ses victimes, ne surprendrait cette expression dans ses yeux, jusqu'à ce qu'on le place debout devant l'objectif, pour le cliché de l'identité judiciaire.

Dans cette foule, n'importe quel visage pouvait correspondre au masque du tueur. Dans ce groupe, un individu pouvait écouter les descriptions de ces crimes, capter cette présence de la peur dans la salle, et en concevoir du ravissement, de l'excitation. Il avait bel et bien vu des tueurs connaître des érections pendant que l'on relatait leurs exploits monstrueux à un jury abasourdi, écœuré.

Le tueur serait présent, ici, avec son ordre du jour bien à lui. Jauger, juger, programmer son prochain geste. Jouir de tout ce tapage à son sujet. Peut-être se présenterait-il comme un citoyen concerné. Peut-être voudrait-il éprouver le frisson de savoir qu'il pouvait rester là, debout, à portée de main, pour s'en aller ensuite tranquillement. Ou peut-être choisirait-il sa prochaine victime parmi les femmes de cette salle.

Lorsqu'elle se glissa par la porte au fond de la salle, le regard de Quinn se posa automatiquement sur Kate. Il scruta son visage, veillant à ne pas s'y attarder, en dépit de l'envie qu'il en avait. Une envie impérieuse, tandis qu'elle, elle ne voulait rien avoir à faire avec lui. Il lui avait suffi de très peu de chose pour le comprendre, jadis. Assurément, il était assez intelligent pour le comprendre à l'instant présent. Il avait une affaire sur laquelle se concentrer.

— Qu'en est-il des sous-entendus religieux ?

— En ce qui le concerne, il se pourrait qu'il n'y en ait aucun. Nous ne pouvons que formuler des spéculations. Il se pourrait qu'il se dise : « Les pécheurs brûlent en enfer. » Ou alors ce pourrait être une cérémonie purificatrice destinée à sauver leurs âmes. Ou peut-être juge-t-il que brûler les corps est un acte de mépris et de dégradation ultime.

— N'est-ce pas votre métier de réduire le nombre des hypothèses ? lança un autre journaliste.

Quinn en chercha presque Tippen dans la foule.

— Le profil n'est pas complet, argumenta-t-il.

Ne m'explique pas comment faire mon boulot. Je connais mon boulot, trou-du-cul.

— Est-il vrai que l'on vous a délesté de l'affaire de rapt d'enfant de Bennet, en Virginie, pour vous envoyer travailler sur cette affaire ?

— Et les meurtres d'homos de South Beach ?

— Je conserve en permanence un certain nombre d'affaires en cours.

— Mais vous êtes ici à cause de Peter Bondurant, affirma un autre. Est-ce qu'il n'y a pas là un relent d'élitisme ?

— Je vais là où l'on m'envoie, rétorqua-t-il sèchement. Je me concentre sur cette affaire, pas sur le pourquoi ou le comment.

— Pourquoi Peter Bondurant n'a-t-il pas fait l'objet d'un interrogatoire en bonne et due forme ?

Le chef Greer monta en tribune afin de mettre un terme officiel à cet éventuel axe d'enquête, pour exposer les vertus de Peter Bondurant devant Edwyn Noble et le responsable des relations publiques de Paragon, qui assistait à la réunion en qualité de représentant de Peter Bondurant.

Quinn s'effaça pour aller se rasseoir à côté de Kovac, et il essaya de reprendre son souffle. Kovac se retranchait derrière sa face de flic, le regard terne, les paupières tombantes, enregistrant bien plus de choses que quiconque dans l'assistance ne se le serait imaginé.

— Vous avez vu le corniaud de Liska assis à côté d'elle ? lui demanda-t-il à mi-voix. Il est venu en uniforme, nom de Dieu.

— Ce qui lui serait des plus commodes pour lever ses victimes, observa Quinn. Il a un casier pour des vétilles, ce qui pourrait bien cacher quelque chose.

— Il est lié à Jillian Bondurant, souligna Kovac.

— Arrangez-vous pour que Liska le convie à une petite séance. (Quinn avait envie d'éprouver ce flash instinctif, dans ses tripes, que ce puisse être leur homme, mais cette sensation l'avait abandonné, et il n'éprouvait rien.) Sam, faites en sorte de présenter ça comme une consultation. Nous lui demandons son aide, nous voulons son point de vue, son opinion d'observateur aguerri. Ce genre-là.

— Lui lécher son cul de grande gueule. Dieu de Dieu. (La moustache de Kovac se retroussa de dégoût.) Vous savez, il n'est pas très éloigné de cette merde de portrait dont nous disposons.

— Et vous non plus. À son arrivée, prenez un Polaroid. Réunissez un assortiment de clichés pour notre témoin. Peut-être qu'elle va tomber pile sur ce Polaroid.

Greer acheva son discours sur un appel dramatique au soutien du public dans cette affaire, et désigna les inspecteurs Liska et Yurek, à disposition ce soir pour recueillir toute information utile. Dès qu'il eut décrété que la séance était levée, les journalistes se ruèrent comme une meute de chiens glapissants. Instantanément, la foule se mua en une masse d'humanité mouvante, certains dérivant en direction de la porte, d'autres se dirigeant vers le fond de la salle, où Toni Urskine, du Phœnix House, tâchait de rallier des soutiens à sa cause.

Kate se fraya un chemin vers le devant de la meute, son attention tournée vers Kovac. Tandis que Kovac amorçait un pas dans sa direction, Edwyn Noble avança sur Quinn comme le spectre de la mort, sa large bouche réduite à une ligne ferme et dure. Lucas Brandt se tenait debout à ses côtés, les mains dans les poches de son pardessus poil de chameau.

— Agent Quinn, pouvons-nous nous entretenir avec vous en privé ?

— Naturellement.

Il les conduisit à l'écart de la tribune, à l'écart de la presse, dans la cuisine du centre administratif municipal, où des cafetières de taille industrielle étaient alignées sur le comptoir de Formica rouge, avec cette affichette rédigée à la main, scotchée au-dessus de l'évier : LAVEZ VOS TASSES SVP !

— Peter est resté très bouleversé par votre visite de ce soir, commença Noble.

Quinn haussa les sourcils.

— Oui, je sais. J'étais là. (Il glissa les mains dans ses poches et s'appuya contre le rebord du comptoir. M. Relaxation. Tout le temps du monde. Il laissa échapper un sourire imperceptible.) Et vous avez tous deux assisté à cette réunion d'un bout à l'autre pour me dire ça ? Je vous croyais ici en tant que citoyens concernés.

— Je suis ici pour représenter les intérêts de Peter, rectifia Noble. Il convient que vous sachiez, je pense, qu'il songe à téléphoner à Bob Brewster. Il est extrêmement contrarié de ce que vous sembliez gâcher un temps précieux...

— Pardonnez-moi, monsieur Noble, mais je connais mon métier, l'interrompit calmement Quinn. Peter n'a pas à apprécier la façon dont je m'en acquitte. Je ne travaille pas pour Peter. Mais si Peter est mécontent, alors il peut se sentir libre d'appeler le directeur du FBI. Cela ne changera rien au fait que Jillian a passé deux coups de fil après être partie du domicile de son père ce soir-là, et que ni Peter ni vous, docteur Brandt, n'ayez pris la peine d'en faire état à la police. Il se passait quelque chose avec Jillian Bondurant ce soir-là, et maintenant elle est peut-être morte. Certaines questions exigent une réponse, d'une manière ou d'une autre.

Les muscles de la mâchoire carrée de Brandt se contractèrent.

— Jillian souffrait de certains problèmes. Peter adorait sa fille. Cela le tuerait de voir son passé et les difficultés qu'elle rencontrait étalés dans les quotidiens à sensation et défiler devant toute l'Amérique, dans les journaux télévisés du soir.

Brusquement, Quinn se redressa du comptoir, pour venir se placer à quelques centimètres de Brandt, le dévisageant d'un air courroucé.

— Mon métier n'est pas de vendre des affaires aux médias.

Noble s'interposa, mains grandes ouvertes. Le conciliateur, le diplomate.

— Bien sûr que non. Nous sommes simplement en train de nous efforcer de rester aussi discrets que possible à propos de ce passé et de ces difficultés. C'est pourquoi nous nous adressons à vous plutôt qu'à la police. Peter, Lucas et moi, nous en avons discuté, et il nous semble que vous pourriez être en mesure de prendre la barre dans cette affaire, si j'ose m'exprimer ainsi. Et que si nous pouvions vous donner satisfaction eu égard à ces appels téléphoniques que Jillian a passés ce soir-là, le sujet pourrait en rester là.

— Et alors, et votre éthique professionnelle ? s'étonna Quinn, le regard toujours posé sur Brandt.

— Un petit sacrifice pour un grand bénéfice.

Le sien, soupçonna Quinn.

— J'écoute.

Brandt respira profondément, rassemblant ses forces avant de se résoudre à pratiquer cette brèche dans la confiance de sa patiente. Sans bien savoir pourquoi, Quinn estimait que c'était loin de lui encombrer autant la conscience que le fait de défier Peter Bondurant, tant sur le terrain social que financier.

— Le beau-père de Jillian l'avait contactée à plusieurs reprises au cours de ces dernières semaines, laissant entendre qu'il souhaitait renouer leur relation. Jillian éprouvait envers lui des sentiments très compliqués, très mitigés.

— Aurait-elle souhaité reprendre une relation avec lui, quelle qu'en soit la nature ? interrogea Quinn. Son amie a laissé entendre que Jillian avait été amoureuse de lui, qu'elle voulait le voir divorcer de sa mère pour elle.

— À partir du moment où il était question de Serge, Jillian devenait une jeune fille très malheureuse, très perturbée. Sa mère avait toujours été jalouse d'elle, dès la prime enfance de Jillian. Elle manquait cruellement d'amour. Vous le savez, j'en suis sûr, pour obtenir de l'amour, certaines personnes seraient prêtes à aller très loin... ou plutôt, pour obtenir ce qu'elles prendront pour de l'amour.

— Oui. J'ai constaté le résultat sur des photographies des lieux du crime. Pourquoi le beau-père n'a-t-il jamais été inculpé ?

— Aucune plainte n'a jamais été déposée. Leblanc lui avait fait subir un véritable lavage de cerveau, expliqua Noble non sans dégoût. Jillian refusait même de parler à la police.

— Peter avait espéré qu'en revenant s'installer dans le Minnesota pour y suivre une thérapie, elle avait relégué tout cela derrière elle, compléta Brandt.

— Et c'était le cas ?

— Une psychothérapie est un processus lent et progressif.

— Et ensuite Leblanc s'est remis à l'appeler.

— Vendredi soir, elle a décidé d'en parler à Peter. Naturellement, il était bouleversé. Il était terrorisé pour Jillie. Elle allait si bien. (Encore un autre soupir de Brandt, placé au moment stratégique.) Peter a du mal à exprimer ses émotions. Sa préoccupation s'est manifestée sous forme de colère. Ils ont fini par se disputer. En partant, Jillie était bouleversée. Elle m'a appelé de sa voiture.

— Où était-elle ?

— Dans un parking quelque part. Elle ne me l'a pas vraiment précisé. Je lui ai conseillé de retourner chez Peter pour tout de suite en reparler avec lui sérieusement, mais elle était mal à l'aise, blessée, et finalement elle s'est contentée de l'appeler, précisa Brandt. Voilà toute l'histoire. C'est aussi simple que ça.

Ces propos ne convainquirent pas Quinn. Deux éléments clochaient : ce que Lucas Brandt venait de lui raconter n'était absolument pas le fin mot de l'histoire, et rien dans la vie ou la mort de Jillian Bondurant ne pouvait se révéler si simple que ça.

— Et Peter ne pouvait pas nous raconter cette histoire, au sergent Kovac et à moi, il y a quatre heures de ça, quand nous nous trouvions dans son vestibule ?

Noble jeta un coup d'œil inquiet par-dessus l'épaule de Quinn, en direction de la porte fermée de l'autre côté de la pièce, comme s'il s'attendait à ce que les journalistes l'enfoncent à coups de bélier et fassent irruption en trombe, micro en avant, comme des baïonnettes.

— Il n'est pas facile pour Peter de parler de ces choses, agent Quinn. C'est un homme extrêmement attaché à sa vie privée.

— Je comprends ça, monsieur Noble, compatit Quinn, en allant, d'un geste désinvolte, chercher un bonbon à la menthe au fond de sa poche. (Il continua de parler tout en ôtant le papier de la pastille.) L'ennui, dans tout ça, c'est qu'il s'agit d'une enquête pour meurtre. Et dans une enquête pour meurtre, la vie privée, cela n'existe plus. (Il posa le papier d'emballage sur le comptoir et envoya sauter le bonbon dans sa bouche.) Pas même si vous vous appelez Peter Bondurant et si vous avez l'oreille du directeur du FBI... pas tant que cette affaire sera la mienne.

— Bon, fit Edwyn Noble, en reculant, son visage tout en longueur aussi froid, aussi dur que du marbre. Il se pourrait que ce ne soit plus votre affaire très longtemps.

Ils déguerpirent comme deux enfants gâtés qui rentraient immédiatement à la maison en courant pour rapporter. Ils allaient rapporter à Bondurant. Bondurant allait appeler Brewster. Il se pourrait que Brewster l'appelle et le réprimande. Ou il pourrait faire en sorte que l'agent spécial adjoint en poste le dessaisisse de l'affaire et l'envoie sur un autre tas de cadavres, autre part. D'autres affaires, il y en avait toujours. Et encore une autre... et encore une autre... De toute façon, qu'est-ce qu'il avait d'autre à faire de sa vie, nom de Dieu ?

Il regarda Noble et Brandt se frayer un passage en direction de la sortie, des journalistes sur leurs talons.

— De quoi s'agissait-il ? l'interrogea Kovac.

— Nous doubler au passage, je pense.

— Kate m'a appris que notre témoin s'est mis au clair avec elle. Notre Petite Marguerite raconte qu'elle était dans le parc ce soir-là à se gagner un billet de vingt dollars en jouant les sentimentales avec un paumé.

— Ce paumé portait un nom ?

Kovac renifla.

— Hubert Humphrey, qu'il lui sort. Autrement dit, des foutaises : un trou-du-cul de sénateur républicain ancienne époque, candidat malheureux à la présidentielle, et doté d'un super-sens de l'humour.

— Ouh là, ça restreint le nombre des hypothèses, décida Quinn, pince-sans-rire.

Les équipes de télévision étaient en train de remballer projecteurs et caméras. Le reste de la foule s'écoulait au-dehors. La fête était finie, et avec elle se dispersait l'adrénaline qui lui avait accéléré le rythme cardiaque et tendu les nerfs. En réalité, il gardait une préférence pour la tension, parce qu'elle opposait un barrage à la dépression et au sentiment d'être submergé, épuisé, perdu. Il préférait l'action, car l'alternative, c'était de se retrouver seul dans sa chambre d'hôtel sans rien d'autre que la peur pour lui tenir compagnie. La peur de ne pas en faire assez, de manquer quelque chose ; qu'en dépit du savoir accumulé à partir de mille affaires et plus, il ait égaré son sens du métier pour déambuler en titubant, pareil à un aveugle qui aurait perdu la vue de fraîche date.

— Bien sûr, elle n'a pas relevé sa plaque d'immatriculation, ronchonna Kovac. Pas d'adresse. Pas de reçu de carte de crédit.

— Peut-elle le décrire ?

— Bien sûr. Il mesurait à peu près dix centimètres de long et, quand il a joui, il a fait un bruit de machine à hacher la viande.

— Côté rangée de suspects, ça nous promet une séance d'identification assez intéressante.

— Ouais. Encore un de ces cadres supérieurs qui roulent en 4 × 4 coupé avec une femme qui refuse de leur tailler des pipes.

Brusquement, Quinn le dévisagea.

— Quoi ?

— Une femme qui...

— L'autre partie de la phrase. Il roulait en quoi ?

— Un 4 × 4 coup... (Kovac écarquilla les yeux et jeta par terre la cigarette qu'il était sur le point d'allumer.) Oh ! bon Dieu !

Avec le reste de la foule, il franchit les portes du centre administratif communal, surprenant çà et là des bribes de conversation à son sujet.

— J'aurais bien aimé qu'ils parlent plus de ces brûlures.

— Je veux dire, le type du FBI raconte que le tueur a l'air de n'importe qui et qu'il agit comme n'importe qui, mais comment ça se peut ? Mettre le feu à des corps ? C'est barjo. Il doit être barjo.

— Ou tout simplement malin. Le feu, ça détruit les pièces à conviction.

— Ouais, mais couper la tête à quelqu'un, c'est barjo.

— Le feu, tu ne crois pas que c'est symbolique ? demande-t-il. Moi, je pense que ce type se tape une psychose mystique. Vous savez : « Tu redeviendras poussière » et tout ça.

— Peut-être bien.

— Je parierais que quand ils vont l'attraper, les flics vont découvrir qu'il avait un beau-père fanatique religieux ou un truc dans ce goût-là. Un entrepreneur de pompes funèbres, peut-être, suppose-t-il, en pensant à l'homme qui a vécu seul avec sa mère pendant la plus grande partie de son enfance. L'homme qui croyait avoir été chargé par Dieu de la racheter par l'asservissement sexuel et les coups.

— Quel malade, ce salopard. Aller torturer et tuer des femmes à cause de ses propres déficiences. On aurait dû l'étouffer dans un sac dès la naissance.

— Et ces fumiers mettent toujours tout sur le dos de leur mère. Comme s'ils n'avaient pas de tête à eux.

Il a envie de se saisir des deux femmes qui profèrent ces paroles. Les saisir à la gorge, leur crier son nom à la figure, leurs figures écarlates, et leur écraser la trachée à mains nues. À présent, la colère est en lui comme une flamme vivante, bleue à la racine, brûlante.

— J'ai lu des trucs sur ce Quinn. Il est fort. Il a capturé ce tueur d'enfants dans le Colorado.

— Il peut m'interroger quand il veut, déclare l'autre femme. George Clooney ne lui arrive pas à la cheville.

Elles rient, et il a envie de sortir de nulle part un marteau de charpentier et de leur fracasser le crâne avec. Il sent la chaleur du feu dans sa poitrine. Son crâne le lance. Le besoin est une fièvre qui court juste au-dessous de la surface de sa peau.

Hors du centre administratif, le parking est embouteillé. Il se rend à sa voiture et s'appuie contre elle, bras croisés.

— Pas la peine d'essayer ! lance-t-il à l'un des flics en uniforme qui règlent la circulation.

— Ils feraient mieux de patienter.

L'idiot. Alors, dans ce tableau, qui n'est pas à la hauteur ? Pas le Crémateur, mais ceux qui le cherchent, qui le regardent et qui ne voient en lui qu'un homme ordinaire.

Il surveille les autres à leur sortie du bâtiment qui prennent par le trottoir. Un flot de lumière d'un jaune blanchâtre les inonde. Beaucoup sont de simples citoyens. D'autres sont des flics affectés à la force d'intervention. Il en reconnaît certains.

Quinn émerge d'une porte latérale en direction de l'arrière du bâtiment — un endroit que les médias ont choisi d'ignorer. Il se précipite dehors, sans pardessus, et se tient à découvert, juste à la limite de l'obscurité, dans l'encadrement de la porte, mains sur les hanches, les épaules carrées, relâchant des nuages de buée alors qu'il regarde autour de lui, à la recherche de quelque chose.

On me cherche, agent Quinn ? Le paumé inadapté avec un complexe maternel ? Le monstre mental. Attends, tu vas voir qui il est réellement, le monstre.

Le Crémateur a un plan. Le Crémateur sera une légende. Le tueur qui a brisé John Quinn. Le triomphe suprême pour le tueur suprême sur le suprême chasseur de son espèce.

Il se glisse au volant de la voiture avec laquelle il est venu ici, fait démarrer le moteur, règle le chauffage et maudit ce froid. Il a besoin d'un terrain de chasse plus chaud. Il sort de sa place en marche arrière, sort du parking derrière une Toyota 4 × 4 Runner et débouche dans la rue.

18.

Kate guida sa 4 × 4 Runner avec précaution dans le vieux garage étroit qui se trouvait juste à côté de l'allée, derrière chez elle. Durant les mois d'hiver, elle rêvait régulièrement d'un garage attenant, mais ensuite venait le printemps et les parterres de plantes vivaces donnaient des fleurs et elle oubliait le tracas de devoir patauger dans la neige, et le danger de traverser à pied une allée sombre dans une ville où le nombre des délits sexuels enregistrés atteignait un niveau plutôt alarmant.

Le vent balayait et éparpillait l'amoncellement de feuilles mortes devant la porte du garage de son voisin. Kate sentit un petit frisson lui ramper jusque dans le bas du dos et marqua un temps d'arrêt pour fixer l'obscurité derrière elle — juste au cas où. Mais ce n'était que sa paranoïa naturelle, plus le fait de savoir que cette réunion à laquelle elle venait de participer n'avait été mise en scène que dans le seul but de tendre un appât à un tueur en série.

De vieilles sensations de l'époque de l'Unité des sciences du comportement revinrent l'assaillir. Des souvenirs de crimes indicibles, qui fournissaient le sujet de ces conversations décontractées autour du distributeur d'eau fraîche. Le meurtre en série avait été à ce point enraciné dans son univers que ce genre de conversation oiseuse ne lui avait jamais paru étrange, sauf vers la fin de sa carrière — après la mort d'Emily. La mort, alors, avait subitement revêtu un tour plus personnel, et elle avait perdu le vernis de détachement nécessaire à tout individu chargé d'appliquer la loi. Et, en fin de compte, elle n'avait plus été capable de le supporter.

Elle se demandait comment John y arrivait encore... s'il y arrivait. Il avait l'air pâle ce soir, le teint gris, émacié dans la lumière crue. À l'époque, sa stratégie, pour tenir le coup, c'était la surcharge de travail. Dès lors qu'il était trop occupé pour y faire face, il n'avait plus à affronter ses sentiments. Ça n'avait probablement pas changé. Et si cela avait changé, qu'est-ce que cela pouvait lui faire ?

Elle introduisit la clef dans la serrure de la porte de derrière et s'arrêta encore avant de la faire tourner, ses cheveux se dressant dans sa nuque. Lentement, elle se retourna, s'usant les yeux pour y voir au-delà du champ de la cellule détectrice de mouvement, dans les recoins obscurs du jardin. C'est alors qu'elle se rendit compte qu'elle avait laissé son portable dans le 4 × 4. Dans le 4 × 4, à l'autre bout du jardin, dans ce garage à vous donner des frissons.

La barbe. Elle pouvait écouter ses messages depuis le téléphone de la maison. S'il y avait un Dieu, aucun de ses clients n'aurait de crise ce soir. Et elle pourrait se plonger dans un bain chaud avec un verre de sa décoction de survie favorite. Cette affaire aurait peut-être sa peau, mais au moins elle mourrait propre et dans une torpeur agréable.

Aucun malade ne se précipita pour pousser la porte derrière elle, et aucun malade n'attendait dans la cuisine armé d'un couteau de boucher. Thor vint en courant se plaindre à haute voix de l'heure bien tardive à laquelle on allait lui servir son dîner. Kate balança son sac à main sur le comptoir et alluma la petite télévision pour attraper le journal à temps. D'une main, elle déboutonna son manteau, et de l'autre elle visita l'intérieur du frigo, pour en sortir la nourriture du chat et la bouteille de Bombay Sapphire.

Le journal de dix heures s'ouvrit sur le reportage consacré à la réunion publique. Il y eut un plan sur la foule — Toni Urskine et ses femmes du Phœnix, bien en évidence —, le chef Greer arpentant bruyamment la tribune, et John, l'air grave, lorsqu'il définit le rôle du Bureau dans l'enquête.

Grave et beau. La caméra avait toujours aimé son visage. Il avait rudement vieilli, et même ça, cela lui allait bien — les pattes-d'oie dessinant deux éventails au coin des yeux, les mèches grises dans ses cheveux coupés ras. Son charme physique, sexuel, la frappa à un niveau élémentaire qu'elle fut incapable de refouler, et qu'elle put seulement faire semblant d'ignorer.

Ensuite on en revint au présentateur, qui répéta une énième version réchauffée des faits, pendant que des photographies de Peter et Jillian Bondurant remplissaient un coin de l'écran. Suivirent des informations sur la récompense et sur la ligne d'information téléphonique ouverte en permanence, et on passa au sujet chaud suivant : des îlotiers en train de se réchauffer, par ces nuits fraîches, dans les clubs de strip-tease du centre-ville.

Kate délaissa les infos pour s'occuper de Thor et alla faire un tour dans la salle à manger, appuya sur l'interrupteur du vieux chandelier colonial qu'elle avait récupéré et entièrement recâblé elle-même, tout en réfléchissant à la piste Bondurant et à la coïncidence entre Jillian et le profil de la victime.

— Va te faire voir, John, marmonna-t-elle.

« *Nous parlerons de l'affaire. J'ai quelques idées sur lesquelles j'aimerais t'entendre réagir.* »

— Ce n'est pas mon boulot. Je ne suis plus dans l'Unité des sciences du comportement.

« *Tu étais une experte de terrain...* »

Et il avait accès à tous les experts de terrain qu'il voulait. Il n'avait pas besoin d'elle.

Elle accrocha son manteau au dossier d'une chaise et s'assit à la table de chêne dont elle avait refait le vernis, le premier été après son départ du Bureau. À l'époque, elle était tendue, très angoissée, toujours à ressasser la mort d'Emily, le naufrage de son mariage et celui de sa relation avec Quinn. La vie telle qu'elle l'avait connue avait pris fin, et elle avait dû tout recommencer. Seule, s'il n'y avait ces fantômes.

270

Elle n'avait jamais confié à personne à quel point elle avait été proche de Quinn, ni à sa sœur ni à ses parents. Ils ne savaient pas que sa démission du Bureau était survenue dans le scandale et la disgrâce. Elle n'aurait pu avancer aucune explication convenable pour justifier le lien qui l'avait rattachée à Quinn, pendant que Steven dérivait loin d'elle, sur une vague de chagrin et de colère. Même après leur séparation, ce lien était demeuré trop précieux pour être partagé avec des gens qui n'auraient pu comprendre. Et ses parents eux-mêmes n'auraient pas compris, pas plus que ses collègues de Quantico n'avaient compris.

Elle avait eu une aventure, elle avait trompé son mari. Elle était une misérable. Voilà ce que les gens avaient eu envie de croire — le pire et le plus sordide. Personne n'avait voulu savoir jusqu'où allait sa solitude, quel besoin de réconfort et de soutien elle avait ressenti. Ils n'avaient pas voulu entendre parler de la puissante force d'attraction, très au-delà de l'attirance physique, qui l'avait aimantée vers John Quinn — et lui vers elle. Les gens avaient préféré croire le pire parce que cela semblait mettre à nu leur propre existence.

Et ainsi Kate avait conservé son secret pour elle — et la culpabilité, le regret et la douleur qui faisaient partie intégrante de ce marché. Et cette vie nouvelle, elle l'avait bâtie bloc après bloc, en prenant soin de l'édifier sur de bonnes fondations, de la construire sur un bon équilibre. Son métier la prenait de huit heures à dix-sept heures presque tous les jours. Les clients allaient et venaient. Il lui incombait de les aider, chacun à sa manière, et ensuite leur existence se poursuivait et ressortait de la sienne aussi sûrement qu'elle y était entrée. Son implication conservait un caractère limité, rien d'insurmontable là-dedans.

Alors même qu'elle songeait à cela, elle revit Angie en imagination et avala une longue gorgée de Bombay Sapphire. Elle se souvint des larmes de la jeune fille, la petite dure, la fille des rues, recroquevillée sur elle-même et pleurant comme l'enfant qu'elle n'admettrait jamais d'être. Terrorisée, mal à l'aise, honteuse — ce qu'elle n'admettrait jamais non plus.

Kate s'était agenouillée aux pieds d'Angie, en conservant le contact d'une seule main — en touchant la main de la jeune fille, ou son genou, ou bien en lui caressant la tête, alors que pour sa part, pliée en deux, elle essayait de lui dissimuler son visage. Et tout ce temps, ces mêmes émotions, en boucle, ce même enchaînement de pensées, repassaient dans la tête de Kate : elle n'était la mère de personne, ce lien qu'elle se fabriquait avec cette fille allait au-delà des souhaits de Kate et n'était pas à la hauteur de ce dont Angie avait besoin.

Mais la triste et morne vérité, c'était que Kate représentait tout ce qu'Angie possédait au monde. La balle était dans son camp et il n'y avait personne pour la reprendre. Il n'y avait pas d'autre avocate au bureau pour tenir tête à Ted Sabin. Et il n'y en avait pas beaucoup non plus pour tenir tête à Angie.

L'histoire que lui avait racontée la jeune fille était brève, triste et sordide. Elle s'était fait ramasser sur Lake Street et larguer dans le parc, jouet sexuel disponible et bon à jeter pour un homme qui ne lui avait même jamais demandé son nom. Il l'avait payée vingt dollars alors que le tarif en vigueur était de trente-cinq, et quand elle s'était plainte, il lui avait conseillé d'appeler un flic, l'avait poussée hors du véhicule et avait démarré. Il l'avait abandonnée là, au milieu de la nuit, comme un chaton dont personne ne voulait.

L'image de cette fille debout, là, seule, débraillée, sentant le sexe, avec un billet fripé de vingt dollars en poche, restait fichée dans la tête de Kate. Abandonnée. Seule. Sa vie défilant devant elle comme soixante kilomètres d'une mauvaise route. Elle ne devait pas avoir plus de quinze ou seize ans. Pas beaucoup plus âgée que ne l'aurait été Emily — si elle avait vécu.

Ce fut une attaque de larmes qui lui vinrent aux yeux par surprise. Kate prit une autre gorgée de gin qu'elle essaya d'avaler malgré le nœud qui lui enserrait la gorge. Ce n'était pas le moment de pleurer, et il n'y avait pas de raison. Emily était partie et Angie n'était pas un substitut. Elle n'avait pas envie de substitut. Cette sensation soudaine de vacuité, elle pouvait toujours l'esquiver et l'engourdir. Pour ça, elle connaissait la musique. Remettre la douleur dans sa boîte. Élever les remparts très haut. Et que Dieu se charge d'interdire à quiconque de monter y pointer son nez... elle comprise.

Lorsqu'elle se leva pour gagner son bureau, son repaire, la fatigue et l'alcool lui pesèrent. Il fallait qu'elle écoute ses messages. Et elle avait envie d'appeler le Phœnix, histoire d'avoir un dernier contact avec Angie avant la nuit — pour renforcer le lien qui s'était amorcé cet après-midi.

Elle refusait de se laisser aller à songer à la jeune fille seule dans sa chambre du Phœnix, cette jeune fille qui se sentait vul-

272

nérable, qui avait peur et qui désespérait de pouvoir tendre la main pour s'en sortir. Elle refusait de songer qu'elle aurait dû faire l'effort d'approfondir ce lien.

Le hall d'entrée était éclairé par un réverbère à un demi-bloc de là, une illumination douce et argentée qui filtrait à travers deux petites fenêtres latérales — desquelles Kate pensait sans cesse à se débarrasser. C'était chose simple de briser une fenêtre latérale et de pénétrer dans une maison. Immanquablement, c'était la nuit que cette idée se rappelait à son bon souvenir, juste avant qu'elle ne monte se coucher.

Une lampe dispensait un faible éclairage dans la bibliothèque-bureau, une pièce que, pour l'essentiel, elle avait laissée telle qu'elle se la remémorait depuis son enfance, quand son père était cadre moyen chez Honeywell. Dans un désordre très masculin, avec une robuste table de travail en chêne et deux cents ouvrages alignés aux murs, l'endroit sentait le meuble de cuir et le souvenir imperceptible d'un parfum de bons cigares. Sur son répondeur, l'indicateur lumineux des messages vacillait comme une flamme, mais le téléphone sonna avant qu'elle puisse appuyer sur la touche « messages ».

— Kate Conlan.

— Kovac. Ramène tes fesses au Phœnix, Red. Notre témoin a disparu. On te retrouve là-bas.

— J'aurais dû rester, pesta Kate, en arpentant la tanière miteuse du Phœnix, mains sur les hanches. Bon sang, j'aurais dû rester.

— Tu ne peux pas leur tenir compagnie vingt-quatre heures sur vingt-quatre et sept jours sur sept, Red, la tempéra Sam, en allumant une cigarette.

— Non, marmonna-t-elle, en adressant un regard furieux à l'inspecteur des stups que Sam avait « emprunté » pour garder l'œil sur Angie pendant tout le temps qu'elle résidait au Phœnix — un type maigrichon, l'air d'un asticot, avec une veste de l'armée et le nom Iverson marqué au pochoir par-dessus la poche.

— C'était votre boulot.

— Hé ! Il leva les mains, pour tenir Kate en respect. Je n'ai pas bougé d'ici, mais moi on m'a dit que c'était vous qui ne vouliez pas que je la colle de trop près. Elle a dû filer par-derrière.

— Bien vu, mon gaillard. Par où est-ce que tu crois qu'elle aurait « filé » ? Par définition, « filer », ça exclut la porte de devant, non ?

Le type des stups inclina la tête en arrière et plastronna à l'intention de Kate, l'air suffisant et mauvais, une attitude qui devait assez bien lui réussir auprès des dealers et des toxicos.

— Ce n'est pas moi qui ai demandé à faire ce boulot à la con de sous-fifre, et je vais pas me laisser emmerder par une putain d'assistante sociale.

— Hé ! aboya Quinn.

D'un regard, Kate stoppa net Iverson et s'interposa d'elle-même entre eux deux.

— Tu as perdu le seul témoin que nous avions, connard. Tu ne veux pas me répondre ? Parfait. Et le chef, à ton avis ? Et le procureur du comté ? Pourquoi tu ne vas pas raconter au maire comment tu as perdu le seul témoin de l'incinération du corps de la fille de Peter Bondurant parce que t'es un héros des stups et parce que tu te trouves trop fort pour faire du baby-sitting ?

Le visage d'Iverson vira à l'écarlate jusqu'au lobe des oreilles.

— La barbe, grommela-t-il, sans trop insister. J'ai plus rien à faire ici.

Kovac le laissa s'en aller. La porte d'entrée s'ouvrit en grinçant et se referma en claquant, et le bruit se répercuta dans le vestibule comme dans une caverne.

— Ses supérieurs vont lui faire un trou du cul gros comme ça, lâcha-t-il dans un soupir. Il va même plus pouvoir s'asseoir sur la balayeuse qu'ils vont lui donner à conduire à partir de demain.

Kate se remit à faire les cent pas.

— Elle est partie ou on l'a enlevée ?

— Iverson dit que ses affaires ne sont plus dans sa chambre et qu'il n'y a aucun signe d'effraction sur la porte de derrière. Il y avait une autre pensionnaire présente pendant tout ce temps. Elle lui a dit qu'elle n'avait rien vu, rien entendu. Quinn et moi sommes arrivés juste avant toi. Nous ne sommes pas encore allés nous rendre compte par nous-mêmes.

Kate secoua la tête devant sa propre stupidité.

— J'avais vraiment fait quelques progrès avec elle. J'aurais dû rester.

— À quelle heure l'as-tu déposée ?

274

— Je ne sais pas. Il devait être huit heures passées. Elle m'a parlé de son micheton, vendredi en fin d'après-midi, dans le parc, mais ensuite elle était gênée, très perturbée, et je n'ai pas voulu pousser trop loin. Je l'ai emmenée manger quelque chose au City Center, et je l'ai laissée faire un peu de shopping.

— Le lieutenant Fowler a pu lui trouver un peu de fric ?

L'expression de Kate se figea et elle écarta la question d'un revers de main. L'argent était sorti de sa poche à elle, mais peu importait.

— Ensuite je l'ai ramenée ici.

Angie se calmant de plus en plus à mesure qu'elles se rapprochaient du Phœnix. Retournant se glisser dans sa coquille bien résistante. *Et je l'ai laissée,* s'accusa Kate.

— Je l'ai déposée et je suis allée à la réunion pour vous raconter... oh ! merde ! J'aurais dû rester.

— Qui d'autre était là quand vous l'avez déposée ?

— Gregg Urskine... mais il se rendait à la réunion... et une autre femme. Je ne sais pas qui. Je ne l'ai pas vue. C'est Gregg qui m'a indiqué que cette femme était là. Je ne voulais pas qu'Angie reste seule.

Il était trop facile d'imaginer Angie dans cette grande et vieille demeure, pratiquement seule. Si Joe l'Enfumeur possédait un quelconque moyen de savoir où elle était... Ses trois victimes avaient disparu sans aucune trace de lutte. En un tournemain, en toute simplicité, en toute facilité. Et Angie Di Marco prétendait pouvoir l'identifier.

La jeune fille avait disparu, si vite, si aisément. Une décision imprudente et...

— J'ai déconné, et maintenant nous l'avons perdue.

Kate savait que les émotions qui menaçaient subitement de l'engloutir étaient disproportionnées, mais elle était apparemment incapable de les repousser. Elle se sentait vaguement écœurée, légèrement prise de vertige. L'arrière-goût de gin envahissait sa bouche comme du métal.

Elle sentit Quinn s'approcher derrière elle, elle sut que c'était lui, sans regarder. Son corps s'accordait encore au sien. Elle se formula cette pensée déconcertante : que le magnétisme physique ne se soit pas effacé avec le temps.

— Ce n'est pas ta faute, Kate, lui assura-t-il avec douceur.

Il lui posa une main sur l'épaule, et son pouce fut infaillible : il trouva le nœud de tension, là, sur ce muscle, le trapèze, et le massa dans un geste ancien, familier. Trop familier. Trop réconfortant.

— Cela n'a plus d'importance à présent, répondit-elle, en se détournant avec raideur. Ce qui compte, c'est de la trouver. Alors commençons à chercher.

Ils montèrent à l'étage jusqu'à la chambre qu'Angie avait partagée avec une autre pensionnaire du Phœnix. Les murs de la chambre étaient jaune sale, le vieux placage en bois était assombri par l'usure et par le vernis. Comme partout ailleurs dans la maison, le mobilier était dépareillé et mal proportionné.

Le lit d'Angie était un bouchon de draps défaits. Le sac de courses de leur petite excursion au City Center était posé là, au milieu du fouillis, le papier d'emballage éparpillé, mais le jean et le sweater qu'elle s'était achetés n'étaient visibles nulle part. Le sac à dos sale était manifestement manquant, ce qui laissait entendre que la jeune fille s'était enfuie du poulailler de son plein gré.

Il y avait, posée sur la table de chevet à côté de la lampe en verre bon marché, une minuscule statuette d'ange.

Kate la prit et l'examina : une figurine de terre cuite d'à peine trois centimètres, qu'elle-même avait achetée cinq dollars à une Indienne navajo sur la grand-place de Santa Fe. Elle avait glissé un dollar de plus dans la main de la petite fille de cette femme, qui avait soigneusement emballé la poupée dans du papier, ses petits sourcils creusés de sillons à force de concentration sur l'importance de sa tâche. En observant cette fillette, elle avait pensé à Emily et, à son extrême embarras, s'était presque mise à pleurer.

— Cet objet te dit quelque chose ? lui demanda Quinn avec douceur, et il se tenait à nouveau trop près.

— Bien sûr. Elle me l'a volé à mon bureau hier. (Elle toucha le halo peint en doré au-dessus de la tête noire de l'ange.) J'ai une collection d'anges gardiens. Quelle ironie, hein ? Je ne crois pas réellement en eux. Si cela existait, les anges gardiens, alors vous et moi nous n'aurions pas de boulot, et je n'aurais pas perdu ma fille, et nous n'aurions pas de gamines qui vivent des vies comme celle d'Angie. C'est bête, ajouta-t-elle encore en caressant la statuette entre ses doigts. J'aurais aimé qu'elle l'emporte avec elle.

La statue lui échappa des mains et tomba sur le vieux tapis à côté du lit. Kate s'agenouilla pour la ramasser, en posant la main gauche sur le sol pour garder l'équilibre. Son cœur cognait dans sa poitrine, et elle s'assit sur les talons tout en levant cette même main, pour la retourner, paume vers le ciel.

— Oh ! mon Dieu ! souffla-t-elle, en fixant la tache de sang.

Quinn poussa un juron, lui saisit la main, pour l'amener dans la lumière.

Kate s'écarta de lui, exécutant un demi-tour, s'accroupit à ras du sol, s'usant les yeux pour arriver à voir sur le fond de bois sombre du vieux parquet. Il fallait pour ça trouver l'angle parfait. Que la lumière tombe dessus juste comme il fallait... Iverson n'avait rien vu parce qu'il ne s'était pas donné assez de mal pour regarder.

— Non, bredouilla-t-elle, en découvrant une autre gouttelette, et puis une flaque que quelqu'un avait tenté d'essuyer à la hâte. *J'aurais dû rester avec elle.*

La piste menait dans le couloir. Le couloir menait à la salle de bains.

La panique pesa sur le ventre de Kate comme une pierre.

— Oh ! mon Dieu, non !

J'aurais dû rester avec elle.

Elle se releva en trébuchant et avança vers le bout du couloir, tous ses sens en alerte, le cognement de son cœur comme un marteau-piqueur dans ses oreilles.

— Ne touche à rien ! beugla Kovac, qui arrivait derrière elle.

Kate s'arrêta tout près de la porte de la salle de bains, qui était entrouverte, et laissa Sam l'ouvrir d'un coup d'épaule. Il sortit un stylo ballpoint de la poche de son manteau et enfonça l'interrupteur.

La pièce était laquée rose vif et orange, avec du papier mural aluminium datant des années soixante-dix : à vous laminer le cerveau. Les sanitaires étaient encore plus anciens, le sol en carreaux de cinq centimètres qui avaient été blancs il y a très longtemps. Moucheté de gouttelettes de sang. Une flaque ici. Une tache étalée, là.

Pourquoi n'était-elle pas restée avec elle ?

— Viens, ma chérie, sors dans le couloir, l'enjoignit Quinn, en posant les mains sur les épaules de Kate tandis que Kovac avançait pour tirer sur le rideau de la douche.

— Non.

Elle tint bon, à sa place, tremblante, retenant son souffle tout au fond de ses poumons. Quinn lui glissa un bras autour de la taille, prêt à la tirer en arrière lorsque Kovac ouvrirait le rideau.

Il n'y avait pas de corps. Angie ne gisait pas morte dans la baignoire. Pourtant, Kate en avait le ventre retourné et une vague de froid la parcourut tout entière. Le bras de Quinn raffermit son étreinte autour d'elle et elle s'affaissa contre lui.

Du sang zébrait le mur carrelé de pâles traînées, comme un tableau peint avec les doigts, mais à demi effacé. Un mince filet d'eau comme teinté de rouille par le sang dilué fuyait au centre de la baignoire pour suinter vers l'écoulement.

Kate se plaqua une main sur la bouche, étalant sur son menton le sang qu'elle avait sur la main.

— Merde, souffla Kovac, en reculant de la baignoire.

Il alla à la corbeille en plastique à côté du lavabo et l'ouvrit délicatement du même stylo qu'il avait utilisé pour allumer la lumière.

— Hé ! Kojak ! fit Elwood, en passant sa grosse tête par la porte. Qu'est-ce qui se passe ?

— Appelle les types de l'unité, ils vont pouvoir effectuer des relevés. (Il tira une serviette et puis une autre de la corbeille en plastique, toutes deux humides et sanglantes.) J'ai bien l'impression qu'on vient de tomber sur les lieux d'un crime.

19.

Toni Urskine pénétra dans la pièce qui donnait sur la rue, encore vêtue et chaussée, pour faire impression, de mocassins noirs élancés et d'un blazer rouge cardinal sur un chemisier blanc avec une cravate très étudiée. Ses yeux flamboyaient d'indignation vertueuse.

— Je n'apprécie pas du tout ces voitures de police dehors. Est-ce qu'au moins ils pourraient couper leurs gyrophares ? Nous avons des voisins, sergent, et qui ne sont déjà pas trop ravis de notre présence dans le quartier.

— Je suis désolé de cette intrusion, madame Urskine, répliqua sèchement Kovac. Rapts, meurtres, tout ça c'est drôlement chiant, je sais.

Une rouquine, avec cette allure fluette et fragile d'une accro du crack, entra dans la pièce derrière Toni Urskine, suivie de

Gregg Urskine, qui avait l'allure d'un mannequin pour Eddie Bauer, boots éraflées, jean et chemise de flanelle ouverte sur la poitrine, juste ce qu'il fallait pour dévoiler un T-shirt blanc. Il posa une main dans le dos de la rouquine et la pria d'avancer.

— Voici Rita Renner. Rita était ici avec Angie ce soir, après mon départ.

— Je n'étais pas vraiment avec elle, rectifia Renner d'une petite voix. Je regardais la télévision. Je l'ai vue monter. Elle est restée un long moment dans la salle de bains... je pouvais entendre l'eau couler. On n'est pas censées prendre de longues douches.

— Et à quelle heure avez-vous remarqué que la douche avait cessé de couler ?

— Je n'ai rien remarqué. Je me suis endormie sur le canapé. Je ne me suis pas réveillée avant l'heure des infos.

— Et pendant le temps où vous êtes restée éveillée, est-ce que vous avez vu ou entendu quelqu'un d'autre dans la maison... à part Angie ?

— Pas après le départ de Gregg.

— Pas de portes qui s'ouvrent, qui se ferment ? De bruits de pas ? Rien du tout ?

Renner secoua la tête, regardant fixement ses pieds.

— Elle vient de vous répondre qu'elle n'a rien entendu ni rien vu, s'impatienta Toni Urskine.

Kovac ignora cette réflexion.

— Pourquoi n'êtes-vous pas allée à la réunion avec les autres ?

Toni Urskine se raidit.

— Rita est-elle soupçonnée de quelque chose, sergent ?

— Simple curiosité.

Nerveusement, le regard de Renner passa d'un Urskine à l'autre, comme pour quêter un signe invisible qui lui accorde la permission de parler.

— Je n'aime pas la foule, avoua-t-elle en guise d'excuse. Et puis pour moi, c'est dur, vous savez. À cause de Fawn.

— Rita et Fawn... ou, comme vous l'appelez, la victime numéro deux... elles étaient de bonnes amies. (Toni passa un bras autour des épaules osseuses de Renner, en signe de soutien.) Même si personne, dans votre enquête, ne s'en préoccupe.

Kovac retint un mouvement d'humeur.

— Je suis désolé de cette omission. Dès demain, je vais envoyer un inspecteur pour un entretien. Ce soir, ma priorité, c'est Angie Di Marco. Nous avons besoin de la retrouver.

— Vous ne croyez pas que ce tueur serait entré ici et l'aurait enlevée, n'est-ce pas ? demanda Toni, subitement prise d'une inquiétude.

— Ne sois pas ridicule, intervint Gregg, en essayant de sourire pour masquer l'irritation dans le ton de sa voix. Personne n'est entré ici par effraction.

Sa femme se tourna vers lui avec un regard venimeux.

— Je ne suis pas ridicule. N'importe qui aurait pu entrer ici. Cela fait des mois que je te demande d'installer de nouvelles serrures et de sceller la vieille porte de la cave qui sert d'abri contre les tornades.

Urskine contint son embarras en se bornant à vaguement rougir.

— La porte de cette cave contre les tornades est fermée de l'intérieur.

Kovac regarda Elwood.

— Allez vérifier.

— Je vais vous montrer, proposa Urskine, en se dirigeant vers ladite porte, visiblement pressé de s'éloigner de son épouse.

Kate le retint avec une question.

— Gregg, est-ce qu'Angie vous a dit quoi que ce soit avant votre départ pour la réunion ?

Il lâcha un rire nerveux, une manie qu'elle trouvait on ne peut plus agaçante, à égalité avec le grand sourire de lèche-bottes de Rob Marshall.

— Angie n'a jamais rien à me dire. Elle m'évite comme la peste.

— À quelle heure êtes-vous parti pour la réunion ? l'interrogea Kovac.

Les sourcils d'Urskine débordèrent au-dessus des montures de ses lunettes.

— Est-ce que je suis soupçonné de quelque chose, moi aussi ? s'étonna-t-il, feignant de trouver cela amusant.

Toni adressa un regard ulcéré à Kovac.

— On est en train de nous punir, Gregg. Tu ne le vois pas ? La police n'apprécie guère que l'on attire l'attention sur ses carences.

Kovac lui servit l'œil du flic.

— Je suis simplement en train d'essayer de me faire une idée exacte du déroulement des événements, m'dame. C'est tout.

— Je suis parti peu après Kate, répondit Gregg. J'ai dû arriver à la réunion vers... qu'est-ce que tu dirais, chérie ?... huit heures et demie, neuf heures moins le quart ?

— Quelque chose comme ça, confirma son épouse, boudeuse. Tu étais en retard.

— Je travaillais sur la chaudière. (Un muscle de la mâchoire d'Urskine se contracta, et il se tourna de nouveau vers Elwood.) Bon, maintenant je vais vous montrer cette porte de cave.

— Sommes-nous libres de nos mouvements, sergent ? s'enquit Toni Urskine. La soirée a été très longue.

— À qui le dites-vous, marmonna Kovac, en prenant congé d'un signe de la main.

Kate les suivit hors de la pièce, mais elle prit à droite vers la porte d'entrée, en laissant Toni Urskine ressasser auprès de son auditoire obligé de pensionnaires rassemblé dans le salon.

NOS VIES COMPTENT AUSSI. La banderole barrait le perron du Phœnix, la toile cirée claquant dans le vent qui se levait.

— Il va neiger, annonça-t-elle, en enfouissant les mains dans les poches de son manteau et en rentrant les épaules, non pas contre le climat, mais contre un froid qui était intérieur. Elle s'aventura jusqu'au bout du perron, presque hors du champ de l'ampoule jaune anti-insectes qui n'avait pas été changée à la fin de l'été, loin des allées et venues de la porte d'entrée.

Si Toni Urskine est mécontente à cause des deux voitures de patrouille stationnées le long du trottoir, elle va bientôt virer au livide, se dit Kate, lorsque l'unité chargée de relever les lieux du crime gara son van sur la pelouse devant la maison. Les policiers en tenue avaient déjà commencé leur travail d'enquête de proximité — en frappant aux portes, en quête d'un voisin qui aurait pu apercevoir une voiture inhabituelle, un homme à pied, un homme portant quelque chose ou un homme et une jeune femme ensemble — tout ce qui pourrait leur fournir une fenêtre horaire ou une piste. En dépit de l'heure tardive, les maisons du voisinage étaient encore éclairées, et de temps à autre on pouvait discerner une silhouette à une fenêtre, ouvrant des rideaux pour regarder au-dehors.

— Kate, ce qui s'est passé, nous n'en savons rien, souligna Quinn.

281

— Oui, enfin, je crois qu'on peut affirmer sans risque qu'Angie ne s'est pas coupée en se rasant les jambes.

Elle revit tout ce sang, et un frisson la parcourut. Ce sang par terre, le carrelage zébré de sang, les serviettes sanglantes. Elle se raidit encore contre le vertige nauséeux qui gagnait ses muscles.

Il faut être solide, Kate. Fais rentrer ces émotions dans leur boîte. Range la boîte dans le logement adéquat. Conserve la muraille intacte.

— Moi, je vais te dire comment je vois les choses, continua-t-elle, la gorge nouée. Il se glisse dans la maison en passant par-derrière. Il la chope à l'étage. Il y a lutte, à en juger d'après les empreintes de mains sanglantes dans la baignoire... J'imagine que ce sont celles d'Angie. Il la tue peut-être, ou peut-être qu'il ne fait que commencer le boulot... La première hypothèse est probablement la bonne. Et il la laisse saigner dans la baignoire, sans quoi il y aurait eu plus de désordre ailleurs. Il veut donner l'impression qu'elle est simplement partie, alors il essaie de nettoyer, mais il est pressé et il fait ça à la va-vite. Malgré tout, même à la va-vite, cela lui aurait permis de gagner un peu de temps si nous n'étions pas venus jeter un œil ce soir.

— Comment était-il au courant qu'elle couchait ici ?

— Je n'en sais rien. Elle se sentait surveillée par lui. Peut-être en effet qu'il la surveillait.

— Et comment tout cela cadre-t-il avec le fait que personne n'ait rien entendu, rien vu ?

— Il a déjà réussi à choper, à torturer trois femmes, et à les assassiner sans que personne n'entende ou ne voie rien. Rita Renner était endormie au premier étage avec la télévision allumée. La maison est grande.

Quinn secoua la tête.

— Ça ne sonne pas juste.

— Pourquoi ça ? Parce que tu voulais qu'il ait assisté à la réunion publique ?

Il s'assit contre la rambarde, les épaules rentrées dans son imper.

— Il aurait pu assister à la réunion quand même. Nous ne sommes qu'à quelques blocs d'ici, et la réunion était déjà terminée depuis une demi-heure quand Kovac et moi sommes partis pour venir ici. Ma question est : pourquoi aurait-il couru ce risque ? La fille n'avait rien fourni de valable aux flics... pas de nom, pas de portrait-robot exploitable, elle n'a rien tiré des classeurs de clichés de l'identité judiciaire. Je répète, pourquoi aurait-il couru ce risque ?

— Pour nous montrer qu'il en était capable, avança Kate. Quel pied de nez. Le soir même de la réunion qui visait à l'attirer hors de sa tanière, il se glisse dans une maison et enlève le seul témoin de ses crimes. Un tueur comme celui-ci, un truc pareil, ça lui file une trique longue comme une batte de baseball des Louisville Slugger. Tu le sais.

Quinn regarda un des types chargés de relever les pièces à conviction entrer dans la maison avec un aspirateur à la main.

— Et toi, pourquoi es-tu venu ici ce soir ? demanda Kate. Kovac ne t'avait rien dit.

— Quand tu lui as parlé d'Angie et de son micheton du parc dimanche soir, tu as indiqué que le type roulait en 4 × 4 coupé. Je pense qu'il y a de bonnes chances pour que Joe l'Enfumeur aille déposer ses corps dans les parcs à bord d'un tout-terrain de ce genre. Quelque chose qui ressemble à un véhicule du service des parcs et jardins. Peut-être un 4 × 4 coupé.

Kate sentit son ventre se retourner. Un frisson lui donna la chair de poule de la tête aux pieds.

— Oh ! mon Dieu, John ! Tu ne penses pas qu'il s'agissait de son client ?

— Ce serait mettre en plein dans le mille. Il hait les femmes, particulièrement la variété de celles qui sont de mœurs sexuelles plutôt légères. Il en a une déjà morte à l'arrière de son 4 × 4. Il en ramasse une autre et l'emmène sur les lieux où il bazarde ses corps, pour avoir un rapport sexuel avec elle. Ça l'excite. Cette excitation réactive en lui le frisson et les stimuli du meurtre. En même temps, il affirme mentalement sa domination et sa maîtrise sur la femme avec laquelle il se trouve. La secrète conscience qu'il a de pouvoir infliger à sa partenaire du moment ce qu'il a fait subir à sa victime, mais tout en décidant de s'en garder, de ne pas aller jusqu'au bout, cela lui procure une sensation de maîtrise, à la fois de lui-même et de sa pulsion de meurtre.

— Cette décision de ne pas tuer nourrit son sentiment de pouvoir. Et tout s'élabore en vue de la cérémonie de l'incinération... L'accomplissement du cycle, acheva Kate.

— Sur le papier, ça m'a l'air parfait.

— Angie disait que le type l'a poussée hors de son 4 × 4 et qu'elle l'a regardé s'éloigner. De l'endroit où il l'a laissée, il aurait eu à effectuer un demi-tour en direction de ce bout de terrain à l'écart, et en vitesse, pour qu'elle ait pu le voir brûler ce corps.

Quinn remua les épaules.

— Cela demeure seulement une théorie.

Une théorie émanant d'un homme qui en savait peut-être plus sur la sexualité des tueurs sadiques que n'importe qui d'autre dans le pays. Kate fixa l'obscurité, regarda le nuage de buée s'échapper de sa bouche et dériver au loin.

— Mais si c'était bien le même type, pourquoi ne m'aurait-elle rien dit ? Et pourquoi ne nous aurait-elle pas fourni un meilleur portrait-robot ? Elle a vu ce micheton de près, et dans l'intimité.

— Ce sont des questions auxquelles elle est la seule à pouvoir répondre.

— Et pour le moment elle est dans l'impossibilité d'y répondre, ajouta Kate avec calme. Elle avait un tel mal à m'en parler, cet après-midi. Depuis le début de ce foutoir, elle s'exprimait avec tellement de brutalité, elle prenait tout tellement de haut, mais finalement quand elle m'a parlé de ce micheton, c'était comme si elle avait honte. Elle n'arrêtait pas de répéter qu'elle n'aimait pas faire ça, qu'elle regrettait à un point. Et elle pleurait, elle pleurait.

Ses propres émotions menaçaient d'affleurer dans son souvenir, tout comme cet après-midi avec Angie.

— Tu aimes bien cette fille, déclara Quinn.

Elle soupira avec humeur.

— Qu'est-ce que c'est, « aimer bien » ? C'est une prostituée, menteuse, voleuse, grossière.

— Et elle a besoin de toi, constata-t-il simplement.

— Ouais, bon, regarde où ça l'a menée.

— Ce n'est pas ta faute, Kate.

— J'aurais dû rester avec elle.

— Tu ne pouvais pas savoir ce qui allait arriver.

— Au point où elle en était, elle se trouvait en situation vulnérable, raisonna-t-elle. J'aurais dû rester avec elle, ne serait-ce que pour en tirer quelque chose de plus. Mais je ne l'ai pas fait parce que...

Elle étouffa ses paroles dans l'œuf. Elle ne voulait rien admettre. Pas ici. Pas devant Quinn. Il la connaissait trop bien — ou l'avait trop bien connue, autrefois. Il connaissait les moindres recoins à vif de son âme. Il l'avait soutenue à bout de bras, tant de fois qu'elle était incapable de les compter, quand la douleur et la culpabilité de la mort d'Emily l'avaient mise à la torture, soumise à un degré d'angoisse allant au-delà du dicible. Il lui avait apporté son réconfort, offert sa force, et il l'avait consolée par son seul contact. Elle ne pouvait pas se permettre de le laisser en faire autant, là, dans l'instant, pas plus qu'elle n'avait envie de découvrir qu'il ne viendrait peut-être même pas à l'idée de Quinn d'essayer.

— Ce n'est pas Emily, Kate.

Kate respira un grand coup, comme s'il venait de la gifler, et elle se retourna sèchement pour lui lancer un regard courroucé.

— J'ai parfaitement conscience de ça. Ma fille est morte.

— Et tu t'en veux encore. Après tout ce temps.

— Autant que je sache, il n'y a pas de loi qui impose des restrictions sur la culpabilité.

— Ce n'était pas ta faute. Et cette fois-ci non plus.

— Emily était ma fille, ma responsabilité. Angie est ma cliente, ma responsabilité, contesta-t-elle avec entêtement.

— Combien de tes clients emmènes-tu chez toi ? lui demanda Quinn, en s'écartant de la rambarde pour s'approcher d'elle.

— Aucun, mais...

— À combien de tes clients tiens-tu compagnie vingt-quatre heures sur vingt-quatre ?

— Aucun, mais...

— Alors tu n'as aucune raison de croire que tu aurais dû rester avec elle.

— Elle avait besoin de moi et je n'étais pas là.

— Mais chaque fois que tu as l'occasion de te punir, bon Dieu, tu es là, et bien là, rétorqua Quinn.

L'une de ses vieilles colères dont il conservait le secret refaisait surface, intacte et pure, inchangée. Il se souvenait trop bien de son exaspération quand il avait tenté d'arracher Kate au sentiment de culpabilité qu'elle avait éprouvé à cause de la mort d'Emily. Il se souvenait trop bien de son besoin tout à la fois de la secouer et de la serrer contre lui, parce que c'était très exactement ce qu'il éprouvait à l'instant présent.

Elle se tenait debout devant lui, farouche, en colère, sur la défensive. Et belle. Et vulnérable. Il avait envie de la protéger de la douleur qu'elle allait s'infliger. Et elle, elle se défendrait contre lui, bec et ongles, pied à pied.

— Mes responsabilités, je les prends... comme si tu ne le savais pas, insista-t-elle avec amertume, les bouts de leurs souliers se touchant quasiment. Le Grand Quinn, guérisseur du cancer de la société moderne. Qui éradique tout le mal d'une seule main. Tu portes le monde sur tes épaules comme si tu en étais l'unique gardien, et tu as le culot de venir devant moi me critiquer ? Mon Dieu, tu es incroyable !

Secouant la tête, elle l'effaça, pour se diriger vers l'escalier du perron.

— Où vas-tu ?

Il tendit la main, comme s'il avait encore le droit de la toucher. Elle s'écarta, et son regard aurait pu geler une flaque d'eau à cinquante pas.

— Je vais faire quelque chose. Je ne vais pas rester assise ici à me ronger les ongles toute la nuit. S'il y a la moindre chance qu'Angie soit partie d'ici de son plein gré, le moins que je puisse faire, c'est de la chercher.

Les mains dans les poches de son manteau, fouillant pour trouver ses clefs, elle trotta jusqu'en bas des marches et se dirigea vers son 4 × 4. Quinn jeta un coup d'œil à la porte d'entrée du Phœnix. Ici, il n'était d'aucune utilité. Et la vision de Kate en train de s'éloigner déclencha en lui une réaction de panique. Sotte pensée. Elle ne voulait pas de lui avec elle, où qu'elle aille — et puis elle ne voulait pas de lui, point à la ligne. Elle était sûre et certaine de se porter cent fois mieux sans lui. Quant à lui, s'il avait été plus fort, il s'en serait tenu là.

Mais il ne se sentait pas fort, et il n'allait pas rester ici au-delà de quelques jours, une semaine tout au plus. S'il lui volait un peu de son temps, où était le mal ? Simplement pour être près d'elle. Un souvenir tout neuf qu'il pourrait remiser avec les anciens, histoire de changer, en cet instant où ce qui faisait le réconfort de toute son existence, son métier, menaçait de l'avaler tout entier. Leurs chemins ne se croiseraient que pour ce bref moment...

— Kate ! s'écria-t-il, en courant après elle. Attends. Je viens avec toi.

Elle haussa le sourcil, d'un air impérieux.

— Je t'ai invité ?

— Deux paires d'yeux chercheront mieux qu'une, plaida-t-il.

Kate se dit qu'il aurait fallu lui répondre non. Elle n'avait pas besoin qu'il réveille les vieilles blessures. Pour ça, elle s'y entendait déjà salement toute seule. Ensuite elle repensa à la façon qu'il avait eue de la prendre dans ses bras là-haut, à l'étage, tout prêt à l'éloigner de l'horreur qu'ils n'avaient pas découverte de l'autre côté de ce rideau de douche, tout prêt à la soutenir si elle en avait besoin, à lui donner sa propre force pour qu'elle s'y appuie. Elle songea à la facilité avec laquelle elle le laisserait faire, et savait qu'elle se devait de dire non.

Il l'observait, de ses yeux sombres et attentifs, les traits du visage empreints de gravité, et puis il esquissa un sourire charmeur qu'il était allé puiser on ne sait où, et elle sentit quelque chose lui étreindre la poitrine, exactement de la même manière que bien des années auparavant.

— Je promets de ne pas faire le crétin. Et je te laisse conduire.

Elle poussa un soupir et se retourna en direction du 4 × 4 Runner, en pressant sur le bouton d'ouverture des portes télécommandées.

— Enfin, ça, j'y crois à moitié.

Ils bouclèrent la tournée de tous les endroits de Lake Street où les créatures nocturnes passaient les heures comprises entre le crépuscule et l'aube. Académies de billard, bars et restaus ouverts toute la nuit. Un foyer pour sans-abri plein de femmes avec des enfants. Une laverie automatique où un ivrogne coiffé d'un épais halo de cheveux gris et crasseux était assis sur l'un des sièges baquets en plastique et fixait le regard au-dehors, par les vitrines, jusqu'à ce que l'employé de nuit, à peine plus fortuné, le chasse dans la rue.

Personne n'avait vu Angie. La moitié de leurs interlocuteurs jetèrent à peine un coup d'œil à la photographie. Kate se refusa de penser à cette absence de résultats. Elle n'avait pas espéré de résultats, elle avait espéré passer le temps. Elle ne parvenait pas à décider ce qui ressemblerait le plus à une pénitence : attendre la fin de la nuit à battre le pavé dans ce quartier pourri de la ville, ou rester chez soi à boire du gin jusqu'à ne plus voir ces taches de sang dans sa tête.

— J'ai besoin d'un verre, avoua-t-elle tandis qu'ils entraient dans un endroit nommé le Eight Ball's.

L'intérieur était assombri par un véritable banc de brume de fumée de cigarette. Le claquement sec des boules de billard qui s'entrechoquaient était accompagné par la plainte d'un blues de Johnny Lang sorti du juke-box — *Lie to Me*.

— L'heure de la dernière commande d'alcool est passée depuis un bout de temps, ma belle, l'avertit le barman. (Il avait la taille d'un minivan, le crâne rasé et une moustache laineuse à la Fu-Manchu.) J'm'appelle Tiny Marvin. Quelque chose d'aussi fort et d'aussi noir que moi, ça vous dirait ?

Quinn produisit sa carte d'identité et son œil façon FBI-on-se-calme.

— Damnation. C'est Scully et Mulder, s'exclama Tiny Marvin, guère impressionné, tout en tirant un pot de café de sa plaque chauffante.

Kate posa son derrière sur un tabouret de bar.

— Un café, ce sera parfait, merci.

Il y avait là peut-être une dizaine de joueurs, des vrais, autour des tables de billard. Un duo de putes tenait lieu d'ornement, l'air de s'ennuyer, de perdre patience à force de faire le pied de grue. Visiblement, l'apparition de Quinn en mit plein la vue à l'une, qui donna un coup de coude à l'autre, mais aucune des deux n'esquissa un geste pour s'approcher.

Tiny Marvin lorgna Quinn.

— Hé ! mec, je t'ai pas vu à la télé ? En vrai ?

— Nous cherchons une fille, répondit Quinn.

Kate glissa le Polaroid sur le bar, s'attendant à ce que Marvin y accorde aussi peu d'attention que tous les autres barmen du quartier avant lui. Il le prit entre ses doigts, qu'il avait aussi courts et épais que des saucisses viennoises, et lorgna de plus belle.

— Ouais, elle est passée ici.

Kate se redressa sur son siège.

— Ce soir ?

— Nan, dimanche soir, vers dix heures et demie, onze heures. Elle entrait se réchauffer, qu'elle disait. Une mineure. Je l'ai foutue dehors, avec son petit cul maigrichon. Je veux dire, admettre les adultes, d'accord, c'est une chose, mec... vous voyez ce que je veux dire ? Cette gamine, c'était forcément des ennuis. Je veux pas me mêler de ce genre de merdier.

— Est-elle partie avec quelqu'un ? demanda Quinn.

— Pas d'ici, non. Elle est ressortie dans la rue et elle est passée, elle est repassée devant, là, un moment. Et puis je me suis senti merdeux... genre, et si c'était ma nièce, tout ça, et si je découvrais qu'un dur de dur l'avait foutue dans la rue ? Mec, je lui défoncerais le cul, dur de dur ou pas. Alors je suis allé lui dire qu'elle pouvait boire un café si elle voulait, mais là elle a eu un client qui l'a prise dans sa voiture et ils sont partis plus loin dans la rue.

— Quel genre de voiture ? lui demanda Kate.

— Un genre de 4 × 4.

Son cœur se mit à battre un peu plus fort, et elle regarda Quinn, qui, lui, restait attentif à Tiny Marvin.

— J'imagine que vous n'avez pas relevé son numéro ?

— Hé ! mec, je suis pas le commandant des îlotiers du quartier !

— Ça ne vous embêtait pas tant que ce type viole la loi, fit Kate.

Tiny Marvin se rembrunit.

— Écoutez, je me préoccupe de ce qui se passe, ici, à l'intérieur, Scully. Le reste du monde, c'est pas mon problème. La fille faisait ce que font les putes. C'était pas mes oignons.

— Et si elle avait été votre nièce ?

D'un regard, Quinn ramena Kate à la prudence, et se remit à parler au barman.

— Avez-vous vu le conducteur ?

— J'ai pas regardé. Je me suis dit juste, mec, quel pauvre type, lever une gamine comme ça. Le monde est froid et malade... vous voyez ce que je veux dire ?

— Ouais, marmonna Kate, en reprenant l'instantané d'Angie qu'elle avait posé sur le bar, regardant ce joli visage exotique, la bouche renfrognée, les yeux coléreux qui en avaient vu trop. Je vois exactement ce que vous voulez dire.

Elle rangea la photo dans son sac, balança un dollar sur le bar pour le café qu'elle n'avait pas touché et sortit. La neige avait commencé de tomber en rafales, les nuages en déversaient par brassées, avec des bourrasques de vent froid. La rue était déserte, les trottoirs vides, les vitrines miteuses des magasins étaient sombres, sauf, en face, un de ces guichets où l'on peut venir verser le montant d'une caution judiciaire.

Elle s'adossa contre l'immeuble, elle aurait voulu que le vent emporte aussi les sentiments qui s'entassaient en elle. Ils lui étaient presque remontés jusqu'au fond de la gorge et elle n'arrivait même pas à les ravaler.

Elle en savait trop sur le monde pour se laisser aisément atteindre par ses injustices et ses cruautés. Bien sûr, un barman dans une académie de billard sur Lake Street n'avait pas à se sentir trop concerné par la vie d'une pute, jeune fille ou pas. Il en voyait tous les jours et ne les regardait jamais de si près. Il avait à se soucier de sa vie à lui.

Pour Kate, le coup était brutal parce qu'elle savait quel serait le prochain chapitre de l'histoire. Le type qui avait ramassé Angie Di Marco en voiture devant le Eight Ball's l'avait emmenée sur les lieux d'un crime, et le conducteur de ce 4 × 4 non identifié pouvait être le tueur. Même s'il n'était qu'un paumé de plus poussé par l'envie de payer pour tirer un coup, il l'avait déposée à un rendez-vous avec un destin qui avait pu tout simplement la tuer.

Quinn sortit de l'académie de billard. Les yeux à demi fermés contre le froid et le vent, il releva le col de son imper.

— Kovac m'a dit : « Bon travail de police, Red. » Si jamais tu as envie de sortir de ta petite vie douillette, il en touchera un mot pour toi.

— Ah ouais ? D'accord, j'ai toujours eu envie de bosser la nuit, le week-end et les jours de congé avec des cadavres jusque par-dessus la tête. Maintenant c'est l'occasion ou jamais.

— Il envoie une équipe pour parler à ce barman et à tous ceux sur qui ils pourront tomber. Si jamais ils dégottent quelqu'un qui garde un peu plus de souvenirs au sujet de ce véhicule, ou qui a entrevu le conducteur ce soir-là, ils auront quelque chose à se mettre sous la dent.

Kate referma son manteau en rabattant bien le col sur sa gorge, et elle regarda fixement de l'autre côté de la rue vide, le guichet de paiement des mises en liberté sous caution. Derrière la vitrine protégée par des barreaux brillait une enseigne au néon rouge : ICI : ENCAI$$EMENT DES CHÈQUE$.

— Tout est dans le timing, résuma-t-elle. Si Angie ne s'était pas trouvée dans cette rue au moment exact où ce 4 × 4 s'est arrêté, je serais chez moi dans mon lit, et tu serais en train de creuser dans le cimetière de quelqu'un d'autre.

Elle rit d'elle-même et secoua la tête, le vent attrapant au vol une mèche de ses cheveux pour lui en fouetter la figure.

— J'ai beau avoir pas mal roulé ma bosse, j'ai encore envie de lancer les dés pour tenter ma chance. C'est pas stupide, ça ?

290

— Tu as toujours remporté le prix de l'entêtement. (D'un geste automatique, Quinn tendit la main pour recoiffer cette mèche en arrière, en lui effleurant la joue du bout des doigts.) Un cynique, c'est un idéaliste déçu, tu le sais.

— C'est ce qui t'est arrivé ? lui lança-t-elle en retour.

— Je n'ai jamais vu la vie comme un idéal.

Ça, elle le savait, naturellement. La vie de John, elle la connaissait : son père alcoolique et brutal, et les années lugubres de son enfance dans la classe ouvrière de Cincinnati. Elle était l'une des rares personnes qu'il ait autorisées à venir se pencher par cette fenêtre.

— Mais ça ne t'a jamais sauvé de la déception, souligna-t-elle tranquillement.

— La seule chose qui puisse sauver de la déception, c'est l'absence d'espérance. Mais si tu n'as aucune espérance, alors ça ne sert à rien de vivre.

— Et quelle est la différence entre l'espoir et le désespoir ? l'interrogea-t-elle, en pensant à Angie, en se demandant si elle osait espérer.

— Le temps.

Qui pouvait fort bien déjà manquer à Angie Di Marco, et qui leur avait manqué à tous deux, bien des années auparavant. Kate sentit la déception s'enfoncer en elle, de part en part. Elle avait envie de poser sa tête contre l'épaule de Quinn et de sentir ses bras se glisser autour d'elle. Au lieu de quoi, elle s'écarta du mur et se dirigea vers le 4 × 4 Runner garé le long de la laverie automatique. Le sans-abri regardait par la lunette arrière de sa voiture, comme s'il envisageait d'en faire son logement pour la nuit.

— Je te dépose à ton hôtel, proposa-t-elle à Quinn.

— Non. Je fais le chemin jusque chez toi et j'appellerai un taxi. Tu as beau être une dure, je ne veux pas que tu rentres chez toi seule, Kate. Ce ne serait pas malin. Pas ce soir.

Si elle s'était sentie plus forte, elle aurait pu se défendre, juste pour le principe, mais elle ne se sentait pas forte, et le souvenir de ces yeux fantomatiques qui la surveillaient quand elle était passée par la porte de derrière, chez elle, à peine quelques heures plus tôt, était encore trop frais.

— D'accord. (Elle télécommanda le déverrouillage des portières. Le système d'alarme du 4 × 4 sonna fort, envoyant dinguer le sans-logis dans l'entrée du magasin Suds-O-Rama.) Mais n'essaie pas de me faire un coup en traître, sinon je lance mon chat sur toi.

20.

— Rien du côté du porte-à-porte pour le moment ? demanda Kovac, en allumant une cigarette.

Tippen voûta ses épaules osseuses.

— Un tas de gens fumasses d'avoir les flics qui sonnent chez eux au milieu de la nuit.

Ils se tenaient sur le perron du Phœnix, blottis sous une lampe anti-insectes couleur jaunisse. Le van du service des enquêtes était encore stationné dans le jardin. Et le jardin lui-même avait été bouclé par un cordon de sécurité, afin de délimiter une zone protégée des médias.

La presse avait fondu en piqué comme une volée de vautours, dans un mouvement d'un tel synchronisme qu'il ne laissait pas d'être suspect. Sam grimaça à travers la fumée et la neige qui tombait, le regard fixé sur le bout du trottoir, où Toni Urskine était en train d'accorder une interview dans une lueur surnaturelle de projecteurs portables.

— Combien vous voulez parier que si je sors les relevés téléphoniques de cette pétasse ce soir, je trouve des appels à toutes les chaînes, WCCO, KSTP, KARE ? maugréa-t-il.

— Prélever sa com' sur le crime et la tragédie, lâcha Elwood, en enfonçant sur sa tête son feutre qui lui donnait un air d'abruti. C'est ça, l'Amérique. Avec tout ce battage médiatique, vous pouvez parier que les dons au Phœnix vont débouler.

— Si elle laisse entendre que ce qui se passe ici est lié à notre témoin, j'ai plus qu'à me plier en avant et à me tenir les chevilles pour une inspection du trou de balle, rouspéta Kovac. Et les grands patrons vont pouvoir prendre leur tour dans la file d'attente derrière moi, la queue dressée.

— Il vaut mieux faire ami-ami avec elle, Sam, suggéra Liska, en sautillant sur la pointe des pieds pour se tenir chaud. Ou alors je peux te louer un tube de vaseline.

— Oh ! bon Dieu, Fée Clochette ! (Le visage de Kovac se rida de dégoût. Il se tourna vers Elwood.) Qu'est-ce qu'on a, dans ce sous-sol ? C'est quoi cette histoire de porte de cave ?

— La porte est verrouillée de l'intérieur. Il y a des taches de sang par terre, enfin ça m'en a tout l'air. Pas beaucoup. Urskine dit que ce n'est rien, qu'il s'est coupé en travaillant sur la chaudière il y a quelques soirs de ça.

Kovac émit un grognement du fond de la gorge et regarda de nouveau Liska.

— Et ton corniaud, le Vanlees ?

— J'arrive pas à le trouver. Je voulais lui filer le train en partant de la réunion publique, mais entre la foule et la circulation pour sortir de là-bas, je l'ai perdu.

— Ce soir, il ne travaille pas ? Il s'est présenté à la réunion en uniforme.

— Je parierais qu'il y dort, dans son uniforme, se moqua-t-il. Toujours prêt à sauver le bon public des boursicoteurs de la contravention et des fans de basket-ball trop turbulents. Il loue un appartement trois francs six sous vers Lyndale, mais il n'y habite pas. Finalement, j'ai parlé à celle qui sera bientôt son ex-épouse. Elle m'a expliqué qu'il s'occupe du gardiennage de la maison de quelqu'un. Elle ne sait pas qui et elle n'en a rien à foutre.

— Hé ! s'il veut être flic, il a tout intérêt à avoir un divorce à son actif ! lança Tippen.

— Elle n'a fourni aucune indication sur des goûts spéciaux qu'il aurait ? la questionna Sam.

— Oh ! ça, tu vas adorer ! prévint-elle, les yeux brillants. Je l'ai interrogée sur cette condamnation mineure pour violation de propriété privée, il y a dix-huit mois. Quinn avait raison. Ce vieux Gil avait le feu au cul pour une femme qui bossait avec son épouse. Il s'est fait prendre en train d'essayer de se faufiler pour aller la mater en collants.

— Et il travaille encore dans la sécurité ? s'étonna Kovac.

— Il s'est tenu à carreau, il a plaidé coupable pour réduire la condamnation, personne n'y a prêté attention. De toute façon, il a prétendu qu'il s'agissait d'un énorme malentendu.

— Ouais, ricana Tippen. C'était rien qu'un énorme malentendu, Votre Honneur. Je roulais tout seul en voiture, je m'occupais de mes affaires, quand j'ai été pris d'un besoin incontrôlable de jouer à fesser la guenon.

— Il me plaît bien, ce type, Sam, plaida Liska. Manifestement, sa femme n'éprouvait pour lui que du dédain et rien d'autre. Elle a laissé entendre que, quand ils vivaient ensemble, leur vie sexuelle était inexistante. Si c'est vrai, il pourrait encore mieux correspondre au profil de Quinn. Un tas de types de ce genre sont sexuellement inadaptés à leur partenaire.

— C'est la voix de l'expérience ? attaqua Tippen, histoire d'enfoncer le clou.

— Ben, je n'ai pas couché avec toi, alors je pense pas.

— Va te faire foutre, Fée Clochette.

— Dans le mot « non », c'est laquelle, la partie que tu ne comprends pas ?

— Je vais faire poster une voiture en faction devant son appartement, annonça Kovac. Je veux le voir dans nos bureaux, en centre-ville, aussitôt que possible. Voyez si vous ne pouvez pas repérer cette maison où il fait du gardiennage. Faut que quelqu'un sache où ça se trouve. Appelez son patron, rappelez sa femme. Ce soir. Dégottez-moi le nom de ses amis. Appelez-les.

— Je vais me charger de ça, proposa Moss.

— Tannez tous ceux qui le connaissent, insista Kovac. Ça va lui revenir aux oreilles et ça va le secouer un brin. Vous avez trouvé dans quoi il roule ?

— Une Chrysler marron.

Sam crut qu'on venait de lui flanquer un coup de poing dans le diaphragme.

— Un barman de Lake Street a repéré notre témoin dimanche soir en train de monter dans un 4×4 coupé de couleur sombre. C'était le micheton qu'elle s'est fait dans le parc avant de tomber sur la victime numéro trois.

— Est-ce qu'elle a nommé ce micheton ? s'enquit Adler.

— Non.

— Est-ce que Vanlees avait un quelconque moyen de savoir que cette fille habitait ici ? demanda Moss.

Liska secoua la tête.

— Je ne vois pas comment, à moins qu'il ait réussi à la filer par un moyen ou par un autre jusqu'ici depuis le centre-ville. Ça semble peu vraisemblable.

— En tout, qui savait que le témoin était ici ? insista Adler.

— Nous, Sabin, les gens du programme d'aide aux victimes et aux témoins, la mamy gâteau là-bas — d'un geste du pouce,

Kovac désigna Toni Urskine — et son mari. Le maire, l'entourage de Bondurant...

— Et une perdrix dans le poirier, acheva Elwood.

— L'une des autres victimes avait un lien avec cet endroit, releva Moss.

— Et quand on l'a retrouvée clamsée, on a interrogé tout le monde dans la maison, on a vérifié les casiers, les alibis, les collègues identifiées, patati patata, rappela Kovac. Je me souviens que le corps a été retrouvé un vendredi. Elle était sortie de là depuis six mois ou plus. Dimanche, je débarque ici pour voir si elle avait conservé des liens avec quelqu'un. Les Urskine sont partis pour un bungalow dans le nord, alors je peux pas leur parler, d'accord ? Lundi matin, huit heures, Toni Urskine est au bigophone avec le lieutenant, à exiger qu'il me remonte les bretelles encore un coup parce que j'avais pas encore pris la peine de l'appeler.

— Et maintenant il faut tout reprendre à zéro pour une nouvelle fournée de putes, gémit Tippen. Comme si on avait besoin de se farcir de la paperasse en supplément.

— Hé ! c'est pour ça qu'on te paie ce salaire de misère et qu'on te traite comme de la merde ! ironisa Kovac.

— Là, je croyais que tu parlais pour toi.

— O.K. ! Qui veut se taper Lake Street ? demanda Sam. Voyez si vous pouvez trouver quelqu'un qui aurait vu la fille Di Marco monter dans ce 4 × 4 dimanche soir. Si vous allez jusqu'à obtenir un numéro de plaques, je vous roule une pelle.

— Ça, c'est pas franchement motivant, déplora Adler.

— Que Tippen s'en charge, proposa Liska. Ça pourrait lui permettre de se trouver une nana.

— Envoyez M. Séduction, répliqua Tippen. Lui, c'est les putes qui le paieront.

— Vous deux, trancha Kovac, en pointant du doigt Yurek et Tippen. Vous faites le tandem parfait.

— Un cadeau de Dieu et un mec qu'on baise par pure charité chrétienne, hennit Liska.

D'un geste sec, Tippen lui enroula le bout de son foulard autour de la gorge.

— Un de ces jours, tu vas t'en prendre une belle, Liska.

— Pas si je reste à plus de dix centimètres de toi.

— Du large, ordonna Kovac. On perd du temps et cette affaire commence à chauffer. Sans mauvais jeu de mots. Chopons ce tas de merde avant qu'il ne mette le feu à quelqu'un d'autre.

— C'est un sacré chat, remarqua Quinn, dévisageant Thor qui le dévisageait depuis la table de l'entrée. Mais je pense que je pourrais me le prendre.

Le chat devait peser dix kilos. D'impressionnantes touffes de poil lui jaillissaient des oreilles. Ses moustaches paraissaient mesurer une trentaine de centimètres. Il rentra le menton dans une grande collerette de fourrure et il émit un son du fond de la gorge, une sorte de « mmmmh ». Il leva la patte postérieure pour se la passer derrière l'oreille, dans un mouvement de yoga, et se lécha le derrière.

Quinn se le tint pour dit.

— Je crois savoir ce qu'il pense de moi.

— Ne te sens pas spécialement visé, lui conseilla Kate. Thor est au-dessus des menues considérations des simples humains.

Elle suspendit son manteau dans le placard de l'entrée et faillit attraper un second cintre, mais elle se ravisa.

— Merci pour ton aide, ce soir, reprit-elle, en fermant la porte et en s'y adossant. Je n'étais pas trop ravie de cette proposition, je sais que ce n'est pas ton métier d'enquêter.

— Ni le tien.

— Exact, mais j'avais besoin de faire quelque chose, d'agir. Tu me connais, je ne peux pas supporter de rester assise en attendant que ça se passe. Et toi ? Ce n'était pas ton boulot de te pointer au Phœnix avec Kovac.

— Cette affaire n'a rien de normal.

— À cause de Peter Bondurant. Je sais.

Elle caressa Thor d'une main. Le chat lui lâcha un regard offusqué, bondit à terre et s'éloigna en trottant, le ventre à ras du sol.

— L'argent modifie toutes les règles, observa Kate. Dans les cités jumelles, il n'y a pas un politicien qui ne ferait la courbette pour lécher le cul de Bondurant, et pour lui assurer ensuite que ça sent la rose. Parce qu'il a de l'argent et qu'ils veulent le garder ici. À cause de ça, son avocat a le droit de participer aux réunions avec Sabin, et il peut avoir l'oreille du maire, et du directeur du FBI, rien que ça. Je parierais que les parents de Lila

White ne passeraient pas le barrage de la secrétaire du directeur Brewster. S'il leur arrivait seulement d'essayer.

— Voilà que tu parles comme Toni Urskine, à raconter qu'il n'y a pas d'égalité devant la loi. C'est un bel idéal, et nous savons tous les deux que dans le monde réel, cet idéal prend l'eau. L'argent peut acheter la justice... et l'injustice... tous les jours, et il ne s'en prive pas.

— N'empêche, je n'arrive pas à en vouloir à Bondurant. Quels parents ne voudraient pas faire tout ce qui est en leur pouvoir pour récupérer un enfant ? admit-elle, le visage sombre. Quand Emily est tombée malade, j'aurais signé un pacte avec le diable en personne. En fait, je crois que j'ai essayé, confessa-t-elle, en se forçant à sourire de travers. Pas trouvé preneur. Ça a ébranlé ma foi dans le mal.

Sa douleur était palpable, et Quinn avait envie de l'attirer dans ses bras et de l'inviter à partager cette souffrance, comme dans le temps.

— L'argent de Bondurant n'a pas opposé non plus d'obstacle à la mort de sa fille, remarqua-t-il. Si ce corps est celui de Jillian. Ce dont il est convaincu.

— Qu'est-ce qui peut bien lui donner envie de croire ça ? se demanda Kate, déconcertée par cette notion. (Elle avait résisté si violemment à la nouvelle de la mort d'Emily que même après qu'une infirmière l'avait emmenée dans la chambre pour découvrir le corps de sa fille, pour toucher sa petite main froide, pour sentir par elle-même que le pouls ne battait plus, qu'il n'y avait plus de souffle, elle avait persisté à penser que ce n'était pas vrai.) Quel homme bizarre, reprit-elle. J'ai été surprise de le voir à la réunion ce soir. Lui qui a tellement conservé un profil bas.

Cette remarque lâchée au passage frappa Quinn comme un poing invisible.

— Tu as vu Bondurant à la réunion ? Tu en es sûre ?

— D'après moi, si ce n'était pas lui, ça lui ressemblait beaucoup, confirma Kate. Je l'ai vu en sortant. J'ai trouvé étrange qu'il ne soit pas avec ses troupes, mais il était clair qu'il ne voulait pas attirer l'attention. Il était habillé comme monsieur tout le monde, en parka, avec un chapeau un peu cabossé, tâchant de garder l'anonymat, et il est sorti en se faufilant par la porte du fond avec le reste de la foule.

Quinn prit une expression sévère.

— Je n'arrive pas à le saisir. Je dirais qu'il se montre très peu coopératif, mais qu'il est aussi l'un de ceux qui m'a fait venir ici. Là-dessus, il fait volte-face et refuse de répondre aux questions. Cet homme-là, c'est une contradiction après l'autre. Bon Dieu, que je ne l'aie pas vu, là-bas, je n'arrive pas à y croire.

— Ce n'était pas lui que tu cherchais, le raisonna Kate. Tu cherchais un tueur.

Et je l'ai manqué aussi ? se demanda Quinn, en massant plus fort le point douloureux qu'il avait à l'estomac. Qu'avait-il manqué d'autre ? Un signe imperceptible : un regard, une grimace, une ébauche de sourire. Et s'il l'avait vu, à l'heure qu'il était, Angie Di Marco coucherait-elle dans son lit, au Phœnix ? En toute logique, il ne le pensait pas. Mais capturer un tueur comme celui-ci exigeait plus que de la logique. Cela exigeait de l'instinct, et ces jours-ci il lui semblait tâtonner à la recherche du sien comme à travers une couverture.

— Je ne peux me défaire de l'impression que sa fille est la clef de toute cette histoire, martela-t-il. Si c'est bien elle la troisième victime. Avec cette dernière, Joe l'Enfumeur a dévié de son schéma. Pourquoi ? Avec les deux premières, il a brûlé les corps, mais sans essayer en aucune manière de les rendre méconnaissables. Avec le numéro trois, il efface les empreintes digitales de cette femme, et celles de ses plantes de pied. Sa tête, il l'emporte. Il complique son identification autant qu'il est possible.

— Mais il laisse son permis de conduire.

— Pourquoi l'un et l'autre gestes, simultanément ?

— Peut-être le premier élément s'inscrit-il dans le cadre d'une torture, suggéra Kate. Peut-être s'inscrit-il dans le cadre de la dépersonnalisation. Il réduit la femme à néant. Que nous sachions qui elle est après sa mort, ça lui est égal, alors il abandonne son permis sur les lieux, comme pour signifier : « Hé ! regardez qui j'ai tué ! » Mais peut-être voulait-il que cette victime, dans ces derniers instants de son existence, se sente comme si elle n'était plus un individu, qu'elle meure avec l'idée que personne ne serait en mesure de l'identifier, de veiller sur son corps, ou de porter le deuil pour elle.

— Peut-être, concéda Quinn. Et peut-être cette dépersonnalisation extrême opère-t-elle comme une déviation à partir de son schéma habituel justement parce qu'il connaissait Jillian. Si, par exemple, nous pouvons creuser la piste du côté de ce vigile qui habitait dans le complexe résidentiel de Jillian, nous pourrions adopter pour hypothèse de départ qu'il a tué les deux prostituées à titre de galop d'essai, pour se faire la main, manière de projeter sur ces deux-là les sentiments qu'il éprouvait à l'égard de Jillian. Mais cela ne satisfait pas ses besoins, alors il se fait Jillian, perd les pédales, et conserve la tête de la jeune fille parce qu'elle, il veut la posséder. Ou alors il se peut que le tueur emporte la tête parce que ce corps n'est pas celui de Jillian Bondurant, et il compte nous amener à croire le contraire. Et pourtant c'est bien son permis de conduire, donc si le corps n'est pas le sien, alors comment Joe l'Enfumeur s'y est-il pris pour se le procurer ? s'interrogea-t-il. Nous savons qu'il ne s'agit pas d'un rapt. Il s'est passé plusieurs jours, pas d'appel, pas de demande de rançon... en tout cas pas à notre connaissance. Et puis Bondurant ne permettra pas qu'on le place sur écoute... un autre trait de comportement bizarre de sa part.

— Et si Jillian est en vie, reprit Kate, alors où est-elle et quel est son lien avec tout ça ?

— Je n'en sais rien. Et, apparemment, aucune des personnes qui l'ont connue n'a envie ou n'est en mesure de nous le dire. Cette affaire me fait une sale impression, Kate.

— Le genre d'affaire qui mériterait que tu ailles consulter un médecin ? s'enquit-elle avec un regard éloquent sur la main avec laquelle il se massait l'estomac. Tu n'arrêtes pas.

Il mit fin à son geste.

— Ce n'est rien.

Kate secoua la tête.

— Tu as probablement un trou dans la paroi de l'estomac, assez gros pour y faire passer une Buick. Mais jamais tu ne l'admettras, Inch Allah. Pense à l'effet que subirait la mystique John Quinn. Cela te ramènerait au niveau de Superman, avec les moments de faiblesse qu'il connaît à cause de la kryptonite. Très gênant.

Elle avait envie de lui demander s'il avait parlé à un agent des Services de soutien psychologique, mais elle savait que cela reviendrait à gâcher sa salive. Tous les autres agents de l'Unité d'enquête et de soutien pouvaient s'aligner en file indienne à la porte du psy, sans que personne ne cille. Au sein de cette unité, les troubles dus au stress étaient la norme. Tout le monde le comprenait. Ils assistaient à trop de choses, ils descendaient trop profond dans les têtes des victimes et des tueurs, d'affaire horrible en horrible affaire. Ils voyaient ce que le monde avait de pire à offrir, jour après jour, et prenaient des décisions de vie ou de mort fondées sur une science inexacte : leur propre connaissance du comportement humain. John Quinn n'admettrait jamais qu'il pliait sous le poids de cette tension. La vulnérabilité ne sied guère à une légende.

— Sur toi, John, les balles ne ricochent pas vraiment, commenta-t-elle calmement.

Il sourit, comme si cela l'amusait, fût-ce modérément, ce qui le rendit instantanément attachant. Sans qu'il ose pour autant croiser son regard.

— Ce n'est rien.

— Parfait. (S'il ne prenait pas soin de lui, c'était son problème — ou le problème d'une femme sans visage, là-bas, en Virginie. Pas le sien.) Maintenant je vais me servir un verre. Tu veux prendre quelque chose, avant de partir ? Maalox ? Mylanta ? Un paquet de Tums à mâcher pour le trajet en taxi ?

Elle se dirigea vers la cuisine, tout en se bottant mentalement les fesses de lui avoir fourni prétexte à s'attarder, et puis elle raisonna : c'était une manière de s'acquitter d'une dette. Pour le remercier de l'avoir accompagnée ce soir, elle lui devait bien ça. Qui plus est, il avait l'air en mesure de supporter de boire un verre.

Bien sûr, elle ne l'ignorait pas, il était hors de question qu'il s'autorise ne serait-ce que d'en boire un seul. Il était trop conscient de la présence d'un alcoolisme rampant, tant dans sa famille que dans sa profession. Quelle que soit la puissance du besoin d'étouffer les frustrations et les tensions que provoquait le métier, le risque de noyade était trop grand.

— Magnifique maison, remarqua-t-il, en la suivant dans la cuisine.

— Je l'ai rachetée à mes parents quand ils ont perdu la tête et qu'ils sont allés s'installer à Las Vegas.

— Donc, tu t'es vraiment trouvé un foyer.

Elle avait quitté le désordre accablant qu'avait été sa vie en Virginie pour cette maison remplie de souvenirs chaleureux et qui respirait la sécurité. Cette maison, si réconfortante d'une certaine manière, avait dû se substituer au réconfort d'une famille — une famille dont il doutait qu'elle lui ait jamais relaté l'histoire de A à Z. Quand tout s'était brisé à Quantico, elle en avait conçu de la gêne et de la honte. Il avait encore mal rien que d'y penser. Ce qu'ils avaient connu ensemble, cette relation, avait été plus profond que tout ce qu'il avait vécu, mais pas assez profond ou pas assez fort pour survivre à la tension consécutive à la découverte de leur secret, à la désapprobation, et à la prédisposition de Kate à la culpabilité.

Il l'observait à présent, tandis qu'elle allait et venait dans la cuisine, attrapant une tasse dans le placard, une boîte de tisanes, ses longs cheveux lui retombant dans le dos en une vague cuivrée. Il avait envie de caresser cette vague, de reposer sa main au creux de ses reins.

Il avait toujours entrevu sa féminité, sa vulnérabilité. Il doutait que beaucoup de gens, en voyant Kate, aient cru à son besoin de protection. Sa force et sa ténacité, voilà ce que remarquaient les autres. Mais juste derrière ce mur, il y avait une femme pas toujours aussi sûre d'elle qu'il n'y paraissait.

— Comment vas-tu, Kate ?

— Mmmmh ? Quoi ? (Elle était à côté du micro-ondes et se retourna vers lui, les sourcils en torsade, signe de protestation.) Je suis fatiguée. Je suis bouleversée. J'ai perdu un témoin...

En se rapprochant, Quinn lui posa un doigt sur les lèvres.

— Je ne parlais pas de l'affaire. Cela fait cinq ans. Comment vas-tu, réellement ?

Le cœur de Kate cogna fort contre son sternum. Des réponses se bloquèrent dans sa gorge, comme au fond d'une impasse. Cinq ans. La première année, elle se la rappelait comme une douleur si aiguë que cela lui coupa le souffle. La deuxième s'était passée à réapprendre à marcher et à parler, comme après une attaque cérébrale. Ensuite étaient venues la troisième et la quatrième, et une autre année encore après celles-là. Durant ce laps de temps, elle avait rebâti une carrière, s'était aménagé une maison, avait un peu voyagé, s'était installée dans une routine agréable et sûre. Mais les réponses qui lui montaient à la tête étaient composées d'autres mots.

Comment vas-tu ? Vide. Seule. Retranchée derrière un mur.

— Ne jouons pas à ce jeu-là, le pria-t-elle d'une voix feutrée. Si vraiment tu voulais le savoir, cela ne t'aurait pas pris cinq ans pour t'en inquiéter.

Elle perçut le regret contenu dans ses paroles, qu'elle aurait aussitôt voulu retirer. Quel intérêt, désormais, quand ils n'allaient disposer en tout et pour tout que de quelques jours. Il valait mieux se comporter comme si le feu s'était complètement éteint, plutôt que de tisonner la cendre et de remuer la poussière des souvenirs. La minuterie du micro-ondes se déclencha, Kate tourna le dos à Quinn et s'occupa de lui préparer une tasse de thé.

— Tu m'avais dit que c'était ce que tu voulais, reprit-il. Tu voulais en sortir. Tu voulais une cassure nette. Tu voulais partir, tout reprendre à zéro. Qu'est-ce que j'étais censé faire, Kate ?

Me demander de ne pas m'en aller. Partir avec moi. Les réponses étaient là, tout près, aussi fougueuses qu'hier, et tout aussi futiles. Le temps qu'elle quitte la Virginie, la colère et la douleur l'avaient emportée au-delà d'un certain seuil, ce qui aurait vidé de son sens toute demande qu'il aurait pu lui formuler de ne pas s'en aller. Et elle savait, sans avoir eu à le lui demander, qu'il n'aurait jamais quitté l'Unité d'enquête et de soutien pour partir avec elle. Le métier, c'était pour cela que John Quinn était fabriqué. Il éprouvait pour son métier un attachement qu'il n'éprouverait jamais pour aucune femme. Et, Dieu, quel mal cela lui faisait encore aujourd'hui rien que d'y penser.

— Qu'est-ce que tu étais censé faire ? Rien, chuchota-t-elle. Tu as très bien agi.

Quinn se rapprocha d'elle, il voulait la toucher, comme si cela pouvait magiquement effacer le temps et le désordre qui s'étaient écoulés entre eux. Il avait envie de lui souffler que le téléphone, cela marchait dans les deux sens, mais il savait qu'elle ne se serait jamais départie de sa fierté, ou de l'insécurité que recouvrait cette dernière. Qu'elle n'ait pas appelé, une part de lui-même en avait éprouvé du soulagement, parce qu'il aurait eu alors à se regarder en face dans le grand miroir de la vie, pour finalement répondre à la question de savoir s'il subsistait encore assez de choses en lui qui lui permettent de construire une relation durable. Pendant très, très longtemps, sa peur de la réponse l'avait poussé à fuir cette question en courant.

Et voilà, maintenant, qu'il était ici, à deux doigts de la meilleure part de son passé, tout en sachant qu'il lui faudrait laisser cette part en paix. S'il n'avait pas eu assez de forces à investir dans une relation voici cinq ans, cela signifiait qu'il pouvait avoir l'assurance de ne pas en posséder beaucoup plus à la minute présente.

Il leva la main pour lui toucher les cheveux, le souvenir de leur texture rencontrant la soie de la réalité. Il laissa sa main reposer sur son épaule, son pouce trouvant là un nœud de tension qui lui était familier.

— Est-ce que tu regrettes, Kate ? Pas la manière dont ça s'est terminé, mais nous. Nous.

Kate ferma les yeux très fort. De regret, elle en avait un camion plein, qu'il lui fallait dégager de son chemin, tous les jours, afin d'être capable d'avancer dans l'existence. Mais ce qu'elle n'avait jamais pu trouver en elle, c'était la force de regretter de s'être tournée vers lui. Elle regrettait d'avoir eu envie de plus encore. Elle regrettait qu'il n'ait rien eu de plus à lui donner. Mais elle était incapable de songer au moindre contact, à un seul baiser, à une seule nuit passée dans ses bras, sans en regretter jusqu'à la dernière seconde. Il lui avait offert son amour et sa compréhension, sa passion et sa compassion, sa tendresse et son réconfort, quand elle en avait eu si cruellement besoin, quand elle avait eu si mal, quand elle s'était sentie si seule. Cela, comment pourrait-elle le regretter ?

— Non, avoua-t-elle, en se retournant, la tasse de thé fumante entre eux. Tiens. C'est bon pour ce que tu as.

Sans la quitter des yeux — les yeux sombres, brûlants, habités d'émotions intenses —, il prit cette tasse et la posa.

— Pour ce qui est de nous, je ne regrette pas, admit-il à son tour. Il m'est arrivé de croire que je le devais, mais je n'ai pas regretté, et je ne regrette toujours pas.

Du bout des doigts, il lui toucha la joue, glissa vers ses cheveux, se pencha et déposa ses lèvres contre les siennes. Instantanément, le besoin, aigu, amer et doux, surgit en elle. Ses lèvres épousèrent les siennes, sous l'emprise du souvenir et de l'attente. Un alliage parfait. Le parfait équilibre de la tension et de la passion. Leurs langues s'entrelacèrent, se cherchèrent, se quêtèrent, se goûtèrent, se touchèrent, approfondissant ce baiser et les émotions qu'il évoquait. Son cœur battait fort contre la muraille de sa poitrine, et contre la sienne. Elle eut immédiatement conscience de cette tendresse dans ses seins, une attente de l'attouchement de ses mains, de sa bouche, un besoin d'un lien au-delà de cet acte simple. Ses bras se resserrèrent autour d'elle. Lorsqu'il la serra contre lui, elle put le sentir, dur, contre son ventre.

Il serait ici l'espace de quelques jours, lui rappela sa logique vacillante. Il était venu pour une affaire, non parce qu'il avait besoin d'elle ou parce qu'elle lui manquait ou parce qu'il voulait transmuer tout ce qu'ils avaient écarté d'eux-mêmes. Tout cela était purement fortuit.

— Non, reconnut-elle doucement tandis qu'il relevait la tête. Je ne regrette pas. Mais cela ne signifie pas que je vais en repasser par tout cela, John. Je ne suis pas ici pour ta convenance.

— Tu crois que c'est ce que j'attends ? la questionna-t-il, blessé. Tu crois que je m'attends à ce que tu couches avec moi parce que je t'ai à portée de la main, parce que tu sais ce que j'aime ? Je croyais que tu me connaissais mieux que ça, Kate. (Sa voix retomba, sourde et rauque, et lui frôla le cœur comme une main calleuse.) Mon Dieu, tu es la seule personne qui m'ait jamais connu.

— Enfin, au moins, je l'ai cru, murmura Kate. Au bout du compte, à l'époque, on ne se serait pas figuré un seul instant qu'on se connaissait si bien que ça.

Il soupira et recula.

— Disons que nous sommes de vieux amis et restons-en là, hein ? parvint-elle à conclure, la gorge nouée. Tu n'es pas venu ici pour moi, John. Si c'était ça que tu voulais, tu l'aurais fait il y a des années. Je vais t'appeler ton taxi.

21.

La maison était dans le noir. Le quartier était dans le noir. Les gens qui habitaient sur le lac des Îles respectaient des horaires civilisés. Dans le quartier de Sam, il y avait toujours une lumière allumée quelque part — des gens qui rentraient tard, qui partaient travailler tôt, qui regardaient les magazines de télé-achat.

Kovac se gara dans la rue à l'angle de la propriété de Bondurant et boucla un tour complet du domaine, à pied dans la neige fraîche. Fraîche, et humide. Lourde et collante, elle s'accrochait aux jambes de son pantalon et coulait à l'intérieur de ses souliers, mais il l'ignora, toute son attention tendue vers la maison qui semblait tout surplomber, et d'encore plus haut dans le noir qu'à la lumière du jour. Sur l'arrière, les éclairages de sécurité marquaient les entrées. Il n'y avait pas de lumière visible à l'intérieur de la maison. Si Peter Bondurant regardait la télévision, s'il était en train d'apprendre via le petit écran comment se façonner un fessier d'acier, alors c'est qu'il se trouvait dans une pièce aveugle située au cœur de sa demeure.

Et quelle demeure ! Cela ressemblait à un objet tout droit issu de l'Angleterre médiévale, typiquement le genre d'endroit qui aurait pu posséder une chambre de torture en sous-sol. Pour autant qu'il sache, dans ce genre de manoirs, il en existait forcément une.

Dieu de Dieu, est-ce que ça ne serait pas sa chance, ça ? Il fallait qu'il soit celui qui allait annoncer au monde que le milliardaire Peter Bondurant, la Grosse Pointure, était un fou meurtrier. Le maire lui ferait couper la gorge et entreposerait son corps dans les fondations de la nouvelle prison. Les grosses légumes voulaient qu'on attrape un tueur, d'accord. Mais ce tueur, mieux vaudrait que ce soit un ex-condamné, si possible originaire de l'État voisin du Wisconsin, les yeux exorbités, la bave aux lèvres.

Achevant son tour de piste, il regagna sa voiture, tapa des pieds pour faire tomber la neige de son pantalon, se glissa au volant et fit démarrer le moteur, réglant le chauffage anémique à plein tube. Les os de ses pieds, de ses chevilles et de ses tibias avaient absorbé le froid jusqu'à la moelle, un froid qui se frayait maintenant un chemin dans ses jambes, comme le mercure dans le thermomètre.

Il déterra son portable du tas de fouillis entassé sur le siège et composa le numéro du domicile de Bondurant. Quinn avait appelé pour lui signaler que Kate avait repéré Bondurant au fond de la salle, lors de la réunion, en train de se cacher au milieu du monde. Ce type était un agité du bocal. Il leur cachait des choses au sujet de sa dernière soirée avec Jillian, et Dieu seul savait quoi d'autre.

Le téléphone sonna.

Ça lui mettait les nerfs à fleur de peau que Bondurant obtienne un traitement spécial, accède à des informations confidentielles, n'ait pas à descendre en ville pour effectuer une déposition. On avait tort. Ils auraient dû se placer en position de lui secouer les puces comme à n'importe quel quidam.

À la cinquième sonnerie, le répondeur prit la communication et une voix dénuée d'émotion délivra ses instructions. Kovac laissa son nom et son numéro, et pria qu'on le rappelle.

Il démarra, roula jusqu'au tableau de l'Interphone à hauteur du portail, et enfonça le bouton. Personne ne répondit. Il resta là cinq bonnes minutes, à appuyer sur le bouton, encore et encore, rompu qu'il était sur toutes les manières de faire chier quelqu'un quand on veut attirer son attention. Personne ne répondit.

Une voiture en maraude passa par là, le véhicule d'une compagnie de sécurité privée, et une espèce d'haltérophile en uniforme rutilant lui demanda sa carte d'identité. Ensuite il fut de nouveau seul, sans rien d'autre à faire que de lever fixement le regard sur la maison de Peter Bondurant en se demandant quels secrets se dissimulaient à l'intérieur.

Certaines personnes ne répondaient pas quand le téléphone sonnait après minuit. Pas les parents d'un enfant porté disparu. Peut-être Peter Bondurant ne répondait-il jamais à l'Interphone du portail, et était-il, en ce moment même, terré au fond de son lit, s'attendant à ce que la foule des pauvres, poussés au désespoir, fasse irruption et saccage sa maison. Mais ce n'était pas lui qui avait appelé la voiture de sécurité. C'était une ronde de routine, lui avait expliqué l'haltérophile.

Sam regarda fixement la maison et laissa ses dix-sept années d'expérience lui souffler qu'il n'y avait personne à l'intérieur. Peter Bondurant n'était pas chez lui, en plein cœur de la nuit, alors que leur témoin était portée disparue. Peter Bondurant, qui exigeait des réponses mais refusait d'en fournir aucune. Peter Bondurant, qui s'était disputé avec sa fille le soir de sa disparition, pour ensuite mentir à ce sujet. Peter Bondurant, qui détenait le pouvoir de briser la carrière d'un flic comme une boîte de bière vide.

Je suis probablement débile de rester assis là, se dit Kovac. Leur ticket gagnant, c'était Vanlees. Vanlees paraissait coller au profil établi par Quinn. Il avait un passé. Il connaissait Jillian, il avait accès à son pavillon. Il roulait même dans un véhicule qui correspondait à la description.

Il n'empêche, quelque chose clochait avec Peter Bondurant. Il le sentait comme de l'urticaire à fleur de peau, et il allait découvrir ce que c'était, contre vents et marées.

Il soupira, déplaça le poids de son corps dans une autre position, tout aussi inconfortable, et s'installa, en allumant une cigarette. Après tout, qu'est-ce qu'il en avait à foutre, de toucher sa retraite ?

Les cadavres flottaient au-dessus de lui comme des billes de bois. Des corps nus, pourrissants. Déchiquetés, taillés en pièces, criblés de trous. Des chairs décomposées se détachaient en lambeaux des blessures. De la nourriture pour les poissons. Des anguilles entraient et sortaient de ces corps par des trous béants.

Quinn levait les yeux sur ces corps, par en dessous, tâchant d'identifier chacun d'eux par son nom, dans cette faible lumière liquide et bleue. Ses poumons le brûlaient. Mais il lui était impossible de regagner la surface tant qu'il n'avait pas identifié chaque corps et nommé son assassin.

Les corps dansaient dans l'eau, changeaient de position. Des membres en décrépitude tombaient des torses et sombraient dans sa direction. Au-dessous de lui, un lit d'algues vertes et luxuriantes s'enroulait autour de ses pieds comme les tentacules d'une pieuvre.

Il lui fallait rassembler toutes ses forces pour réfléchir. Des noms. Des dates. Des faits. Mais il ne parvenait pas à se souvenir des noms. Il ne connaissait pas tous les tueurs. Des faits désordonnés lui traversaient la tête. Les corps semblaient se multiplier, continuaient de danser et de dériver. Il manquait d'air.

Il ne parvenait pas à respirer, ne parvenait pas à penser.

Il se débattait avec ses bras, essayait d'agripper n'importe quoi qui pourrait l'aider à se hisser vers la surface. Mais les mains qu'il saisissait étaient froides et mortes, et le retenaient au fond. Les corps, et sa responsabilité à leur endroit, le retenaient au fond. Il fallait qu'il réfléchisse, de toutes ses forces. Il était capable de compléter ces puzzles, si seulement ces pièces voulaient cesser de bouger, si seulement ses pensées cessaient d'affluer, si seulement il arrivait à respirer.

Au-dessus de lui, les corps changèrent encore de disposition et il put voir le visage de Kate, de l'autre côté de la surface, le regard baissé sur lui. Puis les corps se déplacèrent à nouveau, et elle n'était plus là.

Juste au moment où il eut l'impression que l'hémorragie commençait de gorger ses poumons de sang, il donna un dernier coup de pied, brutal, creva la surface de l'eau et de son rêve, haletant, et se dressa sur son lit. Son corps était trempé de sueur, qui lui coulait jusqu'à l'extrémité du nez et tout en bas de la colonne vertébrale.

Il s'écarta du lit en titubant, ses jambes flottant sous lui, et puis il tomba sur la chaise devant le secrétaire, secoué de tremblements. Nu, grelottant, en sueur, malade, un goût amer de bile et de sang dans la bouche.

Il était assis, plié en deux au-dessus de la corbeille à papiers, et ce n'était pas uniquement centré sur le feu cuisant qu'il avait au creux du ventre. Comme toujours, il y avait le son de cette voix intérieure qui sans relâche venait le débusquer quand il se trouvait en état de faiblesse, et n'hésitait jamais à le frapper à terre. Elle lui soufflait qu'il n'avait pas de temps à perdre avec ce merdier. Il avait des affaires sur lesquelles travailler, des gens qui dépendaient de lui ; s'il s'écartait de son objectif, s'il foirait, des gens pouvaient mourir. S'il foirait dans les grandes largeurs, si quelqu'un découvrait quel désordre lui remplissait la tête, qu'il perdait son sang-froid et son tranchant, on le déchargerait de son poste. Et s'il n'avait plus de métier, il n'avait plus rien, parce que ce boulot, ce n'était pas seulement qu'il le faisait, ce boulot, c'était tout ce qu'il était, tout ce qu'il avait.

Ce rêve n'avait rien de nouveau, pas de quoi en être ébranlé, pas de quoi gâcher son énergie. De ce rêve-ci, il possédait un nombre infini de variantes. Elles étaient toutes aussi stupides à interpréter les unes que les autres, et il se sentait toujours vaguement gêné de faire des rêves pareils. Il n'avait pas de temps pour ça.

Il avait très exactement dans l'oreille ce que Kate aurait à dire sur tout ça. Elle commenterait d'une langue acérée, et lui administrerait une leçon de plus à propos de Superman, avant de le convaincre de boire une tisane. Elle tâcherait de masquer sa préoccupation et ses instincts maternels par des sarcasmes de crâneuse, signes d'une apparente sûreté de soi, d'une apparente familiarité, plus en rapport avec l'image que les autres s'étaient fabriqué d'elle. Elle ferait mine d'ignorer qu'il la connaissait trop bien pour s'y laisser prendre.

Et puis elle lui appellerait un taxi et le pousserait hors de chez elle.

« Disons que nous sommes de vieux amis et restons-en là, hein ? parvint-elle à conclure, la gorge nouée. Tu n'es pas venu ici pour moi, John. Si c'était ce que tu voulais, tu l'aurais fait il y a des années. »

C'était ce qu'elle pensait : s'il n'était pas venu plus tôt, c'était qu'il ne voulait pas d'elle. Peut-être était-ce là ce qu'elle voulait qu'il pense. C'était elle qui s'était éloignée. Le simple fait de s'imaginer qu'elle n'avait aucune raison de rester justifiait son acte.

Se sentant toujours très faible, il se rendit à la fenêtre qui donnait sur un quartier du centre de Minneapolis et sur une rue déserte qui se remplissait de neige.

Ce qu'il voulait. Il n'en était plus trop certain, au juste. En dehors du champ de son boulot, il ne s'accordait aucune latitude de vouloir quoi que ce soit. Une piste, une pièce à conviction, un point de vue inédit pour l'aider à forcer la tête d'un tueur à s'ouvrir. Ces choses-là, oui, il pouvait les vouloir. Mais quel était l'intérêt de vouloir ce qu'on ne pouvait obtenir ?

L'intérêt, c'était de s'autoriser ou non l'espérance.

« La seule chose qui puisse sauver de la déception, c'est l'absence d'espérance. Mais si tu n'as aucune espérance, alors ça ne sert à rien de vivre. »

Ses propres termes. Sa propre voix. Sa propre sagesse. Qui le rattrapait par-derrière pour lui planter les dents dans le cul.

Il ne demandait pas à quoi servait sa vie. Il vivait pour travailler et il travaillait pour vivre. C'était aussi simple, aussi pathétique que ça. C'était la machine Quinn en mouvement perpétuel. Mais il commençait à sentir qu'il y avait du jeu dans les rouages. Qu'arriverait-il si l'un de ces rouages sautait ?

Fermant les yeux, il revit les cadavres et sentit la panique le submerger, une pluie intérieure froide et acide. Il entendait d'ici son chef d'unité exiger des réponses, des explications, l'aiguillonner pour obtenir des résultats. *« Le directeur m'a remonté les bretelles pendant une demi-heure. Bondurant n'est pas le type à faire chier, John. Qu'est-ce qui te prend, bon Dieu ? »*

Des larmes lui brûlèrent les yeux, lorsque la réponse lui remonta du fin fond de la poitrine : *J'ai tout perdu.* Son tranchant, son cran, son instinct. Il sentait tout cela parti en morceaux, éparpillé en de trop nombreux points du territoire. Il n'avait pas le temps de partir à la chasse de ces morceaux. Il ne pouvait que faire semblant d'être intact, en espérant qu'il n'y aurait pas trop de gens pour s'apercevoir du contraire.

« Est-ce que vous allez déboucher sur quelque chose ? Ont-ils mis un suspect en avant ? Vous savez ce qu'ils cherchent, n'est-ce pas ? C'est assez simple, n'est-ce pas ? »

Bien sûr. Si vous considériez les meurtres des deux prostituées en ignorant le fait que la fille de Peter Bondurant pouvait ou non être la troisième victime. Si vous agissiez comme si le comportement de Peter Bondurant était normal. Si vous n'étiez pas assailli par des centaines de questions sans réponses autour de cette énigme que constituait Jillian Bondurant. S'il ne s'agissait que du meurtre des prostituées, il aurait pu sortir un profil de son manuel sans jamais s'absenter de Quantico.

Mais s'il ne s'était agi que du meurtre de deux prostituées, personne n'aurait jamais pris la peine d'appeler son bureau.

Renonçant à l'idée de dormir, il se brossa les dents, prit une douche, enfila un pantalon de survêtement et son sweatshirt de l'académie. Il s'assit au bureau avec le classeur qu'il s'était constitué sur ces meurtres, et un flacon d'antiacide, pour l'estomac, qu'il but directement au goulot tout en parcourant les rapports.

Inséré entre les pages, il y avait le paquet de photographies que Mary Moss avait reçu des mains des parents de Lila White. Des images de Lila White vivante et heureuse, riant à la fête d'anniversaire de sa petite fille. L'existence qu'elle avait menée l'avait prématurément vieillie, mais il était facile pour Quinn de voir quelle jolie fille elle avait pu être avant la drogue et les rêves déçus. La fillette de Lila White était une poupée, avec des couettes de cheveux blonds et un visage de lutin. Sur un cliché, on avait pris la mère et la fille en maillot de bain, dans une piscine en plastique, Lila à genoux, son enfant serrée dans ses bras, devant elle, toutes les deux partageant le même sourire en coin.

Cela avait dû briser le cœur de ses parents de regarder ces images, songea Quinn. Dans le visage de la fillette, ils verraient leur fille telle qu'elle avait été quand le monde était simple, ensoleillé, et empli de merveilleuses possibilités. Et dans le visage de Lila, ils liraient les rides des rudes leçons que la vie lui avait apprises, la déception, l'échec. Et l'espoir de quelque chose de meilleur. Espoir récompensé par une mort brutale peu de temps après que l'on avait pris ces photographies.

Quinn soupira en tenant l'image sous la lumière de la lampe, cette image qui confiait l'image de Lila White à la mémoire : la coupe de cheveux, le sourire en coin, la légère bosse sur l'arête du nez, la courbure à l'endroit où l'épaule rejoignait le cou. Elle rejoindrait les autres qui hantaient son sommeil.

Alors qu'il allait mettre la photo de côté, quelque chose attira son regard et il la reprit. À demi masqué par la bretelle de son maillot de bain, il y avait un petit tatouage sur la partie supérieure de la poitrine, à droite. Quinn trouva sa loupe et approcha l'instantané de la lumière pour l'examiner de plus près.

Une fleur. Un lis, se dit-il.

D'une main, il feuilleta le classeur jusqu'aux photos de l'autopsie de White. Il y avait là à peu près un tiers de clichés que l'on croyait pouvoir attribuer à Jillian Bondurant. Pourtant, il trouva ce qu'il cherchait : une photo montrant une portion de chair qui manquait en haut à droite de la poitrine de Lila White — et pas de tatouage visible.

Kate était assise recroquevillée dans son bureau sur le coin du vieux canapé en cuir vert, avec encore un autre verre de Bombay Sapphire sur la table à côté d'elle. Elle n'avait pas tenu le compte des verres. Ça lui était égal. Cela émoussait les arêtes de la douleur qui l'encerclait sur plusieurs fronts différents. Ce soir, c'était tout ce qui comptait.

Comment sa vie avait-elle pu prendre un tel virage ? Les choses étaient allées sans accroc et puis BAM ! Un quatre-vingt-dix degrés brutal à bâbord, et tout s'était répandu, tout avait dégringolé de ses petits compartiments proprets en une pagaille, un embrouillamini qui lui arrivait jusqu'au menton. Elle détestait cette sensation de perdre le contrôle des choses. Elle détestait l'idée que son passé vienne l'emboutir par-derrière. Elle se débrouillait si bien. Objectif droit devant, concentration sur la journée, la semaine qui se profilait devant elle. Elle essayait de ne jamais penser à Quinn. Elle ne s'autorisait jamais le souvenir de sa bouche contre la sienne.

Elle leva la main et se toucha les lèvres, songeant qu'elle sentait encore sa chaleur, là. Elle prit un autre verre, et elle avait encore le goût de sa bouche, là.

Elle avait à penser à des choses plus importantes. Si Angie était en vie ou non. S'ils avaient ou non un espoir de la récupérer vivante. Elle avait passé le coup de fil tant redouté à Rob Marshall pour l'informer de la situation. Il avait la tâche peu enviable de transmettre la nouvelle au procureur du comté. Sabin allait passer le reste de la nuit à méditer sur des méthodes de torture. Demain, Kate se figurait qu'on allait la brûler en place de Grève.

Mais une confrontation avec Ted Sabin était le cadet de ses soucis. Il ne pouvait rien lui faire qui la punisse plus qu'elle ne le ferait elle-même.

Chaque fois qu'elle fermait les yeux, elle revoyait le sang.

J'aurais dû rester avec elle. Si j'avais été là pour elle, elle serait encore en vie.

Et chaque fois qu'elle pensait cela, le visage d'Angie se métamorphosait en celui d'Emily, et la douleur mordait plus profond, se cramponnait plus fort. Quinn l'avait accusée d'être une martyre, mais les martyrs souffraient sans péché, et elle endossait pleinement la responsabilité. Pour Emily. Pour Angie.

Si seulement elle était entrée dans la maison avec la jeune fille... Si seulement elle avait exercé davantage de pression pour se rapprocher un petit peu plus... Mais elle avait fait machine arrière parce qu'une part d'elle-même ne voulait pas se rapprocher à ce point ou se soucier autant de quelqu'un. Dieu, c'était pour cela qu'elle ne faisait pas d'enfants : ils avaient besoin de trop de choses, et elle avait trop peur de la douleur potentielle pour les leur donner.

— Et moi qui croyais si bien me porter.

Elle se leva du canapé, juste pour voir si elle était encore capable de tenir debout sans aide, et elle se rendit au vieux bureau en chêne massif qui avait appartenu à son père. Elle décrocha le téléphone et composa le numéro de sa boîte vocale, sentant une boule dans sa gorge avant de taper le code de consultation des messages. Elle avait déjà écouté trois fois. Elle passa les messages de David Willis et de son professeur de cuisine pour écouter celui qu'elle voulait entendre.

22 h 5, annonça la voix de synthèse. La tonalité fut suivie d'un long silence.

22 h 8. Un autre long silence.

22 h 10. Un autre long silence.

Elle avait laissé le portable dans son 4 × 4. N'avait pas eu envie de retourner le chercher parce qu'elle avait la frousse. N'importe quel correspondant pouvait laisser un message. Elle vérifierait sa boîte vocale plus tard, voilà ce qu'elle s'était dit, elle s'en souvenait.

Si ces appels provenaient d'Angie...

Mais il n'y avait aucun moyen de le savoir, et rien d'autre à faire que de s'interroger et d'attendre.

L'appel parvint au central du 911 de Hennepin County à 3 h 49 du matin. Une voiture en feu. Kovac écouta d'une oreille, la force de l'habitude. Il était réfrigéré jusqu'à la moelle des os. Ses pieds lui faisaient l'effet de blocs de glace. La neige entrait en rafales par la fenêtre qu'il avait gardée entrouverte pour s'éviter un empoisonnement à l'oxyde de carbone. C'était peut-être bien à cette voiture qu'il devrait mettre le feu. Comme ça, la chaleur du brasier pourrait lui décongeler les sangs, et les autorités qui détenaient la haute main sur le parc de véhicules lui affecteraient quelque chose de mieux — pourquoi pas une Hyundai propulsée par un hamster dans sa roue, logé sous le capot.

Et puis survint l'appel général, et l'adrénaline brûla instantanément le froid.

Joe l'Enfumeur, on l'avait attiré hors de son repaire avec cette réunion, ah ! ça, c'était sûr et certain, là-dessus, on était tous d'accord ! Il fit partir le moteur pied au plancher, dégagea la voiture du trottoir et la lança dans la rue, un demi-bloc plus bas que la maison vide de Peter Bondurant.

Leur tueur venait d'allumer sa quatrième victime... dans le parking du centre administratif où la réunion publique s'était tenue.

22.

Kate sortit en courant par la porte de derrière, son manteau enfilé à demi. Elle était parvenue à chausser une paire de bottes de neige, mais les lourdes semelles lui furent d'un maigre secours quand elle atteignit l'escalier recouvert de verglas. Un cri involontaire lui racla la gorge lorsqu'elle trébucha dans le jardin, où la neige mouillée, apparemment épaisse de quinze centimètres, amortit son atterrissage. Elle ne prit même pas le temps de reprendre son souffle, poussa sur ses jambes et parvint à se remettre debout.

Lorsqu'il avait appelé, Kovac était en route pour le centre administratif, là où s'était tenue la réunion. Une voiture en feu dans un parking. On rapportait la présence de quelqu'un dans le véhicule.

Angie.

À ce stade, personne n'en savait rien, bien sûr, mais en courant vers le garage, en fouillant dans sa poche pour sortir ses clefs, elle avait en tête cette pensée incandescente : ce pouvait être Angie.

Quinn lui avait passé un savon à propos de son garage. Épouvantablement situé. Très mal éclairé. La rendait vulnérable. Tout cela était vrai, mais elle n'avait pas le temps d'y penser. Si quelqu'un voulait la passer à tabac ou la violer, il lui suffirait de l'attendre.

Si elle se faisait arrêter sur la route, ce serait à la grâce de Dieu, se dit-elle en actionnant l'interrupteur pour allumer la lumière. Avec ce qu'elle avait bu, se mettre au volant d'un véhicule était certainement la dernière chose à faire, mais elle n'allait pas attendre qu'on vienne la chercher. De toute façon, il n'y avait personne dans les rues à cette heure de la nuit. Et puis le centre administratif n'était pas à cinq minutes d'ici.

Elle était à mi-chemin du 4 × 4 Runner quand elle se rendit compte que la lumière dans le garage ne s'était pas allumée.

Voyant cela, elle ralentit le pas, l'espace d'une fraction de seconde durant laquelle tous ses sens s'aiguisèrent et son cœur cogna exagérément. Elle appuya sur la touche du déverrouillage à distance, et l'intérieur du 4 × 4 s'alluma. *Avance*, se dit-elle. Si elle avançait sans faiblir, personne n'aurait la faculté de l'arrêter. Une idée ridicule, mais elle s'y cramponna, ouvrit la porte du 4 × 4 d'un coup sec, et se hissa sur le siège côté conducteur.

En une succession de gestes rapides, elle verrouilla les portières, démarra le moteur, enclencha les quatre roues motrices, et mit le 4 × 4 en prise. Le véhicule partit en marche arrière dans la neige, en tirant sur la gauche. Le rétroviseur extérieur échappa au désastre d'un centimètre. Le pare-chocs arrière toucha la palissade du voisin, puis Kate passa la marche avant, le moteur revenant bruyamment à la vie. En débouchant dans la rue, elle tourna le volant d'un coup trop sec et dérapa, effleurant d'un cheveu l'avant d'une Lexus noire garée là.

Stupide de courir, se dit-elle, en luttant contre cette impression de désespoir, en tâchant de lever le pied. Quelle que soit la personne qui était en train de brûler là-bas dans ce véhicule, elle n'irait plus nulle part, mais tout de même, le sentiment de l'urgence lui consumait les veines, les tripes. S'il y avait la moindre chance de réduire cette peur — et par là de s'absoudre d'une part au moins du poids de la culpabilité —, elle voulait la saisir.

La rue devant le centre administratif était bloquée par les véhicules de secours, comme autant de chars de carnaval avec leurs gyrophares rouges, blancs et bleus tournoyant. Mêlés au milieu d'eux, il y avait les vans des médias, omniprésents, qui déversaient leurs journalistes, leurs cameramen et leurs équipements. Le travail policier de porte-à-porte avait déjà débuté, réveillant les gens du voisinage dans leur lit. Dans le ciel, un hélicoptère de patrouille de la police de l'État croisait au-dessus des toits, son projecteur balayant les pelouses et se reflétant sur les fenêtres, éclairant brièvement une paire de chiens policiers et leurs maîtres.

Si Joe l'Enfumeur avait conduit cette voiture jusque dans ce parking pour y mettre le feu, alors il s'ensuivait qu'il était reparti à pied. Il y avait de bonnes chances pour qu'il habite dans le quartier, ou à proximité. À cinq minutes à peine de chez Kate, même si, sur le moment, elle ne se laissa pas envahir par cette pensée.

Elle faufila son 4 × 4 Runner derrière le van de la chaîne KMSP, le bloqua en position parking et l'abandonna garé à cheval sur le trottoir. En dépit de l'heure tardive, des riverains étaient sortis de chez eux pour apprendre cette nouvelle sensationnelle et venir ensuite encombrer la périphérie du site. L'un d'eux aurait fort bien pu être le tueur, revenu recharger ses batteries devant le spectacle du chaos que son acte avait provoqué. Il n'y avait aucun moyen de le savoir, et Kate avait situé ses priorités ailleurs. En jouant des coudes, elle traversa la cohue qui s'attroupait, heurtant des épaules, poussant, bousculant.

Ses yeux s'attachaient au personnel de secours qui travaillait à l'intérieur d'un cercle de policiers en tenue, à quelque distance de la voiture incendiée. Les infirmiers formaient un essaim autour de la victime, en échangeant un feu roulant de sigles et de formules abrégées en jargon médical.

Lorsqu'elle essaya de passer, l'un des policiers en uniforme rattrapa Kate par le bras et la retint.

— Désolé, m'dame. Réservé au personnel autorisé.

— Je fais partie du service d'assistance aux victimes. J'ai une carte d'identité.

— Celui-ci n'aura pas besoin de vous. Il est grillé.

— Il ?

Le flic haussa les épaules.

— Il. Ça. Qui peut le dire ?

Le ventre de Kate se serra doublement. *Oh ! Dieu, Angie !*

— Où est Kovac ?

— Il est occupé, m'dame. Si vous vouliez bien vous écarter un peu sur le côté...

— Ne me la jouez pas façon « ma p'tite dame », le coupa Kate. J'ai des raisons d'être ici.

— Je peux me porter garant pour elle, gardien, fit Quinn, en tendant sa carte d'identité. Vous feriez mieux de la laisser passer avant de perdre une main dans la bagarre.

Devant cet ordre et la carte du FBI, le flic se renfrogna, mais relâcha son étreinte. Kate se rua vers les infirmiers. Elle avança exactement de quatre pas, avant que Quinn ne la rattrape par-derrière et ne l'arrête au vol, tenant bon alors qu'elle se débattait pour se dégager de son emprise.

— Laisse-moi !

— Voyons d'abord ce que sait Kovac. Si c'est Joe l'Enfumeur, alors il devrait y avoir une pièce d'identité quelque part par là.

— Non. Il faut que je voie !

— Ça va être dur, Kate.

— Je sais ça. J'ai déjà vu ce genre de chose. Dieu, qu'est-ce que je n'ai pas vu ?

Rien. Elle avait passé des années à étudier sous toutes les coutures des photographies d'une horreur inexprimable. Elle savait tout le mal qu'un être humain pouvait infliger à un autre être humain. Pourtant, il n'y avait rien qui égale tout à fait la réalité crue et nue d'un lieu du crime en grandeur réelle. Les photographies ne captaient jamais les bruits, l'électricité dans l'air, l'odeur de la mort.

L'odeur de la chair brûlée était horrible, elle la frappa en pleine face comme un gourdin, elle lui causa une sensation analogue à la douleur. Son ventre, déjà chaviré d'angoisse et de tout le gin ingurgité, fut pris d'un renvoi, son contenu lui remonta dans la gorge, et elle se retourna presque pour vomir. Ses genoux lui donnaient l'impression de s'être changés en eau. Elle n'arrivait pas à comprendre pourquoi elle ne tombait pas, et puis elle s'aperçut que Quinn l'avait à nouveau retenue, la prenant à bras-le-corps, par-derrière. Elle se laissa aller contre lui et nota mentalement de ne s'adresser par la suite aucune réprimande pour ce geste d'abandon.

Parmi les centaines de victimes qu'il lui avait été déjà donné de voir, aucune n'avait été une personne connue d'elle.

Hideusement carbonisé et presque fondu, le corps gisait sur le côté, les membres inférieurs pliés et fusionnés, en position assise. La chaleur du feu avait dû être incroyable. Les cheveux étaient absents, le nez était absent ; les lèvres étaient tordues et carbonisées, révélant les dents, en une grimace macabre. Le sternum était dénudé, des os blanchâtres, luminescents, à l'endroit où la fine pellicule de chair avait été calcinée, effacée. Le flic en tenue avait raison : à première vue, ce corps était de sexe indéterminé, à ceci près que les lambeaux de tissu qui restaient accrochés au dos du corps auraient pu appartenir à des vêtements féminins — un bout de sweater rose, un échantillon de jupe.

Un infirmier solidement charpenté, avec de la suie sur le visage, leva les yeux et secoua la tête.

— Celle-ci est bonne pour le croque-mort. Elle était à dégager bien avant qu'on arrive sur place.

La tête de Kate lui tourna. Elle s'efforça encore de réfléchir à quoi faire, à un moyen de savoir si c'était Angie. Ses idées lui semblaient se recourber, s'étirer et fondre en piqué à l'intérieur de sa cervelle.

Les dossiers dentaires, c'était exclu. Ils ignoraient qui était Angie Di Marco, et d'où elle avait pu tomber. Il n'y avait pas de parents susceptibles de fournir des dossiers dentaires ou médicaux qui permettent de révéler d'anciennes fractures osseuses, dont on aurait recherché des traces en prenant des radios du corps. Il n'y avait pas d'effets personnels à examiner.

Des boucles d'oreilles. Angie portait des boucles d'oreilles. Les oreilles du cadavre avaient brûlé au point de n'être plus que des moignons carbonisés.

Des bagues. Elle en avait une demi-douzaine, au moins.

Les mains du cadavre étaient noires et recroquevillées comme des mains de singe. On aurait dit qu'il manquait des doigts.

Kate fut traversée d'un frisson sans rapport aucun avec le froid. Quinn l'éloigna, pas à pas.

— Je n'en sais rien, marmonna-t-elle, toujours en fixant le corps. (Ses orteils étaient en extension, comme ceux d'un gymnaste, résultat de la contraction des tendons.) Je n'en sais rien.

Elle tremblait si fort, Quinn pouvait le sentir à travers son épais manteau de laine. Il l'attira à l'écart de tout ce remue-ménage et lui dégagea les cheveux du visage, lui inclinant la tête en arrière, la forçant ainsi à lever les yeux. Sous les réverbères à vapeur de sodium du parking, son visage était de cendre. Elle le dévisageait, les yeux vitreux, choquée, terrorisée. Il ne voulait rien d'autre, à cet instant, que l'attirer contre lui et la serrer fort.

— Ça va, ma chérie ? lui demanda-t-il avec délicatesse. Tu as besoin de t'asseoir ?

Elle secoua la tête, détourna le regard vers l'équipe des ambulanciers, vers les camions d'incendie, vers les lumières éblouissantes autour des équipes de la télévision.

— Je... non... hum... oh ! Dieu ! bredouilla-t-elle, respirant trop vite, trop fort. (Ses yeux trouvèrent à nouveau les siens et sa bouche tremblait.) Oh ! Dieu, John, et si c'est elle ?

— Si c'est elle, ce n'est pas toi qui l'as mise là, Kate, répliqua-t-il avec fermeté.

— Sale gosse, grommela-t-elle, en réprimant ses larmes. C'est pour ça que je ne m'occupe pas d'enfants. C'est rien que des problèmes.

Il l'observa en train de lutter, sachant qu'elle n'était pas moitié aussi forte qu'elle le prétendait, sachant aussi qu'elle n'avait personne dans sa vie vers qui se tourner, sur qui s'appuyer. Sachant enfin qu'à l'instant même ce n'était probablement pas lui qu'elle aurait choisi pour remplir cette fonction. N'ignorant rien de tout cela, il chuchota :

— Allons, viens par ici, et il l'attira contre lui.

Elle n'opposa aucune résistance — Kate, forte et indépendante. Sa tête trouva son épaule, et elle lui correspondait comme sa moitié manquante. Familière, confortable, parfaite. Le bruit et le tumulte des lieux du crime parurent s'estomper à l'arrière-plan, à distance. Il lui caressait les cheveux et lui embrassait la tempe et, pour la première fois en cinq ans, éprouvait une sensation de complétude.

— Je suis là, pour toi, mon cœur, chuchota-t-il. Je tiens à toi.

— C'est elle ?

Rob Marshall s'approcha d'eux d'un pas précipité, sur ses jambes trop courtes. Il était engoncé dans une grosse parka qui donnait l'impression de lui grimper jusqu'aux oreilles, un bonnet de laine bien calé sur sa tête ronde.

Au son de sa voix, Kate se raidit, se redressa, s'écarta de Quinn d'un pas. Il put presque la voir retenir ses émotions par la bride et reconstruire en toute hâte le mur d'enceinte qui les cernait tous deux.

— Nous ne savons pas, lui apprit-elle, la voix rauque. (Elle s'éclaircit la gorge et s'essuya les yeux d'un doigt ganté.) Le corps n'est pas identifiable. À notre connaissance, personne n'a encore trouvé de pièce d'identité.

Rob porta le regard au-delà de Kate, sur les infirmiers.

— Je ne peux pas croire qu'une chose pareille ait pu arriver. Vous pensez que c'est elle, n'est-ce pas ? Vous pensez que c'est votre témoin.

Votre témoin, nota Kate. Il se démarquait déjà du désastre, de la même manière qu'il s'était tout de suite démarqué de la décision d'emmener Angie au Phœnix. Le misérable crapaud.

— Comment est-ce arrivé ? la questionna-t-il. Je croyais que vous l'aviez sous votre surveillance, Kate.

— Je suis navrée. Je vous ai indiqué au téléphone que j'étais navrée. J'aurais dû rester avec elle.

L'admettre à présent la faisait grincer des dents, car c'était une concession à son chef. Or, son premier mouvement, comme mû par un automatisme, était invariablement de se montrer en désaccord avec lui.

— C'est la raison pour laquelle nous vous avons choisie pour cette affaire.

— J'en ai bien conscience.

— Votre formation, votre force de caractère. Pour une fois, je croyais que votre entêtement allait travailler à mon avantage...

— Vous savez, je m'en veux assez pour deux, Rob, l'interrompit-elle. Alors lâchez-moi, ça vaudra tout aussi bien, merci beaucoup.

— Sabin est furieux. Je ne sais pas comment je vais le ramener à la raison.

À elle la perte du témoin, à lui de rétablir la paix. Kate entendait déjà d'ici ses pleurnicheries et ses flatteries devant Sabin, elle se l'imaginait mettre en avant son nom à elle à toutes les sauces.

— Je suis certaine que vous allez parfaitement y arriver, le coupa-t-elle, trop en colère pour veiller à se montrer prudente. Mettez-vous à genoux et tendez-lui les lèvres, comme d'habitude.

Rob fut pris d'un spasme qui le secoua des pieds à la tête, éructant de fureur.

— Comment osez-vous me parler sur ce ton ! Comment osez-vous ! Vous avez perdu votre témoin. Vous l'avez peut-être laissée se faire tuer...

— Nous n'en savons rien, intervint Quinn.

— ... et vous avez encore le toupet de me parler sur ce ton ! Vous ne m'avez jamais témoigné le moindre respect. Et ça continue. Même après ça. Je n'en crois pas mes oreilles ! Espèce de pétasse !

— En arrière, ordonna Quinn.

Il s'interposa et frappa Rob au sternum du plat de la main. Rob trébucha en arrière, perdit pied sur la neige, et atterrit sur le derrière.

— Pourquoi n'allez-vous pas jeter un œil à ce que Kate vient de voir ? lui conseilla Quinn, sans se préoccuper de lui tendre la main pour l'aider à se relever. Allez donc porter un regard neuf sur ce qui est important, à l'instant présent.

Rob se remit sur pied tant bien que mal, en maugréant il exécuta un brusque demi-tour et se dirigea vers l'ambulance en martelant le sol, tout en époussetant la neige de sa veste avec des mouvements rapides et colériques.

— Bon sang, John, j'avais une de ces envies de lui botter le cul, lâcha Kate.

— Alors je viens probablement de te sauver ton poste.

Subitement, la possibilité que sa carrière puisse en effet être en péril frappa Kate avec un temps de retard. Dieu, pourquoi Rob ne l'avait-il pas virée sur-le-champ ? Il avait raison : elle ne lui avait jamais accordé que le minimum de respect requis. Peu importait qu'il ne le mérite pas. Il était son chef.

Elle le regarda, debout près de l'ambulance, une main emmitouflée dans une moufle posée sur la bouche. Les ambulanciers se préparaient à glisser le corps dans un sac. Quand il revint, son visage paraissait à la fois écarlate et cireux.

— C'est... c'est... horrible, bégaya-t-il, respirant par la bouche, le souffle lourd. (Il retira ses lunettes et s'essuya la figure avec une moufle.) Incroyable. (Il avala deux fois sa salive et se dandina.) Cette odeur...

— Peut-être devriez-vous vous asseoir, suggéra Kate.

Rob défit à moitié sa fermeture Éclair et tira sur sa parka. Son regard était encore posé sur l'ambulance.

— Incroyable... horrible...

L'hélicoptère de recherche croisa tout près, les pales battant l'air comme les ailes d'un oiseau-mouche géant.

— Il est en train de nous lancer un défi, c'est ça ? Le Crémateur, ajouta-t-il, en regardant Quinn. Il enlève la fille. Il lui inflige ça ici, à l'endroit où s'est tenue la réunion publique.

— Oui. Il veut nous faire passer pour des imbéciles tout en se présentant comme invincible.

— Je dirais qu'il se débrouille foutrement bien, admit Rob, en observant les infirmiers en train de charger le corps à bord de l'ambulance.

— N'importe qui peut se donner des airs de génie s'il connaît toutes les réponses à l'avance, rectifia Quinn. Il finira bien par lui arriver de se foutre dedans. Ça leur arrive à tous. Le truc, c'est de faire en sorte de le pousser à la faute, et le plus tôt sera le mieux. Pour qu'on l'attrape par les couilles au premier faux pas.

— J'aimerais bien être là pour voir ça. (Rob s'essuya encore la figure et rajusta sa parka.) Je vais appeler Sabin, annonça-t-il à Kate. Tant que nous travaillons encore pour lui.

Kate ne répondit rien. Son silence n'avait rien à voir avec le procureur du comté ou avec la soudaine précarité de sa situation professionnelle.

— Allons retrouver Kovac, lança-t-elle à Quinn. Voir s'ils n'ont pas déjà déniché ce permis de conduire.

Kovac se tenait là, debout, à débattre d'arguties juridiques avec une femme afro-américaine en parka sombre portant les lettres INCENDIE CRIMINEL imprimées dans le dos. La voiture, rouge, de taille modeste, était devenue l'épicentre d'un périmètre circulaire planté de projecteurs portables. Le feu avait réduit le véhicule à l'état de carcasse et fait éclater le pare-brise. La portière côté conducteur était restée béante, voilée par les outils que l'équipe de premiers secours avait utilisés pour l'ouvrir de force. L'intérieur était un capharnaüm de cendre, de plastique fondu, et de neige carbonique dégoulinante. Le siège du conducteur avait été dévoré par les flammes, qui n'avaient laissé qu'un squelette de ressorts tordus.

— C'est un incendie criminel, sergent, insista la femme. C'est à mon service d'en déterminer la cause.

— C'est un homicide, et la cause de cet incendie, j'en ai rien à foutre, rétorqua Kovac. Je veux que le bureau d'enquête se colle au boulot sur cette voiture pour en tirer les pièces à conviction que vos gens n'ont pas déjà salopées.

— Au nom de la brigade des sapeurs-pompiers de Minneapolis, je vous présente mes plus plates excuses pour avoir tenté d'éteindre un incendie et de sauver une vie humaine. Peut-être tirerons-nous tout ça au clair avant que quelqu'un d'autre ne mette le feu à la vôtre, de voiture.

— Oh ! ça, Marcell, ce serait un tel coup de pot que quelqu'un foute le feu à ce tas de ferraille !

Pour ce qui était des lieux du crime, on était confronté à un véritable désastre, Kate ne le savait que trop. Quand ils étaient appelés pour un incendie, les soldats du feu investissaient les lieux sans se soucier de rien. Leur boulot, c'était de sauver des vies, pas de découvrir qui pouvait en avoir supprimé une. Et c'est comme ça qu'ils détruisaient les portières de voitures et pulvérisaient de la neige carbonique sur la moindre trace de pièce à conviction qui aurait pu subsister à l'intérieur.

— Le truc était déjà cramé comme une chips, lança Kovac à l'enquêtrice des incendies criminels. C'est quoi, votre urgence ? Moi, j'ai en circulation un givré qui crache le feu et qui dégomme des bonnes femmes.

— C'était peut-être un accident, lui rétorqua Marcell. Peut-être que ça n'a rien à voir avec votre tueur et que vous êtes là debout devant moi à discutailler et à nous faire perdre notre temps pour rien.

— Sam, nous avons le retour pour les plaques minéralogiques, l'interpella Elwood, qui s'approchait en pataugeant dans la neige.

Il attendit d'être assez près, par souci de confidentialité, même s'il n'y avait aucun espoir de garder la nouvelle au chaud bien longtemps.

— C'est une Saab modèle quatre-vingt-dix-huit enregistrée au nom de Jillian Bondurant.

L'enquêtrice des incendies criminels salua Kovac et s'écarta de son chemin.

— Au jeu de qui pisse le plus loin, sergent, vous venez de graver votre nom dans la neige.

L'équipe du bureau d'enquête fondit sur la Saab calcinée comme un vol de vautours venus nettoyer la carcasse d'un éléphant. Kate était assise au volant de la voiture de Kovac et observait, se sentant engourdie et épuisée. Le corps — quelle que soit son identité — avait été transporté à la morgue. Le cadavre de quelqu'un d'autre venait d'être rétrogradé en deuxième position sur le plan de charge de Maggie Stone à l'aube de la journée qui allait bientôt poindre.

Quinn ouvrit la portière côté passager et grimpa à bord, dans un courant d'air froid. De la neige était restée accrochée à ses cheveux foncés, comme des pellicules. Il s'en débarrassa en balayant les flocons d'une main gantée.

— Il est assez clair qu'on a mis le feu côté passager, observa-t-il. C'est à cet emplacement que ça a brûlé le plus fort et le plus longtemps. Le tableau de bord et le volant ont fondu. Nos deux meilleures chances de relever des empreintes digitales, envolées.

— Il entre dans une escalade, ajouta Kate.

— Oui.

— Il change de *modus operandi*.

— Pour marquer un point.

— Il vise quelque chose.

— Oui. Et je donnerais tout ce que j'ai pour savoir quand et quoi.

— Et pourquoi.

Quinn secoua la tête.

— Je ne me soucie plus du pourquoi. Il n'y a pas de raisons valables. Il n'y a que des excuses. Tu connais les facteurs aggravants aussi bien que moi, mais tu sais également que tous les gamins maltraités par leurs parents ne grandissent pas pour infliger à leur tour des mauvais traitements à autrui, et que tous les gamins élevés par des mères affectivement distantes ne grandissent pas pour tuer. À un certain stade, le choix s'opère, et une fois qu'il s'est opéré, je me moque de savoir pourquoi, débarrasser la planète de ces salopards suffit amplement à mon bonheur.

— Et tu t'es toi-même assigné la responsabilité de tous les attraper.

— C'est un métier de merde, mais qu'est-ce que j'ai de mieux à faire ?

Il lui sortit le fameux sourire Quinn, un peu usé sur les bords désormais, par trop peu de sommeil et trop de stress.

— Tu n'as pas besoin de rester ici à l'heure qu'il est, lui conseilla Kate, devinant la fatigue et la tension dans tous les muscles de son corps. Ils t'alimenteront en infos à la réunion de demain matin. D'après moi, deux ou trois heures de sommeil ne te feraient pas de mal.

— Dormir ? J'ai renoncé. Ça émoussait ma paranoïa.

— Fais gaffe avec ça, John. Ils vont te retirer du RETS et te coller dans *X Files*.

— J'ai meilleure allure que David Duchovny.

— De très loin.

Amusant, se dit-elle, comme ils retombaient dans le schéma de leurs vieilles taquineries, même à cet instant, même après tout ce qui s'était produit au cours de cette nuit. Mais aussi, c'était un schéma familier et réconfortant.

— Tu n'as aucun besoin de rester ici toi non plus, Kate, ajouta-t-il, reprenant son sérieux.

— Si. Si jamais Angie Di Marco avait quelqu'un qui, de près ou de loin, avait l'air de se préoccuper de son sort, ce serait bien moi. Si ce corps se révèle être le sien, le moins que je puisse faire, c'est de sauter quelques heures de sommeil pour recueillir des infos.

Elle attendit que tombe de la bouche de Quinn une autre leçon sur sa non-culpabilité, mais il n'ajouta rien.

— Tu crois qu'il subsiste la moindre chance pour que ce corps soit celui de Jillian Bondurant ? l'interrogea-t-elle. Pour qu'elle n'ait pas été la victime numéro trois, et qu'elle se soit fait ça toute seule ?

— Non. L'auto-immolation, c'est rare, et, quand cela arrive, la personne, en général, souhaite agir en public. Pourquoi Jillian viendrait-elle ici en plein milieu de la nuit ? Quel rapport a-t-elle avec cet endroit ? Aucun. Nous saurons de façon certaine s'il s'agit de Jillian après l'autopsie, vu que cette fois nous pouvons comparer les dossiers dentaires, mais je dirais que les chances pour que ce soit elle et pour qu'elle se soit infligé d'elle-même de s'immoler par le feu sont nulles.

Kate sourit du bout des lèvres.

— Ouais, je sais tout ça. J'espérais simplement que ce cadavre puisse être celui de quelqu'un dont je n'aurais pas été responsable.

— C'est moi qui ai convoqué cette réunion publique, Kate. Joe l'Enfumeur a commis cet acte pour signifier : « Je t'emmerde, Quinn. » Maintenant, il me reste à me demander ce qui l'a mis en pétard. Aurais-je dû lui cogner dessus plus fort ?

Aurais-je dû essayer de faire mine d'éprouver de la sympathie à son égard ? Aurais-je dû flatter son ego et le présenter comme un génie ? Qu'ai-je fait ? Qu'est-ce que je n'ai pas fait ? Pourquoi n'ai-je pas été mieux avisé ? S'il était à la réunion, s'il était assis là, juste devant moi, pourquoi ne l'ai-je pas vu ?

— Je suppose que les rayons X qui te permettent de voir le mal tapi dans le cœur des hommes sont tombés en rade.

— De même que ton aptitude à lire l'avenir.

Cette fois, le sourire fut sincère, si ce n'est voilé de tristesse.

— On fait la paire.

— On faisait.

Kate le dévisagea, voyant l'homme qu'elle avait connu et aimé, et celui que les années écoulées dans l'intervalle avaient fait de lui. Il avait l'air fatigué, hanté. Elle se demanda s'il lisait la même chose en elle. Il était humiliant d'admettre que tel devait bien être le cas. Elle s'était aveuglée elle-même en croyant bien aller. Mais voilà : ce n'était qu'une pose, une ruse, ça, et rien d'autre. Elle avait pleinement pris conscience de cette vérité une heure auparavant, quand elle s'était trouvée debout, à l'abri de ses bras, au chaud. Subitement, c'était comme le retour d'une partie primordiale d'elle-même, une part dont elle s'était évertuée pendant des années à ignorer le manque.

— Je t'ai aimée, Kate, lui confessa-t-il à voix basse, son regard sombre soutenant le sien. Quoi que tu penses de moi par ailleurs, et de la façon dont nos vies ont divergé, je t'ai aimée. Chez moi, tu peux douter de tout le reste. Dieu sait si je doute moi-même. Mais ne doute pas de ça.

Quelque chose palpita en Kate. Elle se refusa à nommer cette chose. Cela ne pouvait être l'espoir. S'agissant de John Quinn, elle n'avait aucune envie de rien espérer. Elle préférait la contrariété, l'indignation, une pointe de colère. Mais rien de tout ça ne coïncidait avec ce qu'elle éprouvait réellement, et elle le savait, et il n'était pas sans le savoir lui aussi. Il avait toujours été capable d'apercevoir la moindre des ombres qui lui traversaient la tête.

— Va au diable, John, maugréa-t-elle.

Tout ce qu'elle aurait pu dire d'autre s'était déjà perdu, car le visage de Kovac apparut soudainement à la vitre de Quinn. Kate sursauta et poussa un juron, puis elle baissa le carreau en appuyant sur le bouton logé dans la portière côté conducteur.

— Hé ! les enfants, on ne se pelote pas ! lança-t-il, railleur. C'est le couvre-feu.

— Nous essayons de nous sauver de l'hypothermie, expliqua Quinn. J'ai un toaster qui réchauffe mieux que cette ventilation.

— Vous avez retrouvé le permis ? demanda Kate.

— Non, mais nous avons trouvé ceci. Il brandit une microcassette à l'intérieur d'un boîtier en plastique transparent. C'était par terre, à cinq mètres environ de la voiture. C'est un pur miracle, bon sang, qu'aucun pompier ne l'ait écrabouillée. C'est probablement des notes d'un journaliste de la réunion, ajouta-t-il. Mais on ne sait jamais. Une fois tous les trente-six du mois, on découvre une preuve de l'existence de Dieu. J'ai un appareil quelque part là sur le siège.

— Ouais, une preuve de ça et du saint Graal, marmonna Kate tout en fouillant dans le capharnaüm sur le siège : rapports, magazines, emballages de hamburgers. Ta voiture, Sam, tu habites dedans ? Pour les individus de ton espèce, il existe des abris, tu sais.

Elle extirpa le petit magnétophone du fouillis et le tendit à Quinn. Il en fit sauter la cassette qui était dedans et inséra avec soin celle que Kovac lui avait tendue piquée au bout d'un stylo-feutre.

Ce qui monta du minuscule haut-parleur perça Kate comme une aiguille. Des cris de femme, voilés de désespoir, entrecoupés de supplications haletantes, supplications d'une miséricorde qui ne serait jamais accordée. Les cris de quelqu'un qui endure la torture et qui mendie sa propre mort.

Pas une preuve de l'existence de Dieu, se dit Kate. Une preuve de son inexistence.

23.

Exultation. Extase. Excitation. Ce sont là les sentiments qu'il éprouve à l'instant de son triomphe, mêlés à de plus noires émotions, de colère, de haine, de frustration, qui le consument en permanence.

Manipulation. Domination. Maîtrise. Son pouvoir s'étend au-delà de ses victimes, se rappelle-t-il à lui-même. Il exerce les mêmes forces sur la police et sur Quinn.

Exultation. Extase. Excitation.

Peu importe le reste. Se concentrer sur la victoire.

L'intensité le submerge. Il tremble, il est en nage, écarlate d'excitation tandis qu'il roule vers la maison. Il peut sentir sa propre odeur. L'odeur particulière à cette sorte d'excitation — forte, musquée, presque sexuelle. Il a envie de s'essuyer les aisselles avec les mains et de se frotter toute la figure de cette sueur et de ce parfum, jusque dans les narines, et de se la lécher sur les doigts.

Il a envie de se déshabiller et que la femme de ses fantasmes lui lèche toute cette sueur sur le corps. Sur la poitrine et le ventre et le dos. Dans son fantasme, elle finit à genoux devant lui, elle lui lèche les couilles. Son érection est immense, à lui faire mal, et il la lui fourre dans la bouche, il la tronche dans la bouche, il la gifle chaque fois qu'elle a un haut-le-cœur à cause de lui. Il vient, sur son visage, et puis il la contraint à se mettre à quatre pattes et il la pénètre analement. Ses mains autour de sa gorge, il la viole avec brutalité, il l'étouffe, entre deux cris.

Ces images l'excitent, le stimulent. Son pénis est raide et palpite. Il a besoin de se défouler. Il a besoin d'entendre les bruits qui sont aussi aigus, aussi beaux que des lames joliment affûtées. Il a besoin d'entendre les cris, cette qualité pure et crue du bruit de la terreur, et de prendre ces cris comme s'ils émanaient de la femme qu'il a dans la tête. Il a besoin d'entendre le crescendo d'une vie qui atteint sa limite. L'énergie décroissante, voracement absorbée par la mort.

Il plonge une main dans la poche de son manteau, il cherche la cassette, et il ne trouve rien.

Une vague de panique le balaie. Il s'arrête le long du trottoir et il fouille toutes ses poches, vérifie sur le siège à côté de lui, sur le plancher, dans le magnétophone. La bande n'est plus là.

La colère le consume de part en part. Énorme et violente. Un mur de rage. En jurant, il change de vitesse en faisant claquer le levier, rengage la voiture sur la chaussée. Il a commis une erreur. Inacceptable. Il sait que cela n'entraînera rien de fatal. Même si la police trouve la cassette, même s'ils sont en mesure d'y prélever des empreintes, ils ne le trouveront pas, lui. Ses empreintes ne figurent dans aucun fichier criminel. Il n'a été arrêté que quand il était mineur. Mais c'est l'idée même d'une erreur qui le rend furieux, parce qu'il sait que cela va encourager la force d'intervention et John Quinn, alors qu'il ne désire qu'une chose, les écraser.

Voilà maintenant son triomphe diminué. Sa fête gâchée. Son érection s'est ramollie, sa queue se ratatine à l'état d'un moignon pathétique. Au fond de sa tête, il entend d'ici la voix ricanante de dédain de la femme de son fantasme, qui se lève et, poussée par l'ennui et le désintérêt, s'éloigne de lui.

Il stoppe dans l'allée, il appuie sur la télécommande de la porte du garage. La colère est un serpent qui se tortille en lui, qui distille son poison. Le bruit d'un petit chien d'appartement qui aboie le suit dans le garage. La foutue connasse de la porte à côté. Sa soirée fichue, et maintenant, ça.

Il descend de voiture et se rend à la poubelle. La porte du garage est en train de descendre. Le bichon à poil frisé le repère, jappe sans discontinuer, bondit en arrière, en direction de la porte qui s'abaisse derrière lui. Il tire une bâche de la poubelle et se tourne vers le chien, il s'imagine déjà récupérer la bestiole dedans, et puis frapper ce sac de fortune contre le mur de béton, encore, encore, et encore.

— Viens, Bitsy, espèce de petite pourriture de merde, murmure-t-il d'une voix sucrée. Pourquoi tu ne m'aimes pas ? Qu'est-ce que je t'ai fait ?

La chienne gronde, un grondement aussi féroce que celui d'un taille-crayon électrique, et elle tient bon sur son terrain, en jetant des coups d'œil vers la porte qui est maintenant à quinze centimètres de sceller son destin.

— Est-ce que tu sais que j'en ai tué d'autres, des petites saloperies de chiennes dans ton genre ? l'interroge-t-il, en souriant, en s'approchant, en se penchant. Tu trouves que je sens le mal ?

Il tend la main vers la chienne.

— C'est parce que je suis le mal, murmure-t-il alors que la chienne ébauche un mouvement brusque vers lui, en montrant les dents.

Le mécanisme de la porte du garage s'arrête de grincer.

La bâche tombe, étouffant un jappement de surprise.

24.

Quand ils arrivèrent chez elle, Kate était encore tremblante. Quinn avait insisté pour la raccompagner à son domicile, la seconde fois cette nuit-là, et elle n'avait pas discuté. Le souvenir des cris se répétait en écho à l'intérieur de son crâne. Elle les entendait encore, faiblement mais en permanence, lorsqu'elle se glissa hors du 4 × 4 et sortit du garage sans un mot, en fouillant pour trouver ses clefs de la porte de derrière, entrant par la cuisine pour gagner l'entrée et monter le thermostat.

Durant tout ce temps, Quinn demeura derrière elle comme une ombre. Elle s'attendait à ce qu'il émette une remarque à propos de l'ampoule grillée dans le garage, mais s'il le fit, elle ne l'entendit pas. Elle n'entendait que le chuintement de la pulsation de son sang au fond de ses oreilles, le cliquetis amplifié des clefs, Thor miauler, le réfrigérateur ronronner... et au-dessous de tout ça, les cris.

— J'ai tellement froid, se plaignit-elle, en se rendant dans sa pièce de travail, où la lampe de bureau était allumée et un jeté en résille de chenille en tapon sur le vieux canapé. Elle jeta un coup d'œil au répondeur — pas de lampe clignotante — et songea aux appels raccrochés survenus sur son portable à 22 h 5, 22 h 8, 22 h 10.

Un verre à moitié vide de Bombay Sapphire avec tonic était posé sur le sous-main, la glace avait fondu depuis longtemps. Kate l'attrapa d'une main tremblante et en avala une gorgée. Le tonic était éventé, mais elle ne le remarqua pas, elle ne sentait plus rien. Quinn lui retira le verre des mains et le reposa, puis il la prit délicatement par les épaules et la tourna face à lui.

— Tu n'as pas froid ? lui demanda-t-elle comme on bavarde. La chaudière met un temps fou à chauffer cet endroit. Je devrais probablement la faire remplacer — elle est vieille comme Moïse —, mais je n'y pense jamais jusqu'à ce que le temps se mette au froid. Je devrais peut-être allumer un feu, proposa-t-elle, et elle sentit immédiatement le sang se retirer de sa figure. Oh ! mon Dieu, je ne peux pas y croire, comment est-ce que je peux prononcer ce mot-là ! Je ne suis plus capable de rien sentir d'autre que cette fumée et cet horrible... doux Jésus, quelle épouvantable...

Elle déglutit non sans mal et regarda le verre qui maintenant n'était plus à portée de main.

Quinn lui posa une main sur la joue et retourna son visage vers lui.

— Chut, fit-il tout doucement.

— Mais...

— Chut.

Avec autant de précautions que si elle avait été fabriquée de verre filé, il referma les bras autour d'elle et l'attira tout contre lui. Une autre invite à se reposer auprès de lui, à se laisser aller. Elle savait qu'elle n'aurait pas dû. Si elle se laissait aller, là, maintenant, ne serait-ce qu'une seconde, elle signerait sa perte. Elle avait besoin de continuer de bouger, de parler, de faire quelque chose. Si elle se laissait aller, si elle s'immobilisait, si elle ne s'occupait pas l'esprit en accomplissant une tâche quelconque, stupide, dénuée de sens, le raz de marée du désespoir la submergerait, et ensuite où finirait-elle ?

Sans défense dans les bras d'un homme qu'elle aimait encore, mais qu'elle n'avait pu aimer.

La pleine et entière signification de cette réponse pesait suffisamment à elle seule pour emporter le peu de force qu'il lui restait, ce qui, ironiquement, n'eut d'autre effet que de renforcer la tentation d'accepter le soutien que lui offrait Quinn en cet instant.

Elle n'avait jamais cessé de l'aimer. Elle s'était simplement contenté de le reléguer dans une boîte fermée à clef, tout au fond de son cœur, pour ne plus jamais l'en ressortir. Peut-être dans l'espoir qu'il y dépérirait, qu'il y mourrait, alors qu'il y était demeuré à l'état dormant.

Elle fut parcourue d'un autre frisson, et elle laissa sa tête trouver le creux de l'épaule de Quinn. L'oreille contre sa poitrine, elle pouvait entendre le battement de son cœur, et elle se souvint de toutes les autres fois, il y avait longtemps de cela, quand il l'avait tenue dans ses bras, réconfortée, quand elle avait agi comme si ce qu'ils avaient vécu dans un moment volé avait pu durer éternellement.

Dieu, elle avait envie de faire encore semblant, là, tout de suite. Elle avait envie de croire qu'ils ne venaient pas de quitter à l'instant les lieux d'un crime, comme si son témoin n'était pas portée disparue, et comme si Quinn était arrivé là pour elle, au

330

lieu de s'être déplacé pour son seul métier, auquel il accordait toujours la première place.

Comme il était injuste de se sentir à ce point en sécurité auprès de lui, que l'assouvissement soit si proche, et qu'à considérer la vie depuis cette position avantageuse, dans ses bras, elle soit soudainement en situation d'en apercevoir tous les trous, toutes les pièces manquantes, toutes les couleurs passées, toutes les sensations émoussées. Comme il était injuste de s'apercevoir de tout cela, après avoir fermement décidé qu'il valait mieux n'avoir besoin de personne, et que tout valait mieux plutôt que d'avoir besoin de lui.

Elle sentit ses lèvres effleurer sa tempe, sa joue. Bravant la part la plus faible de sa volonté, elle leva le visage vers lui et laissa ses lèvres trouver les siennes. Chaudes, fermes, un accord parfait, un ajustement parfait. La sensation qui l'inonda était composée à parts égales de douleur et de plaisir, d'amertume et de douceur. Le baiser fut tendre, délicat, doux — une demande, pas une prise. Et quand John Quinn releva la tête de quelques centimètres, la question et l'avertissement se lisaient dans ses yeux à lui, comme si tout son désir et toute son appréhension à elle étaient passés en lui à travers ce baiser.

— J'ai besoin de m'asseoir, murmura Kate, en reculant.

Les bras de John retombèrent, la relâchèrent et le frisson revint l'envelopper comme une étole invisible. Elle alla vers le canapé, en attrapant au passage le verre sur le bureau et se cala dans un coin, en se couvrant les genoux avec le jeté de chenille.

— Je ne peux pas accepter ça, confessa-t-elle à voix basse, plus pour elle-même que pour lui. C'est trop dur. C'est trop cruel. Je ne veux pas me retrouver à devoir faire le ménage pour me débarrasser de ce genre de foutoir, à repasser derrière toi, une fois que tu seras retourné à Quantico. (Elle sirota une gorgée de gin et secoua la tête.) J'aurais préféré que tu ne viennes pas, John.

Quinn s'assit à côté d'elle, les bras posés sur les cuisses.

— Vraiment, Kate ?

Une larme restait accrochée à ses cils.

— Non. Mais qu'est-ce que ça peut faire maintenant ? Ce que je veux n'a jamais eu aucun rapport avec la réalité.

Elle termina son verre, le reposa et se passa les mains sur le visage.

— J'aurais aimé qu'Emily vive, et elle n'a pas vécu. J'aurais aimé que Steven ne m'en fasse pas porter la responsabilité, mais il ne s'en est pas privé. J'aurais aimé...

Elle se retint. Qu'était-elle supposée dire ? Qu'elle aurait aimé que John Quinn l'aime encore plus ? Qu'ils se soient mariés et qu'ils aient des enfants et vivent dans le Montana, à élever des chevaux et à faire l'amour toutes les nuits ? Des fantasmes qui avaient dû appartenir à quelqu'un de plus naïf qu'elle, à une version antérieure d'elle-même. Bon Dieu, qu'elle se sentait bête d'avoir seulement eu ce genre d'idées et de les avoir remisées dans un coin poussiéreux de son esprit. Ce qui était sûr, c'était qu'elle n'allait pas les partager et risquer de se donner un air encore plus pathétique.

— J'ai eu envie d'un tas de choses. En avoir envie ne les a jamais fait arriver, conclut-elle. Et maintenant je vais avoir envie de fermer les yeux, de ne plus voir de sang, de me boucher les oreilles et de ne plus entendre de cris, de liquider ce cauchemar et d'aller dormir. Ce qui grosso modo revient à vouloir décrocher la lune.

Quinn lui posa une main sur l'épaule, son pouce trouva le nœud de tension de son muscle et le massa.

— Je te la décrocherai, la lune, Kate, promit-il. (Une vieille réplique familière, qu'ils se passaient et se repassaient comme un secret viatique.) Et je te décrocherai les étoiles, je te les descendrai de là-haut, je te les offrirai pour t'en confectionner un collier.

L'émotion piquait les yeux de Kate, consumant le peu de détermination à tenir bon qu'il lui restait. Elle était trop fatiguée et cela faisait trop mal — tout ça : l'affaire, les souvenirs, les rêves qui étaient morts. Elle s'enfouit le visage dans les mains.

Quinn passa les bras autour d'elle, guida sa tête vers son épaule, une fois encore.

— Tout va bien, chuchota-t-il.

— Non, tout ne va pas bien.

— Laisse-moi te prendre dans mes bras, Kate.

Elle ne pouvait se résoudre à dire non. Elle ne pouvait supporter l'idée de le repousser, d'être seule. Elle avait été seule trop longtemps. Elle désirait son réconfort. Elle désirait sa force, la chaleur de son corps. À être dans ses bras, elle éprouvait une sensation d'être là où elle devait être, pour la première fois depuis longtemps.

— Je n'ai jamais cessé de t'aimer, chuchota-t-il.

Kate serra ses bras autour de lui, mais ne sut pas puiser assez de confiance en elle pour le regarder.

— Alors pourquoi m'as-tu laissée partir ? lui demanda-t-elle, avec une douleur qui perçait dans sa voix, juste sous la surface. Et pourquoi es-tu resté à l'écart ?

— Je pensais que c'était ce que tu voulais, ce dont tu avais besoin. Je pensais que c'était ce qu'il y avait de mieux pour tous les deux. À la fin, tu ne m'as pas particulièrement prié de te porter beaucoup d'attention.

— Tu étais pieds et poings liés avec l'inspection générale des services à cause de moi...

— À cause de Steven, pas à cause de toi.

— Question de sémantique. Steven voulait te punir à cause de moi, à cause de nous.

— Et toi tu voulais te cacher à cause de nous.

Elle n'essaya pas de le nier. Ce qu'ils avaient vécu dans leur amour secret avait été si unique : le genre de magie que la plupart des gens souhaitent vivre et sur laquelle ils ne tombent jamais, le genre de magie que ni l'un ni l'autre n'avait connue auparavant. Mais quand le secret, finalement, avait été brisé, personne n'y avait vu cette magie. Sous la lumière crue des regards inquisiteurs et publics, leur amour était devenu une liaison, quelque chose de minable et d'indigne. Personne n'avait compris. Personne n'avait essayé. Personne n'avait voulu comprendre. Personne ne s'était aperçu de sa douleur, de son besoin. Elle n'avait pas été considérée comme une femme en train de se noyer dans le désespoir, mise dehors par un homme devenu amer et distant. Elle avait été considérée comme une roulure qui avait trompé son mari accablé de chagrin alors que la dépouille de leur fille, ensevelie dans la terre, était à peine refroidie.

En dépit de sa lucidité, elle ne pouvait pas prétendre que, par contrecoup, son propre sentiment de culpabilité n'avait pas reflété des sentiments similaires. Le mensonge, la tromperie, cela ne lui avait jamais appartenu. Elle avait été élevée dans une combinaison de culpabilité catholique et d'autoréprobation. À partir de la mort d'Emily, cette vague de condamnation de soi était allée de pair avec son propre sentiment d'avoir enfreint la morale, et l'avait submergée, la laissant incapable de refaire surface — surtout pas quand la seule et unique personne vers laquelle elle aurait pu tendre la main pour lui demander secours s'était éloignée à reculons, occupée à lutter avec sa propre colère et sa propre douleur.

Le souvenir de ce tumulte la remit sur pied, mais elle était en proie à l'agitation, car les émotions qui accompagnaient ces souvenirs lui déplaisaient plutôt.

— Tu aurais pu me suivre, estima-t-elle. Mais entre l'inspection et le boulot, tout d'un coup tu n'as plus jamais été là. Je pensais que tu aimais ton métier plus que tu ne m'aimais, moi, admit-elle dans un soupir, et puis elle gratifia Quinn d'un demi-sourire contrit. Je me suis dit que peut-être, en fin de compte, tu avais estimé que je représentais plus d'embêtements que je n'en valais la peine.

— Oh ! Kate...

Il se rapprocha, renversa la tête, et la regarda dans les yeux. Les siens étaient aussi noirs que la nuit, brillants et intenses.

Ceux de Kate débordaient d'une incertitude qui l'avait toujours touché au plus profond de lui-même — l'incertitude qui demeurait, ensevelie sous des couches de vernis, de force de caractère et d'entêtement. Une incertitude dans laquelle il se reconnaissait peut-être car elle était analogue à la sienne, à ce questionnement qu'il dissimulait et qu'il redoutait, au fond de lui-même.

— Je t'ai laissée partir parce que je pensais que c'était ce que tu voulais. Et je me suis enfoncé dans le travail parce que c'était pour moi le seul moyen d'atténuer la douleur. Pour ce métier, j'ai donné tout ce que j'avais, poursuivit-il. Je ne sais pas s'il reste quoi que ce soit en moi qui vaille la peine. Mais je sais que je n'ai jamais aimé mon métier... ni rien, ni personne d'autre... comme je t'ai aimée, Kate.

Kate ne dit rien. Quinn eut conscience du temps qui s'écoulait, d'une larme qui roula sur sa joue. Il songea à la manière dont ils s'étaient séparés, et à tout ce temps qu'ils avaient perdu, et il savait que la raison en était plus complexe qu'un simple manque de communication. Les sentiments, les peurs, la fierté, et la douleur qui s'étaient insinués entre eux deux, tout cela avait été authentique. Si aigu, si sincère que ni l'un ni l'autre n'avait jamais eu le cran de regarder tout cela en face. Il avait été plus facile de simplement laisser filer les choses — et en même temps il avait vécu cela comme le passage le plus difficile de sa vie entière.

— Nous formons la paire, chuchota-t-il, faisant écho à ce qu'il lui avait dit dans la voiture de Kovac. Que ressens-tu, Kate ? As-tu cessé d'avoir besoin de moi ? As-tu cessé de m'aimer ? As-tu...

Elle posa des doigts tremblants sur ses lèvres, en secouant la tête.

— Jamais, avoua-t-elle, si doucement que ce mot se matérialisa à peine plus qu'une pensée. Jamais.

Elle l'avait haï. Elle lui en avait voulu. Elle l'avait maudit et elle avait essayé de l'oublier. Mais elle n'avait jamais cessé de l'aimer. Et quelle vérité terrifiante c'était — qu'en cinq ans ce besoin ne se soit jamais éteint, qu'elle n'ait jamais rien ressenti d'approchant. Et maintenant ce besoin montait en elle comme une flamme qui se réveille, dont la chaleur brûlante s'insinue à travers l'épuisement, la peur et tout le reste.

Elle s'appuya contre lui pour que ses lèvres viennent à la rencontre des siennes. Elle goûta sa bouche et le sel de ses propres larmes. Ses bras vinrent autour d'elle et l'écrasèrent contre lui, la renversant en arrière, ajustant son corps contre le sien.

— Oh ! Dieu, Kate, j'ai eu tellement besoin de toi ! confessa-t-il, sa bouche effleurant le lobe de son oreille. Tu m'as tant manqué.

Kate lui embrassa la joue, passa une main dans ses cheveux coupés court.

— Je n'ai jamais eu besoin de personne comme j'ai pu avoir besoin de toi... comme je peux avoir besoin de toi...

Il saisit la distinction, et se redressa pour la regarder un moment. Il ne lui demanda pas si elle était certaine de ce qu'elle venait de lui confier. Par crainte de ce qu'elle pourrait lui répondre, supposa Kate. Et il en allait de même pour elle. Elle n'était plus habitée d'aucune certitude. Il ne subsistait aucune logique, aucune pensée, rien qui compte au-delà de cet instant, rien d'autre que l'écheveau des sensations brutes, et le besoin de se perdre avec Quinn... avec lui seul.

Elle le conduisit au premier en le prenant par la main. Trois fois, il l'arrêta pour l'embrasser, la toucher, enfouir son visage dans ses cheveux. Dans sa chambre, ils s'aidèrent l'un l'autre à se dévêtir. Mains enchevêtrées, doigts impatients. Sa chemise sur le dossier d'une chaise, sa jupe en flaque sur le sol. Ne jamais perdre le contact l'un avec l'autre. Une caresse. Un baiser. Une étreinte avide.

Pour Kate, le contact physique avec Quinn était un souvenir débordant le temps réel. La sensation de sa main sur sa peau était imprimée dans son esprit et dans son cœur. Cela ramenait en surface ce désir qu'elle n'avait connu qu'avec lui. Instantanément, en une bouffée de chaleur, une douce douleur. Comme s'ils n'avaient été séparés que cinq jours au lieu de cinq ans.

Lorsqu'elle sentit sa bouche posée contre son sein, elle en eut le souffle coupé, et elle frémit quand sa main se faufila entre ses jambes, et quand ses doigts la trouvèrent humide et brûlante. Ses hanches se cambrèrent automatiquement, selon un angle qu'elles avaient su trouver tant de fois auparavant, il y avait si longtemps.

Ses mains parcoururent son corps. Territoire familier. Chaînes de montagnes et hauts plateaux de muscles et d'os. La peau douce, brûlante. La vallée de la colonne vertébrale. Son érection tendue tout contre elle, aussi dure que du marbre, aussi douce que du velours. Sa cuisse forte et musclée pressant ses jambes de s'écarter.

Elle le guida en elle, ressentit l'absolu frisson d'être remplie parfaitement par lui, ce même frisson qu'elle avait vécu chaque fois qu'ils avaient fait l'amour. La sensation, l'étonnement ne s'étaient jamais émoussés, n'avaient fait que s'aiguiser. Pour lui comme pour elle. Elle pouvait le voir dans ses yeux lorsqu'il les baissa sur elle à la lumière de la lampe : le plaisir intense, la chaleur, la surprise, le soupçon de désespoir qui pointa, avec la conscience que cette magie n'avait lieu qu'entre eux deux.

Cette dernière pensée lui donna l'envie de pleurer. C'était lui, il était le seul, l'unique. L'homme qu'elle avait épousé, dont elle avait porté l'enfant, ne lui avait jamais rien fait éprouver d'approchant ce que John Quinn était capable de lui inspirer par sa simple présence dans cette chambre.

Elle le serra plus étroitement, bougea contre lui plus fort, planta ses ongles dans son dos. Il l'embrassa profondément, un baiser possessif, avec la langue, avec les dents. Il bougea en elle de plus en plus puissamment, puis il se retira, les ramenant tous deux, elle et lui, en deçà de la limite, pour s'en écarter en douceur.

Le temps avait perdu toute signification. Ce n'était plus un écoulement de secondes, c'étaient seulement des souffles et des mots murmurés ; ce n'était plus un écoulement de minutes, il n'y avait plus que le flux et le reflux du plaisir. Et quand au bout du compte la fin survint, ce fut avec une explosion, un déferlement, de plein fouet, balayant tout le spectre des émotions, d'un extrême à l'autre. Et puis vint un étrange mélange de paix et de tension, de contentement, d'achèvement et de perplexité, jusqu'à ce que l'épuisement surpasse tout le reste, et qu'ils s'endorment dans les bras l'un de l'autre.

25.

— Écoutez-moi bien !

Kovac se pencha pesamment au bout de la table de la salle d'état-major de la Tendre Main de la Mort. Il était resté chez lui suffisamment de temps pour s'endormir sur une chaise de la cuisine en attendant que le café passe. Il ne s'était ni douché ni rasé et s'imaginait ressembler à un clochard, vêtu du costume informe et froissé qu'il portait déjà la veille. Il n'avait même pas eu le temps de changer de chemise.

Au sein de l'équipe, tout le monde montrait de semblables signes d'usure. Des cernes noirs soulignant les yeux injectés de sang. Des rides profondes gravées dans des visages pâles.

La pièce puait la cigarette, la sueur et le café amer, venus s'ajouter aux relents originels des lieux, qui sentaient la souris et le moisi. Sur le comptoir, une radio portable qui captait WCCO faisait concurrence à une télévision, écran de vingt-cinq centimètres, réglée sur la chaîne KSTP, toutes deux allumées pour recevoir les tout derniers reportages que les médias avaient à proposer. Des photos de l'incendie de la voiture et de la victime numéro quatre avaient été épinglées à la hâte sur l'un des tableaux d'affichage, si fraîchement sorties des bacs de développement qu'elles se recourbaient sur elles-mêmes.

— Les médias, l'histoire de la nuit dernière, ça les rend dingues, annonça Kovac. Joe l'Enfumeur allume une victime pratiquement sous notre nez, et de quoi on a l'air ? d'être restés assis en cercle à se curer les ongles des pieds. Ce matin, le chef et le lieutenant Fowler me sont déjà tombés sur le râble comme un tandem de voltigeurs à cheval. Pour la faire brève : si on n'est pas capable de rien débloquer, et vite, on se retrouve de corvée en taule, affecté à la fouille au corps sur les détenus.

— Voilà plusieurs années que Tip ne se sera rien payé d'aussi sexe, lâcha Adler.

Tippen lui décocha un trombone au moyen d'un élastique transformé en lance-pierres.

— Très drôle. La fouille au corps, je commence par toi, Gros Lard. Ça t'embête si je me sers d'une pince ?

Kovac préféra les ignorer.

— On est arrivé à tenir secrète cette histoire de cassette.

— Dieu merci, ce n'est pas un journaliste qui l'a trouvée par terre, s'écria Walsh, tout en contemplant l'état de son mouchoir. Sans quoi, ils la passeraient en boucle sur toutes les stations radio de la ville.

Sam n'avait pu se sortir le son de ces cris de la tête. L'idée de cet enregistrement diffusé dans toutes les maisons des cités jumelles suffisait à lui retourner l'estomac.

— La cassette est au labo du BAC, les informa-t-il. Ils ont mis un crâne d'œuf de la technique dessus, pour qu'il essaie d'identifier les bruits de fond et compagnie. On verra plus tard ce qu'il pourra en tirer. Fée Clochette, tu as trouvé Vanlees ?

Liska secoua la tête.

— Rien à faire. On dirait que son seul ami, c'est le type dont il garde la maison. Et il est bien évident qu'il ne donnera pas de nouvelles de lui avant un moment. Mary et moi, on est arrivées à mettre en pétard tous les gens qu'il connaît, à force de les appeler en plein milieu de la nuit. Un type nous a déclaré que, en ce qui concerne cette baraque, Vanlees la ramenait pas mal. D'après lui, ça devrait se situer dans les quartiers résidentiels ou aux alentours. Près d'un lac.

— J'ai une voiture en faction devant son appartement de Lyndale, ajouta Sam. Une autre au Target Center, et encore une à la résidence Edgewater. Et tous les flics de la ville sont à la recherche de son 4 × 4.

— On n'a probablement aucun motif pour l'arrêter, releva Yurek.

— Vous n'en aurez pas besoin, intervint Quinn, faisant irruption au milieu de la conversation. (Des flocons de neige fondaient sur sa tête. Il se débarrassa de son imper et le balança sur le comptoir.) Il ne s'agit pas de l'arrêter. Ce que nous demandons, c'est son assistance. Si ce type est Joe l'Enfumeur, alors il se sent très sûr de lui, très supérieur. Après les événements d'hier soir, il nous a fait passer pour des imbéciles. L'idée que les flics lui demandent assistance va flatter son ego à l'extrême.

— Nous ne voulons pas que ce type nous file entre les pattes sur une question de vice de forme, c'est tout, pointa Yurek.

— La première personne qui fout la merde sur ce terrain-là, je m'occupe personnellement de lui balancer mon pied dans les rotules, promit Kovac.

— Alors, monsieur FBI, fit Tippen, en plissant les paupières. Vous pensez que c'est notre homme ?

— Il correspond très bien au profil général. On va l'amener ici et causer un peu avec lui. J'aurais tendance à recommander une surveillance cousue main. Faites-le suer, voyez si on peut le pousser à la faute. Si on peut le secouer un peu, lui coller la pétoche, les portes s'ouvriront toutes seules. Et si deux et deux font quatre, on finira bien par lui dégotter un motif de mandat d'amener.

— Je me charge d'Edgewater, déclara Liska. J'aimerais l'avoir sous la main, essayer de le mettre à l'aise, lui faire baisser la garde.

— Hier soir, à la réunion, il avait l'air de quoi ? l'interrogea Quinn.

— Fasciné, un peu excité, la tête visiblement farcie de théories.

— Est-ce qu'on sait où il était dimanche soir ?

— Seul chez lui, en bon vieux célibataire.

— Je veux être présent quand vous le plongerez dans le bocal, insista Quinn. Pas dans la pièce où vous serez, mais en position de pouvoir suivre la séance.

— Vous ne voulez pas le questionner ?

— Pas d'entrée de jeu. Vous serez présente, et quelqu'un d'autre également, qu'il n'aura jamais vu auparavant. Probablement Sam. Moi, je réserve mon entrée pour plus tard.

— Sonnez-moi dès que vous l'aurez chopé, fit Kovac tandis qu'un téléphone carillonnait dans le fond.

Elwood se leva pour répondre.

— Tip, monsieur Séduction, avez-vous trouvé quelqu'un qui ait vu la fille Angie Di Marco monter dans un 4 × 4 dimanche soir ?

— Non, admit Tippen. Et sur cette réponse, la mise est à dix dollars. À moins que vous ne soyez monsieur Séduction. Auquel cas, vous pouvez obtenir la réponse avec une pipe en prime, le tout en échange d'un sourire.

Yurek lui lâcha un regard mauvais.

— Comme si c'était un cadeau de choper la chtouille gratos.

— Ah ! non, pas gratos ! Avec Tip, y a toujours un... pour-*lèche* !

— Monsieur Séduction ! Téléphone ! appela Elwood.

— Reste en ligne, ordonna Kovac. Demande des affichettes avec la photo de la fille et un cliché d'un 4 × 4 Chrysler. Demande au lieutenant Fowler ce qu'il en serait côté récompense. Si quelqu'un traînait justement dans le coin à cette heure de la nuit, il y a des chances, pour deux cents dollars, qu'il vendrait sa mère.

— Ce sera fait.

— Il faut que quelqu'un qui ait le sens de la diplomatie se rende au Phœnix et reparle à cette pute qui connaissait la deuxième victime, poursuivit Kovac.

— Je m'en occupe, proposa Moss.

— Demandez-lui si Fawn Pierce possédait un tatouage, ajouta Quinn, en faisant un effort pour s'avancer sur son siège. (Il avait la nuque nouée et il se massa à cet endroit.) Lila White avait un tatouage à l'endroit exact où un morceau de chair lui manquait, sur la poitrine. Joe l'Enfumeur est peut-être un amoureux des arts. Ou un artiste.

— D'où tenez-vous ça ? l'interrogea Tippen, sceptique, comme si Quinn avait sorti cette nouveauté de son chapeau.

— J'ai fait une chose que personne ne s'est préoccupé de faire : j'ai observé, lui répliqua-t-il carrément. J'ai observé les photographies que les parents de Lila White ont données à l'agent Moss. Elles ont été prises quelques jours avant sa mort. S'il apparaît que Fawn Pierce avait un tatouage, et que le tueur le lui a découpé, vous allez devoir trouver où ces deux femmes se sont fait tatouer et vérifier les salons de tatouage et tous les individus en rapport avec ces salons.

— Est-ce que nous savons si Jillian Bondurant portait des tatouages ? demanda Hamill.

— Son père prétend qu'à sa connaissance non.

— Son amie, Michèle Fine, déclare ne rien savoir à ce sujet non plus, ajouta Liska. Et je pense que, si tel était le cas, elle serait au courant. C'est un vrai cahier de dessins ambulant, celle-là.

— Est-ce qu'elle est venue faire prendre ses empreintes digitales ? demanda Kovac, en se plongeant dans un fouillis de notes.

— Je n'ai pas eu le temps de vérifier.

Un téléphone cellulaire sonna, Quinn poussa un juron et se leva de la table, en fouillant dans la poche de son manteau.

Adler pointa le doigt sur la télévision, où des plans de la voiture incendiée remplissaient l'écran.

— Hé ! voilà Kojak !

Sous la lumière des projecteurs des équipes de reportage, l'épiderme de Kovac avait viré couleur parchemin. Il fixait la caméra, le sourcil lourd, et coupa court aux questions en recourant à une version plutôt cassante de la formule consacrée en ce genre de circonstances :

— L'enquête est délicate et suit son cours. Nous n'avons pas de commentaire à formuler pour le moment.

— Il faudrait vraiment que tu renonces à cette moustache, Sam, lui conseilla Liska. Tu ressembles à M. Peabody dans un numéro idiot à la Rocky et Bullwinkle.

— Des mutilations, sur la dernière victime ? lança Tippen depuis l'emplacement où l'on avait installé la cafetière.

— L'autopsie est programmée pour huit heures, annonça Kovac. Sept heures et demie, annonça-t-il en consultant sa montre. (Il se tourna vers Moss.) Rob Marshall, des services juridiques, te retrouvera au Phœnix. C'est lui le grand émissaire chargé de faire officiellement ami-ami avec les Urskine après tout le ramdam que nous a provoqué la Reine des Putes du Nord la nuit dernière.

— Personnellement, je me moque parfaitement de savoir s'ils se sentent froissés. Je veux que quelqu'un ait une conversation à cœur ouvert avec le petit copain de Vampira au poste de police, plus tard dans la journée. Mary, demande-lui de se présenter, et quand on s'inquiétera de savoir pourquoi, tu restes dans le vague. Procédure de routine, ce genre de baratin. Et demande-leur un peu s'ils conservent un reçu de carte de crédit ou un chèque annulé pour la location du bungalow où ils ont passé le week-end du meurtre de Lila White.

— Hier soir, Gregg Urskine a été l'une des dernières personnes à voir notre témoin. La première victime était une de leurs pensionnaires. La deuxième était amie avec les putains qu'ils accueillent actuellement en pension chez eux. Ça commence à faire un peu trop de recoupements pour mon goût, déclara Kovac.

— Toni Urskine va agiter les rédactions de tous les organes de presse de la métropole, avertit Yurek.

— Si nous savons nous conduire comme il faut, c'est elle qui passera pour avoir le mauvais rôle, corrigea Kovac. Pour notre part, nous agissons avec minutie, nous prenons soin de retourner la moindre pierre. C'est bien ce que souhaitait Toni Urskine, non ?

— Est-ce qu'on a quelque chose à se mettre sous la dent après la réunion d'hier soir ? s'enquit Hamill.

— Rien de très utile du côté des propriétaires des véhicules, fit Elwood. Juste la vidéo.

Kovac vérifia encore sa montre.

— Je regarderai ça plus tard. Le médecin légiste doit être en train d'affûter ses couteaux. Vous m'accompagnez, FQ ?

Quinn leva une main pour faire signe qu'il avait bien entendu et mit un terme à son coup de fil. Ils attrapèrent leurs manteaux et sortirent par-derrière.

La neige avait recouvert les détritus qui encombraient la ruelle — y compris la voiture de Kovac —, camouflant tous ces périls assassins pour les pneus, à savoir des bouteilles de bière Thunderbird ou Colt 45, qui jonchaient le sol de chaque ruelle du centre-ville comme autant de feuilles mortes. Sam sortit une brosse de son fouillis entassé sur la banquette arrière et balaya le pare-brise, la lunette arrière, le capot et les feux arrière.

— Vous êtes bien rentré à votre hôtel hier soir ? demanda-t-il alors qu'ils se glissaient sur leurs sièges et qu'il faisait démarrer le moteur. Parce que j'aurais vraiment pu vous ramener. Ça ne me faisait pas un gros détour.

— Non. Je me suis débrouillé. C'était parfait, répondit Quinn, sans le regarder. (Il sentit le regard de Kovac posé sur lui.) Kate était si bouleversée par cette cassette, je voulais m'assurer que ça allait.

— Ho-ho ! Et alors ? Ça allait ?

— Non. Elle n'a qu'une idée en tête : ce corps était celui de son témoin, ces cris étaient ceux de son témoin soumise à la torture. Elle s'en veut.

— Bon, c'est probablement une bonne idée de l'avoir raccompagnée chez elle, alors. Qu'est-ce que vous avez fait ? Vous avez attrapé un taxi en ville ?

— Ouais, mentit-il, la scène de ce matin repassant dans sa tête.

Se réveiller et regarder Kate, la tête sur l'oreiller, à côté de lui, dans la lumière tamisée, la toucher, regarder ces incroyables yeux gris clair s'ouvrir, y lire l'incertitude. Il aurait aimé pouvoir affirmer que faire l'amour avait résolu tous leurs problèmes, mais ce n'était pas vrai. Cela leur avait procuré un certain réconfort, renoué le lien entre leurs deux âmes — et tout compliqué. Mais, Dieu, cela avait été comme de remonter au paradis après des années de purgatoire.

Et maintenant ? Cette question non formulée était maladroitement restée en suspens entre eux, tandis qu'ils rangeaient, qu'ils se rhabillaient, qu'ils attrapaient des petits pains au passage et sortaient en vitesse. Il n'y avait pas eu de caresses, de baisers, rien de toute cette passion qui persiste au petit matin, rien de cette douceur d'après l'amour. Ils n'avaient pas eu le temps de se parler, à supposer que John ait pu amener Kate à dire quoi que ce soit. Sa tendance première, face à ses propres sentiments, c'était de se retirer en elle-même, de fermer la porte et de ruminer. Et Dieu sait qu'à cet égard Quinn ne valait guère mieux.

Elle l'avait déposé au Radisson. Il s'était rasé trop vite, avait sauté dans un nouveau costume, et franchi la porte du QG de la force d'intervention au pas de course, en retard.

— Ce matin, j'ai essayé de vous appeler, insista Kovac, en enclenchant la marche arrière tout en gardant le pied sur le frein de sa boîte automatique. Vous n'avez pas répondu.

— Je devais être sous la douche. (Quinn ne se départit pas de son impassibilité.) Vous m'avez laissé un message ? Je n'ai pas pris le temps de vérifier.

— Je voulais juste savoir comment allait Kate.

— Alors pourquoi ne l'avez-vous pas appelée directement ? demanda Quinn, de moins en moins d'humeur à supporter pareil interrogatoire. (Il regarda Kovac et changea de conversation en un tournemain.) Vous savez, si dès le début vous aviez accordé tant d'intérêt que ça au meurtre de Lila White, nous n'en serions peut-être pas là.

Kovac s'empourpra. Plus de culpabilité que de colère, se dit Quinn, malgré l'impression que le flic voulait donner.

— J'ai traité cette affaire de manière un peu routinière, je le reconnais.

— Vous avez pris la voie express, Sam. Sans quoi, comment expliquer que ce tatouage vous ait échappé ?

— Nous avons posé la question. J'en suis sûr. On a dû poser la question, répéta Kovac, sûr de lui, et puis un peu moins sûr, et puis plus certain du tout. (Il tendit le cou et regarda par la lunette arrière en levant le pied de la pédale de frein.) Peut-être qu'on n'a pas demandé au bon interlocuteur. Peut-être que personne n'avait remarqué ce truc à la con.

— Ses parents sont un couple de péquenots d'une bourgade rurale. Vous croyez qu'ils n'auraient pas remarqué que leur fille avait un lis tatoué sur le torse ? Vous pensez qu'aucun de ses michetons réguliers ne l'avait remarqué ?

Kovac emballa le moteur, fit déboîter la voiture brusquement, trop vite, et puis freina trop fort. La Caprice dérapa sur la neige humide et glissante et le pare-chocs arrière donna sur le coin d'une grande poubelle avec un méchant bruit sourd.

— Merde !

Quinn tressaillit, puis se détendit, sans détacher son attention de Kovac.

— Vous n'avez pas vérifié l'alibi des Urskine quand Lila White a été tuée.

— Je ne leur ai pas demandé de montrer ce reçu. Quel motif avaient-ils de tuer cette femme ? Aucun. En plus, Toni Urskine faisait un tel foin parce que nous ne déployions pas assez d'efforts...

— J'ai lu les rapports, insista Quinn. Sur cette affaire, vous avez travaillé dur une semaine, et puis vous vous êtes progressivement relâché. Même évolution avec Fawn Pierce.

Kovac entrouvrit sa fenêtre, alluma une cigarette, et souffla la première bouffée à l'extérieur. La Caprice était toujours à cheval sur le trottoir, le cul en l'air contre la poubelle. Liska sortit de l'immeuble et pointa la voiture du doigt, en secouant la tête, et puis elle monta dans la sienne.

— Vous avez connu suffisamment d'affaires comme celle-ci pour savoir comment ça se passe, plaida-t-il. Une putain prend sa dégelée, et le service se sent à peu près aussi concerné que pour un chien écrasé. On les étiquette, on les fourre dans un sac spécial macchabée, et on enquête sans chercher midi à quatorze heures. Si l'affaire n'est pas vite résolue, on la met en veilleuse pour faire de la place aux contribuables qui se font dégommer par des maris jaloux et aux types défoncés au crack qui vous fauchent votre bagnole alors que vous êtes au volant. J'ai fait ce que j'ai pu, conclut-il, en fixant au travers du pare-brise la neige qui tombait.

— Je vous crois, Sam. (Même si Quinn estimait que Kovac n'y croyait pas lui-même. Le regret était gravé dans les rides de son visage marqué.) Seulement, il est vraiment dommage pour les trois autres victimes que ça n'ait pas suffi.

— Depuis combien de temps connaissiez-vous Fawn Pierce ? demanda Mary Moss.

Dans le salon du Phœnix House, elle s'assit à une extrémité d'un canapé vert petit pois, invitant silencieusement Rita Renner à venir en occuper l'autre bout, créant ainsi une certaine impression d'intimité. Un ressort lui rentra dans le derrière.

— Environ deux ans, répondit Renner, si faiblement que Mary tendit la main vers le petit magnétophone à cassette posé sur la table basse pour le pousser et le rapprocher d'elle.

— Nous nous sommes rencontrées dans le centre et nous sommes devenues amies, tout simplement.

— Vous vous partagiez le même territoire de travail ?

Elle jeta un coup d'œil vers Toni Urskine, qui était assise sur le bras du canapé, une main rassurante posée sur l'épaule de Renner. Ensuite elle regarda Rob Marshall, qui allait et venait de l'autre côté de la table basse, l'air impatient de se trouver ailleurs. Sa jambe gauche était agitée de légers soubresauts, comme mue par un moteur au ralenti.

— Ouais, fit-elle. Notre territoire, c'était vers les clubs de strip-tease et le Target Center.

Le timbre de sa voix semblait provenir d'une autre dimension. Si tranquille et si effacée, habillée en jean et chemise de flanelle, elle ne ressemblait guère au portrait de la femme qui fait le trottoir en se pavanant pour les ordures obsédées qui se trimbalent dans les rues les plus miteuses de Minneapolis en cherchant à se payer un coup de sexe. Mais c'est aussi qu'elle avait devant elle la Rita Renner « assagie », pas la femme que l'on avait arrêtée pour possession de drogue et découverte en train de dissimuler sa pipe à crack dans son vagin. Quel changement, grâce aux seules vertus de la tempérance !

— Avait-elle des ennemis ? Avez-vous jamais vu quelqu'un l'enquiquiner dans la rue ?

Renner eut l'air perdue.

— Tous les soirs. Les hommes sont ainsi faits, laissa-t-elle tomber, en jetant un coup d'œil par en dessous à Rob. Une fois, elle s'est fait violer, vous savez. Les gens ne croient pas qu'on puisse violer une putain, mais on peut. Les flics ont chopé le type et ils l'ont mis en taule, mais pas pour avoir violé Fawn. Il s'était dégommé une femme, une comptable, dans une rampe de parking en centre-ville. C'est pour ça qu'on l'a mis en taule. Ils n'ont même pas voulu que Fawn fasse de déposition. Comme si ce qu'on lui avait infligé ne comptait pas.

— Déposer sous serment sur d'autres crimes éventuellement commis par un accusé, ce n'est pas admis devant un tribunal, mademoiselle Renner, objecta Rob. Ce qui ne paraît pas très juste, n'est-ce pas ?

— C'est nul.

— Quelqu'un aurait dû expliquer ça à Mlle Pierce. Savez-vous s'il lui est jamais arrivé de rencontrer quelqu'un du service d'aide aux victimes et aux témoins ?

— Ouais. Elle disait que c'était une bande de merdeux. Elle était censée y retourner deux ou trois fois, mais elle ne l'a jamais fait. Tout ce qu'ils voulaient, c'était ressasser toute cette salade.

— Reprendre l'exposé des événements est crucial dans le processus de la guérison, déclara Rob. (Il sourit d'une manière qui paraissait bizarre, au point de faire disparaître ses petits yeux porcins.) Une procédure que je recommande chaudement à tous mes clients. En réalité, je leur recommande d'enregistrer eux-mêmes leur propre récit de l'épreuve qu'ils ont connue, et ce pendant un certain laps de temps, afin qu'ils puissent vraiment se mettre à l'écoute de leurs mutations émotionnelles, leurs changements d'attitudes, au fur et à mesure de leur rétablissement. Cela peut devenir une véritable catharsis.

Renner se contenta de le dévisager, la tête un peu de côté, comme un petit oiseau contemplant un objet étrange et inédit.

Mary réprima un soupir d'impatience. Lors d'un entretien, recevoir « l'aide » de quelqu'un qui ne fasse pas partie des forces de police était à peu près aussi utile que de se retrouver pourvu d'un petit doigt en plus.

— Savez-vous si quelqu'un en particulier aurait pu vouloir du mal à Fawn ?

— Elle disait qu'un type l'avait appelée. Lui avait cassé les pieds.

— Quand ça ?

— Deux ou trois jours avant sa mort.

— Est-ce que ce type portait un nom ?

— Je ne m'en souviens pas. À ce moment-là j'étais assez défoncée. Un de ses michetons, j'imagine. Vous ne pouvez pas contrôler les relevés téléphoniques ?

— Ça ne marcherait que si c'était elle qui l'appelait.

Renner se renfrogna.

— C'est même pas quelque part dans un ordinateur ?

— Si vous saviez le nom de ce type, nous pourrions vérifier son relevé téléphonique.

— Je sais pas. (Des larmes lui montèrent aux yeux et elle leva la tête vers Toni Urskine, qui lui tapota de nouveau l'épaule.) Fawn l'appelait le Crapaud. Je me souviens de ça.

— Malheureusement, je ne pense pas que ce soit le nom que cet individu fournisse à la compagnie de téléphone, observa Rob Marshall.

Toni Urskine lui lâcha un regard acéré.

— Il n'est pas franchement utile de se montrer sarcastique. Rita fait de son mieux.

Tant bien que mal, Rob se reprit.

— Bien sûr qu'elle fait de son mieux. Je n'avais pas l'intention de laisser entendre le contraire, assura-t-il avec un sourire nerveux, qu'il adressa ensuite également à Rita Renner. Êtes-vous capable de vous souvenir d'une conversation que vous auriez eue avec Fawn au sujet de ce... Crapaud ? Si vous pouviez vous repasser dans la tête le défilement d'une de ces conversations, n'importe laquelle, cela pourrait-il vous revenir ?

— Je sais pas ! geignit Renner, en s'entortillant un pan de sa chemise autour de la main. À l'époque, j'étais à la ramasse. Et... et... pourquoi je m'en souviendrais, de toute manière ? C'était pas comme si elle avait eu peur de lui ou je sais pas quoi.

— C'est bon, Rita. Cela peut vous revenir plus tard, la rassura Moss. Pouvez-vous m'indiquer si Fawn avait des tatouages ?

Renner la regarda, encore désarçonnée par ce changement subit de direction.

— Bien sûr, plusieurs. Pourquoi ?

— Pouvez-vous me préciser à quels emplacements sur son corps ?

— Elle avait une rose à la cheville, un trèfle sur le ventre, et une bouche qui tirait la langue sur le derrière. Pourquoi ?

Moss put s'épargner de formuler une réponse évasive en forme de mensonge pieux, car Gregg Urskine choisit ce moment pour pénétrer dans la pièce chargé d'un plateau de cafés. En récupérant son magnétocassette sur la table, Moss en profita pour se lever avec le sourire, en guise d'excuse.

— J'ai bien peur de ne pas pouvoir rester. Merci d'y avoir pensé.

— Vous ne voulez pas vous réchauffer avant de retourner dans ce froid, inspecteur ? s'enquit Urskine, avec son air aussi avenant qu'inexpressif.

— Pas le temps, mais je vous remercie.

— Je suppose que vous êtes beaucoup plus sous pression, un jour comme aujourd'hui, insinua Toni Urskine avec un soupçon de plaisir malveillant. Avec tout ce qui est arrivé la nuit dernière, la force d'intervention passe pour remarquablement incapable.

— Nous déployons tous les efforts possibles, plaida Moss. Au fait, le sergent Kovac m'a demandé de vous convier à venir faire un saut au poste dans la journée, madame Urskine, avec le double de la facture de l'hôtel où vous avez passé le week-end du meurtre de Lila White.

Toni Urskine bondit du canapé, le visage en feu.

— Quoi ! C'est scandaleux !

— Banale formalité, lui assura Moss. Nous ne pouvons rien laisser au hasard.

— C'est du harcèlement, voilà ce que c'est.

— Une simple requête. Naturellement, vous n'avez aucune obligation de vous y plier, pour le moment. Le sergent Kovac ne voyait pas la nécessité d'un mandat, étant donné l'immense intérêt que vous attachez à ce que l'enquête se déroule avec la dernière minutie.

Gregg Urskine lâcha un rire nerveux, toute son attention tournée vers Toni.

— C'est très bien, chérie. Je suis certain que nous allons la retrouver, cette facture. Ce n'est pas un problème.

— C'est un scandale ! le coupa Toni. Je vais appeler notre avocat. Dans toute cette histoire, nous avons agi en citoyens guidés par leur conscience, rien d'autre, et voilà comment on nous traite ! Vous pouvez partir, maintenant, madame Moss. Monsieur Marshall, ajouta-t-elle, prenant en compte la présence de Rob, mais avec un temps de retard.

— Je pense que nous rencontrons là un petit problème de communication, voilà tout, commenta Rob avec un grand sourire mal à l'aise. Si mon service peut faciliter de quelque façon...

— Sortez.

Gregg Urskine tendit la main, en signe d'apaisement.

— Allons, Toni...

— Sortez ! répéta-t-elle d'une voix perçante, en les éloignant de la main sans même les regarder.

— Madame Urskine, termina tranquillement Moss, nous tâchons simplement de faire notre travail le mieux possible. Pour les victimes. Je croyais que c'était ce que vous vouliez. À moins qu'en ce qui vous concerne ce soit uniquement valable devant les caméras ?

— Avez-vous eu l'occasion de parler à votre amie de Milwaukee ? demanda Kate. Vous lui avez télécopié la photo, non ?

— Oui à la première question. Non pour la seconde, répondit Susan Frye.

Kate remercia Dieu d'avoir préféré téléphoner plutôt que de se déplacer jusqu'au bureau de cette femme. Son exaspération et son impatience auraient été trop visibles, elle le savait. Le stress avait arraché le vernis des bonnes manières, laissant à vif toutes ses terminaisons nerveuses émotionnelles. À ce stade, se dit-elle, une seule réponse de travers pouvait la pousser à franchir la limite, et elle allait finir par éclater comme le type au pistolet sur le parvis du centre administratif, l'autre jour.

— Elle est pieds et poings liés par un procès, lui apprit Frye. Je vais l'appeler et lui laisser un message.

— Aujourd'hui. (Kate se rendit compte, mais trop tard, que ce mot était sorti plus comme un ordre que comme une question.) S'il vous plaît, Susan ? J'en vois de toutes les couleurs avec cette gosse. Je ne sais pas ce qu'en pense Rob. C'est quelqu'un d'autre que moi qu'il aurait dû affecter de votre côté de la barricade. Je ne m'occupe pas des gosses. Je ne sais pas m'y prendre. Et maintenant voilà qu'elle s'est tirée...

— J'ai entendu dire qu'il se pourrait même qu'elle soit morte, lâcha Frye sans ambages. Selon eux, il ne s'agirait pas de la victime de cette nuit ?

— Nous n'en avons pas la certitude. (Après quoi, Kate forma sans bruit le mot *salope*. La bonne copine, qui vous tire dans les pattes.) Même si c'est vrai, il faut qu'on sache qui est... qui était cette gamine, alors nous nous efforçons d'entrer en contact avec sa famille.

— Je te le garantis tout de suite, Kate : tu ne trouveras personne qui en ait quoi que ce soit à foutre, sans quoi elle ne se serait jamais fourrée dans ce merdier. Cette pauvre gamine, on aurait été mieux inspiré de l'avorter avant la fin du troisième mois.

Le cynisme de cette déclaration frappa Kate par sa brutalité, tandis qu'elle remerciait Susan Frye de son soutien pour le moins équivoque et qu'elle raccrochait. Cette conversation lui fit se demander exactement ce qui avait pu amener les parents d'Angie Di Marco à la mettre au monde : le hasard ? le destin ? l'amour ? le désir de toucher le chèque des allocations familiales ? Sa vie avait-elle déraillé dès la conception, ou les erreurs étaient-elles survenues plus tard, comme l'argent qui se ternit lentement, après avoir brillé avec éclat ?

Son regard se porta sur la petite photo d'Emily dans la niche du rayonnage, en hauteur. Une petite vie magnifique, illuminée par la promesse du futur. Elle se demanda si Angie avait jamais eu cet air innocent, ou si ses yeux avaient toujours été marqués par l'amertume et la lassitude d'une existence sinistre.

« *Cette pauvre gamine, on aurait été mieux inspiré de l'avorter avant la fin du troisième mois.* »

Mais Angie Di Marco accomplissait sa triste vie, tandis que celle d'Emily lui avait été retirée.

Kate quitta son fauteuil comme mue par un ressort et commença d'arpenter l'espace minuscule qui lui tenait lieu de bureau. Si elle n'avait pas perdu les pédales d'ici la fin de cette journée, cela tiendrait du miracle.

Avant toute chose, elle s'était franchement attendue à recevoir une convocation dans le bureau de Sabin, ou, tout au moins, un ordre de se présenter au bureau de Rob pour y recevoir un savon en bonne et due forme après ce qu'elle lui avait sorti sur le parking la nuit précédente. Aucun de ces appels n'était survenu... pour l'instant. Et du coup elle avait essayé de repousser l'idée qu'Angie était morte en prenant l'initiative de tâcher d'en découvrir plus sur la vie de la jeune fille. Mais chaque fois qu'il lui arrivait ne serait-ce que de ralentir son processus de réflexion, elle entendait ces cris sur la bande.

Et chaque fois qu'elle essayait de réfléchir à tout autre chose, elle pensait à Quinn.

Ne voulant pas laisser son esprit envahi par John Quinn, elle se rassit, empoigna le combiné et composa un autre numéro. Elle conservait aussi d'autres clients desquels se soucier. En tout cas jusqu'à ce que Rob la mette à la porte.

Elle appela David Willis et se vit infliger une longue explication, détaillée à l'extrême, sur la manière dont il convenait de s'y prendre pour laisser un message sur le répondeur de ce monsieur. Elle tenta de joindre sa victime de viol à son domicile, avec des résultats similaires, et puis elle essaya sur son lieu de travail et s'entendit répondre par le directeur de la librairie pour adultes que Mélanie Hessler avait été licenciée.

— Depuis quand ? demanda Kate.

— Depuis aujourd'hui. Elle était trop souvent absente.

— Elle souffre de stress post-traumatique, fit observer Kate. À cause d'un délit commis contre les biens dont vous êtes le propriétaire, pourrais-je ajouter.

— Ce n'était pas notre faute.

— Les tribunaux ont stipulé que le stress post-traumatique entraîne une incapacité temporaire, et de ce fait c'est un problème qui tombe sous le coup de la loi. (Presque ravie d'avoir l'occasion de déchiqueter quelqu'un, elle planta les crocs dans le sentiment d'injustice que lui inspirait cette situation.) Si vous faites preuve de discrimination envers Mélanie sur la base de cette incapacité de travail, elle peut intenter contre vous des procédures dont vous n'avez même pas idée.

— Écoutez, ma petite dame, s'agaça le directeur de la librairie, avant de venir menacer les gens, vous auriez peut-être dû prendre la peine de lui parler, à Mélanie, parce que je pense pas, mais pas du tout, qu'elle soit dans ce genre d'état d'esprit. Parce que je l'ai pas entendue moufter de toute la semaine.

— Vous disiez que vous l'aviez mise à la porte, il me semble.

— En effet. Je lui ai laissé le message sur son répondeur.

— Vous l'avez mise à la porte par répondeur ? Vous êtes vraiment une pourriture, espèce de lâche.

— De l'espèce qui te raccroche au nez, pétasse, vociféra l'autre, en faisant claquer le combiné.

À son tour, Kate raccrocha, la tête ailleurs, tâchant de se souvenir quand elle avait échangé un mot avec Mélanie Hessler pour la dernière fois. Une semaine, tout au plus, conclut-elle. Une semaine avant Jésus-Christ : avant l'affaire de Joe le Crémateur. Elle n'avait pas eu une minute pour l'appeler depuis lors. Angie lui avait accaparé tout son temps disponible. Et maintenant, à y repenser, cela lui semblait trop, trop de temps. À mesure que l'on approchait du procès, Mélanie avait eu les nerfs de plus en plus à vif, et ses appels étaient devenus de plus en plus fréquents.

« Je l'ai pas entendue moufter de toute la semaine. »

Kate préféra supposer que Mélanie avait quitté la ville, mais elle l'en aurait tenue informée. D'ordinaire, la jeune femme avait à cœur de faire contrôler ses allées et venues, comme si Kate avait été l'officier de police chargée de surveiller sa mise en liberté conditionnelle. Il y avait là-dedans quelque chose qui ne tournait pas rond. La cour, dans son infinie sagesse, avait jugé bon de libérer sous caution les agresseurs de Mélanie, mais les flics avaient eu la bonne idée de les garder à l'œil, et l'inspecteur en charge de l'affaire avait gardé la situation en main.

C'est simple, se raisonna Kate, à cause d'Angie, tout me fout la frousse. Tout cela ne valait probablement pas la peine de s'alarmer. Pourtant, elle obéit à son instinct, décrocha de nouveau le téléphone, et composa le numéro de l'inspecteur responsable des crimes sexuels.

Il n'avait pas eu de nouvelles de leur victime, lui non plus, mais il savait que l'un de ses agresseurs s'était fait appréhender pendant le week-end pour coups et blessures sur la personne d'une ancienne petite amie. Kate lui communiqua ce qu'elle savait et lui demanda de bien vouloir aller faire un saut jusqu'au domicile de Mélanie Hessler, juste pour vérifier.

— J'irai dans le coin après le déjeuner.

— Merci, Bernie. Tu es un chou. Je suis sûrement un peu paranoïaque, mais...

— Justement parce que tu es paranoïaque, ça ne veut pas dire que la vie ne va pas t'attendre au tournant.

— Exact. Et en ce moment ce n'est pas précisément une période de chance que je traverse.

— C'est pour ça, accroche-toi à ce que t'as, Kate. Ça pourrait être pire.

Humour de flic. Aujourd'hui, elle n'était pas tout à fait en mesure d'apprécier.

Elle essaya de concentrer son attention sur une pile de paperasse, mais elle abandonna bientôt cette velléité ; au lieu de quoi, elle sortit le dossier d'Angie, en espérant y découvrir un élément qui lui soufflerait une idée, de quoi agir. Rester dans ce bureau, attendre, voilà qui allait lui faire exploser la cervelle.

Le dossier était d'une minceur lamentable. Plus de questions que de réponses. Était-il possible que la jeune fille ait quitté le Phœnix de son plein gré ? Si oui, d'où provenait ce sang ? La scène de la salle de bains lui revint dans un éclair : l'empreinte sanglante de cette main sur le carrelage, le sang dilué dégoulinant par l'évacuation d'eau, les serviettes en papier ensanglantées dans la corbeille. Trop de sang, plus qu'aucune explication raisonnable ne saurait le justifier.

Mais si c'était exprès pour elle que Joe l'Enfumeur s'était dérangé, comment avait-il retrouvé sa trace, et comment se faisait-il que Rita Renner n'ait rien entendu — pas de claquements de portes, pas de bruits de lutte, rien ?

Plus de questions que de réponses.

Le téléphone sonna, et Kate décrocha, à moitié dans l'espoir d'entendre Kovac à l'autre bout du fil, à moitié en redoutant d'entendre des informations sur l'autopsie de la victime numéro quatre.

— Kate Conlan.

Ce fut la voix polie d'une secrétaire qui lui apporta en effet des informations indésirables, mais d'une autre espèce.

— Mademoiselle Conlan ? M. Sabin aimerait vous voir dans son bureau, tout de suite.

26.

— Alors, il arrive, le sergent Kovac, ou bien quoi ?

Liska consulta sa montre tout en regagnant la salle d'interrogatoire. Il était presque midi et il régnait dans la pièce une chaleur pénible. Vanlees avait attendu déjà presque une heure, et visiblement il n'appréciait guère.

— Il est en route. Il ne devrait pas tarder maintenant. Je l'ai appelé à la minute où vous m'avez annoncé que vous veniez bavarder avec nous, Gil. Il a vraiment très envie de recueillir votre propre perception des événements concernant Jillian. Mais, vous savez, il assiste à cette autopsie — cette femme qui s'est fait flamber la nuit dernière. C'est la raison de son retard. Ça ne va plus prendre très longtemps.

Elle lui avait servi cette réplique au moins à trois reprises, et il était clair qu'il était fatigué de l'entendre.

— Ouais, bon, vous savez, je veux bien vous aider, mais je n'ai pas que ça à faire, répliqua-t-il. (Il était assis de l'autre côté de la table, en face d'elle, vêtu de sa tenue de travail — pantalon et chemise bleu marine. Comme un portier, songea Liska. Ou comme une sorte d'uniforme de flic, sans les ornements.) Il faut que j'aille travailler cet après-midi...

— Oh ! là-dessus vous êtes au carré ! (Elle dissipa son inquiétude d'un geste de la main.) J'ai appelé votre patron et j'ai mis ça au clair. Je voulais pas que ça vous attire des ennuis d'agir en bon citoyen.

Il n'avait pas l'air de trop apprécier cette idée-là non plus. Il changea de position sur sa chaise. Son regard se posa sur le miroir fixé au mur, derrière Liska.

— Vous savez, on est équipé d'un miroir tout pareil au Target Center, dans les bureaux. Il y a quelqu'un, là, derrière ?

Liska cligna innocemment des yeux.

— Pourquoi y aurait-il quelqu'un de l'autre côté ? Ce n'est pas comme si vous étiez en état d'arrestation. Vous êtes ici pour nous aider.

Vanlees regarda fixement le miroir.

Liska se retourna et le regarda, elle aussi, fixement, en se demandant de quoi elle avait l'air aux yeux de Quinn, posté de l'autre côté de la glace sans tain. L'air d'un pilier de bistrot, bourrée jusqu'à la gueule, dans un salon enfumé, sans aucun doute. Si les poches qu'elle avait sous les yeux devaient encore enfler, il allait lui falloir un chariot à bagages pour les transporter. Une fois parvenue en plein cœur d'une enquête pour meurtres en série, ce n'était pas le meilleur moment pour avoir des velléités de faire bonne figure auprès de quiconque.

— Alors vous avez entendu parler de cette quatrième victime, lança-t-elle, en se tournant vers Vanlees. Pour avoir des couilles, ce type-là, il en a, à flamber cette nana dans ce parking, hein ?

354

— Ouais, comme s'il tentait d'envoyer un message ou un truc dans le genre.

— Par arrogance. C'est ce que considère Quinn. Que Joe l'Enfumeur est en train de nous faire la nique.

Vanlees fronça les sourcils.

— Joe l'Enfumeur ? Je croyais que vous l'appeliez le Crémateur.

— C'est la presse qui l'appelle comme ça. Pour nous, c'est Joe l'Enfumeur. (Elle se pencha au-dessus de la table, histoire de suggérer entre eux une certaine dose d'intimité.) Ne le confiez à personne, que je vous ai raconté ça. C'est censé être un truc interne, entre flics uniquement... vous voyez ?

Vanlees hocha la tête, de l'air du type branché sur les manières du monde des flics. Cool relax décontracté quand on lui confie des secrets internes. M. Le Professionnel.

— Elle est forte, constata Quinn, en observant au travers du miroir.

Kovac et lui attendaient, postés là debout depuis vingt minutes, se réservant le moment d'agir, regardant, attendant, laissant les nerfs de Gil Vanlees travailler contre lui.

— Ouais. Personne ne soupçonnerait jamais que Fée Clochette irait les tabasser. (Kovac renifla le revers de sa veste et fit grise mine.) Dieu de Dieu, je pue. Eau d'Autopsie, avec une note de fumée. Alors, qu'est-ce que vous pensez de ce corniaud ?

— Je le trouve agité. Je pense qu'on peut commencer par lui flanquer un peu la frousse, ici même, et puis on lui file le train dès qu'il sort de cette enceinte. Voir un peu ce qu'il fabrique. S'il a suffisamment la frousse, ça pourrait vous valoir d'obtenir un mandat d'arrêt, paria Quinn, sans quitter Vanlees des yeux. Il correspond au profil par bien des côtés, mais il n'a pas inventé le fil à couper le beurre, hein ?

— Peut-être qu'il joue les abrutis pour que les gens se méfient moins de lui. J'ai vu ça plus d'une fois.

Quinn émit une onomatopée, l'air de celui qui ne veut pas se prononcer. En règle générale, le type de tueur qu'ils recherchaient mettait un point d'honneur à faire étalage de sa cervelle. Cette forme de vanité, c'était ce qui précipitait leur ruine à tous. Invariablement, ils ne faisaient pas preuve d'autant d'intelligence qu'ils voulaient bien le croire, et c'était à force de chercher à en remontrer aux flics qu'ils rencontraient l'échec.

— Faites-lui comprendre que vous êtes au courant de ses séances de voyeurisme, continua Quinn. Jouez sur cette corde sensible-là. Il ne va pas apprécier. Ça ne va pas lui plaire que les flics le prennent pour un pervers. Et s'il continue de cadrer avec le schéma habituel, s'il est allé regarder par la fenêtre des gens, il s'est peut-être essayé aussi au vol d'objets fétichistes. Ces types-là suivent toujours leur petit bonhomme de chemin. Allez pêcher un peu en eau trouble. Déstabilisez-le, suggéra-t-il encore. Qu'il pense que vous pourriez passer les bornes, qu'un geste dingue pourrait vous échapper, que vous luttez contre vous-même pour garder votre sang-froid. Que cette affaire et le brio de ce tueur vous poussent à la limite. Mais tout ça, laissez-le entendre, ne l'admettez pas ouvertement. Mettez en œuvre tous vos talents d'acteur.

D'un coup sec, Kovac desserra sa cravate et s'ébouriffa les cheveux.

— Acteur ? Je vais vous donner envie de me filer un oscar.

— Ils savent qui c'est, cette *vic* ? demanda Vanlees.

Cette *vic*. Pour victime. Il emploie le langage des flics.

— J'ai entendu dire qu'on a retrouvé sa carte d'identité pendant l'autopsie, fit Liska. Kovac n'a pas voulu m'en parler, sauf pour m'avouer que ça l'a rendu malade. Il m'a dit qu'il veut choper ce malade, ce fils de pute, et lui enfiler quelque chose là où je pense.

— La carte d'identité, elle était à l'intérieur de son corps ? s'écria Vanlees, dans un mélange d'horreur et de fascination. J'ai lu quelque chose sur une affaire de ce genre, une fois.

— Vous lisez des choses sur les vrais crimes ?

— Des choses, admit-il avec prudence. Ça me donne un aperçu.

Sur quoi ? s'interrogea Nikki.

— Ouais, moi aussi. Alors c'était quoi l'histoire de ce type ?

— Sa mère était une prostituée, et à cause de ça il détestait les prostituées, et alors il les tuait. Et il leur fourrait toujours quelque chose dans leur... Il s'interrompit et rougit. Bon, enfin, vous voyez...

Liska ne cilla pas.

— Vagin ?

Vanlees regarda ailleurs et changea encore de position sur son siège.

— Il fait vraiment chaud ici.

Il attrapa un verre, mais il était vide, de même que le broc en plastique sur la table.

— À votre avis, qu'est-ce qu'il en retire, le tueur, à agir comme ça ? le questionna Liska, en se penchant vers lui pour le considérer de près. Fourrer des trucs dans le vagin d'une femme. Vous pensez qu'il se sent costaud ? Puissant ? Quoi ? C'est une marque de manque de respect, un truc infantile, mais au niveau d'un adulte ? formula-t-elle. C'est ça qui me frappe toujours, c'est très exactement le comportement d'un sale petit morveux mal élevé... si encore un petit morveux savait ce qu'est un vagin. Comme de se coller des haricots dans le nez, ou de vouloir piquer un petit coup dans les yeux d'un chat crevé sur la route. Ça vous a un côté un peu infantile, mais dans ce boulot j'en vois sans arrêt, des hommes mûrs en train d'agir de cette façon-là. Quel est votre point de vue là-dessus, Gil ?

Il se renfrogna. Une goutte de sueur isolée lui perla sur le côté du visage.

— Je n'en ai pas.

— Allons, vous devez bien en avoir un, avec tout ce que vous avez lu, tout ce que vous avez étudié sur des vrais crimes. Mettez-vous à la place du tueur. Quelle raison vous donnerait envie d'enfiler un corps étranger dans le vagin d'une femme ? Ce serait parce que vous ne seriez pas capable d'accomplir la même besogne avec votre queue ? C'est ça ?

Vanlees avait viré au rose. Il évitait de croiser son regard.

— Et dites, Kovac, il ne devrait pas être là, à l'heure qu'il est ?

— D'une minute à l'autre.

— Faut que j'aille aux toilettes, marmonna-t-il. Faudrait peut-être que j'y aille.

La porte s'ouvrit à la volée et Kovac fit son entrée — les cheveux en bataille, la cravate à moitié dénouée, son costume froissé suspendu sur ses épaules comme un sac mouillé. Il lança un regard de réprimande à Liska, avant de se tourner vers Vanlees.

— C'est lui ?

Liska approuva de la tête.

— Gil Vanlees. Sergent Kovac.

Vanlees esquissa une poignée de main. Kovac fixa cette main du regard comme si elle avait été recouverte de merde.

— J'ai sur les bras quatre bonnes femmes découpées comme des citrouilles d'Halloween et cramées bien craquantes. Je suis pas d'humeur à me laisser emmerder. Où étiez-vous la nuit dernière entre dix heures du soir et deux heures du matin ?

Vanlees donna l'impression d'avoir reçu un coup en pleine figure.

— Quoi... ?

— Sam, intervint Liska, contrariée. M. Vanlees est venu nous livrer quelques-unes de ses idées sur...

— Et moi, ce que je veux, c'est son idée sur l'endroit où il se trouvait la nuit dernière, entre dix heures et deux heures. Alors, où étiez-vous ?

— Chez moi.

— Où ça, chez vous ? J'ai cru comprendre que votre femme vous avait jeté parce que vous étiez allé tremper votre nouille avec une de ses copines.

— C'était un malentendu...

— Entre vous et votre queue, ou entre vous et cette greluche que vous alliez mater par ses fenêtres ?

— C'est pas ça, ce qui s'est passé.

— C'est jamais ça qui s'est passé. Dites-moi : combien de temps avez-vous consacré à mater par les fenêtres de Jillian Bondurant ?

À présent, la figure de Vanlees avait viré au cramoisi.

— Je n'ai pas...

— Oh ! allez ! Elle était plutôt chaude, comme numéro, non ? Bien roulée. Exotique. Habillée un peu provocante : petites robes transparentes, rangers et colliers de chien et tout le merdier. Un type, ça peut lui faire envie... surtout si chez lui, au domicile conjugal, les carottes sont cuites, vous voyez ce que je veux dire ?

— Ça ne me plaît pas, ce que vous dites. (Vanlees dévisagea Liska.) J'ai besoin d'un avocat ? Il faut que je fasse venir un avocat ?

— Bon Dieu, Sam ! s'écria Liska, dégoûtée. (Elle se tourna vers Vanlees.) Je suis désolée, Gil.

— Ne t'excuse pas pour moi ! la coupa sèchement Kovac.

Vanlees les regarda l'un et l'autre avec circonspection.

— C'est quoi ça ? Le coup du bon flic et du mauvais flic ? Je suis pas stupide. Rien ne m'oblige à supporter de me faire emmerder.

Il fit mine de quitter son siège. Kovac se précipita vers Vanlees, l'œil en furie, une main pointée sur lui, et l'autre vint s'abattre en claquant sur la table.

— Asseyez-vous ! S'il vous plaît !

Vanlees se laissa retomber dans son siège, le visage blême. Montrant qu'il tentait manifestement de se maîtriser, Kovac recula d'un pas, et puis d'un autre encore, en levant les mains en l'air, abaissant la tête, respirant âprement par la bouche.

— S'il vous plaît, répéta-t-il, plus calme. S'il vous plaît. Asseyez-vous. Je suis désolé. Je suis désolé.

Il fit les cent pas une minute entre la table et la porte, en observant Vanlees du coin de l'œil. Vanlees le regardait comme s'il s'était retrouvé enfermé accidentellement, au zoo de Como Park, dans la cage d'un gorille en furie.

— J'ai besoin d'un avocat ? demanda-t-il encore à Liska.

— Pourquoi auriez-vous besoin d'un avocat, Gil ? Vous n'avez rien fait de mal, pour autant que nous sachions. Vous n'êtes pas en état d'arrestation. Mais si vous pensez qu'il vous en faut un...

Il cala son regard entre les deux inspecteurs, déployant un gros effort pour saisir quel tour on lui jouait.

— Je suis désolé, répéta Kovac en attrapant une chaise au bout de la table, pour s'y asseoir. (En secouant la tête, il alla pêcher une cigarette dans la poche de sa chemise, l'alluma, et tira longuement dessus.) J'ai dormi quelque chose comme trois heures de toute la semaine, fit-il en recrachant la fumée. J'arrive à peine d'une des autopsies les plus éprouvantes à laquelle il m'ait été donné d'assister depuis des années. Il secoua la tête et fixa la table des yeux. Ce qu'on a infligé à cette femme...

Il laissa le silence s'étirer en longueur, fumant sa cigarette comme s'ils se trouvaient tous trois en salle de repos à prendre leur quart d'heure de pause, loin, bien loin des obligations du bureau. Finalement, il l'écrasa sur la semelle de son soulier et lâcha le mégot dans un gobelet de café vide. Il se passa les mains sur la figure et se lissa la moustache entre les pouces.

— Où c'est que tu vis, maintenant, Gil ? le questionna-t-il.

— À Lyndale...

— Non. Je voulais parler de cet ami dont tu gardes la maison. Où est-ce ?

— Sur le lac Harriet.

— Il va nous falloir une adresse. Donne-la à Nikki, ici présente, avant de repartir. Depuis combien de temps tu te charges de ça... du gardiennage de cette baraque ?

— De temps en temps. Ce type voyage pas mal.

— Qu'est-ce qu'il fait ?

— Il importe du matériel électronique et le revend sur Internet. Ordinateurs et chaînes stéréo, des trucs dans ce genre-là.

— Alors pourquoi tu te tires pas t'installer chez lui à temps complet et puis tu largues ton appart ?

— Il a une petite amie. Elle vit avec lui.

— Elle est là, en ce moment ?

— Non. Elle voyage avec lui.

— Bon, et toi, alors, Gil ? Tu sors avec quelqu'un ?

— Non.

— Non ? T'es séparé depuis un bout de temps. Un homme, ça a des besoins.

Liska émit un borborygme pour signifier son écœurement.

— Parce que tu crois qu'une femme, ça n'en a pas ?

Kovac lui adressa un regard où se lisait de l'inquiétude.

— Fée Clochette, tes besoins sont de notoriété publique. Tu ne voudrais pas, juste une minute, arrêter de vouloir te conduire en femme libérée et aller nous chercher un peu d'eau ? Il fait plus chaud qu'en enfer, ici.

— La chaleur, ça ne me gêne pas, répliqua-t-elle. Mais ton odeur à toi retournerait l'estomac d'un rat d'égout. Bon Dieu, Sam.

— Va juste nous chercher de l'eau.

Il tomba la veste et la laissa glisser, doublure à l'extérieur, sur le dossier de sa chaise, tandis que Liska sortait en grommelant. Vanlees la regarda partir, mécontent.

— Désolé pour la puanteur, s'excusa Kovac. Si jamais t'avais envie de savoir l'odeur que ça peut sentir, un corps carbonisé, c'est l'occasion ou jamais. Respire à fond.

Vanlees se contenta de le regarder.

— Donc, tu n'as jamais répondu à ma question, Gil. Tu paies ? T'aimes les putes ? T'en vois un tas, vers là où tu bosses. Si tu les paies suffisamment, tu peux obtenir ce que tu veux. Il y en a même, si t'as envie de les dérouiller un peu, elles se laissent faire, si c'est ça qui te branche. Les attacher, ce genre de truc.

— L'inspecteur Liska m'a informé que vous souhaitiez me parler de Mlle Bondurant, rétorqua Vanlees avec raideur. Je ne sais rien de ces autres meurtres.

Kovac marqua une pause, remonta ses manches de chemise et le regarda fixement, façon œil de flic.

— Mais tu sais quelque chose sur le meurtre de Jillian ?

— Non ! C'est pas ce que je voulais dire.

— Qu'est-ce que tu sais de Jillian, Gil ?

— Uniquement comment elle se comportait à Edgewater, c'est tout. La vision que j'avais d'elle. Voilà, quoi.

Kovac hocha la tête et se cala contre le dossier de sa chaise.

— Alors, comment elle était ? Elle venait jamais te trouver ?

— Non ! La plupart du temps, elle marchait tête baissée, et puis elle parlait pas des masses.

— Elle ne parlait à personne ou elle ne te parlait pas à toi ? Peut-être qu'elle n'appréciait pas la façon dont tu la regardais, Gil, avança le flic, en appuyant encore une fois sur la corde sensible.

De la sueur perlait au front de Vanlees.

— Je ne la surveillais pas.

— Tu as flirté avec elle ? T'es allé la trouver ?

— Non.

— Tu avais une clef de chez elle. T'es jamais entré en son absence, quand elle sortait ?

— Non !

Il niait, mais sans regarder Kovac droit dans les yeux. Kovac suivit l'une des autres intuitions de Quinn.

— T'as jamais farfouillé dans son tiroir de lingerie, peut-être pour t'emporter un souvenir ?

— Non ! (Vanlees recula sa chaise de la table et se leva.) J'aime pas ça. Je suis venu ici pour vous aider. Vous n'avez pas à me traiter de cette façon.

— Alors aide-moi, Gil, reprit Kovac avec un haussement d'épaules nonchalant. Donne-moi quelque chose qui puisse me servir. T'as jamais vu un petit ami traîner chez elle ?

— Non. Que cette amie, là : Michèle. Et son père. Il passait, quelquefois. C'est lui le propriétaire de la maison, vous êtes au courant.

— Ouais, je suppose que je suis au courant, je suppose. Ce type est aussi riche que Rockefeller. T'as jamais pensé que cette histoire avec Jillian, ça pouvait être un rapt ? Quelqu'un qui aurait voulu poser un petit robinet sur le filon du papa, si je puis dire ? T'as jamais vu des personnages louches traîner là-bas, en train de repérer les lieux ?

— Non.

— Mais toi, tu as suffisamment traîné dans les parages pour remarquer que non, hein, c'est pas vrai ?

— Je travaille sur place.

— Pas exactement, mais c'est pas grave : le présenter de cette manière te fournit un prétexte pour rester là-bas, contrôler les divers appartements, peut-être te faire une petite descente, façon shopping, rayon lingerie.

Le visage écarlate, Vanlees déclara tout net :

— Maintenant je m'en vais.

— Mais on vient à peine de commencer, protesta Kovac.

La porte se rouvrit en coup de vent et Liska fit son entrée avec de l'eau. Quinn lui tenait la porte et entra derrière elle. Par contraste avec Kovac, il avait l'air impeccable, frais, excepté les cernes sombres et les rides profondes qui lui marquaient le coin des yeux. Son visage était un masque dur, sans émotion. Il prit un gobelet en carton des mains de Liska, le remplit d'eau et but lentement avant de prononcer le moindre mot. Durant tout ce temps, Vanlees ne le quitta pas des yeux.

— Monsieur Vanlees, John Quinn, FBI, se présenta-t-il, en lui tendant la main.

Vanlees fut prompt à réagir à ce geste. Sa main à lui était large, moite, les doigts épais.

— J'ai lu des articles sur vous. C'est un honneur de vous rencontrer.

Vanlees reprit sa chaise, tandis que Quinn allait s'installer sur le siège juste en face de lui. Quinn quitta sa veste de costume de couleur sombre et la disposa soigneusement sur le dossier de sa chaise. Il lissa sa cravate de soie grise tout en s'asseyant.

— Vous en savez un peu sur moi, n'est-ce pas, monsieur Vanlees ?

— Ouais. Un peu.

— Alors vous avez probablement une idée de la manière dont fonctionne mon intellect, continua Quinn. Vous savez probablement quelle conclusion je pourrais tirer, au vu de l'histoire d'un homme qui voulait être flic mais qui n'y est pas arrivé, un homme qui a derrière lui une histoire de voyeurisme et de vols à caractère fétichiste...

Le visage de Vanlees se décomposa.

— Je suis pas... j'ai pas...

Liska attrapa l'appareil Polaroid posé sur la table et prit rapidement une photo.

Lorsque le flash se déclencha, Vanlees sursauta.

— Hé !

— Un homme que sa femme met à la porte, et dont elle met en doute les aptitudes sexuelles, poursuivit Quinn.

— Quoi ? Elle a dit quoi ? bredouilla Vanlees. (Son visage était désormais un mélange d'agitation, d'embarras et d'incrédulité. Un homme plongé dans un cauchemar éveillé. Il quitta encore une fois sa place pour faire les cent pas. À hauteur des aisselles, des orbes de sueur auréolaient sa chemise de couleur foncée.) Je peux pas y croire !

— Vous connaissiez Jillian Bondurant, poursuivit Quinn sans se laisser émouvoir. Vous l'avez surveillée.

Il secoua de nouveau la tête, en signe de dénégation, et fit les cent pas en regardant par terre.

— Non. J'en ai rien à foutre de ce que cette salope vous a raconté.

— De quelle salope parlez-vous ? s'enquit posément Quinn.

Vanlees s'arrêta et le regarda.

— Son amie. Elle vous a raconté quelque chose à mon sujet, c'est ça ?

— Son amie, celle dont vous ne connaissiez pas le nom ? l'interrogea Liska. (Elle se tenait debout entre Quinn et Kovac, l'air mauvais.) Vous m'avez expliqué que vous ne la connaissiez pas. Mais vous venez de nous donner son prénom il n'y a pas cinq minutes, Gil. Michèle Fine. Quelle raison aviez-vous de me mentir sur le fait que vous la connaissiez ?

— Je n'en avais pas. Je ne la connais pas. Son nom m'était juste sorti de la tête, c'est tout.

— Et si vous m'avez menti sur un détail aussi insignifiant, insista Liska, il va bien falloir que je me demande à propos de quoi d'autre vous avez bien pu me mentir.

Vanlees leur jeta un regard furieux, la figure écarlate, les larmes aux yeux, la bouche tremblante de colère.

— Allez vous faire foutre. Vous n'avez rien contre moi. Je m'en vais. Je suis venu ici pour vous aider et vous me traitez comme n'importe quel criminel ordinaire. Allez vous faire foutre !

— Ne vous rabaissez pas, monsieur Vanlees, intervint Quinn. Si vous êtes l'homme que nous cherchons, il n'y a chez vous rien d'ordinaire.

Vanlees ne répondit plus rien. Personne ne l'empêcha de pousser la porte dans un geste brutal. Il sortit en trombe, s'avançant à grands pas en direction des toilettes, situées tout au bout du couloir.

Kovac s'appuya contre le chambranle de la porte, en observant Vanlees qui s'éloignait.

— Un gaillard susceptible.

— Presque comme s'il se sentait coupable de quelque chose. (Liska leva les yeux sur Quinn.) Qu'en pensez-vous ?

Quinn regarda le gaillard en question enfoncer la porte des toilettes d'un coup d'épaule tout en cherchant déjà sa braguette. Songeur, il lissa sa cravate.

— J'en pense que je vais aller me refaire une beauté.

Il se dégageait des toilettes une odeur fétide, chaude et toute récente. Vanlees n'était pas aux urinoirs. Une paire de chaussures noires à semelle épaisse était bien visible sous la porte d'un des cabinets. Quinn se rendit aux lavabos, ouvrit un robinet, joignit ses mains en conque, et se rinça le visage. Dans le compartiment des cabinets, la chasse d'eau retentit et, un instant plus tard, Vanlees en émergea, pâle, en nage. Il s'arrêta net à la vue de Quinn.

— Tout va bien, monsieur Vanlees ? lui demanda Quinn sans lui témoigner plus d'intérêt, tout en s'essuyant les mains avec une serviette en papier.

— Vous me harcelez, accusa Gil Vanlees.

Quinn haussa les sourcils.

— Je me sèche les mains.

— Vous m'avez suivi jusqu'ici.

— Juste pour m'assurer que ça allait, Gil. (*Mon pote, mon copain.*) Vous êtes à cran, je le sais bien. Je ne vous le reproche pas. Mais je voudrais que vous compreniez que nous n'avons rien contre vous en particulier. Je n'en ai pas après vous personnellement. J'en ai après un tueur. Pour arriver à l'atteindre, il faut que je fasse tout le nécessaire. Vous êtes capable de comprendre ça, n'est-ce pas ? J'en ai après la vérité, après la justice, ni plus, ni moins.

— Je n'ai fait aucun mal à Jillian, protesta Vanlees, sur la défensive. Jamais j'aurais commis une chose pareille.

Quinn pesa très soigneusement la façon qu'avait eue Vanlees de formuler ses phrases. De la part d'un tueur en série, il ne s'attendait jamais au moindre aveu, aussi infime soit-il. Pour la plupart, ces derniers n'évoquaient leurs crimes qu'à la troisième personne, même après que leur culpabilité avait été prouvée sans l'ombre d'un doute. Et beaucoup faisaient allusion à la part d'eux-mêmes capable de commettre un meurtre comme à une entité séparée. Le syndrome du mal jumeau, comme il l'appelait. Cela permettait à ceux qui possédaient un infime soupçon de conscience de rationaliser, d'éloigner d'eux la culpabilité, pour la reléguer du côté de leur face cachée.

Certes, le Gil Vanlees qui se trouvait là debout devant lui ne tuerait jamais personne. Mais qu'en était-il de sa face cachée ?

— Connaissez-vous quelqu'un qui aurait fait du mal à Jillian, Gil ? lui demanda-t-il.

Vanlees considéra ses pieds, le sourcil froncé.

— Non.

— Eh bien, au cas où un nom vous viendrait à l'esprit.

Quinn lui tendit sa carte. Vanlees la prit, manifestement à contrecœur, et il en examina le verso et le recto, comme s'il cherchait à y déceler la présence, inséré dans l'épaisseur du bristol, d'un minuscule dispositif de filature radio.

— Il faut que nous stoppions ce tueur, Gil, affirma Quinn, en le regardant droit dans les yeux, longuement, fixement. C'est un individu méchant, très méchant, et je ferai tout mon possible pour le boucler. Quelle que soit son identité.

— Bon, murmura Vanlees. J'espère bien.

Il fit disparaître la carte de visite dans sa poche poitrine et sortit des toilettes sans se laver les mains. Quinn se rembrunit et se retourna, face au lavabo, en se dévisageant dans le miroir, intensément, comme s'il avait pu lire un signe sur sa figure, l'information certaine, secrète, que Gil Vanlees était bien leur homme.

Les pièces du puzzle étaient là, rassemblées. Si elles s'emboîtaient toutes exactement... Si seulement les flics pouvaient se présenter avec une pièce à conviction, une seule...

L'instant d'après, Kovac entra et battit aussitôt en retraite devant cette odeur persistante.

— Bon Dieu ! Qu'est-ce qu'il a bouffé pour son petit déjeuner ? Un accidenté de la route ?

— Ses nerfs, rétorqua Quinn.

— Attendez un peu qu'il s'imagine avoir un flic au derrière chaque fois qu'il se retourne.

— Espérons qu'il craque. Si vous arriviez à monter à bord de son 4 × 4, vous pourriez bien décrocher la timbale. Ou alors ce n'est peut-être qu'un paumé pathétique comme un autre qui frétille rien qu'à l'idée d'avoir le droit de tuer quelqu'un. Et à l'heure qu'il est, le vrai Joe l'Enfumeur est chez lui, à se branler en écoutant une de ses cassettes de torture.

— À propos, le crâne d'œuf de la technique, le type du BAC, a appelé, lui apprit Kovac. Maintenant qu'il a fini de faire joujou avec, il pense qu'on devrait avoir envie de venir écouter la bande de la nuit dernière.

— Il a pu en extraire la voix du tueur ?

— Des tueurs, au pluriel, rectifia posément Kovac. Selon lui, ils sont deux. Et tenez-vous bien. D'après lui, l'un des deux serait une femme.

Kate entra dans le bureau de Sabin, songeant qu'il ne s'était guère écoulé que quelques jours depuis la réunion initiale qui l'avait introduite dans cette affaire. À certains égards, cela lui donnait l'impression qu'il s'était écoulé une année entière. Au cours de ce laps de temps, sa vie s'était transformée. Et ce n'était pas fini. Loin de là.

Sabin et Rob se levèrent. Sabin avait l'air fatigué et renfermé. Rob, lui, se dressa d'un bond. Ses petits yeux paraissaient trop éclatants, au milieu de sa tête de citrouille, et on aurait juré qu'il avait de la température. La fièvre de l'indignation, du personnage trop sûr de son fait.

— Alors, où est le type à la hache coiffé d'une capuche noire ? s'enquit Kate, en venant prendre place et s'immobiliser, debout, derrière la chaise qu'on lui avait réservée.

Sabin se rembrunit comme si on venait de le priver de son entrée en matière.

Rob le regarda.

— Vous voyez ? C'est exactement à cette attitude que je fais allusion !

— Kate, ce n'est pas franchement le moment des plaisanteries déplacées, fit observer Sabin.

— Est-ce que je plaisantais ? J'ai réussi à perdre le seul témoin de l'enquête pour meurtre la plus importante que les cités jumelles aient connue depuis des années. Vous ne me livrez pas

366

au bourreau ? Après ce qui s'est produit la nuit dernière, je suis surprise que ce ne soit pas Rob en personne qui manie la hache.

— Ne croyez pas que cela me déplairait, lui assura ce dernier. Vous êtes décidément trop insolente, Kate. J'en ai assez de votre attitude à mon égard. Vous ne me témoignez aucun respect.

Elle se tourna vers Sabin, négligeant délibérément son patron direct sans lui adresser un mot.

— Mais... ? s'enquit-elle auprès de Sabin.

— Mais j'interviens, Kate, l'informa le procureur, en s'installant dans son fauteuil. La situation est des plus tendues. De tous côtés, les esprits s'échauffent.

— Mais c'est de cette manière qu'elle me traite en permanence !

— Cessez de gémir, Rob, ordonna Sabin. Elle est aussi la meilleure avocate dont vous disposiez. Vous le savez. C'est vous qui avez suggéré cette affectation, et pour des raisons tout à fait précises.

— Dois-je vous rappeler que nous ne possédons plus aucun témoin ?

Sabin le regarda d'un air courroucé.

— Non, vous n'avez pas besoin de me le rappeler.

— Angie était sous ma responsabilité, reconnut Kate. Personne n'est plus désolé de tout ceci que je ne le suis. Si je pouvais faire quoi que ce soit... si je pouvais revenir en arrière, à hier, et agir différemment...

— Vous avez déposé cette jeune fille au Phœnix hier soir vous-même. N'est-ce pas exact ? s'enquit Sabin avec sa voix de procureur.

— Oui.

— Et cette maison était censément sous la surveillance de la police. N'est-ce pas exact ?

— Oui.

— Alors c'est eux que je tiens pour responsables de ce cauchemar. Quoi qu'il soit arrivé à cette fille — qu'on l'ait enlevée ou qu'elle soit partie de son propre chef —, c'est leur faute, pas la vôtre.

Kate jeta un coup d'œil à sa montre, en songeant que l'autopsie devait être terminée depuis longtemps, désormais. S'il y avait la moindre preuve avérée que le corps retrouvé dans cette voiture la nuit dernière ait été celui d'Angie, Sabin le saurait.

— Je veux que vous restiez à disposition dans cette affaire, Kate...

— Est-ce que nous savons... commença-t-elle, son rythme cardiaque s'accélérant alors qu'elle luttait pour formuler sa question, comme si la réponse allait dépendre de sa manière de la poser. La victime dans la voiture... vous avez reçu des nouvelles ?

Rob lui adressa un regard mauvais.

— Oh ! aucun de vos petits copains de la police ne vous a encore appelée de la morgue ?

— Je suis certaine qu'ils étaient très occupés, aujourd'hui.

— Le permis de conduire de la victime a été retrouvé pendant l'autopsie. (Marshall prit un temps pour respirer, comme avant de lui transmettre l'information, vite et sans détours, et puis il parut se raviser. Devant cette hésitation, Kate sentit ses nerfs se tendre.) Peut-être devriez-vous vous asseoir, Kate, lui conseilla-t-il, avec un excès de sollicitude.

— Non.

Déjà, des frissons lui parcouraient le corps en tous sens, creusant derrière eux un sillage de chair de poule. Ses doigts se refermèrent sur le dossier de sa chaise.

— Pourquoi ?

Rob avait perdu et son air supérieur et sa colère. Son visage était devenu d'une prudente neutralité.

— La victime était Mélanie Hessler. Votre cliente.

27.

— Je suis désolé, ajouta Rob.

Sa voix paraissait très lointaine. Kate sentit le sang refluer de son crâne. Ses jambes fléchirent sous elle. Elle mit un genou à terre, toujours en se tenant au dossier de la chaise, et se redressa tout aussi vite, tant bien que mal. Elle fut prise dans un tourbillon d'émotions, un vrai cyclone — choc, horreur, gêne, confusion. Sabin contourna son bureau pour lui prendre le bras, tandis que Rob restait là, planté, à la regarder fixement, gauche et emprunté, à un mètre d'elle.

— Ça va ? demanda Sabin.

Kate s'effondra sur la chaise, pas fâchée, pour une fois, qu'il lui pose une main sur le genou. Il s'agenouilla à côté d'elle, la regarda, l'air soucieux.

— Kate ?

— Hum... non, reconnut-elle. (Elle se sentait prise de vertige, faible, nauséeuse, et subitement plus rien ne lui semblait tout à fait réel.) Je... euh... je ne comprends pas.

— Je suis désolé, Kate, répéta Rob, en s'avançant soudain, comme s'il lui était subitement venu à l'esprit qu'il devrait faire quelque chose, maintenant qu'il était trop tard. Je sais que vous vous montriez très protectrice avec elle.

— J'ai essayé de l'aider, c'est tout, protesta Kate faiblement. J'aurais dû l'appeler lundi, mais subitement il y a eu Angie, et tout m'a échappé.

Des images de Mélanie Hessler lui repassaient dans la tête, comme un photomontage. Une femme ordinaire, presque timide, de constitution fluette, avec une méchante permanente faite maison. Travailler dans une librairie réservée aux adultes la mettait mal à l'aise, mais elle avait besoin de ce boulot, au moins jusqu'à ce qu'elle puisse gratter assez d'argent pour retourner en faculté. Son divorce l'avait laissée sans argent, sans formation aucune. L'agression qu'elle avait subie plusieurs mois auparavant l'avait mise dans une situation de grande fragilité — entamée psychologiquement, émotionnellement, physiquement. Elle était devenue craintive, ombrageuse, un état véritablement chronique, et s'attendait à ce que ses agresseurs lui retombent dessus — une peur fort répandue chez les victimes de viol. À ceci près que ce n'étaient pas les hommes qui l'avaient violée que Mélanie Hessler aurait dû redouter, ainsi qu'on venait de l'apprendre.

— Oh ! mon Dieu ! se lamenta Kate, la tête dans les mains.

Elle ferma les yeux et revit le corps, carbonisé, horrible, défiguré, tordu, ratatiné, puant, violé, mutilé. Kate avait tenu la main de Mélanie et l'avait réconfortée quand celle-ci lui avait relaté les détails épouvantables de son viol, la profonde sensation de honte et de gêne qu'elle ressentait, son trouble, qu'une chose pareille lui soit arrivée, à elle.

Mélanie Hessler, qui vivait dans une telle terreur qu'on lui refasse du mal. Torturée, brutalisée, brûlée au point d'en être méconnaissable.

Et, en arrière-plan, tout au fond de sa tête, Kate entendait encore la voix du directeur de la librairie : *« Je l'ai pas entendue moufter de toute la semaine. »*

Quand ce fils de pute l'avait-il enlevée ? Combien de temps l'avait-il maintenue en vie ? Combien de temps avait-elle supplié qu'on la tue, en se demandant, à chacun de ces instants, à quelle espèce appartenait le Dieu qui pouvait la forcer à subir pareilles souffrances ?

— Bordel. (Kate laissa déborder sa colère, tâchant d'y puiser de la force.) Bordel.

La voix de Rob lui parvint à nouveau, à travers le labyrinthe de ses conjectures.

— Kate, vous savez que cela vous aiderait de pouvoir parler de ce que vous ressentez à la minute présente. Laissez-vous aller. Vous connaissiez Mélanie. Vous l'aviez aidée à surmonter tant d'épreuves. Si l'on pense à l'état dans lequel vous l'avez vue la nuit dernière...

— Pourquoi ? questionna-t-elle, sans s'adresser à personne en particulier. Pourquoi l'a-t-il choisie, elle ? Je ne comprends pas comment cela a pu se produire.

— C'était probablement lié à son travail dans cette librairie pour adultes, suggéra Rob.

Rob connaissait l'affaire aussi bien qu'elle. Il avait assisté à plusieurs réunions avec Mélanie, il s'était passé les cassettes de ces réunions avec Kate, et il avait suggéré que Mélanie participe à un groupe de soutien psychologique.

Cassettes.

— Oh ! Dieu ! chuchota Kate, ses forces lui échappant à nouveau. Cette cassette. Oh ! mon Dieu !

Elle se plia en deux, se prit la tête à deux mains.

— Quelle cassette ? demanda Rob.

Les cris de douleur, de peur, de tourment et d'angoisse. Les cris d'une femme qu'elle avait connue, une femme qui avait cru en elle et qui était venue chercher auprès d'elle soutien et protection, au sein du système judiciaire.

— Kate ?

— Excusez-moi, marmonna-t-elle, en se levant, chancelant sur ses jambes. Il faut que j'aille vomir.

En proie au vertige, elle oscilla d'un côté, de l'autre, et elle chercha une prise sur ce qu'elle put trouver comme objets solides sur son chemin. Les toilettes des femmes lui parurent à un kilomètre de là. Les visages qu'elle croisa sur sa route étaient flous, déformés, les voix faussées, étouffées, inarticulées.

L'une de ses clientes était morte. L'autre avait disparu. Elle était le seul dénominateur commun entre elles.

Accroupie à côté d'une lunette de toilette, maintenant ses cheveux en arrière d'une main, elle rendit le peu qu'elle avait mangé, son estomac essayant de rejeter non seulement la nourriture, mais les images et les idées qu'on venait de lui ingurgiter de force dans le bureau de Ted Sabin, et les pensées qui s'insinuaient à présent dans sa cervelle comme un poison. *Sa cliente, sa responsabilité. Kate était le seul dénominateur commun...*

Quand les spasmes cessèrent, elle s'affaissa par terre dans le cabinet de toilette, se sentant faible et toute moite, se moquant de savoir où elle se trouvait, insensible au froid du sol à travers son pantalon. Les tremblements qui lui secouaient le corps ne provenaient pas du froid, mais du choc et d'un noir et lourd pressentiment qui lui obscurcit l'âme comme un nuage d'orage.

L'une de ses clientes était morte. Torturée, mutilée, brûlée. Une autre avait disparu, laissant derrière elle une traînée de sang que l'on avait essuyée à la hâte.

Elle était le seul dénominateur commun entre elles.

Il fallait qu'elle reste logique, qu'elle pense juste. C'était une coïncidence, certainement. Comment pourrait-il en être autrement ? Rob avait raison : Joe l'Enfumeur avait choisi Mélanie en raison de son rapport avec cette librairie pour adultes qui se trouvait localisée dans ce quartier de la ville également fréquenté par des putains, tout comme ses deux premières victimes. Et Angie était d'ores et déjà liée au tueur quand Kate s'était vu confier l'affaire.

Et pourtant, ce nuage noir rôdait, l'oppressait. Une réaction étrange, instinctive, dont elle ne parvenait pas à se défaire.

Trop de stress. Trop peu de sommeil. Trop de malchance. Elle appuya la tête contre le mur et tâcha de contraindre son cerveau à revenir en amont de ces images des lieux du crime de la nuit dernière.

Fais quelque chose.

Ce précepte qui s'était imposé à elle à chaque crise qu'elle avait affrontée. *Ne reste pas assise là. Fais quelque chose.* L'action contrait le désespoir, sans préjuger du résultat. Il fallait qu'elle bouge, qu'elle avance, qu'elle pense, qu'elle *fasse quelque chose.*

La première chose qu'elle avait envie de faire, c'était d'appeler Quinn, une nécessité instinctive dont elle se défia immédiatement. Le simple fait d'avoir passé une nuit ensemble ne signifiait pas qu'elle pouvait s'appuyer sur lui. Ces quelques heures ne comportaient aucune garantie d'un avenir. Pour autant qu'elle sache, elle n'éprouvait même pas l'envie de caresser l'espoir d'un avenir commun entre elle et lui. Ils souffraient déjà d'un excès de passé.

En tout cas, ce n'était pas le moment d'y penser. Maintenant qu'elle savait qu'Angie n'était pas la victime de la voiture, il subsistait encore un espoir que la jeune fille soit en vie. Kate devait pouvoir faire quelque chose pour aider à la retrouver.

Elle se hissa pour se relever, tira la chasse, et quitta les cabinets. Une femme très collet monté, en tailleur vert morve, se trouvait debout devant l'un des lavabos, occupée à effectuer un raccord sur son maquillage déjà parfait, tubes et flacons étalés autour de la vasque. Kate lui lâcha un sourire blafard et alla prendre place à deux lavabos de là, pour se laver la figure et les mains.

Plaçant ses mains en conque, elle se rinça la bouche. Elle se regarda dans le miroir, la femme au maquillage juste en bordure de son champ de vision. Elle avait une mine épouvantable — pleine de bleus, cabossée, les traits tirés, pâle. Elle accusait visiblement, exactement le poids de tout ce qu'elle ressentait.

— Ce boulot aura ta peau, Kate, marmonna-t-elle à son reflet.

Brandissant une petite brosse à mascara, madame Maquillage marqua un temps d'arrêt pour froncer un sourcil vers elle.

Kate lui sortit un sourire de folle.

— Bon, eh bien, pour ce qui est de cet entretien d'évaluation de mes compétences, j'imagine qu'on ne va tout de même pas pouvoir se passer de moi pour commencer, claironna-t-elle gaiement, et elle sortit.

Rob l'attendait dans le couloir, l'air gêné de se trouver à proximité des toilettes des dames. Il tira un mouchoir de sa poche revolver et s'en tamponna le front. Kate le tança, l'œil mauvais.

— Quoi ? s'écria-t-elle. Maintenant que Sabin n'est plus à portée d'oreille, vous allez m'expliquer en long en large et en travers en quoi la mort de Mélanie Hessler est d'une certaine manière ma faute ? Si j'avais renoncé à cette affaire dès lundi pour vous la transmettre, cela lui aurait évité de tomber entre les mains de ce malade, de ce fils de pute ?

Il mima une expression offensée.

— Non ! Qu'est-ce qui vous amène à dire une chose pareille ?

— Parce que c'est peut-être ce que vous pensez, admit-elle, en se rendant à la balustrade qui surplombait le parvis intérieur. J'estime que personne n'est capable d'accomplir mon boulot mieux que moi. Mais je n'ai pas fait mon boulot, et maintenant Mélanie est morte.

— Qu'est-ce qui vous permet de croire que vous auriez pu empêcher ce qui est arrivé ? (Il la dévisagea, dans un mélange de stupéfaction et de ressentiment.) Vous vous prenez pour Wonder Woman ou quoi ? Vous croyez que le monde entier tourne autour de votre personne ?

— Non. Je sais simplement que j'aurais dû l'appeler et que j'ai négligé de le faire. Si j'avais pris cette peine, il y aurait eu au moins quelqu'un pour s'aviser de sa disparition et s'en préoccuper. Elle n'avait personne d'autre.

— Elle était donc sous votre responsabilité, conclut-il. Comme Angie.

— Il faut bien quelqu'un pour porter le chapeau, en dernier recours.

— Et ce quelqu'un, c'est vous. La Grande Catherine, conclut-il, non sans une pointe de sarcasme et d'aigreur.

Kate redressa le menton et lui lâcha un regard furieux.

— Vous n'avez pas été long à vous débrouiller pour m'en faire endosser toute la responsabilité, la nuit dernière, releva-t-elle. Je ne vous comprends pas, Rob. Vous me racontez que je suis exactement la personne qu'il vous faut dans cette affaire, et puis vous faites volte-face et vous vous plaignez de ma façon de travailler. Vous voulez me faire endosser la responsabilité de tout ce qui ne va pas, mais vous ne supportez pas que je l'assume effectivement. Au fond, quel est votre problème ? le questionna-t-elle. Est-ce que, d'une certaine manière, mon attitude ne ficherait pas en l'air votre petite stratégie vis-à-vis de Sabin ? À partir du moment où je supporte tout le poids de la faute, cela vous empêche d'arborer cet air contrit et obséquieux en ma faveur ? Pas vrai ?

Rob fit jouer les muscles de sa large mâchoire, et une expression mauvaise scintilla dans ses yeux.

— La vie vous laissera le temps de regretter votre façon de me traiter, Kate. Peut-être pas aujourd'hui. Peut-être pas demain. Mais un jour...

— Pour l'instant, vous ne pouvez pas me virer, Rob, lui lança-t-elle. Sabin ne vous laissera pas faire. Et je ne suis pas d'humeur à jouer à vos petits jeux de rôles. Si vous avez une raison de vous trouver ici en face de moi à la minute présente, je vous en prie, videz votre sac. J'ai du boulot... au moins pour les prochaines heures.

Les yeux de Rob se plissèrent jusqu'à se réduire à deux fentes, et le poids de son corps se déplaça d'un pied sur l'autre. Son visage se rembrunit. Elle y était allée trop fort, elle avait franchi une ligne qu'elle pourrait bien ne plus repasser dans l'autre sens. Il ne suffirait plus d'un simple mot d'excuse et d'une promesse d'amender sa conduite, mais il était hors de question qu'elle recule devant lui, pas maintenant.

— La police désire que vous réécoutiez les cassettes des entretiens avec Mélanie pour voir si elle n'aurait pas mentionné quelque chose qui pourrait avoir un rapport avec cette affaire, annonça-t-il avec raideur. Je pensais que, tout bien considéré, cela vous serait insurmontable, poursuivit-il du ton affecté du martyr blessé. J'étais sur le point de vous offrir mon aide.

— *J'étais* ? Cela signifie-t-il que cette offre cesse d'être valable parce que vous avez décidé qu'en fin de compte j'étais une salope et une ingrate ?

Il lui adressa un sourire déplaisant, ses yeux disparaissant derrière les verres de ses lunettes.

— Non. Je ne laisserai pas votre attitude interférer avec mon métier. Nous écouterons ces bandes ensemble. Vous écouterez ce qui vous paraîtra incongru, eu égard à ce que vous connaissiez d'elle. Quant à moi, j'écouterai d'un point de vue objectif, sous un angle purement linguistique. Retrouvez-moi dans mon bureau d'ici cinq minutes.

Kate le regarda s'éloigner en se dandinant, songeant qu'elle le haïssait presque autant qu'elle était sur le point de haïr ce métier.

— Pourquoi est-ce que je ne peux pas tout simplement me planter un pic à glace dans le front ? maugréa-t-elle pour elle-même, en lui emboîtant le pas.

374

— Cette bande est une copie, expliqua le technicien du BAC.

Il y avait là Kovac, Quinn, Liska et un type maigrichon que Kovac appelait Zoreilles — regroupés autour d'une barrière d'appareils électroniques à façade noire, émaillés d'une invraisemblable batterie de potentiomètres, de boutons, de lampestémoins et de vumètres.

— La qualité du son est bien meilleure que tout ce que vous obtiendriez d'un microcassette, souligna Zoreilles. En fait, je dirais que le tueur devait avoir accroché un micro-cravate sur la victime, ou l'avoir positionné très près d'elle. Cela justifierait la distorsion sur les cris. Cela expliquerait aussi pourquoi les autres voix sont si indistinctes.

— Vous êtes sûrs qu'il y a deux voix ? l'interrogea Quinn, les implications de cette éventualité se ramifiant dans son cerveau jusqu'à l'emplir tout entier.

— Oui. Tenez, écoutez.

Le technicien enfonça une touche et régla un potentiomètre. Un cri remplit la petite pièce, et les quatre personnes présentes se crispèrent à l'audition de ce son, comme s'il se fût agi d'une véritable agression physique.

Quinn lutta pour se concentrer non pas sur les émotions contenues dans ce cri, mais sur les composantes isolées de ce matériau sonore, en tâchant d'en éliminer tant le facteur humain qu'il contenait que sa propre réaction. Chez les tueurs en série, revivre les crimes constituait une composante cruciale du cycle vital qui se définissait ainsi : fantasme, fantasme violent, mécanismes facilitant le meurtre, meurtre, fantasme, fantasme violent, et ainsi de suite, en boucle.

En employant une technologie bon marché, il leur était facile de se repasser un matériau sonore qui s'avérait plus parfait qu'un souvenir —, aussi facile que d'actionner un interrupteur ou de régler un objectif. Au cours de ces dernières années, c'était aussi cette technologie bon marché, combinée avec le besoin égotique du tueur, qui avait grandement contribué à la découverte des preuves entraînant condamnation. Pour les flics et les procureurs, tout le problème se résumait en ces termes : il s'agissait d'avoir suffisamment d'estomac pour écouter et pour regarder. Il était déjà suffisamment dur comme cela de constater les conséquences de crimes pareils. Devoir suivre l'accomplissement de ces forfaits, auditivement et visuellement, voilà un exercice qui pouvait prélever lui aussi un lourd tribut sur leur moral.

Quinn, lui, avait regardé, écouté, un crime après l'autre, et puis un autre, et un autre encore...

Zoreilles baissa un potentiomètre et releva deux manettes.

— On arrive au passage concerné. J'ai isolé et estompé la voix de la victime et je me suis débrouillé pour faire ressortir les autres. Écoutez bien.

Tout le monde retint son souffle. Les cris passèrent à l'arrière-plan et une voix d'homme, feutrée, indistincte, prononça ces mots :

— ... Tourne-la... vas-y..., suivis d'un bruit blanc, suivis d'une voix encore moins distincte qui disait :

— ... Je veux... de moi...

— Voilà ce qu'on peut en tirer de mieux, expliqua Zoreilles, en enfonçant des touches, pour rembobiner. Je peux monter le volume, mais les voix ne seront pas plus distinctes. Elles étaient trop loin du micro. Mais d'après ce que je lis sur les indications des instruments, je dirais que la première est celle d'un homme et la seconde celle d'une femme.

Quinn repensa aux coups de couteau sur la poitrine de chaque victime, à ces deux motifs différents : de longues blessures, des blessures courtes, de longues blessures, des blessures courtes... *Croix de bois, croix de fer...* Un pacte, un gage, un engagement. Deux couteaux — la lumière se réfléchissant sur une lame, et puis sur l'autre, deux couteaux qui s'abattaient suivant une cadence macabre.

Ces blessures revêtaient un sens, désormais. Il aurait dû y penser tout seul : deux couteaux, deux tueurs. Il ne pouvait prétendre que ce soit là une découverte pour lui. Il avait déjà vu ce genre de schéma auparavant. Mais ce dont il était bien certain, c'était de n'avoir aucune envie de revoir ça, et il le comprit lorsqu'un mouvement de rejet lui envahit la poitrine, en une vague de panique.

Le meurtre n'atteignait jamais une telle noirceur, une telle perversité que lorsque les tueurs formaient un couple. La dynamique propre à ce genre de relation illustrait les paroxysmes les plus maladifs du comportement humain. Les obsessions et les pulsions, les peurs et les fantasmes sadiques de deux personnes pareillement perturbées s'enchevêtraient, à l'image d'un duo de vipères essayant de s'entre-dévorer.

— Tu veux nous repasser encore un peu cette cassette, Zoreilles ? le pria Kovac. Voir si tu ne peux pas tirer quelques mots de plus de l'un ou l'autre de ces lascars ? J'aimerais comprendre ce qu'ils se racontent.

Le technicien haussa les épaules.

— Je vais essayer, mais je ne promets rien.

— Fais ce que tu peux. Songe à la carrière que tu vas sauver, et songe que cette carrière pourrait bien être la mienne.

— Alors tu me devras deux caisses de bière dont je ne verrai jamais la couleur, en tout cas pas dans cette vie.

— Tente-moi ce coup-là, et je te fais livrer une cargaison de Pig's Eye, de quoi tenir une vie entière.

Ils regagnèrent le couloir, Quinn ouvrant la marche, essayant déjà de démêler l'écheveau qui venait de se nouer à l'intérieur de son crâne, afin de détourner aussi son attention de ce nœud qui lui obstruait la gorge. Se concentrer sur le problème que l'on tient à portée de la main, pas sur celui qui macère, sous-jacent, à l'intérieur de soi-même. Éviter de remuer cette idée : qu'au moment même où il commençait de percevoir un progrès, les tueurs se dédoublent, se multiplient, comme un objet de cauchemar.

Kovac, qui fermait la marche, claqua la porte derrière lui.

— Ça, c'est pile le tuyau dont on n'avait pas besoin, se plaignit-il. Déjà suffisamment dur de chercher un givré. Maintenant faut que j'aille informer les patrons qu'on en recherche deux.

— Ne leur annoncez pas, conseilla Quinn. Pas tout de suite. J'ai besoin de réfléchir sur cette donnée.

Il s'adossa au mur, comme s'il avait l'intention de rester là, debout, jusqu'à ce que la réponse lui vienne.

— Qu'est-ce que ça change au profil, s'il a un partenaire ? s'enquit Liska.

— Qu'est-ce que ça change au profil s'il a un partenaire, et si ce partenaire est une femme ? lui demanda Quinn en retour.

— Ça me complique vachement la vie, lança Kovac.

Le couloir était sombre, bas de plafond, et guère passant à cette heure de la journée. Deux femmes, en blouses de labo, absorbées dans une conversation sur la politique du service. Quinn attendit qu'elles ne soient plus à portée de voix.

— Sont-ils partenaires à égalité, ou bien la femme est-elle ce que l'on appelle une « victime consentante » ? Participe-t-elle parce qu'elle aime ça, ou parce qu'elle sent qu'elle le doit pour une raison ou pour une autre : elle a peur de lui, il a barre sur elle, que sais-je. (Il se tourna vers Liska.) Est-ce que Gil Vanlees a une petite amie ?

— Je n'en ai pas entendu parler. J'ai questionné sa femme, son patron, ses collègues. Rien.

— Avez-vous interrogé sa femme à propos de Jillian Bondurant ? Si elle connaissait Jillian, si elle trouvait que son mari la connaissait un petit peu trop bien ?

— Elle m'a expliqué qu'il ne dédaignait pas de mater tout ce qui possédait une paire de tétons. Elle n'a suggéré aucun distinguo particulier à propos de Jillian.

— Qu'en pensez-vous ? demanda Kovac.

— Je pense que depuis le début ça m'a chiffonné qu'on ne dispose d'aucune identité certaine en ce qui concerne la troisième victime. Pourquoi cette décapitation ? Pourquoi cette mutilation supplémentaire sous la plante des pieds ? Et maintenant voilà qu'on se sert de la voiture de Jillian pour la quatrième victime. Pour quel motif mettre autant l'accent sur Jillian ? s'interrogea Quinn. Nous savons qu'elle était malheureuse, perturbée. Quelle échappatoire plus définitive à la vie que la mort — réelle ou symbolique ?

— Vous pensez que la voix sur cette bande pourrait être celle de Jillian, intervint Kovac. Vous croyez que ce pourrait être elle, la partenaire de Vanlees ?

— Depuis le début, j'ai souligné que la clef de cette histoire, c'était Jillian Bondurant. Elle est l'élément qui ne coïncide pas. Seulement, jusqu'à présent, il ne m'était jamais venu à l'esprit qu'elle pouvait ne pas en être seulement la clef. Peut-être est-elle une tueuse, elle aussi.

— Bon Dieu, s'exclama Kovac. Bon, eh bien, j'aurais accompli une honnête carrière, pour le temps qu'elle aura duré. Peut-être que je vais pouvoir reprendre le boulot de Vanlees, courser les groupies par la porte des coulisses au Target Center.

Il jeta un coup d'œil à sa montre et en tapota le cadran.

— Faut que j'y aille. J'ai un rendez-vous avec la femme de l'ex-associé de Peter Bondurant. Peut-être que là-bas je vais dégotter quelque chose sur Jillian.

— Je veux parler à son ex-amie : Michèle Fine. Voir si elle conserve des exemplaires des partitions de ces chansons qu'elle écrivait avec Jillian. Cela devrait nous fournir quelques aperçus sur son état d'esprit, peut-être même, à travers les paroles, sur le type de fantasmes qui animaient son existence. Je veux avoir aussi l'opinion de Fine sur Vanlees.

— Elle n'en a pas, affirma Liska. Je lui ai posé la question le jour où nous nous sommes rendues à l'appartement avec elle et où nous l'avons rencontré. En guise d'opinion, elle m'a balancé cette réplique : « Qui fait attention aux paumés ? »

— Mais les prédateurs reconnaissent ceux qui appartiennent à la même espèce qu'eux, objecta Quinn. (Il se tourna vers Kovac.) Qui s'occupe de Vanlees ?

— Tippen et Hamill.

— Parfait. Qu'ils aillent lui demander si cet ami dans la maison duquel il réside importe du matériel d'enregistrement, des caméras vidéo, ce genre de trucs.

Kovac approuva de la tête.

— Ce sera fait.

— Il reste quelques autres possibilités à envisager, en dehors de Vanlees, releva Quinn. Si, dans la relation entre Joe l'Enfumeur et sa partenaire, il est question de maîtrise, de domination, de pouvoir, alors il faut que nous passions au crible la vie de Jillian et que nous nous demandions quels hommes ont exercé quel type de domination sur elle. Je peux en nommer deux dont nous connaissons l'existence.

— Lucas Brandt et Papa Chéri, ponctua Kovac avec un regard sinistre. Génial. En fin de compte, il se pourrait qu'on ait levé un lièvre, à savoir que la fille de l'homme le plus puissant de cet État serait une meurtrière malade, un monstre... et peut-être qu'elle tiendrait ça de son Papa. C'est bien ma chance.

Liska lui tapota le bras tandis qu'ils s'engageaient dans le couloir.

— Tu sais ce qu'on dit, Sam : on ne choisit ni ses parents ni ses tueurs en série.

— En fait de formule, je peux vous en proposer une meilleure, ajouta Quinn, alors que les diverses hypothèses de conclusion dans cette affaire, toutes plus monstrueuses les unes que les autres, lui traversaient la tête en un éclair, par myriades. Tant qu'on n'est pas arrivé au bout, on n'est pas arrivé au bout.

28.

Pour l'essentiel, le *Wonderbra* était vide, à part le même duo de vieux schnocks à bouc et béret en train, pour aujourd'hui, de discuter pornographie, et un autre artiste crève-la-faim méditant près de la fenêtre sur la médiocrité de sa condition, un *latte macchiato* à trois dollars à portée de la main.

Michèle Fine s'était fait porter malade. Liska avait glané cette information auprès de l'étalon italien posté derrière le bar et avait noté, mentalement, de prendre l'habitude de venir boire ici son cappuccino quotidien. Peu importait que le *Wonderbra* soit à des kilomètres de tout ce qui composait son existence de tous les jours. En fait, c'était partiellement de là que provenait l'essentiel du charme de l'endroit.

— Est-ce que vous connaissiez son amie ? demanda Quinn. Jillian Bondurant ?

Le dieu romain répondit d'une moue de ses lèvres charnues et secoua la tête.

— Pas vraiment. Je veux dire, elle est venue ici un tas de fois, mais elle n'était jamais très sociable. Très introvertie, si vous voyez ce que je veux dire. Elle et Michèle étaient très liées. C'est à peu près tout ce que je sais, à part ce que j'en ai lu dans les journaux.

— Est-ce qu'il vous est jamais arrivé de la voir ici en compagnie de quelqu'un d'autre ? essaya Quinn.

— Michèle ou Jillian Bondurant ?

— Jillian.

— Je peux pas vous dire.

— Et Michèle ? Elle a un petit ami ?

Il n'eut pas l'air d'apprécier cette question, comme si peut-être, face à ces problèmes, à les voir se montrer trop directs, il envisageait de se retrancher derrière ses droits constitutionnels. Liska exhiba le cliché Polaroid qu'elle avait pris de Vanlees et le lui tendit.

— Avez-vous déjà vu l'une de ces deux femmes dont nous parlons avec ce type ? Ou ce type, ici, tout seul ?

Il loucha sur la photo, en s'appliquant, comme les gens qui déploient de gros efforts pour améliorer tant leur mémoire que leur vue.

— Nan. Sa tête ne me dit rien.

— Et leur musique ? demanda Quinn. Michèle nous a indiqué qu'elles jouaient ici parfois.

— Michèle chante et joue de la guitare les soirs où la scène est ouverte à tous. Je sais qu'elles écrivaient des trucs ensemble, mais je serais incapable de vous préciser qui faisait quoi. Jillian n'a jamais joué en public. Elle était spectatrice. Ça ne lui déplaisait pas de regarder les autres.

— Quel genre de musique ? voulut savoir Quinn.

— Du folk, limite féministe coincée. Pas mal de colère, pas mal d'angoisse, assez sombre.

— Sombre en quel sens ?

— Relations dures, relations tordues, pas mal de souffrance affective.

Il en parlait comme s'il avait eu envie d'ajouter : « comme d'habitude », non sans laisser transparaître un certain ennui. À soi tout seul, un véritable commentaire de la vie moderne.

Quinn le remercia. Liska commanda un moka pour la route et lui laissa un dollar de pourboire. Quinn eut un petit sourire en lui tenant la porte.

— Hé ! protesta Liska. Ça fait jamais de mal d'être sympa.

— Je n'ai rien dit.

— Non, en effet, et vous n'aviez rien à dire.

La neige tombait toujours. Devant le café, la rue était dans un état lamentable. La chaussée était devenue invisible, les conducteurs avaient d'ores et déjà adopté le principe suivant : seuls les mieux adaptés survivent. Tandis qu'ils considéraient ce spectacle, une Ford Neon violette faillit achever son existence contre un bus de la Minneapolis Transport Company.

— Vous êtes assez bon, dans ces trucs de flic, lui concéda Liska, tout en extirpant ses clefs de voiture de la poche de son manteau. Vous devriez envisager de renoncer à tout le prestige du RETS et du FBI pour la relative ignominie de l'unité homicide de Minneapolis. Ça vous vaudrait de vous faire harceler par les grands patrons, maltraiter par la presse, et vous circuleriez dans un tas de ferraille pareil à celui-ci.

— Tout ça, et en plus, ça me vaudrait la chance de vivre sous ce climat ? (Quinn releva son col pour se protéger contre le vent et la neige.) Comment pourrais-je résister à une offre pareille ?

— Oh ! d'accord ! fit Liska avec résignation, tout en s'installant au volant. Allez, pour faire bonne mesure, en prime, j'ajoute à mon offre toutes les séances de sexe que vous voudrez. Mais il va falloir m'en promettre !

Quinn lâcha un petit rire et surveilla la circulation par la lunette arrière.

— Fée Clochette, vous êtes un sacré numéro.

L'appartement de Michèle Fine était à moins d'un kilomètre et demi de là, dans un quartier plutôt miteux, où s'entassaient pêle-mêle de vieux pavillons en duplex un peu décrépits et des cubes monstrueux, dont les appartements, selon les informations de Liska, abritaient un nombre invraisemblable de locataires en liberté conditionnelle et autres criminels au petit pied en période de mise à l'épreuve.

— L'appartement de Vanlees, qui se trouve sur Lyndale, est situé à quelques blocs au sud d'ici, lui apprit-elle tandis qu'ils avançaient sur le trottoir avec précaution, en plaçant leurs pas dans les ornières que d'autres avaient creusées avant eux dans la neige humide. Une coïncidence comme celle-là, vous devez adorer, non ?

— Mais quand vous vous êtes rendues ensemble en visite à l'appartement de Jillian, ils n'avaient pas l'air de se connaître ?

Elle repensa à la scène, et ses sourcils se creusèrent de rides.

— Pas plus que ça. Ils ne se sont pas parlé. Croyez-vous vraiment qu'elle aurait pu le surprendre en train de regarder par les fenêtres de Jillian ?

— J'ai tenté cet argument-là au jugé, mais ce qui est sûr, c'est qu'il a drôlement cavalé, votre gaillard. La chose que je me demande, c'est, si elle l'a surpris en train de commettre un acte pareil, pourquoi ne vous en aurait-elle pas touché un mot ?

— Bonne question. (Liska essaya la porte blindée de l'immeuble et découvrit qu'elle n'était pas verrouillée.) Allons dégotter la réponse.

L'ascenseur sentait le mauvais plat chinois à emporter. Ils montèrent au quatrième étage en compagnie d'un shooté aux traits émaciés blotti dans un coin, qui s'efforçait de passer inaperçu tout en lorgnant sur le coûteux imperméable de Quinn. Quinn le dévisagea froidement et observa la sueur qui, instantanément, perla au front cireux de l'homme. Quand les portes s'ouvrirent, le camé ne décolla pas du fond de l'ascenseur et redescendit avec.

— Vous devez être bon, à une table de poker, lui concéda encore Liska.

— Pas le temps.

Elle haussa un sourcil, ses yeux bleus brillants, une expression qui se voulait attrayante.

— Devriez faire gaffe. Rien que travailler et jamais s'amuser, oh ! mais ça va faire de monsieur John un garçon barbant !

Quinn esquiva son regard, en parvenant à afficher un sourire penaud.

— Je risquerais de vous endormir, Fée Clochette.

— Enfin, ça, j'en doute, mais si vous ressentez le besoin de me le prouver scientifiquement...

Elle s'arrêta devant la porte de Fine et le regarda.

— Je vous fais juste tourner en bourrique, vous le savez bien. La triste vérité, c'est que vous m'avez tout l'air d'un homme qui a quelqu'un dans la tête.

Quinn sonna et fixa la porte du regard.

— Ouais, un tueur.

Ce fut sa réponse, alors qu'en vérité, pour la première fois depuis très longtemps, toutes ses pensées n'étaient pas entièrement accaparées par son métier.

Comme si Liska venait de lui en accorder la permission, ce fut Kate qui lui vint subitement à l'esprit. Il se demanda comment elle allait, à quoi elle pensait. Il se demandait si elle avait déjà reçu le message l'informant que la victime de la voiture n'était pas son témoin. L'idée qu'elle puisse se reprocher ce qui était arrivé le révulsait, et l'idée que son patron puisse le lui reprocher le révulsait encore plus. Cela éveillait en lui ses instincts protecteurs, lui communiquait l'envie d'infliger à Rob Marshall un traitement plus brutal que de simplement se contenter de lui botter le cul. Il s'interrogea : Kate serait-elle amusée ou contrariée de l'apprendre ?

Il sonna de nouveau.

— Qui est là ? demanda une voix depuis l'intérieur de l'appartement.

Liska se plaça dans le champ du judas.

— Sergent Liska, Michèle. J'ai besoin de vous poser deux ou trois questions supplémentaires à propos de Jillian.

— Je suis malade.

— Ça ne prendra qu'une minute. C'est très important. Il y a eu un autre meurtre, vous le savez.

La porte s'entrouvrit, et Fine les scruta tous les deux, à l'abri de la chaîne de sûreté. La partie balafrée de son visage étroit et anguleux vint s'encadrer dans l'espace de cet entrebâillement.

— Je n'ai rien à voir là-dedans. Je peux pas vous aider.

Là-dessus, elle vit Quinn, et son regard se durcit, avec suspicion.

— Qui est-ce ?

— John Quinn, FBI, se présenta Quinn. J'aimerais aborder le sujet Jillian avec vous, mademoiselle Fine. J'essaie de me faire une meilleure idée de sa personnalité. J'ai cru comprendre que vous étiez amies intimes.

Les secondes s'écoulèrent, tandis qu'elle le dévisageait, le jaugeant d'une manière pour le moins singulière, de la part d'une serveuse de bar à la mode. En l'occurrence, c'était plutôt le regard d'une femme qui en avait vu de toutes les couleurs, dans la rue. Lorsqu'elle leva la main pour libérer la chaîne de sûreté, Quinn entrevit fugitivement le serpent tatoué autour de son poignet.

Elle ouvrit la porte et recula, à contrecœur.

— Vous n'avez pas eu de ses nouvelles, depuis vendredi ? la questionna Quinn.

Fine lui lâcha un regard plein de suspicion, d'antipathie.

— Comment j'aurais pu avoir de ses nouvelles ? questionna-t-elle avec aigreur, ses yeux tout près de se remplir de larmes. Elle est morte. Qu'est-ce qui vous prend de me demander une chose pareille ?

— C'est que je ne suis pas aussi certain de la chose que vous en avez l'air.

— Qu'est-ce que vous racontez, bordel ? s'écria-t-elle, l'air exaspéré et troublé à la fois. C'est dans tous les journaux. Son père offre une récompense. À quel genre de jeu vous jouez ?

Quinn la laissa en attente, le temps de jeter un coup d'œil sur la pièce alentour. L'appartement était typique années soixante-dix — décor d'origine, sans rien de rétro — et il imaginait sans peine qu'on n'avait rien dû transformer, rien dû nettoyer depuis cette époque. Les rideaux tissés avaient l'air sur le point de tomber en poussière de leurs tringles. Le canapé et le fauteuil assorti du petit salon étaient d'un écossais marron et orange vieux jeu, râpés jusqu'à la corde. Des magazines de voyage écornés étaient posés sur la table basse à deux sous, comme des rêves abandonnés à côté d'un cendrier rempli à ras bord de vieux mégots. Le tout était imprégné d'une odeur de cigarette et de marijuana.

— J'ai vraiment pas besoin que vous me preniez la tête, prévint Fine. Je suis malade. Je suis malade pour Jillian. Elle était mon amie... Sa voix se brisa, elle détourna le regard et sa bouche se serra, ce qui creusa la cicatrice en forme de croc qu'elle avait dessinée à la commissure des lèvres. Je suis... je suis malade, c'est tout. Alors, vous voulez quelque chose, vous me le demandez et vous dégagez de ma vie.

Elle tira sur sa clope et se décala d'un pas sur la gauche, en se tenant le côté, de son bras libre. Quinn se fit la réflexion qu'elle était d'une minceur malsaine, pâle et osseuse. Peut-être était-elle réellement malade. Elle portait un immense cardigan noir mité, sur un T-shirt blanc sale, si petit, en revanche, qu'il avait l'air destiné à un enfant. Dans son cycliste noir et usé, ses jambes paraissaient aussi minces que des piquets. Ses pieds étaient nus sur la moquette crasseuse.

— Alors, qu'est-ce que vous avez attrapé ? l'interrogea Liska.

— Hein ?

— Vous disiez que vous étiez malade. Qu'est-ce que vous avez attrapé ?

— Euh... la grippe, répondit-elle, absente, en regardant la télévision, où, semblait-il, une femme d'une obésité effarante racontait tout, vraiment tout, au présentateur Jerry Springer sur ses relations sexuelles avec le nain vérolé et le transsexuel black assis à sa gauche et à sa droite. (Fine retira un brin de tabac de sa langue et, d'une pichenette, l'envoya en direction de l'écran.) Grippe intestinale.

— Vous savez que j'ai entendu dire que c'est bon pour la nausée ? lui apprit Liska, de but en blanc. La marijuana. On s'en sert pour les malades qui suivent une chimiothérapie. Naturellement, en dehors de ce cas précis, c'est illégal...

La menace était subtile. Peut-être s'avérerait-elle tout juste suffisante pour peser en leur faveur, si jamais, en son for intérieur, Fine était en train de se débattre avec l'idée d'une possible coopération.

Elle dévisagea Liska avec des yeux vides.

— L'autre jour... quand nous sommes tombées sur ce personnage, chez Jillian, poursuivit Liska. Vous n'aviez pas grand-chose à dire sur son compte.

— C'est-à-dire ?

— Jillian le connaissait bien ? Ils étaient amis ?

— Non. Elle le connaissait assez pour l'appeler par son nom, ça, oui.

Michèle se rendit à la table format timbre-poste où elle devait prendre ses repas, s'assit, et s'y accouda comme si elle n'avait pas la force de soutenir son propre poids.

— Il avait l'œil sur elle.

— De quelle manière ?

Fine observa Quinn.

— À la manière des hommes.

— Est-ce que Jillian vous a jamais confié s'il la battait, s'il la surveillait, quoi que ce soit de ce genre ? demanda Liska.

— Vous pensez qu'il l'a tuée.

— Vous, qu'en pensez-vous, Michèle ? reprit Quinn au vol. Votre avis sur ce type ?

— C'est un paumé.

— Avez-vous jamais eu la moindre prise de bec avec lui ?

Elle haussa une épaule aussi fluette qu'une aile d'oiseau.

— Je lui ai peut-être sorti une ou deux fois d'aller se faire foutre.

— Et pourquoi ça ?

— Parce qu'il nous regardait fixement. Comme s'il nous imaginait, nues, toutes les deux ensemble. Gros salopard.

— Et qu'est-ce que Jillian en disait ?

Un autre haussement d'épaules.

— Une fois, elle a sorti que, pour elle, le laisser mater, c'était le plus grand pied de sa vie.

— Elle ne vous a jamais rapporté qu'il l'avait importunée.

— Non.

— Est-ce qu'elle vous a jamais fait part de son impression d'être surveillée ou suivie, ou rien de cet ordre ?

— Non. Même si elle l'était.

Liska la regarda avec acuité.

— Comment ça ?

— Son père et son espèce de psy nazi, ils la surveillaient. Deux rapaces. Son père avait la clef de son appartement. Parfois, quand on arrivait chez elle, il était là, en train d'attendre, à l'intérieur. Après ça, parlez-moi de violation de la vie privée.

— Cela tracassait Jillian, quand il se comportait de la sorte ?

Un petit sourire étrange, amer, vint tordre la bouche de Michèle Fine, et elle regarda fixement le cendrier dans lequel elle écrasa sa cigarette.

386

— Non. Elle était une fille à papa, après tout.

— Ce qui veut dire ?

— Rien. Elle le laissait tirer les ficelles, voilà, c'est tout.

— Elle vous a parlé de sa relation avec son beau-père. Vous a-t-elle jamais raconté quoi que ce soit au sujet de sa relation avec son père ?

— Nous ne parlions pas de lui. Elle savait ce que je pensais de ses tentatives de la dominer. Le sujet était tabou. Pourquoi ? demanda-t-elle, très terre à terre. Vous croyez qu'il la baisait, lui aussi ?

— Je n'en sais rien, admit Quinn. Qu'en pensez-vous ?

— J'en pense que je n'ai jamais rencontré un homme qui refuserait de se lever un petit cul s'il en a l'occasion, lâcha-t-elle, avec une effronterie délibérée, son regard parcourant le corps de Quinn, jusqu'à l'entrejambe. (Il la laissa terminer de regarder, attendit patiemment. Finalement, les yeux de Michèle revinrent sur lui.) Si oui, elle n'en a jamais rien dit.

Quinn passa vers la chaise au bout de la petite table, s'assit et s'installa comme s'il avait l'intention de rester souper. Il considéra de nouveau l'appartement, notant qu'il contenait très peu d'objets décoratifs, rien de ce qui compose un chez-soi, rien de très personnel. Pas de photos. La seule chose qui paraissait à peu près correctement entretenue, c'était le petit empilement d'appareils de la chaîne stéréo et du matériel d'enregistrement, dans l'angle opposé du salon. Une guitare était appuyée sur le côté.

— J'ai cru comprendre que Jillian et vous, vous écriviez de la musique toutes les deux, reprit-il. Quelle était la part qu'y prenait Jillian ?

Fine alluma une autre cigarette et recracha la fumée vers le lustre bon marché. Le regard de Quinn fut de nouveau attiré par le serpent, tatoué autour du poignet, entortillé autour des cicatrices qui avaient marqué la chair, il y avait longtemps de cela. Le serpent du Jardin d'Éden, une petite pomme rouge dans la gueule.

— Parfois elle écrivait des paroles, expliqua-t-elle, la fumée s'écoulant par l'interstice qui séparait les incisives, assez écartées. Parfois de la musique. Comme ça la prenait. Comme ça me prenait.

— Vous avez publié quelque chose ?

— Pas encore.

— Elle aimait écrire sur quoi ?

— La vie. Les gens. Les rapports.

— Les rapports difficiles, durs ?

— Il y en a d'autres ?

— Elle gardait des copies des trucs que vous aviez écrits ?

— Bien sûr.

— Où ? s'enquit Liska.

— Dans son appartement. Dans la valise du piano et dans la bibliothèque.

— L'autre jour, là-bas, je n'ai rien trouvé.

— Enfin, en tout cas, c'est bien là que c'était rangé, insista Fine, sur la défensive, en recrachant à nouveau la fumée.

— Vous en avez gardé des copies sur lesquelles je pourrais jeter un œil ? demanda Quinn. J'aimerais lire ses paroles, histoire de saisir ce qu'elles évoquent du personnage de Jillian.

— La poésie est une fenêtre ouverte sur l'âme, déclara Fine, d'une voix singulière, songeuse.

Son regard se perdit au loin, une fois encore, et Quinn se demanda où elle voulait en venir au juste, et pourquoi. Le meurtre prétendu de Jillian Bondurant l'avait-il poussée au-delà d'une certaine barrière mentale ? Elle semblait avoir été l'unique amie de Jillian. Peut-être Jillian avait-elle été sa seule amie. Et maintenant, il n'y avait plus personne — plus d'amie, plus de partenaire pour écrire de la musique, rien que cet appartement pouilleux et un boulot sans avenir.

— C'est exactement là-dessus que je mise, approuva-t-il.

Alors elle posa le regard sur lui — elle, si peu attrayante, avec son allure un peu bizarre, les cheveux graisseux et foncés tirés en arrière, les traits vaguement familiers (comme l'étaient aux yeux de Quinn tous les visages du monde, après toutes ces affaires). Ses petits yeux lui parurent subitement très clairs, quand elle lui dit :

— Mais la poésie, est-ce qu'elle reflète qui nous sommes, ou ce que nous voulons ?

Elle se leva et traversa la pièce jusqu'à un dispositif d'étagères fabriqué avec des parpaings et des planches en bois, d'où elle revint en triant le contenu d'une chemise. Quinn se leva et tendit la main pour prendre cette chemise, mais Fine esquiva le geste, en lui lâchant un regard par en dessous, les yeux à demi voilés par les cils, presque avec coquetterie.

— C'est aussi la fenêtre de mon âme à moi, monsieur le Fédéral. Peut-être que j'ai pas envie que vous y fourriez le nez.

Elle lui présenta une demi-douzaine de feuilles de papier à musique. Ses ongles étaient rongés jusqu'au sang. Ensuite elle serra la chemise contre son ventre, et ce geste fit ressortir ses seins petits sous le T-shirt étroit. Elle ne portait pas de soutien-gorge.

Liska posa son cartable sur la table, l'ouvrit en faisant sauter la languette, et en tira un nécessaire de relèvement d'empreintes.

— Il nous faut quand même vos empreintes, Michèle. Comme ça nous pourrons les éliminer de toutes celles qui ont été prises dans le pavillon de Jillian. Je savais bien que vous n'aviez pas eu le temps de le faire, occupée comme vous êtes et tout ça.

Fine fixa du regard le tampon encreur et la fiche à empreintes digitales, l'air mécontent et sur ses gardes.

— Ça ne prendra qu'une minute, la rassura Liska. Prenez un siège.

Fine se laissa tomber sur une chaise et offrit sa main à contrecœur.

— Quand avez-vous entendu des nouvelles de Jillian pour la dernière fois ? demanda Quinn.

— Je l'ai vue vendredi avant sa séance chez le preneur de tête, fit Michèle tandis que Liska faisait rouler le pouce sur le tampon encreur et l'appuyait sur une fiche.

— Vendredi soir, elle ne vous a pas appelée ?

— Non.

— Elle n'est pas venue vous voir ?

— Non.

— Où étiez-vous vers minuit, une heure du matin ?

— Au lit. Nue et seule.

Elle leva les yeux vers lui, le regard voilé par les cils. Provocante.

— Ça paraît curieux, vous ne trouvez pas ? souligna Quinn. Elle s'était disputée avec son père. Elle était assez chavirée pour repartir précipitamment de chez lui. Mais elle n'a pas essayé de contacter sa meilleure amie.

— Eh bien, agent Quinn, reprit-elle, parlant avec la voix de l'expérience et de la tristesse. Ça fait longtemps que j'ai appris que vous ne pouvez jamais vraiment savoir ce qu'il y a dans le cœur de quelqu'un d'autre. Et parfois ça vaut tout aussi bien.

Sam pila avec sa Caprice sur un parking marqué « Réservé aux véhicules de police » le long de l'hôtel de ville, côté 5e Rue, et abandonna son véhicule. En lâchant une bordée d'injures, il s'escrima pour traverser l'amoncellement de neige labourée de pas qui recouvrait le trottoir, en s'effondrant sur un genou à un endroit. Titubant, trébuchant, il finit par franchir le mamelon de neige, grimpa les marches quatre à quatre et pénétra dans le bâtiment. En respirant avec la force d'un soufflet de forge. Le cœur travaillant trop pour pomper le sang et l'adrénaline dans des artères qui, vues de l'intérieur, devaient probablement ressembler à une tuyauterie de plomberie en mauvais état.

Dieu, s'il voulait survivre à une autre affaire comme celle-ci, il allait devoir se plier à des séances de remise en forme. De toute façon, une fois encore, sa carrière n'avait probablement aucune chance de survivre à cette affaire.

Il trouva le hall plein de femmes en colère qui, lorsqu'il tenta de se frayer un chemin en direction de la division des enquêtes criminelles, se tournèrent vers lui comme une marée humaine. Ce ne fut que lorsqu'il se retrouva embourbé au beau milieu d'elles qu'il vit les pancartes de protestation danser au-dessus de leurs têtes : NOS VIES COMPTENT AUSSI ! JUSTICE : UN PHŒNIX RENAÎT DE SES CENDRES.

Leurs voix s'élevèrent devant lui comme un barrage, comme deux douzaines de coups de fusil partant d'un seul coup.

— Harcèlement policier !

— Les Urskine sont les seuls à vouloir la vérité !

— Pourquoi n'allez-vous pas trouver le vrai tueur !

— C'est ce que je suis en train d'essayer de faire, ma sœur, rétorqua sèchement Kovac à la femme qui lui barrait la route avec une expression de réprimande pleine d'aigreur, et un ventre de la taille d'un tonnelet de bière. Alors pourquoi est-ce que vous ne voulez pas remuer votre tas de graisse, que je puisse continuer de m'en charger ?

C'est alors qu'il remarqua les médias. Des flashes se déclenchèrent à gauche et à droite. *Merde.*

Kovac continua d'avancer. La seule et unique règle de survie en pareille situation : la boucler et continuer d'avancer.

— Sergent Kovac, est-il vrai que vous avez ordonné l'arrestation de Gregg Urskine ?

390

— Personne n'est en état d'arrestation ! hurla-t-il, en fonçant à travers la foule.

— Kovac, a-t-il avoué ?

— Mélanie Hessler était-elle votre témoin mystère ?

Tiens, ça, c'est une fuite dans le service du médecin légiste, songea-t-il en secouant la tête. Voilà ce qui n'allait pas dans ce pays : les gens vendraient leur mère pour du bon et bel argent, sans réfléchir une seconde aux conséquences.

— Sans commentaire, aboya-t-il, et il écarta les derniers journalistes de son chemin.

Il négocia plusieurs virages entre les cartons et les armoires de rangement épars, pour pénétrer dans le service des homicides, en effectuant un crochet à droite vers le bureau de fortune du lieutenant Fowler. La voix de Toni Urskine lui râpa les terminaisons nerveuses comme un couteau à dents de scie sur de la viande crue.

— ... et vous pouvez être assuré que toutes les chaînes, tous les quotidiens, tous les journalistes qui voudront bien m'écouter vont en entendre parler ! C'est un scandale absolu ! C'est nous qui avons été les victimes désignées de ces crimes. C'est nous qui avons perdu des femmes qui étaient nos amies. C'est nous qui avons souffert. Et voilà comment nous sommes traitées par la police de Minneapolis, alors que nous nous sommes coupées en quatre pour collaborer avec vous !

Kovac plongea la tête en avant pour franchir la porte qui menait aux bureaux. Yurek bondit du sien, le combiné téléphonique coincé d'un côté de la figure, et il se démena comme un beau diable pour arriver à capter le regard de Sam, y parvint finalement, tout en gardant la main en l'air pour que ce dernier ne quitte pas les parages. Sam leva le pied cinq secondes, moteur chaud, l'excitation qu'il avait introduite avec lui dans le bâtiment bourdonnant comme des courants d'énergie le long de ses bras, de ses jambes, de ses veines et de ses artères. Il sautillait sur la pointe des pieds comme un gosse qui a besoin d'aller faire pipi.

— Il faut que j'aille dans un tas d'endroits et j'ai un tas de gens à mettre sur le gril, monsieur Séduction.

Yurek hocha la tête et s'excusa auprès de son interlocutrice au téléphone :

— Je suis désolé, madame. Maintenant il faut que j'y aille. J'ai une urgence ici. Je suis désolé. Oui, quelqu'un reprendra contact avec vous. Je suis navré, m'dame.

Il contourna son bureau en remuant la tête.

— Ces gens sont en train de me faire perdre la boule. C'est une bonne femme qui soutient que son voisin est le Crémateur, et pas seulement parce qu'il a tué quatre femmes avec brutalité, mais parce qu'elle pense qu'il a tué son chien, et qu'il l'a mangé.

— J'ai du temps à perdre à ce genre de merdier comme j'ai du temps à perdre pour me faire dévitaliser une dent, rétorqua Kovac, cassant. Quinn est ici ?

— Je viens de rentrer. Il est en train de visionner l'interrogatoire d'Urskine, répondit Yurek, en emboîtant le pas de Kovac, direction la salle d'interrogatoire. Je viens juste de recevoir un appel d'en haut...

— Et la femme au caniche mort, c'est le maire, c'est ça ? Cette affaire est vachement bizarre, décidément, non ?

— Non, le coup de fil, c'était avant la dame au chien. On t'attend dans le bureau du maire. Ils ont essayé de te contacter sur ton portable.

— Batterie à plat. Et tu ne m'as pas vu. Cette pouffiasse, elle attendra. J'ai un gros poisson à faire frire, moi, bordel. Mon poisson, à moi, c'est carrément la baleine de Jonas.

L'inquiétude creusa le front sans défaut de Yurek.

— Qu'est-ce que tu veux dire, un « gros poisson » ? D'où est-ce que tu reviens ?

Kovac ne se donna pas la peine de lui répondre, l'esprit déjà tout entier occupé par la confrontation qui l'attendait. Quinn se tenait près du miroir sans tain, l'air d'un mort debout, en train de regarder fixement la pièce contiguë, où Gregg Urskine était assis à la table, en face d'Elwood.

— Nous avons payé en liquide. Je n'ai pas pu retrouver le reçu, se défendait Urskine, exaspéré, luttant pour conserver son sourire agréable bon chic bon genre. Vous, sergent, est-ce que vous gardez tous vos reçus ? Vous, est-ce que vous seriez capable de retrouver un reçu correspondant à un paiement effectué des mois auparavant ?

— Oui, je pourrais. À la maison, j'ai un système de classement simple mais efficace, confirma Elwood sur le ton de la conversation. On ne sait jamais quand on peut avoir besoin d'un dossier ou d'un document faisant foi. Pour les impôts, pour un alibi...

— Je n'ai pas besoin d'alibi.

— J'en connais un qui en a besoin, d'un alibi, souffla Kovac, en attirant l'attention de Quinn. Vous avez envie de refaire un tour en bagnole ?

— Que se passe-t-il ?

— Je viens de parler à la femme de Donald Thornton, l'ex-associé de Peter Bondurant. Vous avez envie de savoir comment Sophie Bondurant, l'émotionnellement instable, a obtenu la garde de Jillian lors du divorce ? Je vous préviens, vous allez adorer, promit-il, sarcastique.

— J'ai presque peur de demander.

— Elle a menacé de le traîner en justice et devant les médias. Pour voies de fait sur la personne de Jillian.

29.

— Oh ! mon Dieu ! gémit Yurek avec terreur.

Kovac pivota vers lui.

— Quoi encore ? Vous voulez que j'agisse comme si j'ignorais que Bondurant brutalisait sa fille sexuellement ?

— Des allégations...

— Vous croyez que je ne le sais pas, que je suis plongé dans la merde jusqu'au trognon ?

— Je pense que tu ferais mieux d'aller écouter ce que te veut le maire.

— Je flaire l'embrouille...

— Elle veut que tu montes dans son bureau pour délivrer personnellement à Bondurant ton rapport sur l'état d'avancement de l'affaire. Ils sont là-haut, ils t'attendent.

Le temps d'un battement de cœur, la pièce retomba dans le silence, puis la voix d'Elwood résonna de nouveau par le haut-parleur, depuis la salle d'interrogatoire.

— Avez-vous déjà payé pour avoir un rapport sexuel, monsieur Urskine ?

— Non !

— Soit dit sans penser à mal. C'est seulement qu'à force de travailler autour de toutes ces femmes qui ont embrassé la profession de vendre leur corps, ça aurait pu éveiller chez vous une certaine curiosité. Si je puis dire.

Urskine tira sa chaise à l'écart de la table.

— C'est ça. Je m'en vais. Si vous voulez me reparler, vous pourrez le faire par l'intermédiaire de mon avocat.

— Très bien, se résigna Kovac, en s'adressant à Quinn, l'estomac noué de nervosité et d'appréhension. Allons opérer une grande mise à jour pour le compte du maire et de M. Bondurant. Je vous affranchis en route.

— Je suis certain que vous comprenez la nécessité, pour Peter, que cette affaire trouve une conclusion, rappela Edwyn Noble au chef Greer. Avons-nous une idée du délai dans lequel le corps pourrait être remis à la famille ?

— Pas précisément. (Greer se tenait debout, en tête de la table de conférence du maire, les pieds légèrement tournés vers l'extérieur, les mains fermement croisées devant lui, comme un soldat au repos, ou un videur prenant la pose.) J'ai convoqué le sergent Kovac. J'ai cru comprendre qu'il attend de recevoir la réponse d'un labo du FBI où l'on procède à certains examens. Ensuite, une fois que ces examens seront terminés, ce qui peut survenir d'un jour à l'autre...

— Je veux enterrer ma fille, chef Greer. (Bondurant avait la voix tendue. Il ne regardait pas le chef, les yeux perdus dans des pensées que lui seul semblait à même de discerner. Il avait ignoré le siège qu'on lui avait proposé, et faisait les cent pas autour de la salle de conférence. La seule image de son corps, déposé dans un compartiment réfrigéré fermé à clef, comme un vulgaire morceau de viande...) Je veux la récupérer.

— Cher Peter, nous comprenons, assura Grace Noble. Nous ressentons tous votre douleur. Et je peux vous assurer que la force d'intervention est en train de déployer tous les efforts possibles pour résoudre ce...

— Vraiment ? Votre inspecteur principal a consacré plus de temps à me harceler qu'à poursuivre n'importe lequel des autres suspects.

— Il arrive au sergent Kovac de se montrer un peu brusque, reconnut Greer. Mais ses états de service en matière d'homicides sont des plus éloquents.

— Au risque de paraître désinvolte, chef Greer, intervint Edwyn Noble, nonobstant les états de service du sergent Kovac, pour ce qui nous intéresse, quels résultats a-t-il enregistrés ces derniers temps ? Nous avons une nouvelle victime. Le tueur paraît adresser un pied de nez non seulement à la force d'intervention, mais à cette ville tout entière. À ce stade, le sergent Kovac dispose-t-il ne serait-ce que d'un suspect potentiel ?

— Le lieutenant Fowler m'a informé de ce que l'on avait interrogé quelqu'un aujourd'hui même.

— Qui ? Un suspect valable ?

Greer se renfrogna.

— Je n'ai pas liberté de...

— C'était ma fille ! hurla Peter, la rage contenue dans sa voix se réverbérant sur les murs.

Il se détourna des regards figés de toutes les autres personnes présentes et se couvrit le visage des deux mains.

Le maire se posa une main sur la poitrine, qu'elle avait ample, comme si cette vision lui provoquait une douleur dans le plexus solaire.

— Si on a mis quelqu'un au trou, reprit Noble, se faisant la voix de la raison, alors, d'ici à ce que la presse révèle cette information, ce ne sera plus qu'une question d'heures. Ceci n'est pas un commentaire sur le niveau de sécurité de votre force d'intervention en soi, chef. Simplement, dans une affaire de cette ampleur, il est impossible de verrouiller toutes les fuites.

Le regard de Greer passa de l'avocat de Bondurant à l'épouse de l'avocat de Bondurant — sa patronne. Mécontent, incapable d'envisager la moindre échappatoire, il soupira profondément.

— Il s'agit du gardien de la résidence de Mlle Bondurant.

Il y eut le bourdonnement nasillard de l'intercom, et Grace Noble répondit depuis le téléphone posé sur la tablette.

— Madame le maire, le sergent Kovac et l'agent spécial Quinn sont là.

— Faites-les entrer, Cynthia.

À peine Mme le maire eut-elle achevé sa phrase que Kovac avait déjà franchi la porte, ses yeux repérant Peter Bondurant tels deux missiles thermiques. Bondurant paraissait plus mince que la veille, et il avait plus mauvaise mine. Il croisa le regard de Kovac avec une expression de froide aversion.

— Sergent Kovac, agent Quinn, merci de vous joindre à nous, fit le maire. Asseyons-nous tous et parlons un peu.

— Je n'aborderai pas les détails de l'affaire, avertit Kovac avec entêtement.

Pas plus qu'il n'allait s'asseoir et offrir une cible immobile à Bondurant ou à Edwyn Noble. Personne ne s'assit.

— Nous avons cru comprendre que vous teniez un suspect, commença Edwyn Noble.

Sam lui lâcha son œil de rapace, puis il se tourna vers Dick Greer en pensant : *fumier*.

— On n'a procédé à aucune arrestation, rectifia Kovac. Nous suivons encore toutes les pistes. Moi même, j'en ai remonté une des plus intéressantes.

— M. Vanlees dispose-t-il d'un alibi pour la nuit où ma fille a disparu ? demanda sèchement Bondurant.

Il regardait Sam tout en allant et venant le long de la table, le frôlant à une trentaine de centimètres.

— Vous-même, monsieur Bondurant, disposez-vous d'un alibi pour la nuit où votre fille a disparu ?

— Kovac ! aboya le chef.

— Avec tout le respect qui vous est dû, chef, je n'ai pas pour habitude de révéler au premier venu le contenu des affaires dont on m'a confié la charge.

— M. Bondurant est le père de la victime. En l'occurrence, il y a donc des circonstances de nature à assouplir la règle.

— Ouais, ça, y en a des milliards, marmonna Kovac.

— Sergent !

— Le sergent Kovac estime que l'on devrait me punir pour ma fortune, chef, ironisa Bondurant, sans cesser ses allées et venues, le regard à présent rivé sur le sol. Il juge peut-être que j'ai mérité de perdre ma fille, afin que je sache enfin ce qu'est la vraie souffrance.

— Si j'en juge d'après ce que j'ai entendu dire aujourd'hui, je crois que vous n'avez jamais mérité d'avoir une fille tout court, lâcha Kovac, arrachant un hoquet au maire. Que vous ayez mérité de la perdre, ça ne fait pas un pli, mais pas de la façon dont vous l'avez perdue. Enfin, si elle est réellement morte... et nous sommes loin d'être en mesure d'affirmer qu'elle le soit.

— Sergent Kovac, j'espère que vous avez une très bonne explication pour votre comportement.

Greer s'avança vers lui avec agressivité, en soulevant ses épaules d'haltérophile. Kovac s'écarta de lui. Toute son attention se concentra sur Peter Bondurant. Et toute l'attention de Peter Bondurant se concentra sur lui. Ce dernier avait cessé d'aller et venir, une prudence instinctive se lisait dans ses yeux plissés, pareils à ceux d'un animal qui flaire le danger.

— Aujourd'hui, je me suis longuement entretenu avec Cheryl Thornton, poursuivit Kovac tout en observant si le visage de Peter Bondurant changeait de couleur. Elle avait deux ou trois choses très intéressantes à m'expliquer concernant votre divorce avec la mère de Jillian.

Edwyn Noble eut l'air ébahi.

— J'ai peine à comprendre quel rapport...

— Oh ! je pense, moi, que cela pourrait établir un énorme rapport !

Kovac dévisageait toujours Bondurant, le regard dur. Bondurant déclara :

— Cheryl est une femme amère et vindicative.

— Vous trouvez ? Alors qu'elle l'a bouclée pendant tout ce temps ? Je dirais, moi, que vous êtes un fils de pute bouffi d'ingratitude...

— Kovac, ça suffit ! hurla Greer.

— Oh ! que non, chef, nous sommes encore loin du compte ! poursuivit Kovac. Vous voulez lécher le cul d'un type qui brutalise les enfants sexuellement, chef ? C'est votre affaire. Pas la mienne. J'en ai rien à foutre, moi, qu'il soit riche.

— Oh ! s'exclama Grace Noble, posant de nouveau la main sur sa poitrine.

— Peut-être devrions-nous transférer cette réunion en bas, suggéra Quinn d'un ton modérateur.

— Oui, moi, ça me convient très bien, acquiesça Kovac. Nous disposons en bas d'une salle d'interrogatoire encore toute chaude.

Bondurant s'était mis à trembler de manière visible.

— Jamais je n'ai abusé de Jillian.

— Peut-être pensez-vous en effet n'avoir jamais abusé d'elle. (Kovac marchait lentement en cercle autour de Bondurant, tournant le dos à son avocat, en s'éloignant de Greer, les yeux du milliardaire toujours posés sur lui.) Un tas de pédophiles se convainquent eux-mêmes qu'ils gratifient l'enfant qu'ils martyrisent d'un traitement de faveur. Certains confondent même le fait de baiser des petits gamins avec de l'amour. Est-ce cela que vous vous êtes fait croire à vous-même ?

— Espèce de fils de pute !

Bondurant s'élança, agrippant Kovac par les revers de sa veste et le repoussant à reculons, à travers toute la salle. Ils allèrent s'écraser sur un guéridon et envoyèrent une paire de chandeliers en cuivre voler comme des quilles de bowling.

Kovac retint son envie pressante de faire rouler Bondurant sur le dos et de lui démonter la tête. Après ce qu'il avait entendu aujourd'hui, il aurait donné cher pour ça, et peut-être en aurait-il été capable s'ils s'étaient croisés dans une ruelle obscure. Mais les hommes comme Peter Bondurant ne fréquentaient pas les ruelles obscures, et la justice, dans toute sa rigueur, ne les atteignait jamais.

Bondurant parvint à lui décocher un coup de poing bien placé, ses phalanges ricochant à la commissure des lèvres de Kovac. Là-dessus Quinn l'empoigna par le col et le tira en arrière. Greer se précipita entre eux à la manière d'un arbitre, les bras grands écartés, les yeux exorbités, tout blancs, qui ressortaient sur son visage à la peau foncée.

— Sergent Kovac, je crois franchement que vous feriez mieux de sortir, tonna-t-il d'une voix forte.

Kovac rajusta sa cravate et sa veste. Il essuya une traînée de sang qu'il avait au coin de la bouche, et quand il regarda Bondurant, un sourire narquois lui tordit les lèvres.

— Demandez-lui où il se trouvait la nuit dernière à deux heures du matin, suggéra-t-il. Pendant que quelqu'un mettait le feu à la voiture de sa fille avec une femme morte et mutilée à l'intérieur.

— Je n'honorerai même pas cette assertion d'un commentaire, lâcha Bondurant, en gesticulant avec ses lunettes en main.

— Dieu de Dieu, vous parvenez toujours à garder le cul propre, vous, hein ? lui lança Kovac. Mauvais traitements infligés à un enfant, et vous vous en tirez. Agression sur la personne d'un officier de police, et vous vous en tirez encore. Dans cette affaire, vous proliférez comme une sale maladie infectieuse. Et avec un meurtre, à votre avis, vous croyez que vous pourriez vous en tirer, si ça vous chantait ?

— Kovac ! cria Greer.

Kovac regarda Quinn, secoua la tête, et sortit.

Bondurant se dégagea de la poigne de Quinn.

— Je veux que vous le retiriez de cette affaire ! Je veux que vous le retiriez de la force d'intervention !

— Parce qu'il fait son boulot ? demanda Quinn calmement. C'est son boulot d'enquêter. Ce qu'il trouve, il n'y peut rien, Peter. C'est le porteur du message que vous êtes en train de tuer.

— Il n'enquête pas sur l'affaire ! hurla-t-il, en se remettant à arpenter la pièce, avec des gestes de fureur. C'est sur moi qu'il enquête. Il me harcèle. J'ai perdu ma fille, nom de Dieu !

Edwyn Noble essaya de lui attraper le bras au passage. Bondurant se dégagea.

— Peter, calmez-vous. On va s'occuper de Kovac.

— Et moi, je pense que nous devrions nous occuper de ce que le sergent Kovac a découvert, pas vous ? corrigea Quinn en s'adressant à l'avocat.

— C'est absurde, le coupa Noble. Ces allégations sont dépourvues de tout fondement.

— Vraiment ? Sophie Bondurant était une femme émotionnellement instable. Pourquoi les tribunaux lui auraient-ils attribué la garde de Jillian ? Qui plus est, pourquoi n'avez-vous pas contré sa démarche, Peter ? questionna Quinn, en cherchant le regard de Bondurant.

Bondurant n'arrêtait pas de bouger, très agité, en nage maintenant, d'une pâleur qui amena Quinn à se demander s'il n'était pas souffrant.

— Cheryl Thornton explique que Sophie vous a menacé de vous traîner en place publique pour brutalités sur la personne de Jillian.

— Jamais je n'ai fait de mal à Jillian. Jamais.

— Cheryl a toujours tenu Bondurant pour responsable de l'accident de son mari, rappela Noble avec aigreur. Elle ne souhaitait pas que Donald revende ses parts de Paragon. C'est également pour cette raison qu'elle l'a puni. Elle l'a poussé à boire. C'est elle qui a causé cet accident. Indirectement. Mais c'est à Peter qu'elle en veut.

— Et jusqu'à ce jour, cette femme si amère et si vindicative n'a jamais rien révélé de ces mauvais traitements supposés ? reprit Quinn. Voilà qui serait difficile à imaginer, n'étaient les généreux versements mensuels que Peter envoie à la maison de repos où Donald Thornton passe le restant de ses jours.

— Certaines personnes appelleraient cela de la générosité, souligna Noble.

— Et certaines personnes appelleraient cela du chantage. Certaines personnes en concluraient que Peter achetait le silence de Cheryl Thornton.

— Et elles auraient tort, intervint Noble, sans équivoque. Donald et Peter étaient amis, et associés. Pourquoi Peter ne veillerait-il pas à ce que l'on s'attache à satisfaire aux besoins de cet homme ?

— Il a pris grand soin de lui dans le rachat des parts de Paragon... un rachat qui, incidemment, s'est déroulé à peu près simultanément au divorce, continua Quinn. De son point de vue à lui, Peter a pu considérer ce marché comme excessivement généreux.

— Qu'était-il censé faire ? s'enquit Noble. Essayer de voler cette société à l'homme qui l'avait aidé à la construire ?

Bondurant, remarqua Quinn, avait cessé de parler, limitant désormais ses allées et venues à l'angle près de la fenêtre. En retrait. La tête baissée, il n'arrêtait pas de se toucher le front de la main, comme pour vérifier s'il avait de la fièvre. Quinn se déplaça vers lui, l'air de rien, coupant son espace de déambulation exactement en deux. Investissant subtilement son espace vital.

— Pourquoi n'avez-vous pas contré la démarche de Sophie pour la garde de votre fille, Peter ? lui répéta-t-il à voix basse.

Une question intime, entre amis. Lui-même gardait la tête baissée, les mains dans les poches de son pantalon.

— J'étais en train de prendre l'entreprise en main. Je ne pouvais pas m'occuper en plus d'un enfant.

— Et donc vous avez quitté Sophie ? Une femme qui séjournait régulièrement dans des établissements psychiatriques.

— Ce n'était pas ça. Ce n'était pas comme si elle avait été malade mentale. Sophie rencontrait des problèmes. Nous rencontrons tous des problèmes.

— Pas le genre de problèmes qui poussent à ce que l'on se tue.

Des larmes remplirent les yeux de Bondurant. Il leva la main comme pour s'abriter du regard scrutateur de Quinn.

— À propos de quoi vous êtes-vous disputés, vous et Jillian, ce soir-là, Peter ?

Il secoua un peu la tête, se déplaçant maintenant suivant une ligne droite et courte. Trois pas en avant, demi-tour, trois pas en avant, demi-tour...

— Elle avait reçu un appel de son beau-père, reprit Quinn. Vous étiez en colère...

— Nous avons déjà abordé le sujet, intervint Edwyn Noble avec impatience, souhaitant à l'évidence s'interposer entre Quinn et son client.

Quinn se tourna, lui présentant l'épaule, lui interdisant d'approcher.

— Pourquoi ne cessez-vous pas d'insister pour affirmer que Jillian serait morte, Peter ? Pour ma part, je n'en sais strictement rien. Je pense qu'elle pourrait aussi bien ne pas être morte. Quel besoin avez-vous d'affirmer qu'elle le serait ? À quel propos vous êtes-vous disputés ce soir-là ?

— Pourquoi m'infligez-vous cela, à moi ? chuchota Bondurant d'une voix torturée.

Sa bouche aux lèvres serrées, avec cette moue très collet monté, cette bouche-là tremblait.

— Parce qu'il faut que nous sachions la vérité, Peter, et je pense que vous conservez certaines pièces du puzzle par-devers vous. Si vous voulez la vérité... ainsi que vous le dites..., alors il faut me confier ces pièces. Comprenez-vous ? Nous avons besoin de nous constituer un tableau d'ensemble.

Quinn retint son souffle. Bondurant était à la limite. Il pouvait le sentir, le voir. Quinn essayait de la lui faire franchir.

Immobile maintenant, Bondurant regardait fixement la neige par la fenêtre, l'air engourdi.

— Tout ce que je voulais, c'était que nous vivions comme un père et sa fille...

— Ça suffit, Peter. (Noble vint se placer devant Quinn et prit son client par le bras.) Nous partons.

Il jeta un regard courroucé à Quinn.

— Je pensais que nous nous comprenions.

— Oh ! je vous comprends parfaitement, monsieur Noble ! lui assura Quinn. Cela ne signifie pas que cela m'intéresse de .jouer dans la même équipe que vous. Il n'y a que deux choses qui m'intéressent : la vérité, et la justice. Que je sache, vous ne souhaitez ni l'une ni l'autre.

Noble ne répondit rien. Il conduisit Bondurant hors de la pièce, comme un infirmier avec un patient sous calmants.

Quinn regarda le maire, qui en fin de compte avait pris un siège. Elle avait l'air pour partie abasourdie et pour partie en train de réfléchir, comme si elle tâchait d'opérer un tri parmi de vieux souvenirs, à la recherche de ceux qui auraient pu impliquer Peter Bondurant dans une réalité qu'elle n'avait jamais soupçonnée. Quant au chef Greer, il avait l'air d'un homme au stade précoce de la diverticulite.

— C'est tout le problème, dès que l'on creuse des trous, commenta Quinn. On n'a aucune assurance de trouver ce qu'on veut... ni d'avoir voulu ce qu'on trouve.

À cinq heures, toutes les agences de presse, tant à l'échelon local que celles qui étaient venues établir leurs quartiers dans les cités jumelles, étaient en possession du nom de Gil Vanlees. Les mêmes médias, qui allaient tartiner son nom en lettres d'imprimerie et remplir les écrans de télévision de mauvaises photos de cet homme, allaient montrer du doigt les services de police parce que ces derniers avaient laissé transpirer l'information.

Quinn ne nourrissait guère de doutes sur la source de cette fuite, et cela le mettait en rogne. Grâce au genre d'accès à l'affaire dont il bénéficiait, l'entourage de Bondurant l'avait bel et bien polluée. Et à la lumière des révélations qu'avait faites Sam cet après-midi même, la manie que Bondurant avait de fourrer son nez partout n'en revêtait qu'une plus sombre réalité.

Pour cette histoire-là, en l'occurrence, personne n'avait organisé de fuite en direction de la presse. Pas même Cheryl Thornton, prétendument aigrie et vindicative, dont le mari au cerveau endommagé recevait le soutien de Peter Bondurant. Quinn se demanda au juste combien d'argent il avait fallu pour tenir en lisière une rancune telle que celle-là pendant une décennie.

Que s'était-il passé dans les vies de Jillian, de sa mère et de son père au cours de cette période charnière du divorce ? Voilà ce qu'il se demandait, dans la pièce aveugle qu'il occupait à l'intérieur des locaux du FBI. Depuis le début, Bondurant lui était apparu manifestement comme un homme de secrets. Secrets autour du présent. Secrets autour du passé. Secrets aussi noirs qu'un inceste ?

Autrement, comment Sophie Bondurant aurait-elle obtenu la garde de Jillian ? Instable comme elle l'était. Puissant comme l'était Peter.

Il feuilleta le classeur de l'affaire jusqu'aux photos des lieux du troisième meurtre. Certains aspects de ce crime donnaient l'impression que le tueur et la victime auraient pu se connaître.

La décapitation, quand aucune des autres victimes n'avait été décapitée, ainsi que la dépersonnalisation extrême. L'une et l'autre de ces caractéristiques suggéraient une sorte de rage où s'exprimait quelque chose de l'ordre de l'intimité. Mais alors, qu'en était-il de la toute dernière théorie, selon laquelle le tueur travaillerait en tandem avec une partenaire, une femme ? Cela ne cadrait guère avec Peter Bondurant. Et que penser de cette idée selon laquelle la femme impliquée serait Jillian Bondurant en personne ?

Une histoire de mauvais traitements sexuels correspondrait assez au profil d'une femme qui se trouverait impliquée dans ce type de crime. Elle se serait fabriqué une vision faussée des relations homme-femme, des relations sexuelles. Son partenaire était probablement plus âgé qu'elle, il constituerait une évocation tortueuse de la figure paternelle, le partenaire dominant.

Quinn réfléchit à Jillian, à cette photographie dans le bureau de Bondurant. Affectivement perturbée, dotée d'une mauvaise estime d'elle-même, une jeune fille prétendant, pour son malheur, être quelque chose sans avoir à être à la hauteur de son ambition. Dans quelle mesure, et jusqu'où, aurait-elle pu aller rechercher l'approbation dont elle ressentait un besoin proprement maladif ?

Il réfléchit aussi à sa fréquentation de son beau-père — censément le fruit d'un consensus, mais ces choses-là ne le sont jamais vraiment. Les enfants ont besoin d'amour et, du fait de ce besoin, peuvent être aisément manipulés. Et si Jillian avait échappé à une relation tissée d'abus sexuels avec son père uniquement pour se retrouver prise dans la contrainte d'une autre relation de cet ordre, cette fois avec son beau-père, voilà qui aurait renforcé toutes les idées perverties qu'elle s'était forgées des relations avec les hommes.

Si Peter avait abusé d'elle.

Si Jillian n'était pas une victime morte, mais une victime consentante.

Si Gil Vanlees était son partenaire dans cette affaire de malades.

Si jamais Gil Vanlees était un tueur.

Si si si si...

Vanlees semblait parfaitement cadrer — à ceci près que Quinn n'en avait pas retiré l'impression qu'il possédait la puissance cérébrale nécessaire pour jouer si longtemps au plus fin avec les flics, ou les couilles qu'il fallait pour jouer le genre de jeu cynique auquel jouait ce tueur. En tout cas, pas le Gil Vanlees qu'il avait entrevu aujourd'hui dans cette salle d'interrogatoire. Cela étant, l'expérience lui avait enseigné que les individus pouvaient se composer de plus d'une facette, et qu'un être dont la face cachée était capable de tuer de la manière dont tuait le Crémateur serait capable de n'importe quoi, y compris se déguiser très, très bien.

Il se représenta mentalement Gil Vanlees et attendit ce pincement au ventre qui lui soufflerait qu'il s'agissait de son homme. Mais cette sensation ne vint pas. Il était d'ailleurs incapable de se remémorer la dernière fois qu'elle lui était venue. Même pas après avoir été confronté au fait même, après qu'un tueur avait été capturé et que la correspondance de son profil eut été établie point par point. Cette sensation de savoir, elle ne lui venait plus du tout. L'arrogance de la certitude l'avait abandonné. C'est la peur qui avait pris sa place.

Il feuilleta plus loin, dans les cahiers du meurtre, jusqu'aux photographies toutes récentes de l'autopsie de Mélanie Hessler. Comme pour la troisième victime, les blessures qu'on lui avait infligées, tant avant qu'après la mort, avaient été d'une violence, d'une cruauté indicibles, pires qu'avec les deux premières victimes. Rien qu'en regardant ces photographies, il pouvait entendre résonner dans sa tête l'écho de la cassette enregistrée. Des cris, des cris, encore des cris.

Ces cris se mêlaient les uns aux autres et à la cacophonie qui peuplait ses cauchemars, toujours plus fort. Le son de ces cris enfla et se propagea dans sa cervelle jusqu'à ce qu'il ait l'impression que sa tête allait éclater et son contenu se répandre en une humeur douceâtre et grise. Et tout ce temps il observa fixement les photographies de l'autopsie, cette chose carbonisée, mutilée, qui naguère avait été une femme, et il songea à la sorte de rage qu'il fallait pour infliger cela à un autre être. Le genre d'émotions empoisonnées, noires, que l'on maintenait sous un étroit contrôle, jusqu'à ce que la pression devienne insupportable. Et il songea à Peter Bondurant et Gil Vanlees, et à un millier de visages sans nom marchant dans les rues de ces deux villes, dans la seule attente que ce puissant courant de rage éclate et les pousse à franchir la limite.

Parmi eux, n'importe qui aurait pu être le tueur. Les composantes nécessaires se rencontraient chez un grand nombre de gens et ne nécessitaient que le catalyseur adéquat pour être activées. La force d'intervention misait gros sur Vanlees, en se fondant sur les circonstances et sur le profil. Mais tout ce dont ils disposaient, c'était un peu de logique et une intuition. Aucune preuve tangible. Gil Vanlees aurait-il été capable de se montrer prudent et rusé à ce point ? Ils n'avaient aucun témoin pour le relier à l'une ou l'autre de ces victimes. Leur seul témoin avait disparu. Ils n'avaient été en mesure de retenir aucun trait d'union évident entre les quatre victimes, ou rien qui relie Vanlees à une autre victime que Jillian — si Jillian était une victime.

Si ceci. Si cela.

Quinn alla pêcher un comprimé de Tagamet au fond de sa poche de pantalon et le fit passer avec une gorgée de Coca light. Les données de l'affaire se bousculaient en lui : il ne parvenait pas à prendre du recul. Les joueurs de cette partie l'environnaient de trop près : tel un saignement, leurs idées, leurs émotions noyaient la froideur des faits, qui était tout ce dont il avait besoin pour son travail d'analyse.

Le professionnel en lui n'avait de cesse de retrouver la bonne distance, celle de son bureau, à Quantico. Mais s'il était resté à Quantico, alors Kate et lui seraient demeurés cantonnés dans le passé.

Mû par une impulsion, il empoigna le téléphone et composa le numéro du bureau de Kate. À la quatrième sonnerie, c'est le répondeur qui intercepta l'appel. Il lui laissa encore une fois son numéro, raccrocha, décrocha de nouveau, et composa son autre numéro, celui de son domicile, avec le même résultat. Il était maintenant sept heures. Où était-elle, bon sang ?

Instantanément, dans un éclair, il vit le garage décrépit dans l'allée sombre derrière sa maison et grommela un juron. Puis il se rappela — comme Kate l'aurait sûrement fait — qu'elle s'était fort bien débrouillée sans lui au cours des cinq dernières années.

Ce soir, il aurait pu recourir à sa compétence, sans parler d'un long et lent baiser, et d'une chaude étreinte. Il revint au classeur de l'affaire et le feuilleta jusqu'aux profils des victimes, à la recherche de l'élément unique qu'il aurait raté, et qui allait relier le tout et converger en un seul point.

Les notes sur Mélanie Hessler étaient rédigées de sa propre main, résumées, trop succinctes. Kovac avait chargé Moss de la tâche de réunir des informations sur la dernière des victimes du

Crémateur, mais il lui restait encore à lui rapporter du grain à moudre. Il savait qu'elle avait travaillé dans une librairie pour adultes — ce qui, dans l'esprit du tueur, la rangeait probablement dans la même catégorie que les deux putains. Deux mois auparavant, elle s'était fait agresser dans la ruelle juste derrière le magasin, mais les deux hommes qui l'avaient violée disposaient d'alibis solides et n'étaient pas considérés comme suspects de sa mort.

Il était triste de penser comment ces femmes, à plusieurs reprises, au cours de leur brève existence, s'étaient retrouvées en position de victimes. Lila White et Fawn Pierce dans une profession et un mode de vie où les mauvais traitements et la dégradation étaient une spécialité. White s'était justement fait agresser par son dealer de drogue l'été dernier. Pierce avait subi trois hospitalisations en deux ans, une première fois victime de son souteneur, une autre fois victime d'un passage à tabac, et enfin, une troisième, victime de viol.

Jillian Bondurant s'était à son tour retrouvée en position de victime, mais derrière les portes closes de son propre domicile. Si Jillian était une victime.

Il revint une fois encore aux photographies de la victime numéro trois et observa fixement ses blessures, ces coups de poignard à la poitrine. La signature. Une blessure longue, une blessure courte, une blessure longue, une blessure courte, comme les bras d'une étoile ou les pétales d'une fleur infâme. Je t'aime, je ne t'aime pas. Si je mens, je vais en enfer.

Il pensa à ces voix étouffées sur la bande.

« ... *Tourne-la... vas-y...* »

« ... *Je veux... de moi...* »

Il ne pouvait que trop aisément se représenter les tueurs debout de chaque côté du corps sans vie et encore chaud de leur victime, armés chacun d'un couteau, attendant chacun leur tour pour entailler de leur signature la poitrine de cette femme, scellant leur pacte d'association.

Cette pensée aurait dû l'horrifier, mais ce n'était pas ce qu'il avait vu de pire. Même s'il ne s'en fallait pas de beaucoup. Non, cela le laissait surtout comme engourdi.

Et c'était justement cette idée qui le parcourait de frissons.

Un homme et une femme. Il fit défiler toutes les hypothèses, en prenant en compte toutes les personnes connues pour être rattachées aux victimes, que ce soit par un lien ou par un autre.

406

Gil Vanlees, Bondurant, Lucas Brandt. Les Urskine — là, il y avait une possibilité. La putain qui avait résidé au Phœnix la nuit dernière quand la jeune Di Marco avait disparu — putain qui prétendait n'avoir ni vu ni entendu quoi que ce soit, et qui avait également connu la deuxième victime. Michèle Fine, la seule amie de Jillian. Étrange et incertaine. Marquée — physiquement et émotionnellement. Une femme qui traînait derrière elle une longue et sombre histoire, sans aucun doute — et aucun alibi digne de ce nom pour la nuit où Jillian avait disparu.

Il tendit la main pour se saisir des partitions que Fine lui avait remises et s'interrogea sur les compositions de Jillian qu'elle avait pu garder par-devers elle.

Étrangère

Dehors
Sur la face cachée
Seule
Je pointe un œil
Caprice
Je veux un toit

Étrangère
Dans mon sang
Dans mes os
Je peux pas avoir
Ce que je veux
Condamnée à errer
Toute seule
Dehors

Laisse-moi entrer
Je veux un ami
Besoin d'un amant

Sois avec moi
Sois mon garçon
Sois mon père

Étrangère
Dans mon sang
Dans mes os

Je peux pas avoir
Ce que je veux
Condamnée à errer
Toute seule
Au-dehors

Un roulement de phalanges crépita contre la porte et Kovac passa la tête sans attendre d'y avoir été invité.

— Vous sentez cette odeur ? lui demanda-t-il, en se glissant à l'intérieur. (Il s'adossa contre le mur que John Quinn avait tapissé de notes, le costume en tire-bouchon, la lèvre enflée à l'endroit où Peter Bondurant l'avait cueilli, la cravate de travers.) Une bonne odeur d'oie grillée, de cul flambé, de toast.

— Vous êtes dessaisi, lui confirma Quinn.

— Offrez donc un cigare à l'homme qui se trouve debout devant vous. On m'a flanqué à la porte de la force d'intervention. Ils vont nommer mon successeur pendant la conférence de presse, à je ne sais trop quelle heure demain.

— Au moins Bondurant ne vous a pas carrément fait mettre à la porte de la police, observa Quinn. Vous y êtes allé un peu trop fort, dans votre rôle de mauvais flic, Sam.

— Mauvais flic, répéta Kovac avec dégoût. J'étais tout à fait moi-même, et j'ai pensé chaque mot de ce que j'ai sorti. J'en ai plein les molaires de Peter Bondurant, de son argent et de son pouvoir et de son entourage ! Ce que Cheryl Thornton m'a raconté, ça m'a fait passer de l'autre côté de la barrière. Je n'ai pas arrêté de repenser à ces femmes mortes dont personne ne se préoccupait, c'est tout, et à Bondurant en train de se la jouer dans cette affaire comme s'il prenait le tout pour une partie de Cluedo grandeur nature spécialement organisée pour sa pomme. Je n'ai pas arrêté de penser à sa fille et à la vie géniale qu'elle aurait dû mener, mais à la place — morte ou vivante —, elle est foutue, pour l'éternité, et grâce à lui.

— S'il lui a infligé des sévices sexuels. Nous ne savons pas si ce qu'a raconté Cheryl Thornton est vrai.

— Bondurant paie les factures de soins médicaux de son mari. Pourquoi irait-elle raconter des salades aussi faisandées contre ce type s'il n'y avait pas du vrai là-dedans ?

— Est-ce qu'elle a fourni la moindre indication selon laquelle elle croirait que Peter a tué Jillian ?

— Elle n'irait pas aussi loin.

Quinn lui tendit la feuille de papier à musique.

— Utilisez ça comme bon vous semblera. À en croire ce qui est écrit sur cette feuille, il se pourrait que vous brûliez.

Kovac lut les paroles de la chanson et grimaça.

— Bon Dieu.

Quinn l'arrêta d'un geste des deux mains grandes ouvertes.

— Ça pourrait revêtir une connotation sexuelle, ou pas du tout. Cela pourrait se référer à son père ou à son beau-père ou ne rien vouloir signifier du tout. J'ai bien envie d'aller causer un peu plus avec son amie, Michèle. Voir si elle détient une interprétation — à supposer qu'elle me la livre.

Kovac se retourna et regarda les photographies que Quinn avait scotchées au mur. Les victimes, à l'époque où elles étaient en vie, où elles avaient le sourire.

— Il n'y a rien que je déteste plus qu'un type qui s'attaque aux enfants. C'est pour ça que je ne travaille pas sur les crimes sexuels... même s'ils vous valent des horaires plus commodes. Si jamais je travaillais sur des crimes sexuels, je me retrouverais trop vite au trou, ça me filerait un traumatisme. Si je mettais la main sur un de ces fils de pute qui a violé son propre gosse, putain je le tuerais, un point c'est tout. Sortez-moi ça illico de la grande soupe génétique, vous voyez ce que je veux dire ?

— Ouais, je vois.

— Je ne comprends pas comment un homme peut regarder sa propre fille et se dire : « Hé ! je vais me l'enfiler un petit coup ! »

Il secoua la tête et tira une cigarette du paquet qui se trouvait dans la poche poitrine de sa chemise blanche toute fripée. Les bureaux du FBI étaient non-fumeurs, mais Quinn s'abstint d'émettre la moindre remarque.

— J'ai une fille, moi, vous savez, poursuivit Kovac, en se vidant les poumons de la première bouffée. Bon, enfin, non, vous ne saviez pas. Presque personne ne le sait. Une fille de mon premier mariage, qui, après mon intégration dans la police, a duré environ une minute et demie. Gina. Maintenant, elle a seize ans. Je ne l'ai jamais vue. Sa mère s'est remariée avec une hâte quelque peu dérangeante, et puis elle a déménagé à Seattle. Il fallait apparemment qu'un autre type que moi devienne son papa. (Il remua les épaules et regarda de nouveau les photos.) Qu'est-ce que vous allez faire ?

Quinn lut le regret dans ses yeux. Il l'avait lu bien des fois, sur bien des visages, à travers tout le pays. Ce métier prélevait un lourd tribut, et les individus qui avaient à cœur de s'en acquitter honorablement, c'était indéniable, n'en retiraient franchement pas assez de bénéfice en retour.

— Quelle position allez-vous adopter, dans cette affaire ? lui demanda-t-il.

Kovac eut l'air surpris par la question.

— Bosser avec cette putain de force d'intervention, voilà ce que je vais adopter, comme position. Ce que peut raconter Dick le Petit, ça m'est bien égal. C'est mon affaire, et je tiens la corde. Ils peuvent nommer qui ils veulent. Ça oui. Le nommer, ils peuvent.

— Votre lieutenant ne va pas vous affecter à une autre affaire ?

— Fowler est de mon côté. Il m'a collé avec l'équipe de soutien. Je suis censé garder profil bas et la boucler.

— Depuis combien de temps vous connaît-il ?

— Assez longtemps pour savoir à quoi s'en tenir sur mon compte.

Quinn trouva le moyen de puiser en lui un rire las.

— Sam, vous êtes vraiment un sacré numéro.

— Ouais, c'est ça. Mais demandez pas à trop de gens à quoi il correspond, le numéro. (Kovac lui lâcha son grand sourire, puis ce sourire s'effaça. Il laissa tomber ce qui restait de sa cigarette dans une boîte de Coca light vide.) C'est pas une démangeaison de l'ego, vous savez. J'ai pas besoin de retrouver mon nom écrit dans le journal. Je me fiche de ce qu'on inscrit dans mon dossier d'états de service. Je n'ai jamais cherché de promotion, surtout que maintenant je suis bien sûr et certain de ne plus en revoir la queue d'une. Je veux ce sac de merde, ajouta-t-il avec de l'acier dans la voix. J'aurais dû vouloir déjà le choper aussi méchamment que ça quand Lila White s'est fait tuer, mais j'ai loupé le coche. C'est pas que son sort m'était égal, mais vous aviez raison : j'ai agi dans la routine, machinalement. Je ne me suis pas accroché, j'ai pas creusé assez profond. Quand ça ne s'est pas bouclé assez vite, j'ai laissé filer parce que les grosses pointures se sont ramenées sur mon affaire et parce que c'était une pute et que les putes, elles se font dérouiller, une fois de temps en temps. Les risques du métier. Maintenant on en est à

410

quatre victimes. Je veux le cul de Joe l'Enfumeur sur un plateau avant que le décompte des corps ne reparte à la hausse.

Quinn avait écouté Kovac prononcer son monologue, et, à la fin, il hocha la tête en signe d'assentiment. C'était un bon flic qu'il avait là, debout devant lui. Un homme bon. Et cette affaire allait briser cette carrière, plus facilement qu'elle ne la relancerait — même s'il résolvait le mystère. Mais elle la briserait tout particulièrement si la réponse à la question se révélait être Peter Bondurant.

— Quelles sont les dernières nouvelles au sujet de Vanlees ? demanda-t-il.

— Tippen lui file le train comme un chat courserait une souris. Ils l'ont traîné au poste du comté de Hennepin pour lui poser deux trois questions à propos de son copain, le vendeur de matériel électronique. Tip dit que notre gaillard est sur le point de chier dans son froc.

— Quoi de neuf sur ce vendeur d'électronique ?

— Adler a vérifié la page du type sur le Web. Il est spécialisé dans les ordinateurs et autres zinzins de ce domaine, mais en fait, tout ce qui se branche à une prise murale, il peut vous le dégotter. Alors il n'y a pas vraiment moyen de soutenir qu'il n'est pas spécialisé jusqu'aux oreilles dans tout ce qui est matériel d'enregistrement. J'aurais bien aimé qu'on obtienne un mandat de perquisition de sa maison, mais il n'y a pas un juge dans cet État qui nous en délivrerait un sur la base des charges qu'on peut retenir contre ce crétin... autrement dit, que dalle.

— Voilà bien ce qui me chiffonne, admit Quinn, en tapotant à coups de stylo sur le dossier Vanlees. Je ne crois pas que Gil soit l'astre principal de cette galaxie. Il cadre assez bien avec le profil sur bon nombre de points, mais Joe l'Enfumeur est un malin, et un audacieux, et selon toute apparence Vanlees n'est ni l'un ni l'autre... ce qui fait de lui un parfait dindon de la farce.

Kovac se laissa tomber sur une chaise comme si le poids de ses récents soucis lui avait soudainement rendu la charge trop pesante.

— Vanlees est lié à Jillian, et en plus à Peter. Je n'aime pas ça. Je continue d'avoir ce cauchemar, que Peter Bondurant soit Joe l'Enfumeur, et que personne ne va m'écouter et personne, à part moi, ne va regarder dans sa direction, et ce fils de pute va s'en tirer comme ça. Voilà que j'essaie de creuser un peu de son côté et, bon sang, c'est tout juste s'il ne parvient pas à me faire virer. Je n'aime pas ça. Il tira une autre cigarette du paquet et se contenta de laisser courir ses doigts dessus, comme s'il espérait que ce geste seul puisse le calmer. Et puis je me dis : « Sam, tu es un idiot. C'est Bondurant qui a fait venir Quinn. » Pourquoi aurait-il agi de la sorte si c'était lui le tueur ?

— Par défi, répondit Quinn sans aucune hésitation. Ou pour se faire prendre. Dans le cas présent, je retiendrais la première de ces deux réponses. Me savoir ici, et incapable de le démasquer, ça le fait bander. Jouer au plus fin avec les flics, c'est un gros enjeu, chez ce tueur. Mais si Bondurant est Joe l'Enfumeur, alors qui est son complice ?

— Jillian, suggéra Kovac. Et toute cette salade autour de son meurtre ne serait qu'une comédie.

Quinn remua la tête.

— Je ne souscris pas à cette hypothèse. Bondurant croit que sa fille est morte. Il y croit plus fermement que nous-mêmes. Ça, ce n'est pas du cinéma.

— Alors on en revient à Vanlees.

— Ou aux Urskine. Ou à quelqu'un que nous n'avons pas encore pris en compte.

Kovac le considéra d'un air contrarié.

— Vous êtes d'une sacrée aide, vous.

— C'est exactement pour ça qu'on me paie un paquet de dollars.

— Les dollars de mes impôts, voilà à quoi ils travaillent, lâcha-t-il, dégoûté. (Il laissa pendre sa cigarette à sa lèvre une seconde, puis il l'en retira.) Les Urskine. Ça serait pas un peu vachement retors, ça, par hasard ? Ils dérouillent une de leurs putes, et ensuite ils se crament deux honnêtes citoyennes, histoire de marquer un point sur le terrain politique.

— Et d'éloigner les soupçons, renchérit Quinn. Un individu qui tâche d'attirer l'attention sur lui, personne ne le prend en considération.

— Mais dites, aller jusqu'à enlever le témoin qui habite dans leur maison, faut avoir des couilles en titane, non ? (Kovac inclina la tête, pesant le pour et le contre.) Je parie que Toni Urskine, sur les siennes, elle pourrait s'y faire pousser des poils.

Quinn s'approcha de son mur de notes et les passa en revue, sans vraiment lire les mots, simplement pour s'imprégner d'un enchevêtrement de lettres et de faits qui, dans son esprit, s'entremêlaient avec les théories, les visages et les noms.

— Aucune nouvelle d'Angie Di Marco ? demanda-t-il.

Sam secoua la tête négativement.

— Personne ne l'a plus revue. Personne n'a plus entendu de ses nouvelles. On passe sa photo à la télévision, on demande aux gens d'appeler la ligne ouverte en permanence, au cas où ils l'auraient aperçue. Personnellement, j'ai bien peur que retrouver quelqu'un d'autre qu'elle dans cette voiture la nuit dernière n'ait eu d'autre effet que de retarder l'inévitable. Mais, hé ! se raisonna-t-il en se hissant hors de son siège. Je suis, ainsi que ma seconde femme avait coutume de m'appeler, un infernal pessimiste.

Il bâilla à s'en décrocher la mâchoire et consulta sa montre.

— Bon, FQ, je débranche. Je suis incapable de me souvenir de quand je me suis retrouvé dans un lit pour la dernière fois. En ce qui me concerne, cette nuit, voilà à quoi se limitera mon objectif... si je ne tombe pas dans les vapes sous la douche. Et vous alors ? Je peux vous raccompagner à votre hôtel.

— Pour quoi faire ? Dormir ? J'y ai renoncé. Je sombrais dans des crises d'angoisse, reconnut Quinn, le regard plongeant vers le sol. En tout cas merci quand même, Sam, mais je pense que je vais encore m'y coller un petit moment. Il y a dans tout ça quelque chose qui m'échappe. D'un geste, il désigna le classeur de l'affaire. Peut-être que si je garde les yeux fixés sur tout ce méli-mélo encore un peu...

Kovac l'observa quelques instants sans rien dire, puis il hocha la tête.

— À votre guise. Je vous verrai demain matin. Vous voulez que je passe vous prendre ?

— Non. Merci.

— Ho-ho. Bien, alors bonne nuit. (Il allait franchir le seuil de la porte, puis il lui jeta un dernier regard.) Passez le bonjour à Kate de ma part. Si jamais vous tombez sur elle.

Quinn ne répondit rien. Pendant cinq bonnes minutes, après le départ de Kovac, il ne fit rien, il resta là, debout, à se dire que Kovac avait sacrément l'œil. Puis il se dirigea vers le téléphone et composa le numéro de Kate.

30

— Kate, c'est moi. Euh... John. Hum, je suis au bureau. Appelle-moi si tu en as l'occasion. J'aimerais bien revoir avec toi certains points concernant le profil de ces victimes. Que tu m'apportes ton point de vue. Merci.

Kate regarda fixement le téléphone, la ligne redevenir inerte, et le signal lumineux des messages clignoter. Une part d'elle-même se sentit coupable de ne pas avoir décroché. Une autre part d'elle-même se sentit soulagée. Dans le tréfonds de son âme, elle souffrait de cette occasion perdue : un moyen de le toucher. Un mauvais signe, mais c'était ainsi.

Elle était épuisée, surtendue, submergée, elle ne s'était pas senti le moral aussi bas depuis des années... et elle avait envie des bras de John Quinn autour d'elle. C'était précisément la raison pour laquelle elle n'avait pas pris cet appel. Elle avait peur.

Quelle sale sensation, une sensation indésirable.

Le bureau était silencieux. Elle et Rob demeuraient les deux seuls encore présents dans le département. Rob s'était replié dans son bureau au bout du couloir, sans aucun doute en train de rédiger un long et virulent rapport, destiné à être versé au dossier professionnel personnel de Kate. De l'autre côté de l'aire d'accueil, dans les bureaux du procureur du comté, un nombre indéterminé de procureurs adjoints étaient au travail, occupés à se préparer en vue d'une séance au tribunal, d'élaborer des stratégies, d'effectuer des recherches et de rédiger des exposés et des requêtes. Mais le bâtiment était à peu près vide. En réalité, elle était pour ainsi dire seule.

Elle avait les nerfs à vif, à force d'avoir passé des heures à écouter la voix de sa cliente morte en train de lui confesser ses peurs qu'on lui fasse du mal, ses peurs d'être violée, de se faire tuer, de mourir seule, et d'écouter sa propre voix à elle, Kate, s'efforçant de la rassurer, de lui promettre de veiller sur elle, de lui trouver de l'aide, entretenant un climat de sécurité factice, ce qui, en fin de compte, avait constitué une trahison, la pire de toutes les trahisons possibles pour Mélanie Hessler.

Rob avait insisté pour réécouter ces cassettes, encore et encore, s'arrêtant sur certains passages et rembobinant pour y revenir, posant à Kate sans cesse les mêmes questions, encore et encore. Comme si tout cela pouvait produire la moindre différence. Les flics se souciaient comme d'une guigne des subtiles nuances du discours de Mélanie. Tout ce qu'ils voulaient savoir, c'était si, au cours des dernières semaines de son existence, Mélanie avait exprimé une peur dirigée vers quelqu'un en particulier.

Rob avait eu l'intention de la punir, Kate le savait.

Finalement, il avait touché la corde sensible une fois de trop. Kate s'était levée, s'était penchée au-dessus de la table, et elle avait enfoncé la touche « stop ».

— Vous avez gagné. Vous l'avez eue, votre revanche. Assez, c'est assez, lui avait-elle annoncé tranquillement.

— Je ne vois pas à quoi vous faites allusion.

Il lui avait répondu cela presque sur le ton du sarcasme, sans le moindre accent de sincérité. Il avait refusé de la regarder droit dans les yeux.

— J'aime bien ce service où je travaille, Rob. J'aime bien la plupart des gens avec lesquels je travaille. Mais dans tout ce que je touche, je suis vachement bonne, alors, en l'espace d'un battement de cœur, je peux me dénicher un autre boulot. Je ne vais pas supporter que vous me manipuliez et que vous me punissiez. Maintenant, vous voudrez bien m'excuser, avait-elle poursuivi. Parce que je viens de passer les vingt-quatre heures les pires de toute mon existence, et parce que je me sens au bord de sombrer dans la dépression. Je rentre chez moi. Et si vous ne souhaitez plus que je me présente dans ces locaux, vous me téléphonez.

Lorsqu'elle était sortie, il n'avait pas proféré une parole. Du moins la pulsation de son sang qui lui rugissait dans les oreilles l'avait-elle empêchée de rien entendre. Elle s'était attendue à ce qu'il se déchaîne contre elle, dans l'une de ses petites crises, de sa voix sifflante, et Dieu sait si elle méritait qu'il la mette à la porte, voilà qui n'était pas douteux, mais il n'en était pas moins vrai qu'il ne subsistait plus en elle la moindre once de tact. Tous les semblants de bonnes manières, tous ces salamalecs, toute cette couche d'apparence sociale, désormais arrachée, ne lui laissait plus que des émotions à vif.

Elle sentait encore ce flot monter en elle, comme si une artère vitale s'était rompue. Elle avait le sentiment que ce flot aurait pu l'étouffer, la noyer.

415

Et tout ce qu'elle voulait, c'était trouver Quinn et lui tomber dans les bras.

Elle avait travaillé si dur pour reconstituer sa vie, morceau par morceau, sur de nouvelles fondations, et voilà que ces fondations glissaient sur leur base. Non. Pire encore : elle avait découvert que ces fondations s'élevaient à l'emplacement exact de la ligne de fracture de son passé, en se limitant à la recouvrir. Ce qu'elle avait construit n'avait rien de neuf, n'était pas plus solide, ce n'était qu'un mensonge qu'elle s'était soufflé à elle-même, jour après jour, tout au long de ces cinq dernières années : elle s'était menti en se répétant qu'elle n'avait aucun besoin de John Quinn pour se sentir pleine et entière.

Des larmes lui emplirent les yeux, et le désespoir ouvrit en elle une béance, la laissant douloureuse et vide, seule et apeurée. Et Dieu, elle était si fatiguée. Mais elle ravala ses larmes et mit un pied devant l'autre. Rentre chez toi, reprends-toi, sers-toi un verre, essaie de dormir. Demain serait un autre jour.

Elle enfila son manteau, ramassa le dossier qu'elle avait constitué sur Angie, se saisit de son courrier, de ses messages et de ses télécopies qui s'étaient empilés dans la corbeille tout au long de la journée, et elle fourra le tout dans sa serviette. Elle tendit le bras pour arriver à éteindre la lampe de bureau, mais sa main s'égara dans les rayonnages, où elle finit par cueillir la petite photo encadrée d'Emily.

Délicieux petit ange, avec son sourire, dans une robe jaune soleil. Un avenir lumineux devant elle. À tout le moins ce que n'importe quel individu ordinaire, dans son arrogance toute humaine, aurait pu penser. Kate se demanda s'il était impossible que soit cachée, quelque part dans une vieille boîte à chaussures, une photographie similaire d'Angie Di Marco... ou de Mélanie Hessler... de Lila White, de Fawn Pierce, de Jillian Bondurant.

La vie n'offrait aucune garantie de quoi que ce soit. Jamais il n'a existé aucune promesse qui ne pût être rompue. Cela, elle le savait au premier chef. Elle avait trop promis, et dans la meilleure des intentions, pour voir ensuite ses promesses se fendiller et tomber en morceaux.

— Je suis désolée, Em, chuchota-t-elle.

Elle appuya la photo contre ses lèvres, pour un baiser de bonne nuit, puis elle logea le cadre dans sa cachette, là où la femme de ménage le retrouverait pour l'en dénicher. Elle se faufila hors de son bureau et ferma la porte à clef derrière elle. Un aspirateur vrombissait dans le bureau en face du sien. Au bout du couloir, la porte de celui de Rob Marshall était fermée. Il se pouvait qu'il soit encore là, à mijoter des manigances sur la meilleure manière de lui sucrer son indemnité de licenciement. Ou bien il était peut-être rentré chez lui — pour y trouver quoi ? Elle ne savait même pas s'il avait une petite amie — ou un petit ami, d'ailleurs. Jeudi, ce pouvait être sa soirée de ligue de bowling, c'était là tout ce qu'elle savait de lui. Il n'avait pas d'amis personnels proches au sein du département. Kate n'avait jamais entretenu aucune relation extra-professionnelle avec lui, en dehors des obligations liées à l'arbre de Noël organisé par le service. Et à présent elle en arrivait à se demander s'il avait quelqu'un à retrouver à la maison, quelqu'un auprès de qui déblatérer ses plaintes sur cette pétasse qui lui menait la vie dure au bureau.

Finalement, il s'était arrêté de neiger, remarqua-t-elle en empruntant la passerelle surélevée qui conduisait à la rampe d'accès de la 4e Rue. Quinze centimètres au total, entendit-elle quelqu'un expliquer. Au-dessous d'elle, la rue était dans un état de saleté indescriptible, mais les équipes municipales nettoieraient ça d'ici à demain matin. Cela étant, à cette époque de l'année, ces équipes pouvaient aussi bien décider de tout laisser tel que, en espérant que deux ou trois journées consécutives de réchauffement du climat permettraient à la ville de s'épargner quelques dépenses bien inutiles, au regard des orages diluviens que l'on était assuré de voir tomber sur la ville dans les prochains mois.

Elle sortit ses clefs et les replia à l'intérieur de son poing, la plus longue et la plus acérée dépassant entre l'index et le majeur — une habitude qu'elle avait contractée à l'époque où elle habitait dans la banlieue de Washington. La rampe était bien éclairée, mais pas trop fréquentée à cette heure de la nuit, et ça la rendait toujours nerveuse de traverser les lieux seule. Plus encore ce soir, après tous ces événements. Entre les meurtres et le manque de sommeil, sa paranoïa atteignait des sommets. Une ombre s'étirant entre deux voitures, le raclement d'un soulier, le claquement soudain d'une porte — chaque fois, ses nerfs se nouaient serré. Le 4 × 4 Runner lui semblait à un kilomètre.

Enfin elle fut à bord, portes verrouillées, moteur allumé, en route pour chez elle, et elle put se libérer d'un premier degré de tension. Elle tâcha de se concentrer pour que se relâchent ces nœuds qui lui contractaient les épaules. Son pyjama, un verre et au lit. Elle traînerait sa serviette enroulée autour d'elle jusque sous la couverture et s'assiérait, calée contre les oreillers, sur ces draps encore froissés par l'amour.

Peut-être allait-elle les changer, ces draps.

Le type assez entreprenant qui habitait à l'autre bout de son pâté de maisons entretenait une lame de chasse-neige montée sur son pick-up cinq mois sur douze, et il arrondissait ses émoluments en dégageant les allées du voisinage. Il avait dégagé celle de Kate. Elle lui signerait un chèque et le lui laisserait demain dans sa boîte aux lettres.

Elle rentra sa voiture au garage, se souvenant, mais trop tard, de l'ampoule grillée. En étouffant un juron, elle plongea la main dans la boîte à gants, pour en sortir sa grosse lampe-torche, puis elle descendit de son 4 × 4, en jonglant avec tout son bazar.

L'odeur lui fouetta les narines juste une seconde avant que son pied ne touche le tas mou et visqueux.

— Oh ! merde !

Au sens propre.

— Merde !

— Kate ?

La voix venait de devant la maison. La voix de Quinn.

— Je suis ici, dans le garage ! s'exclama-t-elle en réponse, en se débattant avec sa serviette, la lampe-torche et son sac à main.

— Qu'y a-t-il ? Je t'ai entendue pousser un juron, s'écria-t-il, en entrant dans le garage.

— Je viens juste de marcher sur un tas de merde.

— Que... bon Dieu, oui, je sens cette odeur. Ça doit être un chien.

La lampe-torche s'alluma dans un déclic et elle la braqua sur l'immondice.

— Un chien, c'est impossible. La porte était fermée. Dégueulasse !

— On dirait de l'excrément humain, observa Quinn. Où est ta pelle ?

Kate dirigea le faisceau de la lampe sur le mur.

— Juste là. Mon Dieu, tu penses que quelqu'un est entré dans mon garage pour y déposer ça ?

— Tu as une théorie plus plausible ? lui demanda-t-il.

— Je n'arrive simplement pas à m'imaginer pourquoi quelqu'un aurait commis un acte pareil.

— C'est une marque de mépris.

— Ça, je suis au courant. Enfin, je veux dire, pourquoi moi ? Parmi les gens que je connais, qui ferait quelque chose d'aussi étrange, d'aussi primitif ?

— À qui as-tu cassé les pieds ces derniers temps ?

— À mon patron. Mais quand même, j'ai du mal à l'imaginer en train de s'accroupir dans mon garage. Et ce n'est pas non plus une vision qui me fait franchement envie.

Elle sortit du box avec lui, en traînant les pieds, ne posant sur le sol que le bout de sa botte souillée, essayant de ne pas étaler plus de matières fécales.

— Est-ce que tes clients savent où tu vis ?

— Si jamais il y en a qui le savent, ce n'est pas parce que je leur aurais donné l'information. Ils ont mon numéro au bureau. Qui, en dehors des heures de bureau, renvoie les appels à mon répondeur ici. Et mon numéro de portable, pour les urgences. C'est tout. Le numéro de la maison est sur liste rouge, mais ça n'empêcherait pas forcément quelqu'un de me trouver. Si on sait s'y prendre, ce n'est pas si difficile.

Quinn balança l'immondice entre le garage et la palissade du voisin. Il nettoya la pelle sur un talus enneigé pendant que Kate tâchait de faire de même avec sa botte.

— C'est tout juste le point d'orgue qu'il me fallait pour clore cette journée, grommela-t-elle alors qu'ils retournaient dans le garage pour y remiser la pelle.

Elle balaya les lieux avec sa lampe pour vérifier si rien ne manquait. Apparemment non.

— Est-ce qu'il t'est arrivé des choses bizarres dernièrement ?

Elle rit jaune.

— Enfin, écoute, dans ma vie, dernièrement, qu'est-ce qui ne m'est pas arrivé de bizarre ?

— Je veux dire vandalisme, appels raccrochés, courriers bizarres, rien de tout ça ?

— Non, lui assura-t-elle, et puis elle songea automatiquement aux trois appels raccrochés d'hier soir.

Mon Dieu, ce n'était qu'hier soir ? Elle les avait attribués à Angie. C'était ce qui lui avait paru le plus sensé. L'idée de quelqu'un qui la traquerait ne lui avait jamais effleuré l'esprit. Et cela ne lui apparaissait toujours pas comme s'inscrivant dans la liste des cas de figure possibles.

— Je pense que tu devrais te garer dans la rue, lui conseilla Quinn. Il peut s'agir d'un type de passage dans le voisinage, ou d'un gamin qui t'a fait une blague, mais tu ne saurais être trop prudente, Kate.

— Je sais. Je le serai. À partir de demain. Depuis combien de temps m'attends-tu ici ? l'interrogea Kate en se dirigeant vers la maison.

— Pas assez longtemps pour me retrouver forcé de recourir à pareil procédé...

— Ce n'est pas ce que je voulais insinuer.

— Je viens à peine d'arriver. J'ai essayé de t'appeler à ton bureau. J'ai essayé de t'appeler ici. Je suis passé à ton bureau. Tu étais partie. Alors j'ai sauté dans un taxi. Est-ce que tu as eu mes messages ?

— Oui, mais il était tard et j'étais fatiguée. J'ai eu une journée pourrie, mais pourrie, et je n'avais qu'une envie : m'en aller de là-bas.

Elle ouvrit la porte de derrière et Thor les accueillit avec un miaulement indigné. Kate retira ses bottes dans l'entrée, laissa tomber sa serviette sur une chaise dans la cuisine et alla directement au frigo sortir de la nourriture pour chat.

— Tu n'étais pas en train de m'éviter ? s'enquit Quinn, en laissant glisser son manteau de ses épaules.

— Peut-être. Un peu.

— Je me suis fait du souci pour toi, Kate.

Elle posa l'écuelle par terre, caressa l'échine du chat et se redressa, tournant le dos à Quinn. Cette simple petite phrase déclencha une fois encore ce tourbillon d'émotions volatiles qui creva la surface de son être et lui fit monter les larmes aux yeux. Ces larmes, elle ne voulait pas les lui laisser voir — si toutefois elle y parvenait. Elle allait les étouffer — si toutefois elle y parvenait. Elle avait besoin de lui, il la conviait à éprouver ce besoin. Elle en avait si désespérément envie.

— Je suis désolée, s'excusa-t-elle. Je n'ai pas l'habitude que quelqu'un prenne soin de...

Dieu, quel vocabulaire misérable ! Elle avait perdu l'habitude que quelqu'un prenne soin d'elle. C'était la vérité, mais cette vérité lui fit l'effet d'en être réduite à un état de misère proprement pathétique. Du coup, elle repensa à Mélanie Hessler — disparue pendant toute une semaine sans que quiconque se soucie assez d'elle pour prendre la peine d'aller découvrir pourquoi.

— Elle était ma cliente, reprit-elle. Mélanie Hessler. Victime numéro quatre. J'ai réussi à en perdre deux en une seule nuit. Pas mal, comme record, non ?

— Oh ! Kate !

Il vint derrière elle et passa ses bras autour d'elle, l'enveloppant de sa chaleur et de sa force.

— Pourquoi ne m'as-tu pas appelé ?

Parce que j'ai peur d'avoir besoin de toi. Parce que j'ai peur de t'aimer.

— Tu n'aurais rien pu faire, répondit-elle.

Tout en la gardant dans ses bras, Quinn la retourna face à lui, dégagea les mèches de cheveux qui barraient son visage, mais il n'essaya pas de la forcer à le regarder.

— J'aurais au moins pu avoir ces gestes-là, par exemple, murmura-t-il. J'aurais pu venir te prendre dans mes bras et te tenir, là, comme ça, un moment.

— Je ne suis pas certaine que cela aurait été une si bonne idée, objecta-t-elle tranquillement.

— Et pourquoi ?

— Parce que. Tu es ici pour travailler sur une affaire. Tu as des choses plus importantes à prendre en main, si j'ose dire.

— Kate, je t'aime.

— C'est aussi simple que ça ?

— Ce n'est pas « aussi simple que ça », tu le sais.

Elle s'écarta de lui, et instantanément son contact lui manqua.

— Je sais que nous sommes restés cinq ans sans échanger une parole, pas le moindre petit mot, rien. Et maintenant, en l'espace d'une journée et demie, nous revoilà amoureux. Et puis dans une semaine tu seras reparti. Et ensuite, quoi ? s'interrogea-t-elle, sans s'arrêter de bouger, les mains sur les hanches.

— Tu sais à quoi je pense ?

— Apparemment, à rien de très agréable.

Kate vit bien qu'elle l'avait blessé, même si telle n'avait pas été du tout son intention. Elle se maudit elle-même d'avoir manié avec tant de maladresse des sentiments aussi fragiles, mais il est vrai qu'elle manquait de pratique, et puis elle avait tellement peur, et cette peur la rendait gauche.

— Moi, je repense à tous ces moments, au cours de ces cinq années, où l'envie m'est venue de décrocher mon téléphone, sans oser passer à l'acte, lui avoua Quinn. Mais voilà, maintenant, je suis ici.

— Par pur hasard. Tu ne vois pas à quel point ça m'effraie, John ? S'il n'y avait pas eu cette affaire, est-ce que tu serais venu jusqu'ici ? Est-ce que tu m'aurais appelée ?

— Et toi ?

— Non, répliqua-t-elle sans hésitation, et puis, plus doucement encore, chaque fois un peu plus doucement, sans cesser de remuer la tête. Non... Non... J'ai suffisamment souffert pour que ça me dure une vie. Je ne serais jamais allée chercher toute cette souffrance de mon propre chef. Et je n'en veux plus. Je préfère ne plus rien éprouver du tout. Et toi tu me fais éprouver trop de choses, reconnut-elle, sa gorge se serrant. Trop de choses. Et pourtant je ne m'y fie pas, je sais que cela peut disparaître aussi simplement que ça.

— Non. Non. (Il lui prit les bras et la maintint en face de lui.) Regarde-moi, Kate.

Elle ne voulait pas, n'osait pas, elle aurait voulu être ailleurs, n'importe où, et surtout pas devant lui, là, au bord des larmes.

— Kate, regarde-moi. Ce que nous aurions pu décider à l'époque importe peu. Ce qui compte, c'est que nous sommes ici, là, maintenant. Ce qui compte, c'est que nous ressentons exactement ce que nous éprouvions alors. Ce qui compte, c'est que faire l'amour avec toi ce matin, c'était la chose la plus naturelle, la plus parfaite qui soit au monde. Comme si nous n'avions jamais été séparés. Voilà ce qui compte. Et pas le reste. Je t'aime. Vraiment, murmura-t-il. Voilà tout ce qui compte. Est-ce que tu m'aimes ?

Elle hocha la tête, le menton baissé, comme si elle avait honte de l'admettre.

— Je t'ai toujours aimé.

Des larmes roulèrent sur ses joues. Quinn les arrêta dans leur course et les effaça du bout de ses deux pouces.

— Voilà ce qui compte, chuchota-t-il. Tout le reste, on peut s'en arranger. Ma vie a été si vide depuis que tu es partie, Kate. Ce trou, j'ai essayé de le remplir avec le travail, mais le travail n'a eu pour conséquence que de me dévorer encore un peu plus, et le trou n'a fait que s'élargir toujours davantage, et j'ai continué de creuser comme un fou, pour essayer de colmater. Ces derniers temps, j'avais l'impression qu'il ne me restait plus rien. J'en ai attribué la faute à mon boulot, je me suis dit que j'y avais abandonné tellement de morceaux de moi-même que je ne savais plus qui j'étais. En revanche, quand je suis avec toi, je sais très exactement qui je suis, Kate. C'est ça qui m'a manqué pendant tout ce temps : cette part de moi-même que je t'ai donnée.

Kate le dévisagea, n'ignorant nullement qu'il éprouvait réellement ce qu'il venait de lui confesser. Quinn était peut-être un caméléon sur le terrain du travail, changeant de couleur à volonté pour obtenir le résultat souhaité, mais vis-à-vis d'elle, dans leur relation, il n'avait jamais failli à l'honnêteté — tout au moins jusqu'au terme de celle-ci, quand tous deux avaient étroitement sanglé leurs cuirasses respectives autour de leurs cœurs meurtris. Et elle savait ce qu'il en coûtait à John Quinn de s'ouvrir de la sorte. La vulnérabilité n'était pas un exercice où il excellait. C'était quelque chose à quoi, pour sa part, Kate ne s'essayait jamais. Et c'était pourtant bien ce qu'elle ressentait au-dedans d'elle-même en cet instant, pourvu qu'elle pousse suffisamment fort sur la porte.

— Tu as remarqué à quel point on débloque côté timing ? lança-t-elle, lui arrachant un sourire.

Il la connaissait suffisamment bien pour se rendre compte de ce qu'elle était en train de tenter : les faire reculer tous deux en deçà de cette limite avec laquelle ils flirtaient. Une petite plaisanterie pour relâcher la tension. Un signe subtil qu'elle ne s'estimait pas prête, qu'elle ne se sentait pas la force d'aborder tout cela dans l'instant.

— Oh ! je ne sais pas ! remarqua-t-il, et ses bras trouvèrent le chemin de sa taille. Je pense qu'à la minute présente tu as besoin que l'on te tienne, et que moi j'ai besoin de te tenir dans mes bras. Bon, ça, ça marche plutôt très bien.

— Ouais, j'imagine.

Elle laissa retomber sa tête sur son épaule. *Résignée*, tel fut le mot qui lui traversa l'esprit, mais elle ne le repoussa pas. Elle était trop lasse pour lutter, et en effet elle avait besoin qu'on la tienne. L'occasion ne lui en était pas souvent offerte, ces temps-ci. Par sa propre faute, elle ne l'ignorait pas. Elle se chapitrait mentalement : elle était trop prise pour sortir, elle n'avait aucun besoin de se compliquer la vie avec un homme pour le moment, quand la vérité c'était qu'il n'existait pour elle qu'un homme et un seul. Elle n'en désirait pas d'autre.

— Embrasse-moi, chuchota-t-il.

Kate redressa la tête et invita sa bouche à se poser sur la sienne, entrouvrit les lèvres et convia l'intimité de sa langue contre la sienne. Comme à chacun des baisers qu'ils avaient échangés, elle sentit une chaleur rayonner en elle, elle éprouva une sensation d'excitation, mais elle en conçut aussi une impression de contentement au tréfonds de son âme. Elle avait le sentiment d'avoir inconsciemment retenu son souffle, justement dans l'attente de ce qui lui arrivait là, et d'être désormais en position de se détendre et de respirer à nouveau. La sensation d'être dans le vrai, d'être comblée.

— J'ai envie de toi, Kate, lui chuchota Quinn, sa bouche lui effleurant la joue, remontant jusqu'à son oreille.

— Oui, chuchota-t-elle, le désir cognant en elle comme les vagues contre le roc.

Le désir parlait d'une voix qui couvrait la peur que tout cela ne s'achève en chagrin, dans un jour ou dans une semaine.

Il l'embrassa de nouveau, plus profond, plus fort, plus chaud, lâchant les rênes à cette faim qui courait en lui. Elle pouvait le sentir à ses muscles, à la chaleur qui émanait de lui. Elle pouvait le sentir dans sa bouche. Sa langue se pressa contre sa langue, alors même qu'il laissait filer une main dans le bas de son dos pour amener ses hanches tout contre les siennes, afin de lui permettre de sentir à quel point il la désirait. Elle gémit, un gémissement du fond de la gorge, autant devant la profondeur sidérante de ce désir que face à la sensation de ce contact, tout contre elle.

Rompant ce baiser, il se pencha en arrière, s'écarta d'elle pour la dévisager de ses yeux durs, brillants et noirs, les lèvres légèrement entrouvertes. Il respirait avec âpreté.

— Mon Dieu, que j'ai envie de toi.

Kate lui prit la main et le conduisit dans l'entrée. Au pied de l'escalier, Quinn l'attira à lui pour un autre baiser, encore plus chaud et plus profond, encore plus pressant. Il la plaqua dos contre le mur. Ses mains attrapèrent le bas de son sweater noir et il tira dessus, exposant sa peau à l'air, à son toucher, s'offrant l'accès à ses seins. Lorsqu'il écarta le bonnet de son soutien-gorge et remplit sa main d'elle, elle eut un halètement. Peu importait où ils se trouvaient. Peu importait que quelqu'un ait pu, en passant par là, les apercevoir à travers les petites vitres latérales de la porte d'entrée. Son désir pour lui devançait toute raison, et avec une telle célérité. Il n'existait plus qu'un besoin, primaire et farouche.

Elle haleta une fois encore, lorsque sa bouche trouva son sein. Elle attrapa sa tête entre ses mains et se cambra sous cet attouchement. Elle leva les hanches, les éloigna du mur lorsqu'il tira sa jupe en lainage bien ajustée et lorsqu'il baissa ses collants noirs. Subitement, il n'y avait plus ni affaire, ni passé, plus rien que le besoin et la sensation de ses doigts qui l'exploraient, la caressaient, qui trouvaient ses chairs les plus sensibles, se glissaient en elle.

— John. Oh ! Dieu, John ! souffla-t-elle, ses doigts crochetant ses épaules. J'ai envie de toi. J'ai envie de toi, tout de suite.

Il se redressa et l'embrassa, avec fougue, avec force, à deux reprises, et puis il regarda en haut de l'escalier pour revenir ensuite à elle, et alors il vit, par-dessus son épaule, la porte ouverte de son bureau, à l'intérieur duquel sa lampe de travail projetait une lueur ambrée, dont le halo atteignait tout juste le vieux canapé en cuir.

L'instant d'après, ils étaient à côté de ce canapé, Quinn lui ôtait son sweater en le lui faisant passer par-dessus la tête, et Kate lui retirait sa cravate avec des gestes d'impatience. En quelques mouvements brusques, leurs vêtements n'étaient plus qu'un souvenir, abandonnés sur le sol. Ils se renversèrent, enchevêtrés l'un à l'autre sur le canapé, le souffle coupé par le contact du cuir froid. Et puis cette sensation fut oubliée, enfuie, consumée par la chaleur de leurs corps et la chaleur de leur passion.

Kate enroula ses longues jambes autour de lui, le prit au-dedans de son corps, d'une seule poussée, sans à-coups. Il la remplissait parfaitement, complètement, physiquement, jusqu'au fin fond de son âme. Ils évoluaient ensemble, comme deux danseurs, le corps de chacun œuvrant comme l'exquis complément de l'autre, et la passion allait croissant à l'image d'un puissant morceau de musique, allait croissant, dans un crescendo ébouriffant.

Ensuite ils franchirent le sommet, basculèrent sur l'autre versant, en chute libre, se tenant très fort l'un à l'autre, se murmurant des mots de réconfort et de promesse dont Kate redoutait déjà qu'ils ne résistent pas aux pressions de la réalité. Mais elle ne tenta pas de dissiper le mythe ou de rompre la promesse que « tout irait bien ». Elle savait que tous deux voulaient y croire, et qu'ils le pouvaient, en ces quelques instants, avant que le monde réel ne revienne à eux.

Elle savait quel besoin John ressentait de lui faire cette promesse. Il avait toujours nourri une puissante pulsion de protection à son endroit. Cela l'avait toujours profondément touchée : qu'il sache entrevoir la vulnérabilité qui l'habitait, quand personne d'autre, pas même son mari, n'en avait été capable. Ils avaient toujours su reconnaître leurs besoins secrets, à l'un et à l'autre, ils avaient toujours su lire dans le cœur de l'un et de l'autre, comme s'ils avaient toujours été faits l'un pour l'autre.

— Je ne me suis plus fait peloter sur ce canapé depuis mes dix-sept ans, lui souffla-t-elle doucement, en plongeant son regard au fond de ses yeux, à la lueur de la lampe.

Ils étaient étendus sur le côté, serrés l'un contre l'autre, presque nez à nez. Quinn sourit, d'un sourire de requin.

— Le type, comment s'appelait-il ? Que je puisse aller le retrouver et lui faire la peau.

— Mon homme des cavernes.

— Je suis avec toi. Je l'ai toujours été.

Kate n'émit pas de commentaire, même si, instantanément, cette scène lui revint à l'esprit, cette scène monstrueuse au cours de laquelle Steven les avait confrontés, elle et John, dans son bureau. Steven choisissant les armes dont le maniement lui était le plus familier : des mots cruels et des menaces. Et Quinn avait encaissé, encaissé, jusqu'à ce que Steven s'en prenne à elle. Un nez cassé et quelques séances de dentiste plus tard, son mari avait déplacé le combat guerrier sur un autre terrain de jeu et s'était ingénié à détruire leurs carrières à tous deux.

Quinn lui glissa un doigt sous le menton et lui releva la tête afin de pouvoir la regarder dans les yeux. John saisissait très exactement ce dont elle était en train de se souvenir. Kate le voyait à son visage, à la ligne fléchie du sourcil.

— Non, la prévint-il.

— Je sais. Le présent est assez tordu comme ça. Pourquoi déterrer le passé ?

Il lui caressa la joue de la main et l'embrassa avec douceur, comme si ce geste allait sceller à nouveau la porte qui s'était rouverte sur ces souvenirs.

— Je t'aime. Là. Là, tout de suite. Au présent. Même si le présent est tordu.

Kate enfouit la tête sous le menton de John et lui déposa un baiser dans le creux de la gorge, à la base du cou. Il y avait cette part d'elle-même qui avait envie de lui demander ce qu'ils allaient tirer de tout ça, mais pour une fois elle tint sa langue. Ce soir, cela n'avait pas d'importance.

— Pour ta cliente, je regrette, ajouta Quinn. Kovac m'a expliqué qu'elle travaillait dans une librairie pour adultes. C'est probablement le lien avec Joe l'Enfumeur.

— Probablement, mais ça m'a flanqué la frousse, admit Kate, en caressant son dos nu de la main, d'un geste absent — trop mince, tout en muscles déliés plaqués sur une charpente solide. (Il ne prenait pas assez soin de lui.) Il y a une semaine, je n'avais aucun rapport avec cette affaire. Aujourd'hui, j'y ai perdu deux clientes.

— En ce qui concerne celle-ci, tu n'as aucune raison de t'en vouloir, Kate.

— Bien sûr que si. Je suis faite ainsi.

— Vouloir, c'est pouvoir.

— Mais je ne veux pas, protesta-t-elle. J'aurais préféré appeler Mélanie lundi dernier, comme j'avais l'habitude de le faire. Si je ne m'étais pas tant préoccupée d'Angie, je me serais inquiétée de ne pas avoir reçu de nouvelles de Mélanie. Sur le plan émotionnel, elle était devenue dépendante de moi. Apparemment, j'étais son seul réseau de soutien, à moi toute seule. Je sais que ça peut paraître curieux, mais j'aurais aimé être au moins en position de me faire du souci pour elle. Rien que de penser à elle, prisonnière de ce cauchemar, comme ça, sans personne pour l'attendre, pour s'inquiéter d'elle, pour se préoccuper d'elle... C'est trop triste.

Quinn la serra très fort et lui baisa les cheveux, en songeant qu'elle cachait sous son armure un cœur aussi tendre que du beurre. Un cœur qu'elle s'efforçait si farouchement de dissimuler à tout le monde qu'il n'en était que plus précieux aux yeux de John. Cela, il l'avait perçu depuis le début, dès leur première rencontre.

— Tu n'aurais pas pu empêcher ce qui est arrivé, lui affirma-t-il. En revanche, maintenant, tu pourrais être en position d'apporter ton aide.

— En quel sens ? En revivant chacune de mes conversations avec elle ? En essayant de relever des indices d'un crime dont elle ne pouvait absolument pas savoir qu'elle en serait la victime ? C'est à cela que j'ai passé mon après-midi. J'aurais préféré passer la journée à me piquer l'œil avec une aiguille.

— Tu n'as rien tiré de ces bandes.

— De l'angoisse et des humeurs sombres, et pour terminer, comble de tout, une engueulade avec Rob Marshall qui pourrait bientôt me valoir de me mettre à lire les petites annonces d'emploi.

— Là, Kate, tu sollicites un peu trop ta bonne étoile.

— Je sais, mais il semblerait que ce soit plus fort que moi. Rob sait trouver l'endroit exact où ça fait mal. Quelle tâche veux-tu me confier ? Est-ce que ça va me permettre d'évoluer vers une nouvelle carrière ?

— En l'occurrence, il s'agirait plutôt de ton ancienne carrière. Je t'ai apporté des copies des profils des victimes. Je continue d'avoir le sentiment que la clef que je cherche se trouve sous mon nez, et que je ne suis pas fichu de la voir. Ce qu'il me faut, c'est un regard neuf.

— Tu as tout le RETS et l'Unité des sciences du comportement à ta disposition. Pourquoi moi ?

— Parce que j'en ai besoin, avoua-t-il simplement. Je te connais, Kate. Tu éprouves la nécessité d'agir, et tu es tout aussi qualifiée que n'importe qui d'autre au Bureau. J'ai expédié tous les éléments à Quantico, mais toi tu es ici, et je me fie à ton jugement. Tu veux bien y jeter un œil ?

— Très bien, répondit-elle, exactement pour la raison qu'il venait de formuler : parce qu'elle éprouvait la nécessité d'agir.

Elle avait perdu Angie. Elle avait perdu Mélanie Hessler. S'il y avait quelque chose qu'elle puisse faire pour tenter de contre-balancer tout ce gâchis, elle ne s'en priverait pas.

— Laisse-moi le temps d'enfiler des vêtements.

Elle se redressa en s'enveloppant dans le jeté de chenille. Quinn fronça le sourcil.

— Je savais bien qu'il se présenterait un inconvénient.

Kate le gratifia d'un sourire désabusé, puis elle se rendit à son bureau, où le voyant de son répondeur clignotait. À la lueur ambrée de la lampe de travail, avec sa chevelure rouge flamme, la courbe de son dos pareille à un rêve de sculpteur, elle faisait véritablement figure d'apparition. Rien que de la regarder, cela lui faisait mal. Quelle veine incroyable que de se voir offrir une seconde chance.

Une voix irascible s'éleva de l'appareil, dans un geignement.

— Kate, c'est David Willis. Appelez-moi ce soir. J'ai absolument besoin de vous parler. Vous savez bien que je ne suis pas chez moi dans la journée. J'ai l'impression que vous m'évitez délibérément. Au point où nous en sommes... alors que la confiance que j'ai en moi est si fragile. J'ai vraiment besoin de vous...

Kate enfonça la touche pour avancer au message suivant.

— S'ils étaient tous comme lui, j'irais me dégotter du boulot aux grands magasins Wal-Mart.

Le message suivant émanait de la dirigeante d'un groupe de femmes d'affaires, qui lui demandait de venir prendre la parole lors d'une réunion.

Et puis ensuite, un long silence.

D'un regard dont elle avait la spécialité, Kate croisa l'œil fixe et grave de Quinn.

— J'avais déjà reçu deux ou trois messages de ce genre hier soir. Je pensais que ça pouvait être Angie. Je voulais croire à cette éventualité.

À moins qu'il ne s'agisse de celui qui détenait Angie, se dit Quinn. Joe l'Enfumeur.

— Il faut qu'on place ta ligne sur écoute, Kate. S'il détient Angie, il possède ton numéro.

Il vit bien que cela ne lui avait pas traversé l'esprit une seconde. Il capta l'éclair de surprise, suivi d'une expression de contrariété pour avoir omis cette possibilité. Or, bien évidemment, Kate refusait de se percevoir comme une victime possible. Elle possédait la force, la maîtrise, l'assurance. Mais pas l'invulnérabilité.

Quinn se leva du canapé, s'approcha d'elle et, toujours nu, passa ses bras autour d'elle.

— Dieu, quel cauchemar ! chuchota-t-elle. Est-ce que tu crois qu'elle serait encore en vie ?

— C'est du domaine du possible, répondit-il, parce qu'il savait que Kate avait besoin d'entendre cette sorte de réponse.

Mais il savait également qu'elle mesurait tout autant que lui, en toute conscience, la part de la chance, et la part qu'il convenait de réserver aux éventualités les plus horribles. Elle n'ignorait pas plus que lui qu'Angie Di Marco pouvait être encore en vie, mais qu'ils auraient sans doute fait preuve de plus de bonté à son égard en lui souhaitant d'être morte.

Je suis morte
Mon désir est vivant
Me fait aller de l'avant
Me fait espérer
Va-t-il me vouloir ?
Va-t-il me prendre ?
Va-t-il me blesser ?
Va-t-il m'aimer ?

Ces paroles provoquèrent sur lui l'effet d'un coup de fouet. La musique lui labourait les sens. Il laissa quand même défiler la bande. Laissa cette bande le blesser, à cause de son besoin de ressentir.

Peter était assis dans son bureau, la seule lumière qui pénétrait par la fenêtre était juste suffisante pour que le noir vire au charbon, le gris à la cendre. L'anxiété, la culpabilité, le manque, la douleur, le besoin, les émotions qu'il parvenait rarement à saisir et jamais à exprimer, se trouvaient prises au piège audedans de lui, la pression allait croissant, au point de lui donner l'impression que son corps allait exploser et qu'il ne resterait rien de lui, excepté des fragments de tissu et de cheveux fichés dans les murs et au plafond, et dans les verres des cadres qui protégeaient ces photographies de lui en compagnie des gens qu'il avait jugés importants dans sa vie, au cours de la décennie écoulée.

Il se demanda si l'un ou l'autre de ces fragments de lui-même parviendrait à atteindre les photos de Jillian massées là-bas, dans un petit coin de tout ce vaste déploiement d'images. Ces photos à l'écart, n'attirant aucunement l'attention. Une honte ineffable — honte d'elle, et aussi de son échec et de ses erreurs à lui.

— ... *parce qu'il faut que nous sachions la vérité, Peter, et je pense que vous conserviez certaines pièces du puzzle par-devers vous... Nous avons besoin de nous constituer un tableau d'ensemble.*

Pièces obscures d'un tableau perturbant qu'il ne voulait permettre à personne de découvrir.

L'irruption de la honte et de la rage se propagea dans ses veines comme un acide.

Je suis morte
Mon désir est vivant
Me fait aller de l'avant
Me fait espérer
Va-t-il me vouloir ?
Va-t-il me prendre ?
Va-t-il me blesser ?
Va-t-il m'aimer ?

Tel un rasoir, la sonnerie du téléphone lui trancha les nerfs. Il empoigna le combiné d'une main tremblante.

— Allô ?

— Pa-pa, pa-pa, pa-pa, chanta la voix, comme une sirène. Viens me voir. Viens me donner ce que je veux. Tu sais ce que je veux. Je veux ça, et tout de suite.

Il ravala avec peine la bile qui lui était remontée dans la gorge.

— Si je fais ce que tu veux, tu me laisseras tranquille ?

— Papa, tu ne m'aimes pas ?

— Je t'en prie, chuchota-t-il. Je vais te donner ce que tu veux.

— Et après tu ne voudras plus de moi. Ce que je garde au chaud pour toi, ça ne va pas te plaire. Mais tu vas venir quand même. Tu vas venir, pour moi. Dis-le, que tu vas venir.

— Oui, souffla-t-il.

En raccrochant, il pleurait, des larmes bouillantes sur les paupières, brûlantes sur ses joues, lui brouillant la vue. Il ouvrit le tiroir du bas de son bureau, à main droite, en retira un Glock noir mat, neuf millimètres, semi-automatique, et le glissa avec précaution dans le sac marin noir qui se trouvait à ses pieds. Il quitta la pièce, le sac lui pesant lourdement à bout de bras. Puis il quitta la maison et roula dans la nuit.

31

— C'est quoi, le boulot de tes rêves ? demanda Elwood.

— Consultant pour un film policier, avec tournage à Hawaii, et Mel Gibson dans le rôle principal, répondit Liska sans hésiter. Mets le moteur en marche. J'ai froid.

Elle frissonna et enfouit les mains tout au fond des poches de son manteau. Ils étaient stationnés sur un emplacement réservé aux employés, non loin du Target Center, occupés à surveiller le pick-up de Gil Vanlees sous le halo blanchâtre d'un éclairage de sécurité. Comme les vautours auxquels on les comparait fréquemment, des journalistes encerclaient le bâtiment, leurs voitures garées sur toutes les petites places de parking disséminées aux alentours, en attente. Aussitôt que le nom de Vanlees avait fait l'objet d'une fuite, en association avec le meurtre de Jillian Bondurant, ils s'étaient accrochés à lui comme des tiques.

Vanlees était encore à l'intérieur du bâtiment. Des groupies qui s'attardaient après le concert du Dave Matthews Band requéraient toute son attention. Selon l'information émanant d'inspecteurs affectés à l'intérieur du Target Center, la direction l'avait maintenu à son poste, mais en le cantonnant dans les coulisses — par crainte de poursuites judiciaires de la part de Vanlees, dans l'hypothèse où ils auraient choisi de le décharger de ses fonctions sur la seule base d'un soupçon, autant que par crainte de poursuites émanant du public, dans le cas où ils l'auraient laissé occuper la même fonction que d'habitude et où quelque chose aurait mal tourné. Les laissez-passer réservés à la presse, remis d'ordinaire aux critiques musicaux, s'étaient retrouvés comme par enchantement entre les mains des journalistes des rubriques criminelles, qui avaient envahi les couloirs aussi sec, à la recherche de Gil Vanlees.

La radio crépita.

— Il arrive de ton côté, Elwood.

— Compris. (Elwood raccrocha le téléphone mains libres en mâchonnant pensivement son casse-croûte. Toute la voiture sentait le beurre de cacahuètes.) Mel Gibson est marié et il a six enfants.

— Dans mon fantasme, c'est pas comme ça du tout, mais pas du tout. Tiens, le voilà.

Vanlees franchit le portail d'un pas lourd. Une demi-douzaine de journalistes vinrent s'agglutiner autour de lui, semblables à une nuée de moucherons. Elwood descendit prestement sa vitre pour capter leurs voix.

— Monsieur Vanlees, John Quinn vous a épinglé en tant que suspect dans les meurtres du Crémateur. Qu'avez-vous à déclarer à ce propos ?

— Est-ce que vous avez tué Jillian Bondurant ?

— Qu'avez-vous fait de sa tête ? Est-ce que vous avez eu des rapports sexuels avec elle ?

Elwood lâcha un profond soupir.

— Il y a de quoi vous dégoûter d'en appeler au respect du Premier Amendement, de la liberté d'expression et tout le tremblement.

— Tas de trous-du-cul, se plaignit Liska. Ils sont même pires que des trous-du-cul. Ceux-là, en réalité, ils ne valent pas mieux que les bactéries qui grouillent autour d'un trou de balle.

Vanlees n'avait rien à dire aux journalistes. Il continuait d'avancer, ayant promptement appris cette règle élémentaire de survie. Quand il arriva pile devant leur véhicule, Elwood tourna la clef dans le contact et mit le moteur en marche. Vanlees fit un bond de côté et fila rejoindre son pick-up.

— Nerveux et asocial, comme individu, remarqua Elwood, en rangeant le reste de son sandwich dans un sachet en plastique réservé aux pièces à conviction, tandis que Vanlees s'escrimait sur la serrure de la portière de son pick-up.

— Ce type est un agité, fit Nikki. Mon agité à moi perso. Est-ce que tu crois que ça va me rapporter quelque chose, si on le coince pour ces meurtres ?

— Non.

— Sois honnête, brut de décoffrage, tu veux ? Je ne veux pas nourrir le moindre faux espoir.

Vanlees emballa son moteur et déboîta de sa place de parking, dispersant la meute des journalistes. Elwood se colla dans son sillage, puis il alluma pleins phares le temps d'un instant.

— Une citation, ça ferait bien sur le curriculum vitæ que j'ai l'intention d'envoyer à l'entourage de Mel Gibson.

— Tout le bénéfice sera pour Quinn, lui assura Elwood. Les cerveaux dressés pour la chasse ont la cote auprès des médias.

— Et il passe super à la télévision.

— Il pourrait être le prochain Mel Gibson.

— Mieux même : lui, au moins, il perd pas ses cheveux.

Ils stationnèrent derrière Vanlees qui attendait de pouvoir s'engager dans la 1re Avenue, et ils débouchèrent juste derrière lui, contraignant une voiture qui arrivait à piler, Klaxon mugissant.

— Tu penses que Quinn m'engagera comme conseiller technique quand il partira pour Hollywood ? l'interrogea Liska.

— Dans cette histoire, j'ai pas l'impression que le conseil soit ton véritable objectif, releva Elwood.

— Exact. Je préférerais qu'on me confie un rôle qui me permette de participer activement au tournage, mais ça m'étonnerait. Moi, ce type, je le trouve habité. Toi, il te fait pas cet effet, d'être habité ?

— Volontaire.

— Volontaire et habité. Bien ma veine : dans le genre coup dur, ça me fait une doublette.

— Drôlement romantique.

— Romantique si tu te sens une âme de Jane Eyre. (Liska secoua la tête.) J'ai pas de temps à perdre avec des types volontaires ou habités. J'ai trente-deux ans. J'ai des gosses. J'ai besoin de Ward Cleaver, moi.

— Il est mort.

— Bien ma veine.

Ils restaient ventousés au train arrière du pick-up, négociant les courbes et les virages du labyrinthe de rues qui menaient en direction de Lyndale. Elwood vérifiait dans son rétroviseur, en grommelant.

— On ressemble à une procession funéraire. Il a dû s'enfiler toute une tapée de journaleux derrière nous.

— Ils vont tout filmer en vidéo. Pour les matraques et les gourdins, tu oublies.

— Le métier de policier n'est plus aussi drôle qu'avant.

— Surveille-le, là, lui conseilla Liska tandis qu'ils pénétraient dans la partie la plus serrée de tout cet écheveau de petites rues. Il se pourrait qu'on le chope pour infraction au code de la route. Chaque fois que je conduis dans ce coin, j'enfreins treize lois à la douzaine.

Pour l'instant, Gil Vanlees n'en enfreignait aucune. Il maintenait sa vitesse un cheveu en deçà de la limite autorisée, en conduisant comme s'il transportait une cargaison d'œufs dans des coupes en cristal. Elwood ne le lâchait pas, serrant le pare-chocs de Vanlees d'un peu trop près, violant son espace vital, le narguant.

— Qu'est-ce que t'en penses, Fée Clochette ? Le Vanlees, c'est notre bonhomme, ou c'est encore le coup foireux de la bombe au village olympique des jeux d'Atlanta qui recommence ?

— Il cadre avec le profil. Il cache quelque chose, en tout cas.

— Ce qui ne fait pas de lui un tueur. Tout le monde cache quelque chose.

— J'aurais bien aimé décrocher une chance de découvrir quoi, sans me retrouver avec un paquet de journalistes sur les talons. Lui, il serait bien bête de tenter quoi que ce soit dans l'immédiat.

— Il se pourrait bien qu'ils n'y restent plus trop longtemps, sur nos talons, remarqua Elwood, en vérifiant de nouveau dans son rétroviseur. Regarde-moi ce fils de pute.

Une vieille Mustang avec hayon arrière arrivait à leur hauteur, sur leur gauche, deux hommes assis à l'avant, leur attention concentrée sur le pick-up de Vanlees.

— Font chier, lança Liska.

— Ils croient peut-être qu'on fait la course.

La Mustang accéléra, les dépassa, se porta à la hauteur de Vanlees, la fenêtre côté passager s'abaissa.

— Fils de pute ! beugla Elwood.

Vanlees prit de la vitesse. La voiture ne le lâcha pas.

Liska se saisit de sa radio de bord et communiqua leur position, ainsi que le numéro de plaque de la Mustang pour vérification. Elwood attrapa le gyrophare sur le siège, le plaqua sur son support et l'alluma. Devant eux, le passager assis à l'avant de la Mustang se pencha par la fenêtre, armé d'un téléobjectif.

Vanlees mit les gaz. La Mustang en fit autant, pour se maintenir à sa hauteur.

Le flash fut éclatant, aveuglant.

Le pick-up de Vanlees partit dans une embardée contre la Mustang, l'envoyant dinguer en tête-à-queue sur la voie d'en face, directement sur la trajectoire d'un taxi qui arrivait en sens inverse. Il n'y eut pas même le temps d'un hurlement de pneus, d'un coup de freins, rien que le bruit terrifiant de plusieurs tonnes de métal entrant en collision. Le photographe fut éjecté par le choc des deux véhicules. Il roula de l'autre côté de la rue comme une poupée de chiffon qu'on aurait lancée d'une fenêtre. Une boule de feu traversa la Mustang de part en part.

Liska assista à cette séquence au ralenti — l'accident, le feu, le pick-up de Vanlees, devant eux, parti à la dérive vers le trottoir, une roue bondissant en l'air, le pare-chocs avant arrachant un parcmètre au passage. Et puis brusquement le défilement du temps se recala à sa vitesse normale, et Elwood envoya sa Lumina décrire une courbe pour dépasser le pick-up et piqua droit sur le trottoir, en épi, afin de lui couper la route. Il fit claquer le levier de vitesses automatique en position parking et sauta hors de la voiture. Liska s'agrippa à la radio de bord d'un poing tremblant et appela les ambulances et un camion de pompiers.

Quelques-unes des voitures qui les avaient suivis se garèrent sur le côté. Plusieurs autres les dépassèrent en filant tout droit, forçant Elwood à effectuer des bonds de côté pour les éviter dans sa course vers l'épave en flammes. Liska poussa d'un coup sur sa portière pour l'ouvrir et rejoignit Vanlees qui descendait en titubant de son pick-up. Elle put sentir son odeur de whisky à soixante centimètres de lui.

— J'y suis pour rien ! hurla-t-il en sanglotant.

Des flashes d'appareils photo se déclenchèrent comme des stroboscopes, illuminant son visage d'une lumière blanche et morne. Du sang lui dégoulinait du nez, de la bouche, à l'endroit où sa figure, de toute évidence, avait heurté le volant. Il leva vivement les bras pour se protéger de l'éclair aveuglant et rendre les clichés inutilisables.

— Bordel de Dieu, laissez-moi tranquille !

— Ça, ça m'étonnerait, Gil, le prévint Liska, en lui attrapant le bras. Les mains en l'air contre le pick-up. Vous êtes en état d'arrestation.

— À présent je sais comment ils s'y prennent pour faire craquer les espions en recourant à la privation de sommeil, s'écria Kovac, qui avançait à grandes enjambées vers le pick-up de Gil Vanlees, toujours en équilibre sur le rebord du trottoir. Je suis prêt à demander mon transfert au service des rapports rien que pour arriver à dormir un peu.

Liska le considéra d'un œil sévère.

— Viens pleurer devant moi quand j'en ai un de neuf ans qui déboule avec ses grands yeux bleus pleins de larmes en me demandant pourquoi je ne me suis pas rendue à l'école pour son spectacle de Thanksgiving quand il jouait un rôle de pèlerin et tout et tout.

— Seigneur Jésus, Fée Clochette, maugréa Kovac, en se suspendant une cigarette aux lèvres. (On lisait dans ses yeux qu'il cherchait à se faire pardonner.) On devrait pas être autorisé à procréer.

— Va conseiller ça à mes ovaires. Bon, en tout cas, qu'est-ce que tu fous là ? lui demanda-t-elle, en l'emmenant à l'écart des journalistes. T'essaies de te faire virer pour de bon ? T'es censé la jouer profil bas.

— Je t'apporte ton café. (Kovac, ou l'innocence personnifiée. Il lui tendit une tasse de café moussu et fumant.) J'essaie simplement d'offrir mon soutien à la première équipe de notre force d'intervention.

Alors même qu'il débitait ce laïus, il parcourait du regard le pick-up de Vanlees.

Le pick-up était entouré de flics en uniforme et l'équipe responsable des lieux du crime se préparait à effectuer ses relevés. Les projecteurs portables illuminaient l'endroit sous tous les angles, conférant à la scène l'atmosphère d'une séance photo pour une pub Chevrolet. Les dépanneuses s'occupaient des voitures embouties qui encombraient le milieu de la chaussée.

Des journalistes traînaient autour du périmètre de sécurité, refoulés par les flics en tenue, d'autant plus intéressés par cet accident qu'ils étaient eux-mêmes impliqués dans le drame.

— T'as des nouvelles de ton remplaçant ? l'interrogea Liska.

Kovac alluma une cigarette et secoua la tête.

— J'ai glissé un mot pour toi à Fowler.

Elle eut l'air surprise.

— Ouah, merci, Sam. Tu crois qu'ils vont t'écouter ?

— Pas la moindre chance. J'ai misé mon fric sur Yurek parce que, lui, ils ont les moyens de lui foutre les foies. Alors, c'est quoi la dernière, par ici ?

— Vanlees est à l'hôpital pour se faire examiner avant qu'on traîne son misérable cul au poste en centre-ville. À mon avis, il a dû se fracturer le nez. À part lui, on a un mort, un blessé dans un état critique, et un troisième dans un état satisfaisant. (Liska s'adossa contre la voiture à bord de laquelle ils avaient roulé, Elwood et elle.) Le conducteur de la Mustang est cuit juste à point. Le taxi s'est cassé les deux chevilles et fendu le crâne, mais ça ira. Le photographe est au bloc chirurgical. Ils pensent qu'il a une hémorragie cérébrale. Je serais pas trop optimiste. Et puis, je dirais qu'il devait pas en avoir beaucoup, de cervelle, pour se conduire comme il s'est conduit.

— On sait qui sont... qui étaient ces types ?

— Kevin Pardee et Michael Morin. Des paparazzi à la pige qui recherchaient le carton avec une photo en exclusivité. La vie et la mort à l'âge des tabloïds. Maintenant, le gros titre, c'est eux.

— Comment se fait-il que Vanlees se soit retrouvé au volant s'il était assez saoul pour que tu aies pu le renifler à un mètre ?

— Ça, il faudrait que tu poses la question aux journalistes. C'est eux qui se sont agglutinés autour de lui quand il a quitté l'immeuble. De notre côté, tous les gens de chez nous devaient le surveiller à distance, sans quoi c'était l'étincelle qui déclenchait une procédure pour harcèlement policier.

— Pose la question aux journalistes, grommela Sam. En fait de question, c'est celle de notre négligence à nous qu'ils vont être les premiers à soulever. Fouille merde. Comment se porte Elwood ?

— Il s'est cramé les mains assez méchamment en essayant de sortir Morin de la voiture. Il est à l'hôpital. En plus, il s'est roussi les sourcils. Ça lui donne un air vachement maboul.

— Il l'avait déjà, l'air maboul.

— À l'alcootest, Vanlees avait 0,8 gramme dans le sang. Une chance pour nous. J'ai pu obtenir la saisie de son pick-up. Faudra inventorier tout ce qu'il a entassé dedans, ajouta-t-elle avec un haussement d'épaules, en clignant des yeux, faussement innocente. On sait jamais ce qu'on pourrait trouver.

— Espérons que ce sera un couteau plein de sang sous le siège, lâcha Kovac. Il a l'air assez stupide pour ça, tu trouves pas ? Seigneur, il fait un froid. Et on n'est même pas encore à Thanksgiving.

— Banco ! s'écria un membre de l'équipe de relèvement des lieux du crime.

D'un bond, Kovac s'écarta de la voiture.

— Quoi ? Qu'est-ce que t'as dégotté ? Dis-moi qu'il y a du sang dessus.

La spécialiste de la section criminelle recula de la portière côté conducteur.

— Le nécessaire pas cher du plaisir personnel, proclama la spécialiste en se retournant, brandissant un exemplaire de *Hustler* et une paire de collants féminins noirs dans un état franchement pas ragoûtant.

— Ceci, chez le pervers, c'est l'équivalent du pistolet encore fumant, déclara Kovac. Mets-moi ça en sachet. Il se pourrait bien qu'on vienne de trouver la clef qui va nous servir à déverrouiller le crâne de cet abruti.

— Quelles sont les chances d'obtenir un mandat de perquisition au domicile de Vanlees ? s'inquiéta Quinn, en laissant tomber son imper de ses épaules.

Il portait le même costume que la nuit précédente, remarqua Kovac. Drôlement froissé.

Kovac secoua la tête.

— Sur la base de ce qu'on a dégotté, pas la moindre. Pas même avec le nom de Peter Bondurant rattaché à l'affaire. On a examiné ce pick-up à la loupe, centimètre par centimètre, sans rien en tirer qui relierait directement Vanlees à l'une ou l'autre des victimes. Il se pourrait qu'on ait plus de chance avec la paire de collants. Dans quelques semaines, quand on recevra le retour des tests d'ADN. Ces échantillons de tests, on peut même pas les expédier tout de suite. Au stade où nous en sommes, les sous-vêtements font seulement partie de son bazar personnel, à inscrire à l'inventaire du bonhomme. Nous ne savons pas à qui ils appartiennent. Nous ne pouvons pas affirmer qu'il les a volés. Et la branlette, c'est pas un crime.

— T'as entendu ça, Tippen ? intervint Liska. T'es blanchi.

— J'ai entendu dire que ces collants étaient les tiens, Fée Clochette.

— Fée Clochette porte des collants ? s'étonna Adler.

— Très drôle.

Ils étaient réunis dans la salle de briefing du commissariat, toute la force d'intervention moins Elwood, qui avait refusé de rentrer chez lui et qui se trouvait maintenant avec Vanlees dans une salle d'interrogatoire au bout du couloir.

— Pourquoi il serait pas suffisamment crétin pour conserver un couteau plein de sang sous son siège ? demanda Adler. Il a l'air assez stupide pour commettre ce genre de bêtises.

— Ouais, acquiesça Quinn. C'est ça qui me tracasse. En l'espèce, on n'a pas franchement affaire à un cerveau de maniaque.

À moins qu'il ne possède des personnalités multiples et que ce soit un de ses alter ego qui s'accapare pour lui tout seul ce qui tient lieu de cervelle à Vanlees. Qu'est-ce que nous savons de son pedigree, à part ses escapades les plus récentes ?

— Je suis en train de vérifier, intervint Walsh.

Son rhume et son paquet de miasmes quotidiens habituels lui avaient presque fait perdre la voix.

— Nikki et moi, nous avons tous deux parlé à sa femme, indiqua Moss. Dois-je m'organiser pour qu'elle vienne nous rendre une visite ?

— S'il vous plaît, approuva Quinn.

— Si son mari appartient à cette espèce de pervers, il faudra bien qu'elle soit au courant, estima Tippen.

Quinn secoua la tête.

— Pas nécessairement. On dirait que dans cette relation c'est elle le partenaire dominant. Vis-à-vis d'elle, il a probablement tenu son hobby secret, en partie par peur, en partie par défi. Mais s'il a une partenaire... et nous estimons qu'il en a une... alors qui est-ce ?

— Jillian ? hasarda Liska.

— Possible. Sa femme a-t-elle laissé entendre qu'elle le croyait susceptible d'entretenir une relation avec une petite amie ?

— Non.

Quinn consulta sa montre. Il voulait que Vanlees mijote juste assez longtemps pour être sur les nerfs.

— Vous avez eu un retour, quelque chose, sur les empreintes de Michèle Fine ?

— Rien en ce qui concerne le territoire du Minnesota.

— Est-ce que Vanlees a appelé un avocat ?

— Pas encore, répondit Liska. Il a sa logique à lui, et il s'y tient. Il proclame qu'il ne prendra pas d'avocat parce qu'un homme innocent n'en a pas besoin.

Tippen renifla.

— Seigneur, comment est-ce qu'il a trouvé le moyen de sortir de son patelin de Saint-Cloud ?

— La chance sourit aux imbéciles. Je l'ai assuré qu'on ne l'inculperait pas tout de suite pour l'accident. Je lui ai raconté que nous avions besoin de faire le point et de tirer au clair ce qui s'était passé avant de pouvoir déterminer s'il y avait eu ou non homicide par imprudence, mais qu'on était contraints de le retenir en tout cas pour conduite en état d'ivresse. Il ne sait pas trop s'il doit décider de se sentir soulagé ou furibard.

— Allons prendre le taureau par les cornes avant qu'il ne se décide, déclara Quinn. Sam, Vous, Fée Clochette et moi. On le travaille comme précédemment.

— Si j'étais toi, je m'abstiendrais, Sam, l'avertit Yurek. Fowler, Dick le Petit, Sabin et Logan, le procureur adjoint... ils sont tous là, à observer.

— Merde alors, lâcha Kovac avec un dégoût qui faisait peine à voir.

Liska haussa le sourcil.

— Après ça, tu vas me respecter ?

— Parce que pour le moment je te respecte ?

Elle lui plaça un petit coup sur le menton.

— Monsieur Séduction, ajouta Kovac entre ses dents, à l'attention de Yurek. Si tu étais moi, je serais pas dans ce merdier.

Greer, Sabin, Logan et Fowler attendaient debout dans le couloir à l'extérieur de la salle d'interrogatoire. En voyant Kovac, la mine de Fowler s'allongea. Les yeux de Greer jaillirent de leurs orbites.

— Que fabriquez-vous ici, sergent ? questionna-t-il. Vous avez été officiellement exclu de la force d'intervention.

— C'est à ma requête, chef, l'informa Quinn, tout en douceur. Nous avons mis au point une certaine méthode pour aborder M. Vanlees. Au stade où nous sommes, je ne veux rien modifier. J'ai besoin que M. Vanlees me fasse confiance.

Greer et Sabin affichèrent une expression boudeuse. Logan avait l'air impatient. Fowler sortit de sa poche un rouleau de Tums et, d'un geste du pouce, s'en envoya un dans la bouche.

Quinn écarta la repartie avant que quiconque ait pu songer à le contrer. Il tint la porte pour Liska et Kovac, et les suivit à l'intérieur.

Gil Vanlees avait l'allure d'un raton laveur géant. Ses yeux ronds comme des soucoupes avaient noirci au cours des heures qui avaient suivi l'accident. Il avait une lèvre éclatée et un large sparadrap en travers du nez. Il se tenait debout tout au fond de la pièce, les mains sur les hanches, l'air fumasse et nerveux.

Elwood était assis sur une chaise, dos contre le mur. Il avait les deux mains bandées. Son visage était rouge de brûlures.

Privé de sourcils, il avait l'expression de quelqu'un de perpétuellement surpris — de désagréablement surpris.

— J'ai entendu dire que vous aviez eu un petit accident, Gil, déplora Kovac, en s'écroulant sur une chaise autour de la table.

Vanlees pointa un doigt sur lui.

— Je vais vous poursuivre. Vous tous, vous m'avez harcelé, vous avez laissé la presse me harceler...

— Tu t'es mis au volant d'un pick-up le nez plein, lui rappela Kovac, en allumant une cigarette. C'est moi qui t'ai payé une bouteille ? C'est moi qui te l'ai versée dans la gorge ?

— C'est vos types qui m'ont laissé me mettre au volant, commença Vanlees avec toute l'indignation moralisatrice d'un maître raisonneur.

Il décocha un coup d'œil bref et inquiet à Elwood.

Kovac fit grise mine.

— Le prochain truc que tu vas me sortir, c'est que si tu as tué Jillian Bondurant et ces autres femmes, c'est par ma faute.

Vanlees vira au pourpre, ses yeux s'emplirent de larmes. Il émit le bruit du type qui pousse sur la lunette des toilettes.

— Je les ai pas tuées. (Là-dessus il se tourna vers Liska.) Vous m'avez dit que ça concernait l'accident. Vous êtes vraiment une sale pétasse de menteuse !

— Hé ! aboya Kovac. Le sergent Liska te rend un service. Hier soir, tu as tué quelqu'un, espèce d'enfoiré d'ivrogne.

— C'était pas ma faute ! Ce fils de pute m'a balancé son flash dans la gueule ! J'ai été complètement ébloui !

— Cela corrobore le récit du sergent Liska. Elle était là. Ton témoin, c'est elle. Alors, tu as encore envie de la traiter de pétasse ? Si j'étais elle, je te ferais bouffer ta queue pour le dîner, espèce de pauvre sac à merde.

Vanlees regarda Liska d'un air contrit.

— Liska m'a rapporté que tu es aussi innocent qu'une vestale est vierge, poursuivit Kovac, et que tu veux pas d'avocat. C'est vrai, ça ?

— J'ai rien fait de mal, répliqua-t-il, en se renfrognant.

Kovac secoua la tête.

— Ouah. Là, Gil, t'as une conception plutôt vague de la réalité. On t'a pris en flagrant délit de conduite en état d'ivresse. D'après les termes de la loi, c'est pas très bon, ça. Je sais que tu matais aux fenêtres de Jillian Bondurant. Ça serait pas considéré comme très bon non plus, ça.

Vanlees s'assit sur sa chaise placée de côté par rapport à la table. Il tournait le dos à Kovac et aux personnes rassemblées dans la pièce voisine, de l'autre côté du miroir sans tain. Il posa les avant-bras sur ses cuisses et baissa les yeux. Il semblait prêt à rester assis là toute la nuit sans prononcer un mot de plus.

Quinn l'étudia. S'il en jugeait d'après son expérience, il n'avait pas devant lui le prototype de l'innocent qui refuserait l'assistance d'un avocat, mais plutôt celui de l'homme qui avait sur la conscience quelque chose dont il voulait se décharger.

— Alors, ces collants qu'on a sortis de sous ton siège, Gil, c'était ceux de Jillian ? le questionna carrément Kovac.

Vanlees garda la tête baissée.

— Non.

— De Lila White ? De Fawn Pierce ? De Mélanie Hessler ?

— Non. Non. Non.

— Tu sais, je l'aurais pas deviné en te regardant, mais t'es un individu complexe, Gil, reconnut Kovac. Composé de plusieurs couches. Comme un oignon. Et à chaque couche que je pèle, ça sent encore plus mauvais que la précédente. T'as l'air d'un Ducon moyen. On pèle une couche et... oh !... ta femme est en train de te quitter ! Bon, c'est pas si inhabituel que ça. Moi-même, j'ai tiré deux billets perdants. On pèle une autre couche et... doux Jésus !... elle est en train de te quitter parce que tu mates aux fenêtres ! Non, attends, t'es pas un voyeur. T'es un agité du dard ! À toi tout seul, t'es une vraie histoire rigolote, une histoire à rallonge. T'es un alcoolo. T'es un alcoolo qui prend le volant. T'es un alcoolo qui prend le volant et qui s'arrange pour tuer quelqu'un.

Vanlees baissa la tête encore un peu plus. Quinn vit la bouche enflée du personnage se mettre à trembler.

— J'en avais pas l'intention. J'y voyais rien, se défendit Vanlees d'une voix au timbre voilé. Ils voulaient pas me laisser tranquille. C'est votre faute à vous. J'ai rien fait.

— Ils voulaient savoir ce qui est arrivé à Jillian, reprit Kovac. Moi aussi, je veux savoir ce qui lui est arrivé. À mon avis, il s'en passait plus entre elle et toi que ce que tu as bien voulu nous en raconter, Gil. À mon avis, t'en pouvais plus d'elle. À mon avis, tu la surveillais. À mon avis, tu lui as volé ces collants dans son dressing pour pouvoir te branler avec et fantasmer un coup sur elle, et je vais te le prouver. Nous savons déjà que ces collants étaient à sa taille, que c'était sa marque, bluffa-t-il. D'ici à ce

443

qu'on y dégotte le code ADN qui correspond, c'est juste une question de temps. Quelques semaines. Tu ferais mieux de t'y habituer, à ces journalistes, parce qu'ils vont te tomber dessus comme des mouches sur un chien écrasé.

À présent, Vanlees pleurait. En silence. Les larmes lui coulaient sur le dos des mains. L'effort qu'il déployait pour les retenir le faisait trembler.

Quinn regarda Kovac.

— Sergent, j'aimerais rester quelques instants seul avec M. Vanlees.

— Oh ! bien sûr, comme si j'avais rien de mieux à faire ! se plaignit Kovac en se levant. Je sais où ça va nous mener, tout ça, Quinn. Vous, les types du FBI, vous voulez tout vous garder pour vous. Faites chier. C'est moi qui le tiens.

— Je veux juste échanger quelques mots avec M. Vanlees.

— Tut-tut. Vous n'aimez pas ma façon de m'adresser à ce caïd. Vous êtes assis là en train de penser que je devrais y aller mollo avec lui, au motif que sa mère était une prostituée qui le battait cul nu avec un cintre ou ce genre de psycho-blablabla de merde. Parfait. Je vais vous voir faire les gros titres, j'en suis bien certain.

Quinn ne prononça plus un mot tant que les flics ne furent pas sortis, et puis resta encore silencieux un long moment. Il prit un Tagamet et l'avala avec de l'eau qu'il but à même le broc en plastique posé sur la table. Nonchalamment, il tourna sa chaise perpendiculairement à celle de Vanlees, se pencha en avant, posa les avant-bras sur les cuisses, et resta assis là, immobile, jusqu'à ce que Vanlees lève l'œil sur lui.

— Encore ces conneries du bon flic et du mauvais flic, jugea Vanlees, boudeur. Vous croyez que je suis aveugle, quoi, ou merde ?

— Je pense que vous regardez trop la télé, répliqua Quinn. Ici, c'est le monde réel, Gil. Le sergent Kovac et moi, nous n'obéissons pas aux mêmes obligations. Faire les gros titres, ça ne m'intéresse pas. Je les ai déjà faits quantité de fois. Vous le savez. Les gros titres, je les décroche, chez moi c'est automatique. Vous êtes au courant de tout ce qui m'intéresse, non ? Vous me connaissez. Vous avez lu des choses à mon propos.

Vanlees ne répondit rien.

— La vérité et la justice. Voilà, c'est tout. Et ce que la vérité peut bien comporter de révélations, cela m'est égal. Je n'y mets

444

rien de personnel. Avec Kovac, tout est d'ordre personnel. Il vous tient dans sa ligne de mire. Tout ce que je veux savoir, Gil, c'est la vérité. Je veux savoir votre vérité. J'ai le sentiment que quelque chose vous pèse sur le cœur, et que peut-être vous voulez vous en débarrasser, mais que vous ne vous fiez pas à Kovac.

— Je ne me fie pas à vous non plus.

— Bien sûr que si. Vous me connaissez. Avec vous, Gil, j'ai toujours été franc, et je pense qu'à un certain niveau c'est une attitude que vous êtes en mesure d'apprécier.

— Vous pensez que j'ai tué Jillian.

— Je pense que vous cadrez avec le profil à bien des égards. Je l'admets. Si vous regardez la situation d'un point de vue objectif, vous tomberez d'accord avec moi. Vous avez étudié ce genre de trucs. Vous savez ce que nous cherchons. Vous savez que certaines pièces de votre personnalité s'insèrent dans le puzzle. Mais cela ne signifie pas que je croie que vous l'avez tuée. Je ne crois pas nécessairement que Jillian soit morte.

— Quoi ?

Vanlees le regarda comme s'il avait perdu la tête.

— Je pense qu'il existe chez Jillian bien plus de facettes qu'il n'y paraît à première vue. Et je pense que vous pourriez avoir quelque chose à nous révéler à ce propos. N'est-ce pas, Gil ?

Vanlees regarda de nouveau par terre. Quinn sentait la pression qui montait en lui, tandis qu'il pesait le pour et le contre — et l'intérêt d'apporter à cette question une réponse sincère.

— Si vous l'avez surveillée, Gil, poursuivit Quinn à voix très basse, on ne vous créera pas d'ennuis pour ça. Ce n'est pas le sujet, en l'occurrence. La police fermera volontiers les yeux sur cet aspect en échange de quelque chose d'autre, que l'on puisse utiliser.

Vanlees sembla envisager la chose en question, sans comprendre un seul instant, Quinn en était persuadé, que ce « quelque chose » qu'ils recherchaient pourrait en retour être utilisé contre lui. Vanlees était en train de réfléchir à Jillian, à la manière dont il pourrait projeter sur elle une lumière trouble, en se maintenant lui-même à l'écart, parce que c'était là le comportement que les gens avaient tendance à adopter quand ils se trouvaient eux-mêmes en très mauvaise posture — rejeter la faute sur autrui. Les criminels avaient l'habitude de rendre leurs victimes responsables des crimes qu'ils avaient commis contre elles.

— Vous étiez attiré par elle, c'est ça ? reprit Quinn. Ce n'est pas un crime. C'était une jolie fille. Pourquoi ne l'auriez-vous pas regardée ?

— Je suis marié, marmonna-t-il.

— Vous êtes marié, d'accord, vous n'êtes pas mort pour autant. On est libre de regarder. Bon, donc, vous avez regardé. Moi, ça ne me pose aucun problème.

— Elle était... pas pareille, continua Vanlees, toujours en regardant fixement le sol, mais cette fois, se dit Quinn, c'était Jillian Bondurant qu'il voyait. Elle était... un peu du genre... déroutante.

— Vous avez raconté à Kovac qu'elle ne venait pas vers vous, mais ce n'est pas exactement la vérité, n'est-ce pas ? risqua Quinn, toujours à voix basse — une conversation intime, entre vieilles connaissances. Elle faisait attention à vous, n'est-ce pas, Gil ?

— Elle ne disait jamais rien, mais elle me regardait d'une certaine façon, admit-il.

— Comme si elle avait envie de vous.

Une affirmation, pas une question, comme une évidence.

Cette idée effaroucha Vanlees.

— Je ne sais pas. Comme si elle avait voulu que je sache qu'elle me regardait, c'est tout.

— En quelque sorte, des signaux équivoques.

— Ouais. Des signaux équivoques.

— Est-ce qu'il en est sorti quelque chose ?

Vanlees hésita, il était à la lutte. Quinn attendit, retint son souffle.

— Tout ce que je veux, Gil, c'est la vérité. Si vous êtes innocent, cela ne vous fera aucun mal. C'est juste entre nous. D'homme à homme.

Le silence s'étira en longueur.

— Je... je sais que c'était pas bien, murmura Vanlees, enfin. Je n'avais pas vraiment l'intention de faire ça. Mais un soir j'étais en train de surveiller les jardins, d'effectuer ma ronde...

— Quand était-ce ?

— Cet été. Et... j'étais là...

— Devant la maison de Jillian.

Il hocha la tête.

— Elle était en train de jouer du piano, elle portait un peignoir de soie, tout prêt de lui glisser de l'épaule. Je pouvais voir la bretelle de son soutien-gorge.

— Alors vous l'avez regardée un moment, compléta Quinn, comme s'il n'y avait là rien que de très naturel. N'importe quel homme aurait fait la même chose, pas de mal à ça.

— Ensuite elle s'est glissée hors de son peignoir et puis elle s'est levée et elle s'est étirée.

Vanlees revivait visiblement la scène. Sa respiration était devenue plus courte, et une mince pellicule de sueur lui embrumait le visage.

— Elle a commencé à bouger son corps, comme une danse. C'était lent et très... érotique.

— Est-ce qu'elle avait conscience de votre présence ?

— Je ne pense pas. Mais ensuite elle s'est approchée de la fenêtre et elle a baissé les bonnets de son soutien-gorge pour que je puisse lui voir les seins, et elle les a appuyés contre la vitre, et elle s'est frottée, raconta-t-il presque dans un chuchotement, honteux, émoustillé. Elle... elle a léché la fenêtre, avec sa langue.

— Seigneur, pour vous, ça devait être très excitant.

Vanlees cligna des yeux, gêné, et détourna le regard. C'est à cet endroit de l'histoire qu'il allait commencer à manquer des éléments. Il n'allait pas raconter l'érection qu'il avait eue, comment il avait pris son pénis en main pour se masturber tout en la regardant. D'ailleurs, il n'avait pas besoin de le faire. Quinn connaissait son histoire, il connaissait ses schémas de comportement, il avait vu ça à maintes reprises au cours de toutes ces années passées à étudier le comportement sexuel des criminels. Il n'apprenait rien de neuf sur Gil Vanlees. Mais si son histoire était véridique, il était en train d'apprendre quelque chose d'instructif sur Jillian Bondurant.

— Et ensuite, qu'est-ce qu'elle a fait ? demanda-t-il doucement.

Vanlees changea de position sur sa chaise, physiquement mal à l'aise.

— Elle... elle a retiré ses collants et elle... elle s'est touchée entre les jambes.

— Elle s'est masturbée devant vous ?

Son visage s'empourpra.

— Puis elle a ouvert la fenêtre, alors j'ai eu la trouille et j'ai couru. Mais plus tard je suis revenu, et elle avait jeté ses collants par la fenêtre.

— Et ce sont les collants que la police a retrouvés dans votre pick-up. Ils appartiennent bien à Jillian.

Vanlees hocha la tête, levant une main vers son front comme pour essayer de se cacher le visage. Quinn l'observait, tâchant de le jauger. La vérité, ou une fable pour se couvrir le cul parce qu'il avait en sa possession le sous-vêtement d'une victime possible ?

— Quand était-ce ? demanda-t-il encore.

— L'été dernier. En juillet.

— Est-ce qu'il s'est reproduit quoi que ce soit de ce genre ?

— Non.

— Est-ce qu'elle vous en a dit quoi que ce soit ?

— Non. Elle ne me parlait presque jamais.

— Signaux équivoques, répéta Quinn. Est-ce que ça vous rendait fou, Gil ? Qu'elle se déshabille devant vous, qu'elle se masturbe devant vous, pour faire ensuite comme si de rien n'était. Comme si elle vous connaissait à peine, comme si vous n'étiez pas assez bien pour elle. Est-ce que ça vous mettait en rogne ?

— Je ne lui ai rien fait, chuchota-t-il.

— C'était une aguicheuse. Si une femme m'infligeait une chose pareille à moi... qu'elle me fasse bander, que je n'en puisse plus pour elle... ça me mettrait en rogne. Ça me donnerait envie de la baiser pour de bon, de la pousser à m'accorder son attention. Vous n'avez pas eu envie de ça, Gil ?

— Mais je n'ai jamais rien fait.

— Mais vous désiriez avoir une relation sexuelle avec elle, n'est-ce pas ? Est-ce qu'une part de vous-même n'avait pas envie de lui administrer une leçon ? Cette face cachée que nous avons tous, où nous conservons nos rancœurs et où nous préparons notre revanche. Vous n'avez pas de face cachée, vous, Gil ? Moi, si.

Il attendit encore, le ressort de la tension remonté en lui, à bloc.

Vanlees était hagard, défait, comme si les conséquences des événements qui s'étaient enchaînés au cours de cette soirée le pénétraient enfin pleinement.

— Kovac va vouloir essayer de me coller ce meurtre, prévit-il à voix haute. Parce que ces collants appartiennent à Jillian. À cause de ce que je viens de vous dire. Même si c'était elle, la vicieuse, et pas moi. C'est ça qui va se passer, c'est ça ?

— Vous faites un parfait suspect, Gil. Ça, vous le comprenez, n'est-ce pas ?

Il hocha lentement la tête, pensif.

— Son père était là-bas, dans sa maison, marmonna-t-il. Dimanche matin. Tôt. Avant l'aube. Je l'ai vu sortir. Lundi, son avocat m'a donné cinq cents dollars pour que je n'en parle à personne.

Quinn absorba cette information en silence, pour la soupeser, la jauger. Gil Vanlees avait le cul en plein milieu du marigot aux alligators. Il aurait pu raconter n'importe quoi. Il aurait pu raconter qu'il avait vu un étranger, un vagabond, un manchot dans les parages de l'appartement de Jillian. Il avait choisi de dire qu'il avait vu Peter Bondurant, et que Peter Bondurant l'avait payé pour la boucler.

— Tôt dimanche matin, reprit Quinn.

Vanlees hocha la tête. Sans croiser son regard.

— Avant l'aube.

— Oui.

— Que faisiez-vous dans le coin à cette heure-là, Gil ? Où étiez-vous, pour être en position de le voir de la sorte ? Et pour qu'il vous voie ?

Cette fois, Vanlees secoua la tête — l'esprit torturé par cette question ou par une autre. Il donnait l'impression d'avoir vieilli de dix ans au cours de ces dix dernières minutes. Il y avait quelque chose de pathétique à voir assis là dans son uniforme de vigile ce type qui jouait les flics, qui jouait à faire semblant. Du mieux qu'il pouvait.

Il reprit la parole d'une petite voix feutrée.

— Maintenant, j'ai bien envie d'appeler un avocat.

32.

Kate était assise sur le vieux canapé en cuir de son bureau, recroquevillée dans un angle, protégée du froid matinal par un pantalon moulant noir, d'épaisses chaussettes de laine et un vieux sweat-shirt tout déformé qu'elle n'avait pas porté depuis des années. C'était Quinn qui le lui avait donné, à l'époque. Le nom du gymnase qu'il fréquentait était cousu sur le devant. Qu'elle l'ait conservé tout ce temps aurait dû lui mettre la puce à l'oreille, mais il est vrai qu'elle avait toujours pratiqué une forme de surdité sélective.

Elle avait ressorti ce vêtement du placard après le départ de Quinn, qui était allé rejoindre la force d'intervention. Elle lui avait donné une seconde fraîcheur en le passant dans le sèche-linge quelques minutes, et l'avait enfilé, encore tout chaud, en s'imaginant que cette chaleur était la sienne, à lui. Un pauvre substitut à la sensation de ses bras autour d'elle. Pourtant, d'une certaine manière, cela lui permettait de se sentir proche de lui. Et après une nuit dans ses bras, ce besoin était puissant.

Dieu, que le moment était mal choisi pour redécouvrir l'amour ! Mais étant donné leurs professions et leurs existences, quel autre choix avaient-ils ? Ils étaient tous deux trop conscients de ce que la vie ne présentait aucune garantie. Trop conscients d'avoir déjà laissé filer trop de temps, un temps qu'ils ne pourraient jamais rattraper, à cause de leur peur, de leur fierté et de leur douleur.

Remontant dans le temps, Kate se repassa le film de ce qu'ils avaient été, elle et lui, chacun de leur côté, pendant ces cinq années. Ces cinq années, elle les avait consacrées à se concentrer, en toute myopie, sur la construction minutieuse d'une vie « normale », avec un métier, des passe-temps et des gens qu'elle fréquentait pour sacrifier à des nécessités purement fonctionnelles et durant ses congés. Une vie superficielle, sans profondeur, sans intimité. Elle accomplissait les choses machinalement, en faisant semblant de ne pas être perturbée par cette forme d'engourdissement de l'âme. En se figurant que cet état restait préférable à ce qui aurait été la solution alternative. Ces cinq années, Quinn les avait entièrement comblées avec le travail. Le travail, toujours le travail, rien que le travail. Endossant de plus en plus de responsabilités pour remplir le vide, jusqu'à ce que le poids pesant sur lui menace de l'écraser. Peuplant sa cervelle d'affaires et de faits, jusqu'à ce qu'il soit incapable de les maintenir en ordre. Renonçant à des morceaux de lui-même et masquant les autres jusqu'à ce qu'il ne puisse plus démêler le factice de l'authentique. Asséchant le puits de sa force, qui lui avait paru jadis pour ainsi dire sans fond. Usant sa confiance en ses capacités et son jugement, aussi râpés que la paroi de son estomac.

Tous deux s'étaient refusé la seule chose dont ils avaient besoin pour guérir après tout ce qui s'était passé : la présence de l'autre.

Quelle tristesse, ce que les gens peuvent s'infliger à eux-mêmes, et mutuellement, songea Kate, en balayant du regard les études des profils des victimes qu'elle avait étalées sur la table basse. Quatre vies de plus foutues en l'air, déjà gâchées avant même leur rencontre avec le Crémateur. Cinq vies en tout, avec Angie. Gâchées parce qu'elles avaient besoin d'amour et qu'elles étaient incapables d'en dénicher autre chose qu'une réplique tordue, une réplique en toc. Parce qu'elles nourrissaient des désirs hors de leur portée. Parce qu'il paraissait plus commode de se contenter de peu, plutôt que d'œuvrer afin d'obtenir plus. Parce qu'elles croyaient ne rien mériter de meilleur. Parce que les membres de leur entourage n'estimaient pas non plus qu'elles méritaient mieux, alors qu'ils auraient dû adopter l'attitude inverse. Parce qu'elles étaient des femmes, et que, dans la société américaine, les femmes sont automatiquement des cibles.

Tous ces motifs façonnaient une victime.

Chaque être était la victime de quelque chose. Ce qui différenciait les gens, c'était leur manière d'agir à partir de cette donnée initiale : succomber, surmonter ou passer outre. Les femmes dont les photographies s'étalaient devant Kate ne se verraient plus jamais offrir pareil choix.

Elle se pencha sur la table basse, parcourant les rapports du regard. Elle avait prévenu le bureau qu'elle prenait un peu de temps pour elle. Elle s'était entendu répondre que Rob en avait fait autant, et que, au sein du service, on avait parié qu'ils s'étaient mutuellement cognés dessus et qu'ils ne voulaient pas que l'on puisse voir leurs bleus. Kate avait répliqué que Rob, hypothèse plus vraisemblable, était encore en train de travailler sur la plainte écrite qu'il ne manquerait pas de verser à son dossier professionnel.

Au moins elle était libérée de lui pour une journée. Ce qui lui aurait assez bien convenu, s'il n'y avait ces photographies de femmes brûlées et mutilées qu'elle devait examiner, et les émotions et les réalités désespérantes que ces photographies évoquaient.

Chacun d'entre nous est la victime de quelque chose.

451

Ce groupe-ci cumulait une liste de problèmes aussi interminable que déprimante. Prostitution, drogue, alcool, agression, viol, inceste — si ce qu'on avait rapporté à Kovac au sujet de Jillian Bondurant était vrai. Victimes de crimes, victimes de leur éducation.

Vue à distance, dans cette liste, Jillian Bondurant faisait figure d'anomalie : elle n'était ni une prostituée, ni impliquée dans aucune des professions associées à l'industrie du sexe. En revanche, du point de vue de son profil psychologique, elle n'était pas si éloignée de Lila White et Fawn Pierce. Sentiments perturbés et conflictuels sur tout ce qui avait trait au sexe et aux hommes. Pauvre estime de soi. Manques affectifs béants. Extérieurement, son existence n'aurait pas offert des apparences aussi rudes que celle d'une prostituée faisant le trottoir, parce qu'elle n'était pas aussi vulnérable à ce type de crime et de violence ouverte. Mais il n'y avait certainement rien de facile dans le fait de souffrir en silence, de devoir masquer la douleur et les dégâts subis à seule fin de sauver l'honneur de la famille.

Quinn estimait que l'on pouvait émettre le plus grand doute sur le fait que Jillian soit morte, mais cela ne signifiait pas pour autant qu'elle n'était pas une victime. Si elle était la complice de Joe l'Enfumeur, cela faisait simplement d'elle une victime d'une autre espèce. Le Crémateur lui-même avait été une victime, autrefois. La transformation d'un enfant en victime, telle était l'une des nombreuses composantes intervenant dans la constitution d'un tueur en série.

Chaque être était la victime de quelque chose.

Kate reprit ses propres notes sur Angie. Plutôt clairsemées. Pour l'essentiel des intuitions, des éléments qu'elle avait retenus grâce à toutes ces années passées à étudier les gens, afin de saisir ce qui façonnait leur esprit et leur personnalité. Les mauvais traitements avaient modelé Angie Di Marco. Probablement dès son plus jeune âge. De la part des êtres humains, Angie s'attendait au pire, et elle les défiait à seule fin de les pousser à lui confirmer ce préjugé, à seule fin de se prouver qu'elle avait raison. Et, indubitablement, ce schéma s'était reproduit à maintes et maintes reprises, parce que le genre d'individus qui peuplaient son univers partageaient cette tendance à vivre d'espoirs déçus. Elle la première.

Elle s'attendait à ce que les gens la prennent en grippe, ne lui témoignent aucune confiance, la trompent, l'utilisent, et elle veillait à ce qu'ils agissent de la sorte. Cette affaire-ci ne faisait guère exception. Sabin et la police n'avaient rien cherché d'autre que se servir d'elle, et Kate avait été leur instrument. Pour eux, la disparition d'Angie n'était qu'un inconvénient, nullement une tragédie. Si elle n'avait été leur seul témoin, personne au monde n'aurait placardé d'affichette promettant une récompense ni exhibé sa photographie dans des flashes à la télévision, avec cette formule : « Avez-vous vu cette jeune fille ? » Et même, dans ce cas de figure précis, la police ne déployait pas d'immenses efforts pour la retrouver. Les énergies de la force d'intervention étaient tout entières tendues vers la découverte d'un suspect, et non vers la recherche d'un témoin disparu sans laisser d'adresse.

Kate se demandait si Angie avait pu voir ces flashes aux infos. Cette notoriété, cette attention qu'on lui portait, cela lui aurait plu. Elle aurait pu secrètement faire semblant de croire que l'on se souciait vraiment de sa personne.

« Et pourquoi ça vous intéresse, ce qui m'arrive ? » lui avait demandé la jeune fille, dans le couloir de son bureau.

« Parce que personne d'autre ne s'y intéresse. »

Et je ne m'y suis pas intéressée suffisamment, songea Kate, le cœur lourd. C'était aussi qu'elle avait eu peur. Exactement comme elle avait eu peur de laisser John revenir dans sa vie. Peur d'éprouver des émotions aussi profondes. Peur de la douleur que pouvait charrier cette sorte de sentiment.

Quelle façon pathétique de mener sa vie. Non — ce n'était pas vivre, cela, c'était survivre, et rien d'autre.

Angie est-elle en vie ? se demanda-t-elle, en se levant du canapé pour déambuler dans la pièce. Est-elle morte ? A-t-elle été enlevée ? Est-elle simplement partie ?

Suis-je irréaliste de croire qu'il y a là matière à question ?

Elle avait vu le sang, de ses yeux vu. Trop de sang pour que l'explication en soit bénigne.

Mais comment Joe l'Enfumeur avait-il pu savoir où elle se trouvait ? Quelles chances y avait-il pour qu'il l'ait remarquée au commissariat de police et l'ait suivie jusqu'au Phœnix ? Minces. Ce qui signifiait qu'il avait dû retrouver sa trace par quelque autre moyen. Et donc qu'il avait son propre accès à l'affaire... ou à Angie Di Marco.

Qui était au courant de l'endroit où se cachait Angie ? Sabin, Rob, la force d'intervention, deux ou trois flics en tenue, les

Urskine, l'avocat de Peter Bondurant — et, du coup, Peter Bondurant.

Les Urskine, qui avaient connu la première victime et qui, par la bande, étaient liés avec la deuxième. Ils n'avaient pas connu Jillian Bondurant, mais leurs liens avec ces crimes avaient fourni à Toni Urskine une tribune pour défendre sa cause.

Gregg était présent dans cette maison mercredi soir, quand Kate y avait laissé Angie. Rien que Gregg, et Rita Renner, qui, selon toute apparence, semblait être la marionnette des Urskine. Rita Renner, qui avait été l'amie de Fawn Pierce.

Kate connaissait les Urskine depuis des années. Même si le personnage de Toni Urskine avait largement de quoi susciter des pulsions meurtrières, elle ne pouvait s'imaginer ce couple pratiquant le crime comme un hobby. Mais là encore, personne, à Toronto, n'avait jamais soupçonné des tueurs comme Ken et Barbie, et pourtant ce couple avait commis des meurtres assez épouvantables pour que, lors du procès, des flics, des vétérans chevronnés, craquent et fondent en larmes à la barre des témoins.

Dieu, quelle pensée sinistre — que les Urskine aient pu enlever des femmes en utilisant leur prévenance et leur attention comme façade d'un jeu sadique. Mais ils n'auraient sûrement pas été stupides au point de choisir leur propre clientèle pour proie. Cela les aurait automatiquement désignés comme suspects. Et si l'homme qu'Angie avait vu dans le parc cette nuit-là avait été Gregg Urskine, alors elle l'aurait reconnu au Phœnix, non ?

Kate repensa à la vague description que la jeune fille avait fournie de Joe l'Enfumeur, ce croquis presque dépourvu de tout trait distinctif, pour essayer d'en extraire au moins un élément rationnel. Était-elle demeurée si réticente, si vague parce qu'elle avait peur, comme Kate l'avait soupçonné ? Ou parce que — comme l'avait soutenu Angie — il faisait noir, il portait une capuche, c'était arrivé si vite ? pour une autre raison ?

La force d'intervention tenait un suspect sur le gril, Kate le savait. À cette heure-ci, Quinn était probablement en train de l'interroger. Le surveillant du complexe résidentiel où se trouvait l'appartement de Jillian. Il n'avait pas de lien interne avec l'affaire, mais elle supposait qu'il pouvait avoir connu Angie, si jamais elle avait tapiné en quête de michetons dans le quartier autour du Target Center, où il travaillait comme vigile.

454

En revanche, il était insensé de penser qu'Angie puisse entretenir un lien avec le tueur. Si elle le connaissait et si elle voulait qu'il se fasse prendre, elle l'aurait livré. Si elle le connaissait et si elle ne voulait pas qu'il se fasse prendre, elle aurait donné la description très précise d'un fantôme pour lancer les flics sur une fausse piste.

Et si elle n'avait rien vu du tout dans le parc cette nuit-là, pourquoi aurait-elle prétendu le contraire ? Pour trois repas par jour et un endroit où rester ? Pour attirer l'attention ? Dans ce cas, il aurait été plus intelligent de sa part de se montrer coopérative, au lieu de créer toutes sortes de difficultés.

Tout, chez cette gamine, formait un mystère logé à l'intérieur d'un puzzle enveloppé dans une énigme.

C'est pour ça que je ne fais pas de gosses.

Mais cette gamine-ci était — avait été — sous sa responsabilité, et elle découvrirait la vérité la concernant, dût-elle y laisser sa peau.

— Voilà des mots bien mal choisis, Kate, maugréa-t-elle, en se dirigeant vers le premier étage pour aller changer de vêtements.

Vingt minutes plus tard, elle était sortie par la porte de derrière. Il était tombé trois centimètres de neige supplémentaires pendant la nuit, qui nappaient le paysage d'une couche impeccable de poudreuse fraîche et blanche et revêtaient l'escalier de derrière... où une paire de bottes avaient laissé des traces.

Ce matin, Quinn était parti par la porte de devant, pour monter dans un taxi qui l'attendait. Les traces étaient trop petites pour être les siennes, de toute façon. Elles correspondaient plutôt à la taille des pieds de Kate, ce qui n'établissait pas pour autant de manière certaine le sexe de leur possesseur.

En prenant bien soin de rester sur le côté, Kate suivit les traces jusqu'en bas de l'escalier, et dans le jardin. La piste dépassait son garage et conduisait au mur du fond, tout au bout de l'étroit couloir entre le bâtiment du garage et la palissade grise écaillée du voisin, jusqu'à l'entrée latérale du box. Toutes les portes étaient fermées.

Elle fut parcourue d'un frisson. Elle repensa à la nuit précédente et à cet individu qui avait déféqué dans son garage. Elle repensa à l'ampoule subitement grillée, à cette sensation, mercredi soir, d'avoir été observée au moment où elle traversait le jardin du garage jusqu'à la maison.

Elle regarda autour d'elle, jusqu'au bout de l'allée déserte. La plupart de ses voisins avaient des palissades qui dissimulaient le premier étage de leur domicile à la vue. Les fenêtres du deuxième étage apparaissaient noires et vides. Le quartier était peuplé de cols blancs, qui pour la plupart quittaient leur bureau à sept heures et demie.

Kate s'éloigna du garage à reculons, le cœur battant, fouillant dans son sac, à la recherche de son portable. Tout en se dirigeant vers la maison, elle sortit le téléphone, bascula le clapet du clavier et enfonça la touche marche. Rien. La batterie s'était déchargée pendant la nuit. Les incommodités des commodités modernes.

Elle garda les yeux fixés sur le garage, crut voir un mouvement par la fenêtre latérale de l'entrée. Un voleur de voiture ? Un cambrioleur ? Un violeur ? Un client hargneux ? Le Crémateur ?

Elle fourra le téléphone dans son sac à main et en tira les clefs de chez elle. Elle se glissa à l'intérieur, s'enferma à double tour et respira de nouveau.

— J'ai besoin de ça comme de choper la vérole, marmonna-t-elle, en se rendant à la cuisine.

Elle posa son sac à main et son fourre-tout sur la table et commença d'ôter son manteau, quand le bruit s'imprima dans son cerveau. Le grognement sourd et sauvage d'un chat. Thor, tapi sous la table, découvrait les dents, oreilles couchées.

Kate sentit se dresser les cheveux si fins qu'elle avait dans la nuque. Elle n'avait aucune idée de la distance à laquelle pouvait se trouver l'individu derrière elle. Le téléphone était accroché au mur à l'autre bout de la pièce — trop loin.

Ouvrant son fourre-tout d'un geste le plus dégagé possible, d'un œil, elle regarda à l'intérieur, en quête d'une arme. Elle n'avait pas de pistolet. La bombe de gaz lacrymogène qu'elle avait portée sur elle pendant un temps avait dépassé la date de péremption, et elle l'avait jetée. Il lui restait un flacon en plastique d'Aleve, un paquet de Kleenex, le talon de cette chaussure qu'elle avait fichue en l'air le lundi précédent. Elle plongea un petit peu plus profond et trouva une lime à ongles en métal, la prit au creux de sa paume et la glissa dans la poche de son manteau. Elle connaissait ses voies possibles de fuite. Elle allait se retourner, faire face et filer par la droite ou par la gauche. Son plan arrêté, elle compta jusqu'à cinq et se retourna.

La cuisine était vide. Mais, dans l'encadrement de la porte de la salle à manger, assise dans l'un des fauteuils en chêne à dos droit, elle vit Angie Di Marco.

— Il avoue qu'il détient des sous-vêtements de Jillian Bondurant, et vous considérez que ce n'est pas notre homme ? s'étonna Kovac, incrédule.

Son humeur exerçait un effet direct sur sa conduite au volant, Quinn l'avait remarqué. La Caprice avalait en rugissant la voie rapide 94, en valsant comme une voiture de clown. Quinn arc-bouta les pieds au plancher, prévoyant que sous le choc ses jambes allaient casser comme des cure-dents. Naturellement, cela n'aurait probablement plus aucune importance, parce que, à ce moment-là, il serait déjà mort. Ce tas de merde allait se ratatiner comme une boîte de bière vide.

— Je suis juste en train de dire qu'il y a là-dedans des éléments qui me déplaisent, s'expliqua-t-il. Vanlees ne me fait pas du tout l'effet d'un adepte du jeu par équipe. Il lui manque l'arrogance du meneur de jeu, et, dans un couple qui aime tuer, les sadiques de sexe masculin sont pratiquement toujours les partenaires dominants. La femme lui est servilement soumise, elle est une victime, qui s'estime heureuse de ne pas être celle qu'il assassine.

— Bon, d'accord, eh bien alors cette fois c'est l'inverse, insista Kovac. C'est la femme qui mène la danse. Pourquoi pas ? Moss et Liska nous ont indiqué que c'était son épouse qui portait la culotte.

— Sa mère en faisait probablement autant. Eh oui, c'est souvent une femme dominatrice ou manipulatrice, ou en tout cas influente, une femme de son passé ou de son présent, que le sadique sexuel tue symboliquement quand il assassine ses victimes. Tout cela cadre, mais il reste quand même des trous. J'aurais aimé pouvoir affirmer, rien qu'en le regardant, que ces meurtres lui correspondent, mais cet éclair ne me vient pas.

En réalité, il fallait bien qu'il s'avoue qu'au cours des dernières années cette sensation l'avait plus ou moins déserté. Le doute était devenu la règle plutôt que l'exception, alors qu'était-il encore capable de savoir ? Pourquoi se fierait-il à ses instincts, désormais ?

Kovac donna un coup de volant et la voiture, dans une embardée, alla franchir les trois voies qu'il fallait traverser pour prendre la bretelle de sortie.

— Bon, moi, je peux vous affirmer que les autorités en place, elles l'aiment bien, ce type-là. Vous, vous me parlez d'éclair. Eh ben, tous autant qu'ils sont, là, avec Vanlees, ils vont avoir vachement le feu au froc. Il a un passé, il cadre avec le profil, il a un lien avec Jillian, il a accès aux putes, et en plus ce n'est pas Peter Bondurant. S'ils peuvent trouver un moyen de l'inculper, ils ne vont pas s'en priver. S'ils en ont la possibilité, ils vont même l'inculper pile à l'heure pour la conférence de presse.

Et si Vanlees n'était pas leur homme, ils couraient le risque de pousser le vrai tueur à se livrer encore une fois à une démonstration de force. Cette idée rendait Quinn malade.

— Vanlees soutient que Peter était chez Jillian avant l'aube dimanche matin, et qu'il a envoyé Noble lundi pour le payer afin qu'il la boucle, rappela-t-il, s'attirant de la part de Kovac un long regard figé, un regard d'une fixité à faire peur.

La Caprice dévia brusquement vers une Escort toute rouillée qui roulait sur la voie d'à côté.

— Seigneur, vous voulez regarder la route ! s'exclama sèchement Quinn. Comment ils attribuent les permis de conduire, dans cet État ? Vous collectionnez les capsules de bouteille ou quoi ?

— Les languettes de boîtes de bière, répliqua Kovac, de nouveau très attentif à la circulation. Donc Bondurant est bien celui qui a nettoyé la maison de Jillian et qui a effacé les messages sur son répondeur.

— C'est ce que je dirais... si Vanlees raconte la vérité. Et je pense qu'on peut parier à coup sûr, alors, que la raison pour laquelle vous n'avez retrouvé aucune des compositions musicales personnelles de Jillian s'appelle Peter. Il a pu les avoir subtilisées parce qu'elles révélaient quelque chose de sa relation avec Jillian.

— Les sévices sexuels.

— Possible.

— Le fils de pute ! grommela Kovac. Dimanche matin. Joe l'Enfumeur n'a pas fichu le feu à ce corps avant minuit. Pourquoi Bondurant se serait-il rendu dimanche matin chez elle, pourquoi aurait-il fait le ménage de fond en comble, emporté la musique, s'il ne savait pas déjà qu'elle était morte ?

— Pourquoi serait-il allé faire le ménage tout court ? renchérit Quinn. Il est propriétaire de ce pavillon. Sa fille y habite. Ses empreintes digitales n'y seraient pas déplacées.

Kovac lui lâcha un regard en coin.

— À moins qu'elles n'aient été sanglantes.

D'une main, Quinn se cramponna au tableau de bord lorsqu'une dépanneuse coupa la route juste devant eux, et Kovac sauta sur les freins.

— Conduisez et c'est tout, Kojak. Sans quoi nous ne vivrons pas assez longtemps pour le savoir.

Suite aux rumeurs d'un suspect maintenu en garde à vue, la noria des médias avait recommencé d'envahir la rue devant la maison de Peter Bondurant. Des cameramen sillonnaient le boulevard en tous sens, occupés à prendre des plans extérieurs de la demeure pendant que des ténors du direct se livraient à des essais de prise de son. Quinn se demanda si quelqu'un s'était seulement donné la peine d'appeler les familles de Lila White ou Fawn Pierce.

Deux agents de sécurité de la société Paragon se tenaient devant le portail munis de talkies-walkies. Quinn exhiba sa carte d'identité et, d'un signe de la main, on les conduisit vers la maison. La Lincoln noire d'Edwyn Noble était garée dans l'allée à côté d'une Mercedes quatre portes bleu acier. Kovac se gara derrière la Lincoln, si près que les pare-chocs des deux voitures se touchaient quasiment.

Quinn lui lâcha un regard.

— Promettez-moi que vous allez bien vous tenir.

Kovac joua les innocents. Il s'était retrouvé relégué dans le rôle du chauffeur et il ne descendrait pas de voiture. Il ne fallait pas qu'il entre dans le champ de vision de Peter Bondurant. Quinn avait gardé les révélations de Gil Vanlees pour lui seul, à titre de précaution supplémentaire. La dernière chose dont il avait besoin, c'était d'un Kovac se ruant là-dedans comme un chien dans un jeu de quilles.

— Prenez votre temps, FQ. Moi, je vais me contenter de rester assis là, à lire le journal.

Il attrapa un exemplaire du *Star Tribune* dans son fatras sur la banquette arrière. Gil Vanlees occupait la moitié de la une — article de tête, chapeau de une, et une mauvaise photographie qui le faisait ressembler au vieil ennemi intime de Popeye, Gontran. Les yeux de Kovac, rivés à la maison, scrutaient les fenêtres.

L'air renfrogné, Noble accueillit Quinn sur le seuil, tout en observant la Caprice par-dessus l'épaule de ce dernier. Dans la voiture, Kovac tenait son journal grand ouvert. Il le tenait de telle manière que, dans cette position, il adressait innocemment à Edwyn Noble un geste obscène du majeur.

— Soyez sans inquiétude, lui assura Quinn. C'est le meilleur flic de cette affaire, et vous êtes parvenu à le faire muter au rang de chauffeur.

— Nous croyons savoir que Vanlees a été placé en garde à vue, lui répondit l'avocat tandis qu'ils entraient dans la maison, ignorant ainsi Kovac, un sujet qui n'en valait pas la peine.

— Il a été arrêté pour conduite en état d'ivresse. La police le retiendra aussi longtemps que possible, mais à l'heure qu'il est ils ne disposent d'aucune preuve que ce soit lui le Crémateur.

— Mais il conservait... quelque chose qui appartenait à Jillian, souligna Noble avec une maladresse empreinte de pruderie.

— Dont il prétend que c'est Jillian elle-même qui la lui a donnée.

— C'est grotesque.

— Il nous a raconté une histoire fort intéressante. Une histoire où il est question de vous et du paiement d'une sorte de pot-de-vin, en l'occurrence.

L'espace d'un instant, un éclair de peur glaça les yeux de l'avocat.

— C'est absurde. Cet homme est un menteur.

— Oh ! dans ce secteur d'activité, il n'a pas encore raflé toutes les parts de marché ! rétorqua Quinn. Je souhaite parler à Peter. J'ai quelques questions le concernant au sujet de l'humeur de Jillian ce soir-là, et de son humeur en général.

L'avocat lança un regard nerveux en direction de l'escalier.

— Peter ne reçoit personne ce matin. Il ne se sent pas bien.

— Moi, il va me recevoir.

Quinn se dirigea vers l'escalier de son propre chef, comme s'il savait où aller. Noble se précipita à sa suite.

— Je n'ai pas l'impression que vous ayez compris, agent Quinn. Cette affaire a terriblement entamé sa résistance nerveuse.

— Qu'êtes-vous en train d'essayer de me faire comprendre ? Qu'il est ivre ? sous calmants ? en état de catatonie ?

Quinn lui jeta un coup d'œil par-dessus l'épaule, et le visage tout en longueur de Noble prit une expression butée.

— Lucas Brandt est avec lui.

— C'est encore mieux. Je vais faire d'une pierre deux coups.

460

Une fois parvenu en haut de l'escalier, il s'écarta et, d'un geste, pria Noble d'ouvrir la marche.

L'antichambre des appartements de Bondurant faisait véritablement office de vitrine pour un décorateur qui en savait probablement plus sur cette maison que sur Peter lui-même. La pièce était aménagée pour un lord anglais du dix-huitième siècle, tout en acajou et en brocarts, les murs tapissés de scènes de chasse aux tons sombres, dans leurs cadres dorés. Selon toute apparence, personne ne s'était jamais assis dans les fauteuils à accoudoirs damassés d'or.

Noble frappa doucement à la porte de la chambre à coucher avant de s'y introduire seul, faisant attendre Quinn. Un moment plus tard, Noble et Brandt sortirent ensemble. Brandt affichait son masque de représentation — égal, d'une prudente neutralité. Probablement le visage qu'il exposait à la cour, quand il témoignait à la barre pour le compte du personnage qui lui avait versé la plus grosse somme ce jour-là.

— Agent Quinn, commença-t-il du ton feutré que l'on adopte dans les services hospitaliers. J'ai cru comprendre que vous teniez un suspect.

— Possible. J'ai deux ou trois questions à soumettre à Peter.

— Ce matin, Peter n'est pas lui-même.

Quinn eut un haussement de sourcils.

— Vraiment ? Et qui est-il ?

Noble le tança d'un œil sévère.

— Je pense que le sergent Kovac a dû exercer sur vous une mauvaise influence. Ce n'est guère le moment de se montrer désinvolte.

— En ce qui vous concerne, ce n'est pas non plus le moment de jouer à vos petits jeux avec moi, monsieur Noble, le prévint Quinn. (Il se tourna vers Brandt.) J'ai besoin de lui parler de Jillian. Si vous voulez assister à notre entretien, ça me va très bien. Et ça m'ira encore mieux si vous voulez bien me communiquer votre avis sur l'état mental et émotionnel de Jillian.

— Nous avons déjà abordé cette question.

Quinn baissa la tête, prenant un air contrit afin de masquer sa colère.

— Parfait, alors ne dites rien.

Il se dirigea vers la porte comme s'il allait bousculer Brandt et lui marcher dessus.

— Il est sous calmants, lui indiqua le psychiatre, sans céder un pouce de terrain. Je vais vous répondre, pour autant que je le puisse.

Quinn l'étudia en plissant les yeux, puis il lança un regard en coin à l'avocat.

— C'est curieux, je m'interroge, releva-t-il. Vous êtes en train de le protéger dans son intérêt, ou dans le vôtre ?

Aucun des deux hommes ne cilla.

Quinn secoua la tête.

— Peu importe... pour moi, en tout cas. La seule chose qui m'intéresse, c'est d'obtenir la vérité, toute la vérité.

Il raconta l'histoire que Vanlees lui avait servie au sujet de l'incident de la fenêtre chez Jillian.

Edwyn Noble rejeta cette histoire de toutes les fibres de son être — intellectuellement, émotionnellement, physiquement — en réitérant son opinion selon laquelle Vanlees était un menteur. Il arpentait l'antichambre en secouant la tête, niant les moindres détails de cette fable, sauf le fait que Vanlees ait pu aller regarder par la fenêtre de Jillian. De son côté, Brandt se tenait dos à la chambre, les yeux baissés, les mains croisées devant lui, écoutant attentivement.

— Ce que je voudrais comprendre, docteur Brandt, c'est si Jillian était ou non capable de ce genre de comportement.

— Et vous seriez entré raconter cette histoire à Peter ? Vous auriez osé lui poser cette question ? Sur son enfant ? lâcha Brandt, outragé.

— Non. À Peter, j'aurais demandé tout autre chose. (Il regarda Noble droit dans les yeux.) Comme par exemple ce qu'il fabriquait dans l'appartement de sa fille, dimanche avant le lever du jour, qui vaille la peine de payer un témoin.

Noble rejeta la tête en arrière, offensé, et ouvrit la bouche pour répliquer.

— Épargnez-moi ça, Edwyn, le prévint Quinn, en se tournant à nouveau vers Brandt.

— Je vous l'ai déjà indiqué précédemment, Jillian était la proie de beaucoup de sentiments conflictuels, et très perturbée concernant sa sexualité, du fait de sa relation avec son beau-père.

— Donc la réponse est oui.

Brandt resta coi. Quinn attendit.

— Elle se comportait parfois de manière déplacée.

— Immorale ?

— Je ne dirais pas ça, non. Elle se mettait à... provoquer des réactions. De propos délibéré.

— Manipulatrice.

— Oui.

— Cruelle ?

La question lui fit relever la tête. Brandt le dévisagea.

— Pourquoi me demandez-vous cela ?

— Parce que si Jillian n'est pas morte, docteur Brandt, alors il n'y a logiquement plus qu'une seule chose qu'elle puisse être : une suspecte.

33.

On la croirait revenue de l'enfer, se dit Kate en regardant la gamine, pâle comme la mort, les yeux vitreux et injectés de sang, le cheveu gras. Mais Angie était en vie, et c'était pour elle un immense soulagement. Au moins, elle n'avait pas à porter le poids de sa mort. La jeune fille était mal en point, certes, mais vivante.

Vivante, et assise dans ma cuisine.

— Seigneur, Angie, tu m'as fichu une peur bleue ! s'écria Kate. Comment es-tu entrée ? La porte était fermée à clef. Et même, comment as-tu su où j'habitais ?

La jeune fille ne répondit rien. Kate s'approcha un peu d'elle, tâchant de mesurer l'ampleur des dégâts. Des bleus lui marquaient la figure. Sa lèvre inférieure charnue était éclatée, marbrée de croûtes de sang.

— Hé ! fillette, où as-tu été traîner ? demanda-t-elle. Il y a des gens qui se faisaient du mouron pour toi.

— J'ai lu votre adresse sur une enveloppe à votre bureau, avoua Angie d'une voix enrouée, détimbrée, sans cesser de la regarder fixement.

— Drôlement débrouillarde. (Kate s'approcha encore.) Si seulement nous pouvions arriver à te convaincre d'utiliser tes talents pour le bien de l'humanité... Où étais-tu, Angie ? Qui t'a fait du mal ?

À présent, Kate avait atteint le seuil de la pièce. La jeune fille n'avait pas bougé de sa chaise. Elle portait le même jean miteux que le premier jour, désormais souillé, à hauteur des cuisses, de taches sombres qui ressemblaient à du sang, et le même blouson en jean, pas franchement assez chaud pour la saison, sur un sweater bleu qui bâillait, et que Kate lui avait déjà vu. Autour de la gorge, elle avait plusieurs marques de strangulation — des hématomes violets là où les doigts avaient appuyé suffisamment fort pour la priver d'air et empêcher l'irrigation du cerveau.

Un fantôme de sourire amer tordit la bouche d'Angie.

— J'ai vu pire.

— Je sais bien, mon chou, compatit Kate à voix basse.

Ce n'est que lorsqu'elle s'accroupit afin de mieux la regarder que Kate vit le cutter posé sur ses genoux — une lame de rasoir au bout d'un manche en métal lisse, épais et gris.

Elle se redressa lentement tout en reculant d'un demi-pas.

— Qui t'a fait ça ? Où étais-tu, Angie ?

— Dans le sous-sol du Diable, répondit-elle, trouvant dans cette formule matière à s'amuser, non sans une note d'aigreur.

— Angie, je vais t'appeler une ambulance, d'accord ? proposa Kate, en reculant encore d'un pas vers le téléphone.

Instantanément, des larmes emplirent les yeux de la jeune fille.

— Non. Je n'ai pas besoin d'une ambulance, déclara-t-elle, affolée par cette perspective.

— Quelqu'un t'a vraiment amochée, fillette.

Kate se demanda où ce quelqu'un pouvait bien être. Angie s'était-elle enfuie pour venir ici de son plein gré, ou s'était-elle arrangée pour qu'on la dépose ? Son ravisseur se trouvait-il dans la pièce à côté, en train d'observer, d'attendre ? Si Kate arrivait jusqu'au téléphone, elle pourrait composer le 911 et les flics débarqueraient ici en l'espace de quelques minutes.

— Non. S'il vous plaît, la supplia Angie. Je ne peux pas juste rester ici ? Je ne peux pas juste rester ici avec vous ? Rien qu'un petit moment ?

— Ma chérie, tu as besoin d'un médecin.

— Non. Non. Non.

La jeune fille secoua la tête. Ses doigts se resserrèrent sur le manche du cutter. Elle appuyait la lame contre la paume de sa main gauche. Du sang perla à l'endroit où la pointe de la lame mordait la peau.

464

Le téléphone sonna, brisant la tension et le silence. Kate bondit.

— Ne décrochez pas ! hurla Angie, en levant la main en l'air, abaissant le cutter centimètre par centimètre sur sa peau, faisant jaillir le sang.

— Je vais m'ouvrir les veines, vraiment, menaça-t-elle. Je sais comment il faut faire.

Si elle pensait vraiment ce qu'elle disait, si elle faisait glisser cette lame de quelques centimètres vers son poignet, elle pourrait se vider de son sang avant même que Kate ait achevé de composer le 911.

La sonnerie cessa. Dans son bureau, le répondeur était en train d'inviter poliment le correspondant, quel qu'il soit, à laisser un message. Quinn ? se demanda-t-elle. Kovac, avec des nouvelles ? Rob l'appelant pour la mettre à la porte ? Elle l'imagina capable de laisser pareil message, tout comme l'avait fait le patron de Mélanie Hessler.

— Pourquoi voudrais-tu t'ouvrir les veines, Angie ? demanda-t-elle. Tu es en sécurité, maintenant. Je vais t'aider. Je vais t'aider à te sortir de tout ça. Je vais t'aider à repartir du bon pied.

— Vous ne m'avez pas aidée, avant.

— Tu ne m'en as pas beaucoup laissé l'occasion.

— Parfois j'aime bien m'ouvrir les veines, admit Angie, le visage baissé, de honte. Parfois j'en ai besoin. D'abord je commence par avoir l'impression que... ça me fait peur. Mais si je m'ouvre les veines, ensuite la peur s'en va. C'est dingue, non ?

Elle leva la tête pour dévisager Kate avec des yeux si égarés que cette dernière en eut le cœur brisé.

Kate fut lente à répondre. Elle avait lu des choses sur des jeunes filles qui s'infligeaient ce qu'Angie venait de décrire, et, oui, sa première pensée fut que c'était dingue. Comment les gens pouvaient-ils se mutiler s'ils n'étaient pas mentalement malades ?

— Je peux te trouver de l'aide, Angie, affirma-t-elle. Il y a des gens qui peuvent t'apprendre comment affronter ces sentiments sans avoir à te faire du mal.

— Qu'est-ce qu'ils en savent ? ricana Angie, les yeux brillants de mépris. Qu'est-ce qu'ils en savent de la façon « d'affronter » quoi que ce soit ? Ils savent que dalle.

Et moi non plus, songea Kate. Dieu, pourquoi ne s'était-elle pas mise en arrêt de maladie, lundi dernier ?

Elle envisagea, pour l'écarter aussitôt, l'idée d'essayer d'arracher le cutter à la jeune fille. Le risque de catastrophe était trop grand. Si elle arrivait à faire en sorte qu'Angie continue de parler, elle pourrait, en usant de patience, la persuader de poser l'outil. Elles avaient tout le temps du monde — pour peu qu'elles soient seules.

— Angie, tu es venue ici de toi-même ?

Angie regarda fixement la lame du couteau tout en suivant délicatement les lignes bleues du tatouage qu'elle avait près du pouce, la lettre A barrée d'une ligne horizontale à son sommet.

— Est-ce que quelqu'un t'a amenée ici ?

— Je suis toujours seule, murmura-t-elle.

— Et l'autre soir, une fois que je t'ai ramenée au Phœnix ? À ce moment-là tu étais seule ?

— Non. (Elle enfonça la pointe de la lame à l'endroit où les gouttes de sang perlaient sur le bracelet d'épines qui lui encerclait le poignet.) Je savais qu'il me voulait. Il m'a envoyé chercher.

— Qui te voulait ? Gregg Urskine ?

— L'Ange de l'Enfer.

Kate aurait voulu l'empoigner et la secouer pour l'extraire de cette histoire, mais elle savait que c'était impossible. Si elle s'approchait, Angie pourrait retourner le cutter contre elle et lui taillader le visage.

— Qui est-ce ? demanda Kate.

— Il était dans la douche, reprit-elle, les yeux dans le vague, revoyant son souvenir. J'étais en train de m'ouvrir les veines. À regarder le sang et l'eau. Alors il m'a envoyé chercher. Comme s'il avait reniflé mon sang ou quelque chose.

— Qui ? essaya Kate de nouveau.

— Il n'était pas content, poursuivit-elle d'une voix sinistre. (Par un contraste singulier, un sourire grimaçant et narquois lui tordit la bouche.) Il était furieux parce que je n'avais pas suivi ses ordres.

— Je vois que c'est une longue histoire, observa Kate, en regardant le sang goutter de la main d'Angie sur le tapis de sa salle à manger. Pourquoi n'allons-nous pas nous asseoir dans l'autre pièce ? Je peux faire un feu de cheminée. Pour te réchauffer. Ça te dit ?

La distraire de son jeu du cutter. L'emmener hors de la vue de ce téléphone pour arriver à se rapprocher d'un autre poste, se donner d'une manière ou d'une autre la possibilité de lancer un appel. Sur le téléphone-fax de son bureau, le 911 était en numérotation enregistrée. Si elle parvenait à faire en sorte qu'Angie s'installe sur le canapé, elle trouverait le moyen de s'asseoir sur le bureau, elle se débrouillerait pour prendre la ligne, appuyer sur la touche. Ça pourrait marcher. C'était franchement usant de rester là, à regarder cette fille se vider de son sang à petit feu.

— J'ai froid aux pieds, avoua Angie.

— Allons dans l'autre pièce. Tu pourras retirer ces bottes mouillées.

La jeune fille la regarda de ses yeux réduits à deux fentes, porta sa main ensanglantée à sa bouche et se passa la langue sur sa blessure.

— Passez la première.

Ouvrir la marche devant une psychotique armée d'un couteau, peut-être pour rejoindre un serial killer malade en train de l'attendre à côté. Génial. Kate se dirigea vers son bureau, en marchant presque en crabe pour s'efforcer de garder un œil sur Angie, tout en restant en alerte et en tâchant de maintenir le cours de la conversation. Angie tenait le couteau dans sa main, prête à s'en servir. Elle marchait un peu penchée en avant, se tenant le ventre avec l'autre bras. À l'évidence, elle avait mal quelque part.

— Est-ce que Gregg Urskine t'a fait du mal, Angie ? J'ai vu le sang dans la salle de bains.

Elle cligna des yeux, perturbée.

— J'étais dans la Zone.

— Je ne vois pas ce que ça veut dire.

— Non, vous ne voyez pas.

Kate entra la première dans le bureau.

— Prends un siège. (D'un geste, elle désigna le canapé où Quinn et elle avaient fait l'amour, une poignée d'heures auparavant.) Je vais allumer le feu.

Elle songea à se servir du tisonnier comme d'une arme, mais renonça immédiatement à cette idée. Si elle parvenait à éloigner le cutter d'Angie par la ruse, ce serait préférable à la violence, et ce pour quantité de motifs, l'état mental de la jeune fille n'étant pas le moindre.

Angie se cala dans un coin du canapé et, de la pointe du cutter, se mit à suivre le contour des taches de sang sur son jean.

— Qui t'a étranglée, Angie ? la questionna Kate, en se rendant au bureau.

Un fax était arrivé. L'appel auquel elle n'avait pas répondu.

— Un ami d'un ami.

— Il te faut des amis d'un meilleur genre.

Elle trouva la place de caler une hanche sur le bureau, les yeux rivés sur la télécopie — la copie d'un article de journal de Milwaukee.

— Ce type, tu le connaissais ?

— Bien sûr, murmura la jeune fille. Et vous aussi.

Kate l'entendit à peine. Son attention était aimantée par la télécopie que la secrétaire des services judiciaires lui avait transmise avec une note rédigée en ces termes : « J'ai pensé que vous voudriez voir ça tout de suite. » L'article était daté du 21 janvier 1996. Le titre annonçait : *Les deux sœurs mises hors de cause après la mort par le feu de leurs parents.* Il y avait deux mauvaises photographies, avec beaucoup de grain, dont la télécopie aggravait encore la piètre qualité. Mais en dépit de cela, Kate reconnut la jeune fille à droite sur la photo. Angie Di Marco.

Peter était assis dans sa chambre, sur une petite chaise près de la fenêtre, son sac marin noir posé sur les genoux, qu'il enveloppait de ses bras. Il portait les mêmes vêtements que la nuit précédente — pantalon et sweater noirs. Le pantalon était sale. Il avait vomi sur le sweater. L'odeur aigre du vomi, de la sueur et de la peur restait en suspension autour de lui comme un nuage nocif, mais cela lui était égal de se changer, il ne voulait pas se doucher.

Sans doute suis-je très pâle, songeait-il. Il se sentait comme vidé de tout son sang. Ce qui lui coulait à présent dans les veines, c'était l'acide de la culpabilité, qui le brûlait, le brûlait, le brûlait. Et qui pourrait le brûler vif, le brûler de l'intérieur, réduire tous ses os en cendres.

Venu lui annoncer l'arrestation du surveillant de la résidence, Edwyn l'avait trouvé dans la salle de musique, en train de fracasser le demi-queue à coups de démonte-pneu. Edwyn avait appelé Lucas. Lucas était arrivé avec une petite sacoche noire pleine d'ampoules et d'aiguilles.

Peter avait refusé les médicaments. Il ne voulait pas se sentir saisi d'engourdissement. Il avait passé trop de temps, dans son existence, à laisser l'engourdissement s'emparer de lui, à ignorer les vies des gens autour de lui. Peut-être que s'il avait osé accorder davantage d'attention à ce qu'il ressentait, plus tôt dans sa vie, les choses n'en seraient pas arrivées là. Maintenant, tout ce qu'il était capable d'éprouver, c'était la douleur cuisante du remords.

En regardant par la fenêtre, il avait vu Kovac heurter légèrement le pare-chocs de la Lincoln d'Edwyn avec l'avant de sa voiture, puis reculer et effectuer un demi-tour. Une part de lui-même se sentit soulagée de ce que John Quinn s'en aille. Une part de lui-même en éprouva du désespoir.

Il avait écouté la conversation de l'autre côté de la porte. Noble et Brandt trouvant des excuses pour son compte, mentant pour son compte. Quinn posant la question sans appel : le protégeaient-ils pour leur bien ou pour le sien ?

Du temps passa, et il resta assis sur sa chaise, à repenser, à revivre tout ça, depuis la naissance de Jillian, chacune de ses erreurs dévastatrices, jusqu'à ce moment et au-delà. Il regardait fixement par la fenêtre, sans voir les vans des infos, les journalistes en train d'attendre qu'il fasse une apparition, de capter le moindre bruit qu'il aurait pu émettre. Il serrait le sac dans ses bras et se balançait d'un côté, de l'autre, et il en vint à la seule conclusion qui ait un sens à ses yeux.

Puis il consulta sa montre, et il attendit.

Kate regardait fixement la télécopie. Un frisson parti du sommet de son crâne lui parcourut tout le corps. Son cerveau capta quelques mots clefs : *morts par le feu, mère, beau-père, alcool, drogue, placement familial, casiers judiciaires de mineurs, passé de sévices sexuels.*

— Qu'est-ce qui ne va pas ? lui demanda Angie.

— Rien, répondit Kate machinalement, en s'arrachant à l'emprise de cet article. J'ai juste eu un petit vertige.

— J'ai cru que peut-être vous aussi vous étiez dans la Zone. (Elle eut un sourire de lutin.) Ce serait pas drôle, ça ?

— Je n'en sais rien. À quoi ça ressemble, la Zone ?

Le sourire s'évanouit.

— C'est noir et vide et ça vous avale tout entière et vous avez l'impression que vous n'en sortirez jamais, que personne ne va jamais venir vous chercher, raconta Angie, les yeux de nouveau éteints. (Pas vides, mais éteints, apeurés, remplis de douleur — ce qui signifiait qu'il restait encore quelque chose à sauver en elle.) Quoi qu'il lui soit arrivé au cours d'une enfance qui avait culminé avec la mort suspecte de ses parents, un reste d'humanité subsistait en elle. Et ce reste avait survécu à ces derniers jours passés dans « le sous-sol du Diable », où que se situe ce lieu diabolique.

— Mais parfois c'est un endroit sûr, aussi, poursuivit-elle à voix basse, en fixant du regard le sang qui coulait en rigoles le long de son poignet gauche. Là-bas je peux me cacher... si j'ose.

— Angie ? Tu vas me laisser aller chercher une compresse pour ta main ? lui demanda Kate.

— Vous n'aimez pas voir mon sang ? Moi, si.

— Je préférerais ne pas le voir dégouliner sur mon tapis, lâcha Kate avec un soupçon de son ironie habituelle, plus dans le but d'allumer une étincelle chez Angie que par réel souci dudit tapis.

Angie observa fixement sa paume un moment, puis elle la leva jusqu'à son visage et s'essuya le sang sur la joue, dans un geste caressant, affectueux.

Kate s'écarta précautionneusement du bureau et recula vers la porte.

La jeune fille leva les yeux sur elle.

— Vous allez me laisser ?

— Non, ma chérie, je ne vais pas te laisser. Je vais juste aller chercher cette compresse.

Et appeler le 911, compléta Kate pour elle-même, en avançant d'un pas de plus vers la porte, tout en craignant de quitter la jeune fille des yeux, ne serait-ce qu'une minute.

Le carillon de la porte d'entrée sonna au moment où elle accédait au vestibule, et elle se figea le temps d'une seconde. Un visage apparut à l'une des fenêtres latérales, une tête ronde au-dessus d'une doudoune bouffante, qui essayait d'y voir à travers le rideau diaphane. Rob.

— Kate, je sais que vous êtes chez vous, s'écria-t-il d'une voix irascible, frappant à la porte, le visage toujours appuyé contre la fenêtre. Je vous vois, vous êtes là, debout.

— Que fabriquez-vous ici ? l'interrogea Kate dans un chuchotement rauque, tout en lui ouvrant sa porte.

— J'ai entendu dire au bureau que vous ne vous présenteriez pas aujourd'hui. Il faut que nous parlions de ce...

— Vous ne pouviez pas attraper un téléphone ? commença-t-elle, puis elle se reprit et s'évita de céder à la dispute d'un geste de la main. Ce n'est pas le moment...

470

Rob avait un air entêté. Il se rapprocha encore un peu.

— Kate, il faut que nous parlions.

Kate serra les dents pour réprimer un soupir d'exaspération.

— Pourriez-vous baisser la voix ?

— Pourquoi ? C'est un secret dans le quartier que vous êtes en train d'essayer de m'éviter ?

— Ne faites pas l'imbécile. Je ne suis pas en train de vous éviter. J'ai une certaine situation sur les bras. Angie a débarqué et elle est dans un état mental très fragile.

Ses petits yeux porcins s'arrondirent.

— Elle est ici ? Que fabrique-t-elle ici ? Avez-vous appelé la police ?

— Pas encore. Je ne veux pas faire empirer les choses. Elle a un cutter et elle veut s'en servir... contre elle-même.

— Mon Dieu ! Et vous ne le lui avez pas retiré des mains, madame Superwoman ? s'étonna-t-il, sarcastique, tout en la repoussant pour pénétrer dans l'entrée.

— Je préfère garder mes membres entiers, merci bien.

— Elle s'est fait du mal ?

— Jusque-là, ce ne sont que des coupures superficielles, mais une au moins nécessitera des agrafes.

— Où est-elle ?

Kate ébaucha un geste en direction de son bureau.

— Peut-être pourriez-vous faire diversion pendant que j'appelle le 911.

— Vous a-t-elle dit où elle avait traîné ? Qui l'avait enlevée ?

— Pas exactement.

— Si elle se rend dans un hôpital, elle va la boucler, ne serait-ce que par pur ressentiment. Ça pourrait prendre des heures ou des jours avant qu'on arrive à lui soutirer la moindre information, prévint-il d'un ton pressant. La police a procédé à une arrestation. La conférence de presse commence sous peu. Si nous arrivons à obtenir d'elle qu'elle nous raconte ce qui s'est passé, nous pouvons appeler Sabin avant la fin de la conférence.

Kate croisa les bras et réfléchit. Elle revoyait Angie sur le canapé, en train de dessiner du bout du doigt des figures sur sa paume sanglante. Si des ambulanciers débarquaient ici pour l'emmener, il y avait de quoi parier qu'elle réagirait mal, à coup sûr. D'un autre côté, eux deux, qu'en obtiendraient-ils de plus ? Essayer de lui soutirer ce qu'ils voulaient d'elle pendant qu'elle était là, assise, à saigner, toute vulnérable.

Essayer d'attraper un tueur.

Un soupir lui souleva la poitrine.

— Très bien. On essaie, mais si elle se prend trop au sérieux avec ce cutter, j'appelle.

Rob loucha sur elle. Son fameux sourire distordu.

— Je sais que ça vous peine, Kate, mais il m'arrive quelquefois d'avoir raison. Vous verrez que cette fois c'est le cas. Je sais exactement ce que je suis en train de faire.

— Qu'est-ce qu'il fait ici, celui-là ?

Angie cracha ces mots comme s'ils lui donnaient un mauvais goût dans la bouche.

Rob lui adressa son sourire distordu, à elle aussi.

— Je suis seulement ici pour vous venir en aide, Angie, lui assura-t-il, en s'asseyant contre le bureau.

Elle le regarda longuement, durement, fixement.

— Ça m'étonnerait.

— On dirait que vous avez eu des petits ennuis depuis la dernière fois que nous nous sommes vus. Vous pouvez nous en dire un peu plus ?

— Vous avez envie d'en entendre un peu plus ? demanda-t-elle, les yeux plissés, et sa voix enrouée en parut presque séduisante. (Elle leva la main et lécha lentement le sang sur sa paume, une fois encore, son regard rivé au sien.) Vous voulez savoir qui m'a fait ça ? Ou vous voulez juste entendre parler cul ?

— Tout ce que vous voudrez bien nous raconter, Angie, continua-t-il d'une voix égale. C'est important pour vous d'en parler. Nous sommes ici pour vous écouter.

— J'en doute pas. Ça vous plaît d'entendre la douleur et la souffrance des gens. Vous êtes vraiment un petit enfoiré, un malade, hein ?

Un muscle tressaillit sur la joue de Rob. Il se cramponna à ce qui lui tenait lieu de sourire, mais il avait plutôt l'air de mordre dans une balle de revolver.

— Vous poussez ma patience à bout, Angie, la prévint-il d'un ton tendu. Et je suis certain que ce n'est pas vraiment dans vos intentions. N'est-ce pas ?

La jeune fille détourna le regard vers le feu, si longuement que Kate crut qu'elle n'allait plus jamais retrouver l'usage de la parole. Peut-être était-elle partie dans la Zone dont elle avait parlé. Elle tenait le cutter dans sa main droite, le bout des doigts appuyés contre la lame.

— Angie, intervint Kate, en venant se placer derrière le canapé, ramassant au passage, d'un geste détaché, le jeté de chenille sur le dossier. Nous sommes en train d'essayer de t'aider.

Elle s'assit sur l'accoudoir à l'extrémité inoccupée du canapé, en tenant vaguement le plaid sur ses genoux.

Des larmes brillaient dans les yeux d'Angie et elle secoua la tête.

— Non, c'est pas vrai. Je voulais que vous m'aidiez, mais vous m'aidez pas. Tout ce que vous voulez de moi, c'est ce que je peux vous raconter. (Sa bouche enflée se tordit en un sourire amer.) Le truc drôle, c'est que vous pensez que vous allez obtenir ce que vous voulez, mais si vous saviez à quel point vous vous foutez dedans.

— Dites-nous ce qui vous est arrivé ce soir-là au Phœnix, lui souffla Rob, en essayant d'attirer son attention vers lui. Kate vous a déposée. Vous êtes montée prendre une douche... Est-ce que quelqu'un vous a interrompue ?

Angie le dévisagea, en raclant la pointe de la lame contre sa cuisse, encore et encore.

— Qui est venu vous enlever, Angie ? insista Rob, pressant.

— Non, s'obstina-t-elle.

— Qui est venu vous enlever ? répéta-t-il, en détachant chaque syllabe.

— Non, répéta-t-elle à son tour, en lui jetant un regard furieux. Je ferai pas ça.

La lame du cutter mordit plus profond. De la sueur luisait sur la peau pâle, à la lumière de l'âtre. Le jean se déchira. Du sang s'épanouit, rouge vif au milieu des larmes.

À ce spectacle, Kate se sentit mal.

— Rob, arrêtez ça.

— Elle a besoin d'agir de la sorte, Kate, lui affirma-t-il. Angie, qui est venu vous enlever ?

— Non. (Des larmes zébrèrent le visage contusionné d'Angie.) Vous ne me forcerez pas.

— Laissez-la tranquille.

Kate descendit de son perchoir. Seigneur, il fallait qu'elle fasse quelque chose avant que la jeune fille ne se taillade et ne se réduise en lambeaux.

Le regard fixe de Rob était rivé sur Angie.

— Racontez-nous, Angie. On ne joue plus.

Angie lui lança un regard furieux, ses tremblements bien visibles à présent.

— Où vous a-t-il emmenée ? Que vous a-t-il fait ?

— Allez vous faire foutre ! cracha-t-elle. Je ne joue pas à votre jeu.

— Oh ! que si, Angie ! souligna-t-il, d'une voix plus sombre. Vous allez le jouer. Vous n'avez pas le choix.

— Allez vous faire foutre ! Je vous hais !

En poussant un cri perçant, elle se leva du canapé, le bras levé, la lame du cutter jetant un éclair.

Kate fut prompte, coiffant la lame avec le jeté de chenille pour plonger presque simultanément sur Angie, par le côté. La jeune fille brailla lorsqu'elles s'effondrèrent toutes deux par terre, heurtant la table basse, éparpillant les dossiers de profils des victimes.

Elle se débattit, Kate la maintint au sol, se laissant envahir par une première vague de soulagement. Rob ramassa le cutter, ferma la lame et l'empocha.

Angie était en sanglots. Kate se mit à genoux et attira la jeune fille à elle, pour la prendre dans ses bras.

— Tout va bien, Angie, chuchota-t-elle. Tu es en sécurité, maintenant.

Angie la poussa pour se libérer, la dévisagea, incrédule et furieuse.

— Espèce de salope, espèce de conne, grinça-t-elle. Maintenant tu es morte.

34.

— Dans l'eau, les requins reniflent l'odeur du sang, commenta Quinn tandis qu'ils observaient la foule qui se rassemblait pour la conférence de presse.

— Ouais, et notamment l'odeur du mien, grogna Kovac.

— Sam, je peux vous garantir qu'avec Vanlees au trou ils n'en auront plus rien à foutre de vous.

Cette idée parut déprimer Kovac encore un peu plus. Elle ne fit rien pour dérider Quinn non plus. Il était déjà assez pénible comme ça que les gens de l'entourage de Bondurant organisent des fuites pour informer les journalistes sur le compte de Vanlees, mais se retrouver avec la police en train de s'adresser ouvertement à la presse sur le même Gil Vanlees, voilà qui, à ce stade, était aussi dangereux que prématuré. Il en avait averti le maire, Greer, et Sabin. À partir du moment où ils choisissaient d'ignorer son avis, cela échappait à tout contrôle. Et pourtant, il percevait fort bien l'effet de l'anxiété qui était en train de lui forer un trou dans la paroi de l'estomac.

C'était lui qui avait dressé le profil initial, auquel Vanlees correspondait, et qui lui allait presque comme un gant. Rétrospectivement, il se dit qu'il n'aurait pas dû leur faire part aussi rapidement de son opinion. L'hypothèse d'un tandem de tueurs changeait tout. Mais la presse et les autorités menaient la danse, ils tenaient Vanlees à présent, et ils étaient tous trop heureux de mordre à belles dents dans cette proie.

Pour la tenue de cette conférence, Mme le maire avait choisi le grand hall d'entrée qui donnait sur la 4e Rue. Une cathédrale de marbre éclatant, avec un escalier à double révolution des plus impressionnants et des panneaux de verre teinté. Le genre d'endroit propice à ce que les politiciens occupent le haut des marches, au-dessus du commun, et se donnent des airs importants, comme si leur épiderme empruntait au marbre son éclat et les faisait paraître plus rayonnants que le citoyen moyen.

Postés dans l'ombre, dans une encoignure, Quinn et Kovac observaient les équipes de télévision et de presse écrite en pleines manœuvres pour tendre leurs micros aux premières loges. Sur les marches, Mme le maire s'entretenait avec Sabin, tandis que son assistante brossait les peluches de son tailleur. Gary Yurek était en grande conversation avec le chef Greer, Fowler et un duo de capitaines qui semblaient avoir fait leur apparition comme par miracle pour la séance photo. D'un moment à l'autre, Quinn allait devoir se joindre à ce cirque, il en donnerait pour son argent à la foule, en s'efforçant d'apporter à cette annonce de la garde à vue d'un suspect le coup de pouce de sa caution personnelle — auquel personne ne prêterait attention. On préférerait écouter Edwyn Noble proférer ses mensonges bien tournés pour le compte de Peter Bondurant ; c'était d'ailleurs probablement à cela qu'il s'employait, debout, avec un journaliste de la chaîne de télévision Minneapolis Saint-Paul NBC.

Pas le moindre signe de Peter. Non que Quinn l'ait attendu — pas après l'épisode de ce matin, et pas en cet instant, avec le risque que ces allégations d'inceste ne soient divulguées aux organes de presse. N'empêche, c'était plus fort que lui, l'état mental de Bondurant le laissait perplexe, et il se demandait ce que Lucas Brandt lui avait apporté au juste dans sa petite sacoche en cuir noir. La nouvelle du décès supposé de Jillian, ou la révélation des événements familiaux qui avaient pu se produire tant d'années auparavant ?

— Monsieur Séduction, ironisa Kovac avec dérision, en fixant Yurek du regard. Destiné à occuper un poste bien au chaud dans un bureau planqué dans un coin. En haut lieu, on l'adore. Le sourire aux lèvres, un sourire à un million de dollars, dont il n'hésitera pas à se servir pour leur baiser le cul à tous.

— Jaloux ? l'interrogea Quinn.

Kovac lui retourna l'une de ces grimaces maussades dont il avait le secret.

— J'ai été conçu pour botter les culs, pas pour les baiser. Quel besoin j'aurais d'un bureau planqué dans un coin, quand je peux en avoir un riquiqui tout dégueu dans un compartiment riquiqui tout dégueu sans la moindre armoire à dossiers suspendus digne de ce nom ?

— Vous, au moins, vous n'êtes pas amer.

— Je suis né amer.

Vince Walsh annonça son arrivée haut et fort par une crise de toux à se décoller la plèvre. Kovac se retourna et le dévisagea.

— Seigneur, Vince, fais-le-toi amputer, ce poumon, non, tu ne veux pas ?

— Bon sang, ce qu'il fait froid, se plaignit Walsh.

Il avait le teint étrangement jaunâtre d'un corps embaumé. Il remit à Kovac une enveloppe en papier kraft.

— Les dossiers médicaux de Jillian Bondurant... ou ce que Leblanc a bien voulu lâcher. Il y a quelques radios. Tu veux les emporter ou tu veux que je les passe au médecin légiste ?

— Moi, tu sais, je suis hors du coup, lui rappela Kovac tout en prenant l'enveloppe. Maintenant, c'est Yurek le patron.

Walsh ravala la moitié du contenu de ses sinus tout au fond de sa gorge et fit une tête assez vinaigre.

Kovac hocha la tête.

— Ouais, c'est bien ce que j'ai dit.

Peter attendit que la conférence de presse démarre pour pénétrer dans le bâtiment. Pour cela, il lui suffit, depuis sa voiture, d'appeler Edwyn sur son portable. Noble n'avait aucun moyen de savoir qu'il ne se trouvait plus à son domicile. Peter avait congédié tous les cerbères à sa solde qu'Edwyn avait postés pour garder l'œil sur lui. Ils étaient partis sans discuter. Après tout, c'était lui qui les payait.

Il entra dans le hall, le sac marin dans les bras, balayant du regard une soixantaine de têtes vues de dos. Greer était à la tribune, en train d'exposer, en dramatisant à l'excès, les compétences de l'homme qu'il avait choisi pour succéder à Kovac à la tête de la force d'intervention. Peter ne prit pas la peine d'écouter ce laïus. La force d'intervention ne présentait plus pour lui aucun intérêt. Il savait qui avait tué Jillian.

La presse hurla ses questions. Des flashes partirent comme une pluie d'étoiles. Peter se fraya un chemin en longeant la foule par un côté, se dirigea vers l'escalier. Il se sentait comme invisible. Peut-être l'était-il. Peut-être était-il déjà un fantôme. Toute sa vie, il avait ressenti dans son âme un certain vide, un trou béant que rien n'avait jamais pu remplir. Peut-être s'était-il érodé de l'intérieur, depuis si longtemps que l'essence de ce qui constituait son humanité avait été entièrement ponctionnée, comme par une sangsue, lui conférant l'invisibilité.

Quinn repéra l'arrivée de Bondurant. Bizarrement, personne d'autre ne parut le remarquer. Personne ne s'était donné la peine d'observer la scène d'assez près, supposa-t-il. Leur attention à tous était centrée sur la tribune et sur le dernier lot de conneries qu'on prenait soin de diffuser à l'intention des infos et des journaux. Et puis ça tenait aussi au fait que Bondurant avait l'air vaguement patraque — pas rasé, mal peigné —, pas du tout le Peter Bondurant habituel aux costumes soigneusement coupés, le moindre cheveu impeccablement en place.

Sa peau semblait si pâle qu'elle en était presque translucide. Il avait le visage émacié, comme si son corps se dévorait lui-même de l'intérieur. Ses yeux trouvèrent ceux de Quinn, il s'arrêta derrière les équipes de cameramen et resta là, son sac marin noir dans les bras.

D'instinct, Quinn comprit — juste à l'instant où Greer l'invitait à monter à la tribune.

Les éclairages éblouissants l'empêchaient de voir Bondurant. Il se demanda si Kovac l'avait repéré.

— Je veux souligner, commença-t-il, que l'interrogatoire d'un éventuel suspect ne met pas fin à l'enquête.

— Croyez-vous que Vanlees soit le Crémateur ? lança un journaliste.

— Il ne serait pas prudent de ma part d'apporter un commentaire qui penche dans un sens ou dans un autre.

Il tenta de changer de position pour faire entrer de nouveau Bondurant dans son champ de vision, mais il avait quitté le dernier emplacement où il l'avait localisé. Ses nerfs se tendirent.

— Mais Vanlees correspond au profil. Il connaissait Jillian Bondurant...

— N'est-il pas exact qu'il avait en sa possession, au moment de son arrestation, des vêtements lui ayant appartenu ? interrogea un autre.

Ces foutues fuites, s'agaça Quinn, négligeant les journalistes, toute son attention concentrée sur la nécessité de réintégrer Bondurant dans son champ de vision. Que faisait-il ici, tout seul, et avec cette allure de vagabond ?

— Agent spécial Quinn... ?

— Sans commentaire.

— Avez-vous quelque chose à dire sur l'affaire Bondurant ?

— C'est moi qui l'ai tuée.

Peter surgit de derrière un cameraman, au pied de l'escalier, et se tourna face à la foule. Le temps d'un instant, personne, sauf Quinn, ne comprit que cet aveu émanait de lui. Là-dessus, il leva un neuf millimètres semi-automatique vers la tête de Quinn. Alors la foule fut balayée par cette prise de conscience comme par une vague.

— C'est moi qui l'ai tuée ! cria Peter, plus fort.

Il avait l'air abasourdi de sa propre confession — les yeux exorbités, blanc comme linge, bouche bée. Il regarda son pistolet avec terreur, comme si quelqu'un d'autre que lui le brandissait. Il monta l'escalier, en crabe, lançant des regards furtifs vers la foule, vers les personnes placées près du podium : Mme le maire, le chef Greer, Ted Sabin — tous, ils reculèrent, le dévisageant comme s'ils ne l'avaient jamais vu avant cette minute.

Quinn, lui, ne bougea pas.

— Peter, posez ce pistolet, commanda-t-il d'une voix ferme, le micro amplifiant sa voix pour la diffuser dans tout le hall.

Bondurant secoua la tête. Son visage tremblait, se contractait convulsivement, se tordait. De son bras, il tenait le sac marin agrippé contre lui. Quinn aperçut deux officiers de police en uniforme venir se poster derrière lui en rampant, pistolets dégainés.

— Peter, vous n'avez pas l'intention de commettre cet acte, reprit-il calmement, en changeant de position pour s'écarter imperceptiblement de la tribune.

— J'ai gâché sa vie. Je l'ai tuée. C'est mon tour.

— Pourquoi ici ? Pourquoi maintenant ?

— Comme ça, tout le monde le saura, répondit-il, sa voix s'étranglant. Tout le monde saura ce que je suis.

Edwyn Noble avança devant la foule en direction de l'escalier.

— Peter, ne faites pas ça.

— Ne faites pas quoi ? questionna Bondurant. Abîmer ma réputation ? Ou la vôtre ?

— Ce que vous dites n'a pas de sens ! s'écria l'avocat. Posez ce pistolet.

Peter n'écoutait pas. Son angoisse était presque palpable. Elle imprégnait la sueur qui lui dégoulinait du visage. Elle imprégnait l'odeur qui émanait de lui. Elle imprégnait l'air qu'il vidait de ses poumons, trop fort, trop vite.

— C'est ma faute, reprit-il, pleurant sans retenue. J'ai fait ça, moi. Il faut que je paie. Ici. Maintenant. Je ne peux plus supporter ça.

— Venez avec moi, Peter, intervint Quinn, qui s'approcha un peu tout en lui tendant la main gauche. Nous allons nous asseoir et vous allez pouvoir me raconter toute l'histoire. C'est ce que vous souhaitez, n'est-ce pas ?

Il percevait le ronronnement des moteurs d'appareils : les photographes prenaient cliché sur cliché. Les caméras vidéo tournaient elles aussi, certaines d'entre elles alimentant leurs chaînes d'images en direct. Toutes filmaient l'agonie d'un homme — pour leur public.

— Vous pouvez me faire confiance, Peter. Je n'ai pas cessé de vous demander la vérité, depuis le premier jour. C'est tout ce que je veux : la vérité. Vous pouvez me la confier.

— Je l'ai tuée. Je l'ai tuée, marmonna-t-il encore et encore, des flots de larmes lui dégoulinant des joues.

479

La main qui tenait l'arme tremblait fort. Encore quelques minutes et ce seraient ses propres muscles qui, d'eux-mêmes, le contraindraient à l'abaisser. S'il ne se faisait pas sauter la tête d'abord.

— Vous m'avez envoyé chercher, Peter, lui rappela Quinn. Vous m'avez envoyé chercher pour une seule et unique raison : vous voulez me confier la vérité.

— Oh ! mon Dieu ! Oh ! mon Dieu ! sanglota Bondurant, livrant en lui-même un combat titanesque, écrasant, déchirant.

À présent, son bras droit tout entier tremblait. Il arma le chien.

— Peter, non ! lui ordonna Quinn, en faisant mouvement vers lui.

Le coup partit dans une détonation. Des hurlements et des cris perçants y firent écho. Une fraction de seconde trop tard, Quinn avait saisi le poignet de Bondurant pour le repousser en l'air. Un autre coup de feu éclata. Kovac se rua sur les marches derrière Peter, les flics en uniforme à sa suite, et il lui retira le pistolet de la main.

Bondurant s'écroula contre Quinn, en sanglots, en sang, mais en vie. Quinn le déposa doucement sur les marches de marbre. En partant se perdre vers le deuxième étage du bâtiment, le premier coup l'avait atteint au-dessus de la tempe, de biais, arrachant un sillon de chair et de cheveux sur cinq centimètres. Des résidus de poudre lui noircissaient la peau. Il laissa retomber sa tête entre ses genoux et vomit.

Dans le hall, le volume sonore était assourdissant. Des photographes se ruèrent vers les deux hommes pour trouver les meilleurs angles de prises de vue possibles. Edwyn Noble en bouscula deux pour arriver jusqu'à son client.

— Ne dites rien, Peter.

Kovac gratifia l'avocat d'un regard dégoûté.

— Vous savez, je pense qu'il est un peu tard pour conseiller ce genre de précaution.

Ted Sabin vint à la tribune et appela au calme et à la discipline. Le maire pleurait. Dick Greer distribuait des ordres d'une voix cassante à ses officiers de police. Les flics faisaient leur boulot, en s'occupant du pistolet et en ouvrant le passage aux équipes médicales d'urgence.

Quinn s'accroupit à côté de Peter, la main toujours posée sur son poignet. Il sentait son pouls qui battait la chamade. Son propre cœur battait vite et fort lui aussi. Il s'en était fallu d'une fraction de centimètre, et, avec une main plus ferme, Peter Bondurant lui aurait fait sauter la cervelle devant la moitié du pays. Un événement qui aurait mérité une diffusion nationale aux journaux du soir avec cet avertissement en forme de désaveu hypocrite : « Nous vous prévenons que ce que vous allez voir peut choquer... »

— Vous avez le droit de garder le silence, Peter, commença-t-il posément. Tout ce que vous direz pourra être retenu contre vous devant un tribunal.

— Êtes-vous obligé de faire ça maintenant ? s'enquit Noble dans un chuchotement rauque. La presse nous observe.

— Ils observaient aussi quand il est monté sur scène armé d'un pistolet, lui fit remarquer Quinn, en tirant d'un coup sec sur le sac marin dans lequel Peter avait dissimulé son arme afin de pouvoir pénétrer dans les locaux sans encombre.

Bondurant, pris de sanglots inextinguibles, essaya de s'y accrocher un instant, puis le lâcha brusquement. Son corps se ratatina tel un tas d'os.

— Je pense que, dès lors que Peter Bondurant était concerné, les gens d'ici ont un peu trop pris leurs aises avec la loi, laissa tomber Quinn.

Il tendit le sac à Vince Walsh.

— C'est lourd. Il se peut qu'il y ait encore d'autres armes là-dedans.

— Vous avez droit à la présence de votre avocat lors de votre interrogatoire, poursuivit Kovac pour achever d'informer Bondurant de ses droits selon la procédure en vigueur, tout en sortant ses menottes.

— Seigneur Dieu ! s'exclama Walsh, d'une voix rauque.

Quinn leva les yeux pour le voir lâcher le sac marin et refermer sa main sur le côté de son cou, le visage écarlate.

Les ambulanciers déclarèrent plus tard qu'il était mort avant d'avoir touché le sol... juste à côté du sac qui contenait la tête de Jillian Bondurant.

35.

Kate recula devant Angie, sans chercher à déchiffrer ce que la jeune fille venait de dire. La respiration saccadée, elle trébucha, et, en tombant, se cogna le coude contre la table basse. Tout en massant son membre endolori, elle essaya de mettre de l'ordre dans ses pensées. Angie, à genoux, psalmodiait une mélopée funèbre, telle une Érinye, se frappant la tête de ses mains sanglantes, encore et encore, sans relâche. Son jean était trempé de sang sur les cuisses, le sang qui filtrait par les fentes qu'elle avait taillées avec son cutter.

— Mon Dieu, murmura Kate, secouée par cette vision.

Elle recula jusqu'au bureau et se retourna vers le téléphone.

Rob se tenait à un mètre de là, fixant la jeune fille du regard avec un intérêt singulier, comme un scientifique en train d'observer un spécimen.

— Parlez-nous, Angie, insista-t-il à voix basse. Dites-nous ce que vous ressentez.

— Seigneur Dieu, Rob, intervint Kate d'un ton cassant, et elle décrocha le téléphone. Laissez-la tranquille ! Allez dans la cuisine et rapportez des serviettes.

Au lieu de cela, il s'approcha d'Angie, sortit une matraque en cuir noir longue de vingt centimètres de la poche de son manteau, et l'en frappa dans le dos. La jeune fille poussa un cri et tomba sur le côté, en cambrant les reins comme pour essayer d'échapper à la douleur.

Kate resta ébahie, dévisageant son patron, la bouche ouverte.

— Qu... quoi... ? commença-t-elle, et puis elle déglutit, s'efforçant de reprendre contenance. (Son pouls battait à toute vitesse.) Qu'est-ce qui vous prend, bon sang ? le questionna-t-elle, le souffle coupé.

Rob Marshall se tourna vers elle, les yeux brillant d'une haine pure, absolue. Ce regard fixe pénétra Kate comme une épée. Le mépris total qui émanait de lui par vagues brûlantes était palpable, elle le sentait transpirer, aigre et ignoble, par tous les pores de sa peau. Elle demeura ainsi, debout, le temps s'étirant en longueur, toutes ses perceptions instinctives ravivées lorsqu'elle s'aperçut que sa ligne était coupée.

— Vous n'avez aucun respect pour moi, Kate, espèce de salope, espèce de conne ! gronda-t-il d'une voix sourde.

Ces mots et la haine qu'ils véhiculaient la frappèrent avec la violence d'un coup de poing, la laissant interdite un instant, et puis la secouèrent, tandis que les pièces du puzzle se mettaient en place.

« *Qui t'a étranglée, Angie ? Ce type, tu le connaissais ?* »

« *Bien sûr... Vous aussi...* »

« *...Tout va bien, Angie. Tu es en sécurité, maintenant.* »

« *Espèce de salope, espèce de conne. Maintenant tu es morte.* »

Rob Marshall ? Non. Cette idée semblait presque risible. Presque. À ceci près qu'avant son arrivée le téléphone fonctionnait, et qu'il était là, debout, devant elle, une arme à la main.

Elle reposa le combiné.

— J'en ai ma dose de vous, l'avertit-il, acide. À me courir, me courir, me courir. À me houspiller, me houspiller, me houspiller. À me rabaisser. À me prendre de haut.

Il avait les pieds posés sur les profils des victimes éparpillés par terre. *Chaque être est la victime de quelque chose.* Cette pensée lui était revenue une bonne dizaine de fois durant la matinée, tandis qu'elle étudiait ces rapports — mais elle ne les avait pas examinés d'assez près.

Lila avait été victime d'une agression.

Fawn Pierce avait été victime d'un viol.

Mélanie Hessler, une autre victime de viol.

À un moment ou à un autre, toutes, elles avaient eu affaire au service d'aide aux victimes et aux témoins.

La seule qui ne cadrait pas avec ce schéma, c'était Jillian Bondurant.

— Mais vous, vous êtes l'avocat des victimes, leur avocat, nom de Dieu, murmura-t-elle.

Un avocat qui, du fait de sa position, écoutait, déposition après déposition, des gens — essentiellement des femmes — qui s'étaient retrouvés en situation de victimes, brutalisés, frappés, violés, avilis...

Combien de fois l'avait-il obligée à s'asseoir pour lui repasser, lui imposer d'écouter d'un bout à l'autre les cassettes d'entretien avec Mélanie Hessler ? Rob, en train d'écouter attentivement, de rembobiner, de réécouter certains passages, sans relâche.

Soudain, elle se revit mentalement dans la voiture de Kovac, sur les lieux du crime de Hessler, à écouter le microcassette que le tueur avait fait tomber derrière lui. Mélanie Hessler suppliant qu'on lui laisse la vie, criant dans son agonie, puis suppliant qu'on lui accorde de mourir.

Elle songea à Rob quand il s'était rendu devant le corps carbonisé, avant de s'en revenir très agité, apparemment bouleversé. Ce qu'elle avait pris pour de la peine, c'était en fait de l'excitation.

Oh ! mon Dieu !

De la bile lui remonta dans la gorge, tandis que les innombrables vacheries qu'elle avait pu lui sortir défilaient dans sa mémoire.

Oh ! Dieu, je suis morte !

— Je suis désolée, susurra-t-elle, les solutions de repli se bousculant dans sa tête.

La porte d'entrée n'était qu'à trois mètres, au bout du couloir.

Un spasme de dégoût secoua le visage de Rob. Il plissa les yeux, presque à les fermer, comme s'il venait de renifler l'odeur d'une bouche d'égout privée de son couvercle.

— Non, vous n'êtes pas désolée. Vous n'êtes pas désolée de la manière dont vous m'avez traité. Vous êtes désolée parce qu'à cause de ça je vais vous tuer.

— Angie, cours ! hurla Kate.

Elle souleva le télécopieur sur le bureau, arrachant le câble d'alimentation sur la face arrière, et balança l'appareil vers Rob. Il le prit dans la poitrine, ce qui le déséquilibra.

Elle se rua vers la porte, en glissant sur l'un des profils de victimes — une erreur qui lui coûta une précieuse fraction de seconde. Rob la rattrapa, lui empoigna la manche de son manteau d'une main et abattit violemment sa matraque.

Même à travers la laine épaisse du col de son manteau, Kate sentit le poids du coup lui frapper l'épaule. Un coup lourd, méchant, mortel. Si elle l'avait pris sur la tête, elle serait tombée comme une pierre.

Elle se jeta de côté, se défit de la poigne de Rob, puis se servit de son propre élan pour le propulser dans le couloir. Elle lui saisit le bras gauche, le lui tordit dans le dos, lorsqu'il la dépassa, le balança en plein dans la table de l'entrée et, sans attendre le fracas du choc, se précipita en courant vers la porte d'entrée, qui soudain lui parut à un kilomètre de distance.

Rob laissa échapper un rugissement et la plaqua par-derrière. Ils s'abattirent violemment au sol, Kate lâcha un cri lorsque son bras droit se tordit à hauteur de ses omoplates, un mouvement peu naturel, et elle sentit le déchirement des muscles dans son épaule, à vous donner la nausée.

La douleur se propagea en elle comme un incendie. Elle l'ignora du mieux qu'elle put et tenta de se dégager à coups de pied et de crapahuter jusqu'à la porte. Rob lui entortilla les cheveux autour de son poing et lui ramena la tête en arrière d'un coup sec, pour la frapper sur le côté droit du crâne. Sa vue se brouilla, son oreille retentit comme une cloche, la brûlant comme l'enfer. Une douleur aussi aiguë qu'une lame de couteau la lança dans tout le visage et dans la mâchoire.

— Espèce de salope ! Espèce de salope !

Et puis ses mains furent autour de sa gorge, il commença à l'étrangler. Peu à peu, les cris de Rob s'estompèrent dans l'esprit de Kate. Elle se débattait mécaniquement, frénétiquement, lui plantant les ongles dans les mains, mais ses doigts étaient courts, épais et puissants.

Elle n'arrivait plus à respirer, elle crut que ses yeux allaient éclater, que sa cervelle était en train de gonfler.

Dans un dernier sursaut de lucidité, elle se força à devenir toute flasque. Rob continua de serrer durant des secondes qui lui parurent une éternité, puis il lui cogna la tête contre le sol. Elle savait qu'il ressassait des paroles mais elle ne parvenait plus à distinguer les mots, alors que le sang affluait de nouveau dans son cerveau, avec un bruit assourdissant. Elle luttait pour s'empêcher d'aspirer les grandes bouffées d'oxygène dont elle avait si désespérément besoin. Elle luttait pour que son cerveau ne lâche pas prise. Il fallait qu'elle continue à réfléchir — sans penser au lieu du crime sur lequel elle s'était rendue, au corps carbonisé de sa cliente, aux clichés d'autopsie des quatre femmes que cet homme avait torturées et mutilées.

— Tu t'imagines que je suis incapable de rien faire comme il faut ! divaguait Rob, en poussant sur ses jambes pour se dégager d'elle. Tu me prends pour un crétin ! Tu t'imagines que tu es meilleure que tout le monde et que je suis un rien du tout !

Incapable de le voir, Kate déplaça sa main gauche vers la poche de son manteau, centimètre par centimètre.

— T'es vraiment une salope, une enfoirée ! criait-il, et il lui flanqua un coup de pied, trop immergé dans son délire furieux pour entendre le grognement de douleur de Kate quand sa botte vint buter contre sa hanche.

Elle serra les dents et se concentra sur le déplacement de sa main, millimètre par millimètre, dans la poche de son manteau.

— Tu me connais pas, moi, déclara Rob. (Il empoigna quelque chose sur la table du couloir, qu'il balança. Elle ne vit pas ce que c'était, mais entendit l'objet s'écraser quelque part aux abords de la cuisine.) Tu sais rien de moi, rien de mon vrai Moi.

Et jamais elle ne l'aurait soupçonné. Dieu du ciel, elle avait travaillé aux côtés de cet homme depuis un an et demi. Pas une fois elle ne l'avait cru capable de ça. Pas une fois elle n'avait mis en doute les motifs pour lesquels il avait choisi sa profession. Au contraire, sa fonction d'avocat — le fait qu'il ait été si disposé à les écouter, si disposé à passer du temps avec elles — avait été la seule et unique qualité susceptible de le racheter à ses yeux. Ou du moins c'était ce qu'elle avait cru.

— Tu me prends pour un nul, beuglait-il. Je suis quelqu'un, moi ! Je suis l'Ange de l'Enfer ! Je suis le Crémateur, putain ! Maintenant, qu'est-ce que tu penses de moi, madame la Salope ?

Il s'accroupit à côté d'elle et la fit rouler sur le dos. Kate gardait les yeux presque fermés. Entre ses cils, elle discernait à peine plus qu'un brouillard de couleurs. Elle avait la main dans sa poche, ses doigts glissant autour du manche de la lime en métal.

— C'est la dernière fois que je t'ai sauvé la vie, annonça-t-il. Tu vas me supplier de te tuer. Et moi je vais adorer te tuer.

36.

— Ce soir-là, Peter, qu'est-il arrivé ? demanda Quinn.

Ils étaient assis dans une petite pièce blanche et lugubre, dans les entrailles de l'immeuble de l'hôtel de ville, à proximité du service des incarcérations du centre de détention. Bondurant avait renoncé à ses droits et refusé d'aller à l'hôpital. Sur place, dans l'escalier même où il avait tenté de mettre un terme à cette tragédie, un soignant lui avait nettoyé la blessure par balle qu'il s'était faite au cuir chevelu.

Edwyn Noble avait piqué une sainte colère, insistant pour être présent durant l'interrogatoire, insistant pour faire hospitaliser directement Peter dans un hôpital, qu'il le veuille ou non. Mais Peter l'avait emporté, en jurant devant une dizaine de caméras des journaux télévisés qu'il désirait avouer.

Ils étaient trois dans la pièce : Bondurant, Quinn et Yurek. Peter avait souhaité qu'il n'y ait que Quinn, mais la police avait tenu à ce qu'un de ses représentants soit présent. Le nom de Sam Kovac n'avait pas été mentionné.

— Jillian est venue dîner, commença Peter. (Il paraissait rétréci, ratatiné, comme un junkie accroché de longue date à l'héroïne ; pâle, les yeux rougis, inexpressifs.) Elle était dans l'une de ces humeurs dont elle avait le secret. Euphorique et déprimée. Elle riait, et puis la minute d'après elle se montrait cassante. Elle était comme ça, c'est tout : versatile. Comme sa mère. Même bébé.

— Vous vous êtes disputés ? À quel sujet ?

Bondurant fixa le côté opposé de la pièce, la tache rosâtre sur le mur, peut-être du sang, mal nettoyé.

— La faculté, sa musique, sa psychothérapie, son beau-père, nous.

— Elle voulait renouer ses relations avec Leblanc ?

— Elle avait parlé avec lui. Elle disait qu'elle songeait à retourner en France.

— Vous étiez en colère.

— En colère, répéta-t-il, et il soupira. Ce n'est pas vraiment le mot exact. J'étais bouleversé. Je me sentais terriblement coupable.

— Pourquoi coupable ?

Il prit un long moment pour formuler sa réponse, comme s'il veillait à choisir chacun des mots qu'il allait employer.

— Parce que c'était ma faute — ce qui est arrivé à Jillian et Leblanc. J'aurais pu empêcher ça. J'aurais pu me battre contre Sophie pour obtenir sa garde, mais j'ai laissé filer, voilà tout.

— Elle vous a menacé de vous traîner en justice pour avoir maltraité Jillian, lui rappela Quinn.

— Elle m'a menacé de prétendre que j'avais maltraité Jillian, le corrigea Peter. En fait, elle avait conditionné Jillie sur ce qu'il fallait dire, comment se comporter, afin de convaincre les gens que c'était la vérité.

— Mais ce n'était pas la vérité ?

— C'était mon enfant. Jamais je n'aurais pu lui faire le moindre mal.

Sa réponse le plongea dans un abîme de réflexion, lézardant ce qui lui restait de sang-froid. Il se décomposa. Il se recouvrit la bouche d'une main tremblante et pleura en silence pendant un moment.

— Comment aurais-je pu savoir ?

— Vous connaissiez l'état mental de Sophie, releva Quinn.

— J'étais en plein dans l'opération de rachat des parts de Don Thornton. J'avais plusieurs énormes contrats du gouvernement fédéral en suspens. Elle aurait pu me ruiner.

Quinn ne répondit rien, laissant Bondurant se débrouiller seul avec ses remords, comme il l'avait fait, sans aucun doute, mille et une fois, ne serait-ce qu'au cours de cette dernière semaine.

Bondurant lâcha un soupir de résignation et regarda la table.

— J'ai donné mon enfant à une folle et à un homme qui maltraitait les enfants. Il aurait été plus charitable de la tuer, dès cette époque.

— Que s'est-il passé vendredi soir ? lui redemanda Quinn, le ramenant au présent.

— Nous nous sommes disputés à propos de Leblanc. Elle m'a accusé de ne pas l'aimer, elle. Elle s'est enfermée un moment dans la salle de musique. Je l'ai laissée seule. Je me suis rendu dans la bibliothèque, je me suis assis devant le feu, j'ai bu un peu de cognac. Vers onze heures et demie, elle est entrée dans la pièce derrière moi, en chantant. Elle avait une voix magnifique — séraphique, obsédante. Sa chanson était obscène, répugnante, perverse. C'était là tout ce que Sophie lui avait appris à répandre sur mon compte bien des années auparavant : les choses que j'étais censé lui avoir fait subir.

— Cela vous a mis en colère.

— Cela m'a rendu malade. Je me suis levé et je me suis retourné pour le lui dire. Elle se tenait, là, debout devant moi, nue. « Tu ne veux pas de moi, papa ? m'a-t-elle demandé. Tu ne m'aimes pas ? »

Le souvenir même de cette scène suffisait à le laisser abasourdi, nauséeux. Il se pencha sur la poubelle que l'on avait placée à côté de sa chaise et vomit, mais il ne lui restait rien dans l'estomac. Quinn attendit, calme, impassible, affichant un détachement tout à fait intentionnel.

— Avez-vous eu un rapport sexuel avec elle ? le questionna Yurek.

Quinn lui lança un regard furieux.

— Non ! Mon Dieu ! s'exclama Peter, scandalisé par cette suggestion.

— Que s'est-il passé ? redemanda Quinn. Vous vous êtes disputés. Elle a fini par s'enfuir.

— Oui, reconnut Peter, en s'apaisant. Nous nous sommes disputés. Je lui ai dit certaines choses que je n'aurais pas dû lui dire. Elle était si fragile. Mais j'étais terriblement choqué, tellement en colère. Elle est partie en courant, elle s'est rhabillée et elle est partie. Je ne l'ai plus jamais revue vivante.

Yurek eut l'air perturbé et déçu.

— Mais vous avez dit que c'était vous qui l'aviez tuée.

— Vous ne comprenez pas ? J'aurais pu la sauver, mais je ne l'ai pas fait. La première fois, je l'avais laissée partir pour me sauver, moi, mon entreprise, ma fortune. C'est ma faute si elle est devenue ce qu'elle est devenue. Vendredi soir, je l'ai laissée partir parce que je ne voulais pas avoir à m'occuper de ça, et maintenant elle est morte. Je l'ai tuée, inspecteur, aussi sûrement que si je l'avais poignardée en plein cœur.

Yurek repoussa sa chaise en arrière avec un raclement et se leva pour arpenter la pièce, avec l'air d'un homme qui vient de comprendre qu'il s'est fait escroquer.

— Allez, monsieur Bondurant. Vous vous attendez à ce qu'on gobe cette histoire ? (Yurek n'avait ni la voix ni le ton qu'il fallait pour jouer les méchants flics — même quand il en avait l'intention.) Vous portiez avec vous la tête de votre fille dans un sac. C'est quoi, ça ? Un petit souvenir que le véritable tueur vous a expédié ?

Bondurant ne répondit rien. L'évocation de la tête de Jillian le bouleversait, et il se replia de nouveau sur lui-même. Quinn sentit qu'il leur échappait, que son esprit s'évadait fallacieusement en un autre lieu que cette réalité monstrueuse. Et il se pouvait qu'il se rende en ce lieu pour ne plus en revenir avant longtemps.

— Peter, que faisiez-vous dans la maison de Jillian dimanche matin ?

— Je suis allé la voir. Je voulais savoir comment elle allait.

— Au milieu de la nuit ? intervint Yurek, d'un ton dubitatif.

— Elle refusait de répondre à mes coups de téléphone. Samedi soir, sur le conseil de Lucas Brandt, je l'avais laissée tranquille. Dimanche soir... il fallait que je fasse quelque chose.

— Alors vous vous êtes rendu là-bas et vous vous êtes introduit chez elle, en conclut Quinn.

Bondurant baissa les yeux sur une tache de son sweater et la gratta d'un geste absent, avec l'ongle de son pouce.

— Je pensais la trouver au lit... et puis je me suis demandé dans le lit de qui elle pouvait bien être. Je l'ai attendue.

— Qu'avez-vous fait pendant que vous l'attendiez ?

— J'ai nettoyé, indiqua-t-il, comme si cela allait de soi, était tout à fait naturel. L'appartement ressemblait à un... à une porcherie, ajouta-t-il, la lèvre retroussée de dégoût. Répugnant, sale, jonché d'ordures, un fouillis innommable.

— Comme la vie de Jillian ? interrogea doucement Quinn.

Les larmes affluèrent dans les yeux de Bondurant. Le nettoyage auquel il avait procédé visait moins des buts sanitaires que symboliques. Il n'avait pas été capable de changer la vie de sa fille, mais il avait pu faire le ménage dans son environnement. Un geste de maîtrise, peut-être non dépourvu d'affection, songea Quinn.

— Vous avez effacé les messages sur son répondeur ?

Bondurant hocha la tête. Ses larmes redoublèrent. Les coudes sur la table, il plaça ses mains en conque pour s'en couvrir les yeux.

— Il s'est passé quelque chose du côté de Leblanc ? hasarda Quinn.

— Ce fils de pute ! Il l'a tuée tout autant que moi !

Il se recroquevilla en se tassant en avant, vers la table, agité de sanglots, une plainte terrible et déchirante qui lui remonta du fin fond de la poitrine jusque dans la gorge. Quinn attendit qu'il se calme, et, tandis que Peter se redressait et se reprenait, il pensa au moment où il était tombé sur la musique de Jillian. Cette musique, peut-être la raison première qui l'avait poussé à se rendre sur place, après l'incident de ce vendredi soir dans son bureau. Mais Peter, sous l'emprise de la culpabilité, allait maintenant prétendre qu'il n'avait obéi à aucune autre priorité que le bien-être de Jillian.

Quinn se pencha en avant et posa la main sur le poignet de Bondurant, assis à la table face à lui, établissant ainsi un lien physique pour essayer de le ramener dans l'instant présent.

— Peter ? Savez-vous qui a réellement tué Jillian ?

— Son amie, répondit-il d'une voix lasse et fluette, tordant la bouche dans une expression d'ironie. Sa seule amie. Michèle Fine.

— Qu'est-ce qui vous fait croire ça ?

— Elle a essayé de me faire chanter.

— A essayé.

— Jusqu'à la nuit dernière.

— Que s'est-il passé la nuit dernière ?

— Je l'ai tuée.

Edwyn Noble se jeta sur Quinn à la seconde où ce dernier mit le pied hors de la salle d'interrogatoire.

— Pas un mot de tout ceci ne sera recevable devant la cour, Quinn, menaça-t-il.

— Il a renoncé à ses droits, monsieur Noble.

— Il est clair qu'il n'est pas en état de prendre de pareilles décisions.

— Parlez-en à un juge, intervint Sabin.

Les deux avocats se tournèrent l'un vers l'autre comme un couple de cobras. Yurek prit à part le procureur adjoint, Logan, pour lui demander un mandat de perquisition au domicile de Michèle Fine. Kovac se tenait à trois mètres de là, dans le couloir, adossé au mur, sans cigarette. Le coyote solitaire.

— Besoin d'une voiture, FQ ? lança-t-il avec un regard plein d'espoir.

Quinn lui adressa une vraie mimique à la Kovac.

— À partir de maintenant, il est décidément bien clair que je suis un masochiste confirmé. Je n'arrive pas à croire ce que je vais vous répondre, mais, bon, oui, allons-y.

Ils entraînèrent à leurs basques la caravane hostile des médias, Quinn opposant un « sans commentaire », le visage de marbre, à toutes les questions dont on l'accablait. Kovac avait laissé son véhicule du côté du bâtiment qui donnait sur la 4ᵉ Avenue. Une demi-douzaine de journalistes leur emboîtèrent le pas. Quinn se tut jusqu'à ce que Kovac démarre dans un vrombissement de moteur.

— Bondurant déclare avoir abattu Michèle Fine et abandonné le corps dans le Minneapolis Sculpture Garden. Elle essayait de le faire chanter avec l'un des morceaux les plus révélateurs composés par Jillian, et avec les éléments que Jillian lui aurait prétendument avoués. La nuit ils avaient rendez-vous pour la grande transaction. Il devait apporter l'argent, elle devait lui remettre ces partitions, les cassettes qu'elle détenait, etc. À ce stade, il ne savait pas qu'elle était impliquée dans le meurtre de Jillian. Il nous a expliqué avoir eu l'intention de payer pour que cette histoire reste sous le boisseau, mais il a quand même emporté un pistolet avec lui.

— Pour moi, ça ressemble à de la préméditation, estima Kovac, en calant le gyrophare sur son attache.

— Exact. Ensuite Michèle se pointe avec le matériel dans un sac marin. Elle lui montre des partitions, deux ou trois cassettes, referme le sac. Ils concluent leur marché. Elle s'éloigne, sans penser qu'il va de nouveau jeter un œil au contenu du sac.

— On ne sait jamais.

Quinn se crispa et se retint à la portière : la Caprice venait de tourner brusquement en brûlant un feu rouge. Des klaxons beuglèrent.

— Il a regardé. Il l'a abattue dans le dos et l'a laissée là où elle était.

— Qu'est-ce qui lui a pris, à Fine, de lui refiler la tête ?

— Elle s'est probablement figuré qu'elle aurait décampé depuis longtemps quand il appellerait les flics, spécula Quinn. J'ai remarqué des magazines de voyage dans son appartement, quand Liska et moi y sommes allés l'autre jour. Je parierais qu'elle aurait emprunté directement la route de l'aéroport pour monter dans un avion.

— Et Vanlees ? Est-ce qu'il a révélé quelque chose à propos de Vanlees ?

Quinn retint son souffle : Kovac coupait entre un bus de la Minneapolis Transport Company et une camionnette de livraison Snap-On Tool, la marque d'outillage universel.

— Rien.

— Vous n'allez pas croire qu'elle travaillait toute seule, non ?

— Non. Nous savons qu'elle n'a pas tué toute seule. Elle n'aurait pas non plus tenté de son propre chef le coup du chantage. Les victimes consentantes d'un maniaque sexuel sont pratiquement des marionnettes. Leur partenaire détient le pouvoir, il les contrôle moyennant des sévices physiques, psychologiques, sexuels. Aucune probabilité qu'elle ait réussi ça toute seule.

— Et Vanlees était en garde à vue au moment où cette transaction a eu lieu.

— Ils avaient probablement mis leur plan au point et elle a suivi le mouvement jusqu'au bout sans savoir où Vanlees se trouvait. Ne pas agir conformément à leur plan, cela l'aurait terrorisée. Si c'est lui notre homme.

— Ils se connaissaient.

— Vous et moi, on se connaît. Nous n'avons tué personne. Je vois vraiment mal comment Vanlees aurait pu manipuler quiconque à ce degré. Son profil ne cadre pas.

— Qui alors ?

— Je ne sais pas, reconnut Quinn en grimaçant, plus pour lui-même qu'à cause de Kovac, qui écrasait l'accélérateur, et frôla l'aile d'un minivan. Mais si nous tenons Fine, alors nous pouvons suivre le fil.

Quatre voitures radio étaient arrivées avant eux. Le Minnesota Sculpture Garden était un parc de cinq hectares, où l'on avait disséminé une quarantaine d'œuvres d'artistes importants, la pièce maîtresse de l'ensemble étant une cuiller longue de dix-huit mètres dans laquelle trônait une cerise haute de presque trois mètres. Dans ses meilleurs moments, pensa Quinn, l'endroit devait avoir quelque chose d'un peu surréaliste. En tant que lieu du crime, il sortait tout droit d'*Alice au pays des merveilles.*

— Informations en direct des salles d'urgences des hôpitaux locaux, s'écria Yurek en descendant de sa voiture. Aucune blessée par balle correspondant à la description de Michèle Fine.

— Il a indiqué qu'ils s'étaient retrouvés à la sculpture de la cuiller, souligna Quinn tandis qu'ils marchaient d'un pas rapide dans cette direction.

— Il est certain de l'avoir touchée ? demanda Kovac. Il faisait nuit.

— Il dit l'avoir touchée, elle a poussé un cri, elle est tombée.

— Par ici ! lança l'un des hommes en tenue, en les appelant de la main, non loin de la partie haute du manche de la cuiller.

La buée de sa respiration émettait comme un signal de fumée dans l'air gris et froid.

Quinn le rejoignit au pas de course avec les autres. Les équipes de presse n'allaient pas rester bien loin en arrière.

— Elle est morte ? questionna Yurek qui arrivait en courant.

— Morte ? Bon sang, répondit le flic en uniforme, en pointant du doigt une large tache de sang rouge cerise dans la neige. Elle est partie.

37.

Rob attrapa Kate par les cheveux et se mit à la soulever. Les doigts de la jeune femme se refermèrent sur la lime en métal dans sa poche. Elle attendit. Il ne lui serait peut-être pas donné de mettre la main sur une meilleure arme. Mais il fallait qu'elle s'en serve avec précision, et au moment le plus approprié. Toutes sortes de stratégies s'agitaient dans son crâne comme des rats dans un labyrinthe, à la recherche désespérée d'une issue.

Rob lui gifla le visage, et le goût du sang s'épanouit dans sa bouche comme une rose.

— Je sais que tu n'es pas morte. Tu continues de me sous-estimer, Kate, prévint-il. Même maintenant, tu te moques de moi. C'est complètement idiot.

Kate laissait sa tête dodeliner, recroquevillant les jambes sous elle. Il voulait qu'elle soit terrorisée. Il désirait le voir dans ses yeux. Il désirait le sentir sur sa peau. Il désirait l'entendre dans sa voix. C'était son truc. C'était de ça qu'il s'était imbibé en écoutant les cassettes des victimes — de ses propres victimes et des victimes des autres. Cela la rendait malade de penser au nombre de celles qui lui avaient livré le contenu de leur âme, pour qu'il nourrisse ses pulsions de malade avec leur souffrance et leur peur.

Maintenant c'était elle qu'il voulait terroriser, et il voulait qu'elle se montre soumise. Il voulait qu'elle regrette toutes les fois où elle l'avait rabroué, toutes les fois où elle l'avait défié. Et si elle lui donnait ce qu'il voulait, sa sensation de victoire ne ferait qu'alimenter encore plus sa cruauté.

— Aujourd'hui, Kate, je vais être ton maître, lui annonça-t-il d'un ton mélodramatique.

Kate releva la tête et lui adressa un long regard immobile, de sang-froid, un regard venimeux, rassemblant son courage tout en suçant la coupure qui la démangeait à l'intérieur de la bouche. L'humiliation qu'elle allait lui infliger, il la lui ferait payer, mais cela lui paraissait malgré tout la meilleure voie à emprunter.

Délibérément, elle lui cracha à la figure.

— Ah ! c'est ça, misérable petite merde !

Instantanément fou de rage, il la frappa de sa matraque. Kate esquiva le coup en baissant la tête et se redressa en vitesse, ramena son coude droit sous le menton de Rob, lui faisant claquer la mâchoire. Elle tira la lime de sa poche et la lui planta dans le cou jusqu'à la garde, juste au-dessus de la clavicule.

Rob cria, empoigna la lime, et retomba en arrière en s'écrasant contre la table du couloir. Kate courut vers la cuisine.

Si seulement elle pouvait sortir de la maison, gagner la rue. Il avait sûrement trouvé le moyen de mettre sa voiture hors d'usage, ou de la bloquer. Pour trouver du secours, il fallait qu'elle atteigne la rue.

Elle traversa la salle à manger comme une flèche, renversant les chaises sur son passage. Rob se précipita à sa suite, poussant un grognement en heurtant quelque chose, jurant, crachant les mots entre ses dents comme des balles.

Sur ses jambes courtaudes, il ne pouvait courir aussi vite qu'elle. Il ne semblait pas avoir de pistolet. Plus que la cuisine, et elle toucherait au but, libre. Elle irait courir chez le voisin de l'autre côté de la rue. Ce concepteur graphique, qui avait installé son bureau dans le grenier de sa maison. Il était toujours chez lui.

Elle fit irruption dans la cuisine, chancela, puis s'arrêta net, le cœur chutant comme une pierre.

Angie était là, debout, juste après la porte d'entrée, des larmes lui dégoulinant de la figure, un couteau de boucher en main — directement pointé sur la poitrine de Kate.

— Je suis désolée. Je suis désolée. Je suis désolée, sanglotait-elle, secouée de violents tremblements.

Subitement, la conversation qui avait eu lieu entre Angie et Rob dans son bureau devint claire. Des morceaux de vérité commençaient à s'emboîter, chacun à leur place. L'image qu'ils composaient était à la fois déformée et surréelle.

Si Rob était le Crémateur, alors c'était Rob qu'Angie avait vu dans le parc. Pourtant l'homme du portrait-robot qu'avait dessiné Oscar en suivant les informations livrées par Angie ne ressemblait pas plus à Rob Marshall qu'à Ted Sabin. Elle s'était retrouvée assise en face de lui en salle d'interrogatoire, sans laisser filtrer le moindre indice...

À la seconde suivante, Rob Marshall franchit la porte derrière elle et deux cents grammes d'acier enrobés de sable et cousus de cuir entrèrent en contact avec l'arrière de son crâne. Ses jambes se dérobèrent sous elle et elle tomba à genoux sur le sol de la cuisine. Sa dernière vision fut Angie Di Marco.

C'est pour ça que je ne fais pas d'enfants. On ne sait jamais ce qu'ils ont dans la tête.

Et puis ce fut le noir total.

Les magazines de voyage étaient toujours éparpillés sur la table basse de Michèle Fine, certaines pages cornées et des destinations entourées avec des annotations en marge. *Bronzage garanti ! Trop cher ! Vie nocturne !*

La meurtrière en oripeaux de touriste. Quinn se fit cette réflexion en tournant les pages.

Quand la police vérifierait auprès des compagnies aériennes, elle découvrirait que la jeune meurtrière avait réservé des vols vers l'une ou l'autre de ces destinations. S'ils étaient très chanceux, ils trouveraient peut-être aussi les vols correspondants réservés au nom de son partenaire. Qui que soit ledit partenaire.

Avec la quantité de sang qu'on avait trouvée sur les lieux du crime dans le jardin aux sculptures, il paraissait hautement improbable que Fine ait pu se traîner seule hors du parc. Gil Vanlees était en garde à vue. Or Fine avait disparu, et avec elle l'argent que Peter Bondurant lui avait remis avant de lui tirer dessus et de quitter les lieux.

Les flics envahirent l'appartement comme des fourmis, investirent le moindre placard, la moindre fissure, la moindre lézarde, à la recherche de tout ce qui pourrait leur fournir un indice sur l'identité du partenaire de Michèle Fine. Un mot rédigé à la hâte, un numéro de téléphone griffonné, une enveloppe, une photographie, quelque chose, n'importe quoi. Adler et Yurek passaient les voisins au crible, en quête d'informations. Est-ce qu'ils la connaissaient ? Est-ce qu'ils l'avaient vue ? Avait-elle un petit ami ?

Pour l'essentiel, l'appartement avait exactement la même allure que la veille. La même poussière, le même cendrier plein. Tippen trouva une pipe à crack dans le tiroir d'une desserte.

Quinn se rendit au bout du couloir, jetant un coup d'œil à la salle d'eau, digne des lavabos dans une station essence, et à la chambre de Michèle Fine. Le lit était défait. Des vêtements jonchaient la pièce, évoquant les contours tracés à la craie de corps morts tombés à terre. Comme dans le reste de l'appartement, il n'y avait là aucune note personnelle, rien de décoratif — excepté sur la fenêtre orientée au sud, vers la façade arrière d'un autre immeuble.

— Regardez les stores, s'écria Liska en traversant la pièce.

Ils étaient suspendus par des crochets à des petites ventouses collées au carreau ; de petits cerceaux d'environ dix centimètres de diamètre, chacun orné de son œuvre d'art miniature. À contre-jour, la lumière jouant sur leurs couleurs donnait une impression de vie. L'air provenant d'une grille d'aération au-dessus de la fenêtre les faisait frémir contre la vitre comme des ailes de papillon, et voleter les décorations fixées sur chacune — un bout de ruban, un bouton de nacre sur un cordon, une boucle d'oreille qui se balançait, une mèche de cheveux délicatement nattée...

Quand elle s'arrêta tout à côté de Quinn, quand elle comprit, sous le choc, le visage de Liska se décomposa.

Le lis trompette de Lila White. Le trèfle de Fawn Pierce. Une bouche avec une langue tirée. Un cœur avec le mot « Papa ». Il y en avait une douzaine.

Des tatouages.

Les tatouages que l'on avait découpés sur les corps des victimes du Crémateur. Bien tendus dans ces petits cerceaux fabriqués à la main, en train de sécher au soleil. Décorés de menus souvenirs de ces femmes, découpés sur elles. Souvenirs de torture et de meurtre.

38.

Il tenait son triomphe à portée de main. Le couronnement, la gloire. Son finale — pour le moment, pour cet endroit. Il avait eu l'immense satisfaction d'installer la Salope sur la table, de lui ligoter les mains et les chevilles aux pieds de la table avec de la ficelle en plastique qu'il avait chapardée dans la pièce du courrier, au bureau. Il en avait enroulé une bonne longueur autour de la gorge de la Salope, laissant pendre de longues extrémités afin de pouvoir lui en entortiller les poings. Pour l'éclairage d'ambiance, il avait descendu au sous-sol des bougies prélevées un peu partout dans la maison. Les flammes, il trouve ça très sensuel, très excitant, très érotique. Une excitation encore accrue par la lourde odeur d'essence qui flotte dans l'air.

Il prend un peu de recul et considère le tableau. La Salope, sous son contrôle absolu, à lui. Elle est encore vêtue parce qu'il veut qu'elle soit consciente de son avilissement. Il veut qu'elle éprouve chaque seconde de l'humiliation qu'il s'apprête à lui faire subir. Et il veut tout capturer sur la bande.

Il charge l'appareil avec une microcassette neuve et le pose sur le tabouret de bar, au siège déchiré en vinyle noir. Il ne se soucie guère des empreintes digitales. Le monde va bientôt découvrir la « véritable » identité du Crémateur.

Il ne voit aucune raison de ne pas mener son plan à bien. Michèle peut bien avoir quitté la scène, il dispose encore d'Angie. Si elle franchit ce test avec succès, il pourra l'emmener avec lui. Si elle échoue, il la tuera. Ce n'est pas Michèle — son parfait complément, Michèle, qui faisait tout ce qu'il lui demandait tant qu'elle croyait que sa servilité l'amènerait à l'aimer. Michèle, à sa merci, qui l'avait suivi dans ces jeux de torture, qui l'avait encouragé à brûler les corps, et qui avait trouvé là matière à divertissement pour ses talents de tatoueuse et autres artisanats.

Elle lui manquait autant que quelqu'un pouvait lui manquer. Un manque vague, empreint de détachement. Mme Vetter devait se ressentir davantage de l'absence de son horrible petit chien.

Angie le regarde détacher les lanières de la pochette en cuir qui contient tous ses outils préférés et les étaler sur la table. Angie a l'air d'une créature sortie d'un film grunge pour ados. Ses vêtements sont débraillés, son jean en lambeaux et imprégné de sang à hauteur des cuisses. Elle tient encore le couteau de boucher qu'elle a trouvé dans la cuisine et, d'un geste furtif, se pique l'extrémité du pouce avec la pointe de la lame, pour regarder le sang perler. Espèce de petite garce cinglée.

Il observe les marques de strangulation qu'elle porte encore à la gorge, repense à toutes les façons dont elle s'y est prise pour lui planter des bâtons dans les roues lors de la mise à exécution de son Grand Plan. Se payant sa tête lors de son premier interrogatoire, refusant de livrer le nom du bar où il l'avait ramassée ce soir-là pour rendre crédible son histoire. Refusant de décrire le Crémateur à l'auteur des portraits-robots, comme il lui en avait donné l'instruction. Il avait consacré un temps considérable à lui créer dans la tête l'image d'un tueur fantôme. La jeune fille avait volontairement donné une description si vague qu'elle pouvait correspondre à la moitié des hommes des cités jumelles — y compris l'infortuné Vanlees. L'idée que ce minable puisse s'arroger le titre de Crémateur le rendait furieux. Et, même après les coups qu'il lui avait administrés depuis mercredi, elle lui avait refusé ce moment de perfection : tout révéler à Kate, dans son salon.

« *Qui est venu vous enlever, Angie ?*

— *Non.*

— *Qui est venu vous enlever ?*

— *Non. Je ferai pas ça.*

— *Angie, qui est venu vous enlever ?*

— *Non. Vous ne pouvez pas me forcer.* »

Il l'avait entraînée, pour qu'elle réponde : « L'Ange de l'Enfer. » Peu importait qu'il ne l'ait pas enlevée lui-même, que Michèle ait été celle qui avait sauvé cette stupide petite roulure quand elle avait voulu se découper en rondelles dans la douche au Phœnix, celle qui avait lavé toute cette saleté et s'était faufilée avec elle par la porte de derrière. La jeune fille avait enregistré ses instructions, et elle y avait ouvertement désobéi.

Après tout, il décide, là, qu'il va la tuer, malgré son aide dans la cuisine. Elle est trop imprévisible.

Il va la tuer, ici même. Après la mort de la Salope. Il s'imagine pris de folie furieuse, ivre d'euphorie après ce meurtre-là. Il se voit jeter la fille sur la table, par-dessus le corps ensanglanté, mutilé, la ligoter, là, la baiser, l'étrangler, la poignarder sur le visage encore et encore et encore et encore. La punir, exactement comme il prévoit de punir la Salope.

Il va les tuer toutes les deux, et puis les brûler toutes les deux ensemble, ici, et brûler la maison également. Il a déjà dressé le décor du bûcher, en y versant le combustible — un gaz dans une boîte qu'il a lui-même placée dans le garage de la Salope le soir où il est allé chier sur le sol.

Le fantasme des meurtres qu'il est sur le point de commettre l'excite, comme toujours ses fantasmes — intellectuellement, sexuellement, fondamentalement. Le schéma mental des êtres de son espèce : le fantasme, le fantasme violent ; ensuite, les éléments qui facilitent le passage à l'acte : le meurtre. Le cycle naturel de son existence — et de la mort de ses victimes.

Sa décision prise, il retourne ses pensées vers la question du moment : Kate Conlan.

Kate reprenait conscience par à-coups, comme une télévision mal réglée. Elle pouvait entendre, mais pas voir. Ensuite elle récupéra une espèce de vision troublée, mais il ne parvenait à ses oreilles qu'une horrible résonance. Le seul signal clair et constant, c'était la douleur qui lui martelait l'arrière du crâne. Elle en avait la nausée. Apparemment, elle ne pouvait remuer ni les jambes ni les bras, et elle se demanda si Rob lui avait brisé le cou ou la moelle épinière. Ensuite elle s'aperçut qu'elle était encore en mesure de sentir ses mains, et qu'elles lui faisaient un mal de chien.

Ligotée.

Le plafond carrelé, l'odeur de poussière, la vague sensation d'humidité. Le sous-sol. Elle était ligotée, les membres écartés, sur la vieille table de ping-pong de son propre sous-sol.

Une autre odeur — déplacée en ce lieu — lui parvint, lourde, grasse et amère. *Essence.*

Oh ! doux Jésus !

Elle regarda Rob Marshall, debout au pied de la table, qui la dévisageait. Rob Marshall, un tueur en série. L'incongruité de cette association lui donna envie de croire qu'elle était tout simplement en train de faire un cauchemar, mais elle en savait trop. Elle en avait trop vu, quand elle était agent du FBI. Ces histoires s'empilaient dans sa mémoire comme des dossiers dans une armoire. L'ingénieur de la NASA qui avait kidnappé des auto-stoppeuses et les avait vidées de leur sang pour le boire. Le technicien en électronique, marié, père de deux enfants, qui gardait certaines parties bien choisies du corps de ses victimes dans le congélateur à viande de son garage. Le jeune étudiant en droit, militant du parti républicain, bénévole sur une ligne de téléphone d'aide aux personnes sur le point de commettre

500

une tentative de suicide, qui se révéla être Ted Bundy, l'un des « grands » serial killers.

Il restait à ajouter à cette macabre pile de dossiers celui de cet avocat qui choisissait ses victimes sur la liste des clientes de son service. Elle se sentait idiote de n'avoir rien vu, alors même qu'elle savait fort bien qu'un tueur aussi raffiné que Joe l'Enfumeur se devait d'être doté d'une nature de parfait caméléon. Même alors, elle n'avait pas voulu s'imaginer que Rob Marshall puisse être aussi malin.

Il avait retiré son manteau, exhibant un sweater gris imbibé de sang à hauteur de la gorge, à l'endroit où elle l'avait poignardé avec la lime à ongles. Deux centimètres de plus dans la bonne direction et elle l'aurait touché à la veine jugulaire.

— J'ai loupé quelque chose ? demanda-t-elle, d'une voix enrouée par la strangulation qu'il lui avait fait subir.

Elle lut la surprise sur son visage, le trouble. Un à zéro pour la victime.

— Toujours la langue bien pendue, observa-t-il. Tu n'apprends toujours pas, salope.

— Pourquoi devrais-je apprendre ? Qu'allez-vous me faire, Rob ? Me torturer, me tuer ? (Elle tenta désespérément de gommer la peur de sa voix. C'était comme si la peur la prenait à la gorge, et puis elle se souvint, dans une nouvelle décharge d'adrénaline, des marques de strangulation sur le cou de ses victimes.) De toute façon, c'est ce que vous allez me faire. Je peux quand même bien avoir la satisfaction de vous traiter en face de paumé sans couilles.

Debout d'un côté de la table, éclairée de dos par les bougies, son couteau de boucher en main, Angie aspira une goulée d'air avant d'émettre un pitoyable bruit de gorge. Elle serrait le couteau contre elle comme s'il s'agissait de son jouet préféré, susceptible de la réconforter.

Le visage de Rob se durcit. Il sortit un canif de sa poche et le planta, jusqu'au manche, dans la plante du pied droit de Kate, et elle apprit très vite, très péniblement, le prix qu'il allait exiger d'elle pour la stratégie qu'elle venait de choisir.

Kate poussa un cri et son corps se convulsa contre les entraves qui lui mordaient profondément la peau des poignets et des chevilles. Quand elle retomba en arrière, les liens semblaient s'être relâchés, lui octroyant un petit peu plus de mobilité.

Elle reprit ses esprits en se concentrant sur Angie, en songeant au regard qu'elle avait surpris auparavant dans les yeux de la jeune fille, quand elle avait été frappée de ne pas lire le vide dans ces yeux-là, quand elle avait compris qu'aussi longtemps qu'il subsisterait une lueur dans l'obscurité un espoir demeurait. Elle repensa à la manière dont la jeune fille avait commencé de retourner son cutter contre Rob.

— Angie, va-t'en ! proféra-t-elle d'une voix rauque. Sauve-toi !

La jeune fille tressaillit et lança un coup d'œil nerveux vers Rob.

— Elle va rester, lâcha-t-il sèchement, en lui plantant à nouveau le couteau dans le pied, ce qui arracha un nouveau cri à Kate. Elle est à moi, lui rappela-t-il, les yeux brillants, ivre d'être parvenu à infliger la douleur.

— Je ne crois pas. (Kate inspira brièvement.) Elle n'est pas idiote.

— Non, l'idiote, c'est vous, répliqua-t-il, en reculant d'un pas.

Il retira l'un des longs cierges du candélabre qu'il avait pris dans sa salle à manger et le posa sur le sèche-linge.

— Parce que je ne sais pas quel pauvre type tordu, quel ectoplasme humain vous êtes ?

— Et là, salope, je suis un pauvre type ? la questionna-t-il, en lui passant la flamme de la bougie sur le pied droit, d'orteil en orteil.

Instinctivement, Kate donna un coup de pied à la source de son tourment, obligeant Rob à lâcher la bougie. Il bondit dessus, disparaissant de son champ de vision à l'extrémité de la table.

— Stupide salope ! jura-t-il, hors de lui. Stupide enfoirée de salope !

L'odeur de l'essence monta aux narines et à la bouche de Kate, et elle frémit à l'idée de mourir brûlée vive. Sa terreur la frappa comme un coup de poing à la base de la gorge. La douleur, à l'endroit où Rob l'avait déjà brûlée, était comme une entité vivante, comme si son pied était entré en combustion, et à présent les flammes allaient remonter le long de sa jambe.

— Qu'est-ce qu'il y a, Rob ? lui demanda-t-elle, en luttant contre le besoin de pleurer. Je croyais que vous aimiez le feu. Vous en avez peur ?

Il se remit debout tant bien que mal, lui jetant un regard furibond.

— Moi, je suis le Crémateur ! hurla-t-il, la bougie serrée dans son poing.

Elle percevait très bien son agitation croissante à sa respiration qui s'accélérait, à ses gestes rapides et saccadés. Cette scène ne se déroulait pas comme dans ses fantasmes.

— Je suis supérieur ! hurla-t-il, l'œil hagard. Je suis l'Ange de l'Enfer ! Je tiens ta vie entre mes mains ! Je suis ton Dieu !

Kate canalisa sa douleur dans sa colère.

— Vous êtes une sangsue. Vous êtes un parasite. Vous êtes un zéro.

Elle était très probablement en train de l'inciter à la poignarder quarante-sept fois, à lui découper le larynx et à le balancer dans la poubelle. Puis elle repensa aux photographies de ses autres victimes, à la cassette de Mélanie Hessler, aux heures de torture, de viol, de strangulations répétées.

Elle avait tenté sa chance. Si tu vis par l'épée, tu mourras par l'épée.

— Vous me faites vomir, espèce de petite merde invertébrée.

C'était la vérité. Penser qu'elle avait travaillé avec lui, tous les jours, qu'il pleuve, qu'il vente, qu'il neige, penser qu'elle avait été à ses côtés toutes les fois où l'esprit de Rob avait divagué, où il s'était égaré dans des fantasmes de sévices, de brutalité et de meurtre, durant ces épreuves qu'ils essayaient d'aider leurs clientes à traverser et à dépasser — cela lui donnait envie de vomir.

Il allait et venait au pied de la table, soliloquant, comme s'il s'adressait à des voix dans sa tête, bien que Kate jugeât improbable qu'il en entendît aucune. Rob Marshall n'était pas un psychotique. Il savait parfaitement ce qu'il faisait. Ses actes étaient le produit de choix conscients — pourtant, s'il se faisait prendre, il tenterait probablement de convaincre les experts du contraire.

— S'il n'y a pas domination, ça ne marcherait pas, c'est ça ? insista Kate. Quelle femme voudrait de vous si elle n'était pas ligotée ?

— Ferme-la ! cria-t-il. Ferme-la, putain !

Il jeta la bougie sur elle, manquant sa tête d'un mètre. Il se rua le long de son corps ligoté, empoigna un couteau à désosser sur la table à côté d'elle et lui enfonça le bout de la lame contre le larynx. Kate avala sa salive dans un réflexe, en sentant la pointe en acier mordre dans la peau.

— Je te le taille en morceaux ! lui hurla-t-il en pleine figure. Putain, je te le taille en morceaux ! J'en ai ras le bol de tes vacheries ! J'en ai vraiment ras le bol de ta voix !

Kate ferma les yeux et s'efforça de ne plus déglutir. Elle se raidit, retint son souffle quand il commença de lui enfoncer la petite lame acérée dans la gorge. La terreur la tenaillait. L'instinct la pressait de se dégager d'un geste vif. La logique lui imposait de ne pas bouger. Et puis la pression de la lame cessa, se relâcha.

Rob fixa du regard le magnétophone qu'il avait posé sur le vieux tabouret. Il n'avait peut-être pas envie d'entendre Kate l'insulter, mais il voulait entendre ses cris, tout comme il avait écouté les cris, les pleurs et les supplications de chacune de ses victimes. En réalité, avec elle, cette envie était encore plus forte. S'il la privait de sa voix en lui tranchant le larynx, il lui serait impossible d'obtenir ce plaisir. Et s'il ne pouvait l'obtenir, le fait de la tuer perdrait son sens.

— C'est ça que vous voulez entendre, hein, Rob ? le nargua-t-elle. Vous voulez être en mesure d'écouter, plus tard, et d'entendre le moment précis où j'ai commencé à prendre peur devant vous, où je vous ai laissé le contrôle de la situation. Vous ne voulez pas renoncer à ça, n'est-ce pas ?

Il s'empara du magnétophone et l'approcha de la bouche de Kate. Il posa le couteau, attrapa une pince, lui saisit le bout du sein, et serra brutalement. Même à travers l'épaisseur du sweater et du soutien-gorge, la morsure fut aiguë, puis atroce, et lui arracha un cri. Quand finalement il cessa, il recula, avec un sourire mauvais, et leva le magnétophone.

— Là, fit-il. Ça y est, c'est enregistré.

Kate eut l'impression qu'une éternité s'était écoulée avant que le bruit blanc ne s'efface de sa tête. Elle haletait comme si elle avait couru un quatre cents mètres, elle était en nage, tremblante. Sa vision embrumée retrouva sa clarté et elle regarda vers Angie : la jeune fille se tenait toujours debout au même endroit, agrippée à son couteau, la lame tournée vers elle. Kate se demanda si elle était tombée en état de catatonie. Angie était son unique espoir, le seul maillon faible dans le scénario de Rob. Elle avait besoin d'avoir la jeune fille de son côté, lucide et capable d'agir.

— Angie, appela Kate d'une voix sourde. Il ne te possède pas. Tu es capable de lutter contre lui. Tu as déjà lutté contre lui, non ?

Elle repensa à la scène qui s'était déroulée tout à l'heure, quand ils étaient encore à l'étage — lorsque Rob avait voulu qu'Angie décrive ce qu'il lui avait lui-même infligé, après l'avoir emmenée du Phœnix House, le refus d'Angie, le défi d'Angie, ses sarcasmes. Et de cela, elle avait aussi été capable précédemment — dans leurs bureaux.

Le visage de Rob devint écarlate.

— Arrête de lui parler !

— Vous avez peur qu'elle se retourne contre vous, Rob ? suggéra Kate, toutefois incapable de conserver l'attitude supérieure qu'elle avait eue cinq minutes auparavant.

— Ferme-la. Elle est à moi. Et toi aussi tu es à moi, salope !

Il lui assena un coup, empoigna son sweater par le col et tira dessus à deux mains, essayant sans succès de le déchirer. Suant, postillonnant, excessivement nerveux, avec des gestes maladroits, il fouilla dans la panoplie d'outils qu'il avait si soigneusement étalée sur la table, pour en ressortir un autre couteau.

— Vous ne la possédez pas plus que vous ne me possédez, le défia Kate avec un regard furieux, tout en tirant sur les liens qui l'entravaient. Et jamais, jamais vous ne me posséderez, jamais, espèce de crapaud.

— Boucle-la ! cria-t-il encore. (Il se retourna et lui gifla la bouche du dos de la main.) Boucle-la ! Boucle-la ! Espèce de salope de merde !

Il y eut un cliquetis de couteaux qui s'entrechoquaient, et il resurgit armé d'un grand modèle. Kate avala ce qu'elle s'imaginait être sa dernière goulée d'air, et la retint en elle. Rob empoigna de nouveau le col de son sweater, le découpa au couteau, fendant, déchirant, entaillant l'étoffe suivant un dessin irrégulier. La pointe de la lame entama la peau du sein, fila le long de son ventre, avant de mordre l'excroissance de la hanche.

— Je vais te montrer ! Je vais te montrer ! Angie ! aboya-t-il, en appelant la jeune fille à grands moulinets du bras. Amène-toi ici ! Amène-toi ici, tout de suite !

Il n'attendit pas. Il se précipita pour contourner le bout de la table, saisit la jeune fille par le bras et la traîna jusqu'à Kate.

— À toi de le faire ! lui ordonna-t-il à l'oreille. Pour Michèle. Tu veux faire ça, pour Michèle. Tu veux que Michèle t'aime, hein, Angie ?

Michèle ? Un joker, se dit Kate, et une nouvelle vague de terreur se propagea en elle. Bon sang, qui était cette Michèle, et que signifiait-elle pour Angie ? Comment Kate pouvait-elle combattre une ennemie qu'elle n'avait jamais vue ?

Des larmes coulaient sur la figure d'Angie. Sa lèvre inférieure tremblotait. Elle tenait le couteau de boucher agrippé de ses deux mains tremblantes.

— Ne fais pas ça, Angie, lui conseilla Kate, la voix vibrante de peur. Ne le laisse pas se servir de toi comme ça.

Elle était incapable de savoir si la jeune fille l'entendait. Elle pensa à ce qu'Angie lui avait raconté à propos de la Zone, et se demanda si c'était vers cet endroit qu'elle essayait de fuir, là, maintenant, pour échapper à ce cauchemar. Et puis après ? Agirait-elle en pilote automatique ? La Zone correspondait-elle à un état de dissociation ? Était-ce cela qui lui avait permis de participer aux tueries précédentes de Rob ?

Elle tira encore d'un coup sec sur les liens qui l'entravaient, étirant la ficelle de plastique de quelques millimètres supplémentaires.

— Fais-le ! hurla Rob tout contre le visage d'Angie. Fais-le, petite idiote, petite conne ! Fais-le pour ta sœur. Fais-le pour Michèle. Tu veux qu'elle t'aime, Michèle.

Sœur. Le gros titre du journal traversa la tête de Kate comme une comète : *Les sœurs mises hors de cause après la mort par le feu de leurs parents.*

Ses yeux porcins saillant de son horrible tête ronde, Rob poussa un cri d'exaspération et leva le couteau qu'il tenait en main.

— Vas-y !

La lumière frappa la lame, une étoile aveuglante en jaillit, la lame plongea, perça l'air, perça Kate au creux de l'épaule, juste au moment où elle parvint à tourner son corps de quelques centimètres vitaux. La pointe de la lame toucha l'os, ricocha, et la douleur fut pareille à un éclair qui l'aurait foudroyée.

— Vas-y ! cria Rob à Angie, en lui flanquant un coup derrière la tête du manche du couteau plein de sang. Espèce de putain, de vaurien !

— Non ! cria la jeune fille.

— Vas-y !

En sanglotant, Angie leva le couteau.

— Un coup de chance : le Wisconsin vient de nous envoyer les empreintes de Fine, annonça Yurek, en franchissant le seuil de la chambre.

L'unité de relèvement des lieux du crime était en train de démonter les tatouages fétiches de la fenêtre, enveloppant soigneusement chacun d'eux dans des serviettes spéciales en papier pour les glisser séparément dans des petits sachets.

— Son vrai nom, c'est Michèle Finlow. Elle a derrière elle une poignée de délits mineurs et un dossier de mineure délinquante, classé.

Kovac haussa le sourcil.

— Écorcher vif les gens, c'est un délit mineur, dans le Wisconsin ?

— L'État qui nous a donné deux criminels du calibre d'Ed Gein et Jeffrey Dahmer, remarqua Tippen.

— Hé ! Tip, t'es pas du Wisconsin ? le questionna un des types de l'unité de relèvement.

— Ouais. Menomineie. Tu veux venir chez moi pour Thanksgiving ?

De sa main libre, Quinn se boucha l'oreille et écouta le numéro du domicile de Kate sonner dans le vide pour la troisième fois en vingt minutes. Son répondeur aurait dû s'enclencher. Il coupa et essaya sur son portable. Qui sonna quatre fois, puis transféra l'appel sur le service de messagerie vocale. Ses clients appelaient Kate sur son téléphone cellulaire. Angie Di Marco avait ce numéro. Kate n'aurait pas laissé cette ligne sonner dans le vide. Pas en se sentant responsable d'Angie à ce point.

Il se passa la main sur l'estomac, pour en apaiser le feu.

Mary Moss rejoignit le groupe.

— L'une des voisines au bout du couloir me dit avoir vu quelquefois Michèle avec un type dégarni, rondouillard, à lunettes. Elle n'a pas retenu le nom, mais elle dit qu'il roule en 4 × 4 coupé noir, et qu'une fois en reculant il a embouti le type qui habite l'appartement 3F.

— Oui ! s'exclama Kovac, en répétant plusieurs fois un mouvement de pompe avec le bras. Joe l'Enfumeur, t'es grillé.

— En ce moment, Hamill est en train de discuter avec Monsieur 3F pour obtenir des infos sur le constat d'assurance.

— On va pouvoir choper le Crémateur à temps pour le journal de six heures et quand même arriver à point pour prendre un verre chez Patrick's, exulta Kovac, avec un grand sourire. Cette journée commence à me plaire.

Hamill déboula dans l'appartement en bousculant les gens de l'unité de relèvement.

— Vous n'allez pas y croire, annonça-t-il à la cantonade en s'adressant à l'ensemble de la force d'intervention. Le petit ami de Michèle Fine, c'est Rob Marshall.

— Bon Dieu de merde !

Quinn attrapa Kovac par l'épaule et le poussa vers la porte.

— Il faut que j'aille chez Kate. Donnez-moi les clefs. C'est moi qui conduis.

— Vas-y ! Vas-y !

Angie laissa échapper un long cri convulsé qui résonna aux oreilles de Kate, très loin, comme un gémissement au bout d'un long, d'un très long tunnel. La Zone la surplombait, telle une bouche noire béante. Et de l'autre côté, la Voix avait revêtu une forme.

Espèce de petite roulure, petite conne ! Fais ce que je te dis !

— Je peux pas ! cria-t-elle.

— Vas-y !

La peur lui bloquait la gorge comme une balle de base-ball, la privant d'air, la bâillonnant, l'étouffant.

Personne ne t'aime, petite salope, petite cinglée.

— Tu m'aimes, Michèle, miaula-t-elle, sans savoir si elle avait réellement prononcé ces mots, ou s'ils n'existaient que dans sa tête

— Vas-y !

Vas-y !

Elle avait les yeux baissés sur Kate, fixement.

La Zone passa sur elle. Elle pouvait sentir son souffle chaud. Elle pouvait tomber dedans et ne jamais en ressortir. Elle serait en sûreté.

Elle serait seule. Pour toujours.

— Vas-y !

Tu sais quoi faire, Angel. Fais ce qu'on te dit, Angel.

Elle tremblait de tout son corps.

Lâche.

— Tu peux sauver Michèle, Angie. Fais-le pour Michèle.

Elle avait les yeux baissés sur Kate, à l'endroit de la poitrine où elle était supposée planter le couteau. Tout comme l'avait fait Michèle. Elle avait vu sa sœur le faire. Lui, il l'avait obligée à regarder, pendant qu'ils se tenaient debout tous les deux, chacun d'un côté du corps de la femme morte, poignardant chacun son tour, passant leur pacte, scellant leur lien, se témoignant leur gage d'amour. Ça lui avait fait peur, ça l'avait rendue malade. Michèle avait ri d'elle, et puis elle s'était donnée à lui, pour une séance de sexe.

Rob lui avait fait du mal. Angie le détestait. Michèle aimait Rob. Angie aimait Michèle.

Personne ne t'aime, petite cinglée, petite salope.

C'était tout ce qu'elle avait voulu, toujours, quelqu'un qui se soucie d'elle, quelqu'un qui l'empêche d'être seule. Et tout ce qu'elle avait obtenu, c'était du vice et des sévices. Même de la part de Michèle, qui l'avait empêchée de rester seule. Mais Michèle aimait Angie. Amour, haine. Amour, haine. Amouraine, amouraine, amouraine. Pour elle, il n'y avait pas de ligne de partage entre les deux. Elle aimait Michèle, elle voulait la sauver. Michèle était tout ce qu'elle avait.

— Vas-y ! Tue-la ! Tue-la !

Elle avait les yeux baissés sur Kate, qui tirait sur ses liens, la terreur peinte sur le visage.

« Pourquoi vous faites attention à ce qui m'arrive ? »

« Parce que personne d'autre n'y fait attention. »

— Je suis désolée, pleurnicha-t-elle.

— Angie, non !

— Poignarde-la. Tout de suite !

En elle, la tension était intolérable. La pression qui s'exerçait de l'extérieur l'était encore plus. Ses os allaient céder, le poids de cette tension l'écraser, la Zone aspirer tout ce désordre et enfin elle serait partie pour toujours...

Peut-être cela vaudrait-il aussi bien. Au moins, alors, elle ne ferait plus de mal à personne.

— Fais-le ou je laisse ta salope de sœur, ta putain de sœur crever ! hurla-t-il. Fais-le ou j'achève Michèle devant toi ! Vas-y !

Elle aimait sa sœur. Sa sœur, elle pouvait la sauver. Elle leva son couteau.

— Non !

Kate inspira un grand coup et s'arc-bouta, sans quitter Angie des yeux une seule seconde.

La jeune fille laissa échapper un cri perçant, surnaturel, tout en levant le couteau de boucher à deux mains, au-dessus de sa tête, puis elle fit pivoter son corps et plongea le couteau dans le cou de Rob Marshall.

Elle retira la lame d'un coup sec. Du sang jaillit en geyser. Du sang sur le mur, sur la table, sur Kate, aspergeant tout comme une bouche d'incendie ouverte. Rob partit en arrière, stupéfait, agrippant sa blessure, du sang s'échappant entre ses doigts à gros bouillons.

Angie continuait de crier, plongeant à nouveau son couteau, lui lardant la main, lui lardant la poitrine. Il titubait à reculons, essayant de s'échapper. Elle le suivit. Il appela à l'aide, la supplia d'avoir pitié et s'étouffa dans son propre sang, avec un gargouillement au fond de la gorge. Ses genoux se dérobèrent et il s'écroula contre le sèche-linge, heurtant dans sa chute le chandelier qui tomba par terre.

C'est alors qu'Angie recula et le scruta fixement un moment, comme si elle n'avait aucune idée de qui était cet homme ni de la raison pour laquelle il gisait sur le sol, son sang en train de se vider de lui dans les gargouillements et les hoquets. Ensuite elle regarda le couteau, dégouttant de sang, ses mains, poisseuses de sang, et lentement elle se retourna vers Kate.

Quinn conduisait sans respecter ni les lois de la physique ni le code de la route, en proie à une sensation de panique qui lui nouait les entrailles. Arc-bouté, Kovac tenait bon, tout en poussant des cris quand Quinn frôlait de trop près les voitures entre lesquelles il se faufilait avec la Caprice.

— S'il est malin, il a déjà déguerpi de la ville, grogna Kovac.

— Être malin ou pas, ça n'entre pas en ligne de compte, répliqua Quinn en couvrant le rugissement du moteur. Il a amené Kate à entrer dans l'affaire, cela faisait partie de son jeu. Il a tué Mélanie Hessler parce qu'elle était une cliente de Kate. Il a laissé une carte de visite à sa façon dans le garage de Kate l'autre soir. Il ne quittera pas la ville sans apurer les comptes entre eux.

Lorsque la voiture effectua un dérapage contrôlé avant de freiner devant la maison de Kate, il eut le temps de voir la lumière allumée dans l'entrée. Elle brillait faiblement au travers des voilages de ces foutues lucarnes latérales qu'elle aurait été mieux inspirée de supprimer. Quinn passa au point mort avant que la voiture ait totalement stoppé, et le moteur émit un bruit menaçant. Il sauta hors du véhicule avant même que ce dernier ait achevé son mouvement de tangage et se précipita vers la maison tandis qu'un tandem de voitures radio s'engouffrait dans la rue toutes sirènes hurlantes. Il se rua sur le perron et cogna à la porte, essayant d'actionner la poignée. Fermée à clef.

— Kate ! Kate !

Il appuya le visage contre la vitre de l'une des deux lucarnes. La table de l'entrée était de guingois. Divers objets s'étaient renversés dessus, ou bien en étaient tombés. Le tapis était de travers.

— Kate !

Le hurlement qui lui parvint de quelque part dans la maison le transperça comme un morceau d'acier.

— Non !

Quinn empoigna la boîte aux lettres, l'arracha du mur, et fracassa la lucarne au moment même où Kovac grimpait à son tour l'escalier du perron quatre à quatre, au pas de course. Quelques secondes plus tard, ils étaient à l'intérieur. Les yeux de Quinn se posèrent sur une tache de sang qui maculait le mur à proximité du bureau de Kate.

— Kate !

Le cri de Kate monta de quelque part dans les profondeurs de la maison.

— Angie ! NON !

Angie tournait et retournait le couteau dans ses mains ensanglantées, en fixant la lame du regard. Elle laissait l'extrémité effleurer la peau fragile de son poignet.

— Angie, non ! hurla Kate, en tirant sur les liens qui l'entravaient. Ne fais pas ça ! Je t'en prie, ne fais pas ça ! Coupe-moi ces liens. Ensuite on te trouvera de l'aide.

Elle ne pouvait voir Rob, mais elle savait qu'il gisait, moribond, sur le sol près du sèche-linge. Il avait fait basculer le chandelier en s'écroulant et les flammes avaient trouvé à s'alimenter du peu d'essence qu'il avait dû renverser un peu partout pendant que Kate avait perdu connaissance. L'essence s'enflamma avec un *whoosh*.

Le feu allait remonter la traînée d'essence. Le sous-sol était bourré à craquer de toutes sortes de substances susceptibles de servir de combustible — de boîtes remplies du fouillis que ses parents avaient conservé puis abandonné là, d'innombrables bricoles qu'elle avait eu l'intention de jeter sans jamais s'y résoudre, sans compter les inévitables pots de peinture à moitié vides et autres produits chimiques dangereux.

— Angie. Angie ! répéta Kate, en essayant d'attirer l'attention de la jeune fille.

Angie, qui se tenait là, debout, regardant sa propre mort en face.

— Michèle ne va pas m'aimer, murmura-t-elle, en baissant les yeux sur l'homme qu'elle venait à peine de tuer.

Elle donnait l'impression d'être désorientée par ses propres gestes, comme une petite enfant qui a écrit au feutre sur le mur, avant de comprendre que cela allait entraîner des conséquences désagréables.

— Kate !

Le hurlement de Quinn résonna au-dessus d'elle. Angie ne sembla pas entendre ces hurlements ni le grondement des pas, masculins et puissants. Elle appuya la lame du couteau dans le sens de la longueur contre l'ombre bleutée d'une veine de son poignet.

— Kate !

Elle essaya de hurler à son tour : « Au sous-sol ! », mais sa voix se figea, et elle s'entendit à peine elle-même. Les flammes gagnèrent un carton de vêtements qu'elle avait destinés, curieuse coïncidence, au Phœnix, et une vive boule de feu se propagea, près, bien trop près de la table. Kate tira d'un coup sec sur ses liens, ne réussissant qu'à les resserrer un peu plus autour de ses poignets et de ses chevilles. Elle était en train de perdre toute sensibilité dans les mains.

Elle tenta de s'éclaircir la gorge pour parler. De la fumée s'échappait des cartons en volutes épaisses et noires.

— Angie, aide-moi. Aide-moi et je t'aiderai. Ça te va, comme marché ?

La jeune fille dévisageait le couteau.

Le détecteur de fumée du haut de l'escalier se déclencha enfin, un mugissement retentit, et le tonnerre des pas masculins l'atteignit.

Angie appuya la lame plus fermement contre son poignet. De minuscules gouttelettes de sang perlèrent à la surface de l'acier comme de petits joyaux sur un bracelet.

512

— Non, Angie, je t'en prie, chuchota Kate, en sachant que la jeune fille ne l'aurait pas entendue même si elle avait hurlé.

Angie posa le regard droit sur elle, les yeux dans les yeux, et pour la première fois depuis que Kate l'avait rencontrée elle eut exactement l'air de ce qu'elle était : une enfant. Une enfant que personne n'avait jamais désirée, que personne n'avait jamais aimée.

— Je fais du mal, dit-elle.

— Appelez les pompiers ! hurla Quinn en haut des marches. Kate !

— Joh...

Sa voix se fêla et elle se mit à tousser. La fumée roulait le long du plafond en direction de la cage d'escalier et de cet appel d'air frais.

— Kate !

Quinn passa le premier, descendit l'escalier armé d'un 38 que Kovac lui avait prêté, sa peur annulant toutes les règles connues de procédure. Lorsqu'il se laissa tomber à terre, tapi au-dessous du nuage de fumée, c'est Kate qui attira immédiatement son attention, Kate, pieds et mains ligotés sur une table, son sweater découpé, ouvert, une mare de sang lui baignant le buste. Et puis son attention se porta sur la jeune fille qui se tenait à côté de la table : Angie Di Marco avec un couteau de boucherie entre les mains.

— Angie, lâchez ce couteau ! hurla-t-il.

La jeune fille leva les yeux sur lui, la lumière dans son regard s'estompa.

— Personne ne m'aime, lâcha-t-elle, et d'un seul mouvement vif, elle s'entailla le poignet jusqu'à l'os.

— NON ! cria Kate.

— Seigneur !

Quinn se rua à travers la pièce, pistolet braqué.

Angie se laissa choir sur les genoux, tandis que le sang s'échappait de son bras en bouillonnant. Le couteau tomba par terre. Quinn l'envoya balader d'un coup de pied et se laissa tomber à genoux, à son tour, en se saisissant du bras de la jeune fille, avec une poigne digne d'une clef à molette. Du sang lui dégoulina entre les doigts. Angie s'affaissa contre lui.

Kate observait la scène muette d'horreur, sans même se rendre compte que Kovac était en train de couper ses liens. Elle roula de la table, sur ses pieds, qu'elle était incapable de sentir désormais, et s'écroula comme une poupée de chiffon. Elle dut ramper à quatre pattes jusqu'à Angie. Ses mains étaient aussi inutiles que des massues, enflées et violettes, et elle ne parvenait plus à remuer les doigts. Et pourtant, elle entoura la jeune fille de ses bras.

— Il faut qu'on sorte d'ici ! hurla Quinn.

Le feu avait commencé à lécher les marches de l'escalier. Un officier de police en uniforme les refoula à coup d'extincteur. Mais ce dernier eut beau étouffer les flammes qui remontaient l'escalier, le feu se propagea de proche en proche dans le sous-sol, en sillonnant en suivant la traînée d'essence, embrasant sur son passage tout ce qui était combustible.

Quinn et un policier en uniforme portèrent Angie en haut de l'escalier du sous-sol afin de l'évacuer par la porte de derrière. Des sirènes hurlaient dans la rue, mais elles étaient encore à deux pâtés de maisons de là. Quinn confia la jeune fille au policier en uniforme et retourna en courant à l'intérieur de la maison, à l'instant où Kovac sortait, Kate lourdement appuyée contre lui, tous deux secoués d'une quinte de toux tandis que la fumée noire s'élevait en volutes derrière eux, une fumée âcre, imprégnée d'une odeur de produits chimiques.

— Kate !

Elle s'effondra contre lui et il la recueillit dans ses bras, la soutint.

— Je retourne chercher Marshall ! hurla Kovac pour couvrir le rugissement des flammes.

Le feu était remonté, il avait traversé le sol du rez-de-chaussée et trouvé la véritable rivière d'essence que Rob avait versée à travers toute la maison.

— Il est mort ! beugla Kate, mais Kovac était déjà parti. Sam !

L'un des policiers en uniforme se précipita à sa suite.

Les sirènes retentirent sur le devant de la maison, les camions des pompiers fonçant à toute allure dans la rue étroite. Kate dans les bras, Quinn négocia la descente de l'escalier de derrière et se précipita sur le côté de la maison pour rejoindre le jardin du devant, côté boulevard. Il l'allongea sur la banquette arrière de la voiture de Kovac, juste à l'instant où une détonation secouait les entrailles de la maison, faisant exploser les fenêtres du premier étage. Kovac et le policier en uniforme s'écartèrent en titubant de l'angle arrière de la maison et tombèrent à quatre pattes dans la neige. Des pompiers et des ambulanciers se précipitèrent vers eux et vers la bâtisse.

— Est-ce que ça va, Kate ? lui demanda Quinn, en la regardant dans les yeux, les doigts enfoncés dans la chair de ses épaules.

Kate leva les yeux sur la maison, sur les flammes bien visibles à présent par les fenêtres du premier. Derrière la voiture de Kovac, on était en train d'installer Angie à bord d'une ambulance. La terreur, la panique qu'elle avait combattues pour les tenir en lisière durant son supplice frappèrent Kate à retardement, telle une vague, de plein fouet.

Elle se retourna vers Quinn, tremblant de tous ses membres.

— Non, chuchota-t-elle, un flot de larmes lui noyant les yeux.

Il la serra dans ses bras et la tint blottie contre lui.

39.

— Je ne l'ai jamais apprécié, déclara Yvonne Vetter au policier en uniforme qui montait la garde devant la porte du garage de Rob Marshall. (Elle était emmitouflée dans un manteau en lainage tout pelucheux qui lui donnait un air mal fagoté et regardait le flic du coin de l'œil, son visage rond et amer penché, une mimique oblique sous un béret rouge, accessoire aussi déluré qu'incongru chez un tel personnage.) J'ai appelé votre ligne ouverte plusieurs fois, oui, plusieurs fois. À mon avis, il a dû cannibaliser ma Bitsy.

— Votre quoi, m'dame ?

— Ma Bitsy. Mon adorable petite chienne !

— Est-ce qu'il ne l'aurait pas plutôt « animalisée » ? hasarda Tippen.

Liska lui flanqua un coup sur le bras.

La force d'intervention entra jeter un premier coup d'œil à la chambre des horreurs de Rob avant que ne débute la récolte des pièces à conviction. Les opérateurs vidéo leur emboîtèrent le pas. Alors qu'ils pénétraient dans la maison, les équipes des médias pilaient déjà le long des trottoirs des deux côtés de la rue.

C'était une jolie maison dans une rue tranquille, dans un quartier tranquille. Un terrain de dimensions inhabituelles, planté d'arbres, à proximité d'un des lacs les plus fréquentés des cités jumelles. Un sous-sol magnifiquement aménagé. Le genre d'affaire à faire saliver les agents immobiliers, n'était le fait gênant que Rob Marshall y avait torturé et assassiné au moins quatre femmes.

Ils commencèrent par le sous-sol, où ils tombèrent en premier lieu sur une salle audio-vidéo équipée de plusieurs télévisions, magnétoscopes, matériel stéréo, avec une bibliothèque où s'alignaient des rangées de cassettes audio et vidéo.

Tippen se tourna vers l'opérateur vidéo.

— Ne filmez pas encore la chaîne stéréo. J'ai vraiment besoin d'un nouveau tuner et d'un nouveau lecteur de cassettes.

Immédiatement, l'opérateur vidéo braqua sa caméra sur les appareils d'enregistrement.

Tippen leva les yeux au ciel.

— C'était une blague, bon sang. Vous autres, les crânes d'œuf de la technique, vous n'avez aucun sens de l'humour.

Le cameraman braqua alors son objectif sur le derrière de Tippen qui s'éloignait.

Un mannequin sans tête était placé dans un coin de la pièce, affublé d'un soutien-gorge transparent en dentelle noire trop juste et d'une minijupe mauve en lurex.

— Hé ! Fée Clochette, ici, tu pourrais te ramasser de nouvelles tenues, lança Tippen, écarquillant les yeux sur une matière résiduelle d'aspect poisseux collée à hauteur des épaules du mannequin.

Peut-être du sang mélangé à un autre liquide de couleur plus claire.

Liska continua vers le bout du couloir, contrôlant au passage un débarras. Ses deux garçons auraient adoré cette maison. Ils rêvaient d'avoir une maison comme celle de leur ami Mark, avec une grande salle de jeux au sous-sol — où ils pourraient échapper à la surveillance de Maman —, pourvue d'une table de billard et d'une télé écran géant.

Une table de billard, il y en avait une dans la pièce située tout au fond du couloir. Elle était drapée de plastique blanc maculé de sang, et un corps était étendu dessus. Une odeur lourde de sang, d'urine, et d'excréments flottait dans l'air. La puanteur de la mort violente.

— Tippen ! aboya Liska, en fonçant vers la table.

Michèle Fine était étendue, tordue selon un angle bizarre, sur le dos, fixant du regard la lumière qui lui éblouissait la figure. Ses yeux qui ne clignaient pas avaient le regard vitreux d'un cadavre. La bouche béante, une traînée de bave blanche incrustée jusqu'au bas du menton. Les lèvres remuaient encore, à peine.

Liska se pencha sur elle, posant deux doigts contre le cou de Fine, sur le côté, pour sentir son pouls, sans parvenir à rien déceler.

— ... dez... moi... dez... moi...

Des bribes de mots portées par un souffle imperceptible.

Tippen entra au trot et se figea sur place.

— Merde.

— Trouve une ambulance, ordonna Liska. Il se peut qu'elle vive assez longtemps pour nous raconter toute l'histoire.

40.

— Je ne voulais pas l'aider, déclara Angie à voix basse.

Elle parlait d'une voix qui ne lui ressemblait pas. Ses pensées dérivaient sur un nuage, dans sa cervelle embrumée de médicaments. Cette voix ressemblait à la petite fille qu'elle abritait en elle, celle qu'elle avait toujours tenté de dissimuler, de protéger. Elle regardait fixement le bandage de son bras gauche, avec le désir de l'arracher et de faire saigner la blessure, ce désir persistant, menaçant, inscrit sur la face cachée de son âme.

— Je ne voulais pas faire ce qu'il me disait.

Elle s'attendait à ce que la Voix ricane devant elle, mais la Voix demeurait étrangement silencieuse. Elle s'était attendue à ce que la Zone fonde sur elle depuis les tréfonds, mais les médicaments refoulaient la Zone.

Elle était assise à une table dans une pièce qui n'était pas censée donner l'impression de faire partie d'un service hospitalier. Elle portait une robe imprimée bleue à manches courtes, qui exposait aux yeux de tous ses bras minces et balafrés de cicatrices. Elle contempla ses cicatrices, alignées les unes à côté des autres, comme les barreaux à la porte d'une cellule. Des marques qu'elle avait gravées dans sa propre chair. Un rappel permanent, afin de lui interdire de jamais oublier exactement qui elle était et ce qu'elle était.

— Est-ce Rob Marshall qui t'a emmenée dans le parc cette nuit-là, Angie ? lui demanda tranquillement Kate. (Elle aussi était assise à la table, à côté d'Angie, son siège tourné vers la jeune fille, de manière à lui faire face.) C'était lui, le micheton dont tu m'avais parlé ?

Angie répondit d'un hochement de tête, le regard toujours baissé sur ses cicatrices.

— Son Grand Plan, murmura-t-elle.

Elle aurait aimé que les médicaments noient ses souvenirs de brume, mais les images demeuraient parfaitement claires dans sa tête, aussi claires que si elle les avait regardées à la télévision. Assise à bord du 4 × 4, sachant que le corps de cette femme morte se trouvait à l'arrière, sachant que l'homme qui était au volant l'avait tuée, et que Michèle avait trempé là-dedans elle aussi. Elle les revoyait en train de poignarder cette femme, encore et encore, elle revoyait l'excitation proprement sexuelle croître en eux deux à chaque coup de couteau. C'était après que Michèle avait donné Angie à Rob, et cette même nuit il l'avait prise de nouveau dans le parc, excité par la présence de cette femme morte dans le coffre de la voiture et par la mise en œuvre de son Grand Plan.

— J'étais supposée faire la description de quelqu'un d'autre.

— En guise de tueur ? demanda Kate.

— Quelqu'un qu'il avait inventé de toutes pièces. Tous ces détails. Il me les avait fait répéter, tous ces détails, encore et encore.

Angie tira sur un fil qui dépassait de son bandage, espérant que du sang allait suinter à travers les couches de gaze blanche. Cette vision la réconforterait, la soulagerait un tant soit peu, parce que se trouver assise à côté de Kate, pour elle, c'était terrible. Après tout ce qui s'était passé, elle était incapable de la regarder en face.

— Je le hais.

Encore au présent, songea Kate. Comme si elle ne savait pas qu'il était mort, qu'elle l'avait tué. Peut-être n'avait-elle rien fait. Peut-être son esprit lui accorderait-il cette unique consolation.

— Moi aussi, je le hais, murmura Kate.

Les éléments en provenance du Wisconsin au sujet de Rob et des sœurs Finlow étaient en train de se faire jour peu à peu, et de s'assembler pour former l'une de ces histoires effroyables et sordides dont l'Amérique recueillait tous les soirs de nouveaux épisodes à l'heure des journaux télévisés. Le caractère particulièrement atroce de ce couple d'amants-tueurs et la chute d'un milliardaire, voilà des appâts qui étaient évidemment susceptibles de faire grimper l'audimat. Michèle Finlow, qui avait survécu une dizaine d'heures après avoir été découverte dans le sous-sol de Rob, avait elle-même rempli certains des blancs. Et Angie allait fournir les quelques fragments que son esprit lui autoriserait de réunir.

Filles de deux pères différents et d'une mère affligée d'un passé de surconsommation de médicaments, avec la misère familiale généralement liée à ce type de situation, Michèle et Angie avaient passé leur temps à faire des allers et retours entre leur foyer et les services de protection de l'enfance, sans jamais trouver quiconque capable de leur dispenser l'attention dont elles avaient grand besoin. Deux enfants tombées dans les failles d'un système qui, dans la meilleure des hypothèses, ne valait de toute façon pas grand-chose. Les deux jeunes filles conservaient des casiers judiciaires de mineures, Michèle ayant été, pour sa part, plus fortement sujette, et depuis plus longtemps, à des comportements violents.

Kate avait lu les comptes rendus de presse de l'incendie qui avait tué la mère et le beau-père. Dans cette affaire, les enquêteurs étaient généralement tombés d'accord pour estimer que c'était l'une des deux jeunes filles, voire les deux, qui avait allumé cet incendie, mais on n'avait pas réuni suffisamment de preuves pour être en mesure de saisir un tribunal. Un témoin s'était rappelé avoir vu Michèle attendre tranquillement debout dans la cour pendant que la maison brûlait, à écouter les cris des deux personnes prises au piège à l'intérieur. En fait, postée trop près d'une fenêtre, elle avait elle-même été brûlée après l'éclatement d'une vitre, lorsque le feu avait déboulé au-dehors. C'était cette affaire qui avait introduit Rob Marshall dans leur existence à toutes les deux, par l'intermédiaire du système judiciaire. Et c'était Rob qui avait amené les deux jeunes filles à Minneapolis.

L'amour. Du moins était-ce ainsi que Michèle avait nommé ce qu'elle avait éprouvé, même si l'on pouvait raisonnablement douter qu'elle ait réellement saisi la signification de ce mot. Un homme amoureux n'abandonnait pas sa compagne pour la laisser mourir d'une mort horrible, seule dans un sous-sol, pendant qu'il battait la campagne — et pourtant c'était exactement ainsi qu'avait agi Rob.

La balle de Peter Bondurant avait atteint Michèle dans le dos, lui sectionnant la moelle épinière. Rob, qui avait observé la scène à distance, avait attendu que Bondurant s'en aille, puis il l'avait ramassée et l'avait ramenée chez lui. Tout blessé par balle confié à un service d'urgence devait faire l'objet d'un rapport auprès des services de police. Rob n'avait eu aucune envie de courir ce risque, fût-ce en l'occurrence pour sauver la vie de cette femme qu'il prétendait aimer.

Il l'avait abandonnée là, sur cette table, où ils s'étaient adonnés à leurs fantasmes sadiques et pathologiques. Où ils avaient tué quatre femmes. Abandonnée là, paralysée, à se vider de son sang, en état de choc, mourante. Il ne s'était même pas soucié de la recouvrir d'une couverture. L'argent de la rançon avait été récupéré dans la voiture de Rob.

Selon Michèle, Rob avait développé une fixation sur Jillian par jalousie, mais Michèle l'en avait détourné. Là-dessus, en cette nuit fatidique du vendredi, Jillian avait appelé d'une cabine téléphonique, parce que la batterie de son portable était à plat. Elle avait envie de parler de la dispute qu'elle venait d'avoir avec son père. Elle avait besoin du soutien d'une amie. Et son amie l'avait remise entre les mains de Rob Marshall.

— Michèle l'aime, expliqua Angie, en tirant sur le bandage.

Ses lèvres se froncèrent, et elle ajouta :

— Plus que moi.

Mais Michèle était tout ce qu'elle avait, sa seule famille, sa mère de substitution, et donc elle avait fait tout ce que sa sœur avait exigé d'elle. Kate se demanda ce qui se produirait dans la tête d'Angie quand on lui annoncerait finalement que Michèle était morte, et qu'elle était seule — la chose qu'elle redoutait le plus.

Il y eut un léger grattement à la porte, pour signifier à Kate que le temps alloué au visiteur était écoulé. Quand elle sortirait d'ici, elle serait mise sur le gril par les gens qui étaient assis de l'autre côté de la glace sans tain destinée à la surveillance de la pièce, Sabin, le lieutenant Fowler, Gary Yurek et Kovac — de retour en grâce après avoir fait la une des journaux en qualité de héros lors de l'incendie de la maison de Kate : une photo de Quinn et lui en train de la porter à l'extérieur par la porte de derrière de son domicile avait eu les honneurs de la une des deux journaux des cités jumelles et de *Newsweek*. Ils croyaient que si elle avait accepté de venir ici, c'était pour accéder à leur demande. Mais elle n'avait pas posé à Angie les questions qu'ils lui avaient soufflées, et elle n'avait pas insisté pour obtenir des réponses. Elle ne s'était pas rendue dans ce service psychiatrique sous bonne escorte pour exploiter Angie Finlow. Elle n'était pas venue en tant qu'avocate rendant visite à une cliente. Elle était venue voir quelqu'un avec qui elle avait partagé un supplice. Quelqu'un dont la vie était désormais liée à la sienne pour toujours, comme personne d'autre ne le serait jamais.

Elle tendit la main le long de la table et toucha celle d'Angie, essayant de la maintenir dans le présent, dans l'instant. Ses propres mains étaient encore décolorées et enflées, les marques de ligature sur ses poignets recouvertes de bandages d'une blancheur virginale. Trois jours s'étaient écoulés depuis l'horreur dont sa maison avait été le théâtre.

— Tu n'es pas seule, fillette, chuchota Kate avec douceur. Tu ne peux quand même pas me sauver la vie et puis t'envoler de nouveau. Je vais garder l'œil sur toi. Tiens, voici un petit quelque chose pour te le rappeler.

Avec l'adresse d'une magicienne, elle glissa l'objet dans la main d'Angie. Le minuscule ange de terre cuite qu'Angie avait dérobé sur son bureau, puis oublié derrière elle au Phœnix.

Angie regarda fixement la statuette, un ange gardien dans un monde où il n'en existait pas réellement — du moins était-ce ce qu'elle avait toujours pensé. Or elle sentit monter en elle un besoin d'y croire si puissant que cela la terrifia, et elle battit en retraite, dans la part d'ombre de son âme, pour échapper à cette peur. Il valait mieux ne croire en rien plutôt que d'attendre une déception inévitable qui tomberait comme un couperet.

Elle referma la main sur la statuette comme s'il s'agissait d'un secret. Elle ferma les yeux et cadenassa son esprit, sans même prendre conscience des larmes qui lui coulaient sur les joues.

Kate cligna des yeux pour refouler ses propres larmes tout en se relevant lentement, avec précaution. Elle caressa les cheveux d'Angie, se pencha et déposa le plus doux des baisers sur son front.

— Je vais revenir te voir, chuchota-t-elle, et puis elle reprit ses béquilles et se dirigea clopin-clopant vers la porte, en marmonnant. J'ai vaguement l'impression qu'il va peut-être falloir que j'arrête de dire que je ne veux pas m'occuper des gamins, après tout.

À cette idée, elle fut submergée par une vague d'émotion qu'elle n'avait tout simplement pas la force d'affronter. Fort heureusement, elle aurait une flopée de lendemains pour travailler sur ces sortes d'émotions-là.

Comme elle sortait dans le hall, la porte de la pièce de surveillance située derrière le miroir sans tain s'ouvrit et Sabin, Fowler et Yurek firent irruption, l'air contrarié. Kovac les suivait avec un sourire qui voulait dire : regardez-moi ces clowns. Au même moment, un homme de type méditerranéen, petit, élégant, vêtu d'un costume gris anthracite à trois mille cinq cents dollars remonta le couloir dans leur direction, tout feu tout flamme, flanqué de Lucas Brandt. Il avait l'air contrarié.

— Vous avez parlé avec cette fille sans la présence de son conseil ? s'indigna-t-il.

Kate lui lâcha un regard glacial.

— Vous ne pouvez pas procéder de la sorte tant que son implication n'a pas été clairement prouvée, avertit Brandt en s'adressant à Sabin.

— Ne m'expliquez pas comment je dois accomplir mon boulot. (Sabin rentra les épaules comme s'il allait faire parler ses poings.) Que fabriquez-vous ici, Costello ?

— Je suis ici pour représenter Angie Finlow, sur la requête de Peter Bondurant.

Anthony Costello, ce déchet à la solde des gens riches et célèbres. Kate en rit presque. Juste au moment où elle se disait que rien ne pourrait plus l'étonner... Peter Bondurant payant le conseil juridique d'Angie. À titre de dédommagement pour avoir abattu sa sœur d'un coup de pistolet dans le dos ? Une judicieuse opération de relations publiques pour un homme qui allait également se retrouver au banc des accusés, sous le coup de ses propres chefs d'inculpation ? Ou peut-être voulait-il simplement rattraper le gâchis qu'était devenu la vie de sa fille en aidant Angie à se sortir à son tour du gâchis que son existence avait toujours été. Karma.

— Tout ce qu'elle vous a déclaré est confidentiel, lui lança Costello d'un ton peu amène.

— Je suis juste venue rendre visite à une amie, lui répliqua Kate, en s'éloignant, clopin-clopant, pour laisser ces messieurs se dépatouiller entre hommes.

Un numéro supplémentaire pour le cirque des médias.

— Hé ! Red !

Elle se retourna et s'arrêta, tandis que Kovac la rattrapait. Il avait l'air d'un type qui se serait endormi sur une plage en plein midi. Son visage était rouge vif, comme victime d'un mauvais coup de soleil. Ses sourcils ratiboisés formaient une paire de pâles traits d'union. La moustache obligée du flic n'était plus qu'un souvenir, ce qui lui laissait le visage nu, le rendant plus juvénile.

— Comment tu les trouves, ces mecs ? croassa-t-il, en réprimant une quinte de toux.

Les séquelles de l'inhalation de fumée.

— De plus en plus bizarroïdes.

— Quinn n'est pas encore de retour ?

— Demain.

Il était reparti pour Quantico, histoire de boucler le dossier et de déposer son premier congé depuis cinq ans — à l'occasion de Thanksgiving.

— Alors tu viens ce soir ?

Kate fit grise mine.

— Je ne pense pas, Sam. Je ne me sens pas d'humeur très sociable.

— Kate, insista-t-il avec un grognement désapprobateur. C'est un réveillon avec dinde ! C'est moi qui officie, bordel de nom de Dieu ! On a un tas de choses à fêter.

Exact, mais ripailler dans l'enthousiasme autour d'un poulet caoutchouteux en compagnie d'une troupe de flics et d'employés du tribunal, tous ivres, ce n'était pas trop sa tasse de thé. Après tout ce qui s'était passé, après les médias qu'elle avait dû affronter au cours de ces derniers jours, sacrifier aux relations sociales était bien la dernière chose dont elle avait envie.

— Je verrai bien tout ça aux infos, lui répondit-elle.

Un soupir de résignation souleva la poitrine de Kovac, et il revint aux raisons qui l'avaient amené à se détacher de la petite cohorte des officiels.

— Pour une affaire, c'était une putain d'affaire. T'as tenu ton rôle, Red. (Une esquisse de sourire, son grand sourire désabusé, lui fendit la bouche de biais.) Pour une civile, t'es cool.

Kate lui répondit d'un large sourire.

— Va te faire foutre, Kojak. (Et puis elle se rapprocha, en sautillant, se pencha en avant et l'embrassa sur la joue.) Merci de m'avoir sauvé la vie.

— Quand tu veux.

Un front chaud avait investi le Minnesota depuis la veille, apportant le soleil et des températures frisant les dix degrés. La neige avait presque fondu, exposant de nouveau à l'air libre des pelouses mortes et jaunies, des buissons effeuillés et de la boue. Toujours trop conscients de la longueur de l'hiver une fois que ce dernier s'était installé pour de bon, les citoyens de Minneapolis avaient émergé de leur hibernation précoce sur des bicyclettes et des rollers. De petits pelotons de vieilles dames à la démarche vigoureuse, en chemin pour le lac, s'attroupaient au bout du pâté de maisons de Kate, ralentissant pour caqueter à la vue de la demeure à l'extérieur tout noirci.

Pour l'essentiel, les dégâts s'étaient limités au sous-sol et au premier étage. La maison allait être sauvée, réparée, remise en état, et, chaque fois qu'elle aurait à descendre dans ce sous-sol, elle tâcherait de ne pas trop penser à ce qui s'était passé là. Elle essaierait de ne pas rester debout devant la machine à laver en revoyant l'image de Rob Marshall mort, brûlé, jusqu'à ce qu'il ne reste plus de lui qu'une masse noire carbonisée sur le sol.

Elle avait des tâches plus rudes devant elle que celle de se choisir de nouveaux placards de cuisine.

Kate se fraya un chemin au milieu du fatras calciné, jadis son premier étage. Un copain de Kovac, qui avait déjà mené beaucoup d'enquêtes sur des incendies criminels, avait passé la charpente de la maison au crible pour elle, et lui avait indiqué où elle pouvait et où elle ne pouvait pas aller, ce qu'elle devait ou ne devait pas faire. Elle portait le casque jaune de chantier qu'il lui avait donné pour se protéger d'éventuelles chutes de gravats. À un pied, elle portait une botte d'excursion à l'épaisse semelle. Par-dessus les bandages de l'autre pied, elle avait enfilé une grosse chaussette de laine et un sac poubelle en épais plastique.

Elle tria dans les débris, au moyen de pincettes à long manche, à la recherche des objets qu'il valait la peine de conserver. Ce travail la déprimait au-delà des larmes. Même en dépit de l'arrivée très prompte des pompiers, l'explosion de la peinture et des solvants dans le sous-sol avait endommagé la plus grande partie du premier étage. Et ce que le feu n'avait pas abîmé, les lances à incendie s'en étaient chargées.

Elle ne se souciait guère de la perte de ses biens ordinaires. Elle pouvait s'acheter une autre télévision. Un canapé, ce n'était qu'un canapé. Sa garde-robe avait été endommagée par la fumée, mais l'assurance lui en paierait une autre. C'était la perte des objets fortement ancrés dans ses souvenirs qui lui faisait mal. Elle avait grandi dans cette maison. Cette chose qui ressemblait désormais à deux souches d'arbre brûlées, c'était le bureau de son père. Elle se souvenait comme si c'était hier des fois où elle s'était faufilée par en dessous, dans l'espace entre les deux caissons de ce bureau, lors de parties de cache-cache avec sa sœur. Le rocking-chair du salon avait appartenu à sa grand-tante. Des albums de photos renfermant un trésor de souvenirs, les souvenirs d'une vie entière, avaient brûlé, fondu, ou bien avaient été détrempés, avant de geler et de dégeler, à cause de la neige carbonique.

Elle ramassa ce qui subsistait d'un album de photos d'Emily et commença à le feuilleter, les larmes lui venant à mesure qu'elle se rendait compte que ces photographies étaient presque détruites. C'était comme perdre son enfant de nouveau, plus complètement.

Elle referma l'album et le serra contre sa poitrine, en regardant autour d'elle, à travers un brouillard de larmes, cet espace dévasté. Peut-être n'était-ce pas le bon jour pour entamer ces rangements. Hier, au téléphone, Quinn avait essayé de l'en détourner. Elle avait soutenu qu'elle se sentait assez forte, qu'elle avait besoin de se lancer dans quelque chose de positif.

Mais elle n'était pas assez forte. Elle n'avait pas cette force-là. Elle se sentait trop à vif, trop fatiguée, trop chamboulée. Il lui semblait avoir perdu bien plus de choses encore que ce que le feu lui avait soustrait. Sa foi dans son jugement avait été ébranlée. Son ordre du monde avait été renversé. Elle conservait très fortement le sentiment qu'elle aurait dû être en mesure de prévenir ce qui était arrivé.

La malédiction de la victime. Comprenant ses propres faits et gestes, mais après coup. Haïssant ce monde débridé, sans frein d'aucune sorte, qui l'environnait. Toute l'épreuve se résumait en ces termes : était-on capable de prendre de la hauteur vis-à-vis de ce monde-là, de se hisser pour le laisser derrière soi, et, grâce à l'expérience, de grandir ?

Elle emporta l'album de photos dehors et le déposa dans un carton sur l'escalier de derrière. Le jardin situé sur l'arrière de la maison baignait dans une lumière jaune orangé, tandis que le soleil commençait déjà doucement de décliner. En cette saison, la lumière granuleuse tombait comme une brume sur le jardin, dans l'angle opposé du terrain, son jardin que l'hiver avait tué, ainsi qu'une statue qu'elle avait oubliée de mettre à l'abri pour la mauvaise saison — une fée reposant sur un piédestal, en train de lire un livre. Sans rien d'autre, tout autour, que des tiges de plantes mortes, cette statue semblait trop exposée, trop vulnérable. Irrésistiblement, Kate éprouva l'étrange besoin de la prendre et de la tenir dans ses bras comme une enfant. De la protéger.

Une nouvelle vague d'émotion lui fit monter les larmes aux yeux lorsqu'elle resongea à Angie, l'air si petite, si jeune et si perdue, assise dans sa chemise de nuit d'hôpital trop grande pour elle, son regard fixé sur cette minuscule statuette d'angelot, au creux de sa main.

Une portière de voiture claqua sur le devant et elle jeta un œil à la dérobée, vers l'angle de la maison, pour voir Quinn qui s'éloignait d'un taxi. Instantanément, à cette vision, son cœur cogna dans sa poitrine, bouleversé par son allure, sa manière de bouger, le froncement de ses rides lorsqu'il leva les yeux sur la maison sans se rendre compte qu'elle-même était en train de l'observer. Et tout aussi instantanément, ses nerfs se nouèrent.

Ils ne s'étaient pas beaucoup vus, au cours des journées qui avaient suivi l'incendie. Boucler l'affaire avait pris l'essentiel du temps de Quinn. Il avait été très demandé par les médias, qui avaient insisté pour en ressasser, en analyser encore et encore tous les aspects. Et puis il y avait eu les convocations officielles à Quantico, où plusieurs affaires étaient en train de connaître simultanément un dénouement. Même leurs conversations téléphoniques avaient été brèves, et tous deux avaient esquivé les grandes questions concernant leur relation. C'était l'affaire qui l'avait amené à Minneapolis. L'affaire qui les avait réunis. L'affaire était terminée. Et maintenant ?

— Je suis là, derrière la maison ! lui cria Kate.

Immobile, Quinn la regarda venir vers lui en longeant la maison. Elle était à la fois ridicule et belle, avec son casque de chantier et un manteau de toile verte trop grand pour elle. Belle, même toute marquée de coups et de bleus, même visiblement secouée jusqu'au tréfonds d'elle-même.

Il l'avait presque perdue. Une fois encore. Et pour toujours. À peu près toutes les cinq minutes, cette idée le frappait avec la violence d'un marteau, en plein plexus solaire. Il l'avait presque perdue, en partie parce qu'il n'avait pas été capable de voir, juste sous son nez, le monstre qu'il était supposé reconnaître mieux que quiconque sur terre.

— Salut, ma jolie, lança-t-il. (Il laissa tomber ses sacs sur le sol, la prit dans ses bras et l'embrassa avec une infinie tendresse qui leur procura du réconfort à tous les deux. Le casque bascula de la tête de Kate et roula par terre, laissant ses cheveux retomber en cascade dans son dos.) Comment ça va ?

— Ça craint. J'ai horreur de tout ce bazar, lâcha-t-elle sans détour — le style de Kate. J'aimais bien ma maison. J'aimais bien ce que j'avais. J'ai déjà dû tout reprendre à zéro une première fois. Je n'ai pas envie de recommencer. Mais il est dit dans la vie : « Les durs rebondissent », et quel autre choix ai-je à ma disposition ? Encaisse et avance.

Elle haussa les épaules et cessa de soutenir le regard de Quinn.

— Ça vaut toujours mieux que ce qu'Angie se coltine. Ou Mélanie Hessler.

Quinn prit dans sa main ce menton d'entêtée et ramena son visage vers lui.

— Es-tu encore en train de te fustiger, Kathryn Elizabeth ?

Elle hocha la tête et le laissa essuyer, du pouce, les larmes sur ses joues.

— Moi de même, avoua-t-il, et il parvint à ébaucher un petit sourire forcé. On fait la paire. Pense un peu comme le monde serait génial si toi et moi nous le tenions vraiment sous notre contrôle.

— On s'acquitterait mieux de la tâche que tous ceux qui s'en chargent en ce moment, promit-elle, et puis elle frissonna. Ou alors je foirerais tout, et les gens dont je me serais occupée en subiraient les conséquences.

— Enfin, écoute, il court une méchante rumeur, et j'en ai capté un son de cloche aujourd'hui même : nous ne sommes, paraît-il, que des êtres humains. Les erreurs, ça va de pair avec les histoires de territoire.

Kate fronça les sourcils.

— Des êtres humains ? (Elle lui prit la main et le conduisit vers le vieux banc de jardin en bois de cèdre usé par le temps.) Toi et moi ? Qui t'a raconté ça ? Laisse-moi m'en occuper et je vais leur faire fondre la cervelle à coups de rayons X.

Ils s'assirent, et automatiquement le bras de Quinn vint se placer autour des épaules de Kate, en même temps qu'elle posait la tête au creux de son épaule.

— Salut, toi. Tu es en avance, lui dit-elle.

— Eh bien, c'est que je ne voulais pas rater la soirée dinde de Thanksgiving, lui répondit-il sans se démonter. Heureuse de me voir ?

— Pas après cette réponse.

Il rit et effleura sa tempe d'un baiser. Ils restèrent assis en silence quelques minutes de plus, les yeux rivés sur la porte arrière de la maison, toute noircie, par laquelle Quinn et Kovac l'avaient portée au-dehors.

— Je suis revenue ici et j'ai bâti cette vie bien à moi, poursuivit Kate à voix basse. À me dire que si je la bâtissais en m'y prenant de cette façon, je serais en mesure d'en conserver la maîtrise, et que rien de mal ne pourrait m'arriver. C'était pas mal raisonné, non, dans le genre naïf ?

Quinn haussa les épaules.

— Je m'étais figuré que si j'arrivais à empoigner mon monde à moi par les couilles, je pourrais en chasser tous les démons. Mais ça ne marche pas ainsi. Un démon, il en sort toujours un de quelque part. Je n'arrive même plus à les compter tous. Je suis incapable de les forcer à se tenir à carreau. Bon sang, je n'arrive même pas à les voir quand je les ai devant moi.

Kate capta le soupçon de découragement qui pointait sous l'apparente solidité du personnage, et elle savait que sa foi en ses facultés avait été ébranlée, elle aussi. Le Grand Quinn. Toujours dans le vrai, toujours sûr de lui, toujours allant de l'avant. Elle avait toujours aimé sa force infaillible, elle avait toujours admiré son côté fonceur. Elle l'aimait tout autant pour sa vulnérabilité.

— Personne n'a vu la chose venir, John. J'ai haï ce type depuis le jour où j'ai pris ce poste, et je n'ai même pas soupçonné ça. Nous voyons ce que nous nous attendons à voir. Terrifiant, eu égard à ce qui peut se trouver sous la surface.

Son regard se perdit sur le jardin, mort et couleur de terre, surréel dans la lumière déclinante.

— Imagine l'acte de cruauté le plus horrible, le plus répugnant qu'un être humain puisse commettre contre un autre. Quelqu'un, à l'heure qu'il est, en ce moment même, commet cet acte, là, dehors, quelque part. Je ne sais pas comment tu peux encore supporter ça, John.

— Je n'y arrive plus, admit-il. Tu sais comment ça se passe quand tu débutes dans ce métier ? Tout t'atteint. Tu dois te blinder. Tu dois te cuirasser sous cette armure émotionnelle. Ensuite tu parviens à un stade où tu en as trop vu, rien ne t'atteint plus, et tu commences à te poser des questions sur ton degré d'humanité. Si tu restes avec cette interrogation suffisamment longtemps, l'armure commence à se corroder, le mal commence à la ronger, et te revoilà au point de départ, sauf que tu es plus vieux et plus fatigué, et que tu sais que tu ne pourras jamais abattre tous les dragons, quels que soient tes efforts.

— Et ensuite ? lui demanda tranquillement Kate.

— Et ensuite soit tu effectues un pas de côté, soit tu bouffes ton pistolet, soit tu te perds en route, comme Vince Walsh.

— À première vue, ce genre de choix m'a l'air idiot.

— Pas quand tu n'as que ton boulot, et rien d'autre. Quand tu t'enterres sous le boulot parce que tu as trop peur de construire la vie dont tu as vraiment envie. Mon portrait craché au cours de ces cinq dernières années, reconnut-il. Rien de plus. Tandis qu'aujourd'hui je suis officiellement sur le départ. Il est temps de se vider de toute cette tension, de me revisser la tête à l'endroit sur les épaules.

— De décider ce que tu veux faire, suggéra Kate, à titre de proposition supplémentaire sur cette liste.

— Je sais ce que je veux faire, répondit-il simplement.

Il se tourna vers elle, assise à côté de lui sur le banc, et prit ses mains dans la sienne.

— J'ai besoin de quelque chose dans ma vie qui me fasse du bien, Kate. J'ai besoin de quelque chose de beau, et de chaleur. J'ai besoin de toi. J'ai besoin de nous. Toi, de quoi as-tu besoin ?

Kate le regarda, sa maison détruite en lisière de son champ de vision, et elle pensa, parmi tant d'autres choses, au phénix renaissant de ses cendres. Les événements qui les avaient amenés à cet endroit-ci, en cet instant-ci, avaient été dévastateurs, mais c'était là leur chance d'un nouveau commencement. Ensemble.

Pour la première fois en cinq ans, elle éprouvait une sensation de chaleur, de paisible douceur, au lieu de ce vide dur et douloureux qu'elle avait fini par ne même plus sentir tant il l'avait engourdie. Elle avait passé ces cinq années sans John, existant à peine. Il était temps de vivre. Après l'omniprésence de la mort, au propre comme au figuré, il était temps, pour tous les deux, de vivre.

— J'ai besoin de tes bras autour de moi, John Quinn, lui déclara-t-elle, en souriant avec douceur. Tous les jours et toutes les nuits, toute la vie.

Quinn laissa échapper un soupir contenu, et un large sourire fendit son beau visage.

— Il t'en a fallu du temps, pour répondre.

Il la prit dans ses bras, avec précaution, très attentif à ses blessures, et la serra contre lui. Il s'imaginait pouvoir sentir le battement de son cœur à travers la toile épaisse de son manteau.

— Mon cœur est tout à toi, Kate Conlan, lui promit-il, en enfouissant son nez glacé par le froid dans l'épaisseur soyeuse de sa chevelure. Tu l'as eu tout à toi, pendant tout ce temps. J'ai vécu trop longtemps sans ça.

Kate sourit contre sa poitrine, sachant que c'était ça, sa maison — son étreinte, son amour.

— Eh bien, manque de pot, John Quinn, lui annonça-t-elle, en levant les yeux vers lui dans la dernière lumière du soleil couchant. Ton cœur, je ne vais pas te le rendre.

Note de l'auteur et remerciements

En premier lieu, mes remerciements et ma profonde reconnaissance vont à Larry Brubaker, agent spécial du FBI, qui m'a si généreusement fait don de son temps et de ses connaissances d'expert. Je tiens à souligner, sans la moindre équivoque possible, qu'il n'a pas servi de modèle au personnage de Vince Walsh ! (Navrée, Bru.) Je veux également indiquer ici qu'entre le début et la fin de mon travail sur ce livre un certain nombre de changements sont intervenus au sein des unités du FBI anciennement connues sous le nom d'Unités d'Enquête et de Soutien et *CASKU : Child Abduction Serial Killer Unit*[1] — qui est par conséquent la dénomination sous laquelle je les mentionne dans ce récit de pure fiction. Désormais, couverts par la direction du Centre National d'Analyse des Crimes Violents, ces agents ne travaillent plus, à l'Académie du FBI de Quantico, dans des bureaux enfouis vingt mètres sous terre. Dans leurs nouveaux locaux, tout en émergeant — littéralement — à la surface du monde, ils ont finalement aussi obtenu d'avoir des fenêtres. Ces agents apprécient leur nouvelle installation — même si elle ne présente plus le même intérêt pour les écrivains.

Ma sincère reconnaissance va également aux professionnels des forces de police et aux membres des administrations judiciaires dont les noms suivent, qui ont fort aimablement consacré du temps à répondre à mes nombreuses questions. Comme tou-

---

1. En français : Unité Rapt d'Enfants-Tueurs en Série, ou RETS (*N.d.T.*).

jours, j'ai fait de mon mieux pour dépeindre avec authenticité les métiers mis en scène dans ce livre. Toutes les erreurs commises, toutes les libertés que j'ai prises au nom de la fiction l'ont été de mon fait.

Frances James, membre du Programme d'assistance aux victimes et aux témoins du comté de Hennepin.

Donna Dunn, service des victimes, comté de Olmsted.

Sergent Bernie Martinson, commissariat central de Minneapolis.

Agent enquêteur spécial Roger Wheeler, FBI.

Lieutenant Dale Barsness, commissariat central de Minneapolis.

Inspecteur John Reed, bureau du shérif du comté de Hennepin.

Andi Sisco : mille mercis pour m'avoir aidée à contacter ces personnes ! Tu es un chef.

Diva Karyn, alias Elizabeth Grayson : mes insignes remerciements pour quelques suggestions judicieuses concernant un fétiche particulièrement horrible dont je me sers dans ces pages. Qui a dit que les auteurs de romans à suspense détiennent le monopole des idées répugnantes ?

Eileen Dreyer, auteur de *Brain Dead* (Mort cérébrale) : merci pour ton soutien habituel, technique et autre.

Diva Bush, alias Kim Cates : pour les mêmes motifs, merci.

Et mes remerciements tout particuliers à Rocket, pour ton soutien, ta compréhension, tes encouragements, et, à l'occasion, pour tes coups de pied aux fesses, toujours nécessaires. Dans la détresse, on aime avoir de la compagnie, la tienne en l'occurrence.

La citation de la page 1 est tirée du *Symbolisme du mal, philosophie de la volonté*, de Paul Ricœur, 1967.

Les citations de l'ouvrage *Mindhunter*, de John Douglas et John Olshaker, sont reprises avec la permission de Scribner (Simon & Schuster), copyright Mindhunters Inc., 1995.

Les citations sont tirées de *Serial Killers : The Growing Menace*, de Joel Norris, reprises avec l'autorisation de Doubleday (Random House).

Photocomposition Nord Compo
Villeneuve-d'Ascq, Nord

Impression réalisée sur CAMERON par

BUSSIÈRE CAMEDAN IMPRIMERIES
GROUPE CPI

à Saint-Amand-Montrond (Cher)
pour le compte des Éditions Robert Laffont
en janvier 2001

N° d'édition : 41358/01. – N° d'impression : 010531/4.
Dépôt légal : février 2001.

Imprimé en France